Mona Vara

Versuchung
Venezianisches Maskenspiel

Zwei erotische Romane

Plaisir d'Amour Verlag

Mona Vara
Versuchung / Venezianisches Maskenspiel
Zwei erotische Romane

© 2005 / © 2006 Plaisir d'Amour Verlag, Lautertal
Titel der Erstausgaben: Katharina. Schatten der Vergangenheit / Laura.
Venezianisches Maskenspiel
Plaisir d'Amour Verlag
Postfach 11 68
D-64684 Lautertal
www.plaisirdamourbooks.com
info@plaisirdamourbooks.com
Titelfotos: QEP/Dmitry Myakishev / japonka - Fotolia
ISBN: 978-3-938281-68-0

Sämtliche Personen in diesem Roman sind frei erfunden.

Inhalt:

Versuchung

Kapitel 1

Sacramento 1887

Kate saß neben ihrer Gastgeberin und versuchte interessiert auszusehen, während die ältere Frau ihr lang und breit von ihren bereits erwachsenen Kindern erzählte, von den Schwierigkeiten mit dem Personal und dem Problem, das ihr die neueste Hutmode auferlegte. Kate nickte von Zeit zu Zeit und ließ dabei ihre Blicke verstohlen zu der anderen Seite des Saals schweifen, wo Nick stand und sich mit dem Gouverneur und anderen wichtigen Männern der Stadt unterhielt.

Er hatte sich in den langen Jahren, in denen sie ihn aus den Augen verloren hatte, verändert. Seine Züge waren härter geworden, ausgeprägter als damals, seine Lippen etwas schmäler und seine dunkelgrauen Augen blickten weitaus ernster als zu der Zeit, als sie noch ein halbes Kind gewesen war und sich in ihn verliebt hatte. Und doch hätte sie ihn überall wiedererkannt. Sein dunkles Haar, das er aus der Stirn frisiert hatte, war jetzt länger als damals am Gutshof ihres Großvaters, wo es den Bediensteten nicht gestattet gewesen war, es mehr als nur wenige Millimeter lang zu tragen. Nikolai, der zwar ein freier Mann gewesen war, aber als Verwalter doch zu den unteren Rängen der strengen Hierarchie gehörte, hatte sich diesem ungeschriebenen Gesetz beugen müssen.

Sie wandte sich hastig ab, als Mrs. Baxter eine Frage wiederholte, und fühlte, wie eine leichte Röte in ihre Wangen stieg. „Ja", erwiderte sie verlegen, wobei sie hoffte, die richtige Antwort zu geben, „meine Mutter hat das ebenso gemacht."

Ann Baxter war ihrem Blick gefolgt und lächelte sie nun mit freundlicher Ironie an. „Ein gut aussehender Mann, dieser Nick Brandan, nicht wahr? Man merkt es seiner Redeweise kaum an, dass er aus Russland kommt. Er klingt, als wäre er hier aufgewachsen."

Kate nickte, rückte ihre Brille zurecht, die ihr wieder auf die Nase gerutscht war, und überlegte krampfhaft, wie sie es am besten anstellen konnte, unauffällig mit Nick ins Gespräch zu kommen. Es war zu lächerlich. Da war sie quer durch Amerika gereist, um den Mann wiederzusehen, den sie niemals hatte vergessen können, und nun saß sie hier in einer Ecke, versuchte durch die tanzenden Paare hindurch sehnsüchtig einen Blick auf ihn zu erhaschen, und fand doch nicht den Mut, einfach hinzugehen und ihn anzusprechen.

Was sich für eine wohlerzogene Dame selbst im fortschrittlichen Jahre 1887 vermutlich auch gar nicht geschickt hätte. Derartige gesellschaftliche Einschränkungen konnten eine Kate Duvallier jedoch schon lange nicht mehr beeindrucken. Sie war eine erwachsene, selbstbewusste Geschäftsfrau, die sich unpraktischen Konventionen nur zum Schein beugte. Jetzt hielten sie ganz andere Überlegungen auf, und es war vor allem die Angst, er könnte sie unter Umständen nicht wiedererkennen, die sie davon abhielt, den ersten Schritt zu tun.

Mrs. Baxters Lächeln vertiefte sich. „Soll ich Ihnen Nick vorstellen, Miss Duvallier?"

Diese Gelegenheit würde sie sich gewiss nicht entgehen lassen. „Gerne. Meine Mutter stammt aus Russland, und es wäre mir eine Freude, mit einem Landsmann von ihr zu sprechen."

Ann musterte ihr unscheinbares Äußeres mit einem wissenden Blick und winkte dann einem der Diener zu. Dieser machte sich sofort auf den Weg durch den Saal, verbeugte sich vor Nick, flüsterte ihm etwas zu, und Kate sah, wie Nick herüberblickte. Seine Augen blieben sekundenlang an ihr hängen, dann verabschiedete er sich mit einer kurzen Verbeugung von seinen Gesprächspartnern und kam zu ihnen herüber.

Als er vor ihnen stehen blieb, schlug Kate das Herz bis zum Hals. „Sie haben mich rufen lassen, Madam?", fragte er mit einem so charmanten Lächeln an die Gastgeberin, dass diese ebenso wenig davon unbeeindruckt bleiben konnte wie Kate selbst.

Mrs. Baxter wies schmunzelnd auf Kate, deren Mund vor Aufregung trocken wurde. „Ich wollte Ihnen Miss Duvallier vorstellen, Nick. Sie ist vor drei Tagen aus New York angekommen und macht uns die Freude bei uns zu wohnen." Die Baxters waren alte Bekannte ihres Vaters, die Kate bei ihrer Ankunft in Sacramento eingeladen hatten, bei ihnen Quartier zu nehmen.

Nicks Blick fiel auf sie, musterte sie abschätzend, glitt über ihr Haar, die Brille, das schlecht sitzende dunkelblaue Kleid und blieb dann wieder auf ihrem Gesicht haften. „Duvallier ...?", wiederholte er gedehnt. „Der Name kommt mir bekannt vor. Kann es sein, dass wir uns schon einmal begegnet sind?"

Kate verfluchte insgeheim ihre Entscheidung, nicht doch ein etwas hübscheres Kleid mitgebracht zu haben, und schubste ihre Brille wieder auf ihren Platz zurück. „Das ist sogar sehr wahrscheinlich", antwortete sie mit einem misslungenen Lächeln, „mein Großvater war Russe. Ich habe ihn vor Jahren in seiner Heimat besucht."

Nicks Gesicht hellte sich auf. „Tatsächlich!", rief er aus. „Jetzt erinnere ich mich! Sie waren das kleine Mädchen, das seine Zeit lieber in den Pferdeställen verbrachte als im Schloss." Er nahm auf dem freien Stuhl neben Mrs. Baxter Platz und beugte sich vertraulich zu der üppigen Frau hinüber. „Miss Duvallier, müssen Sie wissen, ist die Enkelin des Grafen

Werstowskij, bei dem ich früher arbeitete. Sie war, wenn ich das richtig in Erinnerung habe, damals etwa sieben oder acht Jahre alt."

Mrs. Baxters Augen funkelten vor Neugierde. „Nein, so etwas! Das haben Sie mir ja gar nicht gesagt, Kate!"

Kate klammerte sich an ihren Fächer, den sie zusammengefaltet im Schoß liegen hatte. „Mir war der Name von Mr. Brandan nicht geläufig", sagte sie schwach und unterdrückte die heftige Enttäuschung darüber, dass er sie zwar wiedererkannt hatte, sich aber offensichtlich nicht mehr daran erinnern wollte, dass sie ihren Großvater einige Jahre später nochmals besucht hatte. Damals war sie kein kleines Kind mehr gewesen, sondern eine aufblühende junge Frau von knapp siebzehn Jahren, die sich zwar nicht mehr in den Pferdeställen herumtrieb, dafür aber den ersten Kuss ihres Lebens bekommen hatte. Von einem gewissen Nikolai Brandanowitsch, der sich jetzt Nick Brandan nannte. Und der diese Episode von sich geschoben hatte, die für sie ein einschneidendes Erlebnis gewesen war. So einschneidend, dass sie nach dieser Zeit alle anderen Männer mit ihm verglichen und verzweifelt gehofft hatte, ihn eines Tages wie durch ein Wunder wiederzusehen.

Und dieses Wunder war nun, nach fast zehn Jahren, geschehen.

„Sagen Sie mir doch, wie es Ihrem Großvater geht", unterbrach seine dunkle Stimme ihre Gedanken. „Führt er immer noch ein so strenges Regiment auf seinem Anwesen?"

„Mein Großvater starb vor vielen Jahren. ... Er wurde erstochen." Sie zögerte, ehe sie weitersprach. „Wie man vermutete, von einem seiner Diener, den er zuvor hatte auspeitschen lassen."

„Das ist ja schrecklich!", fuhr Mrs. Baxter entsetzt auf.

„Was?", fragte Nick mit deutlichem Spott in der Stimme. „Die Tatsache, dass in Russland Menschen ausgepeitscht werden? Oder dass sie sich wehren und ihren Peiniger erstechen?"

„Beides", erwiderte Mrs. Baxter mit sichtlichem Schaudern.

„Nein", antwortete Kate aus tiefster Überzeugung, „das finde ich nicht."

In Nicks Augen trat eine plötzliche Kälte. „Vermutlich nicht. Von der Perspektive der Herrschaft sieht alles etwas anders aus, nicht wahr?"

Sekundenlang trafen sich ihre Blicke. Sie erkannte, dass sie missverstanden worden war, und wollte die Sache klarstellen, als er schon weitersprach. „Jedenfalls ist es mir eine große Freude, Sie nach so langer Zeit wiederzusehen, Miss Duvallier. Ich muss sagen, Sie haben sich sehr verändert. Ich hätte in der bezaubernden jungen Dame, die mir hier gegenübersitzt, nicht das kleine Mädchen erkannt, das zwischen den Pferden herumlief und ständig von ihrer Gouvernante gescholten wurde, weil das hübsche Kleidchen wieder einige Flecken mehr hatte."

Obwohl Kate wusste, dass die „bezaubernde junge Dame" reine Höflichkeit gewesen war, saugte sie dieses Kompliment gierig in sich ein.

„Ich muss eine schreckliche Plage für meine Erzieherinnen gewesen sein. ... Und vermutlich nicht nur für sie", fügte sie in einem Moment der Ehrlichkeit hinzu.

Nick lachte. „Nein, nein, Sie waren ein reizendes Kind." Er erhob sich. „Und jetzt entschuldigen Sie mich bitte, ich würde zwar wesentlich lieber die Unterhaltung mit zwei so charmanten Damen fortsetzen, aber dort drüben sehe ich meinen Geschäftspartner, der mir zuwinkt." Er verbeugte sich in seiner lässigen, eleganten Art und war auch schon wieder zwischen den anderen Leuten verschwunden.

Kate war es gewohnt, ihre Gefühle für sich zu behalten und nicht vor versammelter Gesellschaft zur Schau zu stellen, aber ihre Nachbarin musste ihr doch die Enttäuschung angesehen haben. Sie lehnte sich ein wenig zu ihr hinüber und tätschelte ihre Hand. „Sie werden bestimmt noch Gelegenheit haben, Kindheitserinnerungen auszutauschen", sagte sie freundlich.

Kate wollte sich hastig einem anderen Thema zuwenden, als sie sah, wie eine außergewöhnlich schöne junge Frau, die nach ihrem Eintritt sofort von Verehrern umringt gewesen war, an Nick herantrat. Der wandte sich ihr ohne Zögern zu, ergriff ihre Hand, die sie ihm mit einem hinreißenden Lächeln hinhielt, und beugte sich darüber, um sie zu küssen.

Mrs. Baxter hatte diese kleine Szene ebenfalls bemerkt. „Das ist Grace Forrester", flüsterte sie ihr zu. „Die Tochter eines der reichsten Männer der Westküste. Man sagt, sie hätte eine Mitgift von dreißigtausend Dollar."

„Tatsächlich?" Kate war durch Geld nicht zu beeindrucken. Sie musterte die Aufmachung der jungen Frau mit Kennerblick: Grace hatte wunderbares blondes Haar, das nach der letzten Mode frisiert war, trug ein hellgrünes Seidenkleid mit Samtmieder, dessen Dekolleté mehr von ihrem Busen enthüllte als verhüllte, und dessen Farbe exakt auf die leuchtend grünen Augen abgestimmt war, die Nick nun verheißungsvoll anblitzten. Ihre Taille war, gemessen an der Üppigkeit ihrer Figur, ungewöhnlich schlank, was auf ein Korsett hindeutete, und Kate fragte sich boshaft, wie die Blonde es schaffen konnte, so eingeschnürt zu sein und trotzdem noch reden und lachen zu können.

Unwillkürlich blickte sie in den Spiegel an der Seite, der einen Ausschnitt des Saales wiedergab und auch ein Abbild ihrer selbst zeigte: Eine sehr schlanke Frau mit Brille, die in dem dunkelblauen, locker sitzenden Seidenkleid sogar hager wirkte. Der strenge Knoten, zu dem sie ihr Haar am Hinterkopf hochgesteckt hatte, ließ sie wie eine alternde Gouvernante erscheinen. ‚*Perfekt*', dachte sie spöttisch. ‚*Was ist mir nur dabei eingefallen, hier so aufzutreten?*'

„Ein schönes Paar, nicht wahr? Man tuschelt bereits darüber, dass die beiden heimlich verlobt wären."

Kate fühlte Übelkeit in sich hochsteigen. Aber was hatte sie auch erwartet?

Mrs. Baxter tätschelte ihre Hand. „Sie sehen heute Abend sehr hübsch aus, Miss Duvallier, das hat auch Mr. Brandan festgestellt."

Sekundenlang kämpfte Kate mit Fassungslosigkeit, und ein Blick in den Spiegel zeigte ihr, dass sie tief errötet war. „Vielen Dank, Mrs. Baxter, das ist sehr freundlich von Ihnen."

Sie hoffte, dass ihr Lächeln nicht allzu gequält ausfiel.

Am nächsten Morgen war Kate schon lange vor Mrs. Baxter im Frühstückszimmer. Es war am Vorabend zwar spät geworden, aber sie war es sonst gewöhnt, mit dem ersten Hahnenschrei aufzustehen, und genoss es, in Ruhe am Tisch sitzen zu können. Im Haus herrschte noch rücksichtsvolle Stille. Die dienstbaren Geister, die gestern Abend serviert und dann noch die meiste Unordnung beseitigt hatten – Kate hatte einen kurzen Blick in die Festräume getan und gesehen, dass nur noch die beiseitegeschobenen Möbel vom gestrigen Ball zeugten, und alles andere schon sauber aussah – waren vermutlich noch ebenso unausgeschlafen wie das Gastgeberehepaar selbst.

Kate hatte sich bereits nach ihrer Ankunft in Sacramento neugierig umgesehen. Sie hatte erwartet, in eine ähnliche Kuhstadt zu kommen wie jene, die sie während ihrer Reise durchquert hatte – kleine, zum Teil staubige Städtchen, aus einigen Holzhäusern bestehend – und hatte sich dann in einer aufblühenden Stadt wiedergefunden, an der die Goldfunde und die sich daraus entwickelnden Gewerbe nicht spurlos vorübergegangen waren. Es gab zum Teil gepflasterte Straßen, relativ hohe Steinbauten, und das prächtige Haus der Baxters selbst, das vor etwa zwanzig Jahren fertiggestellt worden war, erinnerte sie stark an die auch im Osten sehr beliebten modernen Villen italienischen Baustils. Innen hatte sie dann puren Luxus vorgefunden – für sie selbst und ihre Familie bereits eine Selbstverständlichkeit, für hiesige Verhältnisse jedoch höchst überraschend - und sie hatte staunend in einem großen, hübsch gekachelten Bad gestanden, das sich ihrem Gästezimmer anschloss und tatsächlich fließendes Wasser bot. Im Winter, hatte Ann Baxter ihr stolz erklärt, würde man sogar mit zwei zentralen Öfen das ganze Haus heizen. Auch nichts Neues für Kate, aber eine gewaltige Errungenschaft für den Westen.

Nun saß sie am reich und luxuriös gedeckten Frühstückstisch, vor sich eine starke Tasse Kaffee und in der Hand die neueste Ausgabe einer in New York erscheinenden Tageszeitung. *Neu* bedeutete in diesem Fall, dass die Zeitung selbst mit der Expresspost eine Reisezeit von knapp einer Woche hinter sich hatte. Aber immerhin brachte sie die letzten Nachrichten von daheim, und Kate, die jeden der Redakteure seit vielen Jahren kannte, amüsierte sich hervorragend.

Es war nicht allgemein bekannt, dass ihr Vater Anteile an dieser Zeitung besaß. Er hielt seinen Namen zurück, hatte jedoch einen großen Einfluss auf die Qualität des Blattes, das nur bestens recherchierte Fakten brachte und diese gelegentlich mit ironischen Details und kritischen Randbemerkungen ergänzte. Die Zeitung verkaufte sich an der ganzen Ostküste, wurde stapelweise auch in entferntere Bundesstaaten geschafft und landete sogar hier, in Kalifornien. Frank Duvallier war ein reicher Mann, der es nicht nötig hatte, Gewinn aus dem Vertrieb dieser Zeitung zu machen, aber Kate wusste, dass das Blatt jeden Monat ein hübsches Sümmchen abwarf.

Sie war gerade in einen besonders sarkastischen Artikel vertieft, als der Diener eintrat und einen Besucher meldete. Kate war nicht im Geringsten darauf gefasst gewesen, Nick gleich am frühen Morgen schon wieder zu begegnen, und sie erhob sich mit zittrigen Knien.

„Ich fürchte, ich komme in Anbetracht der gestrigen Festivität etwas zu früh", sagte er mit einem Lächeln, das nur um seine Lippen spielte und seine Augen nicht mit einbezog.

Kate war sich allzu schmerzlich wieder des Mangels ihrer Aufmachung bewusst und fühlte sich dementsprechend noch unsicherer, als es in dieser Situation ohnehin schon der Fall gewesen wäre. „Wie ich gehört habe, wird Mrs. Baxter vermutlich erst in einer Stunde hier unten erwartet." Sie versuchte, das nervöse Flattern in ihrer Stimme zu verbergen. Nicks Gegenwart löste nach so vielen Jahren die widersprüchlichsten Gefühle in ihr aus; eine Welle von Erinnerungen überschwemmte sie. Bilder von längst vergangenen Tagen stiegen empor, die sie tief in sich verborgen geglaubt hatte. Bilder von Liebe, aber auch von Hass, Grausamkeit und Tod.

„Das ist mir nicht unlieb", erwiderte Nick freundlich, „da es mir Gelegenheit bietet, mich ein wenig mit Ihnen zu unterhalten."

Sie deutete auf einen der Stühle um den Frühstückstisch. „Wollen Sie nicht Platz nehmen? Haben Sie schon gefrühstückt?"

Nick setzte sich mit einer kleinen Verbeugung auf den angebotenen Sessel. „Ja, danke, ich bin bereits seit einigen Stunden auf." Er musterte sie eingehend. „Wie hat Ihnen der Ball gestern Abend gefallen?"

„Sehr gut", log sie.

„Sie haben kein einziges Mal getanzt", fuhr er fort.

„Das hat sich nicht ergeben."

Vor vielen Jahren hatten sie mit ihm getanzt ... Am Vorabend hatte sie nur der Hausherr selbst aus reiner Höflichkeit aufgefordert und sich mit einem deutlichen Aufatmen wieder verzogen, als sie gedankt hatte. Sie war schließlich nicht zum Tanzen gekommen. Sie hatte Nick wiedersehen und vielleicht auch ein Geschäft abschließen wollen.

„Ihre Frau Mutter ist wohlauf?"

Sie lächelte. „Ja, voller Energie und Tatendrang wie eh und je. Mein älterer Bruder hat vor über zwei Jahren geheiratet und hat bereits ein kleines Töchterchen, das die ganze Familie auf Trab hält."

„Und Sie haben sich entschlossen eine kleine Reise zu machen und die Westküste der Vereinigten Staaten aufzusuchen", führte er das Gespräch fort.

„Ich war einfach neugierig", erwiderte sie halbwahr. „Ich hatte schon so viel von diesem Land gehört und wollte mich mit eigenen Augen von den Reichtümern überzeugen, die es hier angeblich gibt."

„Sie sprechen die Goldfunde an", antwortete er ironisch. „Gewiss, einige sind davon reich geworden, haben ihr mühsam geschürftes Gold wieder verprasst, andere haben es besser angelegt, und Städte wie Sacramento sind über Nacht aus dem Boden gewachsen, um den Leuten mit allerlei Lockungen das Geld wieder abzunehmen."

„Mrs. Baxter hat mir erzählt, dass Sie einen sehr gut gehenden Holzhandel besitzen", kam Kate auf das Thema zu sprechen, das ihr mehr am Herzen lag als die Nachtetablissements von Sacramento.

„Ich hatte auch Glück dabei", meinte er achselzuckend.

Kate entschloss sich, auf weitere höfliche Konversation zu verzichten. „Weshalb haben Sie niemals mehr mit mir Kontakt aufgenommen, Nick?", fragte sie rasch. „Ich hätte mich so gefreut, ein Lebenszeichen von Ihnen zu erhalten!"

Sie schrak innerlich zusammen, als der höfliche Ausdruck in seinen Augen sekundenlang einem kalten Zorn wich. Dann legte sich wieder derselbe Gleichmut wie zuvor darüber. „Dieser Gedanke war mir, offen gesagt, nicht gekommen."

„Aber das wäre doch naheliegend gewesen!"

„Für mich nicht", erwiderte er abschließend.

Kate biss sich auf die Lippen, überlegte, wie sie es anstellen sollte, auf eine etwas freundschaftlichere Gesprächsbasis mit ihm zu kommen, als er weitersprach: „Es wundert mich, dass Sie nicht verheiratet sind, Miss Duvallier."

„Ich?" Sie schob sich die Brille zurecht, die ihr ständig auf die Nase rutschte.

Nick zog die Augenbrauen hoch. „Nicht? Das wäre doch naheliegend gewesen."

Kate hatte das seltsame Gefühl, dass er sich über sie lustig machte. Sie fing wieder einen forschenden Blick auf, der über ihr Haar und ihr Kleid ging, und rutschte unbehaglich auf dem Sessel hin und her. Vermutlich mokierte er sich über ihr unscheinbares Äußeres – aber er konnte ja schließlich nicht erwarten, dass die Erde nur von blonden, üppigen Schönheiten wie dieser Grace bevölkert war.

So sehr sie sich auch danach gesehnt hatte ihn wiederzusehen, so unangenehm wurde ihr nun das Gespräch, und sie atmete insgeheim erleichtert auf, als Mrs. Baxter sehr viel früher als erwartet den Raum betrat und mit einem strahlenden Lächeln auf Nick zueilte, der sich bei ihrem Eintritt höflich erhoben hatte.

Kate nutzte diese Gelegenheit zum Rückzug und flüchtete aufatmend in ihr Zimmer, wo sie sich auf den zierlichen Sessel vor dem Ankleidespiegel fallen ließ. „Das ist alles ziemlich schief gegangen, Kate, altes Mädchen", flüsterte sie ihrem Spiegelbild zu. „Du siehst aus wie eine Vogelscheuche, und Nick ist so gut wie verheiratet. Mit einer reichen Erbin. Die noch dazu schön ist. Und gut fünf Jahre jünger als du."

Sie nahm die Brille ab und betrachtete sich kritisch im Spiegel. Ihre Haut war makellos, ihre Züge ebenmäßig, ihre Lippen voll und rot und ihr Haar war tiefschwarz. Einer ihrer Verehrer, ein Besucher aus Europa, hatte sie einmal mit einer Märchenfigur aus seiner Heimat verglichen: ‚Weiß wie Schnee, rot wie Blut und schwarz wie Ebenholz.'

„Wenn ich mich richtig erinnere, ist das gute Kind beinahe an einem Apfel erstickt", seufzte sie auf. „Ich sollte aufpassen, dass es mir nicht ebenso geht."

Ein wenig später hörte sie die Haustür ins Schloss fallen, eilte zum Fenster und sah, wie Nick mit langen Schritten die Straße überquerte. Sie presste die Nase an das Glas und blickte ihm nach, bis er um die nächste Straßenecke verschwunden war. Er war, als sie ihn das letzte Mal gesehen hatte, Mitte zwanzig gewesen, ein breitschultriger, aber schlanker, hochgewachsener junger Mann mit einer aufrechten Haltung, die nicht einmal die abfällige Behandlung ihres Großvaters hatte beugen können. Er hatte auf sie niemals wie einer der anderen Beschäftigten am Hofe ihres Großvaters gewirkt, sondern wie ein stolzer, freier Mann, der es wagte, das, was er dachte, auch laut auszusprechen. Er hatte sich nicht viel verändert. Die Haltung war die gleiche geblieben, auch wenn er jetzt ein bisschen kräftiger wirkte als damals.

Sie blieb auf ihrem Zimmer, las zerstreut in einem Buch und dachte krampfhaft darüber nach, wie sie Nick am besten wiedersehen konnte. Sie hatte jedenfalls nicht die Absicht, ihre Begegnung auf zwei zufällige Zusammentreffen zu beschränken. Der Gedanke, dass er mit dieser blonden Schönheit verlobt sein könnte, störte sie zwar immens, aber, dachte sie achselzuckend, sie war ja auch nicht hergekommen, um ihn gleich zu heiraten. Zumal sie ja nicht hatte annehmen können, dass er nicht schon längst gebunden war. Auch wenn sie in kindischer Romantik insgeheim gehofft hatte, er wäre noch frei.

Nach dem Mittagstisch hatte sie das Unglück, ausgerechnet auf Grace Forrester zu treffen, die Mrs. Baxter einen Höflichkeitsbesuch abstattete und offenbar Gefallen daran fand, das Mauerblümchen zu einem Spaziergang zu überreden. Kate ging zähneknirschend mit, stolperte eingedenk ihrer Rolle neben der blonden Schönheit her und kam sich innerhalb kürzester Zeit wahrhaftig reizlos und hässlich vor. Zu ihrer geheimen Genugtuung schlug

Grace jedoch wie von selbst den Weg zu dem Haus ein, in dem sich, wie Kate gleich nach ihrer Ankunft in Sacramento festgestellt hatte, Nicks Stadtbüro befand. Das Werk selbst, das samt ausgedehnten Lagerhäusern zu seinem Unternehmen gehörte, lag etwa zehn bis elf Meilen außerhalb der Stadt, und Kate beabsichtigte, am nächsten Tag mit dem Wagen hinauszufahren. Sie hätte es zwar vorgezogen zu reiten, aber sie hatte kein Pferd mit, und die Tiere, die bei den Baxters zur Verfügung standen, boten einer passionierten Reiterin wie ihr keine besondere Anziehungskraft.

Die schöne Grace spazierte, offenbar in der Hoffnung, Nick Brandan über den Weg zu laufen, einige Male in Kates Begleitung die Straße auf und ab, blieb stehen, um stundenlang in die Auslagen einer Schneiderin zu schauen, die dort einige Kleider ausgestellt hatte, und hielt sich schließlich eine endlos lange Zeit vor dem Schaufenster einer Hutmacherin auf.

Kate heuchelte höfliches Interesse, verkniff sich die Bemerkung, dass sie noch nie zuvor so geschmacklose Hüte gesehen hätte, betrat dann mit Grace gemeinsam das Geschäft und blieb geduldig neben ihr stehen, während die schöne junge Frau einen Hut nach dem anderen auf ihre blonden Locken drückte.

Schließlich war auch diese Tortur vorbei, und Kate trat aufatmend wieder ins Freie hinaus. An der Ecke trafen sie jedoch auf einen dicklichen, älteren Mann, der seine Aufmerksamkeit ausschließlich Kate zuwandte, da er am vergangenen Abend erfahren hatte, wer diese unauffällige junge Frau war. Er war ihr dann nicht mehr von der Seite gewichen, hatte die ganze Zeit neben ihr gesessen und Kate, die sich mit ihm zutiefst langweilte, hatte ihn schon nach kürzester Zeit zum Teufel gewünscht. Der Name Duvallier war bis an die Westküste gedrungen, und obwohl Kate, eingedenk früherer nervenaufreibender Abenteuer mit entschlossenen Verehrern, unauffällig hatte durchblicken lassen, dass sie auf der Suche nach einem reichen Mann sei, gab es doch noch einige in dieser Stadt, die meinten Geld genug zu haben, um auf eine schöne Mitgift verzichten zu können.

Sie gab sich während des Gesprächs mit dem dicken Mann, der keine Sekunde zögerte mit seinem Reichtum zu protzen, zurückhaltend und hoffte innigst auf eine Gelegenheit, sich so bald wie möglich wieder verabschieden zu können. Zu ihrer größten Erleichterung machte Grace, der es sichtlich langweilig wurde, nicht im Zentrum des Interesses zu stehen, bald kurzen Prozess, nickte dem Angeber verabschiedend zu und zog Kate mit sich fort.

Kapitel 2

Nikolai stand, nur mit einer Hose bekleidet, im oberen Stockwerk des zweigeschossigen Hauses, das einen guten Blick auf den sich durch die Stadt windenden Sacramento River bot. Er hatte jedoch kein Auge für den Fluss, auf dem eines seiner Transportboote zu sehen war, mit dem man Holz in das etwa neunzig Meilen entfernte San Francisco brachte, sondern beobachtete die junge Frau, die unbeholfen neben einer blonden Schönheit und einem dicklichen Mann stand, verkrampft lächelte und von Zeit zu Zeit ihre runde Brille zurechtschob, die ihr immer wieder auf die Nase rutschte. Sie war sehr schlank, mittelgroß, trug ein dunkelgraues, schlecht sitzendes Kleid, das an ihr hing wie ein Sack, und einen altmodischen, kleinen Hut, der wohl vor Jahren modern gewesen sein mochte.

Es war über zehn Jahre her, seit er ihr das letzte Mal begegnet war, aber er hatte sie am Abend davor sofort wiedererkannt, trotz der Veränderung, die mit ihr vorgegangen war. Es hatte ihn wie ein Schlag getroffen, als er sie bei seinem Eintritt in den Ballsaal ganz hinten in der Ecke hatte sitzen sehen. Etwas verlegen, schüchtern. Ganz anders als das junge Mädchen, das er gekannt hatte. Aber unverkennbar SIE.

Er hatte ihr gegenüber dann allerdings vorgegeben, sich nicht an dieses letzte Wiedersehen erinnern zu können, und so getan, als wäre in seinem Gedächtnis nur das kleine Mädchen haften geblieben, das fast zwei Jahre lang am Hof des Grafen Werstowskij gelebt hatte.

Er hatte damals noch im Stall gearbeitet, ein junger Bursche von sechzehn Jahren, den dieses Kind immer maßlos genervt hatte. Seiner Meinung nach hatten die Bälger der Adeligen nichts bei den Pferden verloren, und er hatte die Kleine mehr als einmal gepackt und einfach zurück zum Schloss getragen, selbst auf die Gefahr hin, dafür eine Ohrfeige des Aufsehers einstecken zu müssen, der immer darauf achtete, dass man den „Herrschaften" mit Respekt und Höflichkeit entgegenkam. Seiner Meinung nach fiel diese kleine Rotznase jedoch nicht unter diese Kategorie, und er hatte sie jedes Mal, wenn er sie auch nur in der Nähe des Stalls fand, energisch vertrieben.

Die Kleine war jedoch immer wieder gekommen, hatte sich nicht einmal durch die Androhung einer Tracht Prügel abschrecken lassen, und eines Tages hatte er es aufgegeben und geduldet, dass sie auf der Weide herumlief und zu den Pferden in die Boxen kroch, die eine seltsame Vorliebe für das magere kleine Ding zeigten und mit ihm so liebevoll umgingen wie mit ihren eigenen Fohlen.

Er hatte versucht, sie so wenig wie möglich zu beachten, in der Hoffnung, sie würde von selbst das Interesse verlieren und sich einem anderen Spielzeug zuwenden, wie das bei kleinen Kindern meist sehr schnell der Fall war. Er hatte jedoch bald einsehen müssen, dass er sich in der Beharrlichkeit der Kleinen gründlich getäuscht hatte, die dann auch noch auf die Idee gekommen war, ihren Großvater zu bitten, ihr Reitunterricht erteilen zu lassen.

Natürlich war der Stallmeister dabei auf ihn verfallen. Er hatte den kleinen Balg, innerlich fluchend, auf ein gutmütiges Pferd gehoben, das er am Zügel im Kreis herumführte, wobei er ständig an ihrer Haltung herumnörgelte, sie mit scharfen Worten zurechtwies, wenn sie nicht ganz gerade saß und sie auslachte, als sie in dem viel zu großen Sattel hin und her rutschte. Das ging eine Woche lang so, aber die Kleine machte, wie er insgeheim zugeben musste, gar keine so schlechte Figur auf dem Pferd, und er begann insgeheim ihr Durchhaltevermögen zu bewundern.

Dann kam der unselige Tag, wo er das Pferd etwas schneller antraben ließ und lustig mit der Peitsche knallte, um einem drallen Bauernmädchen zu imponieren, das an den Zaun gelehnt stand und ihm verheißungsvoll zuzwinkerte. Das Pferd, eine solche Behandlung von ihm nicht gewohnt, erschrak, schlug aus, und die Kleine flog in hohem Bogen über den Kopf des Tieres hinweg und landete zu seinem Schrecken mitten in einer Schmutzlache, wo sie wie besinnungslos liegen blieb.

Er hatte das Bauernmädchen im selben Moment vergessen, warf die Peitsche weg, lief zu dem reglosen kleinen Bündel hin, das mit dem Gesicht nach unten lag, und drehte das Kind um, voller Angst, es könnte sich das Genick gebrochen haben. Zu seiner größten Erleichterung jedoch rührte sie sich, kaum, dass er sie berührt hatte, strich sich die Erde und den Kot aus den Augen, holte tief Luft und sagte etwas in der fremden Sprache ihrer Heimat. Als er sie verständnislos ansah, wiederholte sie die Worte auf Russisch. „Nichts passiert, Nick", sagte sie mit diesem weichen Akzent und lächelte ihn sogar an.

Er lächelte das erste Mal zurück, hob sie hoch und stellte sie auf die Beine, um den Schmutz wenigstens notdürftig von ihr abzuwischen. Ihr hübsches Reitkleidchen war total verdreckt, und obwohl er heilfroh war, dass ihr nicht mehr zugestoßen war, wusste er, dass unweigerlich Ärger auf ihn zukommen würden.

Er musste auch nicht lange warten, denn kaum hatte er sie bei ihrem entsetzten Kindermädchen abgegeben und war in den Stall zurückgekehrt, um das Pferd abzusatteln und in die Box zu führen, tauchte auch schon der Verwalter des Grafen auf. Er machte ein sehr ernstes Gesicht und erklärte ihm, dass der Graf auf das Äußerste erzürnt wäre und Befehl gegeben hatte, den Burschen, der das Leben des Kindes so gefährdet hatte, auspeitschen zu lassen.

Zwei der Knechte packten ihn, als er sich widersetzen wollte, zerrten ihn auf den Hof hinaus. Sie wollten ihn gerade mit den Händen an den obersten querliegenden Balken eines Gestells fesseln, das gleichermaßen zum Trocknen von Pferdedecken wie auch der Züchtigung aufsässiger Bediensteter diente, als vom Schloss her scharfe Rufe erklangen. Fast im selben Moment kam das kleine Balg angelaufen. Sie hatte nur ein dünnes Hemdchen an, und das dunkle Haar wehte hinter ihr her, als sie flink an allen nach ihr greifenden Händen vorbeischlüpfte, um sich unmittelbar darauf auf ihn zu stürzen und sich an seinen Beinen festzuklammern.

Die Knechte hatten ihn vor Überraschung losgelassen, und der Verwalter kam näher, um die mageren Ärmchen zu lösen, musste jedoch bald einsehen, dass sie sich so entschlossen festhielt, dass er sie wohl eher verletzt, denn weggebracht hätte. Schließlich kam der Großvater, ein großer, finsterer und herrischer Mann, befahl der Gouvernante, die zitternd vor Aufregung danebenstand, das Kind zu entfernen, und brüllte zornig los. Doch auch die Bemühungen der Gouvernante verliefen im Sand, und die Kleine hing immer noch entschlossen an Nikolais Bein. Der Graf, ein harter Mann, der es nicht duldete, dass sich jemand seinen Befehlen widersetzte und wäre es auch nur seine kleine, kaum siebenjährige Enkelin, gebot dem Verwalter, mit der Züchtigung zu beginnen, selbst auf die Gefahr hin, dass das Kind ebenso von den Schlägen getroffen wurde.

Als der Verwalter jedoch zögerte, griff der Graf selbst zur Peitsche. Er holte mit vor Zorn lodernden Augen weit aus und ließ die beißende Spitze auf Nikolai und das Kind niederfahren. Dieser hatte bis zuletzt nicht geglaubt, dass der Großvater tatsächlich so weit gehen würde, seine eigene kleine Enkelin auspeitschen zu lassen, und warf sich im letzten Moment über das Kind, um den Schlag abzufangen.

Der Graf, völlig bar jeder Beherrschung, ließ die Peitsche immer und immer wieder niedersausen, während Nikolai über die Kleine gekauert dahockte, sie fest in den Armen hielt und sie mit seinem Körper vor den Schlägen schützte, die nicht nur sein leinenes Hemd, sondern auch seine Haut aufrissen und ihm tief ins Fleisch schnitten. Der Gutsherr ließ erst erschöpft von den beiden ab, als er sich völlig verausgabt hatte. Er warf die Peitsche weg, wandte sich ab und sah sich seiner Tochter gegenüber, die neben ihrem fremdländisch aussehenden Diener stand und fassungslos auf die Szene starrte. Sie warf ihrem Vater einen verächtlichen Blick zu, schob ihn zur Seite und beugte sich zu Nikolai hinunter, der die Kleine immer noch mit seinen Armen umschlossen hielt, die Lippen fest aufeinander gepresst, um jeden Laut der Pein zu ersticken. Er richtete sich erst langsam und voller Schmerzen auf, als die Mutter mit Tränen in den Augen nach ihrem Kind griff und es an sich zog. Sie sprach kein Wort, sah ihn nur lange an und ging dann mit ihrer kleinen Tochter in den Armen fort.

Ihn selbst fasste der bronzehäutige Mann, der sein schwarzes Haar hinter dem Kopf zusammengebunden hatte, vorsichtig am Arm, stützte den

Schmerzgekrümmten und führte ihn fort in den Stall, über dem die kleine Kammer lag, in der Nikolai sein Lager hatte. Er half ihm, die Leiter hinaufzusteigen, zog ihm das zerfetzte, blutige Hemd vom Leib und ließ ihn wieder alleine. Nikolai kauerte sich vor dem Bett nieder, krallte die Finger in die raue Decke und kämpfte gegen den brennenden Schmerz an, der seinen ganzen Körper erfasst hatte und ihn glauben ließ, jedes Fleckchen seiner Haut wäre wund.

Er war gerade dabei, heftige Flüche zwischen seinen Zähnen hervorzustoßen, als der Mann mit einer Schüssel Wasser und einem Tiegel wieder zurückkehrte und ihm in dieser fremden Sprache bedeutete, sich auf das Bett zu legen. Nikolai stöhnte unterdrückt auf, als der andere mit sanften, sicheren Bewegungen seine Wunden reinigte und dann vorsichtig etwas von der Salbe, die er mitgebracht hatte, verteilte. Er murmelte dabei ununterbrochen etwas Unverständliches, hockte sich, als er fertig war, neben Nikolai hin und drehte dessen Kopf so, dass er ihn ansehen musste. Er lächelte, hielt ihm die Innenseite seiner flachen Hand hin und führte diese dann an sein Herz. Dann stand er auf, nickte ihm noch einmal zu und verschwand fast lautlos.

Nikolai legte erschöpft den Kopf auf den Strohsack, der ihm als Polster diente, und empfand mit Erleichterung, wie die Schmerzen offensichtlich durch die Salbe, die ihm der Fremde aufgelegt hatte, schwächer wurden. Als er die Augen schloss, sah er wieder das harte Gesicht des Grafen vor sich, der in seinem Zorn nicht einmal davor zurückgeschreckt war, seine kleine Enkelin ebenfalls zu züchtigen, nur weil diese es gewagt hatte, sich seinem Befehl zu widersetzen. Er fühlte einen unendlichen Hass auf diesen Mann in sich aufsteigen, der stärker war als die Schmerzen selbst, und wünschte, ihm diese Tat mit Zins und Zinseszins vergelten zu können.

Er hatte nicht gehört, dass jemand leise die Leiter hinaufgeklettert war, und zuckte zusammen, als er eine leichte Berührung an seiner Hand spürte. Als er die Augen öffnete, sah er die Kleine vor sich auf dem Boden knien. Er zog die Augenbrauen zusammen, wollte sie fortjagen, aber sie kroch ein bisschen näher, nahm seine Hand, schmiegte die weiche Wange in die raue Handinnenfläche und begann zu weinen. Vollkommen lautlos, er erkannte es nur an den Tränen, die durch seine Finger und über ihre Wangen liefen, und an den unterdrückten Schluchzern, die den mageren kleinen Körper schüttelten. Er richtete sich ungeachtet seiner Schmerzen etwas auf, zog sie näher an sich heran und streichelte tröstend über ihr lockiges Haar, das sich so weich und seidig anfühlte.

Von diesem Tag an liebte er dieses kleine Mädchen ebenso sehr wie er ihren Großvater verabscheute.

Und jetzt stand sie hier, unter seinem Fenster auf der Straße. „Katharina Duvallier", murmelte er vor sich hin.

Sue-Ellen, seine Geliebte, die er vor knapp einem Jahr in einer der Nobelbars kennengelernt hatte und seitdem aushielt, trat neben ihn, um ebenfalls auf die Straße zu sehen. „Ja, tatsächlich. Das ist sie. Die ganze Stadt spricht schon von ihr."

Sie musterte die Frau, die sich jetzt nach ihrem Ridikül bückte, das ihr bei dem Gespräch aus der Hand gefallen war, und sich verlegen wieder eine lose Haarsträhne unter den Hut schob. „Arme kleine graue Maus", sagte sie fast mitleidig. „So wie das Mädchen aussieht, bekommt sie nie die reiche Partie, die sie sich hier erhofft hat. Wenn sie wenigstens jünger wäre, dann könnte man vielleicht noch etwas aus ihr machen, aber so? Solche armen Dinger müssen schon einen reichen Vater haben, um unter die Haube zu kommen."

Nikolai sah sie scharf an. „Was soll das heißen?"

Sue-Ellen lächelte ihn an, wobei sie mit der Schnur ihres halb geöffneten, schwarzroten Spitzenmieders spielte. „Sag bloß, du hast noch nicht davon gehört – die ganze Stadt spricht doch von nichts anderem! Die graue Maus ist hier, um sich unter den vielen Neureichen der Stadt einen Mann zu suchen, der die Finanzen ihres Daddys ein wenig auffrischt." Sie blickte wieder aus dem Fenster. „Aber ich fürchte, da hilft nicht einmal der adelige Stammbaum etwas ... Obwohl, dieser Derek Simmons scheint ganz begeistert von ihr zu sein, ... wenn sie es richtig anstellt, ist das wohl ihre große Chance, einen reichen Mann zu bekommen."

„*Wie* reich müsste er denn sein?", fragte er möglichst beiläufig, während er kaum den Blick von der jungen Frau auf der Straße wenden konnte.

Sue-Ellen zuckte mit den Schultern. „Keine Ahnung, angeblich hat der alte Herr Schulden von zwanzigtausend Dollar oder sogar noch etwas mehr." Sie legte die Hand auf seine Wange und drehte sein Gesicht zu ihr. „Aber lass sie doch. Weshalb sollte dich schon solch ein dürres, unscheinbares Ding interessieren? Sieh lieber mich an." Sie trat so dicht an ihn heran, dass ihre vorwitzig über den Rand des Mieders lugenden Brustspitzen seine bloße Brust berührten, nahm seine Hand und legte sie auf ihre runde Hüfte. „Du hast mich sicherlich nicht in deiner Mittagspause aufgesucht, um über diese graue Maus zu sprechen, oder?" Sie war bis auf das Mieder nackt und Nikolai streichelte geistesabwesend über die weiche Haut.

‚Zwanzigtausend', dachte er, und ein kaltes Lächeln erschien auf seinen Lippen, als er der schlanken Frau nachsah, die sich soeben von dem dicklichen Mann verabschiedet hatte und in Begleitung der blonden Schönheit davonging. ‚*Um dieses Geld werde ich sie bekommen. Und dieser Simmons, der gestern Abend schon um sie herumgeschlichen ist, soll zum Teufel gehen.*'

Als er sich wieder seiner Freundin zuwandte, sah ihn diese prüfend an. „Ich glaube, ich will jetzt besser nicht wissen, was soeben in deinem Kopf vorgeht, Nicki."

Er verzog ironisch den Mund. „Ich dachte nur gerade daran, wie sich doch die Zeiten geändert haben."

Sekundenlang wurde Sue's Blick unsicher. „Du gefällst mir heute gar nicht, Nickie. Du bist so fremd. Ist etwas geschehen?"

Er ließ seinen Blick von ihrem vollen roten Mund, der deutliche Anzeichen von Farbe aufwies, abwärts gleiten, über ihren Hals mit diesen reizenden Grübchen links und rechts, die ihm neben ihrem nachtschwarzen Haar, bei dem sie allerdings ebenfalls der Natur nachgeholfen hatte, zuerst an ihr aufgefallen waren. Statt einer Antwort legte er seine Hand so unter ihre rechte Brust, dass diese aus dem Mieder quoll, beugte sich hinab, nahm die leicht aufstehende Spitze in den Mund und sog daran, bis sie zwischen seinen Lippen hart wurde. Sue-Ellen hatte erregend dunkle und große Brustwarzen, die geradezu dazu geschaffen zu sein schienen, einem Mann Lust zu bereiten. Ihre großen Brüste und deren aufreizende Spitzen waren das Zweite an ihr gewesen, das sein dauerhaftes Interesse an ihr erweckt hatte. Bevor er ihre weiteren, nicht unerheblichen Qualitäten zu schätzen gelernt hatte.

Sue stöhnte auf, drängte sich an ihn und ließ ihre Hände an seinem Körper abwärts wandern, bis sie sein Glied erreicht hatte, das ihren tastenden Fingern bereits hart entgegenkam, als sie die Knöpfe seiner Hose öffnete.

„Wie willst du es denn heute?", fragte sie mit dieser dunklen Stimme, von der sie wusste, dass sie ihn erregte, umfasste fest die Wurzel seines Gliedes und zog es ein wenig zu sich empor. „Soll ich ein bisschen am großen Daumen lutschen, mein Süßer?"

„Hör auf, so zu reden", sagte Nikolai unwillig. „Du weißt, dass ich das nicht leiden kann."

Er schob sie zu dem mit rotem Samt überzogenen Sofa, drückte sie darauf nieder und legte sich halb auf sie. Sein Griff um ihre Brust wurde fester, fordernder, er presste das weiche, nachgiebige Fleisch zusammen, schob es tief in seinen Mund. Sue-Ellen hielt immer noch sein Glied, lachte gurrend auf, aber dann ging der Ton in ein Stöhnen über, als seine freie Hand zwischen ihre Schenkel glitt und dort mit schlafwandlerischer Sicherheit all jene Punkte berührte und massierte, die ihr die Hitze durch den Leib trieben, das Verlangen nach ihm erweckten und sie zu seinem willenlosen Spielzeug machten.

Sie war, als sie Nikolai das erste Mal begegnet war, weiß Gott keine Anfängerin gewesen, hatte gewusst, wie man die Männer behandeln musste, um möglichst viel Geld aus ihnen herauszuholen und sie sich hörig zu machen, aber Nick Brandan war der erste, für den sie es auch ohne

Bezahlung gemacht hätte. Dass er ihr diese kleine Wohnung gemietet hatte und ihr monatlich einen schönen Batzen Geld gab, war eine andere Sache, und sie wäre dumm gewesen, hätte sie seinen Vorschlag damals abgelehnt.

Er hatte ihr niemals etwas von Liebe vorgefaselt, sondern ihr nur klipp und klar erklärt, dass er für ihren Lebensunterhalt aufkommen würde unter der Bedingung, dass sie außer ihm keine anderen Männerbesuche hatte. „Du kannst meinetwegen bisher Dutzende gehabt haben, Sue", hatte er gesagt, „und nach mir noch hundert, aber solange wir zusammen sind, möchte ich keine Frau im Arm halten, von der ich annehmen muss, dass sie sich eine Stunde davor mit einem anderen abgegeben hat."

Nun, diese Bedingung war ihr nicht schwergefallen. Sie war zwar nicht gerade ein Kind von Traurigkeit und war nicht aus Verzweiflung oder Mangel an anderen Möglichkeiten in der Bar gelandet, sondern weil es ihr gefiel, umschwärmt zu werden und gutes Geld zu verdienen. Solange sie so jung und hübsch war, konnte sie sich ihre Freier aussuchen, und wenn ihre beste Zeit einmal vorbei war, würde sie sich so viel erspart haben, dass sie dieses kleine Hotel aufmachen konnte, von dem sie schon lange träumte.

Nikolai saugte immer heftiger an ihrer Brust, die Bewegungen seiner Hand zwischen ihren Schenkeln wurden schneller, drängender, sie wand sich, stöhnte, hob sich ihm entgegen und konnte es kaum mehr erwarten, sein Glied in ihren Körper stoßen zu fühlen, als er plötzlich innehielt. Er löste sich von ihrer Brust, die von der Feuchtigkeit seines Mundes glänzte und deren Warze durch die kühle Luft, die vom geöffneten Fenster herüberstrich, hart emporstand.

„Was ist denn, Nicki?", fragte sie enttäuscht, als er sich ein wenig aufsetzte, sich auf dem Arm aufstützte und sie fast nachdenklich betrachtete. Sie bog ihre Beine weit auseinander, zog die Knie ein wenig an und gab ihm einen guten Blick auf ihre feuchte Scham, die schon lange für ihn bereit war. „Da wartet jemand auf dich ... Komm, sei lieb ... Nicht aufhören."

Er lächelte, legte die Hand wieder zwischen ihre Beine und schob zwei Finger in ihre Vagina. „Ich hatte nur eben an etwas gedacht", sagte er, während er seine Finger massierend in sie hineingleiten ließ und wieder heraus. Sie war schon so nass und erregt, dass diese Bewegungen ein leises, schmatzendes Geräusch hervorriefen.

„Was denn gedacht?", fragte sie mit leisem Unmut in der Stimme. Sie streckte die Arme aus und zog ihn näher an sich, bevor sie energisch nach seinem harten Glied griff, ihre Finger darum schloss und kräftig auf und ab fuhr. Sie hatte es noch nie leiden können, wenn einer ihrer Freier nicht ganz bei der Sache war. Sie empfand das als persönliche Beleidigung, als Missachtung ihrer Kunst und ihrer Anziehungskraft. „Du sollst an nichts denken, wenn du bei mir bist, Nicki. Und jetzt komm! Ich will ihn haben! Und zwar sofort!"

Nikolai lachte, gab ihrem Drängen nach, legte sich über sie und stieß sofort zu. Sie bäumte sich unter dem ersten Stoß auf, stöhnte tief und zufrieden. „Na also." Sie legte die Arme um ihn, begann wie eine Katze zu schnurren, als er in ihr auf und ab glitt, langsam, schnell, im Wechsel, zwischendurch so hart zustieß, dass sie leise aufschrie und schließlich fühlte, wie sie jenen Zustand erreichte, in dem sie alles um sich herum vergessen konnte, sich der Seligkeit und dem Paradies ebenso nahe fühlte wie der brennenden Hölle. Sie stieß, als ihre Vagina heftig kontrahierte, einige wilde Schreie aus, die man durch das geöffnete Fenster vermutlich bis auf die Straße hören konnte, und vermerkte daneben mit Genugtuung, dass ihrem Freund das Denken endlich vergangen zu sein schien, denn er stöhnte ebenfalls unbeherrscht auf, warf den Kopf zurück, drang mit einem harten Stoß noch tiefer in ihre feuchte Höhlung und sank schließlich aufatmend auf sie.

„So", sagte sie zufrieden, als er schwer auf ihr lag und sein dunkler Kopf auf ihrer Schulter ruhte, „und jetzt kannst du mir sagen, was du gedacht hast."

Nikolai stützte sich auf seine Ellbogen, hob den Unterkörper, um sein Glied aus ihr zu ziehen, blieb jedoch auf ihr liegen und sah sie ernst an. „Ich habe mich entschlossen zu heiraten, Sue."

Sie fühlte eine eisige Kälte durch ihren von der Leidenschaft immer noch erhitzten Körper kriechen. „Diese blonde Maid?", fragte sie schließlich mit größtmöglicher Ruhe. „Die vorhin dort unter dem Fenster paradiert hat?"

Nikolai verzog den Mund. „Grace Forrester? Nein. Die graue Maus."

Sue glaubte nicht recht zu hören. „Wie bitte? Dieses unscheinbare, magere Ding? Was willst du denn mit der? Die ist doch so knochig, dass du dir an der nur blaue Flecken holst!"

Er lachte unwillkürlich und betrachtete mit sichtlichem Genuss ihre großen Brüste, die aus dem Mieder gequollen waren und schwer und verlockend nah vor seinem Gesicht lagen. „Jede kann nicht so gut ausgestattet sein wie du, meine schöne Verführerin. Es muss auch andere Frauen geben."

„Dann überlass es auch anderen Männern, diese dürren Weiber zu heiraten", sagte sie schnell. „Und überhaupt – du kennst sie doch gar nicht! Wie kannst du auch nur daran denken eine zu heiraten, die dir erst heute über den Weg gelaufen ist?"

„Das hat Gründe, über die ich nicht mit dir sprechen werde", erwiderte er lächelnd und ließ seine Zunge im Kreis um ihre Brustspitze tanzen, die sich sofort wieder härter emporreckte. „Aber du musst keine Angst haben, Sue, dich werde ich nicht so schnell aufgeben, dafür bist du viel zu anziehend. Und falls wir uns doch trennen sollten, schenke ich dir die Wohnung."

„Sicherlich?", fragte sie schnell.

„Ganz bestimmt sogar", antwortete er grinsend, küsste sie schnell und fast freundschaftlich auf den Mund und erhob sich, um sich wieder anzukleiden.

„Wann sehen wir uns denn?", fragte sie, als er kurz darauf seinen Hut nahm und aus der Tür wollte. „Morgen?"

Nikolai ließ seine Blicke über ihre üppige Figur gleiten. Sue lag noch so nackt vor ihm, wie er sie verlassen hatte, hatte ihre Beine immer noch ein wenig gespreizt, ihr roter, sinnlicher Mund war leicht geöffnet und ihre vollen Brüste bebten bei jedem Atemzug.

„Nein. Heute Abend."

Sie setzte sich etwas auf, wobei sie darauf achtete, dass ihre Brüste noch besser zur Geltung kamen. „Dann werde ich Champagner kalt stellen. Sozusagen zur Feier der *Verlobung*."

Nikolai lachte, zog seine Brieftasche hervor, nahm einen Geldschein heraus und steckte ihn zwischen die üppigen Brüste. „Kauf eine gute Marke, mein Täubchen."

Kapitel 3

Als Kate am nächsten Tag Mrs. Baxter um Pferd und Wagen bat, schlug diese entsetzt die Hände über dem Kopf zusammen. „Aber Kindchen, Sie glauben doch nicht allen Ernstes, dass ich Sie alleine in der Gegend herumfahren lasse!"

„Weshalb denn nicht?", fragte Kate verblüfft.

Mrs. Baxter schüttelte den Kopf. „Aber das gehört sich doch nicht! Außerdem wäre es viel zu gefährlich. Sie sind in einer äußerst zivilisierten Umgebung aufgewachsen, Kate. Aber hier ist der Wilde Westen! Wenn es eine harmlose Kleinstadt wäre, ja, aber Sacramento ist ein wahrer Pfuhl des Lasters."

Kate bemühte sich, beeindruckt zu wirken, obwohl das Lachen locker in ihrer Kehle saß.

„Ich weiß, was wir tun", fuhr Mrs. Baxter energisch fort. „Grace hat mir erzählt, dass sie heute mit Nick Brandan ausreiten wollte. Wir werden sie bitten, Sie mitzunehmen."

Kate konnte sich nicht vorstellen, dass einer der beiden über diesen Vorschlag vor Freude in die Luft springen würde, nickte jedoch lebhaft. „Eine ausgezeichnete Idee, Mrs. Baxter!"

„Sie können doch reiten?", fügte ihre Gastgeberin misstrauisch hinzu.

„Ein wenig", antwortete Kate amüsiert.

Knapp eine Stunde später saß sie auf einem mittelmäßigen Pferd, das ihr vom Stallburschen als „*besonders zuverlässig und gutmütig*" beschrieben worden war, und zottelte hinter Nick und Grace her, die beide auf guten Pferden ritten und durch sie aufgehalten wurden. Zu allem Überfluss hatte sie keinen in der Mitte geteilten Reitrock dabei. Eine Hose kam nicht infrage, und Ann hatte beschlossen, sie auf einen Damensattel zu verfrachten, den sie – wusste der Teufel wo – ausgegraben hatte. Nun war Kate der Umgang mit solchen Sätteln zwar vertraut, aber sie hasste es, ohne richtigen Körperkontakt auf einem Pferd zu sitzen, rutschte ärgerlich hin und her und versuchte vergeblich, ihr gemütliches Reittier zu einer etwas rascheren Gangart zu bewegen.

Schließlich hatte Nick, der sich immer wieder amüsiert nach ihr umwandte, Mitleid und ließ sein Pferd etwas langsamer gehen, um so neben ihr herreiten zu können. „Ein braves Tier haben Sie sich hier ausgesucht", sagte er in einem neutralen Tonfall.

„Ja", gab Kate nur mürrisch von sich.

Grace, die bisher keinen Gedanken an sie verschwendet hatte, bemerkte, dass ihr Verehrer sich um die Falsche kümmerte, und zügelte nun ebenfalls ihr Pferd, um daneben herzureiten. „Für eine weniger versierte Reiterin ist das genau das richtige Tier", gab sie freundlich bekannt. „Meine Blizzy, zum Beispiel, wäre schon längst mit Ihnen über alle Berge."

Kate warf einen prüfenden Blick auf „Blizzy", die ungeduldig den Kopf vorbeugte. „Weshalb reiten Sie mit Kandare?"

„Weil dieses Temperamentsbündel sonst den ganzen Weg durchgaloppieren würde", antwortete Grace nachsichtig.

„Ein gut erzogenes Pferd braucht keine Kandare", antwortete Kate ruhig, die Kandaren ebenso verabscheute wie diese hier im Westen üblichen, scharfen Sporen.

„Sie verstehen zweifellos etwas von Pferden", kam es schnippisch zurück.

„Miss Duvallier war bereits als Kind eine gute Reiterin", mischte sich Nick ein.

Kate lachte. „Ja, ich weiß. Ein kleiner Sprung und schon lag ich unten!"

„Sie sind mitten in der Pfütze gelandet", sagte Nick, und für Sekunden war sein Gesicht weich.

‚Und dann hast du meinetwegen Schläge bekommen', dachte Kate traurig. Das war der Tag gewesen, an dem sie begonnen hatte, ihren Großvater zu hassen. Tief und innig, wie niemals mehr ein anderes Lebewesen. Auch ihre Mutter hatte sich von diesem Moment an von ihm zurückgezogen, und sie beide waren froh gewesen, als sie wieder heimreisen konnten.

„Sie kennen Miss Kate von früher?", fragte Grace überrascht.

„Ich war Pferdeknecht am Gutshof ihres Großvaters", erwiderte Nick gleichmütig. „Das war noch in Russland."

„Und Sie haben dort gelebt, Kate?"

Kate zuckte mit den Schultern. „Nur zwei Jahre lang. Mein Vater hatte meine Mutter und mich während des Bürgerkrieges nach Europa geschickt, und wir lebten am Hof meines Großvaters, bis Vater uns wieder abholen ließ." ‚Und diese beiden Jahre waren nur erträglich, weil Potty da war und ... Nick', fügte sie in Gedanken hinzu.

Sie ritten einen weiten Bogen um die Stadt, einen Hügel hinauf, und Kate konnte von der Ferne einige der Bergspitzen der Sierra Nevada sehen. Das mächtige Gebirge, das vor dem Bau der transkontinentalen Eisenbahn das bedeutendste Hindernis für die Trecks gewesen war, die vom Osten der Staaten hierher zogen, bot einen so überwältigenden Anblick, dass Kate unwillkürlich ihr Pferd zügelte und verträumt hinüberblickte. Man konnte es von hier nicht sehen, aber sie hatte gehört, dass einige der Gipfel sogar in den Sommermonaten mit Schnee bedeckt waren. Im Winter boten die Schluchten und steilen Berge ein unüberwindliches Hindernis, und wehe dem Treck oder einsamen Reiter, den es zu dieser Jahreszeit dorthin verschlug.

„Beeindruckend, nicht wahr?", sagte Nick neben ihr und blickte hinüber auf die felsigen Spitzen. „Und ebenso gefährlich. Es sind schon viele Menschen dort umgekommen. Ich habe sie, als ich nach Kalifornien gekommen bin, ebenfalls überquert, obwohl es damals schon die Eisenbahn gab. Aber es hat mich gereizt, und ich hatte Anschluss an einen guten Treck gefunden. Allerdings war das in den Sommermonaten. Andere hatten weniger Glück." Er wandte den Kopf und blickte sie an. „Sie haben doch sicherlich schon von der Donner Party gehört, jenem Treck, der in die Wintermonate gekommen und mitten in den Bergen steckengeblieben ist?"

„Das muss etwa vierzig Jahre her sein", erwiderte Kate nickend. „Man spricht aber jetzt noch darüber. Es heißt, den Leuten wäre der Proviant ausgegangen, nachdem sie weder vor noch zurück konnten, und als endlich Hilfe kam, waren über vierzig Menschen umgekommen. Es sollen auch sehr viele Kinder darunter gewesen sein."

„Man erzählt sich sogar, dass sich die Überlebenden gegenseitig aufgegessen haben", ließ sich Grace vernehmen. Sie schauderte. „Ist das nicht schrecklich, wie tief Menschen sinken können?"

„Überleben, Miss Grace, ist jedem von uns wichtig", antwortete Nick ruhig, „Die Menschen töten aber meist aus weit weniger nichtigen Anlässen als vor Hunger."

„Mich bedrückt dabei wesentlich mehr die Verzweiflung, in der sich diese Leute befunden haben mussten", meinte Kate. „Wie elend muss jemand sein, um einen anderen Menschen aus Hunger zu essen."

„Also ich könnte das nie!", rief Grace aus.

Nick beendete das Thema, indem er sein Pferd wendete und Richtung Sacramento sah. Der Fluss, von der Nähe aus besehen schmutzig, da ihn die Stadt als Abfalleimer benutzte, war aus der Entfernung und im Sonnenschein in ein zauberhaftes Leuchten getaucht. Kate fragte sich, ob sie den Anblick deshalb so genoss, weil Nick neben ihr war, auf die einzelnen

Stadtteile wies und ihr dabei alles erklärte. „Es ist eine wohlhabende Stadt, die reich geworden ist durch die vielen Goldsucher. Die Leute mussten selbst keinen Finger rühren, sondern nur den Diggern den notwendigen Proviant und die Ausrüstung verkaufen und damit Geld verdienen. Die Preise hier sind sogar heute noch höher als in anderen amerikanischen Städten."

„Sind Sie direkt hierher gezogen, nachdem Sie die Sierra überquert haben?", fragte Kate, begierig, mehr über ihn und sein Leben hier zu erfahren.

„Nein, zuerst ging ich nach Fort Ross, weil es da viele Russen gab", erzählte Nick ruhig. „Ursprünglich war dieses Fort eine Versorgungs- und Handelsbasis für die in Alaska tätigen russischen Pelztierjäger. Ich arbeitete dort zwei Jahre lang als Holzfäller, bevor ich hierher kam, weil ich einen alten Mann getroffen hatte, der mir etwas von einer Goldmine erzählte, die er gefunden und niemals ausgebeutet hätte. Er beschrieb mir die Stelle und verkaufte mir das Land, auf dem sie sich angeblich befand. Ich gab ihm dafür alles, was ich an Barem hatte, und versuchte mein Glück. Ich wurde tatsächlich fündig. Es war zwar nicht viel, aber genug, um auf dem ziemlich ausgedehnten Grundstück meinen Holzhandel aufzuziehen." Er deutete nach Nordosten. „Dort drüben ist es, man sieht es nicht, weil Hügel den Blick verdecken, aber es liegt sehr günstig, direkt am American River."

Warum bist du nur nicht zu mir gekommen?, dachte Kate unglücklich. *Ich hätte dir jeden Cent gegeben, den ich hatte.*

„Ach, ich würde lieber in San Francisco wohnen", meldete sich Grace, die offensichtlich zu wenig Aufmerksamkeit von ihrem Verehrer erhielt. „Dort haben sie sogar etwas, das man elektrisches Licht nennt, und diese zauberhaften Kutschen, die ganz ohne Pferde an einem Strick durch die Straßen gezogen werden!"

„Mrs. Baxter hat mir gesagt, die Stadt hätte schon an die dreihunderttausend Einwohner", warf Kate ein.

Ihr Begleiter nickte. „Ja, das wird ungefähr hinkommen, auch wenn ich persönlich etwas weniger schätzen würde."

Grace wandte sich ab, trieb ihr Pferd an, und sie mussten ihr folgen. Vermutlich um sich Kate gegenüber wichtig zu machen, schlug sie ein Wettrennen vor.

„Ich bin sicher, dass ich mit Blizzy Ihren Hengst schlage, Nick", sagte sie mit einem schelmischen Blinzeln.

„Ich bin sicher, dass dies nur der Fall ist, wenn Mr. Brandan sein Pferd zügelt", entfuhr es Kate ungewollt.

Grace starrte sie wütend an. *Eine Feindin mehr*, dachte Kate resignierend, aber Nick grinste. Es war das erste Mal, seit sie ihn wiedergetroffen hatte, dass sie ihn ehrlich lächeln sah, und sie war überrascht über die

Veränderung, die dabei in seinem Gesicht vorging. Er wirkte plötzlich jünger, weitaus weniger streng.

Grace bestand trotzdem auf einem Wettrennen. Nick ließ sie, wie vorhergesehen, gewinnen, und Kate ritt mit einem abfälligen Gesichtsausdruck langsam hinterher. „Schon gut, mein Alter", sagte sie zu ihrem braven Ross, das die Ohren spitzte, und zu einer schnelleren Gangart ansetzen wollte, als es die anderen Pferde davonstürmen sah, „wir kommen langsamer auch gut heim."

Vor der Stadt kam ihr Nick bereits wieder entgegen, sein dunkelgrauer Hengst war wirklich ausgezeichnet und galoppierte so leichtfüßig heran, dass Kate eine bewundernde Bemerkung machte.

„An sich verwende ich ihn zur Zucht, und er ist daher die meiste Zeit auf der Ranch oben in den Bergen", erklärte ihr Nick, als sie einträchtig nebeneinander der Stadt entgegenritten, „aber diesmal habe ich ihn mitgebracht, um ihn wieder an Zaumzeug und Sattel zu gewöhnen, andernfalls verwildert er völlig."

Grace hielt etwa hundert Meter vor ihnen und machte ein beleidigtes Gesicht, als sie näher kamen.

„Miss Kate hätte bestimmt auch alleine in die Stadt gefunden", sagte sie schnippisch.

„Ich bin mit zwei Damen fortgeritten, also komme ich auch mit zwei Damen wieder heim", erwiderte Nick gelassen.

Sie brachten zu Graces Verstimmung und Kates Verwunderung zuerst die blonde Schönheit heim. Nick verabschiedete sich mit einem galanten Handkuss von ihr und begleitete dann Kate zum Haus der Baxters. Dort sprang er vom Pferd und hob sie herab, bevor noch einer der Burschen herbeilaufen konnte.

Kate fühlte sekundenlang seine Hände um ihre Taille, bevor er sie wieder losließ und einen Schritt zurücktrat. Sie war nicht mehr das verliebte junge Mädchen, das sie damals gewesen war. Sie war in der Zwischenzeit erwachsen geworden, umschwärmt gewesen, hatte viele Verehrer gehabt, aber in diesem Moment schien es ihr, als würde die Zeit zurückgedreht werden. Seine Berührung hatte eine ganze Reihe von Gefühlen in ihr ausgelöst, und sie verspürte den heftigen Wunsch, er würde sie in die Arme nehmen und halten.

Vom Haus hatte man sie offenbar beobachtet, denn Mrs. Baxter beugte sich aus einem der Fenster und winkte herunter. „So kommen Sie doch mit herein, Nick! Ihnen wird jetzt sicher eine kleine Erfrischung gut tun!"

„Gerne." Nick lächelte hinauf und ging mit Kate zum Haus hinüber. Als sie durch die Tür traten, legte er kurz seine Hand auf ihren Rücken, sie fühlte die Berührung durch den Stoff ihrer Bluse und meinte sogar, ein leichtes

Streicheln zu spüren. Dann war dieser Moment vorbei und sie war sich nicht sicher, ob sie sich das nicht nur eingebildet hatte.

Nikolai saß Katharina gegenüber, plauderte angeregt mit Mrs. Baxter und ließ dabei immer wieder seine Blicke zu der jungen Frau wandern, die in diesem reizlosen Kleid dasaß, von Zeit zu Zeit ihre Brille zurechtschob und sich eine vorwitzige Haarsträhne aus dem Gesicht strich. Sie wirkte jetzt plötzlich wieder ganz anders als zuvor, als sie auf diesem lahmen Gaul gesessen hatte. Ihr Gesicht hatte etwas Lebhafteres gehabt, und sie hatte Grace Forrester gegenüber einige recht spitze Bemerkungen fallen lassen, die ihn tatsächlich amüsiert hatten.

‚Vielleicht ein gewisser Neid auf eine schöne Frau‘, überlegte er kühl. *‚Sie hat sich ja wirklich nicht gerade zu ihrem Vorteil entwickelt. Sue-Ellen hatte völlig recht, sie ist eine graue Maus geworden. Auf alle Fälle macht es das leichter, sie zu bekommen. Es braucht bestimmt nicht mehr als einige nette Worte, eine kleine Berührung hier, ein gut angebrachtes Kompliment dort ... Reizlose Frauen wie sie sind ausgehungert nach solchen Dingen.‘*

Er führte sein Gespräch mit Mrs. Baxter fort, blickte jedoch immer wieder hinüber zu Katharina. *‚Seltsam, ich hätte nicht geglaubt, dass sie so schnell an Schönheit verlieren würde. Das ist oft bei Frauen der Fall, sobald die erste Jugend vorbei ist, aber bei Katharina hätte ich angenommen, dass ihre Schönheit zeitloser wäre. Und schön war sie wahrhaftig ...‘* Er schob jede weitere Überlegung in dieser Richtung von sich und plante sein weiteres Vorgehen. *‚Ich werde sie morgen Abend ausführen und danach einen kleinen Spaziergang machen, dabei kann man sich ganz gut näher kommen.‘*

Als er sich verabschiedete, sah er Katharina tief in die Augen, hielt ihre Hand länger als notwendig und beugte sich dann darüber, um sie zu küssen. Er bemerkte, wie Katharina bei der Berührung seiner Lippen zusammenzuckte und dann schnell ihre Hand zurückzog.

‚Wahrhaftig‘, dachte er zufrieden, als er heimwärts ging, *‚das wird noch leichter als ich dachte. Morgen Abend führe ich sie zum Essen aus – ohne fremde Begleitung ...‘*

Kate war überglücklich, als sie Nicks Einladung zu einem Abendessen erhielt. Er holte sie pünktlich vom Haus ab, bot ihr galant seinen Arm an und führte sie ins beste Restaurant der Stadt. Wie Mrs. Baxter ihr versichert hatte, aß man dort besser als selbst in Paris, aber Kate war nicht in der Lage, das vermutlich ausgezeichnete Mahl zu würdigen. Sie würgte jeden Bissen hinunter, sah nur Nick und hörte nur seine Stimme.

Er war aufmerksam, charmant, unterhaltsam, sprach sogar über die neueste Mode, brachte sie zum Lachen und machte ihr von Zeit zu Zeit Komplimente. Kate, die Bewunderung und bevorzugte Behandlung von daheim zur Genüge kannte und etwaigen Verehrern immer äußerst kritisch gegenüberstand, wusste, dass er nur freundlich sein wollte, konnte sich seiner Ausstrahlung jedoch trotzdem nicht entziehen und war sich innerhalb von zwei Stunden darüber klar, dass sie heute um keinen Deut weniger verliebt in ihn war als vor zehn Jahren.

Sie genoss es, wenn er sie bewunderte, erschauerte, wenn er wie zufällig ihre Hand berührte, und fühlte es warm in sich aufsteigen, wenn er sie anlächelte. Und alleine schon die Art, wie er sie ‚Katharina' nannte, hatte etwas ungemein Reizvolles für sie – so hatte sie außer ihm niemals jemand angesprochen. Katharina und *Katinka. Katinka* war sein Kosename für sie gewesen, als sie als kleines Mädchen die beiden Jahre am Gutshof ihres Großvaters verbracht hatte. Und später, in seinen Briefen, hatte er sie ebenso genannt. Sie sehnte sich plötzlich danach, diesen zärtlich klingenden Namen wieder aus seinem Mund zu hören, wagte jedoch nicht, ihn daran zu erinnern, und wandte schließlich ihre ganze Energie auf, ihm nicht zu sehr zu zeigen, wie glücklich sie das Zusammensein mit ihm machte.

Am Ende des Abends brachte er sie zurück und machte mit ihr dabei noch eine kleine Runde im besseren Wohnviertel der Stadt. Manche Häuser hatten kleine Vorgärten, die mit Blumen bepflanzt waren. Um diese Jahreszeit blühte noch alles und der Duft einiger Rosensträucher erfüllte die Luft. Es war eine sternenklare Nacht, der Mond schien, und Kate war überwältigt von romantischen Gefühlen, die ihr in den letzten Jahren fremd geworden waren. Nick ging eine Weile schweigend und in Gedanken versunken neben ihr her, aber Kate, allein schon über seine Gegenwart erfreut, war zufrieden, dass er überhaupt da war.

Plötzlich blieb er stehen. Kate war einige Schritte weitergegangen und wandte sich nun nach ihm um. Es war zwar hell genug, um nicht über Unebenheiten am Weg zu stolpern, aber sein Gesicht lag im Schatten seines breitrandigen Hutes, und sie versuchte vergeblich, seinen Ausdruck zu erkennen. Er trat langsam auf sie zu, streckte die Hand nach ihr aus und drehte sie so, dass der sanfte Schein des Mondes auf sie fiel.

„Sie sind eine erwachsene Frau geworden, Katharina", sagte er leise.

„Das sollte man annehmen", antwortete Kate mit einem zittrigen Lächeln.

Er fasste sie bei den Schultern und sie spürte seine Berührung durch das warme Wolltuch hindurch, das sie um ihre Schultern gelegt hatte. Er stand jetzt ganz dicht vor ihr und Kate fühlte es heiß in sich aufsteigen, gleichzeitig eine Kälte, die sie erschauern ließ, und ihre Beine schienen nicht mehr ihr selbst zu gehören.

‚Wenn er mich doch nur küssen würde', dachte sie sehnsüchtig. *„So wie ich es mir in den vergangenen Jahren Tausende Male vorgestellt habe.'*

„Weshalb sind Sie nicht verheiratet, Katharina?" Seine Stimme klang ruhig, aber verunsichernd, und Kate musste erst tief Luft holen, bevor sie antworten konnte.

„Es hat sich eben nicht ergeben", antwortete sie. *Es war mir keiner mehr gut genug*, dachte sie.

Seine Hände glitten jetzt streichelnd über ihre Oberarme, hinterließen dort eine Wärme, die sie atemlos machte. „Nie verliebt gewesen, Katharina?"

„Nein", erwiderte sie mit halber Wahrheit. *Nur immer in dich ...*'

Sie fühlte seine Hände aufwärts wandern, über ihre Schultern, ihren Hals, dann wieder zurück und er zog sie an den Armen leicht an sich. Sein Gesicht war jetzt ganz dicht über ihrem, sie spürte die Nähe seines Körpers und starrte zu ihm empor, unfähig ihr Zittern noch länger unter Kontrolle zu halten.

„Keine Leidenschaft, Katharina?"

Nur für dich', dachte sie, fast bar jeder Beherrschung, als er sich über sie beugte. Sie schloss die Augen, hoffte, dass er sie küssen würde, aber seine Lippen waren wie ein Hauch, der über ihre Wangen fuhr.

„Ist Ihnen kalt?", fragte er leise an ihrem Mund.

„Nein." Ihre Stimme war kaum noch hörbar.

Er ließ sie plötzlich los, trat einen Schritt zurück und nahm ihren Arm. „Kommen Sie, Katharina, ich bringe Sie jetzt nach Hause. Es wird doch etwas kühl und ich möchte nicht, dass Sie sich eine Erkältung holen."

Kate wusste nicht, ob sie über diese Rücksichtnahme erfreut oder ärgerlich sein sollte, und stolperte neben ihm her, als er sie mit schnellen Schritten über den kleinen Weg führte, der schließlich in die Straße mündete, in der die Baxters ihr Haus hatten.

Er sah sie kaum an, bis sie die Haustür erreicht hatten. „Ich wünsche eine geruhsame Nacht, Miss Duvallier." Eine elegante Verbeugung und weg war er.

Kate stand noch eine Minute wie erstarrt da und blickte ihm nach.

Am späten Nachmittag des nächsten Tages war er wieder da, um sie zu einer Spazierfahrt abzuholen. Kate, die ihr Glück kaum fassen konnte, saß neben ihm im Wagen, versuchte möglichst entspannt zu wirken und hörte aufmerksam zu, als er ihr die Umgebung erklärte, auf einige Hügel in der Ferne wies und dann entlang dem Ufer des eindrucksvollen American Rivers, der stromaufwärts etliche Stromschnellen hatte, Richtung Holzwerk fuhr, um ihr dort die Anlagen zu zeigen.

Als sie aus dem Wagen klettern wollte, fasste er sie um ihre Taille und hob sie herunter. Sekundenlang hielt er sie fest und lächelte auf die Errötende herab. „Sie sind leicht wie eine Feder, Katharina."

Bestimmt leichter als Grace, die du sonst stemmst, dachte Kate in einem Anflug von Spott und nagender Eifersucht. Dann trat sie verlegen einen Schritt von ihm weg, solche Gedanken waren kleinlich. Grace mochte vielleicht vollschlank und üppig sein, aber sie hatte eine gute und reizvolle Figur. Sie selbst war immer schon dünn gewesen und konnte an Köstlichkeiten vertilgen was sie wollte, ohne zuzunehmen. Allerdings war sie auch meist von früh bis spät auf den Beinen, arbeitete oft hart wie ein Mann und gab sich kaum einmal süßem Nichtstun hin.

Nick nahm sie leicht am Arm und führte sie über die Höfe. Er stellte ihr seinen Vorarbeiter und Stellvertreter vor, zeigte ihr die wasserbetriebene Sägemühle und ging auf jede ihrer Fragen ein. Schließlich lächelte er sie an. „Ich hätte nicht gedacht, dass Sie soviel von Holz verstehen, Katharina."

„Das tue ich auch nicht, Nick, andernfalls hätte ich nicht so viele Fragen stellen müssen."

Er sah sie mit einem rätselhaften Blick an. „Sie wären eine gute Frau für einen Holzhändler, Katharina."

Kate, die sich eben noch auf sicherem Boden vermeint hatte, merkte, wie sie abwechselnd rot und blass wurde und ihre Knie zu zittern begannen. Da ihr keine passende Antwort einfiel, wandte sie sich um und deutete auf ein niedriges Gebäude im Hintergrund. „Und dort haben Sie Ihr Büro?"

„Ja, wir haben auch ein Stadtbüro, aber hier geschieht die meiste Arbeit. Wenn Sie wollen, führe ich Sie gerne hinein."

Kate ging neben ihm über den Hof und bemerkte, wie die Arbeiter neugierig zu ihnen herübersahen. „Ihre Leute scheinen Sie zu mögen, Nick", sagte sie, als wieder einer der Männer grüßend die Kappe zog. „Ich weiß noch, dass Sie früher am Gut des Grafen ebenfalls sehr geschätzt wurden."

Als er keine Antwort gab, blickte sie in sein Gesicht und war betroffen von der Härte in seinen Zügen. „Das ist lange her", antwortete er schließlich, ohne sie anzusehen. „Und es ist eine Zeit, über die ich nicht gerne spreche."

Kate hätte sich ohrfeigen mögen. „Es tut mir leid", sagte sie leise.

Sein spöttischer Blick wandte sich ihr zu, blieb sekundenlang an ihren Augen hängen. „Tatsächlich?"

Sie war immer noch betroffen, als er sie ins Büro führte und ihr Platz anbot. Kate setzte sich ganz an den Rand eines der unbequemen Stühle, die an der Wand standen, und hoffte, mit ihrer dummen Bemerkung nicht das gute Verhältnis gestört zu haben, das zwischen ihnen entstanden war.

Ein junger Mann, der mit „Tim" angesprochen wurde, brachte eine Kanne mit Tee herein und Kate fühlte sich erst langsam wieder wohler, als sie das warme Getränk in kleinen Schlucken genoss.

Nikolai sprach von seinem Geschäft, von seinen Umsätzen, ließ gelegentlich etwas einfließen, das ihr zeigen musste, dass er kein geringes Vermögen besaß, und warf sein Netz aus, das sich immer enger um sein Opfer zog. Wenn sie tatsächlich auf der Suche nach einem reichen Mann war, dann musste sie unbedingt darauf hereinfallen, und wenn er dann noch seinen

Charme ins Spiel brachte, sollte er dem dicken Simmons gegenüber im Vorteil sein.

Er hatte bemerkt, dass er sie am Abend davor hatte verunsichern können, und einem im Umgang mit Frauen erfahrenen Mann konnte nicht verborgen geblieben sein, wie empfänglich sie für seine Berührungen gewesen war. Er war gerade nur so weit gegangen, sie zu beunruhigen, aber nicht weit genug, um eine alte Jungfer wie sie zu verschrecken.

Soviel er verstanden hatte, gab es außer Simmons keinen Bewerber, der interessiert genug wäre, in eine geldbedürftige Familie einzuheiraten, und dafür, dass er wiederum seine graue Maus schnell in der Falle hatte, würde er schon sorgen. Über seine Gründe war er sich selbst nicht ganz im Klaren — hauptsächlich war es wohl der Triumph, endlich das zu erreichen, was ihm vor Jahren vorenthalten worden war, und die Enkelin jenes Mannes in die Hand zu bekommen, der ihn zutiefst gedemütigt und fast getötet hatte. Er war der adeligen Gesellschaft nicht gut genug gewesen, aber in der Zwischenzeit hatte sich das Blatt gewendet und Katharina, die ihn damals verschmäht hatte, konnte nun froh sein, wenn er bereit war, sie zu heiraten und die Schulden ihres Vaters zu begleichen.

Er hatte bereits mit dem Gedanken gespielt, ihr das Geld, aber nicht die Ehe anzubieten. Wenn sie diese Summe so dringend benötigte, dass sie sich an einen reichen Ehemann verkaufte, dann würde sie vermutlich sogar auf sein Angebot eingehen - was eine weitere Genugtuung für ihn bedeutet hätte. Die vornehme Dame wäre nichts anderes gewesen als eine bezahlte Hure, und er hätte sie, sobald er seinen Triumph genug ausgekostet hatte, zu ihrem Vater zurückgeschickt.

Ein bestechender Gedanke, den er allerdings hinsichtlich der Konkurrenz, die er in Simmons hatte, wieder verwarf. Am Ende würde sie sich vielleicht doch für die „ehrbare" Variante entscheiden, und er wäre abermals der Dumme.

Jetzt saß sie hier vor ihm, plauderte, lächelte, errötete ein wenig, wenn er ihr ein Kompliment machte, und erinnerte ihn immer mehr an das Mädchen, in das er sich vor so vielen Jahren verliebt hatte.

,Ich muss vorsichtig sein', dachte er kühl, ,und darf niemals vergessen, was damals geschehen ist. Das Schicksal hat mir diese Möglichkeit zur Rache in die Hand gegeben, und ich werde sie nicht ungenutzt verstreichen lassen.'

Kate kehrte am Abend mit geröteten Wangen und einem glücklichen Lächeln ins Haus der Baxters zurück und ahnte nicht das Mindeste von den Plänen, die gegen sie geschmiedet wurden. Nick hatte den halben Tag mit ihr verbracht, war charmant und aufmerksam gewesen, und sie konnte nicht die Augen davor verschließen, dass sie wieder heftigst in ihn verliebt war und sich nichts sehnlicher wünschte, als ihre Zuneigung von ihm erwidert zu sehen.

Mrs. Baxter musterte sie mit einem forschenden Blick, als sie summend die Treppe ins obere Stockwerk hinaufschwebte, und zögerte keinen Moment, Nick Brandan einen der Diener nachzusenden, mit der Bitte, ihr doch unverzüglich einen Besuch abzustatten.

Als Nikolai wenig später zu ihr in den Salon trat, begrüßte sie ihn vorwurfsvoll. „Also wirklich Nick, ich verstehe Sie nicht. Wie können Sie diesem armen Ding nur so den Kopf verdrehen?"

Er hob die Augenbrauen. „Den Kopf verdrehen?"

„Aber natürlich!", antwortete sie heftig. „Man sieht doch schon von einer Meile, dass Kate in Sie verliebt ist! Sie sollten ihr keine Hoffnungen machen, das ist nicht recht von Ihnen."

„Welche Hoffnungen mache ich ihr denn?", erkundigte sich Nikolai interessiert. Er fragte sich, ob es tatsächlich sein konnte, dass Katharina sich ernsthaft in ihn verliebt hatte. Diese Möglichkeit hatte er in seiner Berechnung bisher nicht mit eingeschlossen. Eine Frau, die sich für Geld verkaufte, war vermutlich jetzt ebenso wenig tieferer Gefühle fähig wie damals. Allerdings gefiel ihm der Gedanke – sollte es ihm tatsächlich gelingen, sie in sich verliebt zu machen, dann würde sie das noch enger als Geld und Ehering an ihn binden, und er hätte sie völlig in seiner Gewalt.

„Sie wissen doch, dass sie einen Mann sucht, der die Schulden ihres Vaters begleichen kann", erwiderte Mrs. Baxter kopfschüttelnd. „Sie hat in Derek Simmons einen akzeptablen Verehrer, und es hilft niemandem, wenn Sie sich jetzt einmischen. Die beiden würden recht gut zueinander passen – sie ist schon über das beste Alter hinaus, weder besonders hübsch, noch sonderlich belesen oder weltgewandt – also gerade richtig für Simmons."

Ein unbestimmter Ärger kroch in Nikolai hoch. „Sie ist durchaus belesen, Mrs. Baxter, sehr sogar! Zumindest war sie es noch, als ich sie zuletzt traf. Und was ihr Aussehen betrifft, so kann ich daran nichts auszusetzen finden. Im Übrigen ist sie um die sechsundzwanzig und Simmons ist fünfzig und mehr! Wollen Sie Katharina etwa mit einem alten Mann verheiraten?"

„Ein alter Mann mit Geld ist immer noch besser als gar keiner", erwiderte Mrs. Baxter weise.

„Sie wird einen Mann mit Geld bekommen", entgegnete er kühl. „Ich habe selbst vor, sie zu heiraten."

Sekundenlang war Mrs. Baxter sprachlos, dann schlug sie die Hände zusammen. „Das kann doch nicht Ihr Ernst sein, Nick! Sie könnten jedes Mädchen in der Stadt haben! Sie wollen sich doch nicht tatsächlich ausgerechnet an Kate Duvallier binden!? Sie ist doch nur hier, weil sie drüben keinen gefunden hat, der sie nähme, und sie hofft, sich mit ihrem

Namen und ihrer vornehmen Herkunft einen der Neureichen in der Stadt zu angeln."

„Was ihr offensichtlich auch gelungen ist", antwortete Nikolai unbeeindruckt.

„Aber Nick!", rief Mrs. Baxter aus. „Doch nicht Sie!"

„Wir werden hervorragend zueinanderpassen", entgegnete er mit einem hintergründigen Lächeln.

„Und was ist mit Grace?"

Nikolai zog die Augenbrauen hoch. „Was soll mit ihr sein?"

„Ich dachte, Sie beide würden heiraten!" Mrs. Baxter war offensichtlich schockiert.

„Davon konnte niemals die Rede sein", antwortete er gelassen. „Zwischen Miss Forrester und mir ist niemals das Geringste vorgefallen, das sie in dieser Annahme bestätigen könnte."

Das war nicht ganz richtig. Er hatte tatsächlich schon mit dem Gedanken gespielt, die blonde Schönheit zur Frau zu nehmen. Weshalb auch nicht? Sie war wohlerzogen, würde eine repräsentable Hausfrau abgeben, kam aus einer guten Familie und hatte Geld – wobei ihn dieser Punkt am wenigsten interessieren musste. Aber jetzt hatte er etwas weit Besseres gefunden, und er würde sich diese Gelegenheit nicht entgehen lassen.

Als er sich ein wenig später freundschaftlich von Mrs. Baxter verabschiedete, wusste er, dass seine Pläne aufgehen würden.

Kapitel 4

Kate hatte Nick seit zwei Tagen nicht mehr zu Gesicht bekommen und war schon zutiefst beunruhigt, als plötzlich ein riesiger Blumenstrauß abgegeben wurde. Mit einer Karte, die in höflich abgefassten Worten um ihre Gesellschaft für den nächsten Sonntag bat. Kate, ebenso erleichtert wie erfreut, als Mrs. Baxter mit den Blumen in ihr Zimmer kam, versteckte ihr erglühendes Gesicht in den Blüten und tauchte erst wieder hervor, nachdem Ann mit einem seltsamen Blick auf sie das Zimmer verlassen hatte.

Sie beeilte sich, einige Zeilen als Antwort zu schreiben, die sie dem Stallburschen, zusammen mit einigen Münzen, in die Hand drückte, und saß dann in romantischen Träumen gefangen eine Stunde lang am Fenster und blickte selbstvergessen in den wolkenlosen blauen Himmel.

Die Tage bis zum Sonntag zogen sich dahin. Die Nacht davor schlief sie unruhig und wartete dann den ganzen Morgen zitternd vor Aufregung darauf, dass Nick kam, um sie abzuholen. Er traf pünktlich zur vereinbarten

Zeit mit einem leichten Wagen ein, küsste zur Begrüßung ihre Hand und half ihr galant auf den Wagen.

Als er sich neben sie setzte und die Zügel aufnahm, sah sie ihn fragend an: „Wohin fahren wir, Nick?"

„Ich dachte, Sie würden vielleicht gerne meine Ranch sehen."

„Sehr sogar!", rief Kate aus - schließlich war Nicks Pferdezucht einer der Gründe, weshalb sie hergekommen war. In seinem letzten Brief an Pat Carter hatte er von zwei Fohlen erzählt, die alle seine Erwartungen übertreffen würden, und Kate brannte darauf, die Tiere zu sehen. Im Gegensatz zu Nick züchtete sie eher leichte Reitpferde, ausdauernd und schnell zwar, aber nicht geeignet für die Arbeit mit Rindern, und sie hatte bei ihrer Abreise geplant, ihm unter Umständen ein passendes Tier abzukaufen.

Allerdings hatte sie zu diesem Zeitpunkt noch nicht gewusst, wie tief sie das Wiedersehen erschüttern würde. So sehr, dass sie bisher noch kaum einen Gedanken an seine Pferde verschwendet hatte, und ihr eigenes Gestüt und normales Leben ihr so weit entfernt erschienen, dass es ihr im Moment undenkbar vorkam, einfach wieder zurückzukehren und weiterzumachen wie davor.

Die Fahrt zur etwa zehn Meilen entfernten Ranch dauerte fast zwei Stunden, weil man mit dem Wagen nicht so ungehindert durchkam wie zu Pferd, aber Kate wäre der Weg auch ohne Nicks Bemühungen, sie dabei zu unterhalten und ihr die Gegend zu erklären, nicht langweilig geworden. Sie genoss es, seine Stimme zu hören, seinen Arm an ihrem zu fühlen, wenn der Wagen auf dem unebenen Boden schwankte und sie leicht gegen ihn geworfen wurde, und ihm dabei zuzusehen, wie er mit leichter Hand die Pferde lenkte. Einmal, als sie eine vom Regen ausgewaschene, tiefe Rinne überqueren mussten und der Wagen sich bedenklich zur Seite neigte, legte er sogar den Arm um sie und hielt sie fest. Sekundenlang spürte sie seine Nähe so deutlich, dass es heiß in ihr aufstieg und sie verlegen das errötende Gesicht abwandte, als sie seinen Atem auf ihrer Wange fühlte.

Der Weg führte von der Stadt weg nach Nordosten entlang des Tales des American Rivers, vorbei an Nicks Holzwerk und immer weiter den Fluss entlang, bevor sie südlich abbiegen mussten. Kate betrachtete die grünen Hügel, die sich hier noch sanft wellten und erst in der Ferne als Vorläufer der Sierra höher aufstiegen. Es war Spätsommer und immer noch blühten in der Umgebung des lebensspendenden Wassers jede Menge Pflanzen, deren sanfter Duft Kate in die Nase stieg und sie schwindlig machte.

Als sie endlich durch das Ranchtor einfuhren, bedauerte sie es fast, dass die Fahrt schon zu Ende war. Nick sprang herab, warf die Zügel einem sommersprossigen Burschen mit roten Haaren zu und ging dann um den Wagen herum, während Kate entgegen ihrer sonstigen Gewohnheit darauf wartete, dass er sie herunterhob. Das Gefühl seiner Hände um ihre Taille war zu verlockend und zugleich vertraut. Als er sie zum Haus führte, blieb seine Hand auch wie zufällig auf ihrer Taille liegen, und er zog sie erst zurück, als sie eingetreten waren und er ihr seinen Vormann vorstellte, der während seiner Abwesenheit die Verantwortung über die Ranch hatte.

„Das ist Rodrigez, Katharina, er war schon auf der Ranch, als ich sie vom Vorbesitzer, einem aus Mexiko stammenden Ranchero, übernahm, und ist einer der besten Pferdekenner, der mir jemals untergekommen ist."

Rodrigez schüttelte Kate die Hand. „Damals hatten wir allerdings noch Rinder hier, Señora."

Kate nickte. „Es ist sehr ungewöhnlich für diese Gegend, hier eine reine Pferderanch zu finden. Soweit ich bisher gesehen und gehört habe, werden in Kalifornien hauptsächlich Rinder gezüchtet, und die Pferde nebenbei gehalten oder aus anderen Staaten zugekauft. Aber die wachsenden Städte bedeuten zweifellos einen guten Absatzmarkt für Sie."

Der Vormann starrte sie verblüfft an und Nick lachte. „Miss Duvallier hat Sinn für das Geschäft, Rodrigez. So etwas kann nie schaden." Er führte sie zu der bequemen Ledercouch in der Ecke des geräumigen Zimmers, neben der noch ein wuchtiger Schreibtisch Platz gefunden hatte.

„Setzen Sie sich, Katharina, Sie werden von der Fahrt müde und durstig sein. Was darf ich Ihnen anbieten?"

„Ein Glas Wasser hätte ich gerne", erwiderte Kate, „aber ich bin nicht müde. Ganz im Gegenteil, ich brenne darauf, alles zu sehen!"

„Das freut mich." Er schenkte ihr aus einer Karaffe ein Glas voll und reichte es ihr.

Kate trank in langen, durstigen Zügen, dann stellte sie das Glas weg und lächelte ihn an. „Und schon bin ich bereit für den Rundgang."

Er führte sie zu den Koppeln, wo sich einige Mutterstuten mit lebhaften Fohlen untergebracht waren, und wo sich auch mehrere Einjährige tummelten. Kate nickte anerkennend: Es befanden sich wirklich sehr vielversprechende Tiere darunter.

Nick deutete auf einen temperamentvollen Braunen, der in übermütigen Bocksprüngen quer über die Wiese sauste. „Das ist einer meiner Lieblinge. Er ist zwar einer der Wildesten, aber auch einer der Besten. Er wird einmal ein sehr gutes und schnelles Reitpferd abgeben."

Kate beobachtete den leichtfüßigen Trab, mit dem der junge Hengst jetzt kehrtmachte und auf sie zukam. „Sie wollen ihn nicht zur Zucht verwenden?"

Nick hob die Schultern. „Nein, ich habe genug Zuchttiere – dieser wird als Reitpferd eingeritten."

Kate verzog unwillkürlich das Gesicht bei dem Gedanken, was dem armen Tier in diesem Fall bevorstand. Sie hasste den Vorgang, bei dem ein Hengst zu einem Wallach gemacht wurde, aber es ließ sich eben nicht vermeiden, wenn man ein verlässliches Pferd haben wollte – Hengste waren bei Weitem zu wild und zu unberechenbar. Dennoch ... dieser kaum Einjährige dort war genau das, was sie sich für ihre neue Zuchtlinie vorgestellt hätte. Die hier im Westen typischen Quarter Horses, die für die Arbeit mit Rindern gezüchtet wurden, kannte man im Osten kaum. Nach allem, was Kate bisher von ihnen gesehen und gehört hatte, waren sie jedoch leicht lenkbare, gute und verlässliche Pferde, die auch außerhalb der Herdenarbeit sicherlich schnell Anklang finden würden. Sie selbst hatte es geschafft, einige reinrassige Araber zu erwerben, mit denen Potty und sie ihre Zucht so sehr verfeinert hatten, dass sich die Leute bereits für die ungeborenen Fohlen anmeldeten. Trotzdem hätte es sie interessiert, noch eine andere Zuchtlinie daneben zu entwickeln.

„Haben Sie nicht daran gedacht, ihn weiter zu verkaufen?", fragte sie aus diesem Gedanken heraus.

„Nein, ich behalte ihn für die Ranch." Nick wandte sich ab, um weiter zu gehen.

„Er gäbe aber ein gutes Zuchtpferd ab", ließ Kate nicht locker und warf einen sehnsüchtigen Blick auf das kräftige junge Tier.

„Schon möglich." Nick legte den Arm um sie, um sie fortzuführen, und Kate vergaß im selben Moment jedes einzelne Pferd auf der Koppel. „Kommen Sie,", sagte er, „ich zeige Ihnen jetzt noch die Stallungen."

Sein Arm fühlte sich überwältigend gut und erregend zugleich an, und als seine Finger, die auf ihrem Oberarm lagen, sie sanft zu streicheln begannen, hatte sie Mühe, sich an ihren Namen zu erinnern.

Sie trat mit ihm in das Halbdunkel des Stalls, schnupperte den vertrauten Duft von Heu und Pferden und sah sich anerkennend um. Das Gebäude war geräumig, luftig und sauber. „Man sieht, dass der Besitzer dieser Ranch etwas von Pferden versteht", lächelte sie zu ihm hinauf. Er hatte immer noch seinen Arm um ihre Schulter, sein Gesicht war ihrem sehr nahe und sie hoffte, dass er nicht bemerkte, wie verunsichert sie sich mit einem Mal fühlte.

Plötzlich drehte er sie zu sich herum und legte seine Hände auf ihre Schultern, so wie er das vor einigen Tagen auf dem Heimweg vom Restaurant getan hatte.

Ihr Atem ging schneller und ihre Knie zitterten, als seine Lippen näher kamen und die ihren berührten. Es war nur ein zartes und vorsichtiges Streicheln, bevor er die Brille von ihrer Nase nahm und sie in seine Jackentasche steckte. Dann beugte er sich über sie, seine Lippen berührten ihre, und für Kate versank im selben Moment die Welt um sie herum. Sie war seit ihrem ersten Kuss, damals am Gut ihres Großvaters, nicht oft geküsst worden, und obwohl sie wusste, dass Nick zweifellos schon erfahrenere Frauen im Arm gehalten hatte, schien er doch Gefallen daran zu finden. Seine Hände glitten von ihren Schultern auf ihren Rücken, und als er sie so eng an sich zog, bis sie glaubte, keine Luft mehr zu bekommen, schlang sie ihre Arme um ihn und erwiderte seinen Kuss mit aller Leidenschaft, die sie für ihn empfand.

Kate fühlte seine tastende Zunge zwischen ihren Lippen, dann drang er tiefer hinein und sie kam ihm mit ihrer eigenen entgegen, fühlte, wie er darüber streichelte. Es kitzelte ein wenig, und sie stellte verwundert fest, dass sie es genoss, eine fremde feuchte Zunge in ihrem Mund zu spüren, ohne dabei auch nur den leisesten Ekel zu empfinden, sondern im Gegenteil den Wunsch, es möge niemals aufhören. Sie hatte es sich in den vergangenen Jahren Hunderte Male vorgestellt, wie es sein musste, seine Lippen auf ihren zu spüren, aber keine ihrer Fantasien kam nun der Realität gleich.

Der Kuss schien endlos zu dauern, wurde heftiger, fordernder, und Kate, die jedes Zeitgefühl verloren hatte, taumelte zurück, als Nick sie unvermittelt losließ, ihre Arme von seinem Nacken löste und schwer atmend einen Schritt zurücktrat. Der Blick, mit dem er sie ansah, hatte etwas Vorsichtiges, Erstauntes, und sie glaubte sogar, so etwas wie Betroffenheit darin zu entdecken.

Er wandte sich halb ab. „Ich wollte Sie nicht erschrecken, Katharina, verzeihen Sie bitte." Seine Stimme klang rau.

„Das hast du nicht", erwiderte sie leise. „Ich hatte mir so gewünscht, dass du das tust."

Für einen langen Moment ruhten seine Augen forschend auf ihr, dann gab er sich einen Ruck und streckte entschlossen die Hand nach ihr aus. „Ich werde Sie jetzt nach Hause bringen, Katharina. Kommen Sie."

Kate, die angenommen hatte, dass er den ganzen Tag mit ihr verbringen würde, folgte ihm verstört hinaus, als er sie in den Hof führte. Auf seinen Wink hin kam der Junge, der zuvor das Pferd entgegengenommen hatte. Er sah sie neugierig an, und sie fragte sich, ob ihr wohl jedermann ansehen konnte, was soeben im Stall geschehen war. Da lief der Junge auch schon wieder fort, um den Wagen anzuspannen, und Nick ging mit ihr zum Haus, wo ihnen bereits sein Vormann entgegenkam. Kate reichte ihm die Hand, bewahrte Haltung, obwohl die einander widerstreitenden Gefühle in ihr sie kaum klar denken lassen konnten, und ließ sich dann von Nick auf den Wagen helfen. Er nahm, ohne sie anzusehen, neben ihr Platz, und sie winkte mit einem gezwungenen Lächeln zu dem Verwalter zurück, als Nick den Wagen zum Tor hinaus lenkte.

Zu ihrer größten Verwirrung sprach er auf dem ganzen Heimweg kaum ein Wort, antwortete nur einsilbig auf ihre verzweifelten Versuche, ein Gespräch in Gang zu bringen, weil sie das Schweigen kaum noch ertrug, und setzte sie dann mit einem zurückhaltenden Gesichtsausdruck vor dem Haus ab.

Kate fragte sich, ob er es vielleicht bereut hatte, sie oben auf der Ranch geküsst zu haben, und reichte ihm nun etwas verlegen die Hand. Er ergriff sie, beugte sich darüber, und sie spürte seine warmen Lippen, bevor er sich abrupt umwandte und sie einfach stehen ließ.

Sie sah dem Wagen nach, bis er um eine Ecke verschwunden war, betrat dann das Haus und schlich leise die Treppe hinauf. Sie hatte Glück. Ihre Gastgeber schienen ausgegangen zu sein, und sie hatte einige Stunden lang Zeit und Muße, sich zu fassen und darüber nachzudenken, was im Stall zwischen Nick und ihr vorgefallen war.

Sie glaubte immer noch seine Lippen auf ihren zu fühlen, seine Zunge, die sich gegen ihre presste, sie streichelte, und dann die Hitze einer ungekannten Leidenschaft, die von der Mitte ihres Körpers ausgegangen war und sie schwach und willenlos gemacht hatte. Er hatte sie umschlungen gehabt, als würde er sie niemals mehr loslassen wollen, seine Hände hatten ihren Rücken gestreichelt, zuerst sanft und dann so, als würde er von seinen eigenen Gefühlen mitgerissen werden. Sie hatte sich danach gesehnt, von ihm berührt zu werden. An jeder Stelle ihres Körpers.

Sie erinnerte sich an den Kuss im Park ihres Großvaters vor über zehn Jahren und daran, dass sie damals ähnlich empfunden hatte. Nachdem Nick für sie verloren gewesen war, hatte sie eine Zeit lang einen weiten Bogen um alle Männer gemacht, obwohl sie dank ihres reichen Vaters stets der umschwärmte Mittelpunkt jeder Festivität gewesen war, und es nicht an seriösen Anträgen gemangelt hatte.

Schließlich, vor etwa vier Jahren, hatte sie sich entschlossen, keine alte Jungfrau zu werden, und hatte dem Drängen eines der Geschäftspartner ihres Vaters nachgegeben, der ihr bereits einige Male einen Heiratsantrag gemacht hatte. Sie hatte ihn diesmal angenommen, obwohl sie für Bill niemals das empfunden hatte, was sie immer noch für Nick fühlte, aber sie hatte gehofft, dass die ruhige Zuneigung und Wertschätzung, die sie ihm entgegenbrachte, wachsen und sie eine gute Ehe mit ihm führen würde. Es hatte eine Verlobungsfeier gegeben, und am Ende war sie von Bill geküsst worden - im Park, hinter dem Haus ihres Vaters.

Zuerst war es ihr ganz angenehm gewesen. Als er aber seine feuchte Zunge zwischen ihre Lippen geschoben hatte, hatte sie den Kopf weggedreht. Er hatte jedoch nicht nachgeben wollen, sie fester umfasst, und war abermals in ihren Mund eingedrungen. Diesmal hatte sie stillgehalten, obwohl Ekel in ihr hochgestiegen war, und sie hatte sogar geduldet, dass er im schützenden Dunkel der Bäume ihre Brüste streichelte und mit den Fingern suchend in den Ausschnitt ihres Ballkleides fuhr. Sie wusste, dass sie, wenn sie ihn heiratete, seine Hände und seine Lippen regelmäßig auf ihrem Körper fühlen würde, und je eher sie sich daran gewöhnte, desto besser.

Dann war er daran gegangen, ungeduldig den Verschluss ihres Kleides zu öffnen. Er hatte ihr den schweren Seidenstoff von den Schultern geschoben und ihre Brüste aus dem engen Mieder gehoben. Minutenlang hatte er sie gestreichelt, geküsst, an ihren Brustspitzen gesogen und Kate hatte gefühlt, wie ihr Körper wärmer geworden war, etwas in ihr erwachte, das nach mehr verlangte, und sie hatte tief eingeatmet, während er sanft ihre Brüste massierte. Sie stand an den rauen Stamm eines Baumes gelehnt, als er seinen Griff verstärkte und dann so unvermittelt wieder seine Lippen auf ihre presste, dass Kates Kopf schmerzhaft an den Stamm hinter ihr stieß. Diesmal war sein Kuss fester, und sie fühlte die Feuchtigkeit und Nässe seines weit geöffneten Mundes in ihren eindringen.

Sie kämpfte ihre Abwehr hinunter, hielt still, ohne seine Zärtlichkeit zu erwidern, und schaffte es schließlich, sich von ihm freizumachen, ohne seine Gefühle zu verletzten. Sie wies mit einem gezwungenen Lächeln, das er im Dunkeln zum Glück nicht sehen konnte, darauf hin, dass man sie drinnen im Haus vermutlich schon vermissen würde, und schob sich, als er sie losließ, das Kleid über die Schultern. Nachdem er ihr dabei geholfen hatte, es wieder artig zu verschließen, begleitete er sie zum Haus, hielt sie jedoch kurz vor dem Eingang wieder auf.

„Das war schön, Kate", sagte er. Im Licht, das aus dem Fenster fiel, sah sie zum ersten Mal sein Gesicht deutlicher und die Begierde in seinen Augen stieß sie ab.

„Ja", antwortete sie nur und wollte an ihm vorbei ins Haus.

Er fasste jedoch nach ihrem Arm. „So wird es immer sein, Kate. Und sogar noch besser. Du wirst sehen, wie sehr du es genießen wirst, meine Frau zu sein. Ich kann es kaum noch erwarten, dich ganz zu besitzen."

Sie hatte nichts darauf geantwortet, nur genickt und war hineingeeilt.

Diese Nacht hatte sie auf ihrem zierlichen kleinen Lehnsessel am Fenster verbracht, ins Dunkel hinausgestarrt und nachgedacht. Und am nächsten Morgen hatte sie die Verlobung gelöst.

Seitdem war sie entschlossen allen Anträgen ausgewichen und hatte sich mehr und mehr auf ihr Gestüt zurückgezogen. Dort, unter ihren Freunden und Männern, die sie schätzten, ihr niemals einen Schritt zu nahe kamen, sondern sie als Boss respektierten, fühlte sie sich sicher, und nur in ihren einsamen Nächten war es ihr, als würde sie wieder Nicks ersten Kuss spüren und seine Hände auf ihrem Körper.

Nikolai lief die halbe Nacht unruhig in der Bibliothek seines Hauses hin und her. Was ihm heute passiert war, hätte nicht geschehen dürfen. Es war völlig widersinnig, irrational und verwirrend.

Er arbeitete nun schon seit Tagen mit kühler Überlegung daran, diese graue Maus für sich einzunehmen, sie mit Liebenswürdigkeiten und Charme so weit zu bringen, dass sie *ihm* in die Falle ging und nicht diesem widerlichen Simmons, und nun war etwas geschehen, das er niemals erwartet hätte. Er ließ sich in einen der Sessel vor dem Kamin fallen, stützte den Kopf in die Hände und dachte über das, was auf der Ranch vorgefallen war, nach.

Er hatte sie plangemäß hofiert, war ihr gerade nur so nahe gekommen, dass sie verunsichert war, aber keinen Grund gehabt hatte, ihn zurückzuweisen, und als er geglaubt hatte, sie jetzt so weit zu haben, dass sie nicht gleich davonlief, hatte er sie küssen wollen. Schön vorsichtig, ohne sie zu erschrecken, und nur, um sie noch ein bisschen enger an sich zu binden und ihre Zuneigung zu ihm, die er in ihren Augen deutlich erkennen konnte, noch zu festigen. Sie musste ihm, wenn er sie einmal geheiratet hatte, schon so verfallen sein, dass er auch ohne das Geld alles mit ihr tun konnte, was er wollte.

Er hatte bemerkt, dass es sie erregte, wenn er sie berührte, und war mit ihr in den Stall gegangen, in der Absicht, sie noch ein wenig weiter zu beunruhigen, mit ihr zu spielen und amüsiert zuzusehen, wie die graue Maus in seinen Händen zitterte. Er hatte sich über sie gebeugt, mit seinen Lippen ihre berührt, hatte gefühlt, wie sie erschauerte, und triumphierend erkannt, dass er sie bereits in der Hand hatte. Und als er sie enger an sich gezogen hatte, war es nur aus dem Grund gewesen um auszutesten, wie weit er gehen konnte, und wie sehr sie ihm entgegenkommen würde.

In dem Moment war jedoch etwas geschehen, das er weder beabsichtigt noch erwartet hatte: Ihr warmer Körpers in seinen Armen, ihre weichen Lippen, hatten ihn überwältigt; er hatte sie an sich gepresst, unfähig, sich von ihr zu lösen, und für eine kleine Weile war die Welt um ihn herum versunken, und er hatte an nichts anderes denken können als an die Frau, die er umschlungen hielt, als würde er sie nie wieder loslassen wollen.

So lange, bis ihm wieder sein Verstand eingesetzt hatte, und ihm plötzlich klar wurde, dass er im Begriff war, sich in etwas hineinziehen zu lassen, das nicht in seinem Interesse liegen konnte. Es hatte ihn Überwindung gekostet, sie loszulassen, aber er hatte seine Pläne umgestoßen, sie in den Wagen gesetzt und war mit ihr heimgefahren, ohne, wie zuvor beabsichtigt, den ganzen Tag mit ihr zu verbringen. Und am Ende hatte er erleichtert aufgeatmet, als er sie endlich am Haus der Baxters absetzten konnte.

„So etwas darf mir nicht mehr passieren", murmelte er halblaut vor sich hin. „Ich darf niemals vergessen, aus welchem Grund ich sie haben will."

Er lehnte sich im Sessel zurück, stutzte und griff in seine Jackentasche. Als er seine Hand wieder herauszog, hielt er Kates Brille darin.

‚Hoffentlich läuft sie nirgendwo dagegen', dachte er amüsiert, legte die Brille dann auf den Schreibtisch und ging fort, um Sue-Ellen noch einen Besuch abzustatten.

Kate hatte die ganze Nacht kein Auge zugetan, sich unruhig im Bett herumgewälzt und mit ihren Gefühlen gekämpft. Zum einen war da diese beunruhigende Erregung, die sie in Nicks Nähe und bei seinen Berührungen verspürt hatte, dann dieser Kuss, der sie bis in ihr Innerstes aufgewühlt hatte, und am Ende die quälenden Zweifel, als er sie einfach so heimgebracht und kaum mehr mit ihr gesprochen hatte.

Sie überlegte krampfhaft, ob sie etwas falsch gemacht haben konnte – vielleicht hatte es ihn abgestoßen, dass sie zugab, wie sehr sie seinen Kuss herbeigesehnt hatte. Oder vielleicht waren es doch die Schatten der Vergangenheit, die zwischen ihnen standen und die es ihm unmöglich machten, ihr frei und offen zu begegnen.

‚Aber was damals geschehen ist, kann nicht mehr ausgelöscht werden', dachte sie traurig. Es belastete auch sie, und anfangs waren die Erinnerungen daran so schmerzhaft und schrecklich gewesen, dass sie kaum gewusst hatte, wie sie damit weiterleben sollte. Mit der Zeit war alles leichter geworden, wenn sein Verlust auch immer wie eine offene Wunde gewesen war, die niemals völlig ausheilen konnte.

Und nun hatte sie ihn wiedergetroffen. Und aus irgendeinem Grund, den nur er allein kannte, schien er sich für sie zu interessieren, bemühte sich um sie, schickte ihr Blumen, führte sie aus, berührte sie und hatte sie heute sogar geküsst. Und dann hatte er sie daheim abgegeben wie ein lästiges Poststück, und war, ohne sich umzusehen, gegangen.

‚Ach Nick, Nick', dachte sie seufzend, *‚du hast ja keine Ahnung, wie sehr ich in dich verliebt bin. Und ich weiß nicht, wie ich jetzt einfach wieder heimfahren und so tun soll, als würde es dich nicht geben.'*

Als sie am nächsten Tag unausgeschlafen und etwas verspätet zum Frühstück kam, erwartete sie unten bereits ein riesiger Blumenstrauß, der, wie Mrs. Baxter ihr mit einem schiefen Lächeln mitteilte, von Nick Brandan stammte und zusammen mit einem kleinen Päckchen abgegeben worden war, in dem sich Kates Brille befand.

Kate war so erleichtert, dass ihr die Tränen in die Augen traten, und sie schnell die Brille aufsetzte und sich abwandte, damit Mrs. Baxter nicht sehen konnte, wie sehr sie Nicks Blumengruß überwältigte. Die ältere Frau musste jedoch etwas bemerkt haben, denn sie kam zu ihr und legte ihr mütterlich den Arm um die Schulter.

„Ein wirklich charmanter Mann, dieser Nick Brandan, nicht wahr, mein Kind?"

Kate nickte nur stumm und glücklich.

Ann Baxter drehte sie ein wenig zu sich. „Lassen Sie sich einmal anschauen, Kind."

Widerwillig wandte Kate ihr das Gesicht zu und Mrs. Baxter studierte sie eingehend. „Sie haben sich in ihn verliebt, Kate?"

„Ja", hauchte sie verlegen - es war sinnlos, das Offensichtliche zu leugnen.

„Glauben Sie, dass er der Richtige für Sie ist?", fuhr Mrs. Baxter fort.

„Wie meinen Sie das?", fragte sie zurückhaltend.

„Nun", antwortete Mrs. Baxter achselzuckend, „soviel ich mitbekommen habe, ist Nick nicht der einzige Bewerber um Ihre Gunst. Mr. Simmons scheint Ihnen sehr zugetan zu sein und schickt Ihnen ebenfalls Blumen. Und das jeden Tag."

Kate warf nur einen flüchtigen Blick auf den Strauß hellroter Rosen, der in der Mitte des Tisches stand, und den sie fast sofort nach Erhalt an ihre Gastgeberin weitergeschenkt hatte. Sie mochte Simmons nicht. Er war ein angeberischer, schmieriger Mann, der nichts anderes wollte, als mit seinem Geld eine Frau zu kaufen, die es ihm ermöglichte, Beziehungen zur besseren Gesellschaft an der Ostküste zu knüpfen und seine Geschäfte dorthin auszuweiten. Er hatte bei seinem letzten Besuch vor zwei Tagen ihr gegenüber durchblicken lassen, dass er plante, sein Geschäft hier aufzugeben und sich in New York zu etablieren. Kate wusste nicht, über welche Geldmittel er tatsächlich verfügte, schätzte sein Vermögen aber so auf einhunderttausend Dollar, die er auf nicht ganz sauberem Wege erworben hatte. Nun, ihr konnte es gleich sein, solange er sie in Ruhe ließ.

Mrs. Baxter unterbrach ihre unerfreulichen Gedanken. „Glauben Sie nicht, Kate, dass Mr. Simmons ein weitaus angemessenerer Ehemann für Sie wäre?"

Kate starrte sie mit offenem Mund an. „Wie bitte?"

Ann Baxter zog sie neben sich auf eine Bank und tätschelte ihre Hand. „Sehen Sie, Kindchen, ich meine es doch nur gut mit Ihnen. Mr. Simmons ist ein reicher Mann, nicht mehr ganz jung vielleicht, aber das ist nicht unbedingt ein Nachteil. Sie wüssten, was Sie an seiner Seite erwartet, es gäbe keine unangenehmen Überraschungen, kein Auf und Ab und ..."

„Ich denke ja gar nicht daran, Simmons zu heiraten!", unterbrach Kate sie empört. „Was soll ich mit ihm? Ich habe überhaupt nicht die Absicht, mich zu verheiraten! Wozu denn auch!?"

„Auch nicht, wenn Nick Brandan um Sie anhalten würde?", fragte Mrs. Baxter ruhig.

Kates Herzschlag setzte kurz aus. „Wie?", fragte sie atemlos. „Wie kommen Sie darauf? Hat ... hat er etwa ... ich meine", fuhr sie tief errötend fort, „hat er Ihnen gegenüber etwa eine Bemerkung dahin gehend gemacht?"

Ihre Gastgeberin sah sie ernst an. „Wirklich Kindchen, ich glaube nicht, dass Nick und Sie zusammenpassen. Es wäre keine gute Idee. Sie sind so unterschiedlich. Er ist ein anständiger, aufrechter Mann, das ganz zweifellos, aber manchmal glaube ich, dass seine Freundlichkeit nur äußerlich ist. Haben Sie sein Lächeln bemerkt? Es erreicht niemals seine Augen, so, als würde er nichts an sich heranlassen. Ich kenne und schätze ihn schon seit vielen

Jahren, aber das einzige Mal, wo ich jemals so etwas wie Zuneigung in seinen Augen gesehen habe, war auf seiner Ranch bei seinen Pferden. Grace würde es nicht stören mit einem Mann verheiratet zu sein, der innerlich kühl ist, aber Sie schon, Kate."

„Simmons verfügt zweifellos über mehr innere Wärme", vermerkte Kate spöttisch.

„Das ist vollkommen gleichgültig, solange Sie nicht in ihn verliebt sind", antwortete Mrs. Baxter nüchtern. „Und in Nick sind Sie verliebt, das sehe ich Ihnen aus hundert Yards Entfernung an."

„Erstens kenne ich Nick schon weit länger als Sie, Mrs. Baxter", entgegnete Kate so ruhig wie möglich, „und ich kann Ihnen versichern, dass er ein sehr warmherziger Mensch ist. Und zweitens kann überhaupt keine Rede davon sein, dass er mich heiraten will oder meine Gefühle jemals erwidern sollte."

„Das tut er auch nicht", sagte Mrs. Baxter ruhig. „Damit müssen Sie sich abfinden."

Als Nick am Nachmittag einen kurzen Besuch machte, um die Baxters und Kate für den nächsten Abend in sein Haus einzuladen, hatte sie die Worte von Mrs. Baxter schon längst wieder vergessen und freute sich unbändig darüber, ihn wiederzusehen.

Da Mrs. Baxter die ganze Zeit über anwesend war, konnte sie kein persönliches Wort mit ihm wechseln, nutzte jedoch einen Moment der Ablenkung ihrer Gastgeberin, um sich bei Nick herzlich für den Blumenstrauß zu bedanken, den er ihr geschickt hatte.

Er lächelte sie so an, dass es heiß in ihr hochstieg. „Wenn ich Ihnen das nächste Mal Blumen schenke, Katharina, dann werden es rote Rosen sein." Damit nahm er ihre Hand, küsste sie und ging.

Kate lag in dieser Nacht noch lange wach.

Kapitel 5

Nicks Haus lag am Rande der Stadt, auf einem kleinen Hügel, und obwohl Kate nichts gegen einen kleinen Fußmarsch gehabt hätte, bestand Mrs. Baxter, die niemals einen Schritt zu viel machte, darauf, den Wagen zu nehmen. Sie saß, wegen der kühlen Abendluft in einen kostbaren Pelz gehüllt, ihr gegenüber in der Kutsche und warf ihr von Zeit zu Zeit einen ebenso nachdenklichen wie besorgten Blick zu.

Kate, der dies nicht entgehen konnte, vermied es, ihre Gastgeberin direkt anzusehen, und hoffte, dass sie in dem dunkelblauen Kleid nicht allzu langweilig und ältlich aussah. Sie hatte ihr Haar zwar wie sonst zu einem

Zopf geflochten und hochgesteckt, diesmal jedoch noch einige kleine Löckchen ins Gesicht gezupft, was ihr Gesicht trotz der Brille weicher und jünger aussehen ließ und ihr wenigstens einen Teil ihres sonstigen Selbstbewusstseins vergönnte.

Als sie sich ihrem Ziel näherten, setzte sich Kate etwas auf, um über die Schultern des Fahrers einen Blick auf Nicks Heim zu erhaschen. Was sie sah, gefiel ihr sofort. Sein Haus war genauso, wie sie es sich vorgestellt hatte: Einstöckig und aus Holz wie die meisten in dieser Gegend, jedoch mit relativ großen, zweiflügeligen Fenstern, und zur Straße hin gab es eine breite überdachte Veranda, die den Regen von den Fenstern und der Haustür abhielt. Links schloss sich ein niedriges Gebäude an, das durch eine Holzwand mit dem Haus verbunden war, und ein breites Tor führte vermutlich in den Hof und zu den Ställen. Die nächsten Häuser waren ganz daran gebaut, sodass sich eine Häuserzeile ergab, die, Nicks Haus miteingeschlossen, etwa zehn Häuser umfasste. Die dem Haus gegenüberliegende Straßenseite war nicht verbaut, und Kate hatte, als sie den Kopf drehte und in die Richtung sah, aus der sie gekommen waren, einen guten Blick über die in der Dämmerung liegende Stadt.

Nick kam ihnen schon entgegen, als der Wagen hielt, und half zuerst Mrs. Baxter und dann Kate aus dem Wagen. Er hielt Kates Hand zu ihrer geheimer Freude und Verlegenheit länger, als es notwendig gewesen wäre, drückte sie leicht und ließ sie erst los, als sie auf das Haus zugingen. Sie trat hinter Mrs. Baxter durch die Tür und sah sich neugierig um. Das Haus war innen geräumiger, als es von außen den Anschein hatte. Man gelangte zuerst in eine großzügig angelegte Diele, von der aus sich Türen in weitere Räume öffneten. Von hier aus führte auch die Treppe in das obere Stockwerk.

Nick führte sie rechts in ein von Kerzen hell erleuchtetes Zimmer, in dem eine gedeckte Tafel stand, und wo sie zu ihrer Überraschung Sam Bankins vorfand, der letzte Woche bei einem kleinen Fest anwesend gewesen war. Mrs. Baxter hatte ihn ihr als Kompagnon und Freund von Nick vorgestellt. Er war ein großer schlanker Mann, hatte dunkles Haar und graue Schläfen und sah, so fand Kate, durchaus interessant aus. Sie hatte damals festgestellt, dass er Humor und überdurchschnittliche Bildung besaß, und hatte sich längere Zeit hervorragend mit ihm unterhalten.

Als sie nun eintrat, strebte er gleich auf sie zu und blinzelte sie freundlich an. „Sie sehen bezaubernd aus, Miss Duvallier. Und diese Löckchen sind fast unwiderstehlich."

Sie reichte ihm lachend die Hand. „Ich freue mich, dass meine Frisur Ihre Anerkennung gefunden hat, Mr. Bankins. Ich hatte, offen gesagt, schon befürchtet, dass sie ein wenig zu ‚flott' wäre."

Sam betrachtete sie eingehend, dann nickte er. „Ja, ‚flott' ist wohl der richtige Ausdruck, aber gegen das ‚zu' muss ich entschieden protestieren."

Kate, die Nicks Freund vom ersten Moment an sympathisch gefunden hatte, fühlte, wie ihre Unsicherheit verschwand, und ging willig mit, als Sam sie zum Tisch führte. „Sie müssen heute unbedingt hier neben mir sitzen, Miss Duvallier. Ich brenne darauf, unser Gespräch vom letzten Mal weiterzuführen."

„Du wirst später zweifellos noch Gelegenheit genug haben, dich mit Miss Duvallier zu unterhalten", tönte Nicks kühle Stimme durch den Raum, der einige Worte mit Mr. Baxter gewechselt hatte und jetzt scharf herübersah. „Deine Tischdame für den heutigen Abend ist noch nicht eingetroffen."

Sam zog ein enttäuschtes Gesicht. „Ich dachte, ich bin eingeladen worden, um einen netten Abend zu verbringen, und jetzt soll ich auf eine ebenso charmante wie geistvolle Gesellschafterin verzichten?"

„Wer wird denn noch erwartet?", fragte Ann Baxter mit hochgezogenen Augenbrauen.

„Miss Grace und ihre Eltern werden mir die Freude machen, ebenfalls meine Gäste zu sein."

Kate fühlte ihre gute Laune schrumpfen wie Schnee in der Sonne, sah schnell weg, als ihr Blick den von Ann traf, und wandte sich wieder an Sam. „Sie sehen also, Mr. Bankins, Sie haben nicht den geringsten Grund zur Enttäuschung."

„Nun, es ist mir ein Trost, dass Sie dann wenigstens auf der anderen Seite des Tisches sitzen und ich Muße haben werde, diese aufreizenden Löckchen zu betrachten", erwiderte Sam augenzwinkernd, und Kate lachte.

Nick warf einen undefinierbaren Blick herüber, bevor er an die Tür ging, um die Gäste zu begrüßen, die soeben eintrafen. Kate konnte das gurrende Lachen der schönen jungen Frau im Vorraum hören und musste sich zusammennehmen, um nicht das Gesicht zu verziehen. Sie hatte sich so sehr auf diesen Abend gefreut und nun wurde ihr durch die Anwesenheit der blonden Schönheit alles verdorben. Kurz darauf trat sie auch schon ein, gefolgt von ihren Eltern, und Kate musste trotz aller missgünstigen Eifersucht feststellen, dass Grace einen umwerfenden Anblick bot. Sie war wieder in grüne Seide gehüllt, trug das Haar offen, und die hellen Locken fielen ihr weich über die Schultern.

Kate kam sich unattraktiv, bieder und langweilig vor und hätte sich am liebsten in eine Ecke verkrochen. Vermutlich hätte sie das auch getan, wäre da nicht Sam gewesen, der ihr von der anderen Seite des Zimmers kurz zublinzelte, bevor er sich vor den beiden neu hinzugekommenen Frauen höflich verbeugte und Mr. Forrester die Hand schüttelte.

Grace nickte ihr nur kurz und abfällig zu und nahm dann neben Sam Platz, während Kate bei Mr. Baxter zu sitzen kam und mit gemischten Gefühlen beobachtete, wie Grace sofort über den Tisch hinweg und vollkommen ungeniert mit Nick zu flirten begann. Sie konnte kaum das ausgezeichnete

Essen genießen, das von Nicks Haushälterin aufgetragen wurde, und atmete erleichtert auf, als das Mahl zu Ende war, und sie von Nick in einen Wohnraum geführt wurden, der auf der anderen Seite der Diele lag.

Auch hier war alles gediegen eingerichtet. Man merkte deutlich, dass hier ein Junggeselle lebte, der keinerlei Gefallen an dem Schnickschnack fand, der sich in Frauenhaushalten üblicherweise vorfand.

Nick musste bemerkt haben, dass sie sich unauffällig umsah, und nahm ihren Arm. „Kommen Sie, Katharina, ich zeige Ihnen gerne das Haus."

Sie folgte ihm, ohne sich auch nur nach den anderen umzublicken, in einen Nebenraum, der sich als Bibliothek entpuppte, mit schweren Ledersesseln und einem riesigen Eichenholzschreibtisch. Sie stand eine Weile vor den bis an die Decke des Raumes reichenden Bücherreihen, bis Nick sie aus einer Seitentür wieder hinausführte. Sie sah die Küche, daneben den kleinen Waschraum mit Badewanne, warf einen Blick in den Hof, an dessen anderem Ende der Stall lag, und folgte Nick dann in den ersten Stock hinauf. Er ließ sie in die Wäschekammer blicken, führte sie sogar in sein Schlafzimmer - was sie zutiefst verlegen machte - und trat am Ende mit ihr in einen Raum, der bis auf ein großes Bett, einen Schrank und ein Frisiertischchen leer war.

„Das ist das Zimmer meiner zukünftigen Frau", erklärte er ihr mit einem kleinen Lächeln. „Es ist deshalb nicht vollständig eingerichtet, weil es ihr überlassen bleibt, es mit den Dingen zu füllen, an denen sie Gefallen findet. Was, wie ich hoffe, sehr bald der Fall sein wird."

Kates gehobene Stimmung fiel in Sekundenschnelle in sich zusammen. Er hatte so gesprochen, als würde es tatsächlich schon jemanden geben, den er für diese Rolle ins Auge gefasst hatte, und sie konnte sich unschwer vorstellen, dass es sich dabei um Grace Forrester handelte, die heute bei Tisch schon so getan hatte, als wäre sie bereits die Hausfrau.

Sie lächelte, machte eine nichtssagende Bemerkung, versuchte, sich nicht anmerken zu lassen, wie zutiefst unglücklich sie plötzlich war, und kehrte mit ihm zu den anderen zurück, die ihnen aufmerksam entgegensahen, als sie den Wohnraum betraten.

„Ich habe Miss Duvallier das Haus gezeigt", erklärte Nick, während Kate nun schon gewohnheitsmäßig dem Blick von Mrs. Baxter auswich, die sie im Laufe des Abends noch mehrmals prüfend musterte.

Sie lächelte, plauderte, lachte sogar mit Sam, der sich sofort neben sie setzte, und hielt durch, bis sie daheim ankam. Dort verabschiedete sie sich schnell von ihren Gastgebern, eilte auf ihr Zimmer und warf sich völlig angezogen auf ihr Bett, um die halbe Nacht durchzuweinen.

Nikolai war äußerst zufrieden damit, wie sich die Dinge entwickelten. Er hatte genau gemerkt, dass er durch seinen Schachzug, Grace ebenfalls zum

Abendessen einzuladen, seine graue Maus verunsichert hatte. Katharina war, nachdem er hatte durchblicken lassen, dass er sich bald zu verheiraten gedachte, ziemlich blass zu den anderen zurückgekehrt, und obwohl sie versucht hatte, sich nichts anmerken zu lassen, doch eindeutig gedrückter Stimmung gewesen. Sie saß also bereits in der Falle und würde wohl mit beiden Händen zugreifen, wenn er sich dazu herabließ, ihr einen Heiratsantrag zu machen.

Am nächsten Morgen ritt er nicht wie üblich zum Holzwerk, sondern schlug mit einem großen Strauß roter Rosen bewaffnet den Weg zum Haus der Baxters ein, wo er auf eine ziemlich reservierte Mrs. Baxter traf, die ihn kritisch musterte, als er durch die Tür trat.

„Kate ist oben", sagte sie zurückhaltend. „Sie packt."

Er brauchte einige Sekunden, um sich von seiner Überraschung zu erholen. „Sie packt?!"

Ann nickte. „Sie wird heute abreisen."

Er war fassungslos. Seine graue Maus, die bereits im Netz gezappelt hatte, war drauf und dran, der Falle zu entkommen. Wenn er mit allem gerechnet hatte - damit nicht. Selbst wenn er sich ihrer nicht ohnehin schon sicher gewesen wäre, so brauchte sie doch das Geld – schließlich war sie hierher gekommen, um sich einen reichen Mann zu suchen!

„Ist das nicht etwas überstürzt?", fragte er, nachdem er sich geräuspert hatte.

„Es trifft sich, dass Mr. Simmons den gleichen Weg hat. Er wird sie bis nach New York begleiten und ich muss zugeben, dass ich froh darüber bin – ich finde es nicht richtig, wenn eine junge Frau ohne Schutz unterwegs ist." Mrs. Baxter warf einen schrägen Blick auf die Rosen. „Soll ich sie rufen lassen?"

Er schüttelte den Kopf, warf die Rosen achtlos auf den Tisch und lief die Treppe hinauf, wobei er zwei Stufen auf einmal nahm.

Dieser verdammte Simmons! Jetzt war natürlich klar, warum sie es sich leisten konnte abzureisen – das Geld kam ja gleich mit! Offensichtlich hatte sie ernsthaft angenommen, dass er Grace heiraten würde und ihre Chancen somit schlecht standen, und hatte sich ohne lange zu zögern an den nächsten Freier gewandt, bei dem die Erfolgsaussichten größer waren. Dieses berechnende Frauenzimmer würde ihm jedoch nicht so einfach entkommen!

Oben angekommen hielt er ein Dienstmädchen auf. „Wo finde ich Miss Duvallier?"

Die Kleine wies auf eine Tür. Er klopfte energisch an und trat ein, ohne auf Antwort zu warten. Katharina hatte ein Tuch in der Hand, das sie soeben zusammengefaltet hatte und in ihre Reisetasche legen wollte, und sah ihn erstaunt an, als er so plötzlich vor ihr stand.

„Nick!?"

„Ich habe gehört, dass du abreisen willst", sagte er scharf und wusste, dass er auf gar keinen Fall dulden würde, dass seine graue Maus ihm jetzt noch davonlief. Und wenn er sie entführen und mit Gewalt vor den Pfarrer schleppen würde – sie gehörte jetzt ihm!

Sie hob erstaunt die Augenbrauen. „Ja, und ich hatte vor, noch einmal bei dir im Büro vorbeizukommen, um mich zu verabschieden." Sie legte das Tuch in die Tasche, trat auf ihn zu und reichte ihm die Hand. „Leb wohl, Nick. Es hat mich gefreut, dich wiedergesehen zu haben und ich wünsche dir alles Gute."

Er sah auf ihre Hand, ohne sich zu rühren. „Du wirst nicht abreisen!"

„Der Zug geht in etwa zwei Stunden", erwiderte sie verwundert.

„In zwei Stunden? Da sind wir bereits verheiratet."

Während Kate im Siebenten Himmel schwebte, war Mrs. Baxter geradezu entsetzt, als sie von den überstürzten Plänen ihres Freundes hörte.

„Das geht nicht", wehrte sie mit erhobenen Händen ab. „Man rennt nicht einfach zum Pfarrer und lässt sich trauen. Allein die Vorbereitungen für eine Hochzeit dauern Tage, ganz zu schweigen von der Aussteuer und ähnlichen Dingen, die besorgt werden müssen. Und in diesem Fall leben Kates Eltern auch noch einige Tausend Meilen entfernt. Man muss sie zuerst verständigen und dann ..."

„Das dauert Wochen, so lange möchte ich nicht mehr warten", entgegnete Nick. Er sah dabei Kate an, die spürte, wie ihr eine leichte Röte in die Wangen stieg. Sie konnte es ebenfalls kaum mehr erwarten, mit Nick zusammenzuleben, und es machte sie glücklich, dass er so empfand wie sie.

„Was die Aussteuer betrifft", fuhr er fort, „so kommt Kate bereits in ein völlig eingerichtetes Haus. Änderungen kann sie dann immer noch vornehmen, wenn wir verheiratet sind – es ist absolut lächerlich, eine Hochzeit hinauszuschieben, nur weil die Vorhänge nicht fertig genäht sind!"

Da war Kate ganz seiner Meinung, und sie pflichtete ihm lebhaft bei.

„Aber Kate hat doch nicht einmal ein Hochzeitskleid!", empörte sich Mrs. Baxter.

„Wir müssen auch nicht mit großem Pomp heiraten", erwiderte Nick sofort. „Das blaue Kleid, das Kate am Ball getragen hat, ist sehr hübsch. Es reicht völlig."

„Für Sie vielleicht", kam es indigniert zurück, „aber eine junge Frau will doch etwas anderes haben – ein weißes Hochzeitskleid und ..."

„Das ist wirklich nicht notwendig", fiel Kate ein.

„Wir heiraten morgen", stellte Nick abschließend fest. „Und das ist mein letztes Wort."

Kapitel 6

Katharina saß vor dem Frisiertisch in ihrem Zimmer und zog die Klammern heraus, mit denen sie ihren Haarknoten festgesteckt hatte. Sie bemerkte, dass ihre Finger bebten, aber nicht nur ihre Finger, auch ihre Hände und das Zittern schien ihren ganzen Körper erfasst zu haben. Sie ließ die Arme sinken und starrte auf ihr Spiegelbild. Eine Frau mit Brille sah ihr entgegen, deren sonst so helle Augen in dem blassen Gesicht und beim Schein der Kerzen plötzlich dunkel und sehr groß wirkten. Sie versuchte, sich selbst zuzulächeln, aber es wurde nur eine ängstliche kleine Grimasse daraus.

‚Wovor fürchte ich mich eigentlich?', dachte sie verwundert. *‚Ich habe den Mann wiedergetroffen, in den ich verliebt war, seit ich denken kann und er hat mich heute sogar geheiratet. Das hätte er nicht getan, wenn er mich nicht ebenfalls lieben würde."*

Sie betrachtete ihr unscheinbares Äußeres. *„Kein Mann würde jemanden heiraten, der so aussieht wie ich, wenn er nicht ebenfalls verliebt wäre ... Dass er es damals war, das weiß ich. Das habe ich ganz deutlich gefühlt. Weshalb habe ich jetzt Zweifel? Und wieso habe ich Angst? Ist es, weil er plötzlich so verändert ist, seit wir geheiratet haben?"*

Sie hob die Hände und wollte den Zopf lösen, als sie Schritte auf dem Gang hörte. Unmittelbar darauf öffnete sich die Tür, und Nick trat herein. Er verharrte sekundenlang in der offenen Tür, dann schloss er sie leise hinter sich und kam langsam näher. Er hatte die Anzugjacke und die Weste abgelegt, die obersten Knöpfe seines Hemdes waren geöffnet, und Katharina konnte seine bloße Brust darunter sehen. Ihre Erregung und ihre Furcht steigerten sich, als er hinter sie trat, sie im Spiegel betrachtete und nach ihrem Haar griff.

Er strich fast zärtlich darüber und begann die einzelnen Strähnen zu lösen, dann fuhr er mit den Fingern durch, frisierte es aus, bis es wie ein dichter Mantel um Kates Schultern lag. „Katharina", murmelte er und suchte im Spiegel ihren Blick.

Sie versuchte ein Lächeln, diesmal gelang es ihr, aber ihre Lippen zitterten dabei. Sie hatte sich immer sicher bei ihm gefühlt, als sie noch ein Kind gewesen war und auch später, als sie ihn am Hof ihres Großvaters wiedergetroffen und begriffen hatte, dass sie sich in ihn verliebt hatte und ihn wollte. Sie fühlte immer noch seine Arme, die sie umfingen, seine Nähe und diesen ersten Kuss, der sie von den Lippen bis in ihr Innerstes berührt hatte.

Heute fühlte sie sich nicht mehr sicher, und sie schauerte unwillkürlich zusammen, als er nach ihrer Brille griff und sie auf die Kommode legte. Er beugte sich dabei so weit vor, dass er mit seinem Unterkörper ihren Rücken berührte, und sie merkte, wie etwas zwischen ihre Schulterblätter stieß. Als er sich wieder aufrichtete, schob er ihr den Morgenmantel von den Schultern und ließ seine Hände abwärts auf ihre nackten Brüste gleiten. Sie spürte, wie sich der erregende Stab härter in ihren Rücken bohrte, als er sie an sich presste und begann, mit seinen Fingern ihre Brustwarzen zu massieren. Im Spiegel sah sie, wie die rosigen, zarten Spitzen unter seinem festen Griff hart und dunkel wurden, sah, wie die Weichheit ihrer Brüste sich im Takt seiner Hände bewegte, und fühlte wie eine nicht ganz fremde, aber in ihrer Heftigkeit doch ungewohnte Erregung von ihrem Körper Besitz ergriff. Sie war mehr als alt genug um zu wissen, was sie erwartete und um es zu wünschen – es vor allem von *ihm* zu wünschen.

Sie gab einer plötzlichen Schwäche nach, schloss die Augen und lehnte ihren Kopf an ihn, fühlte seine Hände von ihrer Brust aufwärts wandern, ihren schlanken Hals streicheln, und atmete zitternd ein, als er sie unter den Knien fasste, um sie hochzuheben und zum Bett zu tragen.

Sie hatte die Augen immer noch geschlossen, als er sie auf die weißen Laken legte und sich über sie beugte. Sie fühlte seine Hände auf ihrem nackten Körper, spürte seinen heißen Atem auf ihrer Wange, der mit Alkoholgeruch vermischt war, und dachte mit einem Anflug von Unwillen daran, dass er noch weiter getrunken haben musste, nachdem sie ihn unten im Wohnzimmer alleine gelassen hatte. Sie öffnete die Augen und sah dicht über sich sein Gesicht, so vertraut und doch so fremd. Als sie jedoch seinen Blick suchte, in der Hoffnung, darin die Liebe zu finden, die auch sie empfand, erkannte sie jedoch nur etwas, das sie wieder erzittern ließ. Was sie in seinen Augen las, war keine Zuneigung, sondern nur der Triumph eines Mannes, der sich seiner Beute gewiss war.

Kate wollte ihn bitten, liebevoll und zärtlich zu ihr zu sein, kam jedoch nicht mehr dazu, denn im selben Moment presste er fast schmerzhaft seine Lippen auf ihre. Sie öffnete auf seinen festen Druck hin ihre Lippen, und er drang mit seiner Zunge mit einer Heftigkeit in ihren Mund ein, als wäre es bereits sein Glied, mit dem er in ihren Körper stieß. Kate versuchte unerfahren, seine grobe Zärtlichkeit zu erwidern, und gab sich diesem derben Kuss mit einer Innigkeit hin, die sie niemals zuvor verspürt hatte.

,*Genauso muss es wohl sein*', dachte sie zitternd, als sie spürte, wie seine Hand ihre Brust suchte, weiter abwärts glitt, über ihre Taille, ihre Hüfte, dann ohne Vorwarnung zwischen ihre Schenkel drang und diese auseinanderbog. Sie zuckte zusammen, als sie seine Finger in ihrer Scham spürte, und stöhnte leicht auf, als sie den schmerzhaften Druck fühlte, mit dem er die weiche Öffnung zwischen ihren Beinen massierte und dabei immer tiefer vordrang.

Sie versuchte, den Kopf von ihm wegzudrehen, um ihm zu sagen, dass seine groben Finger ihr wehtaten, aber seine Lippen, die er auf die ihren gepresst hatte, fingen jeden ihrer Laute auf. Er legte sich halb auf sie, drückte sie in die Polster hinein und ließ seine Hand noch heftiger zwischen ihren Schenkeln arbeiten. Plötzlich veränderte sich jedoch etwas und sie merkte, wie es feucht zwischen ihren Beinen wurde. Zuerst war es ihr peinlich, dass er in diese Nässe hineingriff, aber er schien sich nicht daran zu stören, und sie fühlte, wie seine Finger jetzt leichter in ihr auf und ab glitten. Eine ganz neue Erregung nahm von ihr Besitz, ihre Scham schien unter seinen Händen anzuschwellen, ihr Herzschlag breitete sich über ihren ganzen Körper aus, pochte zwischen ihren Beinen, und sie öffnete sich ihm wie von selbst, um seiner Hand den Zugang zu erleichtern.

Sie war fast enttäuscht, als er kurz darauf mit seiner Tätigkeit innehielt, seine Hand aus ihren Schenkeln nahm und mit seinen feuchten Fingern ihre Brust knetete, die zunehmend empfindlicher wurde. Ihre Brustspitzen standen hart empor, und jede Berührung sandte eine erregende Botschaft bis in die Mitte ihres Leibes. Schließlich ließ er von ihr ab, löste seine Lippen von ihren und griff hinunter, um seine Hose zu öffnen. Sie blickte an ihm herab und sah, wie sein Glied ungeduldig hervorkam. Es war hart und groß, schien im Takt ihres eigenen Pulsschlages zu pochen, und Kate starrte fasziniert darauf, bis er mit der Hand ihre Beine noch weiter spreizte und sich über sie legte.

Sie hielt den Atem an, als sie die Spitze seines Glieds sekundenlang zwischen ihren Schenkeln fühlte, bevor er unvermutet so schnell zustieß, dass sich ein erstickter Schrei ihrer Kehle entrang, und sie sich unter dem heißen, scharfen Stoß wand, mit dem sein Glied sich den Weg ins Innere ihres Körpers bahnte. Er hielt sie fest, als sie versuchte, wieder zu Atem zu kommen, lag sekundenlang still in ihr, betrachtete nur ihr Gesicht, und für einen Moment war ihr, als würde der Ausdruck seiner Augen weicher. Dann war dieser Augenblick vorbei, und er stieß wieder zu, wieder und immer wieder, schneller und heftiger, und endlich, als sie schon glaubte, es nicht mehr ertragen zu können und in Tränen ausbrechen zu müssen, verstärkte sich der Griff um ihre Schultern, er bäumte sich auf und sank dann mit einem unterdrückten Stöhnen auf sie.

Sein Gewicht drückte sie auf die Unterlage und nahm ihr den Atem. Sie rührte sich nicht, lag ganz ruhig da, fühlte ihn immer noch in sich. Eine klebrige, warme Flüssigkeit rann ihr zwischen den Gesäßbacken hinab und auf das Betttuch unter ihr.

Schließlich richtete er sich auf, löste sich von ihr und setzte sich auf den Bettrand ohne sie anzublicken. Sie fasste nach seinem Arm, „Nick ...“

Er streifte ihre Hand ab, erhob sich und wandte sich von ihr ab, als er seine Hose schloss. Sein Hemd war am Rücken ganz nass, klebte an seinem Körper, und als er sich wieder nach ihr umdrehte, sah sie, dass ihm einige Strähnen seines dunklen Haares in die Stirn fielen.

„Nick“, sagte sie noch einmal, diesmal bittend. Sie hoffte, dass er endlich zu ihr kommen würde, sie in die Arme nehmen, streicheln und küssen würde. Nicht so wie zuvor, als er ihr mit seinem Mund und seinen Händen wehgetan hatte, sondern sanft und zärtlich, so wie damals auf dem Gut ihres Großvaters und wie vor wenigen Tagen auf seiner Ranch.

Er streifte sie nur mit einem kurzen Blick. „Schlaf jetzt, Katharina. Du musst morgen zeitig aufstehen. Ich beginne um sieben Uhr mit der Arbeit und möchte vorher frühstücken. Da ich meiner Haushälterin, die in einigen Tagen nach Denver zu ihrer Schwester abreisen wird, jetzt schon Urlaub gegeben habe, wirst du dich in Zukunft um den Haushalt kümmern müssen."

Die Tür fiel hinter ihm ins Schloss.

Kate zog sich die Decke über den Körper, drehte sich zur Seite und vergrub das Gesicht im Polster. Und schließlich weinte sie.

Am nächsten Morgen war Nick bereits auf, als sie die Treppe herunterkam. Sie war erst in den frühen Morgenstunden eingeschlafen, fühlte sich zerschlagen, unglücklich und wund.

Nick saß hinter seinem Schreibtisch in der Bibliothek und begrüßte sie mit einem kühlen Blick, als sie zu ihm hintrat und ihn scheu auf die Wange küsste.

„Du hast verschlafen."

„Wann musst du denn gehen?", fragte sie schüchtern.

„Jetzt gleich."

„Ich mache schnell das Frühstück." Kate wandte sich um und wollte zur Tür hinaus, als er sie zurückhielt.

„Dazu ist keine Zeit mehr. Komm her, ich habe hier etwas für dich."

Er griff in die Schreibtischlade, zog ein Stück Papier hervor und hielt es ihr hin. „Das ist für dich. Mein Teil des Ehevertrages."

Sie sah erstaunt darauf. „Was ist das denn?"

„Das gehört dir."

Sie nahm den Schein entgegen. „Ein Scheck? Über zwanzigtausend Dollar? Wofür denn?"

Er sah sie ärgerlich an. „So stell dich doch nicht dümmer als du bist, Katharina!"

Sie schob die Kränkung über seine groben Worte zur Seite und sah wieder auf den Schein. „Eine Art Haushaltsgeld vielleicht?"

Nick lachte spöttisch auf und erhob sich. „Wie auch immer du es nennen willst - bleiben wir eben bei ‚Haushaltsgeld', wenn dir der Ausdruck besser gefällt. Mir soll es recht sein."

„Gehst du einfach so weg?", fragte sie enttäuscht, als er aus der Tür gehen wollte, ohne sich noch einmal nach ihr umzublicken.

„Habe ich etwas vergessen?", fragte er mit hochgezogenen Augenbrauen.

Sie fühlte sich unter seinem Blick plötzlich verlegen. „Ich dachte nur, dass dies ein kühler Anfang für den Beginn unserer Flitterwochen ist."

„Flitterwochen", wiederholte er kopfschüttelnd, „so ein Unsinn. Du steckst voller romantischer Ideen, Katharina. Werde bitte erwachsen."

Kate blieb hartnäckig. „Bekomme ich nicht einmal einen Abschiedskuss?"

Er sah sie kalt an. „Komm her."

Sie durchquerte den Raum und blieb erwartungsvoll vor ihm stehen. Er hob die Hand, nahm ihr langsam die Brille von der Nase und legte sie auf den kleinen Tisch neben der Tür, dann nahm er sie in den Arm, zog sie an sich, dass sie glaubte, die Luft würde ihr ausgehen, und packte mit der anderen Hand ihr Haar.

„Du willst einen Abschiedskuss?", fragte er spöttisch. „Das kannst du haben." Er beugte sich über sie und presste seinen Mund so hart auf ihren, dass sie einen Schmerzenslaut unterdrücken musste. Seine Zunge drang in ihren Mund, heftig und rücksichtslos, so wie am Abend davor, und sie fühlte seine Zähne auf ihren Lippen, als er den Druck verstärkte, um ihren Mund noch weiter zu öffnen.

Als er sie endlich losließ, taumelte sie ein wenig zurück. „So hatte ich mir das eigentlich nicht gedacht", sagte sie leise.

„Wir werden heute Abend darüber reden, was du dir vorgestellt hast", antwortete Nick kalt und ging hinaus.

Kate starrte minutenlang auf die Tür, die hinter ihm ins Schloss gefallen war. Dann atmete sie tief durch und stieg langsam wieder die Treppe hinauf. Oben in ihrem Zimmer zog sie das Betttuch ab, das von ihrer ersten Nacht mit einem Mann zeugte, und wusch es in dem kleinen Badezimmer neben der Küche aus.

Es konnte keine Einbildung sein, dass Nick sich in dem Moment verändert hatte, in dem er ihr den Ring an den Finger gesteckt hatte. Nur kurz davor war er noch aufmerksam gewesen, freundlich, zuvorkommend, hatte ihr Komplimente gemacht, und mit einem Mal hatte sich sein Verhalten ihr gegenüber umgekehrt. Das war ihr bereits bei der kleinen Feier aufgefallen, die sich der Hochzeit angeschlossen hatte. Aus dem charmanten Brautwerber war ein kühler, gleichgültiger Mann geworden, der sie nicht mehr als notwendig beachtete, schweigend neben ihr in der Kutsche saß, die sie von Mrs. Baxters Haus heimbrachte, und der sich dann sofort mit einer Flasche Whisky in die Bibliothek zurückgezogen hatte.

Sie hatte sich auf seine Knie setzen wollen, war aber energisch fortgeschoben worden und war zutiefst gekränkt eine Weile neben ihm gesessen und hatte unsicher darauf gewartet, was nun weiter passieren würde. Er hatte sie nicht beachtet, einfach getrunken und sie dann mit einigen kalten Worten auf ihr Zimmer geschickt.

Sie war mit zittrigen Knien hinaufgegangen, hatte sich den Morgenmantel angezogen und auf ihn gewartet. Und als er endlich gekommen war, hatte er sie nicht liebevoll in die Arme genommen, wie sie sich das erträumt hatte, sondern sie einfach behandelt wie eine lästige Pflicht, der man Genüge tun musste.

Sie hatte von verheirateten Freundinnen, die mit leichtem Erröten darüber gesprochen hatten, gewusst, dass es beim „ersten" Mal nicht so „angenehm" wäre, war aber nicht darauf gefasst gewesen, dass es so schmerzhaft sein würde. Alles hatte wehgetan, seine Hände, seine Lippen, sein Glied, und sie war jetzt nicht mehr erstaunt darüber, dass ihr eine Freundin etwas verschämt anvertraut hatte, dass sie die Tage genießen würde, in denen ihr Ehemann nicht im Haus war oder nicht auf seine ehelichen Rechte zurückkommen würde.

„Männer sind da anders als wir", hatte ihre Freundin gesagt. „Sie empfinden anders – sie wollen ihren Spaß haben, sich erleichtern und dann gehen sie wieder. Während wir uns danach sehnen, in den Armen gehalten und liebkost zu werden, wollen sie nur ihre Lust befriedigen, und sind erstaunt, wenn man mehr von ihnen erwartet. Aber man gewöhnt sich im Laufe der Jahre daran."

,Nein', dachte Kate traurig, die damals zwar zugehört, aber kein Wort davon geglaubt hatte, ,daran werde ich mich nie gewöhnen.'

Kate hatte sich tagsüber im Haus umgesehen, um sich damit vertraut zu machen, war im Stall gewesen, hatte die beiden Pferde gestreichelt, sie mit einigen Leckerbissen verwöhnt und hatte dann gehofft, ihr frischgebackener Ehemann würde bald heimkehren. Es war der erste Tag ihres gemeinsamen Lebens und Kate hätte ihn lieber mit einem schlecht gelaunten Nick verbracht als alleine.

Schließlich setzte sie sich, um die Zeit zu verkürzen, in die Bibliothek und schrieb Briefe. Einen an ihre Mutter, in dem sie ihr erzählte, dass sie Nick wiedergetroffen und er ihr einen Heiratsantrag gemacht hätte. Sie schrieb, wie unendlich glücklich sie war, ihn nach so vielen Jahren wiedergefunden zu haben, und wusste, dass ihre Mutter, die den jungen Mann ins Herz geschlossen gehabt hatte, sich mit ihr freuen würde. Ihr Vater hatte damals alle Hebel in Bewegung gesetzt um Nick, der nach diesen schrecklichen Ereignissen spurlos verschwunden gewesen war, für sie wiederzufinden.

Dann, zehn Jahre später, hatte sie einen Brief von einem gewissen Nick Brandan in die Hand bekommen und hatte ihren Augen kaum trauen können, als sie die schwungvolle, energische Schrift erkannte. Sie hatte sich schließlich entschlossen hierher zu kommen, ihren Eltern jedoch kein Wort über den wahren Zweck der Reise gesagt, aus Angst, die Aussicht ihn wiederzufinden, könne sich in letzter Minute noch als Trugschluss herausstellen. Und ganz tief in sich hatte sie darauf zu hoffen gewagt, dass er tatsächlich noch frei sein würde.

Ihr zweiter Brief ging an ihren Vater. Sie beendete das Schreiben, blies darüber, um die Tinte zu trocknen, und überflog anschließend noch einmal den Inhalt des Briefes. Sie hatte daheim ein an ihr Anwesen grenzendes Grundstück erworben, und bat ihren Vater, der sich in ihrer Abwesenheit um ihre finanziellen Angelegenheiten kümmerte, die Bezahlung noch ein wenig hinauszuzögern, da sie derzeit nicht über genügend bare Geldmittel verfügte, und den ‚Gläubiger' noch um ein wenig Geduld zu bitten. Potty, ihr alter Freund und Partner, kümmerte sich um derlei Dinge nicht, sondern konzentrierte seine Tätigkeit ganz auf die Tiere. Ihr Vater hätte ihr zwar ohne zu zögern das Geld vorgestreckt, aber sie war stolz darauf, ihre Geschäfte nur von ihren eigenen Finanzmitteln zu bestreiten. Sie hatte vor einiger Zeit eine hervorragende Stute an einen reichen Mann verkauft und auf dem Weg hierher das Geld, eine nicht unbeträchtliche Summe, persönlich abgeholt. Und obwohl sie den Betrag zwar sofort nach Hause hatte überweisen lassen, dauerte es manchmal längere Zeit, bis das Geld dann tatsächlich verfügbar war.

Sie war dabei den Brief zusammenzufalten, als Nick hereintrat.

Er sah sie überrascht an, als er sie an seinem Schreibtisch fand, und zog dann die Augenbrauen hoch. „Schreibst du Deinen Eltern?"

„Ja."

Er kam näher, nahm ihr den Brief aus der Hand und betrachtete die Schrift. Sie griff hastig danach, aber er trat einen Schritt zurück und bemerkte mit einem Stirnrunzeln ihr errötendes Gesicht. „Was ist mit dem Brief?"

„Nichts weiter", erklärte sie verlegen und beugte sich vor, um den Brief zurückzubekommen. „Gib ihn wieder her. Er ist nicht für dich bestimmt!"

„Weshalb regst du dich so auf?", fragte er spöttisch. „Hast du Angst, ich könnte lesen, was du nach Hause schreibst?"

„Das ist doch Unsinn", erwiderte sie heftig und streckte wieder die Hand aus. „Meine Post geht dich nichts an."

„Da täuscht du dich aber", erwiderte er kalt. „Als dein Mann habe ich das Recht, deine Briefe zu lesen."

„Das bildest du dir nur ein. Gibt sofort den Brief her!" In ihrer Stimme klang jetzt Panik durch und er musterte sie scharf, bevor er den Bogen auseinander faltete. Seine Lippen pressten sich zusammen, als er den Brief überflog, dann sah er sie hart an.

„Du hast keine Zeit verloren, die gute Nachricht nach Hause zu schicken, nicht wahr? Allerdings mich hast du in diesem Brief offensichtlich nur am Rande erwähnt. So als lästiges Anhängsel, nicht wahr?", fuhr er schneidend fort.

„Über dich habe ich ausführlich an Mutter geschrieben", antwortete sie verwundert.

Er blickte auf das zweite Schreiben, das bereits versiegelt am Tisch lag, rührte es jedoch nicht an, sondern zerknüllte nur zornig den Brief an ihren Vater in der Hand. „Die geschäftlichen Dinge regeln du und dein Vater also untereinander!"

„Ja natürlich", erwiderte Kate verlegen. Aus einem Grund, der ihr selbst nicht ganz klar war, hatte sie eine Scheu davor, Nick von ihren Geschäftstransaktionen zu erzählen. Sie war bereits längere Zeit unter einem anderen Namen mit ihm in regelmäßigem Briefwechsel gestanden und hatte keine Ahnung, wie sie ihm diese Tatsache beibringen sollte. „Mutter kümmert sich niemals um finanzielle Angelegenheiten."

Nick starrte sie minutenlang zornig an, dann warf er den Brief vor sie auf den Schreibtisch, wandte sich um und ging. Sie folgte ihm in die Diele und sah, dass er nach seinem Hut griff. „Gehst du noch einmal aus, Nick?"

„Ja", erwiderte er, ohne sich umzudrehen. „Und es kann spät werden."

Nikolai war auf dem schnellsten Weg in Sue-Ellens Wohnung gegangen, die ihn ebenso erfreut wie zärtlich begrüßt hatte, und saß nun mit einer Flasche Whisky neben sich in einem der bequemen Ohrensessel, in denen er und seine Geliebte schon so manche interessante Stunde verbracht hatten. Er trank in hastigen Zügen, während Sue-Ellen auf seinem Schoß saß, mit der Hand unter sein Hemd fuhr und sich damit beschäftigte, mit der Zunge erregende Spielchen in seinem Ohr zu treiben. Er fühlte das scharfe Getränk seine Kehle hinunterbrennen und hoffte, damit den geheimen Schmerz zu betäuben, der ihm lächerlicherweise zu schaffen machte.

Schon am Tag davor, bei dem kleinen Fest, das Ann Baxter ihnen zuliebe veranstaltet hatte, waren ihm einige Bemerkungen über den Grund untergekommen, weshalb Katharina ihn geheiratet hatte. Obwohl ihm diese boshaften Zungen nichts Neues zugeflüstert hatten, war er von den giftigen Pfeilen getroffen worden, und es hatte ihm einen Teil des Triumphes, dass er sie diesem Simmons noch in letzter Minute weggeschnappt hatte, verleidet. Und nun hatte Katharina in dem Brief geschrieben, dass ihr Vater unbesorgt sein könne - es wäre ihr gelungen, an das Geld zu kommen, um die Schulden zu begleichen, und sie hätte es bereits an ihn abgeschickt.

Er war verwundert über die Kränkung, die er beim Lesen dieser Zeilen verspürt hatte, und nannte sich selbst einen Idioten, der sich insgeheim dem bestechenden Gedanken hingegeben hatte, eine Frau, die ihn vor Jahren bereits verraten hatte, könnte ihn jetzt nicht nur aus reiner Berechnung, sondern auch aus Zuneigung geheiratet haben.

Er selbst war, und das gab er nun offen vor sich zu, niemals über sie hinweggekommen und wäre ohne diesen Einblick in die Gedankengänge seiner Frau zweifellos Gefahr gelaufen, ihr gegenüber weich zu werden. Als er am Vortag das erste Mal bei ihr gelegen war, hatte er plötzlich wieder das junge Mädchen in ihr gesehen, in das er sich damals verliebt und das er fast schmerzlich begehrt hatte. Dann war der Moment der Schwäche vorbei gewesen, er hatte sie rücksichtslos genommen und war dann schnell gegangen, um nicht eine Vertrautheit aufkommen zu lassen, die er nicht wünschte. Er hatte sie nicht geheiratet, um eine glückliche Ehe mit ihr zu führen, sondern um sich an ihr schadlos zu halten für das, was ihm vor Jahren widerfahren war und woran sie die Schuld getragen hatte.

„Du bist heute aber gar nicht bei der Sache", beschwerte sich Sue-Ellen. „Sag nur, deine graue Maus beschäftigt dich so sehr, dass du für dein Schmusekätzchen nichts mehr übrig hast."

Nikolai zwang sich ein leichtes Lächeln auf die Lippen, antwortete jedoch nicht.

Sue sah ihn neugierig an. „Gestern war doch eure Hochzeit, nicht wahr?" Er nickte nur.

„Und – wie war die Hochzeitsnacht?" Sie lachte anzüglich. „Hast du's der Maus so richtig gegeben?" Sie zerrte sein Hemd aus der Hose und wollte den Gürtel öffnen. „Lass mich mal sehen, mein Süßer, ob du dir blaue Flecken an der Bohnenstange geholt hast."

„Schlag gefälligst einen anderen Ton an, wenn du über meine Frau sprichst", entfuhr es ihm verärgert.

„Na, na", sagte Sue erstaunt. „Man wird doch noch fragen dürfen. Wie ist sie denn so im Bett? Besser als ich?"

Nikolai schluckte seinen Ärger hinunter und sah sie mit einem gezwungenen Lächeln an. „Nein, meine schöne Aphrodite, ich habe noch keine getroffen, die besser wäre als du – du bist einmalig." Er griff wieder nach der Flasche und schenkte sich nach. ‚Ich weiß nicht einmal, wie sie ist', dachte er verstimmt. ‚Ich weiß nur, dass sie weitaus reizvoller war, als ich gedacht hatte ...'

Sue wollte sich an seinen Hosenknöpfen zu schaffen machen, als er sie wegschob. „Ich muss jetzt gehen, Sue. Danke für den Whisky."

Sie starrte ihn an. „Das kann nicht dein Ernst sein! Du lässt mich jetzt einfach so allein?"

„Ja, entschuldige, aber es war ein langer Tag."

„Dann werde ich dafür sorgen, dass du dich ein wenig entspannst, mein Süßer", sagte Sue drängend. Sie ließ nicht von ihm ab, als er aufstand.

„Nicht heute, ein anderes Mal wieder, Sue." Er schob sie freundlich, aber bestimmt von sich, ordnete seine Kleidung und legte einige Geldscheine auf das kleine Tischchen, bevor er zur Tür ging. Dort wandte er sich um. „Hast du alles, was du brauchst, Sue?"

Seine Freundin hatte das Geld bereits in der Hand und zählte die Scheine. „Davon schon, Nicki, aber sonst geht mir was ab!"

„Ich werde bald wiederkommen", versprach er. „Gute Nacht, Sue." Er ging schnell hinaus und lief ungeduldig die Treppe hinunter. Plötzlich hatte er es sehr eilig, heimzukommen. Wenn er sich schon für teures Geld eine Frau gekauft hatte, dann wollte er auch etwas von ihr haben.

Nick kam erst zurück, als sie schon im Bett lag. Er trat im Schlafrock zu ihr ins Zimmer, zog die Decke von ihrem Körper, öffnete die Seidenbänder, die ihr Nachthemd vor der Brust zusammenhielten, und streifte es ihr über den Kopf. Dann warf er den Schlafrock ab und stieg nackt zu ihr ins Bett.

Kate merkte an seinem Atem, dass er wieder getrunken haben musste, widerstand der ersten Regung, ihn zu bitten, sie alleine zu lassen und versuchte, ihr Zittern unter Kontrolle zu bekommen, als er seine Hände über ihren Körper gleiten ließ. Wie schon am Tag davor war sein Griff fest, und es tat ein bisschen weh, als er ihre Brust knetete. Sie hatte Angst, aber gleichzeitig fühlte sie ein unbestimmtes, neues Verlangen nach ihm und seinen Umarmungen.

Er stützte sich mit dem Ellbogen neben ihr ab und beobachtete jede ihrer Reaktionen, als er seine Hand von ihrer Brust hinabwandern ließ, sie schwer auf ihren Bauch legte, über ihre Hüften fuhr, die Außenseite ihrer Schenkel hinab und dann zwischen ihre Beine griff, die sie leicht geöffnet hatte. Er drang nicht sofort mit den Fingern in sie ein, sondern massierte zuerst den weichen, nachgiebigen Hügel ihrer Scham, der unter seiner Hand feucht wurde und anschwoll.

Sie atmete zittrig ein, spürte eine neue Lust in sich aufsteigen und hob die Hände, um seinen Kopf zu sich herunterzuziehen. Sie wollte, dass er sie küsste, sehnte sich danach, seinen Mund auf ihrem zu spüren, auch wenn sein Kuss derb war und ihre Lippen dabei schmerzten.

Er entzog sich ihr, löste ihre Hände wieder von seinem Hals und schüttelte den Kopf. „Ich bestimme, was geschieht, Katharina. Nicht du."

Sie ließ die Arme wieder sinken, suchte seine Augen und sah darin nichts als den lieblosen Wunsch, noch ein wenig mit ihr zu spielen. Er ließ keinen Blick von ihrem Gesicht, als er seine Hand noch ein wenig tiefer wandern ließ, mit einer geübten Bewegung ihre Schamlippen teilte und schließlich mit einem Finger tief zwischen ihre Beine stieß.

Sie erschauerte und fühlte sich unter seinen wachsamen Augen verwundbar. ,Er beobachtet mich wie eine Katze, die mit einer Maus spielt', dachte sie angstvoll. ,So, als würde ihn das alles nicht berühren.'

Sie biss sich auf die Lippen, unterdrückte das Stöhnen, das in ihrer Kehle aufstieg, als er seinen Finger in ihrer Vagina kreisen ließ, zuerst ganz langsam und bedächtig und dann immer heftiger, so lange, bis sie sich unter seiner Hand wand und leise aufschrie, als er den Daumen auf ihre Klitoris presste.

Er sah sie spöttisch an. „Hast du es dir so vorgestellt, Katharina? Ist es besser oder schlechter als die romantischen Ideen, die du dir in den Kopf gesetzt hast?"

„Ich weiß es nicht", erwiderte sie bebend und wünschte, er würde damit aufhören sie so anzusehen und sie endlich in die Arme nehmen und küssen.

Er betrachtete ihr gerötetes Gesicht eingehend, ohne mit der kreisenden Bewegung seiner Hand innezuhalten. „Weißt du, was ein Orgasmus ist, Katharina?"

„Ich glaube schon", erwiderte sie mühsam und fuhr sich mit der Zunge über die trockenen Lippen.

„Aber du hast noch nie einen gehabt oder?"

„Ich war noch nie zuvor auf diese Art mit einem Mann zusammen", sagte sie schwer atmend, fühlte seinen Finger in ihrer Vagina und das Pochen ihrer Weiblichkeit, die nach mehr verlangte.

Er lachte. „Nun, diesem Mangel ist ja jetzt abgeholfen."

Er zog seinen Finger aus ihrer Scheide, fasste nach ihrer Hand und führte sie zu seinem Glied, das sich erregt an ihren Schenkel presste. Er schloss ihre Finger darum und hielt sie fest, während er ihre Hand langsam auf und ab bewegte. Katharina fühlte die weiche Haut unter ihren Fingern, spürte, wie sein Glied zunehmend härter wurde, und atmete zitternd ein, als er ihre Finger an die pulsierende Spitze brachte. Seine Erregung schien sich auf ihren Körper zu übertragen, und sie wollte plötzlich nichts sehnlicher, als ihn in sich zu spüren.

Er ließ ihre Hand los. „Mach die Beine auf, Katharina."

Sie öffnete ihre Beine etwas mehr.

„Weiter." Kate gehorchte zitternd und er fasste ungeduldig ihr Knie, schob es hoch und drückte es zur Seite, bis sie völlig offen vor ihm lag, bereit ihn zu empfangen. Sie erwartete, dass er sich über sie legen würde, aber stattdessen schob er wieder seinen Finger hinein, massierte ihre Vagina, rieb so heftig, dass sie aufstöhnte. „Ja", murmelte er zufrieden, „das gefällt euch allen."

Dann glitt er über sie und stützte sich mit beiden Händen neben ihrem Kopf auf. „Nimm ihn und schieb ihn dir hinein", sagte er in einem kalten Befehlston.

Kate griff mit bebenden Fingern nach seinem pochenden Glied und führte es den richtigen Gang entlang, während er sich langsam auf sie senkte. Diesmal tat es weit weniger weh als am Vortag, und sie empfand ein steigendes Gefühl der Lust, als sie ihn in sich spürte. Sein Glied schien nicht nur das Innere ihrer Beine auszufüllen, sondern ihren ganzen Körper, und eine angenehme Hitze stieg von ihren Schenkeln aufwärts, erreichte ihren Bauch, ihre Brüste, ihr Gesicht.

Er blieb ruhig in ihr liegen, beobachtete nur jede ihrer Regungen, folgte mit seinem Blick ihren Brüsten, die sich beim Atmen hoben und senkten, sah auf ihre Lippen, die sie halb geöffnet hatte.

Schließlich hielt sie es nicht mehr aus. „Weshalb siehst du mich so an, Nick?"

„Ich frage mich, wie es kommt, dass ihr Frauen so willfährig seid, sobald man euch nur einen Ring an den Finger steckt. Ist das für euch wirklich ausreichend?"

Kate hatte das Gefühl, als wäre ein Kübel kalten Wassers über sie gegossen worden. „Wie meinst du das?"

„Wenn ich es nicht gewesen wäre, der dich geheiratet hat, würde jetzt ein anderer hier auf dir liegen. Simmons zum Beispiel. Du würdest für ihn ebenso bereitwillig die Beine öffnen, wie du es für mich getan hast, erregt sein, wenn er dich berührt, und Lust empfinden, wenn er dich nimmt." Seine Stimme klang kalt und ein wenig höhnisch.

Kate hob die Arme, um ihn von sich fort zu schieben. „Hör auf, so mit mir zu sprechen, Nick, was fällt dir nur ein?"

Er legte sich schwer auf sie, stützte sich auf die Ellbogen, und sie fühlte, wie ihre Brüste ihn bei jedem Atemzug berührten. „Ihr sogenannten ‚anständigen' Frauen wart mir immer schon ein Rätsel, Katharina. Ihr seht auf die käuflichen Damen herunter und seid doch keine Spur besser – teurer vielleicht, aber nicht besser."

„Weshalb beleidigst du mich?", fuhr sie hoch. Er packte ihre Handgelenke, hielt sie neben ihrem Kopf fest und senkte sich noch ein wenig weiter auf sie. Er lag jetzt so schwer auf ihr, dass sein Gewicht ihr den Atem nahm.

Sein Gesicht war dicht vor ihrem. „Dann sag mir, weshalb du mich geheiratet hast. Lüg mich an!"

Sie starrte in seine Augen, die jetzt so nahe waren, dass sie glaubte, durch seine Pupillen hindurch in sein innerstes Wesen schauen zu können. „Ich habe dich geheiratet, weil ich dich liebe", sagte sie langsam und deutlich.

„Hättest du auch mit mir geschlafen, wenn ich dich nicht mit einem Ehering bestochen hätte?", fragte er weiter.

Kate zögerte, dann atmete sie tief durch. „Ja."

Etwas blitzte in seinen Augen auf, und er starrte sie zornig an, bevor er seinen Unterkörper hob und gleich darauf so heftig zustieß, dass sie sich unter ihm aufbäumte.

„Nicht, du tust mir weh!"

„Das ist das Vorrecht des Ehemannes", sagte er heiser, hob sich aus ihr und stieß wieder zu, diesmal noch derber. „Ich tue nichts anderes, als mir mein eheliches Recht zu nehmen, Katharina. Das mag ungewohnt für dich sein, aber du wirst dich daran gewöhnen. Und je eher, desto besser."

Kate ballte die Hände zu Fäusten, vermeinte jeden seiner Stöße im ganzen Körper zu spüren und schloss die Augen, um seinen kalten Blick nicht mehr sehen zu müssen.

Er fuhr sie grob an. „Sieh mich gefälligst an!"

Sie öffnete schwer atmend die Augen, starrte ihn an und er hielt ihren Blick fest, während er so lange zustieß, bis er sich in sie ergoss. Als er sie kurz darauf, ohne sich auch nur nach ihr umzuwenden, wieder verließ, weinte sich Kate abermals in den Schlaf.

Kapitel 7

Nach einigen Wochen musste Kate einsehen, dass sie sich die Ehe mit Nick völlig anders vorgestellt hatte. Er behandelte sie abfällig, zum Teil rücksichtslos, scheuchte sie herum wie eine Bedienstete, und statt der liebevollen Zärtlichkeit, die sie sich erwartet und ersehnt hatte, fand sie nur ironische Kälte. Sie biss die Zähne zusammen, versuchte allen seinen Wünschen gerecht zu werden, um ihm ihre Zuneigung zu beweisen, die er zu bezweifeln schien, und hoffte damit die kalte Mauer zu durchbrechen, die er aus einem ihr unbegreiflichen Grund zwischen ihr und sich aufgerichtet hatte.

Er führte sein bisheriges Leben fort, so, als gäbe es sie nicht einmal, verließ jeden Tag zeitig am Morgen das Haus, kehrte erst gegen Abend wieder zurück und ging dann meist noch einmal weg, um sich mit Freunden zu treffen. Die einzigen Stunden, in denen er sich daran zu erinnern schien, dass er verheiratet war, waren jene, in denen er sie in ihrem Zimmer aufsuchte und mit ihr schlief.

Und auch dieses Zusammensein war nicht das, was Kate sich vorgestellt hatte. Er war grob, lieblos, spielte mit ihr herum, erweckte zuerst ihre Lust, schien eine grausame Genugtuung dabei zu empfinden, wenn sie unter seinen Händen erwartungsvoll zitterte, nahm sie dann rücksichtslos und verließ sie wieder, bevor ihr eigenes Verlangen Erlösung gefunden hatte.

Kate versuchte verzweifelt, eine Erklärung für sein Benehmen zu finden. Sie redete sich selbst ein, dass er viel durchgemacht hatte, bisher vermutlich nur mit Frauen zusammen gewesen war die er für ihre Dienste bezahlte und noch niemals einen Gedanken daran verschwendet hatte, dass eine Ehefrau mehr Rücksichtnahme erwarten durfte. Möglicherweise kam diese Einstellung auch daher, dass er in einer Gesellschaft aufgewachsen war, in der Frauen jedes Recht abgesprochen wurde und wo sie mehr oder weniger als Eigentum ihrer Ehemänner galten.

Sie konnte sich noch gut erinnern, wie eine der Bäuerinnen, die Gemüse an den Hof ihres Großvaters gebracht hatte, einmal mit einem blauen Auge und einer aufgeplatzten Lippe gekommen war. Sie war damals noch ein Kind gewesen, hatte aber einige Dienstmädchen tuscheln gehört und verstanden, dass die arme Frau von ihrem Mann verprügelt worden war. Wie sie, als sie älter wurde, begriff, war diese Behandlung nicht nur auf Russland beschränkt, sondern auch in den zivilisierteren Gegenden Amerikas durchaus verbreitet. Männer schienen für sich in Anspruch zu nehmen, ihre Frauen als Besitz zu betrachten, der sich ihnen fügen musste, und es konnte nur ein geringer Trost für Kate sein, dass Nick bisher noch keine Anstalten gemacht hatte, auf diese Weise handgreiflich zu werden.

Die Leute in der Stadt kamen ihr mit Höflichkeit und nachsichtiger Freundlichkeit entgegen. Sie merkte schnell, dass Nick allerorts geschätzt und geachtet wurde und sich dieser Respekt auch auf sie übertrug, man sie jedoch mit mitleidigen Blicken musterte. Der Grund dafür wurde ihr schlagartig klar, als sie beim Kaufmann zwei Frauen flüstern hörte, die sich über sie unterhielten. Ihr stieg das Blut zum Kopf, als sie begriff, dass man Nick für verrückt erklärte, weil er ein solches Mauerblümchen geehelicht hatte. Die beiden Frauen, die nicht wussten, dass sie hinter einigen Stoffballen verborgen stand, verwunderten sich einige Male darüber, dass ein gut aussehender und wohlhabender Mann wie Nick Brandan keine andere gefunden hatte. Ihr ganzes Mitleid schien der sitzen gelassenen Grace Forrester zu gelten und Kate, der die Ohren klangen, schlich sich heimlich aus dem Laden, als sie auch noch einige recht spitze Bemerkungen über eine Bardame hörte, die angeblich von Nick ausgehalten wurde. „Eine ordinäre Person, aber immer noch hübscher als seine Frau", lachte das eine Tratschweib so laut, dass Kate es noch bis auf die Straße hören konnte.

Kate wollte nichts als so schnell wie möglich nach Hause und traf dann zu allem Überfluss auch noch auf Grace und Mrs. Baxter, die nebeneinander die Straße herunterkamen.

Die schöne Grace musterte sie spöttisch. „Das Kleid sieht sehr hübsch aus, Kate. Es passt hervorragend zu Ihnen und Ihrer Frisur."

Kate würgte die Antwort, die ihr schon ganz vorne auf der Zungenspitze gelegen war, hinunter. „Vielen Dank, Miss Grace."

Mrs. Baxter, die Kate von Anfang an sehr gemocht hatte, mischte sich ein. „Ich finde Kate auch sehr apart darin."

‚Oh nein!,' dachte Kate entsetzt. ‚Bloß kein Mitleid!' Nachdem sie sich äußerst liebenswürdig, aber hastig verabschiedet hatte, eilte sie heim, stellte sich vor den Spiegel in ihrem Zimmer und betrachtete sich eingehend. Dann löste sie den strengen Zopf und steckte sich das Haar zu einem lockeren Knoten hoch.

Als nächstes nahm sie sich ihren Kleiderkasten vor. Sie hatte zwar heimgeschrieben und ihre Mutter gebeten, zu veranlassen, dass ihre Kleider nachgesandt wurden, aber es würde eine endlos lange Zeit dauern, bis der Brief ihre Mutter und dann ihre Kleider sie erreicht hatten. Sie ging zur Kommode, nahm ihre Brieftasche heraus und zählte nach. Immerhin hatte sie noch einige Reserven dabei, die würden in hübschen Kleidern gut angelegt sein. Die boshaften Bemerkungen der beiden Frauen fielen ihr wieder ein, und sie errötete bei dem Gedanken daran, dass man Nick seiner hässlichen Frau wegen bemitleiden konnte.

Als ihr Mann am Abend heimkam und sie mit der neuen Frisur vor ihm stand, war er offensichtlich verblüfft. „Was hast du mit Deinem Haar gemacht?"

„Es etwas anders frisiert", erwiderte sie, erfreut, weil er es bemerkt hatte.

„Du hast es gefärbt! Es schimmert plötzlich rötlich!"

„Nein, es sieht so nur anders aus, weil es lockerer ist."

„Du wirst die Farbe sofort wieder abwaschen!", fuhr Nick sie böse an. „Ich will nicht, dass meine Frau mit gefärbten Haaren herumläuft wie ein käufliches Frauenzimmer!"

Kate merkte, wie ihr die Wärme ins Gesicht stieg. „Es ist nicht gefärbt, es sieht nur anders aus!", wiederholte sie heftig. „Ich wollte doch nur hübsch sein, weil Grace heute Morgen eine abfällige Bemerkung über mein Haar gemacht hat."

Er starrte sie wütend an. „Grace ist eine dumme Gans."

„Aber eine *schöne* dumme Gans", antwortete sie spitz.

In Nicks Augen stahl sich eines der seltenen Lächeln, die er für sie übrig hatte. „Lass dir nur nicht einfallen, deswegen morgen mit blonden Haaren herumzulaufen, wenn ich heimkomme." Er fasste sie unter das Kinn, nahm die Brille von ihrer Nase und betrachtete sie eingehend von allen Seiten. „Grace ist übrigens keinen Deut schöner als du, Katharina." Seine Stimme klang so ehrlich bei diesen Worten, dass sie heftig errötete. Er machte ihr niemals Komplimente und dabei sehnte sie sich so nach einem lieben Wort, einer anerkennenden Geste. Und jetzt das!

„Ich möchte dir doch nur gefallen", sagte sie leise.

Er sah sie sekundenlang intensiv an, dann ließ er sie los und trat einen Schritt zurück. „Es ist mir gleichgültig wie du aussiehst, Katharina. Ich habe dich nicht deines Aussehens wegen geheiratet."

„Sondern?", fragte sie sehnsüchtig und hoffte, endlich von ihm zu hören, dass er sie aus Zuneigung zur Frau genommen hatte, auch wenn er ihr diese nicht zeigen konnte.

„Es ist so bequemer für mich", erwiderte er kalt, drehte sich um und ließ sie einfach stehen.

Kate schluckte die Enttäuschung und die Tränen hinunter und schlich in die Küche, um das Abendessen zuzubereiten. Nachdem Nicks Haushälterin, die sich vorher um seine Verpflegung gekümmert hatte, zu ihrer Schwester nach Denver gezogen war, hatte ihr Mann beschlossen, dass nun, da eine Frau im Haus war, er keine andere Köchin benötigte.

Vernünftig gedacht, fand Kate, aber in der Praxis sah das alles ein wenig anders aus. Sie war niemals eine große Köchin vor dem Herrn gewesen – in ihrem Elternhaus gab es einen ganzen Stab von Dienstboten, die sich um die Ernährung ihrer Herrschaft kümmerten, und auf ihrem eigenen Besitz hatte sie das Glück gehabt, einen immigrierten Franzosen zu finden, der nicht nur etwas von Pferden verstand, sondern auch noch hervorragend kochte.

Nun sah sie sich gezwungen, selbst den Kochlöffel zu schwingen, und obwohl ihr das immer noch nicht ganz leicht fiel, konnte sie sich damit schmeicheln, dass ihr Mann ihre Speisen immerhin auch aß. Sie trug das Essen auf und ging dann auf die Suche nach Nick, den sie in der Bibliothek vorfand, wo er seine Post durchsah. Er kam ihr ins Speisezimmer nach und brachte einen ganzen Packen Briefe mit.

„So viel Post?", fragte sie erstaunt, als er sich ihr gegenüber setzte und die Briefe öffnete, während sie ihm den Teller füllte.

„Ja, es sind bei einem Eisenbahnraub mehrere Postsäcke verschollen gewesen, die jetzt von irgendwoher wieder aufgetaucht sind. Es war auch einiges für mich dabei."

Sie beobachtete, wie er kaum auf das Essen achtete, sondern nur gedankenlos einen Bissen nach dem anderen in den Mund schob und keinen Blick von seiner Post ließ. „Schmeckt es, Nick?"

„Wie?" Er sah kurz auf. „Ja, ja, doch. Ist schon in Ordnung."

„Ist es besser gelungen als das letzte Mal?", bohrte sie nach.

„Hm?"

„Ob das Fleisch diesmal besser ist als letztens", wiederholte sie ungeduldig.

„War es da schlecht?", fragte er erstaunt.

„Es hat dir nicht geschmeckt", sagte sie gekränkt.

„Jetzt tut es das, Katharina. Und nun lass mich bitte endlich in Ruhe meine Post lesen."

Kate konnte sich nicht damit abfinden, dass er den ganzen Tag nicht daheim war und sich jetzt auch noch um einige blöde Briefe kümmerte, die zweifellos auch noch Zeit hatten. Schließlich hätten sie auch ganz verloren gehen können, und in diesem Fall wäre er nun ohne Post dagesessen.

„Ich habe daran gedacht, mir morgen einige Kleider bei der Schneiderin zu bestellen", sprach sie weiter.

Nick blickte auf. „Wozu denn?"

„Weil ich nicht möchte, dass du dich für mein Aussehen schämen musst. Ich habe heute nicht nur Grace getroffen, sondern auch noch gehört, wie sich einige Frauen über mich unterhalten haben. Und sie hatten recht - meine Garderobe ist wirklich nicht sehr sehenswert."

Sein Blick glitt über sie. „Das ist mir noch nicht aufgefallen. Aber wenn es dir Spaß macht, warum nicht? Lass die Rechnung dann einfach an mich schicken."

„Das ist lieb von dir", sagte sie warm.

„Lieb?", wiederholte er spöttisch. „Ich bin ja schließlich verpflichtet für dich aufzukommen."

„Ich möchte aber nicht, dass du es so siehst", erwiderte sie leise und dachte, dass dies vielleicht eine gute Gelegenheit war ihm mitzuteilen, dass sie unabhängig von ihrer Mitgift eine vermögende Geschäftsfrau war. Allerdings konnte sie ihr „Unternehmen", wie sie es nannte, von hier aus nicht weiterführen und musste daher eine Entscheidung treffen. „Darüber wollte ich auch noch mit dir reden, Nick", fuhr sie etwas unsicher vor.

„Später", antwortete ihr Mann unkonzentriert und vertiefte sich wieder in einen der Briefe.

„Was ist denn an den Briefen so spannend?"

Nick lächelte. „Dieser Brief hier ist von einem Pferdezüchter im Osten - wir korrespondieren schon längere Zeit miteinander. Ich bin vor etwa zwei Jahren auf ihn aufmerksam geworden, als mir bei meiner letzten Reise nach Denver ein Pferd unterkam, das alles schlug, was ich bisher gesehen habe. Von seinem Besitzer erfuhr ich, dass es aus einer Zucht nördlich von New York stammt. Ich habe den Züchter angeschrieben und er wollte mir eine Zuchtstute schicken."

Kate wurde zu ihrer größten Verlegenheit tiefrot. *‚Wie peinlich!'*, dachte sie. *‚Was habe ich damals nur wieder geschrieben! Ich kann Nick doch unmöglich sagen, dass anstelle der Stute ICH gekommen bin.'*

Am nächsten Tag hatte sie vor dem Gang zur Schneiderin noch einen anderen wichtigen Weg zu erledigen. Sie suchte das Postbüro auf und ließ folgendes Telegramm durchgeben: „Potty, bitte sofort Joe mit Lady Star schicken. K. P." K. stand für Kuss und P. für den Namen, den sie trug, wenn sie Geschäfte tätigte, die in den Augen der Welt für eine Frau ungewöhnlich waren. Sie konnte sicher sein, dass Potty, ihr verlässlicher Partner, alles ihrem Wunsch entsprechend in die Wege leiten würde.

Anschließend suchte sie die Schneiderin auf. Der unauffällige kleine Salon lag etwas abseits der Hauptstraßen, aber Kate, die seine Besitzerin vor einiger Zeit zufällig in einem der Läden getroffen hatte, wo es Stoffe zu kaufen gab, hatte mit Kennerblick sofort die hervorragende Ausführung ihres Kleides bewundert. Der Schnitt war ihr durch seine unauffällige Eleganz ins Auge gefallen, die Stiche, mit denen das Kleid zusammengenäht war, waren klein und zierlich, und sie hatte bei der Auswahl der Stoffe erkannt, dass die junge Frau Geschmack besaß.

Als sie eintrat, fand sie die Schneiderin gleich hinter dem großen Fenster neben der Tür sitzen und angelegentlich an einem Kleid arbeiten. Sie sah überrascht hoch als sie Kate erkannte, legte das Kleid zur Seite und stand auf, um ihr entgegenzugehen.

Kate reichte ihr die Hand und sah sich aufmerksam um. Alles war peinlichst sauber, im Hintergrund führte eine Tür in einen oder mehrere Nebenräume, an der Wand standen zwei Stühle, um etwaigen Kundinnen die Wartezeit bequemer zu machen, und links war ein großer Tisch, auf dem einige angefangene Arbeiten lagen.

„Was kann ich für Sie tun, Mrs. Brandan?" Die Stimme der jungen Frau klang dunkel, weich und Kate fiel wieder der leichte Akzent auf, mit dem sie sprach. Ihre Augen waren fast schwarz, ebenso ihr Haar, und ihr Gesicht hatte einen leichten Bronzeschimmer. Jeannette Hunter stammte offenbar von den spanisch-mexikanischen Siedlern ab, die bereits in Kalifornien gelebt hatten, bevor Menschen aus anderen Nationen hier Fuß gefasst hatten.

„Ich wollte wissen, ob Sie mir bei der Auswahl einiger neuer Kleider behilflich sein könnten", erwiderte sie lächelnd.

„Auswahl?", fragte die junge Frau erstaunt.

„Ja, Miss Hunter". Das war der Name, der draußen auf dem Schild stand: Jeannette Hunter.

„Mrs.", verbesserte sie die andere hastig, „mein Mann ist vor zwei Jahren gestorben."

„Das tut mir leid", sagte Kate betroffen.

Jeannette lächelte ihr leicht zu. „Sie konnten es ja nicht wissen. Und wie kann ich Ihnen jetzt also helfen?"

Kate trat zu dem großen Tisch, auf dem neben angefangenen Kleidungsstücken auch einige Modejournale lagen. „Hier, zuerst suchen wir gemeinsam einige Kleider aus, dann besorgen wir die Stoffe und anschließend nähen Sie die Sachen."

„Ich bin natürlich erfreut, dass Sie dabei an mich gedacht haben, Mrs. Brandan, aber die anderen besser situierten Damen gehen alle in den Salon von Josephine de Valière, die ..."

„So sehen die anderen Damen auch aus", unterbrach Kate sie trocken und nahm ihren Hut ab. „Und jetzt würde ich gerne anfangen. Wir brauchen sicher einige Stunden, und ich komme sonst nicht rechtzeitig dazu, das Abendessen vorzubereiten."

Jeannette, die nach einem kurzen Blick auf Kates Aufmachung zögernd auf eines der dezenten Kleider gewiesen hatte, wurde hinsichtlich des Geschmacks ihrer neuen Kundin rasch eines Besseren belehrt und fand sich erstaunlich schnell mit leuchtend blauer Seide, cremefarbenem Musselin, dunkelrotem Brokat und schwarzem Samt ab. Dunkelgrau kam nur bei einem strengen Kostüm in Frage, das bei aller Einfachheit die wohlproportionierte Figur seiner Trägerin unterstreichen würde, und durch die zarte, dazugehörige Spitzenbluse vermutlich nicht weniger auffallend elegant wirkte als alle anderen Kleider.

Drei Stunden später hatten beide Frauen rote Wangen und jenes Leuchten in den Augen, das weibliche Wesen immer haben, wenn sie sich eingehend mit Kleidern beschäftigen, und Kate konnte zufrieden nach Hause gehen, in dem angenehmen Bewusstsein, ihre modischen Anliegen bei ihrer neuen Freundin in den besten Händen zu wissen. Sie freute sich insgeheim schon darauf, Nick in ihrer neuen Aufmachung unter die Augen zu treten und hoffte, ihn mit ein bisschen aufreizenderem Aussehen aus der Reserve zu locken. Vielleicht ging ihr Plan ja auf, und sie konnte durch eine Korrektur ihres Äußeren auch eine Verbesserung ihrer Beziehung erwirken.

Auf der Straße traf sie auf Sam, der den Hut zog und sie freundlich begrüßte. Sie hatte Nicks Kompagnon von Anfang an gemocht. Er hatte eine angenehme, humorvolle Art und behandelte sie stets mit Respekt und ohne diese etwas mitleidige Herablassung, die sie von einigen anderen Bürgern dieser Stadt einstecken musste.

Sam sah sie lächelnd an. „Einkäufe gemacht, Mrs. Brandan?"

„Ich war bei der Schneiderin", gab sie zu. „Es war auch höchste Zeit, da ich nur wenige Kleider von zu Hause mitgebracht habe, und es noch einzige Zeit dauern wird, bis die Koffer von daheim kommen."

„Sie haben sich sicherlich etwas Hübsches ausgesucht", erwiderte er mit seinem netten Augenzwinkern, und Kate lachte.

„Ja, es ist schrecklich, was man sich plötzlich alles wünscht, obwohl man zuvor noch genau wusste, dass man es nicht braucht."

Der Freund ihres Mannes betrachtete sie lächelnd. „Ich war gerade auf dem Weg ins Büro, um Nick einen Besuch abzustatten – ich wollte ihn überreden, mit mir Mittagessen zu gehen. Warum kommen Sie nicht einfach mit? Gemeinsam wäre es viel netter."

„Auf diese Idee wäre Nick wohl niemals gekommen", dachte Kate mit einem Anflug von Traurigkeit.

Sam nahm leicht ihren Arm, und sie gingen nebeneinander die Straße entlang, wobei sie plauderten wie zwei alte Freunde. Sie hatte von Mrs. Baxter bereits gehört, dass Sam ganz gerne dem Alkohol zusprach, selbst jedoch nie bemerkt, dass er betrunken gewesen wäre. Sie musterte ihn verstohlen von der Seite – er war ein durchaus gut aussehender Mann, mochte so Anfang Vierzig sein, war immer gepflegt, korrekt gekleidet und hatte warme braune Augen, deren lustiges Blinzeln ihr schon beim ersten Zusammentreffen aufgefallen war. Nick hatte ihr bereits vor ihrer Heirat erzählt, dass Sam über einiges Vermögen verfügte und ihm bald nach seiner

Ankunft in Sacramento vorgeschlagen hatte, als stiller Teilhaber in sein Unternehmen einzusteigen.

Als sie plaudernd und lachend in das zweistöckige Geschäftshaus eintraten, fanden sie Nick in seinem Büro vor, wo er mit einigen seiner Vorarbeiter die Arbeit für die nächsten Tage besprach. Kate hatte gehofft, dass er sich freuen würde, sie zu sehen, aber er zog sofort ein finsteres Gesicht, das sie veranlasste, etwas verlegen neben der Tür stehen zu bleiben. Es war das erste Mal, dass sie ihn in seinem Büro aufsuchte und sie bemerkte, dass er es nicht mochte, wenn man ihn bei der Arbeit störte.

Sam war weniger schüchtern. „Hallo, Nick. Wir sind gekommen, um dich zum Essen abzuholen."

Nicks Augen gingen von seinem Freund zu seiner Frau, und Kate wünschte sich nichts sehnlicher, als niemals hergekommen zu sein.

„Dazu habe ich keine Zeit", antwortete er unfreundlich. „Ihr seht doch, dass ich beschäftigt bin. Und von dir", sagte er zu Kate gewandt, „hätte ich das eigentlich auch angenommen. Hast du daheim keine Arbeit, dass du dich herumtreibst?"

Kate schluckte, die Arbeiter standen verlegen und mit gesenkten Blicken herum, und Sam war mit zwei Schritten bei ihr und nahm ihren Arm. „Wir haben den gnädigen Herrn wohl auf dem falschen Fuß erwischt. Kommen Sie, Kate. Dann lassen wir uns das Essen eben alleine gut schmecken."

Er wollte sie gerade aus dem Zimmer führen, als Nick sie aufhielt. Er schickte seine Leute hinaus und kam dann näher. „Kate wird sofort nach Hause gehen. Ich werde nicht dulden, dass meine Frau sich ohne meine Begleitung mit anderen Männern in ein Restaurant setzt."

„Ich bin kein anderer Mann", erwiderte Sam grinsend, „ich bin bloß dein alter Freund."

„Meiner, aber nicht der meiner Frau", kam es kalt zurück. „Du gehst jetzt sofort heim, Katharina. Anstatt deine Zeit in Restaurants und auf der Straße zu vertrödeln, solltest du dich besser um deine Kochkünste kümmern. Die sind nämlich noch um einiges verbesserbar."

Kate senkte den Kopf und ging schnell hinaus, um ihm nicht zu zeigen, wie gekränkt sie sich durch seine Worte fühlte, und Sam folgte ihr, nachdem er seinem Freund noch einen scharfen Blick zugeworfen hatte.

„Er hat ja recht", sagte sie leise, als sie wieder auf der Straße standen, „meine Kochkünste sind wirklich nicht besonders berühmt."

„Dann soll er sich eben eine Köchin nehmen", brummte Sam. Er ging mit einem ärgerlichen Gesichtsausdruck neben ihr her.

Kate blieb stehen und reichte ihm die Hand. „Danke für die Begleitung, Sam."

Er sah sie erstaunt an. „Ich dachte, wir wollten essen gehen."

„Lieber nicht", erwiderte sie mit einem missglückten Lächeln, „ich möchte Nick nicht verärgern."

Sam schien etwas erwidern zu wollen, dann atmete er tief durch und nickte. „Ja, natürlich. Ich wünsche Ihnen noch einen schönen Tag, Kate."

Sie reichte ihm die Hand und ging schnell fort. Nick hatte meist eine sehr bestimmende Art mit ihr umzugehen, aber die Weise, wie er sie heute vor den anderen behandelt hatte, war zutiefst kränkend und beleidigend gewesen.

Als er am Abend heimkam, hatte sie bereits das Essen fertig und trug es auf, während er im Speisezimmer saß und sich in eine Zeitung vertiefte. Sie füllte seinen Teller, er legte die Zeitung neben sich und begann zu essen, ohne sie auch nur eines Blickes zu würdigen.

„Gibt es etwas Neues?", fragte sie schließlich, weil sie das Schweigen nicht mehr aushielt.

Er sah kaum auf. „Nein."

„Schmeckt es dir?"

„Es geht."

Kates Mut sank noch um einige Grade. „Ich habe es genau so gemacht, wie es im Kochbuch steht, und Mrs. Baxter hat mir ebenfalls noch einige Tipps gegeben."

Endlich sah er sie an. „Wann warst du bei ihr?"

„Nachdem ich vom Büro fortgegangen bin."

„Hat Sam dich begleitet?"

Sie schüttelte erstaunt den Kopf. „Nein. Warum denn auch? Er wollte ja schließlich essen gehen."

Er musterte sie scharf. „Ich wünsche nicht, dass du dich mit Sam herumtreibst."

„Von ‚herumtreiben' kann auch gar keine Rede sein", erwiderte sie empört. „Ich hatte ihn lediglich getroffen und wir wollten dich zum Essen abholen. Außerdem ist er doch dein Freund! Weshalb sollte ich nicht mit ihm sprechen?"

„Weil ich es nicht will", erwiderte er kurz. „Ich möchte nicht, dass die Leute anfangen, sich über meine Frau das Maul zu zerreißen."

Kate machte den Mund zum Widerspruch auf, besann sich jedoch anders, senkte den Kopf und schwieg. Es war ohnehin sinnlos mit Nick darüber zu diskutieren, und sie zog es vor, den Abend friedlich mit ihm zu verbringen.

Sam hatte Nikolai in dessen Büro aufgesucht, saß wie immer in seinem Lieblingssessel am Fenster, hatte eine halbvolle Whiskyflasche neben sich stehen und sah ihn scharf an. „Was ist eigentlich bei dir daheim los, Nick?"

„Wie darf ich das verstehen?", fragte er kalt.

Sein Freund schenkte sich ein weiteres Glas Whisky ein und streckte die Beine von sich. „Ich werde aus der ganzen Sache nicht klug", antwortete er. „Soviel ich gedacht hatte, warst du, bevor Kate hier ankam, doch drauf und dran, der schönen Grace Forrester einen Heiratsantrag zu machen. Oder irre ich mich hierin?"

Als Nikolai nichts antwortete, fuhr er fort: „Grace Forrester, jung, charmant, eine reiche Erbin, die halbe Stadt liegt ihr zu Füßen. Jeder beneidet dich um diese Eroberung. Und plötzlich, eines Tages, kommt eine andere daher. Mit einem Vater, der mehr Schulden hat als die meisten von uns im Laufe eines Lebens ersparen können. Und mit einem Mal ist die schöne Grace vergessen und du bist innerhalb von zwei Wochen mit der anderen Frau verheiratet."

Er nahm einen Schluck aus seinem Glas und vermied es dabei, dem Blick seines Freundes zu begegnen. „Zweifellos muss es sich dabei um Liebe auf den ersten Blick handeln, anders könnte man es sich nicht erklären, dass ein Mann eine reiche Heirat mit einer außergewöhnlich schönen Frau sausen lässt, um zwanzigtausend Dollar an den Vater eines Mauerblümchens zu überweisen."

„Ich werde nicht dulden, dass du in diesem Ton von meiner Frau sprichst", sagte Nikolai mit einiger Schärfe in der Stimme.

Sam hob die Augenbrauen. „Soviel ich mitbekommen habe, schlägst du ihr gegenüber noch einen ganz anderen Ton an, Nick. Du hast sie vor zwei Tagen vor allen Leuten so niedergemacht, dass ich dir an ihrer Stelle eine Ohrfeige gegeben hätte."

„Du bist aber nicht an ihrer Stelle, und ich verbitte mir, dass du dich in meine Angelegenheiten mischt", fuhr er Sam an, während das unbestimmte Misstrauen, das bereits bei anderer Gelegenheit in ihm erwacht war, wieder hochstieg. Die Art, wie sein Freund seine Frau angesehen hatte, wollte ihm plötzlich noch weniger gefallen als früher.

„Mir tut Kate leid", sprach Sam ruhig weiter. „Sie hat eine liebenswerte, zurückhaltende Art, Humor, Bildung und zweifellos einen guten Charakter. Es ist nicht ihre Schuld, dass sie sich in einen Mann verliebt hat, der sie behandelt wie seine Dienstbotin."

„Du scheinst nicht den Wert von zwanzigtausend Dollar zu kennen", zischte ihn Nikolai wütend an. „Dafür muss man bereit sein, einiges einzustecken."

Der Blick seines Freundes wurde plötzlich hart. „Du hast dir diese Frau gekauft, Nick. Das war nicht richtig und absolut sinnlos, es sei denn, du bist so pervers veranlagt, dass es dir Spaß macht, jemanden zu erniedrigen, der von dir abhängig ist. Diese Möglichkeit hättest du bei der schönen Grace allerdings nicht gehabt!"

Außer sich vor Grimm sprang Nikolai auf. „Du solltest jetzt so schnell wie möglich diesen Raum verlassen, Sam, bevor ich vergesse, dass wir Freunde sind. Und du solltest es niemals wieder wagen, so mit mir zu sprechen, du heruntergekommener Säu...!" Er unterbrach sich. Er schätzte Sam nicht nur, er mochte ihn sogar sehr und nur der Zorn und das Wissen, dass Sam im Grunde recht hatte, hatte ihn Worte finden lassen, die er sonst nicht einmal gedacht hätte.

Sam erhob sich langsam, nahm die Whiskyflasche in die Hand und ging zur Tür, dort wandte er sich noch einmal um. „Ich mag ein Trinker sein, Nick, aber ich bin noch lange nicht heruntergekommen genug, mir eine Frau zu kaufen, um sie dann demütigen zu können."

Die Tür fiel leise hinter ihm ins Schloss und Nikolai blieb sekundenlang regungslos stehen und starrte ihm nach. Dann nahm er entschlossen seine Jacke vom Sessel, setzte sich im Vorbeigehen seinen festen Lederhut auf und verließ das Gebäude. Er ging mit schnellen Schritten zum Stall hinüber, holte eines der bereitstehenden Pferde heraus, zog den Sattelgurt fester an und schwang sich hinauf, um knapp eine Minute später aus der Stadt zu galoppieren. Er schlug diesmal nicht den Weg zur Ranch ein, sondern ritt Richtung San Francisco über die üppigen Weidegründe von Mick Glade, der etwa fünf Meilen südlich eine große Ranch hatte. Normalerweise wäre er nicht vorbeigeritten, sondern hätte seinem alten Freund einen Besuch abgestattet, diesmal galoppierte er jedoch weiter und zügelte das Pferd erst, als er weit aus der Stadt war. Er ließ es im Schritt gehen, während er vor sich hinstarrte und sich in Erinnerungen verlor.

Nikolai war als Halbwüchsiger auf den Hof von Katharinas Großvater gekommen - auf der Suche nach Arbeit und einem Ort, wo er leben konnte. Seine Mutter war wenige Jahre nach seiner Geburt gestorben und sein Vater, ein Soldat, war mit seiner Kompanie in eines der Scharmützel geraten, die immer wieder an den Grenzen zu den an Asien angrenzenden Teilen des Großrussischen Reiches stattfanden. Er war nicht mehr zurückgekommen. Nikolai war damals neun Jahre alt gewesen und hatte drei Jahre bei einer Tante seiner Mutter gelebt, die ihn zwar freundlich behandelt hatte, aber immer wieder durchblicken ließ, dass er ihr dafür tiefste Dankbarkeit schuldete.

Als er dies schließlich nicht mehr hatte ertragen können, war er fortgegangen und Stalljunge bei einem gutmütigen alten Mann geworden, der mit Pelzen handelte und schnell Nikolais Begabung, mit Pferden umzugehen, erkannt hatte. Außerdem hatte er dem wissbegierigen Jungen seine – allerdings nicht sehr umfangreiche – Bibliothek zur Verfügung gestellt und Nikolai war nach der Arbeit oft noch bis in die Nacht hinein beim Schein der Kerze gesessen, um zu lesen. Seine Tante hatte ihm zwar vorgehalten, dass er sie ein Vermögen kostete, hatte ihn aber unterrichten lassen, und er war in den Genuss einer guten Ausbildung gekommen, die er jetzt durch Lesen zu vervollständigen suchte.

Schließlich war der alte Mann gestorben, das Haus und die Pferde fielen an einen Neffen, der alles sofort versteigern ließ, und Nikolai, kaum fünfzehnjährig, stand auf der Straße. Ein Freund seines verstorbenen Vaters, der viel herumkam, riet ihm, es auf dem Gut von Graf Werstowskij zu versuchen, der einen großen Pferdestall unterhielt und zweifellos einen weiteren Stallburschen brauchen konnte. Er war hingegangen, vom Verwalter sofort aufgenommen worden und hatte von da an auf dem Besitz gelebt, der ungefähr eine Tagesreise von St. Petersburg entfernt lag.

Katharinas Großvater war einer dieser typischen Adeligen gewesen – herrschsüchtig, selbstherrlich und grausam, wenn man es wagte, sich gegen ihn aufzulehnen - ein Feudalherr, der in seinen Leuten nicht mehr sah als in seinem Vieh, das er auf den Weiden stehen hatte. Aber er hatte nicht viel mit ihm zu tun gehabt, pflichtbewusst seine Arbeit getan und im Übrigen den Umgang mit den Pferden genossen.

Dann war die kleine Katharina auf das Gut gekommen. Ein schwarzhaariges, mageres kleines Ding, das er anfangs ärgerlich aus dem Weg geschoben hatte und dessen unschuldigem Charme er am Ende doch erlegen war. Von dem Tag an, wo sie durch seine Schuld vom Pferd gefallen war und sie beinahe beide Prügel bezogen hatten, fing er an sie zu mögen, freute sich, wenn sie zu ihm in den Stall kam, und vermisste sie, wenn ihre Gouvernante darauf bestand, dass sie im Haus blieb. Als sie nach zwei Jahren wieder in ihre Heimat abreiste, war ihm das Leben auf dem Gut verleidet und er hatte den Hof ihres Großvaters verlassen wollen, auch wenn er die Arbeit mit den Pferden liebte.

Und er hätte es auch getan, wären da nicht diese Briefe gewesen, die ihn wöchentlich erreichten. Sie waren in einer rührenden Kinderschrift verfasst, zum Teil auf Russisch und zum Teil in dieser fremden Sprache, deren Übersetzung er jeweils auf der letzten Seite des Briefes vorfand und mit deren Hilfe er lernte, sie zu verstehen.

Die Schrift hatte sich im Laufe der Jahre geändert, war flüssiger geworden, erwachsener, und am Ende hatte er ihre Sprache schon so gut lesen gelernt, dass er kaum Mühe hatte, die Bücher zu begreifen, die gelegentlich mit einem der Briefe kamen. Aber nicht nur die Schrift veränderte sich, auch der Stil und der Inhalt der Briefe wurde ein anderer - zunehmend prägnanter, schärfer, zum Teil ironisch und sehr oft erheiternd.

Er schrieb zurück, schilderte ihr im Schein der Kerze vom Leben auf dem Gutshof, ließ jedoch die weniger erfreulichen Geschichten weg, erzählte von den Pferden, von den Fohlen, packte in seine Erzählungen alles hinein, von dem er wusste, dass es ein kindliches Gemüt interessieren konnte. Später schrieb er über die Bücher, die er gelesen hatte, und stellte zu seiner Freude fest, dass sie seine Worte aufgriff, nachlas und dann dazu Stellung nahm - manchmal kritisch, humorvoll - und es entbrannte oft über Wochen hinweg ein schriftlicher Disput, der ihn auf seine Weise nicht weniger faszinierte als die hübschen Bauernmädchen, mit denen er die wenigen Stunden seiner freien Zeit verbrachte.

Sie schrieb von der Schule, in die ihre Eltern sie geschickt hatten. Die Briefe wurden traurig, einsam, dann wieder auflehnend und zornig, und endlich teilte sie ihm in einem Schreiben mit, das vor Lebhaftigkeit nur so sprühte, dass ihr Vater ein Einsehen gehabt hatte und sie die weitere Erziehung im Kreise ihrer Familie über sich ergehen lassen durfte. Sie schrieb in spöttischen Worten von der vornehmen amerikanischen Gesellschaft, von Konzerten und Theaterstücken. Er lebte mit ihr in den Briefen mit, schrieb zurück und wartete dann ungeduldig auf die Antwort.

Und eines Tages kam ein Brief, der ihn noch weitaus mehr erfreute als die vorherigen. Sie ließ ihn wissen, dass sie sich entschlossen hätte, dem Großvater wieder einen Besuch abzustatten, und er ihre Ankunft innerhalb kürzester Zeit erwarten dürfe. Es war der letzte Brief für fast fünf Wochen, und er ertappte sich dabei, wie er jedem Geräusch eines sich nähernden Wagens lauschte und ungeduldig die Straße entlang blickte, die zur nächsten größeren Stadt führte und auf der sie kommen würde.

Und endlich war es so weit. Die geräumige Reisekutsche des Grafen, die sie von der Stadt abgeholt hatte, rollte in den Hof. Er eilte hin, schob den Lakaien fort, der die Tür öffnete, ergriff die Hand, die sich ihm entgegenstreckte, und war sekundenlang sprachlos, als er das junge Mädchen erblickte, das leichtfüßig aus der Kutsche sprang.

Er hatte zwar angenommen, dass sie erwachsener geworden wäre, ein bisschen größer, vielleicht nicht mehr ganz so das magere kleine Ding, das mit ihm und ihrem fremdländischen Diener ausgeritten war, aber im Grund immer noch ein Kind mit langen Zöpfen und einem schelmischen Lachen, und nichts in seiner Vorstellung hatte ihn auf die strahlende, eben erblühte junge Frau vorbereitet, die ihm jetzt gegenüberstand. Er war es als Stellvertreter des Verwalters gewohnt, den Leuten zu befehlen, hatte Erfolge bei den Mädchen in der Umgebung und war weiblichen Reizen gegenüber gewiss nicht schüchtern, aber in diesem stummen Moment wurde ihm klar, dass er die schönste junge Frau vor sich hatte, die ihm jemals begegnet war.

In der Folge begann er ihre Briefe von einem völlig neuen Blickwinkel aus zu betrachten, ihre Worte bekamen einen anderen Sinn. Er suchte ihre Nähe, so, wie sie seine zu wünschen schien, und schließlich wusste er, dass er sich in seine treue Brieffreundin verliebt hatte. Und zwar ebenso heftig wie hoffnungslos.

Nikolais Gedanken kehrten wieder in die Gegenwart zurück, als ihm ein leichter Wagen entgegenkam, in dem Grace und ihre Mutter saßen. Er zügelte das Pferd, als er auf gleicher Höhe war, und zog grüßend seinen Hut. Grace lächelte ihm unter dem hellen Strohhut entgegen. „Guten Tag, Nick. Kommen Sie soeben von Mr. Glades Ranch?"

„Nein, ich war nur kurz unterwegs", erwiderte er ausweichend und musterte die junge Frau unauffällig. Er hatte nicht gelogen, als er Katharina gesagt hatte, dass sie nicht weniger schön wäre als Grace. Ganz im Gegenteil sogar. Zum ersten Mal, seit er Grace kannte, fiel ihm auf, dass sie etwas vorstehende Augen hatte, ihre Nase ein wenig zu sehr himmelwärts zeigte, und ihre Zähne nicht so ebenmäßig waren wie die seiner Frau. Im Grunde, dachte er, war Katharina wohl eine der hübschesten Frauen, die ihm jemals begegnet waren, und nicht einmal die hässliche Brille und die unkleidsame Frisur konnten die Ebenmäßigkeit ihrer Züge beeinträchtigen.

Seltsam, dass ich anfangs dachte, sie hätte an Schönheit verloren', überlegte er, während er mit Grace und deren Mutter einige Höflichkeiten austauschte.

„Es muss Sie freuen, dass Ihre Frau sich so gut mit ihrem Freund versteht", sagte Grace soeben mit einem liebenswürdigen Lächeln, das an Falschheit vermutlich nicht mehr zu überbieten war.

Er zog die Augenbrauen hoch. „Wie meinen Sie das?"

„Nun, als Mutter und ich die Stadt verließen, standen die beiden vor Ihrem Haus und unterhielten sich, und ich muss sagen, dass ich Kate noch nie so fröhlich gesehen habe." Sie hob die Hand und winkte ihm zu. „Wir müssen weiter, Nick. Noch einen schönen Abend und herzliche Grüße an Kate." Sie trieb die Pferde an, noch ein freundliches Kopfnicken von ihrer Mutter und dann waren sie fort.

Nikolai ritt wütend weiter. Kate hatte es doch tatsächlich gewagt, sich gegen seine Anordnungen aufzulehnen! Und sein eigener Freund fiel ihm in den Rücken! Sams Worte fielen ihm wieder ein, mit denen er erst vor zwei Stunden Kates Partei ergriffen hatte, und eine heiße Eifersucht stieg in ihm auf. Wenn sich zwischen den beiden tatsächlich etwas anbahnte, dann würde er dem schon einen Riegel vorzusetzen wissen.

Als er heimkam und Sam vorfand, der auf der Bank im Wohnzimmer behaglich Tee schlürfte und sich offenbar ganz hervorragend mit Kate unterhielt, war er drauf und dran, seinen alten Freund beim Kragen zu packen und aus der Tür zu werfen. Er riss sich jedoch zusammen, da er keinen weiteren Streit mit seinem Teilhaber wollte, setzte sich äußerlich ruhig zu ihnen und beobachtete die beiden.

Es störte ihn immens, dass Kate so aufgeschlossen mit einem anderen Mann plauderte, während sie ihm gegenüber immer etwas schüchtern und zurückhaltend war. Und es brauchte nur einen Blick, um die Veränderung zu sehen, die mit seiner Frau vorgegangen war. Ihre Augen blickten heiterer als sonst, ihre Wangen waren leicht gerötet, sie lächelte und lachte fast ununterbrochen und unterhielt sich lebhaft mit seinem Freund, während er danebensaß, finster seinen Tee trank und darauf wartete, dass Sam endlich aufstand und ging.

Die beiden versuchten, ihn in ihre Unterhaltung einzubeziehen, er gab jedoch nur einsilbige Antworten, bis sie kapitulierten, und er in Ruhe seine Frau betrachten konnte. Er wusste, dass sie weitaus hübscher war, als es auf den ersten Blick den Anschein hatte, aber jetzt war sie mehr als das – sie war anziehend und reizvoll. Die Bluse, die sie heute trug, lag etwas enger an als diejenigen, die er bisher an ihr gesehen hatte, und als sie aufstand, um Tee nachzuschenken, zeichneten sich ihre Brüste deutlich unter dem dünnen Stoff ab.

Katharina hatte schöne Brüste, nicht besonders groß, aber rund und voll, mit rosigen Spitzen, die dunkler wurden, wenn er sie berührte und zwischen seinen Fingern rieb. Es gefiel ihm, zu beobachten, wie sie fester wurden und er hörte meist nicht eher damit auf, bis sie ganz hart und dunkelrot waren und Katharina aufstöhnte.

Sie war eine so nachgiebige Frau, die sich niemals wehrte, immer nur darauf aus war, ihm zu Gefallen zu sein, auch wenn seine Zärtlichkeiten oft derb und rücksichtslos waren. Er machte sich keine Illusionen - sie tat es nur für das Geld, das er für sie bezahlt hatte. Aber er genoss es dennoch, sie zu berühren, zu erregen, mit ihr zu spielen und seine Macht über sie auszukosten.

Er ließ seinen Blick von ihren Brüsten abwärts schweifen. Sie saß schräg neben ihm und er konnte durch den Rock hindurch die Konturen ihrer Hüften und Schenkel sehen. Sie hatte feste Schenkel, und die Haut war weiß und weich und zwischen ihren Beinen so unglaublich zart, als würde man feinsten Samt berühren. Er vermochte sie in der Erinnerung beinahe zu spüren und fühlte, wie das fast unbezwingbare Verlangen in ihm aufstieg, sie zu besitzen.

Sam stand schnell auf, als Nick seine Teetasse mit einem entschiedenen Klirren auf den Tisch zurückstellte und seinem Freund einen sprechenden Blick zuwarf.

„Ich habe nur vorbeigeschaut, um dir zu sagen, dass ich ein paar Tage fort sein werde – ich fahre hinunter nach Los Angeles, um dort einige Dinge zu erledigen."

„Das hättest du mir auch im Büro mitteilen können", antwortete Nikolai kühl. Er beobachtete aus den Augenwinkeln seine Frau, die immer noch dieses Lächeln auf den Lippen hatte. Ein Lächeln, das eigentlich ihm gelten sollte. Er würde nicht dulden, dass sie einen anderen Mann so ansah, und würde sich selbst und ihr beweisen, dass sie ihm gehörte. Und zwar auf eine

Art beweisen, die sie seinen Freund sofort vergessen lassen würde. Die sie *jeden* anderen Mann sofort vergessen ließ.

„Stimmt", gab Sam grinsend zu, „aber ich wollte mich auch von Kate verabschieden."

„Dann lass dich nicht länger aufhalten", sagte Nikolai trocken. „Gute Reise."

Sam, der sich damit verabschiedet fühlen musste, wandte sich an Kate, die ihm mit einem herzlichen Lächeln die Hand reichte. Als sie Sam zur Tür begleiten wollte, hielt er sie auf. „Bemühe dich nicht, ich bringe Sam hinaus."

Kate blieb unschlüssig mitten im Zimmer stehen, hörte die beiden Männer miteinander sprechen und ging dann an den Tisch, um das Teeservice auf ein Tablett zu stellen und nach draußen in die Küche zu tragen. Sie war gerade dabei, alles in den Waschtrog zu tun, als sie die Eingangstür zufallen hörte. Sie wischte sich die Hände an einem Handtuch ab und ging in die Diele.

„Willst du etwas essen, Nick? Ich habe noch einen kalten Braten von gestern Abend. Ich hatte dich eigentlich später erwartet, sonst hätte ich bereits gekocht." Sie bemerkte den seltsamen Blick, den er ihr zuwarf, und sah verwundert, wie er die Tür abschloss und ins Wohnzimmer ging, um die Vorhänge zuzuziehen.

„Willst du nichts mehr, Nick? Hast du schon gegessen?"

„Ich will jetzt nichts essen", sagte er ruhig, nahm sie am Arm und zog sie mit sich die Treppe hinauf, nachdem er die Petroleumlampe vom Haken genommen hatte. Sam hatte seinen Besuch so lange ausgedehnt, dass die Dämmerung bereits hereingebrochen war, und der Vorraum in der oberen Etage schon fast im Dunkeln lag.

Sie folgte ihm verblüfft. „Was ist denn? Gehen wir schon schlafen? Es ist doch erst acht Uhr vorbei."

„Nein, schlafen werden wir noch nicht."

Oben angekommen blieb er vor ihrer Tür stehen, stellte die Lampe auf ein kleines Tischchen daneben und trat dicht vor sie hin. Er öffnete langsam, fast bedächtig, die Knöpfe ihrer Bluse, löste die obersten Häkchen ihres Mieders, und als er mit beiden Händen unter den seidigen Stoff fuhr und die zarten Spitzen ihrer Brust suchte, wobei er sie hart an die Wand drängte, war es Kate, als ginge ein Feuerstoß durch ihren Körper bis zwischen ihre Beine, und sie klammerte sich mit halbgeschlossenen Augen an seiner Jacke fest, als er seine Lippen auf ihre presste, und ihre Knie nachgeben wollten.

Sein Griff wurde fester, fordernder, während er sie küsste, bis sie kaum noch atmen konnte. Als er von ihr abließ und einen Schritt zurücktrat, öffnete Kate die Augen und sah ihn an. Er legte ihr die Hand unter das Kinn, betrachtete sie nachdenklich, und sekundenlang hatte sie Angst, er würde sie jetzt einfach fortschicken, wie er das schon öfter getan hatte. Und tatsächlich griff er an ihr vorbei, öffnete die Tür zu ihrem Schlafzimmer und schob sie hinein.

„Zieh dich aus, ich komme gleich nach."

Sie fühlte eine heiße Welle durch ihren Körper rasen, als er hinter ihr die Tür schloss, um sein eigenes Zimmer aufzusuchen. Er hatte so anders geklungen als sonst. Das war nicht der kühle, leicht spöttische Tonfall gewesen, den er sonst für sie hatte, und in seinen Augen hatte sie eine Leidenschaft erblickt, die ihre eigene Sehnsucht so sehr entfachte, dass sie es kaum erwarten konnte, bis er zu ihr kam.

Sie öffnete ihr Haar, zog mit bebenden Händen ihre Bluse von den Schultern und streifte den Rock von den Hüften, ließ den weiten Unterrock, die spitzenbesetzte Hose folgen, das Mieder und schlüpfte dann unter die Bettdecke. Ihr ganzer Körper schien vor Erwartung zu schmerzen, und sie setzte sich halb auf, als die Verbindungstür zu Nicks Zimmer endlich aufging und er zu ihr hereinkam.

Er hatte lediglich die Jacke abgelegt und stand jetzt in Hemd und Hose vor ihr.

„Komm her, Katharina."

Es war keine Bitte, sondern ein Befehl, und sie schlug die Decke zurück, stand auf und trat vor ihn hin. Es erregte sie, vollkommen nackt vor ihm zu stehen, und seinen Blick auf ihrem Körper zu fühlen.

„Du bist wirklich eine schöne Frau, Katharina", murmelte er. „Aber ich werde dir abgewöhnen müssen, dich mit anderen Männern zu unterhalten."

Sie blickte forschend in sein Gesicht. „Was meinst du, Nick?"

Er gab keine Antwort, sondern hob die Hände und fuhr mit den Innenflächen in kleinen Kreisen über ihre Brustspitzen, die sich bei der Berührung sofort noch mehr aufstellten. Dann glitten seine Hände von ihren Brüsten aufwärts, über ihre Schultern und blieben dort liegen. „Zieh mich aus."

Sie öffnete mit unsicheren Fingern die Knöpfe seines Hemdes, er ließ sie kurz los, als sie es ihm über die Schultern und die Arme streifte, und fuhr dann spielerisch mit der Hand durch ihr Haar. „Weiter, Katharina."

Sie griff nach seinem Gürtel, öffnete ihn, dann die Knöpfe der Hose und schob sie von seinen Hüften. Als er endlich völlig nackt vor ihr stand, sah sie, dass sein Glied schon erregt war, und fühlte ein fast überwältigendes Verlangen, es in die Hand zu nehmen und zu spüren. Da er bisher jedoch niemals geduldet hatte, dass sie ihn berührte, ohne zuvor von ihm dazu aufgefordert worden zu sein, blieb sie einfach nur vor ihm stehen und sah ihn erwartungsvoll an.

„Leg dich auf das Bett." Seine Stimme klang heiser, und in seinen Augen brannte ein Begehren, das ihr völlig neu und fremd war. Sie ging langsam zum Bett zurück, legte sich auf den Rücken, die Beine fast geschlossen, die Arme neben dem Körper und suchte seinen Blick.

„Nimm die Arme über den Kopf."

Sie gehorchte. Er trat neben sie und ließ seinen Blick über ihren Körper wandern.

„Jetzt öffne die Beine. Weiter."

Sie atmete schnell und flach, als sie die Beine spreizte, so weit, bis ihre bereits feuchte Scham offen vor ihm lag.

„Ist dir das unangenehm, Katharina?"

„Nein", sagte sie zitternd. Es war ihr auch nicht unangenehm, von ihm so angesehen zu werden, es erregte sie so sehr, dass sie glaubte, es nicht mehr länger aushalten zu können, wenn er sie nicht endlich berührte.

„Wenn ein anderer Mann das von dir verlangen würde", sagte er sinnend, beugte sich zu ihr hinunter und strich wie gedankenverloren über ihren Körper, wobei seine Finger eine glühende Spur hinterließen, „würdest du es dann tun?"

Kate fühlte, wie ihre Haut sich unter seiner Berührung zusammenzog. „Nur wenn ich ihn liebe", erwiderte sie flüsternd.

„Und wen liebst du?", fragte er weiter.

„Dich", antwortete sie sofort.

„Sag es."

„Ich liebe dich", stieß sie atemlos hervor.

Er setzte sich neben sie auf das Bett und legte schwer seine Hand auf ihren Hals, massierte ihn. „Lass dir niemals einfallen, diese Worte einem anderen zu sagen, Katharina. Nicht im Ernst und nicht als Lüge."

„Nein", hauchte sie bebend und bog sich ihm entgegen, als er mit aufreizender Langsamkeit seine Hand von ihrem Hals abwärts gleiten ließ. Er strich über ihre Brüste, knetete sie sanft, aber fest, sie fühlte ihre Brustspitzen unter seinen Fingern noch härter werden, und seufzte verhalten auf, als er sich über sie beugte, die Lippen um die rosige Spitze ihrer linken Brust legte und seine Zunge feuchte Kreise um diesen Mittelpunkt ziehen ließ, bevor er immer heftiger daran sog, und sie einen wohligen Schmerz fühlte, der sie tief aufstöhnen ließ.

Sie hatte seine Berührungen immer schon genossen, auch wenn sie oft egoistisch und lieblos gewesen waren, aber in diesem Moment wollte sie ihn auf eine Art, die es ihr fast unmöglich machte, sich so passiv zu verhalten, wie er es von ihr verlangte. Sie wollte ihre über dem Kopf liegenden Arme herunternehmen, um ihn zu umarmen und zu streicheln, aber er ließ von ihrer Brust ab, hob den Kopf und sah sie an. „Nein, Katharina, erst, bis ich es sage."

Sie gehorchte abermals, und er brachte seinen Mund so nahe an ihren, dass sie seinen Atem fühlte wie ihren eigenen, und fuhr über ihre leicht geöffneten Lippen. Zuerst zart, dann immer stärker und schließlich presste er seine Lippen auf ihre. Kate öffnete auf seinen Druck hin ihre Lippen etwas weiter und fühlte, wie seine Zunge über ihre Zähne strich, dann ihre Zunge suchte und sie umkreiste.

Ohne seine Lippen von den ihren zu lösen, ließ er seine Hand an ihrem Körper abwärts wandern, über ihre Brust, ihre Taille, massierte ihren Bauch, presste den Daumen einige erregende Sekunden lang in ihren Nabel und strich dann weiter über ihre Hüfte und ihren Oberschenkel.

„Nick ...", atmete sie in seine Lippen hinein.

Er schien sich jedoch Zeit nehmen zu wollen, streichelte weiter über ihren Körper, einmal sanft wie ein Hauch, dann wieder fest, fordernd, fast schmerzhaft, bis sie es kaum mehr zu ertragen glaubte.

Schließlich legte er sich seitlich neben sie, und Kate drehte sich auf den Druck seiner Hand ein wenig zu ihm. Er ließ seine Hand von ihrer Taille weiter zurückgleiten, fasste mit festem, fast derbem Griff ihre Gesäßbacke und zog sie näher an sich.

„Komm her."

Sie wandte sich ihm ganz zu, er nahm ihr Bein, legte es über seine Hüfte, und sie fühlte seine tastenden Finger vom untersten Punkt ihrer Wirbelsäule tiefer abwärts wandern, während von vorne sein Glied hart an ihren Schenkel stieß.

„Nimm ihn und streichle dich damit."

Sie hatte ihre Arme immer noch über dem Kopf gehabt, jetzt griff sie nach seinem Glied, das heiß und pulsierend in ihrer Hand lag. Er brachte seinen Mund an ihren und stöhnte in ihre Lippen hinein, als sie sein Glied mit festem Druck umfasste, wobei sie ihre Schenkel weiter öffnete, ihn mit dem Bein umklammerte, um sich noch näher an ihn heranzuziehen und mit der schon feuchten Spitze seines Gliedes ihre Klitoris zu massieren begann, die bei jedem Pulsschlag so heftig pochte, dass sie die Berührung kaum mehr ertrug. Als sie versuchte enger an ihn heranzukommen, um sein Glied in ihre Vagina zu schieben, weil sie es nicht mehr erwarten konnte, hielt er sie zurück.

„Nein", flüsterte er heiser, „noch nicht."

Er drückte sie wieder zurück, löste ihr Bein von seinem und rollte sie herum, bis sie mit dem Rücken zu ihm lag. Kate fühlte seine Lippen von ihrem Nacken abwärts wandern, über ihre Schulterblätter, ihre Taille, ihre Hüften. Seine Hand wanderte mit, und sie krallte ihre Finger in die weichen Kissen unter ihrem Kopf, als er tief zwischen ihre Gesäßbacken hineingriff, mit fast schlafwandlerischer Sicherheit jene Stellen fand, die sie so sehr reizten, dass sie kaum noch denken konnte, und dann mit zwei Fingern ihre Vagina zu massieren begann. Sie zog das Bein etwas an, um ihm den Zugang zu erleichtern, und merkte mit tiefer Genugtuung, wie er selbst so erregt wurde, dass sein Atem stoßweise ging und heiß ihre Haut berührte.

Seine Lippen waren jetzt ganz dicht an ihrem Ohr und sie fühlte, wie er sein Glied von hinten zwischen ihre Schenkel schob. „Katharina." Seine Stimme war nur mehr ein heiseres Flüstern, als er den Druck zwischen ihren Beinen erhöhte und in sie eindringen wollte.

Kate wandte den Kopf nach ihm. „Nein, bitte nicht so." Sie wollte ihn sehen, wenn er sie nahm, wollte seine Lippen auf ihren fühlen, ihren Atem und ihr Stöhnen mit dem seinen vermischen und in seinen Augen die gleiche Leidenschaft erblicken, die auch sie empfand. Eine Leidenschaft, die ihr in ihrer Heftigkeit so völlig neu und ungewohnt war, dass sie noch mehr davon fühlen und sie völlig auskosten wollte.

„Doch", antwortete er nur, legte den Arm so fest um sie, dass sie sich nicht mehr nach ihm umdrehen konnte, schob sein Knie zwischen ihre Beine und glitt tief in sie hinein. Sie bäumte sich mit einem heiseren Aufschrei in seinen Armen auf, wurde jedoch von seinem Gewicht, als er sich mit dem Oberkörper halb auf sie legte, auf das Bett gedrückt. „So ist es gut, Katharina", murmelte er in ihr Ohr. „Genau so."

Seine Lippen fuhren ihre Schulter entlang, saugten sich an ihrem Nacken fest, während sie, das Gesicht im Polster vergraben, fühlte, wie er sie ausfüllte, sich in sanften, leicht kreisenden Bewegungen in ihr bewegte. Dann glitt seine Hand über ihre Brust, ihren Bauch, fuhr zwischen ihre Schenkel und seine Finger erreichten ihre Klitoris, massierten mit festem Druck, während er sich unaufhörlich in ihr bewegte. Sie grub die Finger so hart in das Kissen, dass sie glaubte, ihre Fingernägel würden dabei brechen, während ihr ganzer Körper vor Lust zitterte. Eine fast unerträgliche Hitze stieg in ihr auf, und der Geruch seines Schweißes vermengte sich mit dem ihren.

Plötzlich hielt er inne, zog die Hand zurück und blieb ruhig in ihr liegen. „Soll ich so weitermachen, Katharina", flüsterte er an ihrem Ohr, „oder soll ich aufhören?"

„Nicht aufhören", stöhnte sie.

„Aber du wolltest es doch nicht so", seine Stimme hatte jetzt den bekannten, spöttischen Unterton.

Sie atmete schwer. „Doch."

„Gut", antwortete er zufrieden, ließ seine Hand wieder von ihren Schenkeln aufwärts wandern, drückte sie noch ein wenig mehr in die Kissen und löste sich von ihr, nur um gleich darauf mit einer Heftigkeit zuzustoßen, die sie aufschreien ließ. Immer und immer wieder, bis sie glaubte, es nicht mehr ertragen zu können, ihr Körper sich anfühlte, als wäre in ihrem Inneren ein Feuer ausgebrochen, das sie verzehren wollte, und sein Keuchen sich mit dem ihren vermischte.

Endlich, als die Anspannung und die Lust sie innerlich fast zu zerreißen drohten, durchfuhr es sie wie ein lustvoller Schmerz, der ihr den Atem nahm, sie gleichzeitig aufstöhnen und sich aufbäumen und ihre Vagina mit einer Heftigkeit kontrahieren ließ, die sie noch niemals zuvor empfunden hatte. Sie wand sich unter seinem Griff, warf den Kopf zurück, wurde jedoch hart von ihm zurückgedrückt und so fest gehalten, dass sie sich nicht mehr bewegen konnte und der Höhepunkt ihrer Leidenschaft mit seinem Körper aufgefangen wurde.

Nur Sekunden später kam auch er, stöhnte laut auf und presste seine Hand fast schmerzhaft auf ihre Brust.

Als es vorbei war, löste er sich von ihr, während sie erschöpft liegen blieb, fühlte, wie ihr Körper sich entspannte, und noch immer nicht fassen konnte, was ihr eben wiederfahren war. So war es noch niemals gewesen! So wie jetzt hatte sie noch nie gefühlt!

Manchmal, wenn er bei ihrem Zusammensein nicht zu derb mit ihr gewesen war, hatte sie den Moment, in dem er in sie gedrungen war, genießen können. Sein Glied hatte ihr Inneres noch mehr erregt, als zuvor seine Hände und sie war, bevor er sich noch in sie ergießen konnte, in einen Zustand der Lust gekommen, der ihre Vagina sich hatte zusammenziehen lassen. In leichten, pulsierenden Bewegungen hatte sie sich verengt und geöffnet und Kate war der Überzeugung gewesen, dass dies jener „Höhepunkt" des Zusammenseins von Mann und Frau sein musste, der allen so wünschenswert erschien.

Diesmal jedoch hatte sie etwas erlebt, das sie sich niemals hatte vorstellen können. Das Feuer, das durch ihren Körper gerast war, hatte sie fast besinnungslos werden lassen, und eine kurze Ewigkeit lang war die Welt um sie versunken.

Sie fühlte seine Hand, die von ihrem Arm aufwärts glitt und auf ihrer Schulter liegen blieb. „Woran denkst du, Katharina?"

„An das, was soeben war", erwiderte sie flüsternd.

„Hat es dir gefallen?"

„Ja", hauchte sie nur.

Seine Hand wanderte wieder abwärts, von ihrem Arm auf ihre Hüfte und zwischen ihre Schenkel, die feucht waren von ihrer Leidenschaft und seinem Höhepunkt. Sie zog das Knie wieder ein wenig an und legte sich so, dass er leichter eindringen konnte. Er lag ganz nahe bei ihr, massierte sie und fuhr mit den Lippen ihre Schulter entlang. Seine Berührungen entfachten wieder das Feuer in ihrem Leib, und sie atmete tief und zitternd ein und mit einem leichten Stöhnen aus.

„Wie lange war Sam bei dir?", fragte er plötzlich, ohne mit den Bewegungen seiner Finger zwischen ihren Beinen nachzulassen.

Sie war so in das aufsteigende Gefühl der Leidenschaft vertieft, dass sie seine Frage zuerst gar nicht begriff. „Ich weiß es nicht mehr", antwortete sie schließlich, wobei ihr die eigene Stimme fremd und heiser erschien, „eine halbe Stunde vielleicht, kaum länger."

„Worüber habt ihr gesprochen?" Seine Hand wanderte wieder über ihre Hüfte hinweg auf ihren Bauch und seine suchenden Finger fanden ihre Klitoris, die so empfindlich war, dass Kate unbeherrscht zuckte und aufstöhnte, als er sie massierte. „Nun?", fragte er, als sie minutenlang nicht in der Lage war, eine Antwort zu geben.

„Ich kann mich kaum erinnern", erwiderte sie schwer atmend. „Über seine Reise. Er möchte einige alte Freunde besuchen."

„Du magst ihn, nicht wahr?", fragte er weiter. Er presste seine geöffneten Lippen so hart auf ihre Schulter, dass sie seine Zähne spürte, während sich der Druck seiner Finger auf ihrer Klitoris verstärkte.

„Er ist sympathisch", antwortete sie mit letzter Kraft. Sie fragte sich, warum Nick jetzt, in diesem Augenblick, ausgerechnet über seinen Freund sprechen wollte. Sie selbst hatte kaum mehr einen anderen Gedanken als ihn, seine Hände und seine Lippen und ihre eigene Lust, die sie schwindlig machte.

Er zog seine Hand zurück und fuhr mit den Fingern leicht über die weiße Narbe auf ihrer Schulter. „Woher hast du das, Katharina?"

Etwas verhärtete sich in ihr und sie fühlte, wie ihr Körper kühler wurde. „Ein Unfall", sagte sie herb.

„Es sieht aus wie ein tiefer Schnitt."

„Es war ein Unfall", wiederholte sie nachdrücklich.

Nick drehte sie zu sich herum und betrachtete ihr Gesicht. „Was machst du eigentlich den ganzen Tag, wenn ich nicht daheim bin?"

„Ich putze das Haus, koche, mache die Wäsche." Kate konnte kaum sprechen, so groß war ihr Verlangen nach ihm. „Küss mich, Nick", sagte sie leise.

Er beugte sich über sie, aber seine Lippen berührten kaum die ihren. „Bekommst du gelegentlich Besuch?"

„Ann Baxter kommt manchmal vorbei, aber nur ganz selten." Sie hob den Kopf, um ihn zu fühlen und dazu zu bringen, sie endlich zu küssen.

Er zog sich ein wenig zurück. „Und Sam, kommt der öfters?"

„Nein", sagte sie ungeduldig, „er war heute zum ersten Mal hier."

Nick sah sie nachdenklich an, dann legte er seine Hand auf ihre Brust, fuhr mit einem festen Strich bis zwischen ihre Beine. „Sag mir, dass du mich liebst."

„Ich liebe dich", flüsterte sie verlangend, und Nick küsste sie, während seine Finger in ihrer Vagina auf und abglitten und sie sich hilflos vor Lust wand, bis etwas geschah, dass sie niemals für möglich gehalten hatte. Sie bäumte sich auf, als sie einen neuerlichen Höhepunkt erreichte, unfähig, ihren heiseren Schrei zu unterdrücken, sich mit geschlossenen Augen an ihn klammernd, während ihr Körper zuckte.

Als sie den Blick wieder hob, sah sie einen unbeschreiblichen Ausdruck in Nicks Gesicht, den sie nur ein einziges Mal an ihm gesehen hatte. Nämlich damals, am Tag der Hochzeit, am Ende der Trauungszeremonie, als er sie vor allen Leuten in die Arme genommen und geküsst hatte: tiefe Befriedigung, Triumph, Bewunderung und sogar so etwas wie Zuneigung.

Als er sie ein wenig später alleine ließ, wickelte sich Kate aufatmend in ihre Decke und schlief, erschöpft von dieser ungewohnten Leidenschaft, ein.

Nikolai hatte zwei Tage später ein Gespräch mit dem Bürgermeister, an dem auch noch andere Mitglieder der Stadtregierung teilnahmen und bei dem es um Maßnahmen ging, die weitere Schäden durch den jährlich aus seinem Flussbett tretenden Sacramento River verhindern sollten. Man hatte bereits vor etwa zwanzig Jahren Tonnen von Erde mit Waggons herbeigeschafft, um das Stadtniveau in einer einzigartigen Aktion höher zu legen, aber in manchen Jahren reichte auch das nicht aus. Es wurden zwar keine Häuser mehr fortgeschwemmt, jene in der Nähe des Flusses standen jedoch unter Wasser und Nikolai, der sein Zwischenlager gleich daneben hatte, war daran gelegen, es vor Schaden zu schützen. Aber er stand nicht alleine damit. Fast jeder der Unternehmer in der Stadt hatte Interesse daran, und der Bürgermeister versuchte Leute zu gewinnen, die sich an den Unkosten beteiligten. Die Stadt selbst hatte zwar Geld in Fonds, das jedoch anderen Zwecken gewidmet werden sollte.

Als Nikolai auf dem Heimweg beim Haus der Baxters vorbeikam, winkte ihm Ann Baxter zu und er folgte ihr in ihren Salon.

„Ich muss mit Ihnen reden, Nick." Sie bot ihm Platz an.

„Sie klingen so ernst, Ann", sagte er amüsiert.

„Das ist es auch, es geht um Ihre Frau."

„Wie darf ich das verstehen?", fragte er mit hochgezogenen Augenbrauen.

„Kate ist nicht glücklich", sagte Ann ruhig. „Man muss sie ja nur ansehen, um zu bemerken, wie blass sie immer aussieht. Sie sollten sich mehr um Sie kümmern, Nick. Kate ist eine junge Frau, die Ansprache braucht, Abwechslung. Gehen Sie doch einmal mit ihr aus."

Nikolai machte ein verschlossenes Gesicht, und sie legte ihm die Hand auf den Arm. „Nick, ich habe Ihnen damals davon abgeraten, Kate zu heiraten, und ich habe dasselbe auch Kate gesagt und ihr empfohlen, den Antrag von Simmons anzunehmen. Es ist mir natürlich begreiflich, dass Kate Sie vorgezogen hat, aber sie hätte sich mit einem älteren Mann, der mit einer wenig hübschen, aber jungen Frau zufrieden ist, weitaus besser getan."

Trotzdem – jetzt sind Sie beide einmal verheiratet und sollten das Beste daraus machen."

Nikolai erhob sich. „Sie wissen, dass ich Sie sehr schätze, Mrs. Baxter", erwiderte er mühsam beherrscht, „aber ich glaube nicht, dass ich von Ihnen einen Ratschlag bekommen möchte, wie ich meine Ehe zu führen habe. Und jetzt entschuldigen Sie mich bitte, ich habe noch zu tun."

Als er unmittelbar darauf nach einem unterkühlten Abschied das Haus verließ, war er außer sich vor Wut. Katharina hatte doch tatsächlich mit dieser Frau darüber diskutiert, welcher ihrer beiden Bewerber sinnvoller und zweckmäßiger wäre! Bei dem Gedanken daran, dass sie, hätte er nicht so energisch auf diese Heirat bestanden, unter Umständen die Frau dieses widerwärtigen Simmons geworden wäre, stieg heißer Zorn in ihm hoch. In diesem Fall würde sie nun nur wenige Häuserblöcke von ihm entfernt wohnen, und er würde jede Nacht daran erinnert werden, dass jetzt dieser feiste Kerl auf ihr lag, mit seinen kurzen, dicken Fingern ihren Körper streichelte und seine wulstigen Lippen auf ihren Mund presste. Und sie würde unter seinen Händen zittern, ihre Beine für ihn öffnen und ihm vorlügen, dass sie ihn liebte.

‚Und alles nur für Geld', dachte er wutentbrannt. ‚Wie eine dieser Prostituierten, die man in jeder Bar mit ins Zimmer nehmen kann, und die alles tun, wenn man sie dafür bezahlt.'

Kate hatte es sich mit einem Buch in dem Lehnsessel in der Bibliothek bequem gemacht und las mit geheimer Sehnsucht die ergreifende Liebesgeschichte von Romeo und Julia. Nick teilte ihre Vorliebe und hatte in den Buchregalen, die bis zur Decke reichten und sich von der Last der Bücher bogen, unter anderen Shakespeares sämtlichen Werke gestapelt. Das war etwas, das sie damals, als junges Mädchen – neben anderen Dingen – zu ihm hingezogen hatte. Diese gemeinsame Liebe zu Büchern und die Lust am Lesen. Er hatte in dem kleinen Raum, der ihm als Stellvertreter des Verwalters zur Verfügung stand, eine Wand voller Bücher gehabt und sie hatten, als sie ihn besuchte, stundenlang über die verschiedenen Werke reden können. Sie hatten sich an den Diskussionen erhitzt, wenn sie über ein Buch nicht einer Meinung waren, gemeinsam über Komödien gelacht und waren dann einträchtig beieinandergesessen, um sich gegenseitig Gedichte vorzulesen.

Damals war die kindliche Zuneigung, die sie bis dahin für ihn empfunden hatte, einer tiefen Liebe gewichen, die sie hatte erglühen lassen, wenn er auch nur unabsichtlich ihre Hand berührte, sie erschauern ließ, wenn sie sich gemeinsam über ein Buch beugten und sie seinen Atem an ihrer Wange spürte, was den Wunsch in ihr wachrief, er möge sie in seine Arme nehmen, festhalten und seine Lippen auf ihre drücken. Er hatte sie auf ihre Ausritte begleitet, war mit ihr stundenlang alleine gewesen, ohne Aufsicht und ohne die wachsamen Blicke ihres Großvaters und sogar ohne Potty, der brummend daheimblieb. Er hatte mit ihr leichthin geplaudert, sie geneckt, war ihr aber niemals näher gekommen als in den Momenten, wo er ihre Taille umfasste, um sie bei ihrer Heimkehr am Hof vom Pferd zu heben. Sie hatte sich dabei zusammennehmen müssen, um vor ihm das Zittern zu verbergen, das sie in seiner Nähe ergriff, und war dann immer schnell davongelaufen, um sich in der Ruhe ihres Zimmers wieder zu fassen.

Er schien ihre Zuneigung jedoch nicht zu erwidern, und sie konnte nur vermuten, dass er in ihr entweder immer noch das kleine, bezopfte Mädchen sah, das ihm früher im Stall vor die Füße gelaufen war, und nicht eine kaum erwachsene junge Frau, die im Feuer ihrer ersten Liebe erglühte. Als sie auf eine Bemerkung ihrer Gouvernante hin, die ihren Schützling treu über den großen Ozean begleitet hatte, annehmen musste, dass seine Zuneigung einem der jungen Mädchen gehörte, das im Haus arbeitete, zog sie sich enttäuscht von ihm zurück und begann die Aufmerksamkeiten eines der adeligen Besucher, die im Haus ihres Großvaters ein und aus gingen, zu ermutigen.

Sie kannte zwar die strengen Hierarchien der altrussischen Gesellschaft, war jedoch selbst frei und ungezwungen aufgewachsen und hatte von ihrem Vater schon frühzeitig gelernt, einen Menschen nicht nach seinem Stand oder seiner Herkunft zu beurteilen, sondern nach seinem Charakter. So kam sie in diesen Tagen nicht im Geringsten auf die Idee, dass die Zurückhaltung ihres Freundes nicht auf einem Mangel an Interesse an ihrer Person beruhte, sondern alleine auf der Tatsache, dass sie als Enkelin seines Arbeitgebers für ihn unerreichbar war.

Sie entschloss sich schließlich, der Einladung ihres Verehrers Folge zu leisten, der sie bestürmt hatte, vor ihrer Abreise in die Heimat einige Tage in St. Petersburg zu verbringen, um dort in seiner Begleitung einige der großen Gesellschaften zu besuchen, die in ganz Europa von sich hatten reden machen, und wo die Elite des europäischen Adels zu finden war.

Am Tag vor ihrer Abreise gab ihr Großvater ihr zu Ehren ein kleines Fest. Sie tanzte, trank Champagner, um den Schmerz zu vergessen, den ihr der Gedanke an den Abschied von ihrem lieb gewonnenen Freund bereitete, und stahl sich dann heimlich aus dem Saal, um in der kühlen Nachtluft etwas zu Atem zu kommen und ihr erhitztes Gemüt abzukühlen. Sie war zwischen den Bäumen im Park herumgewandert und hatte die Stille und die klare Luft genossen, bis plötzlich Nick vor ihr gestanden hatte.

Sie hatte im Dunkel kaum sein Gesicht ausmachen können, aber seine Stimme war voller Wärme und Zuneigung gewesen, als er sie ansprach, und sie hatte gefühlt, wie seine Gegenwart sie erzittern ließ. Er hatte bemerkt, dass ein Schaudern durch ihren Körper gegangen war, diesen Umstand jedoch der kalten Nachtluft zugeschrieben und seine Jacke ausgezogen, um sie ihr um die Schultern zu legen. Dann, sie wusste selbst nicht mehr wieso, hatte er seinen Arm um sie gelegt, und sie hatten auf dem weichen Rasen zu den Klängen des Walzers getanzt, der aus einem der geöffneten Fenster des Ballsaales klang. Ihr war von seiner Nähe und dem Tanz schwindlig geworden, sie war gestolpert, er hatte sie aufgefangen, und mit einem Mal waren ihre Arme wie von selbst um seinen Hals gelegen, er hatte sich über sie gebeugt und sie geküsst.

Kate schloss die Augen und fühlte in der Erinnerung wieder seine Lippen auf ihren, seine Hände, die zärtlich über ihren Rücken gefahren waren, sie gestreichelt hatten, ganz sanft, aber doch so, dass der heiße Wunsch in ihr geweckt worden war, mehr davon zu bekommen, ganz in diesem Gefühl der ersten Liebe aufzugehen und an nichts anderes zu denken als an den Mann, der vor ihr stand, sie umfasst hielt und in einer Weise berührte, die sie mehr erzittern ließ, als die kühle Nachtluft es jemals vermocht hätte.

Er hatte sie lange so gehalten, ihre Wangen, ihre Augen, ihre Stirn mit Küssen bedeckt. Seine Lippen hatten die zarte Haut ihres Halses liebkost, sie hatte seine Zärtlichkeiten erwidert, ihre Lippen geöffnet, um seine Zunge, die sanft nach der ihren gesucht hatte, tiefer eindringen zu lassen. Sie hatte die Welt um sich herum vergessen, war ganz in diesem Gefühl aufgegangen und in der tiefen Freude, dass er ihre Zuneigung erwiderte.

Seine Bewegungen waren heftiger geworden, sein Kuss fordernder, und plötzlich hatte sie etwas Hartes gespürt, dass sich gegen ihren Leib drängte und sie auf eine Weise erregte, die nichts mehr von der Unschuld in sich hatte, mit der sie eben noch seine Berührungen erwidert hatte. Er hatte sie abrupt losgelassen, war schwer atmend einen Schritt zurückgetreten und hatte sich halb von ihr abgewandt. Als sie ihm folgte, seine Hand ergreifen wollte, hatte er sie abgewehrt.

„Nicht, Katinka", hatte er leise gesagt, „was wir hier tun ist falsch."

Daran konnte nichts falsch sein. Nicht an dieser Liebe, die sie für ihn empfand, nicht an der Leidenschaft, die sie erglühen ließ, und nicht an der Tatsache, dass er ihre Liebe teilte.

Er hatte nur den Kopf geschüttelt. „Nein, Katinka, du verstehst das nicht, du bist noch zu jung und nicht hier aufgewachsen. Dein Großvater würde niemals dulden, dass ich mich dir nähere."

Sie hatte ihn verblüfft angesehen. „Aber du bist doch nicht irgend jemand, Nick. Du hast hier eine sehr verantwortungsvolle Stellung inne – mein Großvater schätzt dich, das weiß ich."

„Ich bin in seinen Augen ein Nichts. Ein Bediensteter, der seine Pflicht tut."

„Es ist doch vollkommen gleichgültig, was du für ihn bist", war ihre ungeduldige Entgegnung gewesen. „Es kommt dabei nur darauf an, was ich in dir sehe und du in mir. Komm doch mit mir", hatte sie eindringlich hinzugefügt, voller Angst, ihn zu verlieren, „wir könnten in Amerika miteinander leben."

Er hatte sie sekundenlang ruhig angesehen, dann die Hand gehoben und sie zart auf ihre Wange gelegt. „Das ist ein wunderschöner Traum, Katinka, aber nur ein Traum. Er kann nicht wahr werden. Du würdest es schnell bereuen, dich an mich gebunden zu haben."

Sie hatte geschwiegen, sich jedoch insgeheim vorgenommen, sich mit dieser Antwort nicht einfach zufrieden zu geben. Selbst wenn der Großvater Einwände haben sollte – er war unwichtig. Nick konnte von hier fortgehen, mit ihr in ihre Heimat kommen und dort leben. Ihr Vater hatte genug Geld, um ihnen beiden ein bequemes Leben zu ermöglichen, und wenn Nick das in einem falsch verstandenen Stolz nicht annehmen wollte, dann würde er sehr schnell Arbeit finden.

Er hatte sie an diesem Abend zum Haus zurückgebracht, sie zum Abschied noch einmal zärtlich geküsst und war dann, ohne sich noch einmal umzudrehen, fortgegangen.

Sie war am nächsten Tag nach St. Petersburg abgereist, hatte dabei nur an Nick gedacht, an ihre Liebe zu ihm und hatte eine gemeinsame, romantische strahlende Zukunft vor sich gesehen. Sie war fest davon überzeugt gewesen, dass sie ihn letzten Endes dazu bringen konnte, mit ihr zu gehen, und hatte es kaum erwarten können, mit ihm heimzureisen.

Ein Geräusch an der Tür ließ Kate hochschrecken und brachte sie aus ihren Träumen zurück. In eine Wirklichkeit, in der ein jahrelanger, sehnsüchtiger Traum Wahrheit geworden war. Allerdings nicht völlig so, wie sie es sich damals erhofft hatte, sondern viel ernüchternder.

Nick war durch die Ereignisse und die Jahre verändert worden. Er war nicht mehr derselbe, der sie damals in die Arme genommen hatte, sondern ein reifer Mann, der alle seine Härte gebraucht hatte, um durchzukommen und das zu erreichen, was er sich heute geschaffen hatte. Sie musste Verständnis dafür haben, wenn er ihr nicht mehr mit der romantischen Zuneigung von damals begegnete, sondern mit einer gewissen Rohheit und Gefühlskälte.

,Er hat viel durchmachen müssen', dachte sie schmerzlich. *,Und nicht zuletzt meinetwegen. Alles, was ich jetzt tun kann, ist ihn zu lieben und die Vergangenheit vergessen zu lassen. Und eines Tages ...'*

Die Tür wurde aufgestoßen, und Nick trat ein. In seinen Augen lag etwas, das sie mehr beunruhigte als die Kälte, die sie in den vergangenen Wochen fürchten gelernt hatte.

Sie setzte sich auf, als er näher kam, und lächelte ihn an. „Du kommst früher als ich dachte, Nick. Soll ich dir schon dein Abendessen bringen?"

Er antwortete nicht, sondern griff nur nach dem Buch, das auf ihrem Schoß lag. „Romeo und Julia", las er spöttisch vor. „Ist das die Lektüre, aus der du deine Lebensweisheit beziehst, Katharina?"

„Es ist schön zu lesen", sagte sie leise und hoffte, dass er nicht wieder anfangen würde, sich über sie lustig zu machen.

„Glaubst du tatsächlich an das, was hier steht? Liebe bis in den Tod?"

„Warum nicht?" Sie sah ihn offen an.

Er warf das Buch auf den Tisch, beugte sich zu ihr hinunter, nahm ihr die Brille ab und stützte seine Hände links und rechts neben ihren Kopf auf. „Sag mir, was du für mich empfindest, Katharina."

„Das musst du doch wissen", sagte sie mit einem scheuen Lächeln.

„Ich will es hören", erwiderte er hart.

„Ich liebe dich", flüsterte sie, blickte wie gebannt in seine dunkelgrauen Augen und suchte wenigstens die Spur einer Zuneigung darin, fand jedoch nur die Kälte, die sie so verletzte.

Er beugte sich näher zu ihr herunter, fasste mit der Hand unter ihr Kinn und hielt sie fest. „Mich oder mein Geld?"

„Dein Geld?" Sie schauerte unter seiner Berührung und seinem Blick zusammen. „Weshalb sollte mich dein Geld interessieren? Es ist mir gleichgültig."

Er sah sie an, als wollte er durch ihre Augen in ihre Seele blicken. „Wie gut du doch lügen kannst, Katharina. Aber falls es die Wahrheit sein sollte, werde ich dir Gelegenheit geben, es mir zu beweisen."

Der Druck seiner Hand verstärkte sich, er griff in ihr Haar und hielt ihren Kopf fest, als er seine Lippen auf ihre presste. Sein Kuss war hart und fordernd, sie fühlte seine Zunge tief in ihren Mund eindringen und kam ihm mit ihrer entgegen. Sie hatte inzwischen gelernt, seine Küsse so zu erwidern, dass sie damit sein Verlangen entfachen konnte, und genoss es, wenn nicht schon seine zärtliche Zuneigung, dann doch wenigstens seine Leidenschaft zu spüren.

Er ließ schließlich schwer atmend von ihr ab, trat einen Schritt zurück und sah sie aufmerksam an. „Du hast viel gelernt in diesen wenigen Wochen, in denen wir verheiratet sind, Katharina." Sie gab keine Antwort, blickte nur stumm zu ihm auf und bemerkte, dass der Stoff seiner Hose sich nach vorne wölbte.

Er hatte ihren Blick gesehen, trat bis zu dem großen Eichenschreibtisch zurück und lehnte sich an. „Komm her."

Sie erhob sich langsam und trat zu ihm hin.

Er legte ihr schwer die Hände auf die Schultern und drückte sie zu Boden, bis sie vor ihm auf den Knien lag. „Öffne die Hose."

Sie sah zu ihm empor und begegnete einem entschlossenen Blick, in dem gleichzeitig ein brennendes Licht lag. „Du hast gesagt, dass du mich liebst. Dann beweise es jetzt."

Sie zögerte sekundenlang, dann hob sie die Hände und öffnete die Knöpfe seiner Hose. Sie sah, dass er nichts darunter trug, und sein erregtes Glied streckte sich ihr entgegen.

„Nimm ihn in die Hand und küsse ihn", befahl er weiter.

Sie hatte sein Glied schon oft in der Hand gehalten, aber noch nie zuvor hatte er von ihr verlangt, es mit ihren Lippen zu berühren. Sie zögerte, dann beugte sie neugierig den Kopf vor, küsste die weiche, seidige Haut, streichelte darüber, ließ ihre Lippen von der heißen pulsierenden Spitze aufwärts gleiten. Sie erreichte den in seinen Schamhaaren verborgenen tiefsten Punkt seiner Männlichkeit und wanderte wieder abwärts, wobei sie ihre Zunge zwischen den Lippen mitgleiten ließ und dabei sanft mit ihren Fingern seine Eichel massierte, die unter ihren Berührungen härter und größer wurde.

„Nimm ihn jetzt in den Mund", sagte er mit einer seltsam heiseren Stimme.

Sie öffnete die Lippen, umfasste die Spitze seines Gliedes und ließ ihre Zunge im Kreis um das pulsierende Zentrum wandern. Ihre rechte Hand hielt den Schaft seines Gliedes fest, während sie mit der linken hinauf griff und mit zärtlichen Bewegungen seine Hoden massierte, die so prall waren, dass sie glaubte, sie müssten unter ihrer Berührung schmerzen.

Nick lehnte sich fester an den Tisch und umklammerte mit seinen Händen die Kante, dass seine Knöchel weiß hervortraten. „Wie oft hast du so etwas schon gemacht?", fragte er mühsam.

Sie hielt inne, ließ ihre Lippen von seinem Glied und sah zu ihm empor. „Noch nie, Nick, mache ich es falsch?"

Er schüttelte nur den Kopf. „Nein, mach weiter."

Sie führte wieder sein Glied zwischen ihre Lippen, saugte zart daran, glitt mit der Zunge unter seine Vorhaut und ließ ihre Zungenspitze im Kreis tanzen. Er schmeckte etwas scharf und salzig, aber sie empfand es nicht als unangenehm, fuhr fort, seine Eichel mit ihrer Zunge abzutasten und fühlte es tief in sich heiß aufsteigen. Das Verlangen, sein Glied nicht nur zu liebkosen, sondern auch in sich selbst zu spüren, wurde fast unerträglich, und sie merkte, wie ihre Wangen zu glühen begannen, es in ihrer Scheide pochte und sie feucht wurde.

Sie zog die Zunge zurück und stieß dann mit der Spitze genau in den Mittelpunkt seines Gliedes. Nick stöhnte unbeherrscht auf, als sie weiter hineinbohrte, dabei mit den Fingern fest über die ganze Länge seines Gliedes auf und abfuhr. Eine fiebrige Erregung hatte sie ergriffen, zum ersten Mal fühlte sie sich ihm gegenüber nicht unterlegen, sondern seine Lust lag in ihrer Hand, und sie konnte ihn mit ihrem Mund und mit ihrer Zunge erzittern lassen.

Sie öffnete die Lippen etwas weiter, schob sein Glied tiefer hinein und fühlte es in ihrem Mund pulsieren, als sie die Lippen leicht darüber zusammenpresste und den Kopf langsam vor und zurück bewegte. Sie wusste, dass es nicht mehr lange dauern würde, bis er seinen Höhepunkt erreichte, aber sie wollte mehr von ihm als nur seine Lust befriedigen, sie wollte ihn in sich spüren, seine Hände auf ihrem Körper fühlen, auch wenn es nur ein sexuelles Verlangen war, das ihn trieb und keine Zuneigung. Sie zog ihren Kopf zurück, hockte sich auf die Fersen und sah zu ihm empor.

„Weshalb hörst du auf?", fragte er scharf.

„Weil ich es anders haben möchte", erwiderte sie sehnsüchtig.

„Nicht jetzt." Er lehnte sich nach vorn, nahm ihren Kopf zwischen die Hände und hielt ihn fest. Sie sah sein pulsierendes Glied dicht vor ihrem Gesicht und versuchte den Kopf wegzudrehen.

„Nicht, Nick, das möchte ich nicht."

„Ich entscheide, was du möchtest", kam es schneidend zurück.

„Du kannst mich nicht zwingen", sagte sie heftig.

„Du weißt gar nicht, *was* ich alles kann", fuhr er sie heiser an. „Und jetzt mach den Mund auf!"

„Ich werde dich beißen!", sagte sie trotzig.

Sein Griff wurde fester. „Ist das die Liebe, die du mir angeblich entgegenbringst?".

Sie starrte sekundenlang in seine dunklen Augen, die in dem dämmrigen Licht der Lampen fast schwarz erschienen, und öffnete dann langsam den Mund, nahm sein Glied in ihre Hand und führte es zwischen ihre Lippen. Er bewegte seine Hüften nach vorn, schob nach, ungeduldig und grob. Sie fühlte ihn hinten an ihren Rachen stoßen und schnappte heftig nach Luft. Er zog sich wieder zurück, sah sie spöttisch an: „Versuche dich zu beherrschen, das wirst du ja wohl können."

Sie schloss die Augen, als er wieder in ihren Mund eindrang, unterdrückte die aufsteigende Panik und das Würgen in ihrem Hals, als er sich in ihr bewegte, immer vor und zurück, so, als stieße er in ihre Vagina. Sie hatte die Hände an seine Hüften gelegt, hielt sich daran fest, um bei seinen heftigen Bewegungen nicht das Gleichgewicht zu verlieren, und hoffte, dass es bald vorüber sein würde. Das Gefühl des Verlangens und der Lust, das zuvor noch ihren Körper zum Glühen gebracht hatte, war einer tiefen Demütigung und Scham gewichen, und sie wollte nur noch eines: weg von ihm und in ihr Zimmer, um sich dort zu verkriechen und sich auszuweinen.

Endlich, mit einem letzten Stoß, der ihr die Luft nahm, entlud er sich in sie. Die klebrige, leicht salzige Flüssigkeit kam ihr in die Kehle, und Kate machte sich heftig von ihm frei. Er beobachtete mitleidslos, wie sie hustend vor ihm kniete, sich über den Mund wischte und das heftige Würgen bekämpfte, das ihr den Hals zusammenschnürte.

„Das nächste Mal musst du es mit der Zunge abfangen", sagte er kalt, während er seine Hose wieder hochzog und zuknöpfte.

„Mit der Zunge abfangen!", fuhr sie ihn wütend an, als sie wieder genug Luft zum Reden hatte. „Das wäre vollkommen unmöglich gewesen!"

„Andere können es ja auch", erwiderte er achselzuckend.

Kate fühlte, wie ein fast unbezähmbarer Zorn in ihr hochstieg. „Dann solltest du das nächste Mal vielleicht zu dieser anderen gehen!", schrie sie los. „Diese Hure, mit der du dich sonst vergnügt hast, wird wohl mehr Übung darin haben!"

Nick trat auf sie zu, hob die Hand und sie dachte schon, er würde sie schlagen. Er griff jedoch nur nach ihrem Haar, zog sie an sich heran, bis ihre Augen dicht vor seinen waren. „Ich brauche keine Hure", sagte er grob, „ich habe ja jetzt dich." Er ließ sie so unvermittelt los, dass sie auf die Seite fiel und sich den Ellbogen am Schreibtisch stieß, und verließ den Raum. An der Tür wandte er sich jedoch noch einmal nach ihr um. „Ich esse heute auswärts." Dann war er verschwunden.

Kate griff nach dem Buch und warf es in hilflosem Zorn gegen die sich schließende Tür.

Da Katharina seit drei Tagen mit einem beleidigten Gesicht herumlief, kaum ein Wort mit ihm sprach und, wenn er sie in ihrem Schlafzimmer aufsuchte, ihn zwar nicht abwehrte, aber unnahbar und fast leblos in seinen Armen lag, entschloss sich Nikolai, die Einladung von Ann Baxter anzunehmen und mit seiner Frau gemeinsam eine kleine Festivität zu besuchen. Mrs. Baxter hatte nur die engsten Bekannten eingeladen, um mit ihnen ihren Hochzeitstag zu feiern.

Die Baxters waren schon seit fünfundzwanzig Jahren verheiratet – eine kleine Ewigkeit, wie es Nikolai schien. Seine eigene Ehe mit Katharina ging nun in den dritten Monat und hatte ihm nicht im Mindesten jene Genugtuung gebracht, die er sich davon erwartet hatte. Im Gegenteil, seine Laune verschlechterte sich, je mehr er sich zu seiner Frau hingezogen fühlte, die immer weniger dem Bild der hochmütigen, berechnenden Adeligen entsprach, an dem er in den vergangenen Jahren, seit den Ereignissen am Hof ihres Großvaters, so krampfhaft festgehalten hatte. Er hatte ihr das zukommen lassen wollen, was sie durch ihr Benehmen und ihren Verrat verdient hatte, sich an ihr schadlos halten und sie mit dem Geld, das er für sie bezahlt hatte, erpressen wollen. Aber immer mehr und mehr entglitten ihm seine Pläne, die er bei ihrer Hochzeit im Sinn gehabt hatte und er begann, Katharina mit anderen Augen zu betrachten.

Wie anders war sie doch als alle anderen Frauen, mit denen er jemals ein Verhältnis gehabt hatte. Und welch himmelhoher Unterschied zwischen ihr und Sue-Ellen, die er zwar immer noch gelegentlich aufsuchte, jedoch nur aus Gewohnheit und hauptsächlich, um ein paar Worte zu sprechen, zu fragen, ob sie etwas brauchte und sich dann wieder überhastet zu verabschieden, um zu Katharina nach Hause zu gehen, die ihm plötzlich so viel anziehender erschien als seine gewöhnliche Geliebte.

Nikolai war bereits im Abendanzug und schlenderte unruhig im Haus umher, während Katharina in ihrem Zimmer war, um sich für das Fest am Abend umzukleiden. Er hatte keine große Lust auszugehen und hätte es vorgezogen, mit seiner Frau daheim zu bleiben, um ihre gehobene Stimmung dazu auszunutzen, einige erregende Stunden mit ihr im Bett zu verbringen. Seit er ihr am Morgen verkündet hatte, dass sie ausgehen würden, hatte ihn zum ersten Mal seit der Szene im Wohnzimmer angelächelt und war ihm, als er am Abend heimgekommen war, so anziehend erschienen, dass er sie am liebsten gleich in sein Bett gezogen hätte. Da sie dann jedoch zu spät zum Diner gekommen wären und bei Ann Unpünktlichkeit als Todsünde galt, hatte er beschlossen, das eben auf später zu verschieben. Da am nächsten Tag Sonntag und daher arbeitsfrei war, gab es keinen Grund, die Nachtstunden nicht zu anderen Dingen als zum Schlafen zu nutzen.

Er kam bei seinem Rundgang durch das Haus bei der Wäschekammer vorbei, wo die großen Reisekoffer standen, mit denen Katharinas Kleider vor zwei Tagen aus New York gekommen waren. Von einem unbestimmten Interesse getrieben, trat er näher, öffnete in dem Halbdämmer, das in dem kleinen Raum herrschte, den Deckel und sah hinein.

Katharina hatte einige Sachen ausgepackt, andere lagen noch in den Truhen und er griff hinein und zog ein hellblaues Kleid heraus, seidig und leicht, in der Farbe ihrer Augen. Darunter kamen einige Spitzen zum Vorschein, und als Nikolai diese hervorzog, hatte er feine Seidenunterwäsche in der Hand, aufreizend und so sinnlich, dass in ihm sofort das Verlangen hochstieg, seine Frau darin zu sehen. Er suchte noch weiter und schließlich stieß er auf etwas, das er an Katharina noch nie bemerkt hatte. Er zog das Korsett heraus und legte den Verschluss zusammen. Katharina hatte eine ungewöhnlich schmale Taille, aber die Frau, die dieses Korsett getragen hatte, musste noch wesentlich zarter gewesen sein, und in Nikolai stieg die Erinnerung an dieses schlanke, bezaubernde junge Mädchen auf, in das er sich vor über zehn Jahren so hoffnungslos und leidenschaftlich verliebt hatte.

Er hatte damals am Tag ihrer Abreise schon zeitig am Morgen das Gut verlassen, weil er meinte, es nicht ertragen zu können, sie in diese Kutsche steigen und aus seinem Leben gehen zu sehen. Sie hatte in ihm Gefühle erweckt, die niemals erfüllt werden konnten, und er war fest entschlossen gewesen, so schnell wie möglich seine Sachen zusammenzupacken und fort zu ziehen, um irgendwo, weit weg, eine neue Existenz aufzubauen. Eine, in der ihn nicht alles an sie erinnerte, und wo es eine Frau geben würde, die bereit und dazu geeignet war, sein einfaches Leben zu teilen.

Als er erst spät am Nachmittag zutiefst unglücklich wieder auf den Hof zurückgekehrt war, hatten sie ihn bereits erwartet.

Der alte Graf hatte ihn sofort von einigen Knechten an den Pfosten binden lassen, und Graf Vronskij, der schon die ganze Zeit um Katharina herum gewesen war und ihr so offensichtlich den Hof gemacht hatte, dass es für ihn kaum noch erträglich gewesen war zuzusehen, war zu ihm hingetreten und hatte ihn mit der Faust ins Gesicht geschlagen.

Es war fast zehn Jahre her, aber die Worte dieses Mannes hatten sich unauslöschlich in seinem Gedächtnis eingegraben, und noch jetzt hatte er den höhnischen Tonfall in den Ohren.

„Meine Verlobte hat sich gestern Abend bei mir beschwert, dass du aufdringlich geworden bist. Als ich es dem Grafen, Deinem Herren, mitteilte, konnte er zuerst gar nicht glauben, dass einer seiner Knechte es gewagt haben sollte, seine schmutzigen Finger nach seiner Enkelin auszustrecken. Er war erst überzeugt, nachdem er gesehen hat, wie verstört das arme Kind war. Wir werden dich jetzt den Respekt lehren, mit dem sich ein Diener der Herrschaft gegenüber zu nähern hat."

Er hatte nichts geantwortet, sondern den Grafen nur hasserfüllt angesehen.

Katharinas Großvater hatte den Knechten ein Zeichen gegeben. Sie hatten ihn so fest angebunden, dass er sich nicht losreißen konnte, und er hatte mit zusammengebissenen Zähnen die Peitsche auf seinem Rücken gespürt. Irgendwann hatte er jedes Gefühl für Zeit verloren, die Schmerzen hatten ein Ausmaß angenommen, das keine Steigerung mehr zuließ, und am Ende war er unter den Hieben zusammengebrochen.

Sie hatten ihn dann bewusstlos auf einen Wagen geworfen, fortgeschafft und irgendwo im Wald, außerhalb des Besitzes des Grafen, einfach liegen lassen. Er erinnerte sich daran, wie er aufgewacht war, von unerträglichen Schmerzen gepeinigt, die jedoch nichts waren im Vergleich zu dem Hass, den er in sich fühlte. Hass auf den alten Grafen, auf Katharina, die ihn so schmählich verraten hatte, und auf ihren Verlobten. Als er halb tot durch den Wald getaumelt war, in der Hoffnung, bald auf eine Holzfällerhütte oder ein Bauernhaus zu stoßen, in dem er sich vor den umherstreunenden Wölfen verbergen konnte, hatte er bittere Rache geschworen. Und der einzige Gedanke, der ihm die Kraft gab, weiterzugehen, war jener an Katharina, die für das büßen würde, was durch ihre Schuld angetan worden war.

Nach einer schier endlos langen Zeit erreichte er endlich eine kleine Hütte, in der die Waldarbeiter Unterschlupf fanden. Er kroch halb tot hinein und fiel, nachdem er die Tür hinter sich verriegelt hatte, einfach zu Boden. Er wusste nicht, wie lange er dort gelegen war, bis er von einigen, ganz in der Nähe abgefeuerten Schüssen aufgestört wurde. Er zog sich an einem der rohen Sessel hoch und sah sich nach einer Waffe um, konnte jedoch nur einen Holzknüppel finden, um den er fest seine Faust schloss, als sich jemand an der Tür zu schaffen machte. Schließlich gab der einfache Riegel nach und Nikolai erkannte im Halbdunkel einen Mann, der mit einem Gewehr in der Hand eintrat.

Er hob den Knüppel, um zuzuschlagen, aber der Mann schloss die Tür wieder hinter sich, lehnte das Gewehr an die Wand und trat auf ihn zu. Als er vor ihm stand, erkannte er Potty, Katharinas Diener, der sie auf dieser Reise abermals begleitet hatte.

„Was willst du von mir?" Er konnte kaum sprechen. Seine Kehle war rau, die Zunge klebte am Gaumen, der Durst war fast unerträglich. Sein Körper glühte wie im Fieber.

Der dunkelhäutige Mann sah ihn ernst an, dann hob er die Hand, legte sie an sein Herz. „Du bist mein Freund", sagte er in dieser fremden Sprache, die Nikolai durch die Briefe und vielen Gespräche mit Katharina nun schon vertraut war. „Wann immer du meine Hilfe brauchst, wirst du sie finden."

Nikolai lehnte sich erschöpft an den Tisch, um nicht vor Schwäche in sich zusammenzusinken. „Du kannst nichts für mich tun", antwortete er in derselben Sprache.

„Doch", erwiderte der andere ruhig. „Ich werde deine Wunden versorgen. Du bist stark und wirst es bald überstehen, aber so kannst du nicht reiten. Und du musst fort von hier." Er nahm die Wasserflasche, die er an einem Riemen um die Schulter trug, und hielt sie Nikolai an die Lippen. Der trank mit gierigen Schlucken, bis der andere sie wieder wegnahm.

„Später mehr."

Von draußen tönte das Geheul der Wölfe und ein Pferd wieherte angstvoll auf.

„Ich muss das Pferd hereinbringen", sagte der Indianer, verschwand lautlos und kam kurz darauf mit einem kräftigen Wallach zurück. Er führte das Tier in die andere Ecke des Raumes, lockerte den Sattelgurt und griff dann in die Satteltaschen.

Nikolai ließ es zu, dass der andere ihn rittlings auf den Stuhl drückte, sein blutiges Hemd herunterzog und die offenen Striemen untersuchte und behandelte.

„Wie hast du mich hier gefunden?", fragte er heiser. Er überkreuzte die Arme auf der Stuhllehne und legte erschöpft die Stirn darauf.

„Ich bin zuerst der Wagenspur gefolgt und habe dann dort deine Fährte aufgenommen. Sie war leicht zu finden. Du bist oft gestolpert und hast auch Blut verloren. Aber ich hätte auch so gewusst, wo du bist – die Wölfe hatten dich schon gespürt. Du hattest Glück, diese Hütte zu finden, bevor sie dich erreichen konnten."

Nikolai lauschte hinaus. „Sie sind fort."

Potty schüttelte den Kopf. „Nein, sie verhalten sich nur still. Sie warten auf uns." Er ging in die Ecke des Raumes, wo eine halb heruntergebrannte Kerze stand, nahm etwas aus der Tasche und kurz darauf wurde es etwas heller im Raum. Der Indianer kam mit der Kerze zurück, steckte sie in eines der Astlöcher der Tischplatte und machte mit seiner Arbeit weiter.

„Weshalb bist du mir gefolgt?"

„Ich war besorgt. Mir wollte der Blick nicht gefallen, den dieser Mann hatte, als er uns auf dem halben Weg nach St. Petersburg verließ. Ich habe Miss Kate bis in die Stadt begleitet, bin aber dann zurückgeritten. Dort erfuhr ich vom Verwalter, was geschehen war."

Nikolai, der wusste, dass Katharinas Diener kein Wort Russisch sprach, fragte sich, wie er sich mit dem Verwalter hatte verständigen können. Aber dieser Mann hatte eine eigene Art, Dinge zu tun und zu wissen.

„Wir werden morgen früh von hier fortreiten", sprach Potty weiter. „Bei Tageslicht ziehen sich die Wölfe zurück."

„Hast du zuvor auf sie geschossen?"

Der Indianer nickte. „Ja, um sie zu vertreiben. Aber sie sind wiedergekommen."

„Du hättest sie erschießen sollen."

„Sie haben mich nicht angegriffen", kam es gleichmütig zurück. Er sattelte das Pferd ab, nahm eine hinter dem Sattel zusammengerollte Decke herab, breitete sie auf dem Boden aus und bedeutete Nikolai, sich hinzulegen. Der zögerte, von Katharinas Diener noch mehr Wohltaten anzunehmen, wurde jedoch sanft, aber entschlossen hinuntergeschoben. Aufatmend ließ er sich zuerst auf die Knie nieder und legte sich dann vorsichtig auf den Bauch.

„Schlaf jetzt", sagte der Indianer in seiner ruhigen Art. „Du wirst morgen deine Kraft brauchen. Weißt du schon, wohin du dich wenden wirst?"

„Hier in der Nähe kann ich nicht bleiben", antwortete Nikolai müde, „es wird sich schnell herumsprechen, was passiert ist. Aber ich muss noch einmal zurück, um meine Sachen zu holen. Ich habe Geld gespart und auch Dokumente in meiner Kammer versteckt, die kann ich nicht dort lassen." *‚Und ich werde dafür sorgen, dass der alte Graf bereut, was er getan hat‘*, fügte er in Gedanken hinzu.

Der Indianer gab keine Antwort mehr, und Nikolai schlief schließlich trotz der Schmerzen erschöpft ein.

Als er am anderen Morgen aufwachte, war er alleine. Obwohl sein Rücken noch immer schmerzte, fühlte er sich bedeutend frischer und kräftiger als am Vortag, und er erhob sich vorsichtig, um zu verhindern, dass die verkrusteten Striemen wieder aufplatzten. Der Indianer hatte das Pferd offensichtlich so lautlos aus der Hütte geführt, dass er nichts davon bemerkt hatte, und nur die Decke, die Wasserflasche auf dem Tisch und ein kleiner Beutel waren zurückgeblieben. Nikolai nahm einen Schluck aus der Flasche, öffnete dann den Beutel und fand darin ein in Ölpapier gewickeltes Stück Trockenfleisch, das er heißhungrig verschlang. Dann packte er den Holzknüppel und verließ die Hütte.

Draußen war schon heller Tag. Die Wölfe waren fort, vermutlich waren sie auf ein leichter erreichbares Wild gestoßen und hatten die Belagerung im Morgengrauen aufgegeben. Tagsüber zogen sie sich meist in den tieferen Wald zurück, und er hatte somit gute Chancen, heil ein Bauernhaus zu finden, in dem er etwas zu essen und Unterschlupf fand, um seinen Weg dann fortzusetzen. Er hatte nicht die Absicht, das Land zu verlassen, ehe er das zurückbekommen hatte, was ihm gehörte.

Der Gedanke an Rache stieg heiß in ihm hoch, und er gab sich der Vorstellung hin wie er den alten Grafen, der ihn nun schon das zweite Mal geschlagen hatte, tötete. Sein Hass galt jedoch nicht ihm alleine, sondern auch – und noch stärker - Katharina und ihrem Verlobten, aber diese beiden waren in St. Petersburg und damit für ihn vorläufig unerreichbar.

Er schlug die Richtung nach Norden ein, wo er eine kleine Siedlung wusste, deren Bewohner ihn kannten und ihm zweifellos für einige Tage Zuflucht gewähren würden, bis er so weit bei Kräften war, dass er es wagen konnte, zum Gutshof zurückzukehren. Er war jedoch kaum einige hundert Schritte weit gekommen, als er hinter sich Hufschlag hörte. Geistesgegenwärtig trat er hinter einen Baum, dessen kräftiger Stamm ihn vor Blicken schützte, und hielt den Atem an, als sich das Pferdegetrappel näherte.

Schließlich verstummte es genau bei dem Baum, hinter dem er stand. Er packte den Prügel fester, bereit, sein Leben teuer zu verkaufen. Da erklang die dunkle Stimme des Indianers: „Ich habe dir ein Pferd gebracht, Nick. Damit kannst du schneller das Land verlassen."

Nikolais schmerzhafte Anspannung löste sich. Er trat hinter dem Baum hervor, und für Sekunden trafen sich die Blicke der beiden Männer. Jener des Indianers ruhig und gelassen, der von Nick forschend. Schließlich atmete er tief durch und trat auf das Pferd zu.

„Ich werde das Land nicht verlassen." Er zog sich vorsichtig auf das Pferd, das Potty am Zügel führte. Es war ein ausgezeichnetes Tier und stammte, wie er mit einem kurzen Blick erkannt hatte, aus dem Stall des Grafen. „Hast du das Tier gestohlen?", fragte er mit einem mühsamen Lächeln.

Der Indianer schüttelte langsam den Kopf. „In meiner Heimat ist ein Pferdedieb das verächtlichste Geschöpf, und der Diebstahl wird durch Erhängen bestraft. Nein, ich habe das Pferd zwar genommen, aber dafür bezahlt."

Nikolai sah ihn erstaunt hat. „Du hast Geld?"

Potty lächelte. „Weshalb wundert dich das?"

Nikolai machte eine vage Handbewegung. „Weil es nicht üblich ist, dass Sklaven so viel Geld besitzen."

Der Indianer sah ihn erstaunt an. „Sklaven? Du hältst mich für einen Sklaven?"

„Der Diener dieser Frau", sagte Nikolai abfällig.

„Ich bin ihr Freund", entgegnete der Indianer selbstbewusst. „Ich war schon bei ihrem Großvater, und ich werde bei ihr bleiben, bis ich sterbe."

„Haben sie dich gekauft?"

Potty sah ihn mit einem leichten Lächeln an. „Es gab tatsächlich Sklaverei in Amerika. Aber ich bin als freier Mann zu Kates Großvater gekommen. Meine Eltern weigerten sich, in eines der Reservate zu gehen, die der weiße Mann für uns bestimmt hatte, und lebten mit einigen anderen unserer Leute in den Bergen. Als eine Epidemie kam, starben viele von uns, auch meine Eltern. Ein weißer Mann kam vorbei, fand mich - ich war noch ein Säugling - und nahm mich mit. Er brachte mich in den Osten und zog mich gemeinsam mit seinem Sohn auf. Als ich erwachsen war, ging ich den Traditionen entsprechend zu meinem Volk und kehrte erst wieder zu meiner neuen Familie zurück, als ich einen Namen hatte. Mein Ziehbruder hatte in der Zwischenzeit schon geheiratet und hatte einen Sohn und eine kleine Tochter: Kate. Ich nahm ebenfalls eine Frau. Wir leben jetzt in der Nähe von New York. Als ich jedoch hörte, dass Kate diese Reise machen wollte, entschloss ich mich mitzugehen." Er trieb sein Pferd an. „Und jetzt komm. Ich möchte Kate nicht so lange alleine mit diesem Mann lassen, er ist ein schlechter Mensch."

„Er ist ihr Verlobter", presste Nikolai zwischen den Zähnen hervor. Er wandte das Pferd, um Richtung Gutshof zurückzureiten.

„Wo willst du hin?", rief ihm sein Begleiter nach.

„Meine Sachen holen, ich werde sie ihnen nicht überlassen."

„Sie sind in den beiden Taschen auf deinem Pferd!"

Nikolai blickte auf die beiden Säcke, die mit einem Strick verbunden waren und zu beiden Seiten des Tierhalses hingen. Langsam wandte er sich um. „Du hast also mehr mitgebracht als ein Pferd?"

Der Indianer nickte nur, wandte sich dann um und trieb sein Pferd an, Nikolai ritt ihm nach. „Das war gefährlich, sie hätten dich dabei erwischen können."

Potty lachte. „Ich könnte ihnen den Stuhl wegnehmen, auf dem sie sitzen, und sie würden es nicht merken."

Nikolai öffnete einen der Säcke und sah hinein. Es waren seine Ausweispapiere darin, seine Brieftasche, ein englisches Buch, das ihm Katharina einmal geschickt hatte und das die Vereinigten Staaten beschrieb. Weiter, in weiches Leder gewickelt, die kostbare Schatulle seiner Mutter, das

Einzige, was ihm von ihr geblieben war, und das Tagebuch seines Vaters. Im zweiten Sack fand er Wäsche und Kleidung.

„Woher wusstest du, was ich brauche und wollte?", fragte er erstaunt.

Der Indianer hob die Schultern und lächelte nur.

Den Rest des Weges ritten sie schweigend nebeneinander her. Nikolai, von Natur aus zwar gesprächiger, brauchte seine ganze Kraft, um den Ritt durchstehen zu können, und der Indianer war auch sonst kein großer Redner. Sie machten nur einmal Rast, Potty tat noch Salbe auf die Striemen und half Nikolai dann, ein frisches Hemd anzuziehen.

„Du solltest das Land verlassen, Nick, hier hast du kein Leben und keine Zukunft", riet er ihm, als sich ihre Wege trennten. Potty wollte so schnell wie möglich nach St. Petersburg, während Nikolais Pläne anders aussahen.

„Hier ist meine Heimat. Wo sollte ich sonst hin?"

„Geh über den großen Ozean", antwortete der Indianer ruhig. „Dort ist meine Heimat. Der weiße Mann hat viele meines Volkes ausgerottet und den Rest in Reservate verbannt, aber einige von uns haben überlebt und leben jetzt als freie Männer. So wie ich. Du hättest Freunde dort drüben."

Nikolai verzog bitter das Gesicht und reichte seinem Helfer die Hand, bevor er losritt.

„Soll ich Kate etwas von dir ausrichten?", rief ihm Potty nach.

Er verhielt sein Pferd. „Sage ihr, dass sie niemals mehr meinen Weg kreuzen soll", antwortete er kalt über die Schulter, dann schlug er, als er außer Sichtweite war, den Weg zurück zum Gutshof ein.

Sie hatte seinen Weg wieder gekreuzt. Entweder hatte der Indianer seine Botschaft nicht weitergegeben oder sie hatte sie nicht ernst genommen.

Oder sie hatte das Geld so nötig gehabt, dass sie über die Warnung hinweggesehen hatte.

Ein Geräusch im Haus ließ Nikolai wieder in die Gegenwart zurückkehren. Er hielt noch immer das Korsett in der Hand und starrte darauf. Die Erinnerungen hatten wieder den alten Hass in ihm hochsteigen lassen, die Bitterkeit, die Verzweiflung und den Schmerz.

‚Geld', dachte er höhnisch, ‚dafür tut sie alles. Dafür kann ich alles mit ihr tun.'

Kate war gerade dabei die Strümpfe hochzuziehen, als Nick das Zimmer betrat. Er war schon vollständig angekleidet und sah in diesem dunklen Anzug bemerkenswert gut aus. Kate freute sich auf den Abend. Es würden noch einige andere Leute zu den Baxters kommen, die sie recht gerne mochte. Sie hatte seit ihrer Heirat so selten Gelegenheit gehabt auszugehen, meistens war sie nur alleine zu Hause gesessen und hatte auf Nick gewartet.

Sie zog verlegen den Morgenmantel zusammen, als sie seinen Blick sah, der langsam über ihren Körper streifte. „Ich bin gleich fertig."

Er kam näher und hielt ihr dann etwas hin, das aussah wie ein Mieder. „Ich will, dass du das heute trägst, Katharina."

Sie griff nach dem Kleidungsstück. „Das ist ja mein altes Korsett! Hast du das etwa im Koffer gefunden? Aber ich trage so etwas nicht mehr, Nick, das ist mir zu eng, da bekomme ich keine Luft."

„Heute wirst du es tragen. Ich möchte, dass du heute alle anderen Frauen ausstichst."

Sie warf über seine Schulter hinweg einen Blick in den Spiegel. „Ich könnte mir das Haar anders frisieren und ..."

„Ich möchte, dass du das hier trägst", wiederholte er. „Zieh es an."

Sie wartete darauf, dass er das Zimmer verließ, aber er blieb abwartend stehen, und so streifte sie sich nach kurzem Zögern den Morgenmantel von den Schultern, öffnete dann das Band, mit dem das Mieder vorne zusammengehalten wurde, und streifte es ebenfalls ab. Sie war jetzt bis auf die Strümpfe völlig nackt, und seine Blick glitt brennend über ihren Körper, als er zusah, wie sie sich das Korsett umlegte.

„Das ist viel zu eng, Nick, das bekomme ich niemals zu."

Er trat einen Schritt näher, drehte sie herum, dann fädelte er langsam und fast bedächtig das Lederband durch die Ösen. Als er anzog, zog er sie mit, sie verlor das Gleichgewicht und landete lachend in seinen Armen. „Ich habe dir doch gleich gesagt, dass es zu eng ist."

Er schob sie zum Bett hin. „Halte dich am Bettpfosten fest."

Folgsam legte sie beide Hände um den Holzpfosten und hielt sich krampfhaft daran fest, als er das Mieder enger und enger schnürte. „So bekomme ich aber keine Luft mehr", sagte sie schließlich atemlos. „Mach es wieder auf, Nick."

„Nein. Du wirst heute die schlankste Taille von allen haben." Er verschnürte das Band und schob sie dann zum Spiegel der Frisierkommode. „Siehst du."

Sie blickte in den Spiegel. Durch das Korsett wurden ihre Brüste hinaufgedrückt, sie wirkten größer als sonst, quollen förmlich über den Rand des Mieders, und ihre Taille war unnatürlich schlank und fast zerbrechlich.

Nick legte die Hände darum. „Ich kann dich mit zwei Händen umfassen." Er ließ seine Hände von ihrer Taille abwärts gleiten, über ihre Hüften, die jetzt unnatürlich breit aussahen, streichelte über ihren Bauch und erreichte das schwarze Dreieck ihrer Scham. Ein Zittern durchlief sie, als er tiefer hineingriff und sie sanft massierte. Unwillkürlich öffnete sie ein wenig die Beine und hielt den Atem an, als er seine Lippen über ihre nackte Schulter gleiten ließ, ihren Hals und ihren Nacken küsste, während er mit der anderen Hand ihre Gesäßbacken massierte. Dann legte er von hinten die Arme um sie und presste ihren Körper gegen seinen. Sie fühlte, wie sein hartes Glied gegen sie drängte, und legte die Hände leicht auf seine, als er sie aufwärts gleiten ließ und ihre Brüste massierte. Er verstärkte den Druck, rieb ihre Brustwarzen, bis sie dunkelrot wurden und schmerzten, und griff dann wieder von hinten zwischen ihre Schenkel. Seine suchenden Finger fanden den richtigen Weg, drangen ein, und sie fühlte, wie ihre Scheide feucht wurde.

„Wir werden zu spät kommen", sagte sie leise.

„Das ist gleichgültig", antwortete er nahe an ihrem Ohr. Er öffnete mit einer Hand seine Hose, während die zweite immer noch auf ihrer Brust lag. Dann fasste er sie mit einem Arm um die Taille und drückte mit der anderen ihren Kopf nach vorn. Sie wehrte sich gegen seinen Griff. „Nicht, Nick, was tust du denn?"

„Ich nehme mir mein eheliches Recht", sagte er sanft, und schließlich gab sie seinem festen Druck nach, bis ihr Oberkörper tief nach vorne gebeugt war. Ihr offenes Haar fiel ihr von den Schultern über das Gesicht fast bis zum Boden und sie umfasste mit beiden Händen seine, mit der er sie festhielt.

Seine zweite Hand lag auf ihrer Hüfte, er hob ein Knie, schob es ihr zwischen die Beine, bis sie ein wenig gespreizt dastand, dann verstärkte sich sein Griff. Sie fühlte, wie er sein Glied zwischen ihre Schenkel drängte, es mit der Hand zur richtigen Öffnung führte.

Sie stand, eingeschnürt von dem engen Korsett, schwer atmend da und wartete auf seinen Stoß. Aber er schien sich Zeit nehmen zu wollen, beugte sich von hinten über sie, küsste ihre Schultern, ihren Nacken, fuhr mit dem Finger die Narbe auf ihrer sonst makellosen Schulter nach, griff in ihr Haar, ließ seine Finger durch die seidigen Locken gleiten und wickelte es fast spielerisch um die Hand.

Dann, ganz plötzlich, verstärkte sich sein eben noch lockerer Griff und er stieß sein Glied so heftig in sie, dass sie nach vorne fiel und nur durch seine Hand, die eisern um ihre Taille lag, gehalten wurde. Sie schrie leise auf und stemmte die Hände auf die Kommode, als er von Neuem zustieß, diesmal noch härter als zuvor, sie senkte den Kopf nach vorne, um besser durchatmen zu können und schloss die Augen, als sie den nächsten Stoß fühlte.

„Nicht, Nick, du tust mir weh."

Er verstärkte seinen Griff noch, stieß wieder zu, verließ ihren Körper nur gerade so weit, um mit dem nächsten Stoß wieder tief eindringen zu können und hielt erst ein, als er sich mit einem letzten, harten Stoß in sie ergossen hatte. Erst dann ließ er langsam ihr Haar aus seiner Hand, löste sich von ihr, während sie nach vorne auf die Knie sank und krampfhaft versuchte, zu Atem zu kommen.

Er sah sie kalt an, während er seine Hose wieder verschloss und sein Hemd hineinsteckte. „Steh auf, es wird Zeit, dass wir gehen."

Als sie nicht gleich gehorchte, beugte er sich zu ihr hinunter und riss sie am Arm hoch. „Hast du nicht gehört?"

Sie kam unsicher auf ihren Beinen zu stehen, fühlte, wie sein Samen die Innenseite ihrer Schenkel hinablief, und legte die Hände auf ihren Leib. „Das Korsett ist zu eng, mach es wieder auf."

„Du wirst dich daran gewöhnen", sagte er kalt. „Andere Frauen tragen das auch. Und jetzt zieh dich endlich fertig an."

„Mach es auf", wiederholte sie störrisch. „Meine Taille ist auch so schon schmal genug, ich brauche das nicht."

Er musterte sie von oben bis unten. „Ich bin nicht gewohnt, dass man mir widerspricht, Katharina. Das gilt für die anderen und ganz besonders auch für meine Frau."

Kate fühlte, wie Zorn in ihr hochstieg. „Ich bin deine Frau, aber nicht deine Leibeigene! Und ich werde mir von dir nicht verbieten lassen, zu sagen, was ich will! Und jetzt mach das verdammte Korsett wieder auf! Du siehst doch, dass es mich einschnürt. Es tut mir weh!"

Sie sah ihn wütend an und zuckte auch nicht zurück, als er dicht an sie herantrat und sie derb bei den Schultern packte. „Dieser Tonfall steht dir nicht zu, Katharina. Du hast dich nach meinen Wünschen zu richten, hast du mich verstanden?!" Seine dunklen Augen waren ganz nahe, sein Blick bohrte sich in ihren und sie sah darin seine Entschlossenheit, unnachgiebig seinen Willen durchzusetzen.

„Weshalb behandelst du mich so, Nick?", fragte sie leise.

„*Wie* behandle ich dich?", fragte er hart zurück und verstärkte seinen Griff so sehr, dass sich seine Finger schmerzhaft in ihre Schultern bohrten.

„Rücksichtslos", erwiderte sie ernst, „lieblos und ohne jeden Respekt."

Er starrte sie sekundenlang an, dann lachte er höhnisch auf. „Respekt?", wiederholte er. „Du verlangst Respekt von mir? Wofür denn? Was hättest du oder deinesgleichen schon je getan, um Respekt zu verdienen?" Er musterte sie spöttisch. „Du denkst, dass ich dich rücksichtslos behandle? Lieblos? Dann hast du keine Ahnung, wie es im wirklichen Leben aussieht. Du bist verwöhnt, Katharina, ein reiches, verzogenes Kind, das immer nur mit dem kleinen Finger winken musste, um alle seine Wünsche erfüllt zu sehen. Aber hier hast du nichts zu verlangen, du bist meine Frau und musst dich nach mir richten. Und du wirst dich entweder fügen und dieses Mieder anbehalten oder zu Hause bleiben."

Kate fühlte, wie Tränen des Zorns in ihr hochstiegen, sie schluckte sie hinunter. Sie sah sein Gesicht nur noch durch die dunklen Kreise, die vor ihren Augen tanzten. „Ich bekomme keine Luft mehr, mach es wieder auf!"

Nick nahm die Hände von ihren Schultern, drehte sie herum und löste den Knoten, den er in das feste Lederband gemacht hatte. Kate atmete erleichtert durch, als sie spürte, wie der Druck von ihrem Leib und ihren

Lungen genommen wurde und merkte, wie es vor ihren Augen wieder heller wurde und sie ihre Umgebung deutlicher sehen konnte. Sie wandte sich nach Nick um, der zur Tür ging.

Die Tür fiel hinter ihm zu und Kate sank zitternd und schluchzend vor Kränkung und Wut auf das Bett.

Als Nikolai kurz darauf das Haus verließ, hatte er einen bitteren Geschmack im Mund und das Gefühl, zu weit gegangen zu sein.

Als sie dort vor ihm gestanden war, etwas verlegen vor seinem Blick und dabei überwältigend reizvoll mit diesem dichten schwarzen Haar, das ihr wie ein Vorhang über ihre Schultern fiel, den runden, wohlgeformten Brüsten, den schlanken Hüften und den endlos langen Beinen, war in ihm wieder ein Verlangen nach ihr aufgestiegen, das weit über das hinausging, was er jemals für eine andere Frau empfunden hatte, und er hatte sie besitzen wollen.

Nicht wie sonst, wenn er sich einfach an ihr Befriedigung verschaffte, sie benutzte und dann wieder von sich stieß, darauf bedacht, nicht auch nur das kleinste Gefühl von Vertrautheit zwischen ihnen aufkommen zu lassen, sondern so wie eine Frau, die man mit der Seele begehrte und nicht nur mit dem Körper. Wie schon so oft war in ihm der heiße Wunsch erwacht, sie in den Armen zu halten, zu liebkosen, ihre Liebe und Leidenschaft gleichermaßen zu entfachen, die Welt um sie und ihn herum versinken zu lassen und endlich zwischen diesen weißen Schenkeln zu vergehen.

Dieser Moment der Schwäche hatte jedoch nicht lange angedauert und in ihm waren wieder die Bilder aufgestiegen, die ihn die Jahre hindurch so gequält hatten, dass er sich jetzt an ihr dafür rächen wollte. Er hatte seine Gefühle beiseitegeschoben, das ausgeführt, weshalb er gekommen war, ihr dieses viel zu enge Korsett umgelegt und so fest zugezogen, dass er sehen konnte, wie sich der Lederriemen an ihrem Rücken in ihr Fleisch eingrub und sie kaum mehr atmen konnte. Dann hatte er sie genommen. Nicht wie eine Frau, die mit ihm verheiratet war, sondern auf die Art, wie sich die reichen Herren seiner Heimat früher von hinten über Stallmägde gebeugt hatten, um ihre Lust zu befriedigen.

Sie war zuerst wie immer nachgiebig gewesen, und er hatte triumphiert, als sie das Spiel mitspielte, sich ihm und dem Geld, das er ihrem Vater für sie bezahlt hatte, unterwarf, und war dann verblüfft gewesen, als sie zornig aufbegehrte. Es war nicht das erste Mal gewesen, dass sie sich gegen seinen Willen auflehnte und er hatte festgestellt, dass ihr das noch einen Reiz gab, der über die Schönheit ihres Körpers hinausging. Plötzlich war er über sich selbst entsetzt gewesen; er hatte das Korsett geöffnet und war schnell aus dem Zimmer gegangen, bevor sie in seinen Augen etwas anderes erkennen konnte als die Härte und Kälte, mit der er ihr üblicherweise begegnete.

Er war während seiner Überlegungen bei den Baxters angekommen, sah sich jedoch unfähig, an der Klingel zu ziehen und den anderen unter die Augen zu treten, ging vorbei und bog nach dem Haus in eine der kleinen dunklen Gassen ein, die aus der Stadt führten. Er musste jetzt eine Weile alleine sein, um sich über seine eigenen Gefühle klar zu werden und darüber, wie er Katharina in Zukunft begegnen sollte. Heute, in ihrem Zimmer war ihm mit einem Mal deutlich geworden, wie schändlich er sich ihr gegenüber in all den Wochen verhalten hatte – er hatte eine Frau misshandelt, die von ihm abhängig war. Das war etwas, das er bisher bei anderen auf das Schärfste verurteilt hatte, und der Triumph, sich an ihr für Demütigungen zu rächen, die ihm durch ihre Schuld zugefügt worden waren, schien plötzlich so erbärmlich, dass es ihm die Kehle zuzog.

Er hatte versucht, gegen dieses Verlangen anzukommen, das ihn ihre Nähe suchen ließ - nicht um sie zu demütigen und zu quälen, sondern einfach nur, um sich an ihrem Anblick zu erfreuen und ihre weiche Stimme zu hören, und hatte sie, nur um sich selbst zu beweisen, dass sie ihm nichts bedeutete, mit einer Rücksichtslosigkeit behandelt, die abstoßend war.

Er erinnerte sich an den Zorn, den er heute in ihren Augen gesehen hatte, und siedend heiß stieg in ihm die Angst auf, sie könnte vielleicht beginnen, ihn zu verabscheuen. Dieser Gedanke war unerträglich, und er wusste nicht wie er ihr nach dem, was er ihr heute wieder angetan hatte, gegenübertreten sollte.

Das Beste war wohl, wenn er für einige Tage verreiste. Sobald er sie nicht sah, würde er wieder zu sich selbst finden. *Ich werde morgen auf die Ranch hinaus reiten'*, dachte er mit Erleichterung. *Das wollte ich schon lange tun und jetzt ist die beste Gelegenheit dazu. Und wenn ich dann zurückkomme, werde ich alles hinter mir lassen und versuchen, einen neuen Anfang zu machen."*

Als er Stunden später wieder heimkam, brannte nur unten in der Diele die kleine Petroleumlampe. Er ging langsam hinauf, lauschte an Katharinas Tür, konnte aber nichts hören und ging auf sein Zimmer. Dann trat er zur Verbindungstür und klopfte leise an – das erste Mal, seit er mit Katharina verheiratet war. Als er keine Antwort erhielt, öffnet er vorsichtig die Tür und trat ein.

Katharina rührte sich nicht, und als er die Lampe etwas höher hielt, sah er, dass sie schlief. Ihr Gesicht war im Schlaf vollkommen entspannt, sie lag auf der Seite und ihr schwarzes Haar lag wie ein Fächer über ihrem Kopfkissen. Sie wirkte unglaublich jung und anziehend. Er stellte die Lampe etwas weiter weg auf den Tisch, setzte sich neben sie auf das Bett und fuhr zart über ihr Haar, die weiche Wange, die vom Schlaf leicht rosig war, und beugte sich herunter, um sie auf die Stirn zu küssen. Er hatte sich kaum wieder aufgerichtet, als sie sich regte, die Augen aufschlug und erschrocken zurückfuhr.

Sie zog sich sie Bettdecke bis zum Hals und starrte ihn an. „Was willst du hier?"

„Ich werde ja wohl noch das Zimmer meiner Frau betreten dürfen", erwiderte er, ärgerlich und zugleich betroffen über die Furcht in ihren Augen. *„So weit ist es also schon gekommen'*, dachte er voller Gewissensbisse, *,meine eigene Frau hat Angst vor mir.'*

„Und weshalb?", fragte sie kalt. „Hattest du heute etwa nicht schon deinen Spaß mit mir?"

Nikolai schluckte hart an dieser Bemerkung, bevor er antwortete: „Es tut mir leid, Katharina. Was ich getan habe, war gemein und roh. Es wird nie wieder vorkommen."

„Es war nicht das erste Mal", erwiderte sie scharf.

„Nein." Seine Stimme klang gepresst.

Sie sah ihn aufmerksam an, bevor sie weitersprach. Ihre Augen waren sehr dunkel, sie wirkte entschlossen und gleichzeitig verletzlich. „Du pochst immer darauf, dass du dir alles mit mir erlauben kannst, weil wir verheiratet sind, Nick, aber du hast Unrecht. Ich kenne die Gesetze sehr gut, und Misshandlung einer Ehefrau ist nicht legal."

„Es wird nie wieder passieren", wiederholte er ernst. Er fühlte, wie das Verlangen nach ihrer Nähe in ihm aufstieg. Er wollte sie im Arm halten, küssen und spüren, wie ihre Abwehr sich verflüchtigte, und sie in seinen Armen weich und nachgiebig wurde,

„Geh jetzt wieder", sagte sie zurückhaltend.

Sekundenlang spielte er mit dem Gedanken sie umzustimmen, dann gab er nach und erhob sich. „Ich werde morgen früh auf die Ranch reiten und erst in ein bis zwei Wochen wieder zurückkommen, Katharina. Es wird Zeit, dass ich dort nach dem Rechten sehe."

Sie antwortete nichts, aber der Blick der Erleichterung, mit dem sie ihn ansah, verfolgte ihn noch, als er längst auf dem Weg hinauf in die Berge war.

Kapitel 8

Als Nikolai spät am Abend sein Pferd in den Stall führte, es trocken rieb und ihm Futter gab, war er bis auf die Haut durchnässt und bis in die Knochen hinein durchfroren. Es war schon spät im Herbst. Der Regen war oben in den Bergen sogar mit einigen Schneeflocken durchsetzt gewesen, und der kalte Wind hatte unter seinen Hut und durch seine schwere Lederjacke geblasen, als wäre sie aus leichtem Sommerleinen. Er war nicht auf der Ranch geblieben, sondern noch etliche Meilen weiter in die Sierra zum Lake Tahoe geritten, um dort in einer verlassenen Holzfällerhütte vollkommen ungestört zu sein und über Katharina und seine Ehe nachdenken zu können. Er war einige Tage dort geblieben, hatte gejagt, gefischt und war an diesem Tag schon zeitig im Morgengrauen ungeduldig aufgebrochen, um wieder nach Hause zu seiner Frau zu kommen, die ihm mit jedem Tag mehr fehlte.

Der Weg war beschwerlich gewesen, er war nur langsam vorangekommen, und als er endlich seine Ranch, die am Weg lag, erreicht hatte, war das Pferd so erschöpft gewesen, dass er es gegen ein anderes, frisches eingetauscht hatte, und ungeachtet seiner eigenen Müdigkeit die restlichen Meilen weitergeritten war.

Er stapfte verdrossen durch den Wind über den Hof zum Haus und wollte gerade den Türknopf betätigen, als sich die Tür wie von selbst öffnete und Katharina ihn ins Haus zog.

Sie half ihm dabei, die bleischwere Jacke auszuziehen, und schob ihn dann Richtung Treppe. „Zieh dich schnell um, du musst ja ganz durchfroren sein. Ich habe schon Teewasser aufgesetzt."

„Hast du mich etwa erwartet?", fragte er erstaunt, als er ein wenig später in trockenen Sachen wieder herunterkam und den Tisch mit etlichen schmackhaften Dingen gedeckt vorfand. Katharina brachte soeben eine große Kanne Tee herein, schenkte ein und kippte dann etwas von der kleinen Rumflasche in die Tasse. Dann häufte sie einige Fleischstücke auf seinen Teller, legte mehrere Scheiben Brot daneben hin und setzte sich ihm gegenüber, um ihm beim Essen zuzusehen.

„Ich hatte gehofft, dass du heute kommst", bekannte sie. „Du wolltest ein bis zwei Wochen fortbleiben, und nachdem diese gestern vergangen waren, dachte ich, du würdest vielleicht heute eintreffen."

„Du machst fast den Eindruck, als würdest du dich freuen, mich wiederzusehen", erwiderte er mit leichter Ironie, obwohl er es warm vor Zuneigung in sich aufsteigen fühlte.

„Das tue ich auch", sagte sie offen. „Du hast mir gefehlt."

Er begegnete ihrem klaren Blick, erkannte darin tatsächlich die Freude ihn zu sehen, und fühlte einen seltsamen Stich bei dem Gedanken, wie schön es zwischen ihnen beiden sein könnte, wären da nicht die Schatten der Vergangenheit, die ihn verfolgten. Er wandte sich schnell ab und sah wieder auf seinen Teller. Er hatte sich in dieser Woche vorgenommen, alles zu vergessen und mit ihr ein neues Leben zu beginnen. Ihr Benehmen schien ganz darauf hinzudeuten, dass sie ihm nichts übel nahm, und die quälende Befürchtung, sie könnte beginnen, ihm mit Abneigung zu begegnen, schwand langsam.

„Und wie war es auf der Ranch?", fragte sie neugierig, nachdem er den ärgsten Hunger gestillt hatte.

„Es ist alles in Ordnung", erwiderte er freundlicher, als es bisher seine Art gewesen war. „Wir werden nächstes Jahr wohl eine Menge neuer Fohlen haben."

„Ich würde gerne einmal mit dir hinaufreiten", sagte sie eifrig, und Nikolai war erstaunt über die Lebhaftigkeit in ihren Augen. Sie sah wieder aus wie früher, als er sich in sie verliebt hatte. Ein temperamentvolles, liebenswertes, junges Mädchen, das ihn mit seiner Fröhlichkeit so bezaubert hatte, dass er Tag und Nacht kaum an etwas anderes hatte denken können als an sie. Das hatte sich auch später – danach – nicht geändert, allerdings waren seine Gefühle für sie dann ganz anderer Art gewesen und aus der Liebe, die er zuvor für sie empfunden hatte, war Hass geworden. Hass und der Wunsch, es ihr heimzuzahlen.

„Gerne", antwortete er lächelnd. „Sobald das Wetter etwas besser wird."

Er beendete sein Essen schweigend, hörte ihr zu, wie sie plauderte, von ihren gemeinsamen Bekannten erzählte, nickte nur hier und da, stellte gelegentlich eine Frage und ging dann mit ihr nach oben. Er hatte sich in den vergangenen Tagen so sehr nach ihr gesehnt, dass er es jetzt kaum mehr erwarten konnte, sie endlich wieder zu berühren und zu fühlen und zog sie, kaum im Zimmer angekommen, ins Bett. Als er von ihr abließ, rollte er sich nur von ihr herunter und blieb neben ihr liegen, unfähig, gleich aus ihrer Nähe zu gehen wie sonst.

Sie legte sich auf die Seite und sah ihn an, dann griff sie zu ihm hinüber. „Nick, warum nimmst du mich nie in die Arme?"

Er wandte den Kopf nach ihr. „Habe ich das nicht gerade getan?"

„Nicht so ...", sagte sie leise.

Er betrachtete sie sekundenlang, dann streckte er den Arm aus, und sie glitt zu ihm hinüber, schmiegte sich an ihn und bettete ihren Kopf auf seine Schulter. Er legte den Arm um sie, zog die Decke warm über sie und drückte sie leicht an sich. „Gut so?", fragte er ruhig.

Sie nickte nur, atmete tief und seufzend ein, und er genoss die ungewohnte Vertrautheit. Sie waren jetzt drei Monate verheiratet, aber er hatte sie noch nie wie jetzt im Arm gehalten, aus Angst, seine Gefühle für sie könnten ihn überwältigen, und er würde der Versuchung nachgeben, doch zu glauben, dass sie etwas für ihn empfand. Weil es genau das war, was er sich brennend wünschte.

Diese Zeit oben in den Bergen war sinnlos gewesen. Er hatte letzten Endes einsehen müssen, dass der Abstand zwischen ihnen sein Gewissen nicht beruhigen konnte. Aber obwohl er sie vor seiner Abreise so schmählich behandelt hatte, war ihm sofort die Freude in ihren Augen aufgefallen, als sie ihm gegenübergestanden war.

Der Blick, mit dem sie mich heute angesehen hat, war keine Lüge, dachte er plötzlich. *Und die liebevolle Art, mit der sie mich umsorgt hat, ebenfalls nicht.*

Er wandte ihr sein Gesicht zu und legte leicht die Hand unter ihr Kinn. „Katharina, sieh mich an." Sie hob den Blick und die Zuneigung in ihren Augen ließ es heiß in ihm hochsteigen.

„Sag mir, dass du mich liebst."

„Ich liebe dich", erwiderte sie leise.

Es ist gleichgültig, ob sie die Wahrheit sagt oder nicht, dachte er und beugte sich über sie, um sie zu küssen. *Es ist schön, sie bei mir zu haben.*

Diesmal verließ er sie erst, als sie bereits eingeschlafen war.

Am nächsten Tag verließ er um die Mittagszeit das Büro, um Sue-Ellen aufzusuchen. Der Duft ihres schweren Parfüms hing betäubend in der Luft, als er das Zimmer betrat, und Nikolai hatte das Gefühl, nicht richtig durchatmen zu können. Seltsam, dass ihm das früher nicht aufgefallen war.

Die üppige schwarzhaarige Frau zog ihn mit einem verheißungsvollen Lächeln zur Tür herein. „So komm doch, mein Süßer! Endlich bist du wieder zurück!"

Sie schlang die Arme um ihn, presste ihre Lippen stürmisch auf seine. Nikolai erwiderte ihren Kuss mit weitaus mehr Höflichkeit als Enthusiasmus und schob sie dann von sich. Sue-Ellen sah ihn mit einem spitzbübischen Lächeln an und hob drohend den Zeigefinger. „Nicki, Nicki, zuerst vernachlässigst du mich auf die sträflichste Art und Weise, kommst nur so gelegentlich einmal zu Besuch, und dann reitest du einfach fort, ohne dich von mir zu verabschieden. Was glaubst du wohl, wie dumm ich dagestanden habe, als ich in deinem Büro nachfragte und hören musste, dass du so mir nichts dir nichts für einige Tage auf die Ranch geritten bist, ohne mir vorher Bescheid zu geben."

Sie warf sich ungeachtet seiner zusammengezogenen Augenbrauen wieder an seine Brust. „Ach, mein Süßer, du hast mir ja so gefehlt!"

„Du weißt, ich sehe es nicht gerne, wenn du ins Büro gehst", sagte er unwillig. „Noch dazu jetzt, wo ich verheiratet bin. Wie sieht das denn aus? Du weißt genau, wie in dieser Stadt getratscht wird und ich möchte nicht, dass meiner Frau etwas davon zu Ohren kommt."

„Deiner Frau, deiner Frau." Sie verzog beleidigt den sinnlichen Mund. „Früher warst du nicht so spießig, Nicki! Außerdem hatte ich einen guten Grund ins Büro zu gehen."

„So? Und der wäre?"

„Ein ganz bezaubernder Hut, Nicki, gar nicht teuer, aber ein wahres Schmuckstück!"

Nikolai lächelte, obwohl ihm nicht danach zumute war. „Und ich vermute, dass sein Preis das Taschengeld übersteigt, das du von mir bekommst."

„Na, so viel ist es ja auch nicht, Nicki", erwiderte Sue vorwurfsvoll. „Als du noch fast jeden Tag bei mir warst, hast du jedes Mal eine Kleinigkeit dagelassen. Und jetzt, wo du nicht mehr kommst, fehlt mir das natürlich."

„Ich verstehe." Nikolai rieb sich nachdenklich das Kinn. „Das heißt also, dass wir eine gute Lösung finden müssen."

„Ganz recht", gurrte Sue-Ellen, drängte ihn zum Bett hin und machte sich daran, sein Hemd aufzuknöpfen, „und ich weiß auch schon eine ganz besondere."

„Nicht." Er wehrte sie ein wenig verlegen ab. „Ich dachte eher an das kleine Hotel, von dem du mir einmal erzählt hast."

Sue-Ellen hielt inne und sah ihn aufmerksam an. „Ja?"

„Ich hatte vor meiner Abreise zufällig ein Gespräch mit einem Geschäftsfreund, der erzählte mir etwas von einem Hotel in Los Angeles, das zu haben wäre. Bisher war es an eine ... nun Dame vermietet, die dort einen Salon führte. Da dachte ich gleich an dich."

Ihr Blick wurde schärfer. „Soll das heißen, dass du mir nahe legst, von hier zu verschwinden, Nick?"

„Ich schlage dir vor, dieses Hotel zu kaufen, Sue", antwortete er ausweichend. „Los Angeles ist eine aufstrebende Stadt, du kannst dort bestimmt ein gutes Geschäft machen und viele Kontakte knüpfen."

Sue trat einige Schritte zurück, setzte sich aufs Bett und blickte ihn nachdenklich an. „Deine Frau hat's dir wohl angetan, was?" Ihre Stimme klang nüchtern und freundschaftlich.

„Ich mag sie", gab er zu. Er sah seine ehemalige Geliebte offen an. „Sie ist ein sehr liebenswerter Mensch, auch wenn ich das bisher nicht so zu schätzen wusste." Wie unterschiedlich diese beiden Frauen doch waren. Alleine schon die Art, wie Katharina ihn am Abend zuvor liebevoll begrüßt und umsorgt hatte. Ohne Grund. Ohne den Hintergedanken, ein Geldgeschenk von ihm zu wollen. Dabei war das Haushaltsgeld, das er ihr gab, weit geringer als die Apanage, die Sue-Ellen von ihm bezog.

„Und das genügt dir?", fragte Sue-Ellen mit hochgezogenen Augenbrauen. „Du bist in gewisser Hinsicht sehr von mir verwöhnt worden, Nicki. Tut sie das auch? Sag jetzt nicht, sie ist besser als ich!"

,Gar kein Vergleich.' Er dachte an die hingebungsvolle Art und Weise, wie Katharina meist seinen Wünschen entgegenkam. Es hatte ihn selbst überrascht, festzustellen, wie viel mehr es ihn erregte, Kate in seinen Armen und unter seinen Händen leise stöhnen zu hören, als wenn Sue-Ellen spitze Schreie ausstieß, die man vermutlich noch Häuser weiter vernehmen konnte.

„Wer könnte besser sein als du?", erwiderte er mit einem gezwungenen Lächeln und ließ sich einige Schritte von ihr entfernt in einem der Sessel nieder, nachdem er den Berg von Unterwäsche, der darauf lag, zur Seite geschoben hatte. Bei Katharina war immer alles ordentlich und aufgeräumt.

„Wie ist es also mit dem Hotel?"

„Du würdest es mir kaufen?", fragte sie lauernd.

„Es kostet dreitausend Doller. Hat zehn Zimmer, einen großen Salon, einen Speisesaal, eine Bar. Ich würde es für dich kaufen und dir für den Anfang noch dreitausend Dollar geben, damit du einen guten Start hast." *,Katharina wird immer teurer für mich', dachte er resignierend. ,Zuerst die zwanzigtausend Dollar für ihren Vater und nun sechstausend, um meine Geliebte loszuwerden. Aber, zum Kuckuck, das ist es mir wert.'*

Sue-Ellen starrte auf den Boden, dann sprang sie auf, kam auf ihn zu und hielt ihm die Hand hin. „Einverstanden, Nicki."

Als Nikolai die Wohnung verließ, fühlte er sich so erleichtert und unbeschwert wie schon lange nicht mehr.

Kapitel 9

Kate saß am Schreibtisch, hatte vor sich die Haushaltsrechnungen, warf jedoch keinen Blick darauf, sondern starrte, in glückliche Gedanken versunken, zum Fenster hinaus. Nick schien sich seit seiner Rückkehr von der Ranch vor vier Tagen vollkommen gewandelt zu haben. Er behandelte sie plötzlich mit einer Freundlichkeit, die sie seit ihrer Heirat nicht mehr an ihm erlebt hatte, war im Bett ungleich rücksichtsvoller, und es hatte sogar angefangen, ihr Spaß zu machen. Nicht wie zuvor, als ihre Lust gepaart gewesen war mit der Angst, er könne sie nur wieder demütigen, sondern auf eine völlig neue, unbekannte Art.

Sie hatte, nachdem er damals weggeritten war, mit dem Gedanken gespielt, einfach ihre Sachen zu packen und das Haus zu verlassen, bevor er wieder heimkam. Dann jedoch war ihr klar geworden, dass sie immer noch viel zu sehr an ihm hing, um so sang- und klanglos zu verschwinden, und sie hatte geplant, in aller Ruhe mit ihm zu sprechen, ihm zu sagen, dass sie sich ihr Zusammenleben anders vorgestellt hatte und ihn zu bitten sich zu überlegen, wie er ihr in Zukunft begegnen wollte. Als er dann endlich heimgekommen war, hatte sie sich ehrlich über seine Rückkehr gefreut, das Gespräch auf den nächsten Tag verschoben, und war am Ende zutiefst überrascht gewesen über die veränderte Art, mit der er sie behandelte.

Sie überlegte noch, wodurch sein verändertes Verhalten hervorgerufen worden sein mochte, als sie von draußen plötzlich Pferdegetrappel hörte, Stimmen, ein helles Wiehern. Sie sprang auf, trat zum Fenster, das in den Hof ging, und sah einen jungen Mann, der auf einem schwarzen Pferd einritt, das den schmalen Kopf hob, tänzelte und abermals wieherte. Kate öffnete das Fenster und winkte aufgeregt hinaus. „Hallo, Joe!"

Der junge Mann wandte sich nach ihr um, grinste und winkte zurück. „Hallo, M'am! Hier sind wir also!"

Kate lief aus dem Haus und kam gerade rechtzeitig, als Joe absprang. Sie drückte ihm zuerst die Hand, dann ging sie zu dem Pferd – eine schwarze Stute, die ihr mit gespitzten Ohren entgegensah und dann einige tänzelnde Schritte auf sie zukam. Kate streichelte liebevoll über die samtweichen Nüstern, klopfte den muskulösen Hals und strich dann die Haare aus der Stirn des Tieres. Ein kleiner weißer Fleck kam zum Vorschein, und Kate fuhr zärtlich mit dem Finger darüber.

„Sie sieht hervorragend aus", sagte sie zu dem jungen Mann gewandt, der jetzt neben sie getreten war.

„Ja, M'am. Sie war im Zug so unruhig, dass ich das letzte Stück mit ihr geritten bin. Ist schon ein kleiner Teufel, unser Mädchen."

Kate lachte zärtlich und drückte einen Kuss auf die Stirn des Pferdes. „Ja, rennen wollte sie schon als Fohlen. Komm, Lady." Sie nahm die Stute am Zügel und führte sie zum Stall hin, das Tier folgte ihr willig und vertrauensvoll und ließ seine Ohren spielen, als es die anderen Pferde sah. Kate gab ihr Zeit, sich umzusehen, dann führte sie Lady in eine der freien Boxen. Der Stallbursche war tagsüber bei den Pferden im Holzwerk, und sie waren somit völlig ungestört.

Joe war ihr gefolgt. „Mr. Pott hat gesagt, ich soll sofort wieder zurückkommen, M'am. Jake hat sich beim Zureiten eines der Dreijährigen ein Bein gebrochen und ist ausgefallen."

Kate wandte sich betroffen um. „Ist es schlimm?"

Joe grinste. „Nein, der Doktor sagt, dass er bald wieder wie neu sein wird. Aber er humpelt mit einem finsteren Gesicht herum, macht alle nieder und hat eine Laune wie ein angeschossener Grizzly."

Kate erwiderte sein Grinsen. „Das kann ich mir lebhaft vorstellen. Vergiss bitte nicht, ihm meine herzlichsten Grüße auszurichten."

„Nein, M'am, wird gemacht."

„Du wirst sicher hungrig sein, Joe. Geh hinein und lass dir vom Mädchen etwas zu essen und zu trinken geben."

Nick hatte zu ihrer Überraschung gleich nach seiner Rückkehr von der Ranch die Tochter eines seiner Waldarbeiter eingestellt, die Kate bei der Hausarbeit zur Hand gehen sollte. Rose war ein nettes fleißiges Mädchen, mit dem sie sich gut verstand und das sogar hervorragend kochen konnte.

„Ich muss mit dem nächsten Zug heimfahren, hat Mr. Pott gesagt", ließ sich Joe abermals vernehmen, wenn auch mit ziemlichem Bedauern. Der junge Mann war noch nicht viel in der Welt herumgekommen und hätte es zweifellos genossen, wenigstens einige Tage in einer aufstrebenden Stadt wie Sacramento zu verbringen.

„Der Zug kommt, soviel ich weiß, erst am frühen Nachmittag, du hast also Zeit genug. Geh nur schon vor, ich komme gleich nach." Joe verschwand im Haus, und Kate wandte sich Lady zu. Sie rieb das Fell mit einem weichen Tuch ab, reinigte die Hufe und versorgte sie mit Wasser und Futter. Lady wandte sich sofort dem Hafer zu. „Natürlich", lachte Kate. „Und dann rennst du wieder los, dass es einen fast vom Rücken weht."

Sie vergewisserte sich nochmals, dass das Tier alles hatte, und ging dann ebenfalls ins Haus zu Joe, der kauend am Küchentisch saß und mit Rose flirtete. Als er sie hereinkommen sah, stand er mit einem verlegenen Grinsen auf und folgte ihr auf ihren Wink hin in die Bibliothek.

„Hast du die Papiere dabei?"

Joe nickte, zog aus seiner Jackentasche ein in Leder gewickeltes Bündel heraus und überreichte es ihr.

Kate öffnete die Schnur und überflog die Dokumente – Potty war wie immer zuverlässig und es war alles da: Stammbaum, Eigentümernachweis und Besitzübertragungsurkunde. Sie griff nach der Feder, tauchte sie in die Tinte und unterschrieb das letzte Dokument: Pat Carter.

Joe hatte sie dabei beobachtet. „Hätte ich mir nie gedacht, dass Sie sich jemals von Lady trennen würden", sagte er ein wenig vorwurfsvoll.

„Ich trenne mich auch nicht von ihr", erwiderte sie lächelnd. „Sie ist ein Geschenk für meinen Mann."

Joe riss die Augen auf. „Das wusste ich ja gar nicht M'am! Sie haben geheiratet?"

„Ja, vor etwa drei Monaten."

„Da gratuliere ich aber ganz herzlich, M'am", erwiderte Joe strahlend. „So eine Überraschung! Haben Sie Ihren Mann hier kennen gelernt?"

„Ich kannte ihn bereits früher, eigentlich schon als Kind." Noch vor wenigen Tagen wäre eine Gratulation zu dieser Ehe nicht unbedingt angebracht gewesen. Jetzt allerdings hatte sich das Verhältnis zwischen ihnen geändert, und Kate hoffte von Herzen, dass es so bleiben würde.

Sie plauderten noch eine Weile angeregt miteinander, Joe erzählte ihr von daheim, von den Pferden und ihren Leuten, in denen sie schon längst gute Freunde sah, brachte ihr den neuesten Tratsch aus der nahe des Gestüts liegenden Kleinstadt mit und lief dann eiligst davon, um noch rechtzeitig zum Zug zu kommen.

Als Nick heimkam, fand er seine Frau im Stall. Sie stand bei ihrer Lieblingsstute in der Box, kraulte sie zwischen den Ohren, fütterte sie mit Karotten und streichelte immer wieder über das weiche Fell.

„Haben wir Zuwachs bekommen?", fragte Nick erstaunt.

„Ja, ein junger Mann war heute da. Er hat das Pferd auf Veranlassung von Pat Carter gebracht." Kate mied Nicks Blick. Sie kam immer tiefer in ihre Schwindeleien hinein.

„Pat Carter?", fragte Nick überrascht. „Das muss das Tier sein, von dem er mir geschrieben hat." Er trat zu ihr in die Box und hielt Lady, die leicht zurückwich, die Hand vor das Maul, um sie daran schnuppern zu lassen. „Ein ausnehmend schönes Tier", meinte er anerkennend, während er langsam um die Stute herumging. „Sie macht Carters gutem Ruf alle Ehre."

„Sie heißt Lady Star", sagte Kate leise.

Nick wandte sich ihr zu und lächelte sie an. „Sie passt hervorragend zu meinem Hengst, findest du nicht auch?"

Kate nickte, lächelte zurück, und Nick beugte sich zu ihr hinunter, um sie sanft auf die Wange zu küssen. „Ihr Fell hat dieselbe Farbe wie dein Haar, Katharina." Er hob die Hand und fuhr leicht über die Locken. „Von dem gleichen vollkommenen, leuchtenden Schwarz. Es ist wunderschön."

Er sah sie mit einem Blick an, der es heiß in ihr aufsteigen ließ. Sie hob das Gesicht zu ihm empor, er legte den Arm um sie und zog sie an sich. Sein Kuss war warm und liebevoll. Wie sehr hatte sie diese Zärtlichkeit bisher bei ihm vermisst.

Ein wenig später betrat sie gemeinsam mit ihm das Haus und reichte ihm die Papiere, die Joe mitgebracht hatte. Nick setzte sich in einen der Lehnsessel vor dem Kamin, und Kate nahm erwartungsvoll ihm gegenüber Platz. Sie hätte sich gerne wieder auf seinen Schoß gesetzt, aber seit er sie damals, nach der Hochzeit, weggeschoben hatte, fürchtete sie eine neuerliche Abfuhr. Er hatte sich zwar geändert, aber sie wagte es noch nicht, dem Frieden zu trauen.

„In welchem Hotel ist der Mann, der das Pferd gebracht hat, abgestiegen?", fragte er, nachdem er die Dokumente durchgesehen hatte. „Hier ist nur die Übertragungsurkunde, aber kein Wort über den Kaufpreis." Kate hielt ihm einen Brief hin, der noch auf dem Schreibtisch gelegen hatte.

Nick überflog ihn, dann hob er verwundert den Kopf. „Das gibt es doch nicht! Hier steht, dass diese Stute ein Geschenk wäre. Aber das ist doch lächerlich, das kann ich doch nicht annehmen!"

„Warum denn nicht?", fragte Kate.

Er schüttelte den Kopf. „Aber Kate, dieses Tier ist doch mindestens vierhundert Dollar wert. Das kann man nicht so einfach annehmen."

„Knapp das doppelte", entfuhr es Kate. „Zumindest hat das der Mann gesagt, der sie gebracht hat", setzte sie schnell hinzu, als sie das erstaunte Gesicht ihres Gatten sah. In einem Land wie Kalifornien, wo Pferde noch weitaus selbstverständlicher waren als in einer großen Stadt im Osten, musste dieser Preis besonders auffallen.

„Das ist ein Vermögen", erwiderte Nick fest. „Das geht nicht."

„Schreibt er sonst nichts?"

„Doch, dass er das erste Fohlen von ihr haben will."

„Das ist doch immerhin etwas", antwortete Kate fröhlich. „Ich würde mir an deiner Stelle keine Gedanken machen."

Nick sah sie zweifelnd an, ließ jedoch dann das Thema fallen, und Kate unterdrückte ein Seufzen. Dies wäre jetzt vermutlich eine gute Gelegenheit gewesen, ihm die Wahrheit zu sagen. Sie hatte es jedoch nicht gewagt, aus Angst, das gute Verhältnis zu ihrem Mann zu gefährden. Erst musste sie sicher sein, dass er sie nicht aus einer unerfindlichen Laune heraus besser behandelte, dann konnte sie offen mit ihm sprechen.

„Willst du mit mir ausreiten?", fragte Nikolai am nächsten Tag.

Katharina sah ihn erfreut an. „Ja, natürlich gerne.

„Ich sattle schon einmal die Pferde, zieh dich einstweilen um."

Sie lief schnell die Stiegen hinauf und kam dann in einem geteilten Reitrock wieder herunter. „Willst du Lady Star ausprobieren?", fragte sie lächelnd, als sie sah, dass er das Pferd aus der Box geholt und gesattelt hatte. Die Stute stand ruhig und vertrauensvoll bei ihm und schnaubte leise, als Kate näher kam und ihr eine Karotte zwischen die Zähne schob.

„Nein, du wirst das machen." Nikolai fand, dass sie wieder ganz bezaubernd aussah, mit der Brille, die ihr bis auf die Nase gerutscht war, den leuchtenden Augen und diesem Lächeln um die Lippen. Er beugte sich schnell hinunter, küsste sie sanft und sah gerührt, wie sie errötete.

„Weshalb?", fragte sie leise.

„Weil du so reizend aussiehst, deshalb", entgegnete er.

„Deshalb lässt du mich dein neues Pferd reiten?", fragte sie verblüfft.

Er lachte. „Nein, aber die Stute ist zu zart für mich. Ich nehme eines der anderen Tiere."

Er trat neben das Pferd und hob sie in den Sattel, wie er das früher, als sie beide noch auf dem Gut ihres Großvaters gewesen waren, immer getan hatte. Sekundenlang verdunkelte sich sein Gesicht, als die Erinnerungen wieder an die Oberfläche kamen, aber dann schüttelte er sie von sich ab und schwang sich auf das für ihn vorbereitete Pferd.

Als er zu seiner Frau hinübersah, bemerkte er, dass sie tatsächlich eine gute Figur im Sattel machte. Die Stute tänzelte leicht unter ihr, als sie aus der Stadt ritten, was Kate jedoch nicht im Mindesten zu stören schien, und Nikolai stellte fest, dass das Pferd auf jeden Wink seiner Reiterin reagierte. Lady warf ungeduldig den Kopf hoch, als sie die freie Ebene vor sich sah, machte jedoch keinen Versuch, sich gegen den locker gehaltenen Zügel aufzulehnen, sondern blieb im ruhigen Trab, obwohl die Nüstern bebten und ihre Ohren interessiert vorwärts gerichtet waren.

„Ich hatte schon Angst, sie wäre dir ein wenig zu temperamentvoll", bekannte er nach einer Meile, die sie im Trab zurückgelegt hatten, „und würde die erst beste Gelegenheit wahrnehmen, mit dir davonzustürmen."

„Das hat sie vermutlich auch vor", lachte Katharina. Sie streichelte zärtlich über den Hals der Stute. „Allerdings weiß sie vermutlich, dass ich das ebenso will wie sie und wartet nur ab, bis sich eine Gelegenheit ergibt."

Nikolai stützte sich mit der Hand auf den Sattelknopf und deutete mit dem Kopf nach Norden. „Dort hinten ist eine sehr ebene Wegstrecke, ohne besondere Hindernisse, wo du ihre Schnelligkeit ausprobieren kannst."

Katharina sah in die von ihm angedeutete Richtung und nickte dann. „Einverstanden. Bis dahin wird sie es wohl noch aushalten. Joe hat mir erzählt, dass er das letzte Stück mit ihr reiten musste, weil sie im Zug bereits unruhig wurde."

„Joe?", fragte er erstaunt.

„Der junge Mann, der sie gebracht hat."

Sie hörten sich schnell nähernden Hufschlag, und als Nikolai sich im Sattel umdrehte, erkannte er Grace Forrester, die mit einem ihrer Verehrer, einem gewissen Mike Hendriks, stolzer Besitzer mehrerer Kaufhäuser, herangaloppiert kam.

Sie blieben neben ihnen stehen und Grace warf nach der Begrüßung zuerst einen abschätzenden Blick auf Katharina und dann auf die schwarze Stute, die leicht zur Seite ging, als Hendriks ihr mit seinem Tier zu nahe kam.

„Ein neues Pferd, Nick?", fragte sie mit diesem strahlenden Lächeln, das er immer schon übertrieben gefunden hatte und dem es anzumerken war, dass es nicht aus dem Herzen kam. Ganz anders bei Katharina, deren Augen manchmal ein Leuchten hatten, das ihn innerlich erwärmte.

„Ja, es stammt aus einer Zucht aus der Nähe von New York", erklärte er höflich. „Wenn die Stute das hält, was ihr Aussehen verspricht, dann werde ich mit ihr meine Zuchtlinie etwas verändern."

„Sie scheint mir ein wenig zart zu sein", meinte Hendriks, nachdem er die Stute gemustert hatte. „Keine Ausdauer, es fehlt die kräftige Hinterhand eines Quarter Horses. Für die Arbeit mit Rindern können Sie das Tier wohl kaum verwenden."

„Lady ist ein Anglo-Araber", mischte sich Kate ein, die nicht hinnehmen konnte, dass man ihren Liebling in Misskredit brachte. „Sie ist ausdauernd und hat das beste Erbe von beiden Elternteilen mitbekommen. Sie ist so sensibel, dass sie schon auf den leichtesten Druck reagiert."

„Hoffentlich kann Ihre Frau mit dem Tier umgehen", ließ sich Grace etwas von oben herab vernehmen, „ein sensibles Pferd ist leicht verdorben."

„So wie Blizzy?", hakte Katharina sofort ein. „Ich nehme an, dass Sie wohl *deshalb* immer mit der Kandare reiten."

Nikolai musste sich ein Grinsen verbeißen, als er Graces Gesicht bemerkte, die zuerst verständnislos und dann wütend aussah. *Katharina ist ihr auch im Denken weit voraus*', dachte er boshaft.

„Blizzy ist ein ungewöhnlich temperamentvolles und eigenwilliges Pferd", antwortete die blonde Schönheit scharf. „Selbst im Stall kann man nicht immer an sie heran."

„So?", fragte Katharina mit hochgezogenen Augenbrauen. „Nun, Lady Star ist das temperamentvollste und gleichzeitig gutmütigste Pferd, das ich jemals getroffen habe. Ich würde nicht zögern, in ihrer Box zu schlafen, weil ich sicher sein könnte, dass sie mich nicht einmal mit einem Huf berühren würde."

Nikolai fand, dass seine Frau jetzt reichlich übertrieb, schließlich kannte sie das Tier kaum drei Stunden länger als er, aber das musste Grace ja nicht unbedingt wissen. Er hatte nur die Sorge, dass diese in ihrem Ehrgeiz wieder ein Wettrennen vorschlagen würde, und er wollte nicht, dass Katharina in wilder Jagd auf einem noch fast fremden Pferd über die Prärie stürmte.

„Vielleicht sollten wir einmal austesten, wie temperamentvoll Ihr Tier tatsächlich ist", sagte Grace auch schon und zog den Zügel etwas fester an, weil ihre Stute vorwärts drängte. „Meine Blizzy ist schon wieder so stürmisch, dass ich sie kaum mehr zurückhalten kann." Sie warf ihm einen glitzernden Blick zu. „Wie die Herrin, so das Pferd, nicht wahr?"

Nikolai wandte den Kopf und sah zu Katharina hinüber, die seelenruhig und vollkommen entspannt auf ihrem Pferd saß. Sie hatte den Zügel so leicht in der Hand, als würde sie ein Wollknäuel halten, und strich liebevoll mit der Hand über den schlanken, aber muskulösen Hals des Tieres, das fast unbeweglich dastand, nur mit den Ohren spielte und den Eindruck machte, als würde es jeden Moment im Stehen einschlafen.

„Ich halte es für keine gute Idee, ein Wettrennen zu machen", sagte er mit Bestimmtheit. „Katharina ist mit der Stute noch nicht vertraut genug."

Seine Frau lächelte ihn an. „Wie du meinst, Nick. Wir können uns auch eine andere Galoppstrecke suchen. Aber was mich betrifft, so stünde einem Rennen nichts im Wege und ich denke", sie beugte sich weit vor und kraulte Lady Star zwischen den Ohren, was die Stute mit einem zärtlichen Schnauben erwiderte, „dass unser Liebling hier ebenfalls dieser Ansicht ist."

„Trotzdem", sagte Nikolai fest und hob grüßend die Hand Richtung Grace und Mike. „Viel Spaß und guten Ritt."

Grace verzog das Gesicht und trieb die Stute an. Mikes Pferd setzte sofort hinterher und Nikolai hatte Mühe, seinen Wallach ruhig zu halten, der den anderen Pferden nach wollte.

„Hirnlose Gans", brummte er unwillig und sah schnell auf Katharina, bereit in den Zügel zu greifen, falls die Stute den anderen Pferden folgen wollte. Diese stand jedoch immer noch vollkommen ruhig da, beugte jetzt den Kopf hinunter und zupfte interessiert an einigen Grashalmen, während seine Frau den anderen Pferden nachblickte, die schon ein ganzes Stück entfernt waren.

„Eigentlich", murmelte sie, „sollten wir ihr dieses Benehmen nicht durchgehen lassen. Was meinst du, Lady, mein Liebling?"

Die Stute hob bei der Nennung ihres Namens den Kopf und wandte sich nach ihrer Reiterin um. Die schlug das linke Bein über den Hals des Tieres, griff nach dem Sattelgurt, zog ihn mit einer Hand fester, kürzte dann zu Nicks Verwunderung die Steigbügel und setzte sich schließlich im Sattel zurecht. Sie lächelte Nikolai zu, als sie die Brille von der Nase nahm und in die Brusttasche ihrer karierten Bluse steckte. „Bis später, Nick."

Eine kaum merkliche Bewegung, und die Stute sprang aus dem Stand in den Galopp. Nikolai sah fasziniert zu, wie die Sprünge immer länger, kraftvoller wurden, bis die Beine des Tieres kaum mehr sichtbar wurden, bevor er seinem Pferd ebenfalls die Zügel schießen ließ. Er musste jedoch schon nach wenigen Minuten einsehen, dass sein verlässlicher Wallach zwar ein gutes Tier war, aber nicht im Geringsten in der Lage, dieses Bündel aus Kraft und Schnelligkeit einzuholen.

Kate wusste, was sie von ihrer Lieblingsstute erwarten konnte. Sie hatte sich leicht in den Bügeln aufgestellt, den Kopf tief an den Hals des Tieres gesenkt und blinzelte in den Gegenwind, der ihr die Tränen in die Augen trieb. Lady Star, die keinerlei Aufforderung mehr bedurfte, kam den anderen Pferden mit jedem ihrer kraftvollen Sprünge ein Stück näher, und Kate stieß einen triumphierenden Schrei aus, als sie Grace und ihren Verehrer, der schon etwas zurückgeblieben war, überholte. Lady Star schien jedoch keine Lust zu haben, das Rennen damit zu beenden, und Kate ließ ihr den Willen, blieb ruhig auf ihr sitzen und genoss den gleichmäßigen Galopp der Stute, die immer noch nicht an Schnelligkeit verlor. Sie umrundete das Wäldchen, das Grace als Ziel für das Wettrennen auserkoren gehabt hatte, und schlug einen weiten Bogen zurück, um wieder auf Nick zu treffen, der sein Tier antrieb, um ihr nachzukommen und dabei Grace schon fast erreicht hatte. Er zügelte sein Pferd, als sie an ihm vorbeiflogen, und Kate tätschelte den Hals der Stute, um sie zu einer etwas langsameren Gangart zu veranlassen und Nick Gelegenheit zu geben, sie einzuholen. Ein kurzer Blick zurück zeigte ihr, dass Grace und Mike jetzt eben erst das Wäldchen erreichten.

Lady fiel in einen leichten Trab, und Kate hielt sie etwas atemlos von dem stürmischen Ritt an, als Nick neben ihnen aufschloss.

„Eine gekonnte Darbietung, Katharina", sagte er anerkennend. Seine Augen glitten über ihre erhitzten Wangen, ihre Brüste, die sich hoben und senkten. Sein Blick war wie eine körperliche Berührung, ein Streicheln, und Kate fühlte, wie ihr Atem noch etwas schneller ging, und ein Verlangen nach seinen Händen in ihr aufstieg. „Du reitest noch besser als damals, auf dem Hof deines Großvaters", fuhr er fort. „Es war eine Wonne, euch beiden zuzusehen."

„Es ist eine Wonne, auf diesem Tier zu reiten, Nick. Und es hat uns vermutlich beiden gefallen, die anderen Pferde auszustechen."

„So sah das auch aus", antwortete er lächelnd, aber seine Augen waren ernst, und Kate sah sein Verlangen darin. Ein Blick zurück zeigte ihr, dass Grace und ihr Begleiter jetzt hinter dem Wäldchen verschwunden waren. Sie beugte sich vor und strich der Stute über den Hals, sanft und bedächtig und bemerkte, dass Nicks Augen ihr folgten und sein Atem ebenfalls schneller ging.

„Ich habe noch keine Lust, jetzt schon heimzureiten", sagte er mit rauer Stimme. „Wir könnten noch einen kleinen Ausflug machen, Richtung Ranch ..." Er wartete Kates Kopfnicken gar nicht mehr ab, sondern trieb sein Pferd an, und sie erreichten nach einem flotten Ritt, der sie über einige Hügel führte, etwa eine Stunde später eine kleine Hütte.

Kate sah sich um, als ihr Mann das Pferd anhielt und abstieg. „Ich dachte, wir wollten zur Ranch?"

„Dieses Land hier gehört schon dazu." Er führte den Wallach in eine kleine Koppel, die sich dem Gebäude anschloss. Er lockerte den Sattelgurt, trieb das Pferd in die Umzäunung und kam dann zurück zu Kate, die immer noch auf ihrer Stute saß und vor Erregung ihr Herz bis zum Hals klopfen hörte. Nick hatte niemals vorgehabt zur Ranch zu reiten, er hatte hierher kommen wollen, um mit ihr alleine zu sein.

Als er zu ihr trat und sie vom Pferd hob, hielt er sie sekundenlang mit seinen Armen umfangen, wobei sein Mund auf ihrem Haar lag. „Hierher bin ich immer geritten, wenn ich ungestört sein wollte."

„Ungestört mit wem?", fragte Kate stirnrunzelnd. Sie machte sich etwas von ihm frei, um ihm ins Gesicht sehen zu können.

„Einfach nur alleine", antwortete er lächelnd. „Ohne ,wem'. Du bist die erste Frau, die ich dort hineinlasse, Katharina."

„Bestimmt?", fragte sie drängend.

Nick sah sie zugleich überrascht und erfreut an. „Bist du etwa eifersüchtig, Katharina?"

„Nein", antwortete Kate rasch. „Doch", fügte sie dann hinzu, „und nicht nur auf Grace Forrester, von der jeder angenommen hat, dass du sie heiraten wür...."

Seine Lippen ließen sie den Satz nicht vollenden, und sie erbebte, als er sie hochhob und zur Hütte trug. Dort setzte er sie ab, führte Lady Star ebenfalls in die Koppel und kam dann zurück, um den schweren Außenriegel wegzuschieben und die Tür zu öffnen. Kate trat neugierig in die überraschend geräumige Hütte und bemerkte mit einem Blick links an der Wand ein breites und bequem aussehendes Bett. Die Fensterläden waren geschlossen und das helle Tageslicht warf schimmernde Streifen durch die Ritzen der Holzbretter.

Nick legte von innen den Riegel vor und kam zu ihr, ließ seine Hände über ihr Haar gleiten und öffnete den schweren Zopf, bis ihr Haar lose über ihren Rücken fiel. Er griff unter ihren Armen hindurch, fasste sie um die Taille und zog sie an sich. „Katharina."

Sie hob den Kopf und fühlte seine Lippen auf ihren, verlangend und warm, dann ließ er sie plötzlich los und trat einen Schritt zurück. „Zieh dich aus, Katharina. Bitte. Ich möchte dich nackt sehen."

Kates Finger bebten leicht, als sie die Knöpfe ihrer Bluse öffnete. Sie hatte, als er mit ihr fortgeritten war, keine Ahnung gehabt, dass der Tag so verlaufen würde, aber sie war zufrieden mit dieser Entwicklung. Seit Nicks erfreulicher Veränderung machte es ihr weitaus mehr Freude als zuvor, in seinen Armen verlangend zu zittern, und sie konnte es kaum mehr erwarten, in diesem breiten Bett zu liegen, seine Hände auf ihrem Körper zu fühlen und endlich vor Lust zu vergehen, wenn sein Glied in sie stieß.

Sie schob sich die Bluse von den Schultern, öffnete dann den Verschluss des weiten Reitrocks, ließ ihn zu Boden gleiten und stand nur in der spitzenbesetzten Hose und dem weißen Mieder vor ihm. Nick war einige Schritte zurückgetreten, hatte sich an den Holztisch gelehnt und sah sie unverwandt an. Sein Blick brannte auf ihrer Haut, als sie ganz langsam das Mieder öffnete, um für ihn und sich die Spannung zu steigern. Sie zog es sich von den Schultern, ließ die Hose folgen und trat einen Schritt auf ihn zu.

„Dreh dich um." Seine Stimme klang heiser.

Kates Haar fiel wie ein Vorhang über ihren Rücken und sie fühlte es bei der Bewegung sanft über ihre nackte Haut streicheln. Sie wandte sich um, kehrte ihm den Rücken zu und hörte, wie er sich vom Tisch abstieß und zu ihr herüberkam. Sie war jetzt schon so erregt, dass sie das leise Pochen zwischen ihren Beinen fühlte und wusste, dass sie bereits feucht war.

Nick schob sie sanft näher zum Bett hin, trat dicht hinter sie, fuhr mit der flachen Hand über ihre Schultern, die vom Haar bedeckt waren, über ihre Taille und ihre Hüften. Als er mit beiden Händen nach vorne griff und auf ihre Brüste legte, atmete sie tief ein, gab seinem Druck nach und lehnte sich an ihn. Sein Mund suchte ihre Schläfe, ihren Hals, während eine seiner Hände weiter hinunterglitt, über ihren Bauch und weiter nach hinten wanderte, über ihre Hüften hinab.

Plötzlich ließ er von ihr ab. „Bleib so stehen, Katharina."

Sie wandte sich nicht um, aber am Rascheln seiner Kleidung erkannte sie, dass er sich jetzt ebenfalls auszog. Dann trat er wieder hinter sie und sie versteifte sich unwillkürlich, als er sie mit einem Arm fest um die Taille fasste, sie mit seinem Oberkörper nach vorne bog und dabei mit seiner freien Hand zwischen ihre Gesäßbacken glitt. Sie erinnerte sich an damals, als er ihr das Korsett umgelegt und sie dann von hinten genommen hatte. Es war derb und lieblos gewesen, und sie hatte Angst davor, jetzt enttäuscht zu werden.

Er schien ihre Gedanken zu erraten, denn er sagte mit weicher Stimme: „Hab keine Furcht, Katharina. Es wird diesmal schön, das verspreche ich dir. Ganz anders als das letzte Mal. Ich möchte dir zeigen, wie es wirklich sein kann."

Sie gab dem Druck seines Körpers endlich nach, fühlte seine Hand und stöhnte leicht auf, als seine Finger sanft in ihrer Scheide auf und ab glitten. Er küsste ihre Schultern, ihren Nacken und stemmte sich mit der Hand auf dem Bettpfosten ab, während er sich noch ein wenig weiter auf sie lehnte.

„Du hast den schönsten Rücken, den ich jemals bei einer Frau gesehen habe", flüsterte er in ihr Ohr. „Und zwar von ganz oben bis ganz unten."

Kate atmete schneller und schloss die Augen, als seine Hand sie stärker zwischen den Beinen streichelte.

„Ich tue es nur noch dieses eine Mal", sagte er sanft, „um dich dieses Erlebnis von damals vergessen zu lassen."

Sie nickte, beugte sich noch ein wenig mehr vor und legte ihre beiden Hände neben seine, die auf dem Bettpfosten lag. Als er ihre Schenkel ein wenig weiter auseinander schob, gab sie nach, bis sie mit leicht gespreizten Beinen vor ihm stand. Sie fühlte seine Hand, mit der er sein Glied, das schon hart gegen sie stieß, einführte, und erwartete, dass er jetzt zustoßen würde wie das letzte Mal, aber statt dessen legte er den Arm um ihre Taille, erhöhte den Druck etwas und küsste ihren Nacken, während er unendlich langsam in sie eindrang. So langsam, dass sie es kaum noch erwarten konnte und sich ungeduldig an ihn drängte. Endlich war er ganz in ihr, stand zuerst ruhig, fuhr fort ihre Schultern und ihren Rücken zu küssen, streichelte mit der Hand über ihren Bauch, ihre schwer herabhängenden Brüste, legte sie in seine Hand, spielte damit.

Kate, die längst schon mehr wollte, selbst wenn er sie wieder so derb nehmen würde wie damals, begann ihren Unterkörper sachte zu bewegen, vor und zurück, sodass sein Glied in ihr auf und ab glitt.

„Katharina", flüsterte er heiser, „du hast jetzt keine Angst mehr, nicht wahr?"

Sie schüttelte nur den Kopf, weil ihre Stimme ihr kaum noch zu gehorchen schien, und fühlte endlich, wie er sich etwas aufrichtete, mit beiden Händen ihre Hüften packte und in rhythmischen, aber immer noch sanften Bewegungen in sie eindrang und sich wieder löste. Kate stöhnte leise auf, als er tief in sie stieß, hielt sich krampfhaft am Bettpfosten fest, weil ihre Knie unter ihr nachgeben wollten, und wusste, dass es nicht mehr lange dauern würde, bis sie jenen Zustand erreichte, in dem die Welt um sie herum versank.

Plötzlich zog er sich zurück. Kate, die sekundenlang darauf wartete, dass er wieder zustoßen würde, wandte sich verwundert und enttäuscht nach ihm um. „Was ist denn?", fragte sie atemlos.

Nick fasste sie unter den Knien und hob sie hoch, um sie auf das Bett zu legen. „Ich möchte dich dabei ansehen", sagte er ruhig, aber das Flackern in seinen Augen verriet ihr, dass er es ebenso wenig erwarten konnte wie sie, dort weiter zu machen, wo er soeben aufgehört hatte. Sie bog ungeduldig die Beine auseinander, als er über sie glitt, griff nach seinem von ihrer Erregung feuchten Glied und führte es den richtigen Weg, während er sich nicht minder ungeduldig auf sie senkte.

„Ja", murmelte er heiser, während er sich in ihr auf und ab bewegte und sie sich unter ihm vor Lust wand, wenn sein Glied in sie eindrang und sie so völlig ausfüllte, dass sie meinte, sie könnte es nicht mehr ertragen. „So ist es besser. Ich will in deine Augen sehen, Katharina."

Nur wenige Augenblicke später fühlte sie ihre Vagina hart kontrahieren, die wilde Bewegung ihres Inneren schien sich auf ihren ganzen Körper fortzusetzen, griff dann auch auf seinen über und er stieß ein unbeherrschtes Stöhnen aus, bevor er auf sie sank. Kate legte die Arme um ihn, etwas, das er früher niemals geduldet hätte und streichelte seinen Rücken, während er auf ihr lag und ihren Hals küsste.

Vielleicht', dachte sie hoffnungsvoll *‚können wir von jetzt an doch glücklich miteinander sein.'*

„Die Stute ist wirklich ein ganz außergewöhnliches Tier, ich habe noch nie ein Pferd so dahinfliegen gesehen", sagte Nick bewundernd, als sie etwa zwei Stunden später zur Stadt zurückritten. Sie waren beide vom Ritt und ihrer Liebe so ermüdet gewesen, dass sie tatsächlich eingeschlafen waren.

„Ich habe mich übrigens soeben entschlossen, Carter das Geld für sie überweisen zu lassen", fuhr er fort. „Als Geschenk kann ich die Stute nicht behalten, aber ihr beide passt gut zueinander, und es täte mir leid, sie wieder zurückschicken zu müssen. Sie wird ein exzellentes Reitpferd für dich abgeben, besser als alle anderen Tiere, die ich im Stall habe. Außerdem scheint sie wirklich hervorragend erzogen zu sein. Ich habe jedenfalls noch nie erlebt, dass ein Pferd ruhig stehen bleibt, während andere losrennen. Und dass es nicht an einem Mangel an Temperament liegt, das möchte ich beschwören."

„Aber Lady Star gehört doch dir!", rief Kate kopfschüttelnd aus. „In dem Brief stand doch eindeutig, ..."

„Ich werde sie auch zur Zucht verwenden, Katharina", erklärte er lächelnd. „Aber sonst möchte ich, dass sie dir gehört."

„Du schenkst sie mir?", entfuhr es Kate verblüfft.

Er nickte. „Sie scheint dir bereits zu gehören, ich habe selten erlebt, dass Pferd und Reiter auf Anhieb so gut zusammenpassen. Aber wenn Pat Carter noch mehr solcher Tiere hat, wundert es mich nicht, wenn sein Gestüt bereits innerhalb dieser kurzen Zeit so bekannt geworden ist."

„Das mag schon sein", fing Kate an, die es nicht fassen konnte, dass sie ihrem Mann ein Pferd geschenkt hatte und es jetzt von ihm als Geschenk zurückerhalten sollte, „aber das Pferd war doch für dich bestimmt ..."

„Sie bleibt ja in der Familie", erwiderte Nick lächelnd, und Kate war betroffen von der Wärme in seiner Stimme.

Kapitel 10

Kate setzte sich die Brille auf die Nase, als Rose hereinkam und ihr eine Karte hinhielt. „Draußen ist eine alte Frau, die behauptet, sie wäre die Tante vom Master. Das hat sie mir für Sie gegeben, Madam."

Sie nahm den weißen Karton entgegen und las: „Eleonora, Gräfin Woronchin." Sie hob erstaunt die Augenbrauen. „Führ die Dame bitte ins Wohnzimmer, Rose, ich komme sofort."

Das Mädchen verschwand, und Kate las nochmals die Karte, bevor sie ebenfalls den Raum verließ. In der Eingangshalle blieb sie kurz stehen, überprüfte ihre Frisur und betrat dann entschlossen den Salon. Das Erste was sie sah, war ein riesiger federnbestückter Hut, unter dem ein faltiges Gesicht erschien, das von einem scharfen grauen Augenpaar beherrscht wurde. Die Besucherin trug ein tiefschwarzes Kleid und um den Hals eine doppelreihige Perlenkette, die – wenn sie echt war – vermutlich ein Vermögen wert sein musste.

Kate trat näher. „Ich bin Mrs. Brandan, was kann ich für Sie tun, Madam?"

Die alte Frau trat einige Schritte an sie heran und musterte sie von oben bis unten. „Ich habe es nicht glauben können, als ich es hörte. Nikolai hat doch tatsächlich eine Amerikanerin geheiratet."

„Äh ... ja, das stimmt wohl", erwiderte Kate unverbindlich.

„Ich bin Nikolais Großtante", ließ sich die Frau vernehmen. „Gräfin ..."

„Ich habe es bereits gelesen", antwortete Kate und hielt die Karte hoch. „Ich wusste allerdings nicht, dass mein Mann verwandtschaftliche Beziehungen zum russischen Adel hat."

„Seine Mutter war eine geborene Gräfin Woronchin", kam die hochmütige Entgegnung. „Sie hat es dann allerdings vorgezogen, sich an einen einfachen Soldaten wegzuwerfen und mit ihm auf und davon zu gehen. Selbstverständlich hat sie ihr Vater sofort enterbt und verstoßen. Ich bin übrigens die jüngste Schwester ihrer Mutter."

„Tatsächlich?", sagte Kate wenig beeindruckt. Sie wusste nicht recht, was sie von dieser plötzlich aufgetauchten Verwandten ihres Mannes halten sollte.

Die alte Frau hob ein Lorgnon, das sie an einer Kette um den Hals baumeln hatte, und betrachtete Kate eingehend. „Du bist hübscher, als ich gedacht habe", meinte sie schließlich. „Wenn du nun auch noch auf diese hässliche Brille verzichten könntest, die dein Gesicht definitiv entstellt, dann wäre der Eindruck durchaus akzeptabel."

Kate schluckte. Die alte Frau hatte recht. Allerdings, fand Kate, hatte sie keine Veranlassung unhöflich zu sein.

„Bin ich zu spät zum Mittagessen?", fragte die Gräfin übergangslos.

„Nein", antwortete Kate halb verblüfft und halb amüsiert.

„Dann warten wir wohl auf deinen Mann?"

„Nick isst erst am Abend mit mir gemeinsam. Aber", rang sie sich ab, obwohl sie die Frau am liebsten vor die Tür gesetzt hätte, „vielleicht wollen Sie mir beim Mittagessen Gesellschaft leisten." Sie hoffte jetzt schon, dass die alte Frau ihren Besuch nicht sonderlich ausdehnte. Sie begleitete ihren Gast ins Speisezimmer und ging dann in die Küche, um Rose Bescheid zu geben. Wenn Nicks Großtante Hunger hatte, dann würde sie ihr eben etwas vorsetzen.

Die Gräfin saß beim Mahl auf der anderen Seite des Tisches und warf immer wieder forschende Blicke auf Kate, deren Appetit merklich schwand. Schließlich hielt sie es nicht mehr aus, legte das Besteck weg und sah die alte Frau direkt an. „Stimmt etwas nicht, Gräfin?"

Die Gräfin ließ keinen Blick von ihr. „Ich dachte nur gerade daran, dass Nikolais Investition in dich nicht die Schlechteste war."

Kate gab keine Antwort. Sie fragte sich, was die alte Hexe mit Nicks ,Investition' gemeint haben könnte.

„Trotzdem", fuhr die alte Frau fort und wandte sich wieder ihrem Fleisch zu, „zwanzigtausend Dollar erscheinen mir doch etwas viel. Nick hätte weitaus lohnendere Partien machen können. Für zwanzigtausend Dollar könnte er sich außerdem ein ganzes Haus voller Dienstboten leisten, anstatt einer Frau, die nicht einmal gut kochen kann."

„Nick hat mich nicht geheiratet, um eine Köchin zu haben", fuhr Kate wütend auf. Sie begriff immer noch nicht, warum die Alte so auf dem Geld herumritt.

„Ich weiß schon", kicherte die Gräfin, „es ist einfach nur ein Triumph für ihn, die Enkelin jenes Mannes gekauft zu haben, der einstmals sein Herr war. Jetzt ist *er* der Gebieter."

Zunächst hielt Kate das soeben Gehörte für eine Gemeinheit der alten Frau. Dann traf sie die Erkenntnis wie ein Schlag.

‚Deshalb also das alles‘, dachte sie entsetzt, als ihr Verstand langsam wieder zu arbeiten begann. *‚Deshalb diese Beleidigungen, diese Demütigungen. Mein Gott, ich habe einen Verrückten geheiratet, der auf Rache aus war. Der Scheck!‘*, fiel ihr ein. *‚Damit hat er mich damals gekauft. Und ich dumme Gans habe das Papier auch noch entgegengenommen. Ich muss vollkommen verblendet gewesen sein, als ich dachte, dass er sich auch nur das Geringste aus mir machen könnte. Darum immer diese Bemerkungen über das Geld, die mir niemals klar waren.‘* Sie blickte auf ihren Teller, damit die andere nicht den Ausdruck in ihrem Gesicht lesen konnte, und säbelte mit zitternden Händen an ihrem Fleisch herum. Die Tränen wollten ihr in die Augen steigen, aber sie kämpfte sie mühsam zurück. *‚Nur jetzt nicht weinen! Nicht vor dieser bösen alten Frau.‘*

„Deine Familie ist mir nicht unbekannt, und dein Großvater wurde, wie ich hörte, damals erstochen“, setzte die Gräfin fort. „Angeblich von einem der Diener, den er hatte auspeitschen lassen.“ Sie musterte Kate, die schnell den Kopf hob und sie ansah. „Nicht, dass es mir leidtäte um den alten Grafen, er war ein unsympathischer Kerl, aber ich würde doch zu gerne wissen, wer ihn auf dem Gewissen hat. Es gab Gerüchte, die besagten, dass Nikolai es getan haben soll.“

„So ein infamer Unsinn!“, fuhr Kate hoch.

Die alte Frau zuckte mit den Schultern. „Nikolai ist weitaus heißblütiger, als er nach außen hin zeigt. Das war schon so, als er noch ein Kind war. Ich dachte oft, dass ein Teufel in ihm steckt.“

‚Noch vor wenigen Minuten hätte ich heftigst widersprochen‘, dachte Kate gequält.

Kate wusste kaum, wie sie diesen Tag in der Gesellschaft dieser Frau hinter sich brachte, immer noch fassungslos und dabei bemüht, nicht das kleinste Zeichen von Kränkung und Schwäche zu zeigen. Obwohl sie Angst davor hatte, Nick an diesem Abend wiederzusehen, war sie doch erleichtert, als er heimkam, und sie mit der alten Hexe nicht mehr alleine war. Sie beobachtete misstrauisch die Begrüßung der beiden und plötzlich kam ihr der Verdacht, dass Nick seine Tante absichtlich eingeladen hatte. Er stand zweifellos in Briefkontakt mit ihr, hatte ihr über seine Ehe geschrieben und die Umstände ihrer Heirat - andernfalls hätte die Gräfin nichts über das Geld wissen können, das er ihr gegeben hatte.

‚Jetzt habe ich zwei gegen mich‘, überlegte sie mutlos. *‚Am liebsten würde ich auf der Stelle meine Sachen packen und abreisen. Was soll ich hier noch? Ein Spielzeug für einen verbitterten, rachsüchtigen Mann abgeben?‘*

Als sie ein wenig später in der Küche stand, um das Abendessen zuzubereiten, weil Rose an diesem Tag früher hatte gehen müssen, stieg in ihr heiß das Gefühl der Demütigung und des Zorns auf. *‚Er war niemals in mich verliebt. Er wollte mich nur haben, um seine kranken Gefühle an mir auszulassen, und ich dumme Gans bin auch noch darauf reingefallen. Was bin ich doch für eine* *verdammte Närrin! Ich habe mir alles von ihm bieten lassen, in der Hoffnung, die Mauer zu durchbrechen und zu dem alten Nick vordringen zu können, in den ich mich damals verliebt habe. Aber Ann Baxter hatte schon recht. Er ist nicht einmal in der Lage, Zuneigung zu empfinden. Er ist innerlich kalt und hart.'*

Nick und die alte Gräfin saßen im Speisezimmer, als sie mit den Essensschüsseln hereinkam, und unterhielten sich. Die Gräfin führte das Wort, erzählte von Russland, von ihrer Reise und gab zu allem, was sie gesehen und gehört hatte, ihren Kommentar mit einer Bestimmtheit ab, als wäre sie die einzige urteilsfähige Person dieser Welt. Unter anderen Umständen hätte Kate wohl Nicks wegen geschwiegen, aber diesmal war sie zu zornig dazu, widersprach und schaffte es schließlich, die alte Hexe so weit zu bringen, dass sie mit ihrer dürren Faust auf den Tisch schlug und sie anschrie.

„Es ziemt sich nicht für eine junge Frau zu widersprechen. Und schon gar nicht dir!"

„Ich werde mir von Ihnen nicht meine Meinung und meinen Mund verbieten lassen!", fuhr Kate mit blitzenden Augen auf.

„An deinem Benehmen sieht man, dass dein Mann viel zu gut zu dir ist! Dir würde einmal eine richtige Tracht Prügel gebühren, damit du weißt, wo dein Platz ist!"

,Das fehlte ja gerade noch!', dachte Kate, außer sich vor Zorn. *,Mich wundert, dass er nicht schon von selbst darauf gekommen ist. Alles andere, was man einer Frau antun kann, hat er ja schon ausprobiert. Aber vielleicht kommt es ja jetzt noch!'* Sie starrte die alte Frau wütend an. „Ich würde niemanden – ich wiederhole: NIEMANDEM – jemals raten, mich zu schlagen!" Sie wandte sich Nick zu, der sie mit zusammengezogenen Augenbrauen beobachtete, sich überraschenderweise bisher jedoch nicht eingemischt hatte. „Hast du mich verstanden, Nick Brandan?!"

„Das ist doch absurd. Hör auf damit, Katharina", sagte er nur ruhig. „Und du ebenfalls", sprach er, an seine Tante gewandt, weiter. „Ich habe keine Lust, meinen Abend mit zwei streitenden Frauen zu verbringen."

„Ich habe bestimmt nicht damit angefangen", erwiderte Kate hitzig.

„Nein, aber du wirst damit Schluss machen", kam die trockene Antwort.

Kate sprang vom Tisch auf, stellte laut klappernd die Teller zusammen und eilte mit dem schmutzigen Geschirr hinaus, wobei sie den heftigen Drang unterdrückte, einfach alles vor Nick auf den Boden zu knallen. In der Küche atmete sie einige Male tief durch, wischte sich die Tränen des Zorns aus den Augen und kehrte erst nach einiger Zeit wieder mit einem möglichst gleichmütigen Gesichtsausdruck ins Zimmer zurück.

Nick und die Gräfin waren in der Zwischenzeit ins Wohnzimmer hinübergegangen, und als sie ihnen folgte, sah sie, dass die alte Frau es sich ausgerechnet in ihrem Lieblingssessel bequem gemacht hatte. Mit einer

Flasche Wodka. Sie sah ihr mit einem seltsamen Lächeln entgegen, als sie eintrat, und prostete ihr zu ihrer Überraschung zu. „Auf dein Wohl, Katharina. Nimm dir auch ein Glas, wir sollten Frieden schließen."

„Katharina trinkt kaum Alkohol", sagte Nick abwehrend.

Kate hatte im ersten Impuls ablehnen wollen, überlegte es sich jetzt jedoch anders. „Dann werde ich eben heute – *zur Feier des Tages* – eine Ausnahme machen", erwiderte sie kühl, wobei sie dem ‚Feier des Tages' eine besondere, sarkastische Betonung gab.

Sie griff nach einem Glas, schenkte es sich voll und trank. Der erste Schluck war so scharf, dass sie hustete und Tränen in ihre Augen stiegen, aber sie trank weiter und ignorierte das Gefühl des Ekels, das der brennende Alkohol in ihrem Magen auslöste.

Die alte Gräfin hatte sie mit einem süffisanten Lächeln beobachtet. „Das war ja gar nicht einmal so schlecht. Komm, schenke dir wieder ein."

„Nein", sagte Nick scharf.

Kate warf ihm einen zornigen Blick zu, griff wieder nach der Flasche, füllte das Glas und trank. Diesmal schienen ihre Magennerven schon betäubt zu sein, und das Gefühl, alles wieder ausspucken zu müssen, hielt sich in Grenzen.

Ihr Gast grinste höhnisch, schenkte sich selbst wieder ein und musterte sie dann abfällig. „Du wirst bald am Boden liegen, wenn du so weitermachst, Katharina."

Sie hasste es, wie die Alte ihren Namen aussprach. ‚*Oh nein!*', dachte sie dann entschlossen und griff abermals zur Flasche. Sie schenkte zuerst der Gräfin ein und dann sich selbst. *Ich werde DICH unter den Tisch trinken. Und wenn es das Letzte ist, was ich tue!*'

Nikolai sprang auf, als Rose am anderen Morgen mit der Nachricht zurückkam, dass die Mrs. sich weigere, das Zimmer zu verlassen. Er lief die Treppe hinauf und klopfte an die Tür. Dieses trotzige Benehmen würde er sich von seiner Frau nicht bieten lassen! Er konnte ja schließlich nichts dafür, dass seine Tante hier aufgetaucht war und ihr nun so erfreuliches und friedvolles Zusammenleben empfindlich gestört hatte.

„Katharina!"

„Geh weg", klang es von drinnen.

„Du wirst sofort öffnen!", sagte er eindringlich. „Hast du mich verstanden?!"

„Kannst du mich nicht wenigstens in Ruhe sterben lassen?", kam es schwach zurück. „Hau doch endlich ab! Geh zum Teufel und nimm seine Großmutter gleich mit."

Nikolai, der eben wieder die Faust erhoben hatte, um damit heftig gegen die Tür zu schlagen, hielt inne und lauschte hinein. „Katharina", fragte er besorgt, „fühlst du dich nicht wohl?"

Ein undeutliches „Geh zur Hölle", antwortete ihm, und er merkte, wie ein Lächeln um seine Lippen zuckte.

„Es hat keinen Sinn, dich einzuschließen. Dir wird davon nicht besser. Ich werde dir etwas bringen, das die Kopfschmerzen und die Übelkeit nimmt. Du wirst sehen ..."

„Geh weg", antwortete die Stimme von drinnen, gefolgt von einem deutlichen Würgegeräusch.

Armes Ding, dachte er mitleidig. Er erinnerte sich daran, wie er seinen ersten Kater gehabt hatte – er hatte mit Freunden einige Flaschen Wodka ausgetrunken, war dann mit letzter Kraft in den Stall getaumelt, hatte jedoch nicht mehr die Leiter, die zu seiner Kammer hinaufführte, erklimmen können und war besinnungslos im Stroh liegen geblieben. Am nächsten Tag hatte er sich fast pausenlos übergeben und dabei rasende Kopfschmerzen gehabt, die ihm beinahe den Verstand geraubt hatten. Katharina hatte zwar weitaus weniger getrunken als er damals, aber mehr als eine schlanke, relativ zarte Frau vertragen konnte, die normalerweise selbst am Wein nur nippte.

Von drinnen ertönte wieder das typische Geräusch, das verursacht wird, wenn jemand versucht, seinen Magen nach außen zu stülpen, und er zögerte keinen Moment mehr, betrat sein eigenes Zimmer, holte den Ersatzschlüssel hervor und sperrte die Verbindungstür auf.

Das Erste, was er sah, war Katharina, die am Boden vor einem Eimer kniete, die Hände auf ihren schmerzenden Kopf presste und hustete.

Er hockte sich daneben hin, legte den Arm um sie und hielt sie fest. „Schon gut", murmelte er zärtlich, „es wird bald besser." Er wartete, bis der Würgekrampf vorbei war, dann hob er sie auf, legte sie ins Bett und deckte sie fürsorglich zu. Sie zitterte am ganzen Körper, hatte dunkle Ringe unter den Augen und sah erbärmlich aus.

Er holte aus dem Nebenzimmer noch eine zweite Decke, breitete sie ebenfalls über sie und öffnete das Fenster, um frische Luft hereinzulassen. Dann ging er zum Waschtisch, tauchte das Handtuch hinein und kam damit zurück, um ihr sanft das Gesicht abzuwischen. Anschließend zog er sein Taschentuch hervor, machte es ebenfalls nass und legte es seiner Frau auf die schweißnasse Stirn.

„Ich komme gleich wieder, ich hole nur etwas." Als er zehn Minuten später wieder zurückkehrte, hatte Kate die Augen geschlossen und schien zu schlafen. Er zögerte kurz, überlegte, ob er sie aufwecken sollte, dann schob er doch den Arm unter ihre Schultern und hob sie vorsichtig hoch. Sie blinzelte, und er lächelte sie an, als er ihr das Glas an die Lippen setzte. „Hier, Katinka, das wird dir helfen."

Sie kostete das Getränk, verzog dann angeekelt das Gesicht und wandte den Kopf ab. „Das kann ich nicht trinken", sagte sie mit heiserer Stimme, „davon wird mir gleich wieder übel."

„Das wird es nicht, das verspreche ich dir." Er drehte ihren Kopf sanft zu sich und hielt ihr das Glas wieder an die Lippen. Diesmal trank sie, in kleinen, vorsichtigen Schlucken und streckte sich dann aufatmend unter der Decke aus, nachdem er sie wieder hatte zurückgleiten lassen. Er blieb neben ihr sitzen und strich ihr zart über die Wange. „Du hättest früher aufhören sollen", sagte er lächelnd.

„Das konnte ich nicht", kam es erschöpft zurück, „die alte Krähe saß immer noch auf ihrem Sessel."

Er lachte leise. „Was für eine Idee, meine Tante unter den Tisch trinken zu wollen. Sie ist überall dafür berüchtigt, dass sie früher sogar mit Soldaten gezecht und dann noch aufrecht das Zimmer verlassen hat, während die Männer schnarchend unter dem Tisch lagen."

„Diesmal habe *ich* sie unter den Tisch getrunken." In Katharinas heiserer Stimme klang sichtliche Befriedigung mit.

Er nahm ihre Hand und führte sie an seine Lippen. „Ich weiß und ich war sehr stolz auf dich, Katinka."

Kate öffnete die rotgeränderten Augen und sah ihn seltsam an. „Weißt du, dass es heute das erste Mal ist, dass du mich wieder so nennst, Nick?"

Er blickte in das blasse Gesicht und fühlte sich von einer plötzlichen Welle der Zärtlichkeit für sie überschwemmt, die ihm den Atem nahm. „Du solltest jetzt schlafen, Katinka", sagte er rau und drückte ihre Hand.

Zu seiner Überraschung verhärtete sich das Gesicht seiner Frau, und sie zog mit unerwarteter Kraft ihre Hand zurück. „Lass mich jetzt bitte allein." Sie lehnte sich in die Polster zurück und schloss die Augen.

Er sah sie sekundenlang nachdenklich an, dann stand er auf, zog die Decke zurecht und ging.

,Hoffentlich reist die Gräfin bald wieder ab', dachte er, als er leise die Tür hinter sich schloss. *,Aber wie auch immer, ich werde jedenfalls nicht dulden, dass sie sich Katharina gegenüber wieder so benimmt wie gestern. Dazu hat sie nicht das mindeste Recht.'*

Als er wieder zurück ins Wohnzimmer kam, war von seiner Tante weit und breit nichts zu sehen, und er konnte nur vermuten, dass sie sich in einem ähnlichen Zustand befand wie Katharina. Allerdings sah er sich nicht in der Lage, ihr dasselbe Mitgefühl entgegenzubringen, und er hoffte, dass sie nach der Art und Weise, wie sie seine Frau am Abend zuvor behandelt hatte, noch tagelang unter Kopfschmerzen litt.

Er ging in die Bibliothek, ließ sich in einen der bequemen Sessel fallen, lehnte sich zurück und schloss die Augen. Der Besuch der Gräfin war für ihn völlig überraschend gekommen. Er hatte ihr seit seiner Abreise aus

Russland vor über zehn Jahren nur einmal geschrieben, jedoch nie eine Antwort erhalten und sogar angenommen, dass die alte Frau in der Zwischenzeit verstorben war.

Nun war sie plötzlich hier aufgetaucht, und er konnte nur hoffen, dass sie nicht die Absicht hatte, länger zu verweilen. Ihre Gegenwart brachte wieder Bilder zurück, die er seit seiner Rückkehr von der Ranch energisch von sich geschoben hatte. Er wollte von nun an in Ruhe mit Katharina leben, ohne ständig daran erinnert zu werden, was damals geschehen war. Auch hatte ihn der Blick der Gräfin irritiert, als sie mehrmals vom Tod des alten Grafen gesprochen hatte, und er hatte fast den Eindruck gehabt, als würde sie ihn dieser Tat verdächtigen.

,Und auch noch zu Recht', dachte er grimmig, *,wenn mir nicht jemand anderer zuvorgekommen wäre.'*

Er war damals, nachdem er sich von Potty getrennt hatte, zurückgeritten, hatte sich einige Tage in einer verlassenen Hütte versteckt, um zu Kräften zu kommen, und sich dann heimlich dem Gutshof genähert. Dort hatte er jedoch alles in hellem Aufruhr vorgefunden, und von einem Gespräch zwischen zwei Knechten, das er hinter einigen Strohballen verborgen belauschte, hatte er erfahren, dass der alte Graf von jemandem niedergestochen worden war und mit dem Tode rang. Man verdächtigte einen der Diener dieser Tat, der am Tag zuvor ausgepeitscht worden und seitdem vom Hof verschwunden war.

Nikolai war über das Gehörte ebenso erfreut wie erzürnt gewesen, da er gehofft hatte, es würde ihm vergönnt sein, dem alten Grafen das zu geben, was er verdiente. So jedoch verließ er wieder heimlich den Hof und ritt nach St. Petersburg, wo er Katharina und ihren Verlobten wusste, um dem Grafen den Faustschlag, den er ihm versetzt hatte, mit Zins und Zinseszins zurückzuzahlen. Und dann wollte er sich von Katharina das holen, was er nicht hatte haben können, und worauf er sogar freiwillig verzichtet hatte. Und wenn er mit ihr fertig war, würde sie ihr adeliger Verlobter wohl nicht mehr zur Frau nehmen wollen.

Als er jedoch in St. Petersburg angekommen war und vorsichtige Erkundigungen einzog, hatte er erfahren, dass der Graf nach einem Skandal nach Frankreich abgereist war, und Katharina bereits das Land verlassen hatte. Er hatte angenommen, dass sie nach Amerika zurückgekehrt war, und entschloss sich, ebenfalls diese Richtung zu nehmen. Er hatte ihre Adresse und sie würde ihm nicht entgehen.

Als er allerdings nach einer monatelangen Reise, in der das Schiff von einem Sturm in den anderen geraten war, seinen Fuß auf den Boden der Vereinigten Staaten setzte, war er so erleichtert, die Fahrt überstanden zu haben, dass er beschloss, die Vergangenheit ruhen zu lassen. Er hatte während der Überfahrt Bekanntschaft mit einigen Auswanderern aus Irland geschlossen, die weiter in den Westen wollten, und schloss sich dieser Gruppe an. Und nachdem er Wochen später mit einem Treck, der aus hoffnungsvollen Siedlern bestand, die das letzte bisschen noch brauchbares Land urban machen wollten, in Kalifornien ankam, hatte er sein bisheriges Leben hinter sich gelassen.

Sie hatten Glück. Die Gräfin blieb nur drei Tage, und sowohl Kate als auch Nick atmeten – ohne dass einer es vom anderen wusste - auf, als sie eines Morgens verkündete, noch am selben Tag abreisen zu wollen. Kate war so erleichtert, dass sie des „Teufels Großmutter", wie sie Nicks Tante für sich nannte, sogar beim Packen half und jeden ihrer spitzen Kommentare schweigend über sich ergehen ließ.

Nick trug nach dem Mittagessen das Gepäck hinunter, ließ den Wagen vorfahren, und Kate sah aus dem Fenster zu, wie er seiner Tante auf den Wagen half, selbst hinaufkletterte und die Pferde antrieb.

Sie wartete, bis das Gespann um die Ecke verschwunden war, dann ging sie die Treppe hinauf, schloss ihre Zimmertür hinter sich ab und trat vor den Spiegel. Eine blasse junge Frau in einem unscheinbaren grauen Kleid sah ihr entgegen, mit einem strengen Zopf, runder Brille und einem bitteren Zug um den Mund. Sie verharrte minutenlang regungslos vor ihrem Spiegelbild, dann nahm sie langsam die Brille ab, zog die oberste Kommodenlade heraus, ließ die Brille hineinfallen und machte die Lade energisch zu. Sie hatte zwar nicht gerade Augen wie ein Falke, benutzte diese Brille daheim jedoch kaum und wenn, dann vor allem, um etwaige Bewerber damit auf Abstand zu halten. Das war auch der Grund gewesen, weshalb sie hier damit erschienen war. Und dann war es ihr peinlich gewesen, Nick gegenüber das zuzugeben. Wie so vieles andere auch. Was, vom jetzigen Standpunkt aus betrachtet, ein schwerer Fehler gewesen war.

Im ersten Schock hatte sie sofort abreisen wollen. Weg von diesem Mann, den sie aus Liebe geheiratet hatte und der sie nur dazu benutzt hatte, an ihr seine Rache an ihrem Großvater zu nehmen.

„Nein, Nick Brandan", sagte sie kalt zu ihrem Spiegelbild. „Ich werde dich nicht verlassen, damit würde ich dir vermutlich noch einen Gefallen tun. Nein, ich werde hier bleiben. Und dafür sorgen, dass du es bereust, mich gekauft zu haben."

Eine Stunde später kehrte Nick vom Bahnhof zurück. Er hatte seine Tante und deren alten Diener, der die wenigen Tage über im Hotel geblieben war, in den Waggon bugsiert, hatte ihnen geholfen das Gepäck zu verstauen und es kaum erwarten können, dass der Zug endlich abfuhr. Er ließ sich aufatmend in einen der bequemen Lehnsessel in der Bibliothek fallen. Der Besuch seiner Tante hatte seine Nerven über Gebühr strapaziert, und er war zutiefst dankbar dafür, dass sie nun vorhatte, einige Freunde im Osten der Staaten mit ihrer Anwesenheit zu erfreuen. Er konnte nur hoffen, dass sie danach tatsächlich heimreiste und nicht auf die Idee kam, doch hier auf Dauer ihr Domizil aufzuschlagen, wie sie das angedroht hatte. Er war ihr zwar Dank dafür schuldig, dass sie ihn nach dem Tod seines Vaters aufgenommen hatte, fand aber, dass die alte Frau durch die Entfernung eindeutig an Charme gewann. Und vor allem hatte ihm die Art missfallen, wie sie mit Katharina umgegangen war.

Katharina. Endlich war er wieder mit ihr allein. Er setzte sich auf und sah erwartungsvoll zur Tür, als er leichte Schritte auf der Treppe hörte. Katharina würde über die Abreise der Gräfin zweifellos noch entzückter sein als er selbst.

Die letzten Tage hatte sie sich – zuerst wegen des Katers, den sie sich bei dem Trinkgelage mit seiner Tante geholt hatte, und dann vermutlich aus Misslaune über die Anwesenheit der alten Frau - von ihm zurückgezogen und ihn sogar entschieden zurückgewiesen, als er sie in ihrem Zimmer aufgesucht hatte. Und während er früher ein „Nein" von ihrer Seite nicht akzeptiert und jeden Widerstand sofort im Keim erstickt hätte, hatte er auf ihre Wünsche Rücksicht genommen, um nicht das gute Einvernehmen zu gefährden, das seit seiner Rückkehr von der Pferderanch zwischen ihnen herrschte.

Er lächelte bei dem Gedanken daran, wie viel erfreulicher sich doch ihre Beziehung gestaltet hatte seit seinem Entschluss, die Vergangenheit hinter sich zu lassen und mit der Frau, die er immer noch liebte und niemals hatte vergessen können, neu anzufangen. Katharina, die davor manchmal vor seinen Berührungen zurückgezuckt war, hatte begonnen, ihm gegenüber offener zu werden, und ihr Zusammensein auch innerhalb ihres Schlafzimmers hatte sich auf eine erfreuliche Weise verändert. Während er früher immer Angst vor seinen eigenen Gefühlen gehabt hatte und davor, zu viel Vertrautheit zwischen ihnen beiden entstehen zu lassen, genoss er es jetzt, sie in den Armen zu halten, ihre Erregung zu spüren und ihre vorsichtigen Zärtlichkeiten zu fühlen, die er früher nicht hatte dulden wollen.

Obwohl er sie mehr begehrte als alle anderen Frauen, die er jemals gekannt hatte, so war es dennoch nicht mehr die himmelstürmende Leidenschaft, die er ihr als junger Mann entgegengebracht und die ihn damals schlaflose Nächte gekostet hatte, sondern eine warme, liebevolle Zuneigung, wie man sie für jemanden fühlte, mit dem man sein Leben verbringen wollte. Und Kate war eher eine stille Frau geworden, die einen Mann wie ihn, der schon einiges hinter sich hatte, nicht mehr um seine Ruhe und den Verstand brachte. Im Grunde war es ihm ganz recht, dass man ihre zurückhaltende Schönheit nicht sofort erkannte - es reichte völlig, wenn er der Einzige war, der wusste, welche Reize sich hinter dieser Brille und den schmucklosen Kleidern verbargen.

Sie war inzwischen die Treppe heruntergekommen, er hörte sie in der Küche mit dem Mädchen sprechen, lachen und endlich, als er schon ungeduldig wurde, und nachsehen wollte, trat sie durch die Tür in die Bibliothek. Sie blieb wenige Schritte von ihm entfernt stehen, und er sah sich sekundenlang nicht in der Lage, einen konkreten Gedanken zu fassen.

Die Frau, die hier vor ihm stand, hatte nichts mit jener grauen Maus zu tun, die er vor einigen Monaten geheiratet hatte und die nur er alleine anziehend fand.

Diese Frau war atemberaubend.

Ihr schwarzes Haar war nicht zu dem üblichen strengen Zopf geflochten, sondern locker nach hinten gesteckt und fiel ihr in weichen Locken auf die Schultern. Sie hatte einen schwarzen Rock an, eine weiße Spitzenbluse und darüber ein tief ausgeschnittenes rotes Samtmieder, das sich eng an ihre Brüste und an ihre Taille schmiegte und ihm sofort die Hitze ins Gesicht trieb. Aber das war es nicht alleine, es war vor allem ihre Haltung, in der sie vor ihm stand, aufrecht, selbstbewusst und mit einem kleinen spöttischen Lächeln auf den Lippen. In der Hand hielt sie ein schwarzes Tuch.

„Deine liebe Tante ist gut abgereist?", fragte sie ruhig.

Er musste sich räuspern, bevor er antworten konnte. „Ja, der Zug fuhr beinahe pünktlich los." Er wollte noch etwas sagen, eine Bemerkung über ihr verändertes Aussehen machen, aber sie legte sich das Tuch um die Schultern und nickte ihm zu.

„Ich habe Jeannette Hunter versprochen, heute bei ihr vorbeizusehen", sagte sie schon halb abgewandt zu ihm, „warte bitte nicht mit dem Abendessen auf mich, es kann spät werden. Rose weiß Bescheid."

Nikolai starrte immer noch auf die Stelle, wo sie gestanden hatte, als die Haustür schon lange ins Schloss gefallen war.

Am nächsten Tag beschloss Kate, das Mittagessen in einem Restaurant einzunehmen, und läutete an Sam Bankins Tür an, als sie bei seinem Haus vorbeikam. Die Haushälterin führte sie hinein, und Sam sah erfreut auf, als sie vor ihm stand.

„Ich hoffte, Sie hätten heute vielleicht Zeit, mit mir essen zu gehen?" Als sie seinen fragenden Blick sah, lächelte sie. „Nein, ich habe keine Sondererlaubnis dafür eingeholt und ich gedenke dies auch nicht zu tun. Ich kam einfach nur vorbei und dachte mir, es wäre nett, gemeinsam mit Ihnen zu essen."

Nicks Freund lachte und das nette Blinzeln erschien wieder, das Kate vom ersten Moment an gemocht hatte. „Ich will mich ja nicht einmischen, aber ich dachte schon lange, dass ein wenig Unfolgsamkeit von Ihrer Seite ganz angebracht wäre, Kate."

Sie lachte ebenfalls. „Dann haben Sie also Zeit?"

Sam hatte bereits seinen Hut in der Hand. „Für Sie immer, Kate. Und es wird mir eine Ehre sein, Sie einzuladen."

Kate musterte ihr Gegenüber während des Essens unauffällig. Sam war ein gut aussehender Mann, dem man nicht anmerkte, dass er regelmäßig trank. Sie hatte sich schon oft gefragt, was ihn dazu getrieben hatte, dem Alkohol zu verfallen, und hatte auch vorsichtig bei Nick und Mrs. Baxter Erkundigungen eingezogen, aber nichts von Bedeutung erfahren können. Ann Baxter hatte nur achselzuckend bemerkt, dass „Sam eben immer schon so gewesen sei".

Damit konnte Kate sich jedoch nicht abfinden. Sie mochte Nicks Freund und Geschäftspartner und hatte den leisen Verdacht, dass eine liebevoll sorgende Ehefrau wahre Wunder wirken könnte. Sie hatte tatsächlich schon begonnen, sich nach einer passenden Partie für Sam umzusehen, jedoch mehr als zwei Drittel der sich im heiratsfähigen Alter befindlichen Mädchen und Frauen in der Stadt sofort verworfen. (Grace war ebenfalls auf dieser Liste gewesen und als allererste weggestrichen worden.) Schließlich waren nach reiflicher Überlegung nur zwei Frauen übrig geblieben, denen sie einen so netten und anständigen Mann wie Sam vergönnte und eine davon – ihre unbedingte Favoritin – war Jeannette Hunter.

Sie hatte Jeannette in den letzten Wochen schätzen und mögen gelernt und erfahren, dass sie eine kleine Tochter hatte, die bei ihrer Mutter in San Francisco lebte. Die Leute tuschelten darüber, dass Jeannette die Kleine ledig bekommen hatte und in Wahrheit keine Mrs. sondern eine *Miss* Hunter wäre, die nur vorgab, ihren Mann verloren zu haben, noch bevor das Kind das Licht der Welt erblickt hatte. Kate vermutete stark, dass an dem Gerücht etwas Wahres dran war, sah jedoch keinen Grund, die junge Frau nicht ebenso zu schätzen, wie sie es bei einer Witwe getan hätte. Sie mochte ihre Gründe haben, das Kind ohne Ehemann aufzuziehen, und Kate hoffte nur, dass der Vater tatsächlich tot war und nicht gerade dann auftauchte, wenn es ihr gelang, Jeannette und Sam miteinander zu verkuppeln.

Sie war so in diese Pläne versunken, dass sie erschrocken auffuhr, als Sam sie leicht anstieß.

„Haben Sie mit offenen Augen geträumt, Kate?" Er lächelte sie warm an, und sie war überzeugt davon, dass er nicht nur einen guten Ehemann, sondern auch einen hervorragenden Vater abgeben würde.

„Verzeihung", lächelte sie zurück, „ich hatte tatsächlich meine Gedanken wandern lassen."

„Gewissensbisse, weil Sie unerlaubt mit mir hier sitzen?", fragte er mit leichter Ironie.

„Nein. Meine Überlegungen waren ganz anderer Art. Um ehrlich zu sein, habe ich mich mit Ihnen beschäftigt."

Er zog die Augenbrauen hoch. „Mit mir? Ich muss zugeben, ich fühle mich auf das Äußerste geschmeichelt."

„Ich habe mich gefragt, wie es kommt, dass ein so netter Mann wie Sie nicht schon längst verheiratet ist", fuhr Kate fort. „Soweit ich es mitbekommen habe, scheuen die Mütter heiratsfähiger Töchter in dieser Stadt weder Mühen noch Plagen, Sie endlich an Land zu ziehen. Sie sind sich dessen vielleicht nicht bewusst, aber Sie dürften wohl einer der begehrtesten Junggesellen in einem Umkreis von hundert Meilen sein."

Sam verzog das Gesicht. „Jetzt, wo Nick verheiratet ist, könnte das wohl zutreffen."

Kate errötete leicht, und Sam sah sie verlegen an. „Verzeihen Sie, das war wohl eine dumme Bemerkung."

„Nein, nein", erwiderte Kate schnell. „Ich dachte nur, dass ich mich bei einigen heiratswilligen Damen der Stadt vermutlich ziemlich unbeliebt gemacht habe."

Er grinste. „Gewissen ‚Damen' vergönne ich, offen gesagt, die Niederlage. Haben Sie übrigens schon gehört, dass unsere liebe Grace den Antrag von Mike Hendricks angenommen hat und mit ihm nach San Francisco zieht?"

Kate, der es immer schon gut getan hatte, wenn Sam spitze Bemerkungen über Grace machte und ihr damit zeigte, dass er auf ihrer Seite stand und sie mehr schätzte, sah ihn überrascht an. „Nein, das ist mir neu. Wann soll denn die Hochzeit sein?"

„In einigen Wochen vermute ich. Möge sie mit dem armen Mike und in San Francisco glücklich werden, sie war ja hier niemals zufrieden." Er maß Kate mit einem freundlichen Lächeln. „Und wenn ich offen sprechen darf: Meiner Meinung nach könnte Nick es gar nicht besser getroffen haben."

‚Wenn er eine Frau gesucht hat, die er demütigen konnte, nicht', dachte Kate zynisch und fühlte wieder den heißen Wunsch in sich aufsteigen, es Nick Brandan so richtig heimzuzahlen. Er würde es noch zutiefst bereuen, ihre Zuneigung nicht nur mit Füßen getreten, sondern schon in den Boden getrampelt zu haben.

Ihre Gedanken mussten sich in ihrem Gesicht widergespiegelt haben, denn Sam sah sie forschend an. „Es ist doch alles in Ordnung zwischen Ihnen, Kate?"

„Aber natürlich!", erwiderte sie leichthin. „Weshalb nehmen Sie denn an, dass es nicht so sein könnte?!" *‚Jetzt ist tatsächlich alles in Ordnung oder zumindest ausgeglichen'*, überlegte sie bei sich, während sie sich über den Teller beugte, um Sams Blick auszuweichen. *‚Nun haben wir beide den Wunsch zu verletzten. Und Waffen dazu, es zu tun. Und jetzt'*, dachte sie, während sie den ersten Bissen in den Mund steckte, *genieße ich einfach nur dieses ausgezeichnete Essen, das ich nicht selbst kochen musste, und die nette Gesellschaft von Sam.'*

Als Nikolai am nächsten Abend heimkam, musste er mit einem kalten Abendessen vorlieb nehmen, da Katharina, wie sie ihm mit diesem neuen, ungewohnt anziehenden Lächeln erklärte, so beschäftigt gewesen sei, dass sie nicht hatte kochen können. Auf seine freundliche Frage, womit sie ihren Tag verbracht hatte, gab sie ihm nur eine ausweichende Antwort, erzählte etwas von Freunden, wechselte dann das Thema und sprach ihn darauf an, dass sie gerne ein, zwei Tage auf die Ranch hinausreiten wollte.

„Im Moment trifft sich das ungünstig, Katharina", antwortete er bedauernd, während er seine Blicke über ihre schlanke Gestalt gleiten ließ. Sie hatte einen einfachen grauen Rock an, mit einer weißen, sehr eng sitzenden Bluse und sah darin ebenso elegant wie sinnlich aus. Das schwarze Haar trug sie wieder zu einem lockeren Knoten nach hinten gebunden und einige Löckchen fielen ihr über die Schläfen, was ihrem Gesicht einen sehr jungen, aparten Ausdruck gab.

„Und weshalb?", fragte sie mit hochgezogenen Augenbrauen zurück.

„Wie bitte?" Er war so sehr in ihren Anblick vertieft gewesen, dass er vergessen hatte, was er eigentlich hatte sagen wollen.

„Und weshalb trifft es sich ungünstig?", fragte sie geduldig nach.

„Ich kann derzeit nicht von hier fort." Er riss seinen Blick mit Mühe von ihren Lippen los.

Katharina zuckte mit den Achseln. „Na und? Dann reite ich eben alleine."

„Das kommt doch überhaupt nicht infrage, Katharina. Denkst du allen Ernstes, ich würde dich alleine losreiten lassen?"

„Glaubst du etwa, ich käme nicht ohne dich zurecht?", fragte sie erstaunt. „Ich reite daheim oft alleine aus."

„Daheim? Meinst du damit etwa New York? Das kannst du doch gar nicht vergleichen. Hier herrschen noch wesentlich rauere Sitten. Du würdest vermutlich nicht einmal fünf Meilen weit kommen, ohne dass du von einigen Herumtreibern vom Pferd gerissen wirst."

„Die hätten alle schneller eine Kugel im Kopf, als sie denken könnten", antwortete sie spöttisch.

„Wie auch immer, du wirst nicht alleine reiten", sagte er unwillig. Es gefiel ihm nicht, wie sie zuvor „ohne dich" gesagt hatte. „Und damit ist dieses Thema für mich erledigt, Katharina. Du kannst nächstes Mal mit mir kommen, wirst aber so lange warten müssen, bis ich Zeit dafür habe."

Kate musterte ihren Mann prüfend und überlegte, ob dieses Thema es wert war, mit ihm deshalb einen Streit anzufangen. Vermutlich wohl nicht. Besser war es, nicht mehr darauf zu beharren, sondern dann, wenn es ihr gefiel, einfach ein Pferd zu satteln und loszureiten. Sie war es schon lange nicht mehr gewohnt, sich nach anderen zu richten, und hatte nur bei Nick eine Ausnahme gemacht. Weil sie ihn so sehr geliebt hatte.

Aber das war jetzt vorbei. Zum Teufel mit ihm.

Sie zog sich nach dem Abendessen mit einem Buch in die Bibliothek zurück. Nick setzte sich zu ihr, griff ebenfalls nach einem Buch, aber sie bemerkte, dass er immer wieder herübersah und langsam unruhig wurde. Schließlich richtete er das Wort an sie: „Du siehst heute wieder ganz besonders hübsch aus, Katharina."

Kate sah kaum auf. „Danke, Nick. Sehr freundlich von dir."

Er räusperte sich. „Das sind wohl die Sachen, die du von zu Hause bekommen hast?"

„Nein, die hat Jeannette gemacht."

„Ach, warst du deshalb gestern so lange bei ihr?"

„Hm", antwortete sie nur und blätterte um. Sie war am Vortag erst um neun Uhr heimgekommen. Das hatte zwei Gründe gehabt: Zum einen hatte sie ihrem Mann aus dem Weg gehen wollen, und zum anderen hatte sie Jeannette vorsichtig ausgehorcht.

Der Vater ihres Kindes schien tatsächlich tot zu sein, und in Kate stieg der Verdacht auf, dass die hübsche junge Frau nur deshalb keinen Gatten gefunden hatte, weil sie befürchtete, dass dann die Wahrheit über ihr uneheliches Kind ans Licht kam. So wie sie Sam allerdings einschätzte, würde diesen das nicht abhalten, eine Frau zu achten und ihr Kind ebenso großzuziehen, als wäre es sein eigenes. *Das wäre ja gelacht, wenn ich die beiden nicht verkuppeln könnte',* überlegte sie fast fröhlich.

„Woran denkst du denn?", unterbrach Nick sie.

„Weshalb?", fragte sie erstaunt.

„Du hast gelächelt." Sein Blick war voller Wärme. Es war ungewohnt für sie, so von ihm behandelt zu werden.

,Zu spät', dachte Kate. *Noch vor wenigen Tagen wäre ich darauf hereingefallen.'*

„Ich hatte an Sam gedacht", sagte sie laut.

Sein Blick verfinsterte sich. „Wie das?"

„Er ist ein außergewöhnlich netter Mann. Wie kommt es, dass er trinkt und nicht verheiratet ist?"

„Du machst dir überraschend viele Gedanken um meinen Kompagnon", stellte Nick mit Schärfe in der Stimme fest.

„Ich mag ihn eben", erklärte Kate achselzuckend. „Da ist doch nichts dabei. Oder willst du mir vorschreiben, wen ich zu mögen habe und wen nicht?"

„Natürlich nicht", antwortete Nick einlenkend, „aber ..."

„Weißt du, ob er schon einmal verheiratet oder verlobt war?", unterbrach ihn Kate.

„Er hat einmal eine Andeutung fallen lassen", entgegnete Nick widerstrebend. „Irgendetwas von einer Heirat, die ins Wasser fiel, woraufhin er dann hierher gekommen ist. Er muss vorher irgendwo im Süden gelebt haben."

„Das dachte ich mir auch schon", nickte Kate, „er hat einen leichten Südstaatenakzent. Aber den hört man nur, wenn man genau aufpasst."

„Was du ja offensichtlich getan hast."

„Ja", erwiderte sie nur und senkte wieder den Kopf, um weiter zu lesen.

„Willst du heute gar nicht Schluss machen?" Die Ungeduld in Nicks Stimme wuchs.

„Ein bisschen noch." Kate setzte sich etwas bequemer hin und zwar so, dass ihr Rock bis über die Wade ihres rechten Beines rutschte, und genoss es, das versteckte Verlangen in Nicks Augen zu sehen. Sein Blick glitt von ihrem Bein aufwärts über ihre Knie, ihre Schenkel, die sich unter dem Rock deutlich abzeichneten und dann weiter über ihre enge Bluse, deren obersten Knöpfe sie geöffnet hatte. Ihr Mieder blitzte darunter hervor, wenn sie sich vorbeugte, und sie wusste auch, ohne hinzusehen, dass ihr Mann kaum seinen Blick davon lösen konnte.

Sie tat so, als würde sie weiterlesen, spielte wie in Gedanken versunken mit den offenen Knöpfen ihrer Bluse und hörte, wie Nicks Atem etwas schneller und lauter wurde. Er hatte sein Buch zur Seite gelegt und fixierte sie mit einem Blick, als wollte er sie alleine mit Gedanken dazu bringen, endlich aufzustehen und zu Bett zu gehen.

Kate fuhr leicht mit der Zungenspitze über ihre Lippen, blätterte wieder um, ohne auch nur einen Buchstaben gelesen oder verstanden zu haben, und setzte ihr Spiel mit den Fingern fort. Diesmal öffnete sie gedankenverloren einen Knopf, schloss ihn wieder und seufzte so tief auf, dass ihre Brust sich unter der dünnen Bluse abzeichnen musste.

Schließlich stand Nick auf und kam zu ihr herüber. Er nahm auf der Lehne Platz, beugte sich herüber und blickte in das Buch. „Was liest du denn so Spannendes?"

„Mozarts Biografie", erwiderte sie. „Unglaublich, dieses Genie."

„Ja. Vermutlich." Er nahm ihr das Buch aus der Hand. „Komm jetzt schlafen, Katharina."

Sie sah hoch, tauchte in seinen Blick ein und vergaß sekundenlang, dass sie ihn hasste und es ihm heimzahlen wollte. Seine grauen Augen blickten intensiv, aber doch weich und warm, und das Verlangen darin war mit Zuneigung gepaart. Ganz anders als früher, als sie nur das kalte Begehren darin gesehen hatte, den Wunsch sie zu besitzen. Er lächelte, und sie stellte wieder einmal fest, welch ein gut aussehender Mann Nick doch war. Sie hob fast gegen ihren Willen die Hand, berührte zart seine Schläfe auf der bereits die ersten weißen Haare zu sehen waren. Er ergriff ihre Hand und drückte sie gegen seine Lippen, und sie fühlte es heiß in sich aufsteigen.

„Komm schlafen", sagte er nochmals, und diesmal klang seine Stimme rau.

Kate hatte geplant, ihn zappeln zu lassen. Sein Verlangen zu erwecken und dann nicht zu befriedigen. So wie er es mit ihr getan hatte. Aber als sie jetzt in seine Augen blickte, fühlte sie ihre Vorsätze schwinden. Sie mochte ihn vielleicht hassen, aber dennoch begehrte sie ihn. Und wenn nicht sie, dann ihre Weiblichkeit, die verlangend zwischen ihren Beinen pochte. Er schob seine Hand sanft in ihre geöffnete Bluse und Kate musste nicht erst an sich herabsehen, um zu wissen, dass ihre Brustspitzen sich sofort aufstellten. Ihr Körper brannte vor Verlangen nach seinen Berührungen, und die Vorstellung, sein Glied zwischen ihren Beinen zu fühlen, brachte ihr Blut in Wallung.

,Warum nicht?', dachte sie plötzlich. ,Warum nicht einfach nur mit ihm schlafen, um meine eigene Leidenschaft zu befriedigen? Ihn benutzen, so wie er es mit mir getan hat.'

Sie lehnte sich im Sessel zurück, schloss die Augen, genoss das Streicheln seiner Hand und öffnete ohne lange zu zögern noch die restlichen Knöpfe ihrer Bluse, bevor sie daran ging, die Häkchen, die ihr Mieder zusammenhielten, zu lösen. Nicks Atem wurde lauter, als er ihre Brüste aus dem Mieder hob, sich weiter herabbeugte und sie küsste. Er nahm ihre linke Brust, hielt sie fest, während er die Brustwarze zwischen seine Lippen nahm, mit seiner Zunge feurige, feuchte Kreise darum zog und die Spitze der anderen sanft zwischen seinen Fingern rieb, bis Kate tief aufseufzte.

Endlich wandte er sich ihrem Mund zu, sog leicht an der Unterlippe und suchte dann mit seiner Zunge die ihre. Kate schob sie ihm entgegen und griff gleichzeitig mit der Hand nach seiner Hose, deren Vorderteil bereits eine verräterische Ausbuchtung hatte. Sie legte ihre Hand auf die Knopfleiste, um sein Glied zu streicheln, das sich schon ungeduldig gegen den Stoff der Hose drängte. Die Berührung erregte sie noch mehr, und sie seufzte verhalten auf, als Nick ihren langen Rock hochzog, ihn über ihre Knie schob und mit seinen Fingerspitzen an der Innenseite ihrer Schenkel aufwärts strich.

Einer plötzlichen Eingebung folgend wusste sie jetzt, wie sie sich das holen konnte, was sie von ihm wollte, um ihn dann fortzuschicken. Sie glitt an ihm vorbei auf den Boden, streckte sich auf dem weichen Teppich vor dem Kamin aus und zog ihn mit sich. „Tu es jetzt und hier, Nick", sagte sie drängend. „So wie letztens mit deiner Hand."

Nicks Pupillen weiteten sich vor Erregung, als er, seine Augen fest auf ihr Gesicht geheftet, neben ihr niederkniete. Er legte seine Hände auf ihre Brüste, glitt über ihren Bauch und schob dann ihren Rock hoch, bis der weiche Wollstoff über ihren Hüften lag. Kate hob sich leicht, als er die

Bänder ihrer weißen Spitzenhose löste und sie über ihre Beine hinunterzog. Er streichelte einen kurzen, verwirrenden Moment lang über das schwarze Dreieck ihrer Scham und ließ seine Finger dann über die Außenseite ihrer Schenkel abwärts wandern.

Als er sich vorbeugte und seine Lippen auf ihren Hals presste, fühlte sie erregt die Wärme seines Atems auf ihrer Haut. Sie öffnete auf den leichten Druck seiner Hand hin sofort ihre Beine etwas mehr, und er umfasste mit der linken Hand ihre Brust, schob sich ihre Brustspitze in den Mund und saugte sich daran fest, während er seine Rechte zwischen ihren Schenkeln verschwinden ließ. Kate bog sich seinen Lippen und seiner Hand entgegen, ließ ihre Finger durch sein Haar gleiten und spreizte ihre Beine tief aufseufzend noch ein wenig mehr, als sie die feste Berührung seiner Hand in ihrer Scheide fühlte, und er zu ihrem geheimen Entzücken seinen Daumen auf ihre lustvoll geschwollene Klitoris legte und so kräftig massierte, dass sie mehrere Male leise aufschrie. Dann, plötzlich, ließ er ihre feuchte Brust aus seinem Mund gleiten und setzte sich ein wenig auf, sah sie aufmerksam an, ohne den Druck seines Daumens zu vermindern.

Kate dachte schon, er würde sich jetzt über sie legen wollen und überlegte, wie sie das verhindern konnte, als einer seiner Finger ohne den Halt seines Daumens auf ihrer Klitoris zu lösen von ihrer feuchten Scheide nach hinten wanderte, die Spalte zwischen ihren Gesäßbacken erreichte, tiefer hineinfuhr und die Nässe ihrer Erregung ausnutzte, um einige höchst erregende Momente lang in eine Öffnung einzudringen, die zu berühren in ihr eine Lust erzeugte, mit der sie niemals gerechnet hatte. Sie bäumte sich unter seinem Griff auf, klammerte sich Halt suchend mit der rechten Hand an seine Jacke, während sie sich mit der Linken am Teppich festkrallte. Dann war es auch schon vorbei, seine Finger ruhten wieder in ihrer Scheide und Kate, deren Denkvermögen nur noch spärlich funktionierte, wurde bewusst, dass er sie immer noch beobachtete.

Das durfte nicht sein. Sie durfte nicht zulassen, dass er wieder mit ihr spielte. Es musste umgekehrt sein. Und es gab nur eine Möglichkeit zu verhindern, dass er sie fast völlig unbeteiligt dazu brachte, sich unter seinen Händen zu winden. Entschlossen griff Kate nach seinem Glied, sah, wie er zusammenzuckte, und hörte mit Befriedigung sein leises Stöhnen, als sie es durch den Stoff der Hose hindurch packte und mit festem Griff auf und ab fuhr, von der Spitze zur Wurzel und wieder zurück.

„Mach bitte weiter, Nick." Ihre Stimme war nur ein Hauch, aber laut genug um ihn zu veranlassen, sich über sie zu beugen.

„Nimm ihn in den Mund, Katharina."

Das würde sie bestimmt nicht tun. Diesmal hatte seine Stimme zwar bittend geklungen, ohne den Befehlston, mit dem er damals von ihr dasselbe verlangt hatte, aber sie erinnerte sich daran, wie er das letzte Mal ihren Kopf gehalten, tief in ihren Rachen gestoßen und sich dann in ihren Mund ergossen hatte. Und am Ende hatte er sie auf gleiche Ebene mit einer der Huren gestellt, mit denen er sich sonst abgab. Mit dieser schwarzhaarigen Frau, die ihr schon auf der Straße begegnet war, und die sie mit einem spöttischen Lächeln gemustert hatte.

„Später", sagte sie verheißungsvoll lächelnd.

Das Verlangen in seinen Augen wurde stärker, als sie stattdessen mit seinem Glied spielte, sachte mitsamt dem Stoff der Hose daran zog. Er rückte etwas näher, küsste sie, als er seine Hand wieder tiefer zwischen ihre Schenkel schob und endlich mit zwei Fingern in sie eindrang. Kate seufzte erleichtert auf, als sie die rhythmischen Bewegungen fühlte, mit denen er in ihrer Scheide auf und ab glitt, seine Finger kreisen ließ und dann wieder den empfindlichen Eingang zu ihrer Vagina massierte, während sein Daumen keine Sekunde den Kontakt mit ihrer Klitoris verlor.

Kate stöhnte tief auf, als ihre Leidenschaft sich für Sekunden zwischen ihren Schenkeln sammelte, um dann wie ein Erdbeben ihren ganzen Körper zu erfassen. Ihre Beine zitterten unkontrolliert, sie stieß einen Schrei aus, der von Nicks Lippen abgefangen wurde, und presste in ihrer Erregung sein Glied so fest zusammen, dass er ebenfalls aufschrie, halb vor Schmerz, halb vor Lust, und sich im selben Moment ergoss.

„So hatte ich mir das nicht vorgestellt", sagte er kurz darauf, als sie beide wieder zu Atem gekommen waren.

Kate hatte Mühe, ihr triumphierendes Lächeln zu unterdrücken. Zum einen, weil sie bekommen hatte, was sie wollte, und zum anderen, weil Nick das nicht so völlig von sich sagen konnte.

„Beim nächsten Mal", versprach sie scheinheilig, setzte sich auf, zog ihren Rock wieder über die Knie und knöpfte ihre Bluse zu.

„Es war trotzdem schön", sagte Nick plötzlich, und Kate blickte schnell von ihren Knöpfen weg in sein Gesicht. In seinen Augen lag ein warmes Lächeln, und für Sekunden hatte sie ein schlechtes Gewissen, weil sie ihn benutzt und tatsächlich um seinen Wunsch betrogen hatte.

Dann schob sie diesen Gedanken weit von sich, nickte ihm nur freundlich zu und stand auf, um ihre Hose aufzuheben. Als sie aus der Tür ging, sah sie kaum zu ihm zurück. „Gute Nacht, Nick."

Kate ging in den folgenden Tagen und Wochen daran, ihren wohlüberlegten Plan, was ihre Freunde betraf, in die Tat umzusetzen. Das begann damit, dass sie Jeannette Hunter zum Essen einlud, und zwar in ein Restaurant, von dem sie wusste, dass Sam dort fast täglich zum Mittagessen erschien.

Sie holte ihre Freundin von deren Atelier ab und ging dann mit ihr plaudernd und lachend durch die Straßen, bis sie vor dem Gebäude standen, in dem sich das *Red Nugget* befand. Das Restaurant hatte einen guten Ruf, sowohl was das Essen als auch das Publikum betraf, das dort verkehrte, und Kate trat entschlossen ein, mit Jeannette im Schlepptau, die nun noch Bedenken hatte.

Tatsächlich war es in den meisten besseren Restaurants undenkbar für Frauen, ohne männliche Begleitung einzutreten und etwas zu essen bestellen, aber Kate hatte derlei Beschränkungen ihres freien Willens bereits vor langer Zeit hinter sich gelassen. Sie war von New York her gewohnt, auch einmal allein ein Restaurant aufzusuchen, und obwohl es auch dort nicht überall geduldet wurde, dass Damen ohne Begleitung den Speisesaal betraten, so hatte man es bei ihr akzeptiert und die Kellner und der Restaurantbesitzer ihres Lieblingsrestaurants hatte sich geradezu überschlagen, Kate Duvallier und ihren Freundinnen einen guten Tisch und ein exzellentes Mahl vorzusetzen.

Diesmal wurden sie jedoch aufgehalten, und Kates Augen begannen wütend zu funkeln, als der Kellner den beiden ‚Ladies' nahe legte, das Restaurant wieder zu verlassen.

„Soll das heißen", fragte sie kalt, „dass Sie nicht in der Lage sind, zwei anständigen Frauen das entsprechende Ambiente zu bieten, um zu gewährleisten, dass sie in Ruhe und ohne belästigt zu werden, hier ihr Mittagsmahl einnehmen können?"

Der Kellner starrte sie verständnislos an und Kate wusste, dass er das Wort „Ambiente" nicht verstanden hatte. „Mit anderen Worten", fuhr sie ungerührt fort, „hatten Mrs. Hunter und ich angenommen, wir befänden uns in einem Restaurant und nicht in einem Bordell. Es würde mir leidtun, wenn wir uns in dieser Hinsicht getäuscht hätten."

Fünf Minuten später hatten sie den besten Tisch im Restaurant. Kate sah sich unauffällig um. Sam war noch nicht hier und sie hoffte nur, dass er es sich nicht gerade heute anders überlegt hatte und zum Essen daheimblieb.

Zu ihrer Erleichterung tauchte er jedoch knapp fünf Minuten später beim Eingang auf und reagierte sofort auf ihr dezentes Handzeichen, mit dem sie ihn herbeizurufen versuchte.

Als er zu ihrem Tisch kam, lag ein breites Lächeln auf seinen Lippen. „Wie ich sehe, Kate, machen Sie es sich zur Angewohnheit, außer Haus zu essen. Was mich besonders freut, da ich dann das Vergnügen habe, Sie zu treffen."

Kate reichte ihm die Hand und stellte ihm Jeannette vor, die den Neuankömmling prüfend betrachtete.

„Vielleicht machen Sie uns die Freude, bei uns Platz zu nehmen", fuhr sie danach fort. „Vorausgesetzt natürlich, Sie haben nicht schon eine andere Verabredung." Mit Genugtuung hatte sie bemerkt, dass Jeannette leicht errötet war, als Sam sich höflich vor ihr verbeugt hatte, und dass dessen Augen mit sichtlichem Wohlgefallen auf der hübschen Erscheinung ihrer Freundin ruhten.

Im Laufe des Essens taute die etwas schüchterne Jeannette auf, lachte mit ihr und Sam um die Wette, und Kate war, als sie zwei Stunden später gemeinsam das Restaurant verließen, überzeugt davon, dass der erste Schritt in die richtige Richtung bereits gemacht worden war.

'Jetzt noch ein oder zwei gemeinsame Einladungen bei uns daheim', dachte sie zufrieden, als sie alleine heimging, weil sie es geschickt eingefädelt hatte, dass Sam Jeannette nach Hause begleitete, *,und dann sollte es mich wundern, wenn da nicht noch mehr daraus wird. Die beiden passen hervorragend zusammen. Sam ist zwar vermutlich so um die fünfzehn Jahre älter als Jeannette, aber das ist kein Fehler. Eine junge Frau wird ihm gut tun, und Jeannette wird seine verlässliche, freundliche Art zu schätzen wissen. Außerdem ist er wohlhabend und kann ihr und ihrem Kind in jeder Hinsicht eine Geborgenheit geben, die sie sonst nicht hätte.'*

Ihre eigene Ehe fiel ihr ein, und sie verzog abfällig den Mund. Wie anders war doch ihr Verhältnis zu Nick. Sie hatte bei ihm Liebe gesucht, aber anstatt ihre Zuneigung zu erwidern, hatte er gemeint, sie kaufen zu können und sie dann den offensichtlich immer noch vorhandenen Hass auf ihren Großvater fühlen lassen. *,Was für eine kranke Idee, sich nur aus Rache an mich zu binden'*, dachte sie bitter.

Sie war so in ihre Gedanken versunken, dass sie erst im letzten Moment aufsah, als jemand vor ihr stand und sie ansprach. Zu ihrem Unmut erkannte sie Grace Forrester, die in ihrem üblichen hellgrünen, zu den Augen passenden Seidenkleid und dem hochgesteckten, blonden Haar wieder einmal bildschön aussah. Diesmal hatte Kate jedoch keinen Grund, sich ihrer Aufmachung wegen zu schämen, und begrüßte die ehemalige Rivalin mit einem freundlichen Kopfnicken.

„Ich habe gehört, dass Sie heiraten, Grace", sagte sie mit falscher Liebenswürdigkeit, „und nach San Francisco ziehen werden."

Graces Blick war sofort neugierig und ein wenig neidisch über Kates exzellent geschneidertes Kleid geglitten, das sie von einem französischen Couturier hatte anfertigen lassen, der in New York einen Erfolg versprechenden Absatzmarkt entdeckt und dort eine Dependance aufgemacht hatte. Es war eines jener Kleider, die ihre Mutter ihr geschickt hatte; Garderobe für jede Gelegenheit und jeden Anlass. Jetzt sah sie Kate mit ihrem unechten Lächeln an. „Ja, Mike möchte seine Geschäfte dorthin ausdehnen und hält es für besser, wenn wir hinziehen. Und ich muss gestehen, dass ich mich darauf freue, San Francisco ist eine moderne Stadt."

„Gewiss", erwiderte Kate mit genau dem richtigen Quäntchen Langeweile in der Stimme, um zu zeigen, dass einer welterfahrenen Frau wie ihr, die in der Großstadt an der Ostküste aufgewachsen war, selbst San Francisco noch wie die tiefste Provinz scheinen musste. „Gewiss, ich war zwar noch nicht dort, aber man sagt, dass die Stadt in etwa zehn Jahren denselben Status erreicht haben wird, wie ihn New York schon lange hat." Kein Mensch hatte je so etwas behauptet, aber Kate bemerkte mit Genugtuung, dass der Hieb saß. Seit sie sich entschlossen hatte, die Rolle der grauen Maus endgültig aufzugeben und wieder zu Kate Duvallier zu werden, der selbstbewussten Geschäftsfrau, hatten sich auch ihre Haltung und ihr Umgangston verändert. Wovon Grace, die offenbar geglaubt hatte, in der gleichen Weise wie immer mit ihr verfahren zu können, sofort noch eine weitere Kostprobe abbekam. Sie begegnete den üblichen spitzen Bemerkungen mit Gelassenheit und einer Ironie, die selbst eine dickhäutige Person wie Grace nicht übersehen konnte, machte eine gezielt boshafte Bemerkung zu deren neuem Hut und ging dann hoch erhobenen Hauptes davon – eine Siegerin auf ganzer Linie.

Es war das erste Mal, dass sie mit ihr zusammengetroffen war, seit sie Grace bei dem Wettrennen zurückgelassen hatte. Soviel sie von Ann Baxter, die immer eine Spur besser informiert war als alle anderen, gehört hatte, waren Lady Star und sie das Hauptgesprächsthema in der Stadt. Entweder hatte Graces Verlobter bei einem seiner Freunde eine Bemerkung fallen lassen, oder jemand hatte sie beobachtet, aber jedenfalls hatte es sich sehr schnell herumgesprochen, dass Nick Brandan seiner Frau ein neues Pferd geschenkt hatte, das rannte wie der Teufel und der schönen Grace und ihrer Blizzy eine ziemliche Abfuhr erteilt hatte.

Der Tag, dachte sie, als sie heimkam und auf ihr Zimmer ging, um den Hut und die Handschuhe abzulegen, *kann somit als äußerst erfolgreich betrachtet werden.*

„Und morgen reite ich auf die Ranch hinaus", sagte sie halblaut zu ihrem Spiegelbild und lächelte sich selbst zu.

Am nächsten Tag führte Kate, ungeachtet der möglichen Kontroverse mit Nick, ihren Plan aus, zog sich eine feste Reithose an, lud ihre leichte Winchester, die sie auch daheim bei ihren Ausritten in der Gewehrtasche am Sattel mittrug, und sattelte Lady Star, die ihr erfreut entgegenwieherte, als sie in den Stall kam. Die Stute war es nicht gewöhnt, so viel im Stall zu stehen, und würde den Ausflug zweifellos ebenso genießen wie Kate selbst. Wenn Nick es nicht passte, dass sie selbstständig ausritt, dann war das zweifellos sein Problem und nicht ihres.

Sie führte die Stute zum Tor hinaus, und zog die feinen Augenbrauen zusammen, als im selben Moment Nicks Wagen, mit dem er an diesem Morgen weggefahren war, anstatt wie sonst das Pferd zu nehmen, einige Gassen weiter unten um eine Ecke bog. Sie schloss das Hoftor, schwang sich auf die unternehmungslustig tänzelnde Lady Star und ritt, einer beunruhigenden Eingebung folgend, die Straße hinunter. Sie hatte noch kurz einen Blick auf den Fahrer erhaschen können und war sich fast völlig sicher, dass ihr Mann kutschierte. Es war nicht weiter ungewöhnlich, dass er in die Richtung fuhr, wo sich auch sein Stadtbüro befand, aber dennoch lenkte sie ihr Pferd ohne lange nachzudenken den kleinen Hügel hinunter und hielt dann überrascht im Schatten einiger Bäume an, als sie sah, dass Nick vor jenem Haus hielt, in dem, wie sie nur allzu genau wusste, seine Geliebte wohnte.

Sie beobachtete, wie er seiner schwarzhaarigen Freundin, die lachend und lächelnd und ununterbrochen redend aus dem Haus kam, auf den Wagen half, bevor er selbst auf den Fahrersitz sprang und die Pferde antrieb.

Kate starrte dem Wagen nach, bis er hinter einem Haus verschwunden war, dann wischte sie sich schnell über die Augen, wandte langsam ihr eigenes Pferd und ritt in entgegengesetzter Richtung aus der Stadt. Sie hatte es zwar geahnt, war sich jedoch nicht völlig sicher gewesen, dass er immer noch Kontakt zu dieser Frau hatte, die er – das hatte sie einmal von der liebenswerten Grace erfahren, der diese Mitteilung ein besonderer Genuss gewesen war, – vor ihrer Heirat ausgehalten und vermutlich auch danach immer noch finanziell unterstützt hatte. Angeblich hatte er ihr sogar ein Appartement gemietet, wo er sie jederzeit besuchen konnte, wenn ihm danach war. Und dass er dies auch nach seiner Heirat getan hatte, lag nun auf der Hand. Andernfalls hätte sie die beiden jetzt nicht gemeinsam gesehen.

Lady Star fiel, als sie die letzten Häuser hinter sich hatten, wie von selbst in einen leichten Galopp, und Kate ließ der Stute ihren Willen. Sie hatte keinen Blick für die Landschaft um sich herum, sondern saß nur mehr oder weniger gedankenlos auf dem Pferd und grübelte über Nick und diese Frau nach. Sie war selbst darüber erstaunt, wie sehr sie der Anblick von Nicks Geliebter, der liebenswürdigen Art wie er ihr auf den Wagen geholfen und sie dabei angelächelt hatte, außer Fassung bringen konnte. Als ob es ihr nicht gleichgültig sein konnte, wenn er Freundinnen hatte. Ihr selbst lag schließlich nichts mehr an ihm, und sie war nur noch aus einem einzigen Grund hiergeblieben: Nämlich, um es ihm heimzuzahlen. Und das würde sie auch tun.

Sie hatte die Lust an dem Ausritt verloren, und lenkte Lady Star, als sie das Holzwerk erreichten, wieder zur Stadt zurück. Sie würde, um sich zu trösten, Jeannette Hunter aufsuchen und sich ein – oder noch besser zwei – neue Kleider bestellen. Ihrer Erfahrung nach immer noch ein gutes, wenn auch nur begrenzt wirkendes Heilmittel gegen traurige Gedanken und ein halb gebrochenes Herz.

Als sie jedoch wieder in die Stadt einritt und an den ersten Häusern vorbeikam, sah sie etwas, das sie veranlasste, Lady Star zu zügeln und sofort ihre Kleider zu vergessen. Vor einem der Saloons war ein staubiges Pferd angebunden, das den rechten Vorderhuf vorsichtig in die Höhe hielt. Kate sah mit einem Blick an dem geschwollenen Knöchel, dass es eine Entzündung hatte und zweifellos ziemliche Schmerzen erdulden musste. Sie sprang von ihrem Pferd, beugte sich zu dem anderen Tier herunter und besah sich die Sache aus der Nähe.

Nikolai hatte Sue-Ellen zum Bahnhof gebracht, wo sie den Zug nach San Francisco und von dort ein Schiff nach Los Angeles nehmen wollte. Er hatte sich erleichtert von ihr verabschiedet, als sie einen ihrer früheren Verehrer getroffen hatte, der keine Sekunde zögerte, ihr auf der Reise seine Dienste anzubieten. Den Wagen hatte er wieder beim Büro abgegeben und war nun gut gelaunt zu Fuß unterwegs zu einem Geschäftsfreund, als er hinter sich einen anerkennenden Pfiff hörte. Er wandte sich um. Der Mann, der den Pfiff ausgestoßen hatte, gehörte offensichtlich zu den Arbeitern, die in der Mittagspause die billigeren Restaurants in dieser Gegend aufsuchten.

Er erkannte schnell den Grund für den Pfiff. Es war nicht, wie er zuerst gedacht hatte, das auffallend schöne schwarze Pferd, das ruhig neben einem anderen stand und nur neugierig schnupperte, sondern eine Frau.

Sekundenlang blieb sein fassungsloser Blick an den langen, in Hosen steckenden Beinen haften, dann glitt er hinauf zu den höchst wohlgeformten Hüften und der schlanken Taille und blieb am Ende an dem üppigen schwarzen Haar hängen, das zu einem halbgelösten Knoten hochgesteckt war.

Die Frau hockte sich neben das Pferd auf den Boden und strich vorsichtig über dessen rechtes Vorderbein, dann stand sie auf und blickte sich suchend um.

„Donnerwetter", ließ sich der Arbeiter vernehmen und leckte sich über die Lippen, „das ist vielleicht einmal ein appetitliches Kindchen. Die Kleine ist nicht übel, was? Wäre was für Mutters Sohn." Sein Kumpane pflichtete ihm mit einem breiten Grinsen bei, und Nikolai spürte, wie Zorn in ihm hochstieg. Auf diese beiden Männer, die es wagten, so über seine Frau zu sprechen. Und auf Katharina selbst, die sich in dieser Aufmachung auf der Straße sehen ließ.

Er überquerte entschlossen die Straße, ging ohne Gruß an Mrs. Baxter vorbei, die mit einer Bekannten an der Ecke stand und ihm neugierig nachsah, und fasste seine Frau am Arm, als sie sich gerade wieder neben dem fremden Pferd auf den Boden knien wollte.

„Was zum Teufel fällt dir nur ein, vor allen Leuten so herumzulaufen!", fuhr er sie grob an. „Hast du denn gar kein bisschen Schamgefühl?"

Katharina war erschrocken zusammengezuckt, als sie so derb angesprochen wurde, atmete jedoch sichtlich auf, als sie ihn erkannte. „Sieh nur, Nick, dieses Pferd hat eine schlimme Fußverletzung. Wenn man nichts dagegen unternimmt, muss es erschossen werden."

„Weshalb sollte mich das Pferd interessieren?!"

„Mich tut es das", erwiderte sie ruhig und wollte sich wieder bücken, als er sie hochriss.

„Du gehst sofort nach Hause! Ich werde nicht dulden, dass du dich auf diese Weise zur Schau stellst!"

Sie sah an sich herab. „Aber Nick, so laufe ich zu Hause immer herum. Und kein Mensch würde Anstoß daran nehmen."

„Du bist jetzt HIER daheim", antwortete er hart. „Und du wirst dich danach richten, wie eine anständige Frau – und noch dazu meine Frau – sich zu kleiden hat. Ich werde nicht zulassen, dass du herumläufst, wie eine dieser ... Damen!"

„Wie kannst du nur in diesem Ton mit mir reden!", fuhr Katharina erzürnt auf. „Ihr Männer lauft ja auch in Hosen herum, ohne dass die Frauen nach euch Stielaugen bekommen!" Sie wandte sich in die Runde, stemmte die Hände in die Hüften und rief: „Sind unsere Beine etwa unanständiger als die von Männern? Oder schlechter? Wo, zum Teufel, ist der Unterschied?!"

Nikolai war sekundenlang sprachlos, so hatte er seine Frau noch nie erlebt. „Katharina", fuhr er sie an, als er wieder Worte hatte, „du wirst sofort heimgehen, wenn du nicht willst, dass ich dich an den Haaren nach Hause schleife!"

„Ja, natürlich! An den Haaren nach Hause schleifen! Warum auch nicht? Mit einer Frau kann man ja alles machen! Dafür hat man sie ja, nicht wahr?" Katharinas Augen sprühten förmlich vor Zorn, ihre sonst so leise Stimme tönte klar und deutlich über die Straße. Eine Menge Leute waren stehen geblieben und sahen her; ein Farmer hatte sogar seinen Wagen angehalten, um herüberzugaffen. Einige lachten, und Nikolai bemerkte, dass etliche Köpfe in den Fenstern erschienen.

Aber Katharina war noch nicht fertig.

„Weshalb seht ihr das als so selbstverständlich an, dass wir uns nach euch richten, rennen, sobald ihr nur mit dem kleinen Finger winkt, zu allem ‚Ja und Amen' sagen", fuhr sie wütend fort, „den Mund halten und nur möglichst weit öffnen, wenn euch danach ist?!"

Ein entsetztes Raunen ging bei diesen Worten durch die Straße.

Nikolai, der langsam einsah, dass er mit Drohungen diesmal nicht weiterkommen würde und die einzige Möglichkeit, sie zum Schweigen zu bringen, vermutlich eine Ohrfeige war, zögerte - sie hätte diese Behandlung verdient, aber er brachte es aus irgendeinem Grund nicht übers Herz, sie zu schlagen. Und abgesehen von der Peinlichkeit, der sie ihn aussetzte, gefiel sie ihm, so, wie sie da vor ihm stand, mit den funkelnden Augen, dem schwarzen Haar, das ihr über die Schultern fiel und dieser anstößigen Hose ...

Ihre Blicke trafen sich sekundenlang, bohrten sich ineinander, dann atmete Katharina tief durch und wandte sich von ihm ab. „Wem gehört dieses Pferd?", rief sie in die Runde.

Ein Mann, der bisher in der Tür zu einer Bar gestanden und herübergegrinst hatte, kam näher. „Mir. Was ist denn mit dem Pferd, Lady?"

„Sehen Sie nicht, dass es eine Hufverletzung hat?", fragte Katharina zornig. „Es muss schon längere Zeit hinken, haben Sie das nicht bemerkt?"

„Was geht Sie mein Pferd an, Lady?", fragte der Mann spöttisch.

„Wollen Sie eine blutige Nase?", fragte die sonst so sanfte Katharina zu Nikolais wachsendem Erstaunen gereizt zurück und ging einige Schritte auf den Mann zu.

Der wich etwas nach hinten aus und sah Hilfe suchend in die Runde, sah aber nur mehrere grinsende, etliche erstaunte und besonders unter den Frauen beifällige Gesichter. „Halten Sie gefälligst Ihre Frau zurück", rief er Nikolai zu, „ich habe keine Lust, mich von ihr angreifen zu lassen, nur weil Sie nicht mit ihr fertig werden."

Nikolai zuckte nur mit den Achseln und grinste jetzt ebenfalls. Er war viel zu neugierig, was seine Frau weiter tun würde. So hatte er sie noch nicht erlebt, aber sie ähnelte nun viel mehr dem temperamentvollen jungen Mädchen, das er früher gekannt und geliebt hatte.

„Ich werde Ihnen das Pferd abkaufen", erklärte seine Frau kühl. Sie stand jetzt dicht vor dem Mann, der so lange zurückwich, bis er an der Wand anstieß. Er war schmächtig, kaum größer als sie, und starrte jetzt mit einem besorgten Ausdruck in ihre Augen.

„Ich gebe Ihnen dreißig Dollar dafür."

„Dreißig Dollar? Sind Sie verr…", fuhr der Mann auf.

Katharina zog die Augenbrauen hoch, und der Kerl verstummte. „Das ist immerhin mehr, als Sie vom Abdecker dafür erhalten würden", erwiderte sie kalt.

Nikolai entschied die Angelegenheit, indem er in die Brieftasche griff, dreißig Dollar herauszog und sie dem Mann hinhielt. Der fasste hastig danach, zwängte sich an Katharina vorbei und machte, dass er davonkam. Vereinzeltes Gelächter folgte ihm.

„Du warst vorhin drauf und dran, von mir eine Tracht Prügel zu bekommen", sagte Nikolai so leise, dass ihn sonst niemand verstehen konnte. Sein Blick glitt über ihre Lippen, die derbe Bluse, die trotz aller Lockerheit nicht verbergen konnte, dass das Darunter äußerst reizvoll war. Er sah wieder in ihr Gesicht und fühlte, wie Verlangen nach ihr in ihm hochstieg.

Seine Frau blickte in die Runde, einige der Leute waren weitergegangen und kümmerten sich nicht mehr um sie, aber die meisten sahen noch her. „Ich bin überrascht, dass du es nicht getan hast", erwiderte sie ernst. „Was hat dich davon abgehalten?"

„Du", erwiderte er ruhig, trat noch einen Schritt näher und fasste sie bei Schultern. „Übrigens, die Leute erwarten noch eine Zugabe."

Katharina hielt zuerst still, als er sie an sich zog und küsste. Er hatte nur einen kurzen Kuss geplant gehabt, um den Leuten zu zeigen, dass er weder unter dem Pantoffel stand, noch seiner Frau das unerhörte Benehmen nachtrug, aber dann legte sie ihre Arme um seinen Hals und erwiderte seinen Kuss mit einer Leidenschaft, die ihn vergessen ließ, dass sie mitten auf der Straße standen, vermutlich alle seine Nachbarn zusahen und morgen die halbe Stadt über sie beide den Kopf schütteln würde.

„Was muss ich tun, damit du nicht wieder mit Hosen auf die Straße gehst?", fragte er etwas atemlos, als er sie nach endlosen Minuten wieder losließ.

Sie lächelte. „Das weiß ich noch nicht, aber du könntest einmal damit anfangen, das neu erworbene Pferd heimzubringen."

„Gut." Nikolai trat zu dem Pferd, das sein ehemaliger Besitzer soeben absattelte. Er nahm das Pferd am Zügel und ging davon, gefolgt von Katharina, die Lady Star mit sich führte. Einige der Leute standen immer noch herum und sahen mehr oder weniger verstohlen herüber, aber die meisten hatten sich inzwischen schon ihren eigenen Angelegenheiten zugewandt.

Daheim angekommen kümmerte er sich zuerst um das Pferd, sah sich fachmännisch die Verletzung an und legte dann einen Verband auf den Huf, der seiner Erfahrung nach in solchen Fällen gute Heilungserfolge erzielte. Kate blieb bei ihm im Stall, nachdem sie ihre Stute abgesattelt hatte, und half ihm das Pferd, das bei jeder Berührung schmerzhaft wegzuckte, ruhig zu halten.

Als sie etwa eine Stunde später gemeinsam das Haus betraten, hatte er keine Lust mehr, in sein Büro zurückzukehren, sondern beschloss, den Rest des Tages daheim bei seiner Frau zu verbringen. Es fiel ihm in der letzten Zeit zunehmend schwerer, sich von ihr zu trennen. Er verließ am Morgen auch entsprechend missmutig das Haus, konnte sich tagsüber kaum auf seine Arbeit konzentrieren, weil seine Gedanken immer wieder zu Katharina abglitten, und beeilte sich am Abend heimzukommen.

Noch vor Kurzem hatte er seine Gefühle für sie noch ganz anders gesehen. „Ruhige Zuneigung" hatte er es genannt, und er hatte sich sein zukünftiges Zusammenleben mit Katharina auch entsprechend vorgestellt. Ruhig, ohne Höhen und Tiefen, mit einer Gattin, die sich seinem Willen unterordnete, sich bescheiden und verlässlich um sein Wohl kümmerte, und von der er alleine wusste, dass sich hinter dem unscheinbaren Äußeren eine bildschöne

Frau verbarg, die sich ihrer eigenen Anziehungskraft selbst nicht bewusst zu sein schien.

Und dann war alles anders gekommen. Aus dem zurückhaltenden Mauerblümchen war über Nacht eine selbstbewusste und äußerst attraktive Frau geworden, die sich nicht mehr unter seinen harten Worten duckte. Er konnte sie nicht mehr einschüchtern und spürte, wie sie ihm nach und nach entglitt. Während sie in der Zeit davor für jede seiner freundlichen Gesten dankbar gewesen war und sich ganz seinem Willen gebeugt hatte, war sie nun fordernd und energisch geworden und wies ihn zu seiner größten Überraschung sogar mehrmals zurück, wenn er sich ihr nähern wollte. Sie trug plötzlich andere Kleider, fiel anderen Männern, wie er zu seinem Unmut bemerkt hatte, auf der Straße alleine schon durch ihre stolze Haltung auf, und überdies hatte er stirnrunzelnd bemerkt, dass sie offenbar auch ohne Brille ganz vorzüglich sehen konnte.

Er hätte sich selbst belogen, wenn er nicht zugegeben hätte, dass ihm diese neue Katharina weitaus besser gefiel, als jene, die er geheiratet hatte. Sie war anziehend, anregend und aufregend, er wusste nie, was in ihrem Kopf vorging. Sie schlief zu seinem Missfallen viel seltener mit ihm, aber wenn, dann tat sie es mit Bedacht, entfachte seine Leidenschaft bis zur Glut und brachte ihn oftmals in einen Zustand, in dem er ihr jedes Zugeständnis gemacht hätte, nur, um endlich zum Ziel seiner Wünsche zu kommen, und sie in seinen Armen stöhnen zu hören.

Er hatte sich, nachdem er aus dem Stall gekommen war, in die Bibliothek zurückgezogen und versuchte ein Buch zu lesen, während seine Gedanken wie immer darum kreisten, wo Katharina sein mochte. Sie war in ihr Zimmer gegangen, hatte sich wohl ebenfalls umgezogen, und er begann sich schon mit der Idee zu beschäftigen, einfach zu ihr zu gehen und sie in sein Bett zu nehmen. Das Mädchen hatte heute seinen freien Tag, und sie waren alleine und völlig ungestört. Gerade jedoch, als er das Buch weglegte und aufstehen wollte, hörte er ihre Schritte auf der Treppe.

Katharina betrat kurz darauf das Zimmer, blieb sekundenlang an der Tür stehen, dann kam sie langsam näher. Sie hatte ihr Haar diesmal nicht zurückgebunden und es hing wie ein dichter schwarzer Schleier um ihre Schultern und fast bis zu den Hütten hinunter. Die weiße Bluse war halb offen, und Nikolai konnte darunter ein weißes Spitzenmieder hervorblitzen sehen.

Er betrachtete sie aufmerksam. Noch vor Kurzem hätte er keine Sekunde gezögert, sie zu sich auf seinen Schoß zu ziehen, aber seit sie sich so verändert hatte, war er nicht sicher, wie sie darauf reagieren würde.

„Störe ich dich?", fragte sie und obwohl ihre Stimme sanft war, kannte er die neue Kate inzwischen gut genug um zu wissen, dass das, was in ihren

Augen flackerte, alles andere als Sanftmut war. Er hatte sie früher zwar ebenfalls anziehend gefunden, aber jetzt war sie erregend.

„Nicht im Geringsten."

„Es war sehr nett von dir, dass du mir heute mit dem Pferd geholfen hast." Sie trat noch einen Schritt näher heran und strich ihm mit den Fingern durch sein Haar. Es war eine zarte Berührung, die ihn jedoch nicht weniger reizte als der Anblick ihrer vom Mieder hochgedrückten Brüste, und er zögerte jetzt nicht mehr, sie um die Taille zu fassen und zu sich herunterzuziehen. Sie sah ihn sekundenlang ernst an, dann legte sie lächelnd die Hände um sein Gesicht und küsste ihn, zurückhaltend, fast scheu, und als er ungeduldig mit seiner Zunge zwischen ihre Lippen stoßen wollte, beugte sie den Kopf ein wenig zurück.

„Küss mich", sagte er ruhig, aber bestimmt.

Sie brachte ihren Mund an seinen, als er ihr jedoch entgegenkommen wollte, wich sie abermals aus.

„Komm her!" Er vergrub ungeduldig seine Hand in ihrem Haar, hielt ihren Kopf fest und presste seine Lippen auf ihre. Als er diesmal mit seiner Zunge in sie drang, erwiderte sie seinen Kuss, und er fühlte erregt, wie sie ihre Hände abwärts gleiten ließ, sein Hemd öffnete, es über seine Schultern streifte und dann nach seinem Gürtel tastete.

„Katharina", flüsterte er mit belegter Stimme, als ihre Hand sein Glied berührte.

Sie lächelte, beugte ihren Kopf hinunter und küsste seine Schultern, seine Brust, dann machte sie sich aus seinem Griff frei, glitt von seinem Schoß hinunter auf den Boden und öffnete die Knöpfe seiner Hose. Sein Glied war schon hart und erregt, als sie es zwischen seinen Beinen kniend in die Hand nahm und sanft massierte. „Entspann dich einfach, Nick", murmelte sie leise, „das hast du dir heute verdient."

Zutiefst erfreut, dass sie freiwillig zu ihm gekommen war und das für ihn tat, lehnte Nikolai schwer atmend den Kopf zurück und schloss die Augen, während sie seine Hoden streichelte und küsste, mit der Zunge über sein Glied fuhr und dann die heiße Spitze zwischen die Lippen nahm und daran saugte. Sie hielt inne, als er ein unterdrücktes Stöhnen ausstieß, und als er die Augen öffnete und sie ansah, bemerkte er, dass sie lächelte.

„Ja, das gefällt euch allen, nicht wahr?" Ihre Stimme kam von ganz tief in ihrer Kehle, fast wie das Schnurren einer Katze.

Er stutzte sekundenlang über diese Worte, vergaß sie aber sofort, als sie ihn tief und weit in den Mund nahm und dann mit festem Druck ihrer Lippen ihren Kopf vor- und zurückbewegte. Er fühlte seine Erregung steigen, die Lust schien seinen ganzen Körper zu erfassen, und der fast unerträgliche Druck und das Bedürfnis nach Erlösung wurden so groß, dass er unbeherrscht aufstöhnte und mit den Händen die Armlehnen des Sessels so hart umfasste, bis seine Adern weit hervortraten und sich seine Knöchel weiß unter der Haut abzeichneten. Sein Glied pulsierte hart zwischen Katharinas Lippen, und er wusste, dass er nur mehr einen Gedanken davon entfernt war, zu kommen.

In genau diesem Moment löste sich ihre Hand, die sie zuvor fest um die Wurzel seines Glieds geschlungen gehabt hatte. Sie zog ihren Kopf zurück, und er sah zu seiner größten Bestürzung, wie sie sich erhob und ihn harmlos anlächelte.

„Es tut mir Leid, Nick, ich habe vollkommen vergessen, dass ich Mrs. Baxter versprochen habe, ihr noch schnell ein neues Rezept vorbeizubringen. Du weißt schon, das von der Torte, die ich letztens gemacht habe. Aber keine Sorge, ich beeile mich." Die letzten Worte kamen schon aus dem Vorraum und sein wütendes „Katharina! Verdammt noch mal! Komm sofort zurück!", fiel mit dem Geräusch der zuschlagenden Haustür zusammen.

Kate, die den zornigen Aufschrei sehr wohl noch vernommen hatte, schlenderte, kaum dass sie das Haus verlassen hatte, gemächlich über die Straße. Sie zog sich zufrieden das Schultertuch fester herum und knöpfte sich in dessen Schutz die Bluse bis oben hin zu. Nick war noch wütender gewesen, als sie es erwartet hatte, und sie kicherte boshaft bei dem Gedanken, dass er sie in diesem Zustand wenigstens nicht verfolgen konnte.

Neugierig fragte sie sich, was er jetzt wohl tun mochte. ‚Nicht viel vermutlich', dachte sie hämisch. Seine Lust hatte zweifellos einen ziemlichen Dämpfer erhalten, und er würde sich am wahrscheinlichsten bei einem Wutanfall abreagieren. Für sie war es in jedem Fall besser, erst wieder heimzukommen, wenn er sich etwas beruhigt hatte, und sie gedachte, ihren Besuch bei Ann ein wenig hinauszuziehen.

Kate wäre hochzufrieden gewesen, hätte sie gewusst, wie wütend ihr Mann tatsächlich war und wie zutiefst enttäuscht über den Ausgang dieses vielversprechenden Beginns. So enttäuscht, dass er minutenlang keine andere Lösung fand, als hinter ihr herzufluchen und mit den Fäusten auf den Sessel zu schlagen, bis er ernsthaft die Möglichkeit in Betracht zog, in der nächstgelegenen Bar eine aufmerksamere und willigere Person zu suchen, die das vollendete, was seine verdammte Frau mittendrin unterbrochen hatte. Nach einiger Überlegung jedoch schob er diesen Gedanken von sich.

‚Wenn sie zurückkommt, werde ich dafür sorgen, dass sie dort weitermacht, wo sie aufgehört hat', dachte er mit grimmiger Entschlossenheit.

Als sie dann tatsächlich geschlagene drei Stunden später heimkam, beherrschte er mühsam seinen ersten Drang, sie sofort ins Schlafzimmer zu schleifen, sondern tat so, als sei nichts gewesen, plauderte freundlich mit ihr und setzte sich dann sogar ruhig hin, um ein Buch zu lesen. Er konnte sehen, dass sein Verhalten sie irritierte, obwohl sie versuchte, ihre Verwunderung zu verbergen, und schwor, sich für den entgangenen Genuss an ihr schadlos zu halten. Bis dahin jedoch beachtete er sie nicht weiter und verriet mit keinem Wort und keiner Geste, dass er es kaum erwarten konnte, sie in seine Hände zu bekommen.

Als sie dann nach oben in ihr Zimmer ging, blieb er noch sitzen, wünschte ihr freundlich eine gute Nacht und wartete noch ungeduldig eine Stunde, bis er sicher sein konnte, dass sie bereits im Bett lag und vielleicht schon schlief.

Dann legte er entschlossen das Buch weg, löschte alle Lichter, überzeugte sich davon, dass die Türen versperrt waren, und ging ebenfalls hinauf.

Kate war tatsächlich von Nicks Verhalten überrascht. Sie hatte angenommen, dass er vielleicht nicht gerade überschäumend wütend war, so wie vor einigen Stunden, als sie das Haus verlassen hatte, aber mit diesem freundlichen Verhalten hatte sie nicht gerechnet. Nach längerer Überlegung kam ihr der Verdacht, ihr Mann könnte ihre Abwesenheit möglicherweise dazu benutzt haben, wieder diese alte Freundin zu besuchen, um sich das zu holen, was sie ihm bei ihrem schnellen Abgang vorenthalten hatte.

Die Annahme war naheliegend, verursachte jedoch ein ziehendes Gefühl in Kates Brust. Die Erkenntnis, dass ihr Mann immer noch Kontakt zu dieser Person hatte, die ihm, wenn sie ihr auf der Straße begegneten, aufreizende Blicke zuwarf, war unerwartet schmerzhaft. Sie hatte bis zu diesem Vormittag keinen Gedanken daran verschwendet, er könnte er sich noch außerhalb ihres Heimes Befriedigung verschaffen, denn selbst wenn er die Abende außer Haus verbracht hatte, so war er dann meist noch zu ihr ins Zimmer gekommen, was ein Mann, der sich mit anderen Frauen abgab, wohl kaum getan hätte.

In der letzten Zeit jedoch, seit sie angefangen hatte, ihn von sich fernzuhalten, um ihm zu zeigen, dass sie sich nicht scheute, ihren eigenen Willen durchzusetzen, war er öfters leer ausgegangen. Durchaus möglich, dass er seine Frustration dann bei anderen Frauen und im Besonderen bei dieser abreagiert hatte. Ein Mann wie Nick, der leidenschaftlich genug war, seine Frau, der er nicht gerade Liebe entgegenbrachte, fast täglich aufzusuchen, um mit ihr zu schlafen, spürte es vermutlich deutlich, wenn seine Ration plötzlich drastisch reduziert wurde, und er Glück hatte, wenn er zweimal wöchentlich zum Ziel kam.

Deshalb musste Kate seine Ruhe besonders verdächtig erscheinen. Der Gedanke, dass er sich bei der anderen Frau schadlos gehalten hatte, nagte brennend an ihr, und sie war weit davon entfernt zu schlafen, als sie hörte, wie sich die Tür zwischen Nicks und ihrem Zimmer öffnete und er hereinkam.

„Schläfst du schon, Katharina?" Nicks Stimme klang ruhig, aber es war ein ganz kleiner Unterton darin, der Kates Herz schneller schlagen ließ.

„Nein", antwortete sie ebenso ruhig und hoffte zu ihrer eigenen Überraschung, er würde zu ihr kommen.

Er trat auch tatsächlich näher, setzte sich neben sie auf das Bett, und Kate sah in dem schwachen Lichtschein, der aus seinem Zimmer in ihres fiel, dass er nur seinen Schlafrock übergeworfen hatte. Sie widerstand dem Drang ihn zu sich zu ziehen, und wartete mit steigender Erregung ab, was geschehen würde. Sie war nicht mehr das gutgläubige Dummchen, das in romantischer Einfalt auf ihn hereingefallen war, würde ihm keinen Schritt entgegenkommen und ihm nicht den Triumph gönnen, zu sehen, wie sehr sie ihn begehrte.

Er schob die Decke von ihrem Körper. Sie hatte auf ein Nachthemd verzichtet und merkte an seinem schnellen Atem, dass es ihn erregte, sie so unvermutet nackt vor sich zu sehen.

Sie versuchte ruhig zu atmen, als er sich endlich über sie beugte, sie auf eine ungewohnt sanfte Weise küsste und seine Zunge zwischen ihren Lippen spielen ließ, obwohl sie seine Berührung in ihrem ganzen Körper zu fühlen schien und ein wohliges Stöhnen unterdrücken musste, als sein Mund ihre Brust suchte und ihre Brustwarze solange mit seiner Zunge rieb, bis sie hart und fest geworden war. Sie fühlte seine Lippen weiterwandern, die Feuchtigkeit seiner Zunge, und sehnte sich danach, ihn in sich zu fühlen und unter seinen Stößen zu vergehen.

Schließlich warf er den Schlafrock auf den Stuhl und legte sich neben sie. Seine Berührungen, die anfangs ruhig und fast ein wenig zärtlich gewesen waren, wurden rasch fester, seine Hand massierte ihre Brüste, ihren Bauch, ihre Hüften, glitt über ihre Schenkel. Sie streckte sich ihm entgegen, öffnete den Mund, als er sich wieder über sie beugte, nahm seine Zunge, die sich fordernd zwischen ihre Zähne schob, auf, erwiderte ihren Druck mit ihrer eigenen und hoffte, er würde endlich in die pulsierende Mitte ihrer Schenkel greifen.

Diesmal ließ er sich jedoch Zeit, fuhr nur mit den Fingerspitzen über die Innenseite ihrer Beine, berührte kaum ihre Scham, ließ seine Hand wieder aufwärts gleiten. Sie öffnete die Beine etwas mehr, um ihm zu zeigen, dass sie mehr wollte, aber er schien es nicht zu bemerken, spielte mit ihren Brustspitzen, grub seine Hand in ihr Haar und küsste sie wieder.

Dann endlich, als das Pochen in ihrer Weiblichkeit so stark geworden war, dass sie es kaum noch ertrug, überwand sie sich, nahm seine Hand und legte sie zwischen ihre Beine. Er stützte sich ein wenig auf und sah sie mit einem ironischen Lächeln an. „Willst du mehr, Katharina? Dann musst du etwas dafür tun."

„Was?", fragte sie atemlos.

„Du weißt es", antwortete er nur.

Sie sah an ihm hinunter, auch er war erregt und sein Glied war bereits hart und bohrte sich in ihren Schenkel. Er zog seine Hand, die er bisher zwischen ihren Beinen hatte ruhen lassen, zurück und legte sich auf den Rücken. „Gib dir Mühe, Katharina."

Kate zögerte etwas, dann kam sie ihm nach, streichelte über seine Brust, küsste die Spitzen, die unter ihrer Zunge und ihren Fingern hart wurden, und ließ dann ihre Lippen weiter hinunterwandern. Sein Bauch war hart und muskulös wie sein übriger Körper und sie fühlte eine fiebrige Begierde, als sie das dunkle, gekrauste Haar erreichte und nach seinem Glied griff, das emporragte.

Er atmete tief ein, als sie die Spitze in den Mund nahm, leicht daran sog und dann ihre Lippen an seine Hoden brachte. Sie nahm sie in die Hand, massierte sie, während sie mit der Zungenspitze darüber leckte, immer in Kreisen, bis er stöhnte. Sie wandte sich wieder seinem Glied zu, nahm es in den Mund und streichelte mit der Zunge darüber, fühlte es noch härter und fester werden, es zwischen ihren Lippen pochen.

Ihr eigenes Verlangen war inzwischen so groß geworden, dass sie spürte, wie die Feuchtigkeit aus ihrer Scham ihre Schenkel hinunterlief, als sie sich aufrichtete und sich über ihn schob. Sie kniete links und rechts von seinen Hüften, stützte sich mit den Händen neben seinem Körper ab und beugte sich wieder über ihn. Ihr Blick hielt den seinen fest, bis sie ihren Mund nahe an seinen brachte und sich so weit auf ihn senkte, dass ihre Brustspitzen die seinen berührten.

Nick grub die Hände in ihr Haar, hielt ihren Kopf fest, als sie mit der Zunge zwischen seine Lippen fuhr, über seine Zähne streichelte und dann endlich seiner drängenden Zunge nachgab. Seine Hände glitten ihren Rücken entlang, sie fühlte sie auf ihren Gesäßbacken, er massierte sie, zog sie auseinander, presste sie wieder zusammen und zog sie dann auf seinen Körper. Sie wollte nicht nachgeben, aber er verstärkte den Druck, bis sie mit geöffneten Schenkeln auf ihm lag.

Er umfasste ihren Körper und presste sie an sich, „Ich frage mich, was ich jetzt mit dir tun soll", flüsterte er an ihrem Ohr. Er war noch nicht in sie eingedrungen und sein Glied pochte hart zwischen ihren Schamlippen.

„Du weißt, was ich will", flüsterte sie zurück.

„Aber ich weiß noch nicht, ob du es auch bekommst", antwortete er und bewegte sich leicht unter ihr.

Sie hob den Kopf, um ihn ansehen zu können. „Kannst du jetzt noch zurück?"

Er lächelte ironisch und fuhr mit dem Finger über ihren Mund, schob ihn tief hinein. „Es wäre ganz einfach."

Sie umschloss seinen Finger mit den Lippen, hielt ihn mit den Zähnen fest.

„Ich glaube sogar, es würde mir hier drinnen ganz gut gefallen", fuhr er fort. „Aber du könntest mich ja darum bitten, dass ich dich anders nehme."

Sie hielt seinen Finger immer noch zwischen den Zähnen, schüttelte leicht den Kopf.

„Ich könnte dich sehr leicht dazu bringen", sagte er grausam.

Sie ließ seinen Finger los, beugte den Kopf und legte ihre Lippen an seine. „Nein."

Er starrte sie sekundenlang an, dann schob er sie von sich herunter, fasste ihr Haar und beugte sie hinunter, bis ihr Gesicht bei seinem Glied war. „Dann tu es so", sagte er hart.

„Nein." Sie hob die Hand, berührte sachte sein Glied und fühlte ihn zusammenzucken. „Du wirst darauf ebenso verzichten müssen wie ich."

Er stieß einen wütenden Laut aus, zog sie an den Haaren hoch und warf sie auf den Rücken.

Sie bog die Beine auseinander, er glitt ungeduldig über sie und stieß sofort zu. Sie wusste mit tiefer Genugtuung, dass sie diesmal Siegerin geblieben war, und schloss fest ihre Beine um seinen Körper, als er sich wieder von ihr lösen wollte, um abermals zuzustoßen.

„Lass los", sagte er heiser.

Sie schüttelte nur den Kopf, genoss die Macht, die sie jetzt über ihn ausübte. „Du könntest mich darum bitten", sagte sie ironisch.

Er starrte sie wütend an. „Lass los!"

Sie löste langsam ihre Beine, weil sie es selbst kaum erwarten konnte, zu fühlen, wie sein Glied sich in ihr rieb. Er fasste ihre Handgelenke, drückte sie in die Polster und stieß abermals zu, diesmal so heftig, dass sie sich aufbäumte. Sie fühlte ihr Herz in ihrem ganzen Körper pochen, sein nächster Stoß ließ sie aufstöhnen und sie versuchte ihn zu halten, als er plötzlich sein Glied aus ihrer Scheide zog. Er ließ ihr Handgelenk los und griff hinunter. Sie fühlte seine Finger auf ihrer Klitoris, fest und hart, so lange, bis sie aufschrie und sich unter seinen Fingern wand. „Das war es doch, was du wolltest, nicht wahr?"

Sie nickte nur und er hob sich wieder, drang wieder in sie ein. Diesmal ging ihr sein Stoß wie Feuer durch den ganzen Leib, und sie krallte sich mit ihrer freien Hand in die Laken, als er in immer schnelleren, heftigeren Bewegungen zustieß. Ihr Körper schien zu brennen, ihre Muskeln kontrahierten und endlich fühlte sie den scharfen, fast unerträglichen Schmerz der Lust durch sie hindurchfahren. Sie bäumte sich auf, wurde von ihm in die Polster zurückgedrückt und festgehalten, während ihr Körper zuckte.

Er kam fast unmittelbar darauf, sank schließlich erschöpft auf sie. Minutenlang blieb er regungslos auf ihr liegen, dann stützte er sich mit den

Armen ab, um sie ansehen zu können. „Sag mir, dass du mich liebst, Katharina."

„Weshalb?", fragte sie mit einer Kälte, die sie nicht fühlte.

„Sag es mir", bat er und fuhr mit den Lippen über ihre Wange.

In Kate stieg Zorn hoch. Seine alte Hexe von Tante hatte durchaus recht gehabt: Es steckte ein Teufel in ihm. Einer, der sich nicht damit begnügt hatte sie zu kaufen, um sie spüren zu lassen, wie sehr sie in seiner Hand war, und sich schadlos zu halten für das, was ihm vor Jahren wiederfahren war, sondern einer, der auch noch Befriedigung in der Tatsache suchte, dass sie ihn liebte, und er sie dafür noch um so leichter demütigen konnte.

„Du verlangst immer wieder von mir, dir dies zu sagen, Nick. Wozu? Einmal sollte doch reichen oder nicht?"

„Ich möchte es hören", sagte er überraschend sanft. „Und ich möchte es glauben."

„Es hat mir Spaß gemacht", erwiderte sie kühl. „Aber das hat nichts mit Liebe zu tun, Nick. Das war Wolllust – die wohl niedrigste Form der Zuneigung. Und nichts weiter."

Zu ihrer Überraschung bemerkte sie einen bitteren Zug um seinen Mund. Er glitt von ihr herunter, legte sich neben sie und sah sie an. „Was ist los, Kate? Was ist das für ein Spiel?"

„Ein Spiel?", erwiderte sie. „Sollte ich das nicht eher dich fragen?" Die Demütigung und der Schmerz kamen wieder in ihr hoch und sie wandte den Kopf ab, damit er nicht sah, wie ihr die Tränen in die Augen stiegen.

„Weshalb weinst du?", fragte er ruhig. Seine Hand streichelte über ihre Schulter, ihren Arm und glitt auf ihre Hüfte. Sie stieß ihn plötzlich zurück, sprang aus dem Bett und griff nach ihrem Schlafrock.

„Es muss mit der Gräfin zusammenhängen", murmelte er. „Damals ist etwas geschehen, das dich so verändert hat. Was war, Katharina?"

„Was meinst du?", fragte sie zurück. Sie setzte sich vor ihre Spiegelkommode, griff nach der Bürste und begann ihr Haar zu frisieren.

Nick lag seitlich im Bett, zog sich das Laken über den Unterkörper und stützte den Kopf in die Hand. „Das, was zwischen dir und meiner Großtante vorgefallen sein muss", antwortete er ruhig.

„Das solltest du doch besser wissen als ich", antwortete sie scharf. „Hast du ihr die gute Nachricht gleich geschrieben und sie eingeladen oder hast du ihr erst hier davon erzählt?" Der Zorn ließ ihre Hand zittern und sie zog die Bürste so fest durch ihr Haar, dass sich eine Locke in den Borsten verfing.

„Welche gute Nachricht?", fragte er stirnrunzelnd.

„Die Tatsache, wie es dir gelungen ist, dir die Enkelin deines ehemaligen Dienstgebers zu kaufen! Du hast es wohl nicht lassen können, damit auch noch vor deiner Tante zu prahlen, nicht wahr?", schleuderte sie ihm wütend entgegen.

„Das ist doch Unsinn", fuhr er sie an.

„Von wem hätte sie denn sonst wissen sollen, dass du mir damals, nach unserer Heirat, Geld gegeben hast!", antwortete Kate heftig.

„Das, Katharina, kann sie von jedem in der Stadt gehört haben. Es gibt etliche Russen hier in der Umgebung und der Stadt selbst, die immer noch Kontakt mit der Heimat haben. Es war doch damals allgemein bekannt, dass du auf der Suche nach einem reichen Mann warst", erwiderte er grimmig.

„Wer hat das behauptet?!", fragte sie empört.

„JEDER, Kate", wiederholte er wütend. „Absolut JEDER wusste davon! Und ich bin einfach nur Simmons zuvorgekommen, sonst hättest du dich jetzt mit ihm im Bett gewälzt!"

„Wie kannst du es wagen!", rief Kate, außer sich vor Zorn.

„Wagen?" Nick lachte höhnisch und setzte sich auf. „Soll ich etwa Angst davor haben, die Wahrheit auszusprechen? Du warst auf der Jagd nach einem reichen Mann, der für die Schulden deines Vaters aufkommt. Und ich habe dich gekauft. So einfach ist das!"

„Mit den zwanzigtausend Dollar, die du mir am Tag nach unserer Heirat gegeben hast?", sagte Kate atemlos. „*Dafür* waren sie also ..."

„Und du hast sie ja auch brav nach Hause geschickt, nicht wahr?" Nicks Stimme triefte mit bitterem Sarkasmus.

Das hatte Kate allerdings nicht getan. Sie hatte das Geld auf die Bank getragen, auf ein Konto, das sie neu eröffnet hatte und zu dem sowohl Nick als auch sie Zugriff haben sollte. Sie hatte damals, unfassbar einfältig vor Verliebtheit, angenommen, er wolle ihr damit großzügig eine Art „Nadelgeld" zukommen lassen. Etwas, womit sie die persönlichen Dinge bezahlen konnte, die sie benötigte, ohne immer zu ihm kommen und um Geld bitten zu müssen. Dabei war das Haushaltsgeld, das er ihr daneben noch gab, so reichlich bemessen, dass es für eine fünfköpfige Familie gereicht hätte.

Sie wandte sich von ihm ab, senkte den Kopf und starrte auf ihre Hände. Er hatte ihr zwanzigtausend Dollar gegeben für die Begleichung der Schulden ihres Vaters und sie damit gekauft. Kein Wunder, dass er dann angenommen hatte, sie wäre sein Eigentum und er könnte sich alles mit ihr erlauben. Und er hatte ihre vermeintliche Abhängigkeit auch weidlich ausgenutzt.

Und sie hatte ihn gewähren lassen. Allerdings aus Zuneigung und der Hoffnung, endlich doch Zugang zu ihm zu finden.

„Was war ich doch für eine dumme Gans", murmelte sie vor sich hin.

Nick stand auf und kam zu ihr herüber. Er setzte sich neben sie auf die Frisierbank und legte den Arm um sie. „Katharina, lass uns nicht mehr darüber reden. Es ist vorbei. Seit ich vor einigen Wochen von der Ranch zurückgekommen bin, haben wir uns doch so gut verstanden. Weshalb können wir nicht so weitermachen? Ich möchte mich nicht mit dir streiten."

Kate wandte den Kopf und sah ihn ernst an. „Du hast mich nicht aus alter Liebe geheiratet, so wie ich dachte, nicht wahr?"

Nick verzog ärgerlich das Gesicht. „Welche Antwort erwartest du jetzt? Glaubst du, ich hätte zwanzigtausend Dollar in eine Frau investiert, die mir nichts bedeutet?"

„... Es ist ein Triumph für ihn, die Enkelin jenes Mannes gekauft zu haben, der einstmals sein Herr war. Jetzt ist er der Gebieter. Diese oder so ähnliche Worte hat deine Tante damals gebraucht. War das wirklich dein Motiv für unsere Ehe, Nick?"

Er griff nach ihrer Hand. „Katharina, was für Gründe auch immer ich gehabt haben mochte – jetzt will ich nur noch mit dir zusammenleben. Eine friedliche, ruhige Ehe führen."

„Nach allem, was geschehen ist?"

„Ja." Er sagte nur dieses eine Wort, aber Kate fühlte seinen Blick brennend auf ihrer Haut. Sie zog sich den Schlafrock enger vor der Brust zusammen.

„Liebe oder Begehren, Nick?"

„Wo ist der Unterschied?", fragte er achselzuckend.

Sie sah ihn scharf an. „Alleine die Frage zeigt mir schon, was es von deiner Seite aus ist. Soll ich froh oder stolz darüber sein, dass du wenigstens Interesse an meinem Körper hast?"

„Du solltest zufrieden sein mit dem, was du bekommen kannst", erwiderte er ungehalten und sprang auf. „Ich war damals tatsächlich in dich verliebt, Katharina, mehr als du dir vermutlich vorstellen kannst. Die Folge war, dass dein Großvater mich fast zu Tode peitschen ließ. Dass ich überlebt habe, grenzt schon fast an ein Wunder und ist nicht dir zu verdanken, sondern deinem Diener Potty. Hätte er mich damals nicht gefunden und mir geholfen, wäre ich wahrscheinlich ein Fraß für die Wölfe geworden."

Er sprach mit unterdrücktem Zorn, sah sie nicht an, sondern lief unruhig im Zimmer auf und ab. „Dann treffe ich dich hier durch einen Zufall wieder, du, beziehungsweise dein Vater, ihr seid in Geldschwierigkeiten und du bist auf der Suche nach einem wohlhabenden Mann. Ich habe dich geheiratet und dir das Geld gegeben. Und ich halte dich für eine sehr anziehende Frau, mit der ich in Ruhe leben will. Was sonst willst du noch von mir, Katharina? Allen Ernstes eine Liebeserklärung? Von einem Mann, den du zuerst verraten und dann aus Berechnung geheiratet hast?" Er war vor ihr stehen geblieben und sah sie mit einem brennenden Blick an. „Wie weit soll ich eigentlich noch gehen?"

Kate begriff nun, dass es ihm niemals um ihren Großvater gegangen war, sondern um sie alleine. An ihr hatte er sich rächen wollen, weil er ihr die Schuld an den Ereignissen gab. Aus welchem Grund auch immer. „Du hast recht", erwiderte sie ruhig, „du bist schon zu weit gegangen." Sie erhob sich und ging zur Tür, die in sein Zimmer führte, öffnete sie und sah ihn auffordernd an. „Lass mich jetzt bitte alleine, Nick."

Er zögerte, dann trat er an ihr vorbei durch die Tür.

„Es tut mir leid, was damals geschehen ist, Nick", sagte sie. „Und ich bin wohl weniger schuldig daran, als du offenbar denkst." Sie wollte die Tür schließen, überlegte es sich dann jedoch noch anders. „Im Übrigen, Nick: Potty ist nicht mein Diener. Er war immer nur mein Freund. Und er ist jetzt ein wohlhabender Geschäftsmann."

Sie wartete keine Antwort ab, sondern schloss leise die Tür.

Als bestünde zwischen ihnen beiden eine stillschweigende Übereinkunft, gingen Nick und Kate sich in der folgenden Zeit aus dem Weg.

Nikolai sah erstaunt auf den Mann, der Tage später an seine Tür klopfte und bei seinem Anblick mit ausgestreckten Armen auf ihn zukam, um ihn erfreut bei den Händen zu packen. „Nikolai, mein alter Freund! Was für eine Freude, dich wiederzusehen!"

„Alexander?"

„Sag nicht, du hast mich nicht gleich erkannt!", rief der andere aus. „Ich bin extra von Denver hierher gereist, um dich zu treffen, als ich begriff, dass es sich bei diesem reichen Holzhändler Nick Branden nur um meinen alten Kumpanen Nikolai Brandanowitsch handeln kann!"

„Das ist eine Überraschung", sagte Nick lahm. Er bemühte sich, wenigsten höflich erfreut zu wirken. Er hatte Alexander Dostakovskij tatsächlich völlig vergessen und hätte den Mann, der ihm vor fast fünfzehn Jahren das letzte Mal begegnet war, wohl kaum wiedererkannt, wenn er ihm einfach so auf der Straße begegnet wäre.

„Du hast dich überhaupt nicht verändert", fuhr Alexander mit Begeisterung fort. „Ganz im Gegenteil, du siehst heute wesentlich besser aus als damals. Der Wohlstand und die Ehe tun dir wohl gut!"

Nikolai antwortete nichts darauf.

„Du willst wohl wissen, woher ich das wieder habe, nicht wahr? Von einer gewissen Mrs. Baxter, die so liebenswürdig war, mir deine Adresse zu geben. Aber willst du einen alten Freund tatsächlich hier vor der Tür stehen lassen?" Die grünlichen Augen des anderen blinzelten ihn schalkhaft an.

Nick trat auf die Seite und ließ Alexander ins Haus. „Nein, natürlich nicht. Komm doch bitte herein." Er führte Alexander ins Wohnzimmer.

Sein Besucher sah sich aufmerksam um. „Man sieht, dass es dir gut geht."

„Ich bin zufrieden." Nikolai bot ihm Platz an.

Alexander setzte sich elegant hin und schlug lässig ein Bein über das andere.

„Meine Frau ist leider nicht daheim, sonst könnte ich dir Kaffee anbieten. Aber vielleicht einen Whisky oder Wodka?“

Alexander nickte. „Zu einem Wodka sage ich nicht nein.“ Nikolai trat zu dem kleinen Tisch, auf dem einige Kristallflaschen standen, und schenkte zwei Gläser voll.

„Ausgezeichnet“, lobte Alexander, nachdem er gekostet hatte.

Nikolai setzte sich ihm gegenüber und betrachtete seinen alten Bekannten unauffällig. Alexander war immer noch der Dandy, als den er ihn vor Jahren kennengelernt hatte. Er war der Sohn kleiner Landadeliger, der ihn nur deshalb seiner Aufmerksamkeit würdig empfunden hatte, weil er gewusst hatte, dass seine Mutter aus einer angesehen Familie stammte. Allerdings hatte er es, im Gegensatz zu ihm, niemals nötig gehabt zu arbeiten, sondern hatte das nicht unbeträchtliche Vermögen seines Vaters dazu verwendet, sich jede Menge Pferde zu kaufen, jagen zu gehen, auf Bällen der stets charmante Mittelpunkt zu sein und sich teure Mätressen zu halten.

Er hatte ihn damals schon nicht ausstehen können.

„Und wo ist deine Frau Gemahlin?“, fragte Alexander, der während Nikolais Überlegungen fast ununterbrochen geredet hatte, schließlich.

„Sie muss jeden Moment heimkommen“, erwiderte er ruhig.

Wie um seine Worte zu bestätigen, hörte er die Eingangstür und dann erklang Katharinas leichter Schritt. Sie zögerte einen Moment, als sie den fremden Mann erblickte. Alexander erhob sich sofort, und Nikolai bemerkte mit Unwillen die offene Bewunderung in den Augen seines Gastes, als er Katharina betrachtete. „Katharina, darf ich dir Alexander Dostakovskij vorstellen? Ein alter Bekannter aus Russland. Alexander, das ist meine Frau.“

Alexander beugte sich tief über Katharinas Hand. „Ich bin entzückt, Madame. Man hat mir von der Schönheit von Nikolais Gattin erzählt, aber jetzt finde ich die Berichte noch weit untertrieben.“

Nikolai merkte, wie ihm ärgerlich die Wärme ins Gesicht stieg. Alexander war daheim als Frauenheld bekannt gewesen, und es störte ihn ungemein, wie er nun versuchte, seine Frau mit plumpen Komplimenten zu beeindrucken.

„Ach“, sagte Katharina erstaunt, „und wer war dieser freundliche Mensch?“

„Mrs. Ann Baxter“, antwortete Alexander nach einem fast unmerklichen Zögern. „Sie war voll des Lobes für Sie, Madame. ... Oder darf ich es etwa wagen, Sie mit *Katharina* anzusprechen?“

Nikolai fühlte, wie Zorn in ihm hochkroch, und wollte gerade eine scharfe Antwort geben, als Katharina ihm zuvorkam.

„Nein, so nennt mich nur mein Mann.“ Nikolai entspannte sich wieder etwas, bis sie sagte: „Alle anderen rufen mich Kate.“

„Dann werde ich mir erlauben, Sie ebenfalls so anzusprechen", entgegnete Alexander mit einem tiefen Blick.

„Mrs. Brandan wäre völlig ausreichend und passend", ließ sich Nikolai gereizt vernehmen.

Sein Gast warf ihm einen gekränkten Blick zu. „Selbstverständlich. Ganz wie du es wünscht. Ich dachte nur, dass es seltsam wäre, wenn ein alter Freund wie ich ... Aber bitte, verzeih, ich wollte natürlich nicht aufdringlich sein."

„Und wann sind Sie in Sacramento angekommen?", fragte Katharina, setzte sich auf die Bank und legte ihr Schultertuch neben sich. Sie hatte wieder dieses gefährlich aufreizende rote Mieder an, und ihre Brüste zeichneten sich deutlich unter dem feinen Samt ab.

Zu Nikolais Ärger verschlang Alexander seine Frau fast mit den Augen. „Erst vor drei Stunden, Mrs. Brandan. Ich komme direkt mit dem Zug aus Denver und hatte gerade nur Zeit mich umzuziehen und ein wenig zu erfrischen. Dabei erfuhr ich die Adresse meines alten Freundes", dabei lächelte er in Nikolais Richtung, „und zögerte nicht, meine Schritte hierher zu lenken."

„Sie sind wohl geschäftlich hier?", fragte Katharina weiter und erwiderte Alexanders Lächeln – wie es Nikolai schien – viel zu freundlich.

„Vielleicht. Aber in erster Linie, um meinen alten Freund wiederzusehen. Sie können mir glauben, wie erfreut und erstaunt ich war, als ich hörte, dass Nikolai hier lebt, und stieg fast sofort in den nächsten Zug, um hierher zu kommen."

„Wie liebenswürdig von Ihnen", strahlte Katharina. „Ich hoffe, Sie haben heute Abend noch keine anderen Pläne und machen uns die Freude, unser Gast zu sein."

„Es wird mir eine besondere Ehre sein."

Es blieb nicht nur bei diesem Abendessen. Nikolai stellte zu seinem Unmut fest, dass Alexander Dostakovskij bald in seinem Haus ein- und ausging, wie es ihm gefiel. Dass nicht seine ‚alte Freundschaft' zu ihm der Grund dafür war, sondern Katharina, war offensichtlich, und es war nur noch eine Frage der Zeit, bis er diesen Weiberhelden vor die Tür setzen würde.

Katharina hingegen schien die offensichtliche Bewunderung des Mannes zu akzeptieren anstatt ihn zurückzuweisen und benahm sich in einer Art und Weise, die er nicht länger dulden konnte.

Sie war überhaupt in der letzten Zeit zunehmend aufsässiger geworden, setzte immer häufiger ihren Willen durch und zeigte alle Anzeichen dafür, den Spieß umzudrehen und ihn jetzt auf dieselbe Art zu behandeln, die *er* ihr früher hatte angedeihen lassen. Und zu seiner eigenen Überraschung hatte er keine Möglichkeit, ihr das wieder auszutreiben. Dazu hatte er sich – wie er zugeben musste – bereits viel zu sehr in ihren Netzen verstrickt.

Kate war nicht im Geringsten erfreut, als Alexander schon wieder in der Tür stand. Es war bereits das dritte Mal, dass er sie besuchte, wenn Nick nicht daheim war, und er begann ihr auf die Nerven zu gehen. Sie konnte nicht darüber hinwegsehen, dass er ihr auf eine Art den Hof machte, die sie weder dulden noch wirklich abwehren konnte. Er war stets zuvorkommend, machte ihr Komplimente, die gerade noch im Rahmen des Akzeptablen waren, und gab ihr keinen Grund, ihm das Haus zu verweigern. Dennoch fühlte sie seine begehrlichen Blicke auf ihrem Körper, und in seiner Stimme lag etwas, das weit mehr sprach als seine höflichen Worte.

Er kam ihr nahe, aber nicht so weit, dass sie ihn hätte zurückweisen können, berührte sie wie unabsichtlich und küsste zur Begrüßung und zum Abschied ihre Hand mit einer Intensität, die sie bei seinem Weggang sofort ins Bad eilen ließ, um seinen feuchten Lippenabdruck wieder mit Wasser und Seife zu entfernen.

Sie mochte die Art nicht, wie er seinen blonden Schnurrbart zwirbelte, die Weise, in der er – mit leichter Abfälligkeit in der Stimme – über Nick sprach, und schon gar nicht sein Verhalten dem Mädchen gegenüber, dem er, wie sie selbst einmal sah, auf das Hinterteil geklopft hatte. Sie hatte ihm zwar einen so zornigen Blick zugeworfen, dass sie sicher sein konnte, dass er seine Hände bei Rose in Zukunft bei sich lassen würde, aber sie verabscheute ein derartiges Benehmen einer Angestellten gegenüber und konnte sich gut erinnern, wie ihr eigener Vater einmal einen hochrangigen Besucher aus dem Haus geworfen hatte, weil dieser sich an dem Stubenmädchen hatte vergreifen wollen.

Als er sich jetzt wieder mit diesem aufdringlichen Lächeln im Wohnzimmer platzierte und seine Blicke über sie schweifen ließ, war sie schon drauf und dran, ihn vor die Tür zu setzen. Er schien ihre Abwehr jedoch nicht zu bemerken, sondern machte ihr auf geradezu unverschämte Weise den Hof und wagte es dann sogar, auf ihre Ehe zu sprechen zu kommen.

„Wie kann es sein", fragte er plötzlich, nachdem sie sich einige Zeit gequält mit ihm über das Wetter unterhalten hatte, „dass eine so schöne Frau wie Sie sich hier versteckt? Sie müssten hinaus, Kate, in die Welt, nach Europa - Paris, Wien, London. Dort, wo die Crème de la Crème des Adels versammelt ist!"

„Dort war ich schon", erwiderte sie abwehrend, „und habe es vorgezogen, schnell wieder zurückzukehren, um in meiner Heimat zu leben."

„Aber dann sollten Sie doch wenigstens wieder an die Ostküste, Kate. Hier wimmelt es doch nur von Abenteurern, verkrachten Existenzen und Neureichen ... so wie Nick." Er hob schnell die Hand, als er den aufflammenden Zorn in ihren Augen sah. „Nein, nein. Verzeihen Sie mir bitte, Kate. Es war nicht böse gemeint. Ich wollte damit nur sagen, dass ... dass ich nicht den Eindruck habe, Ihr Mann könnte Ihnen das richtige Umfeld bieten."

Er beugte sich vor und sein begehrlicher Blick streifte über ihren Körper. „Sie brauchen einen Mann, der Sie wirklich zu schätzen weiß, Kate. Der Ihnen schöne Kleider kauft, Schmuck, der Sie auf Händen trägt und ...", er zögerte kurz, bevor er weitersprach, „... der Ihren Körper anbetet und Sie so heiß und leidenschaftlich in den Armen hält, bis Sie alles um sich herum vergessen. Wenn Sie mir gehörten, Kate, dann würde ich nicht zulassen, dass Sie hier ein Schattendasein führen, Sie ..." Er konnte nicht mehr aussprechen, denn Kate, die zuerst verblüfft und dann starr vor Zorn zugehört hatte, sprang auf.

„Ich muss Sie ersuchen jetzt zu gehen, Mr. Dostakovskij, und das Haus in Abwesenheit meines Mannes nicht mehr zu betreten. Sie mögen vielleicht mit ihm befreundet sein – wenn Ihre Worte und Ihr Benehmen auch nicht gerade die eines Freundes sind – aber nicht mit mir. Ihr Verhalten mir gegenüber ist indiskutabel, anstößig und über alle Maßen unerwünscht. Und jetzt gehen Sie bitte, bevor ich andere Maßnahmen ergreife, um Sie loszuwerden."

Wenn Kate gedacht hatte, er würde sich nun verabschieden, sah sie sich getäuscht. Er stand zwar auf, anstatt jedoch zur Tür zu gehen, trat er auf sie zu und fasste so schnell nach ihr, dass sie keine Zeit mehr hatte, auszuweichen. Sie versuchte sich gegen seinen Griff zu wehren, aber er legte seine Arme wie Schraubstöcke um ihren Körper und brachte seinen Mund nahe an ihren. „Das willst du doch gar nicht, meine Schöne. Glaubst du, ich verstünde nichts von Frauen? Du hast Temperament, und du sehnst dich nach einem Mann, der dir das geben kann, was dein kalter Ehegatte dir nicht schenkt: Leidenschaft, Erfüllung, Ekstase."

Er versuchte seinen Mund auf ihren zu pressen. Kate drehte ihr Gesicht weg, wand sich in seinen Armen und trat nach ihm, musste jedoch feststellen, dass er kräftiger war, als sie gedacht hatte. Gerade als sie ihre Hand freibekam und verzweifelt nach der Kaffeekanne tastete, die hinter ihr auf Tisch stand, hörte sie von der Tür her ein hartes Räuspern.

Alexander löste ertappt seine Arme von ihr, und Kate trat einen Schritt zurück, wobei sie instinktiv die Kanne mitzog, um sie bei Bedarf griffbereit zu haben. Zu ihrer größten Erleichterung trat Sam ins Zimmer, warf ihr einen besorgten und ihrem ungebetenen Gast einen durchdringenden Blick zu.

„Alles in Ordnung, Kate?"

Sie nickte nur atemlos und erlöst, und Sam nahm den anderen ins Visier. „Wenn ich Kates Mann wäre, dann würden Sie jetzt vermutlich mit gebrochenem Genick in der Zimmerecke liegen", sagte er mit eisiger Ruhe. „In diesem Fall jedoch werde ich Sie unbehelligt aus dem Haus gehen lassen. Allerdings würde ich Ihnen raten, der Gattin meines besten Freundes nie wieder auch nur einen Schritt zu nahe zu kommen. Und sollte ich Sie abermals auch nur in der Nähe dieses Hauses sehen, dann werde ich Nick die Drecksarbeit abnehmen, meinen guten alten sechsschüssigen Revolver hervorholen und Sie einfach wie einen tollen Hund abknallen. Haben Sie mich verstanden?"

„Sie würden es nicht wagen, auf mich zu schießen", stieß Alexander heiser hervor.

Sam lachte trocken auf. „Das wäre kein Wagnis, glauben Sie mir. Sie befinden sich nicht in Europa oder an der Ostküste, Sie schmieriger Mistkerl, sondern im Westen. Hier gelten immer noch andere Gesetze."

Kate erkannte ihren und Nicks Freund kaum wieder. Sams sonst so freundliches Gesicht hatte einen harten Ausdruck angenommen, den sie noch nie zuvor darin gesehen hatte. Alexander schien auch zu spüren, dass er gut daran tat, das Weite zu suchen, denn er drückte sich an Sam vorbei, der mitten im Weg stand und keine Anstalten machte, auch nur einen Schritt zur Seite zu weichen, griff nach seinem angeberischen Zylinder, den er im Vorraum auf einen Haken gehängt hatte, und verschwand.

Als die Tür hinter ihm zugefallen war, wandte sich ihr Sam wieder zu. „Der Kerl war mir schon längst ein Dorn im Auge", sagte er ruhig, und in seinen Augen stand wieder der freundliche, verlässliche Ausdruck, den sie an ihm kannte. Sie merkte jetzt erst, wie sie zitterte, und setzte sich vorsichtig auf den Sessel neben dem Tisch, wobei sie unwillkürlich die Kaffeekanne mitnahm, deren Henkel sie die ganze Zeit über umkrampft gehabt hatte.

Sam blinzelte sie amüsiert an. „Darf ich annehmen, dass dieses kostbare Stück über kurz oder lang auf dem Schädel dieses Widerlings gelandet wäre?"

Kate blickte auf die Kanne, dann erwiderte sie Sams Lächeln. „Ich denke schon. Zumindest hätte ich es versucht."

Nicks Freund setzte sich ihr gegenüber und musterte sie nachdenklich. „Er war schon öfters hier, nicht wahr?"

Sie nickte. „Aber Sie dürfen nicht glauben, dass ich ihn dazu ermutigt hätte, Sam. Ganz im Gegenteil. Ich habe ihn bisher nur noch nicht hinausgeworfen, weil er einer von Nicks früheren Freunden ist und ich dachte, Nick liegt etwas an ihm."

„Das kann ich mir nur schwer vorstellen", brummte Sam.

Kate erinnerte sich an ihre Pflichten als Hausfrau und stand etwas unsicher auf, weil ihre Knie sich immer noch wackelig anfühlten. „Darf ich Ihnen etwas anbieten, Sam?"

„Wenn Sie wieder eine gute Tasse Tee für mich haben, sage ich bestimmt nicht nein."

Sie ging in die Küche, schürte das Feuer im Herd, das sie nur über Nacht ausgehen ließ, und setzte den Teekessel auf. Sam war ihr gefolgt, lehnte sich an den schweren Küchentisch und sah ihr dabei zu. Sein Blick schien jedoch durch sie hindurchzugehen, und sie merkte deutlich, dass er etwas auf dem Herzen hatte.

„Was gibt es, Sam?", fragte sie schließlich.

Er hob den Blick und lächelte sie an. „Sieht man mir das an?"

„Ja."

Er setzte sich auf den Küchenstuhl, während sie zwei Tassen aus dem Schrank holte, Tee in die Kanne gab und alles auf den Tisch stellte. Dann nahm sie ihm gegenüber Platz. „Schießen Sie los, Sam."

„Es geht um Jeannette", fing er an, wobei er eine der Tassen in die Hand nahm und sie im Kreis drehte. „Ich habe deutlich gemerkt, dass Sie unsere Begegnungen nicht zufällig herbeigeführt haben, Kate."

Das stimmte allerdings, und Kate war mit der Entwicklung ihres Planes höchst zufrieden. Nach dem gemeinsamen Mittagessen hatte sie völlig unauffällig sowohl Sam als auch ihre Schneiderfreundin des Öfteren zu sich nach Hause eingeladen und sehr wohl bemerkt, wie das gegenseitige Interesse der beiden wuchs.

„Und ich muss zugeben", sprach Sam weiter, wobei er immer noch ihren mit der Tasse spielte, um Kate nicht ansehen zu müssen, „dass mir Ihre Bemühungen sehr recht waren. Offen gesagt, war mir Jeannette bereits bei früheren Gelegenheiten aufgefallen. Allerdings glaube ich nicht, dass sie mich ebenfalls bemerkt hat. Sie lebt, seit sie hierher gekommen ist, sehr zurückgezogen, hat – soviel ich weiß – kaum Freunde. Sie sind die Erste, die sich ihrer wirklich angenommen hat."

„Und wenn sie Ihnen schon ins Auge gestochen ist, weshalb haben Sie dann nichts unternommen?", fragte Kate trocken.

Sam lachte. „Sie haben eine sehr direkte Art, Kate."

„Das ist keine Antwort."

Sam hob den Blick von der Tasse und sah sie an. „Ich bin das, was man eine verkommene Existenz nennt, Kate. Ein Mann, der versagt hat und zum Trinker geworden ist, weil er nicht mehr Fuß fassen konnte."

„Einen Versager habe ich mir, offen gesagt, immer ganz anders vorgestellt", gab Kate zurück.

Sam holte tief Luft und lehnte sich im Sessel zurück. „Ich habe bisher niemandem erzählt, was ich gemacht habe, bevor ich hierher kam."

In diesem Moment pfiff der Teekessel, und Kate erhob sich, kam mit der dampfenden Kanne zurück und goss das kochende Wasser über die Teeblätter. Dann nahm sie wieder Platz und sah Sam auffordernd an.

Der sah wieder angelegentlich auf seine Tasse. „Ich habe früher im Süden gelebt. In einer schönen, reichen Stadt mit wohlhabenden Leuten, guter Gesellschaft. Meine Eltern waren ebenfalls nicht arm, und als einziger Sohn hatte ich die Möglichkeit, zu studieren. Ich wollte Arzt werden und sie ließen mich sogar für einige Zeit nach Europa gehen, um dort meine Ausbildung zu vollenden. Gerade als ich dort war, brach hier der Bürgerkrieg aus. Ich kehrte wieder zurück und fand mich vor den Trümmern meiner ehemaligen Heimat. Meine Kenntnisse als Arzt kamen jetzt den Verwundeten zugute, aber es fehlte an Medikamenten, sogar an Verbandszeug, Skalpellen, was immer man benötigte, um den Leuten zu helfen." Er fuhr sich mit der Hand über die Augen. „Das war es nicht, was ich mir vorgestellt hatte. Nicht dieses Grauen."

Kate schenkte den Tee ein, gab Zucker in Sams Tasse, und dieser rührte gedankenverloren um. „Der Süden war zerstört. Es gelang mir nicht recht, Fuß zu fassen. Mein Vater war im Krieg gefallen, unser Haus von den Yankees abgebrannt, unser kleines Vermögen dahin. Ich musste mich um meine Mutter kümmern, die den Verlust allerdings nicht verkraftete und ihrem Mann bald nachfolgte. Ich heiratete eine reiche Bostoner Erbin in der Hoffnung, durch diese Familie Zugang zu besser zahlenden Patienten zu bekommen, blieb jedoch erfolglos. Dabei glaube ich nicht einmal, dass ich ein schlechter Arzt war. Es war wohl eher mein Hang zum Alkohol, der die Leute abschreckte."

Sams Stimme klang ungewohnt spöttisch. „Meine Frau war verwöhnt, sie war unzufrieden, wir stritten ständig, und am Ende lernte sie einen kennen, der ihr besser gefiel. Um den lästigen Ehemann seines Lieblings loszuwerden, zahlte mir ihr Daddy ein hübsches Sümmchen. Ich nahm das Geld ohne falsche Scham, ging in den Westen und ließ mich bald darauf hier nieder. Das Geld investierte ich gewinnbringend in Unternehmen und konnte es sehr bald verzehnfachen."

Er zuckte mit den Schultern. „Ich bin wohl noch reicher, als die Leute hier glauben, nur stelle ich es nicht gerne zur Schau. Und ich lebe gerne alleine. Ich kann kommen und gehen, wann ich will, niemand macht mir Vorschriften. Und ich kann trinken." Er verstummte, und Kate schwieg ebenfalls.

„Und trotzdem", fing er nach einer kleinen Weile, in der sie schweigend Tee getrunken hatten, wieder an. „Und trotzdem gefällt mir diese Jeannette Hunter ausnehmend gut. So gut, dass ich, seit ich mit dem Gedanken spiele, diese Bekanntschaft zu vertiefen, keinen Tropfen Alkohol mehr getrunken habe. Und es fällt mir nicht im Mindesten schwer."

„Ich habe Sie nie für einen Trinker gehalten, Sam", sagte Kate fest. „Nur für einen Mann, der nicht recht weiß, was er mit seiner Zeit anfangen soll."

Sams herzliches Lachen wurde jäh unterbrochen, als Nick in der Tür stand und beide mit einem eisigen Blick bedachte.

„Du bist heute schon daheim?", fragte Kate erstaunt.

„Ich sehe, dass ihr mich noch nicht erwartet habt." Nicks Stimme klang kalt, aber es schwang ein zorniger Unterton darin.

„Das stimmt", erwiderte Sam grinsend, lehnte sich lässig auf dem harten Küchenstuhl zurück und musterte seinen Freund mit aufreizender Freundlichkeit. „Hast du im Werk etwa keine Arbeit?"

Kate sah alarmiert, wie Nicks Augen sich verengten. ‚Noch ein Wort mehr und er stürzt sich auf Sam', dachte sie und stand schnell auf, um noch eine Tasse aus dem Schrank zu holen.

„Komm, setz dich doch her", sagte sie liebenswürdig. Insgeheim freute sie sich, dass Nick so offensichtlich eifersüchtig war. Es war ihr schon bei früherer Gelegenheit aufgefallen, dass er so reagierte, wenn Sam oder ein anderer Mann in ihrer Nähe war, und sie sich gut mit ihm unterhielt. Allerdings war Sam der Einzige, der sie auch daheim aufsuchte. Von diesem widerlichen Alexander abgesehen, aber davon sollte Nick wohl besser nichts erfahren. Die Beziehung zwischen Sam und ihr war von Grund auf harmlos und freundschaftlich, die Art jedoch, wie dieser Kerl sie behandelt hatte, war inakzeptabel, und Nick hätte es wohl nicht bei einem finsteren Blick belassen, sondern sich vielleicht sogar mit ihm geschlagen. ‚Und vermutlich hätte er sogar angenommen, ich habe ihn noch ermutigt, sich so zu verhalten, dachte sie traurig.

Obwohl Nicks Benehmen keinen Zweifel daran ließ, dass sein Freund höchst unwillkommen war, blieb Sam sitzen, plauderte mit Kate, trank noch zwei weitere Tassen Tee, nahm dann sogar noch dickfellig ihre Einladung zum Abendessen an, und saß fast bis zehn Uhr abends bei ihnen und fühlte sich sichtlich wohl.

Nick, der die ganze Zeit über kaum ein Wort von sich gegeben hatte, wurde umso gesprächiger, nachdem Sam das Haus verlassen hatte. Er war mit Sam zur Tür gegangen und kam jetzt zu Kate in die Küche, die das schmutzige Geschirr in den Waschtrog stellte, damit Rose am nächsten Tag alles sauber machen konnte.

„Was fällt dir eigentlich ein, dich so zu benehmen?", fragte er sie scharf.

„Was meinst du?", fragte Kate zurück. Sie erinnerte sich daran, dass er schon einmal unwirsch reagiert hatte, als Sam bei ihr zu Besuch gewesen war. Danach hatte er sie sofort nach dessen Verabschiedung ins Schlafzimmer gezogen und sie geliebt. Auf eine Weise wie nie zuvor. Damals war sie glücklich darüber gewesen, aber heute wusste sie, dass es nur der Ausdruck der Macht war, die er über sie hatte ausüben wollen. Und eine Selbstbestätigung, dass sie ihm gehörte und er mit ihr tun konnte, was ihm gefiel. ‚Dieses Mal bekommt er mich nicht in sein Bett', dachte sie erbittert. ‚Und er *wird nie wieder von mir hören, dass ich ihn liebe, so wie er das immer von mir verlangt hat.'*

Nick unterbrach ihre finsteren Gedanken. „Was habt ihr besprochen?"

„Wer?"

„Sam und du natürlich!", fuhr er sie an. „Von wem rede ich denn?"

„Er hat mir aus seinem Leben erzählt." Sie wandte sich zu den Teetassen, die immer noch am Küchentisch standen.

„Ach?", kam es spöttisch zurück. „Und du? Hast du dich bei ihm ausgeweint?"

„Worüber denn?", fragte sie kalt zurück. „Vielleicht über dich? Über dein Benehmen mir gegenüber? Es ist schon ärgerlich genug, was ich mir von dir bieten lassen muss", sagte sie wütend. „Glaubst du, ich erzähle es dann auch noch weiter? Als ob nicht ohnehin schon jeder merken würde, wie es zwischen uns beiden steht!"

Nick wischte mit einer Handbewegung das Teegeschirr vom Tisch, als sie danach greifen wollte. Die Tassen und die Kanne zersprangen mit lautem Klirren, die Splitter flogen durch die Küche, und der Rest der Flüssigkeit in der Kanne mitsamt den ausgelaugten Teeblättern verteilte sich auf dem Boden zu einem großen braunen Fleck.

Kate starrte sekundenlang auf die Bescherung, dann sah sie ihren Mann an, wobei fast unbezähmbarer Zorn in ihr hochstieg. „Geht es dir jetzt besser?", fragte sie wild. „Bist du jetzt zufrieden? Oder tut es dir noch leid, dass du nicht dasselbe mit mir tun kannst?!"

„Ich wollte, das wäre so einfach", stieß Nick zwischen den Zähnen hervor. „Dann hätte ich es schon vor Jahren getan und dich nicht auch noch wie ein verdammter Idiot geheiratet, um dann noch tiefer darin zu stecken."

„Keiner hat dich darum gebeten", gab sie zornig zurück. „Oder muss ich dich erst daran erinnern, weshalb du mich zurückgehalten hast?! Aus krankhafter Rachsucht! Wahrhaftig, Nick Brandan, ich verwünsche den Tag, an dem ich dir das erste Mal begegnet bin!!"

„Das", sagte Nick plötzlich mit einer Kälte, die seine grauen Augen eisig erscheinen ließ, „habe ich schon vor sehr langer Zeit getan."

Er wandte sich ab und ging an ihr vorbei aus der Küche. In der Tür zögerte er, wandte sich noch einmal um.

„Du täuschst dich aber, Katharina. Es war keine Rachsucht, das wollte ich mir nur selbst einreden."

Sekunden später fiel die Haustür mit einem lauten Knall zu. Aber Kate nahm es kaum wahr, sie lauschte immer noch Nicks Stimme nach, die seltsam müde geklungen hatte.

Eine Woche später, in denen sie kaum ein Wort miteinander gewechselt hatten und Kates Zimmertür fest verriegelt gewesen war, waren sie zu Grace

Forresters Hochzeit eingeladen, an der alles teilnahm, was in Sacramento Rang und Namen hatte.

Kate, die das Schweigen zwischen ihr und Nick mehr zermürbt hatte als seine frühere Kälte, schlüpfte ohne Freude in eines der teuren Abendkleider, die mit den Koffern aus New York gekommen waren, und steckte sich ihr Haar auf. Kurz bevor sie das Zimmer verließ, warf sie noch einen achtlosen Blick in den Spiegel. Sie hatte ein hellblaues Kleid gewählt, unauffällig im Schnitt, aber von ausgesuchter Eleganz. Das Oberteil war eng genug, um ihre Brüste zur Geltung kommen zu lassen, der Ausschnitt angemessen tief, und die Perlenkette, die mit einem Extraboten von daheim gekommen war, umschmeichelte ihren schlanken Hals. Nun, Nick würde sich wenigstens nicht für sie schämen müssen, wenn sie so auftrat. Es war das erste Mal, dass sie gemeinsam einen Ball besuchten, bisher hatten sie nur an kleineren, familiär gehaltenen Festen teilgenommen, wo sie anfangs ihr einziges, dunkelblaues Kleid getragen hatte, und später Jeannettes hübsche Kreationen, die jedoch hinter diesem raffiniert einfachen Kleid weit zurückstanden.

Beim Hinuntergehen zog sie noch die hauchdünnen Lederhandschuhe in derselben Farbe des Kleides an und trat dann in die Bibliothek, wo Nick am Schreibtisch saß und das Haushaltsbuch durchblätterte. Sie hatte es ihm bisher jede Woche vorgelegt, aber dies war das erste Mal, dass er es tatsächlich durchsah. „Ist alles in Ordnung damit?"

Er sah nicht auf, sondern blätterte weiter. „Ja. Ich hatte auch nichts anderes angenommen. Ich bin übrigens erstaunt, mit wie wenig Geld du auskommst. Kaufst du nie etwas für dich selbst? Es fehlen auch die Kleider, die du bei Mrs. Hunter bestellt hast ..."

„Die habe ich von meinem eigenen Geld bezahlt", antwortete Kate gelassen.

Nick sah stirnrunzelnd hoch. „Wie das? Habe ich dir nicht ..." Er unterbrach sich mitten im Satz und starrte Kate sprachlos an.

„Was ist?", fragte sie mit hochgezogenen Augenbrauen. „Stimmt etwas nicht mit diesem Kleid?" Sie sah an sich herab, konnte jedoch nichts entdecken.

„Du ... du siehst atemberaubend aus", brachte Nick schließlich hervor.

„Danke", antwortete Kate beiläufig, bemüht, ihre Freude über Nicks Kompliment nicht zu zeigen. Sein Blick glitt über sie, streifte ihr Haar, blieb an ihren Lippen hängen, verweilte dann auf ihrer Brust und wanderte langsam abwärts zu ihrer Taille und ihren Hüften. Etwas in seinen Augen ließ ihr Herz einige schnelle Schläge tun, und sie sehnte sich danach, von ihm in die Arme genommen und geküsst zu werden.

Er hatte sie entgegen seinen sonstigen Gewohnheiten seit dem Streit kein einziges Mal auch nur berührt - nachdem er einmal vergeblich versucht, hatte in ihr Zimmer zu kommen - und sie merkte, dass ihr sein Körper fehlte. Wenn sie des Nachts alleine in ihrem Bett lag, schrie ihre Haut geradezu danach, von ihm gestreichelt zu werden, und ihr Inneres war ohne seine Hände, Finger und sein Glied unbefriedigt. Sie hatte in der vorigen Nacht davon geträumt, dass er sie wieder in den Armen hielt, küsste und liebkoste, hatte seine Hände auf ihrer Brust, seinen Mund auf ihrem gefühlt und war in dem Moment aufgewacht, in dem er sich über sie hatte legen wollen, um in sie einzudringen. Als sie sich ihrer selbst wieder bewusst geworden war, hatte sie bemerkt, dass sogar der Traum von ihm ausgereicht hatte, ihre Weiblichkeit anschwellen und feucht werden zu lassen. Und nun saß er dort, sah sie mit einem brennenden Blick an, dessen Wärme sofort auf ihren Körper übergriff, und machte keine einzige Bewegung, um zu ihr zu kommen und sie zu umarmen.

Für fast eine Minute tauchten ihre Blicke ineinander, aber als er endlich aufstand und zu ihr kam, wandte er den Kopf ab. „Wir sollten dann gehen, sonst kommen wir zu spät."

Kate atmete tief durch, als sie vor ihm aus dem Haus trat. Er war so umsichtig gewesen, Tim, den Lauf- und Stallburschen aus dem Werk, den Wagen anspannen zu lassen, damit sie nicht in der Abendgarderobe den fast fünfzehn Minuten dauernden Weg zum Haus der Forresters zu Fuß zurücklegen mussten. Als er ihre Hand nahm, um ihr beim Einsteigen behilflich zu sein, fühlte sie seine Berührung wie einen Blitz durch ihren ganzen Körper zucken, und sie wünschte plötzlich nichts sehnlicher als umkehren zu können, sich das Abendkleid herunterzureißen und in Nicks Armen alles um sich herum zu vergessen.

Sie betrachtete ihn vorsichtig aus den Augenwinkeln, als sie neben ihm im Wagen saß, während Tim die Zügel aufgenommen hatte und die Pferde antraben ließ. Er sah hervorragend aus in dem dunklen Anzug, die grau melierten Schläfen ließen ihn interessant erscheinen. Er sah geradeaus, fast ein wenig von ihr abgewandt und sie bemerkte den scharfen, ein bisschen bitteren Zug um den Mund, der ihr schon des Öfteren an ihm aufgefallen war. Sie hätte gerne ein Gespräch angefangen, seine Hand genommen, die ruhig auf seinem Oberschenkel ruhte, aber sie wagte es nicht. Sie hatte es einmal getan, als sie frisch verheiratet gewesen waren, auf dem Weg zu einer Veranstaltung. Er hatte sie zuerst erstaunt angesehen und ihr dann schroff seine Hand entzogen. Damals hatte es sie gekränkt, aber heute würde sie diese Zurückweisung demütigen.

Als sie ankamen und das Haus betraten, wurden sie gleich am Eingang von den Baxters begrüßt, und Anns Mann, der nicht zögerte, etliche Komplimente in Kates Richtung loszulassen, führte sie in den Saal hinein, wo die Hochzeit stattfinden sollte. Kate ließ ihre Blicke über den reich mit Blumen geschmückten Saal schweifen. Auf beiden Seiten des Raumes waren

Sesselreihen aufgestellt, die in der Mitte einen breiten Durchgang freiließen, wo das Brautpaar zum Pfarrer schreiten sollte. Dieser stand bereits wartend vorne und unterhielt sich mit dem Brautvater, der vor Stolz strahlte, dass seine Tochter eine so gute Partie machte. Die geladenen Gäste – alle in glanzvollen Roben – füllten langsam den Saal. Als die Musik einsetzte - man hatte sogar eine kleine Kapelle engagiert – verstummten alle Gespräche, und jeder blickte neugierig zur Tür. Zuerst schritt der Bräutigam am Arm einer von Graces Freundinnen durch die Reihe, und dann kam die Braut selbst.

Grace hatte ihr schönes blondes Haar hochgesteckt, ein Schleier fiel ihr über das Gesicht und über ihren Rücken bis weit auf den Boden. Das Kleid war aus kostbarem weißem Brokat mit Perlenstickereien. Kate, die Grace Forrester niemals hatte leiden können, bemerkte plötzlich, dass sie lächelte. Es war eine schöne, stimmungsvolle Hochzeit, genau das, was sich jedes junge Mädchen erträumte, und was Kate niemals gehabt hatte. Damals, als Nick so energisch auf ihre Heirat bestanden hatte, war sie so verliebt gewesen, dass es sie nicht gestört hatte, in einem dunkelblauen, schlecht sitzenden Kleid vor den Pfarrer zu treten; bei einer überstürzt arrangierten Hochzeit, die von einer liebenswürdigen Frau ausgerichtet worden war und nicht einmal von ihren eigenen Eltern. Sie fühlte, wie ihr Lächeln schwand und stattdessen Tränen in ihre Augen traten.

‚Und wofür?‚, dachte sie traurig. *‚Für einen Mann, der mich nur aus Rache geheiratet hat, um mich dann erniedrigen und quälen zu können. Was war ich doch nur für eine dumme, verliebte, naive Gans.‚* Unwillkürlich wandte sie den Kopf, um Nick anzusehen, und blickte direkt in seine Augen. Sie hielt den Atem an, als sie die Wärme darin erkannte, nach der sie sich immer so gesehnt hatte. Wärme, Zuneigung und sogar Reue. Er lächelte plötzlich, griff nach ihrer Hand und zog sie an seine Lippen. Grace, die Gäste, der Pfarrer, der dort vorne seine Ansprache hielt, alles trat zurück, wurde undeutlich und es war nur mehr Nick da und sein liebevolles Lächeln.

Nach der Zeremonie beeilten sich alle, dem Brautpaar Glück zu wünschen, und auch Kate ging neben Nick vor, streifte die gepuderte Wange der Braut mit einem gehauchten Kuss und lächelte sie an. „Ich wünsche Ihnen alles erdenklich Gute, Grace. Werden Sie glücklich.“ Zu ihrer Überraschung sah sie tatsächlich Tränen der Rührung in den blauen Augen ihrer ehemaligen Rivalin.

„Danke“, hauchte sie, „das werde ich ganz sicher.“

Kate drückte ihr nochmals die Hand und ging dann weiter, wo sie sofort Mr. Baxter in Beschlag nahm. Er schien im Gegensatz zu früher tatsächlich von ihr angetan zu sein, plauderte mit ihr und ging dann sogar so weit, sie in den Saal zu führen, wo das Dinner stattfinden sollte. Die meisten Gäste waren bereits versammelt, und Kate sah sich von ihrem Mann getrennt und auf die andere Seite des Tisches geführt. Mr. Baxter rückte ihr einen Sessel zurecht, sie nahm Platz, bemerkte, dass Nick neben Ann zu sitzen kam, und fragte sich, wem wohl der leere Stuhl neben ihr zugedacht war.

Sie musste jedoch nicht lange auf eine Antwort warten, und sah in höchstem Maße unangenehm berührt auf, als jemand neben ihr stehen blieb und sich verneigte.

„Es ist mir eine ganz besondere Ehre, neben Ihnen zu sitzen, Kate." Alexander Dostakovskijs Stimme klang schmierig wie immer. Kate schluckte eine böse Antwort hinunter, weil Ann Baxter gerade in ihre Richtung sah, und rückte etwas von ihrem Tischnachbarn ab. Ein Blick auf die andere Seite zeigte ihr, dass Nick ebenfalls seine Augen auf sie gerichtet hatte. Sein Gesicht hatte einen kalten Ausdruck angenommen, und er antwortete nur einsilbig auf Anns Versuche, ihn in ein Gespräch zu ziehen.

Dafür redete Alexander umso mehr, aber Kate hörte kaum zu. Sie hatte nicht im Mindesten damit gerechnet, diesen abscheulichen Kerl heute Abend zu treffen, geschweige denn ihn an ihrer Seite ertragen zu müssen, und konnte sich kaum vorstellen, was das Brautelternpaar dazu veranlasst haben sollte, ausgerechnet ihn neben sie zu setzen. Allerdings kannte ja außer Sam und ihr niemand den wahren Charakter dieses Mannes, und sie würde sich hüten, ihre Abneigung gerade jetzt, vor den Augen aller, zu offenbaren.

Ein Blick die lange Tafel entlang zeigte ihr, dass Sam, der ebenfalls geladen allerdings später als sie eingetroffen war, ganz in der Nähe saß. Er musterte Alexander unter zusammengezogenen Augenbrauen, und sie lächelte hinüber, als er seine Augen ihr zuwandte. Er blinzelte ihr leicht zu und Kate fühlte sich unter seinem warmen, freundlichen Blick sofort besser.

Sie brachte das Essen standhaft hinter sich, würgte von jeder der köstlichen Speisen nur einige Bissen hinunter und bemühte sich wegzuhören, wenn Alexander das Wort an sie richtete. Als die Tafel schließlich aufgehoben wurde, versuchte sie, aus der Nähe ihres unerwünschten Tischherrn zu kommen, musste jedoch dulden, dass er sogar ihren Arm nahm und sie in den Ballsaal hinüberführte. Nick hatte sich Mrs. Baxter zugewandt und Sam, dem sie einen Hilfe suchenden Blick zuwarf, wurde von Mrs. Forrester in Beschlag genommen. Zu ihrer größten Erleichterung machte er sich jedoch, so schnell es die Höflichkeit erlaubte, von ihr frei und kam Kate nach, die inzwischen vergeblich versucht hatte, Alexander ohne viel Aufsehen loszuwerden.

Sie atmete auf, als ihr treuer Freund neben ihr auftauchte, Dostakovskij unauffällig zur Seite schob und stattdessen ihren Arm nahm. Ein scharfer Blick brachte Alexander zum Schweigen, und Kate ging erleichtert mit Sam weiter in den Saal hinein.

„Es ist unverständlich, dass die Forresters diesen Kerl auch noch eingeladen haben", brummte Sam. Er drückte beruhigend Kates Hand, deren Finger auf seinem Arm zitterten. „Haben Sie Nick etwas davon erzählt?"

Kate schüttelte den Kopf. „Nein, weil ich nicht weiß, wie er darauf reagieren würde. Und ich möchte keinen Streit provozieren. Dieser Mensch wird ja hoffentlich bald abreisen, und dann bin ich dieses Problem los."

Sam griff nach einem Champagnerglas, das einer der Diener auf einem Tablett vorbeitrug, und reichte es Kate. „Hier, trinken Sie einen Schluck, Sie sind ja ganz blass. Ich habe schon bemerkt, wie sehr er Sie bereits während des Essens genervt hat."

Kate nahm das Glas dankbar entgegen und fühlte, wie der spritzige Alkohol ihren Magen erreichte. Sam hatte recht gehabt, sie fühlte sich nach diesem Glas gleich um einiges besser und konnte sogar ihren Mann anlächeln, der jetzt mit einem finsteren Ausdruck näher kam. „Hallo Nick, ich hatte mich schon gefragt, wo du bleibst."

Er sah sie eisig an. „Ich hatte eigentlich nicht den Eindruck, dass du dich ohne mich langweilst."

„Das habe ich auch nicht", gab sie zurück. Langweilig war ihr in der unangenehmen Gesellschaft dieses unsympathischen Mannes wahrhaftig nicht geworden.

Sam grinste, nahm Kates Hand und reichte sie ihrem Mann. „Dann werde ich mir jetzt eben eine andere Dame suchen, der ich mein Herz zu Füßen legen kann."

„Zu dieser Entscheidung kann ich dir nur gratulieren", sagte Nick kalt, der Kates Hand so fest ergriff, dass sie glaubte, in einem Schraubstock zu stecken.

„Lass mich gefälligst los", zischte sie ihn an.

„Oh nein", erwiderte er wütend, „wenn du nicht weißt, wohin du gehörst, dann werde ich dich eben zwingen, hier neben mir zu bleiben."

„Warum hast du dich dann nicht um mich gekümmert, als dieser Widerling mich von der Tafel hier hereingezogen hat?", fauchte sie zurück.

„Widerling? Seit wann denn? Bisher hast du keine Gelegenheit ausgelassen, ihm schöne Augen zu machen."

„So ein Unsinn!", erregte sich Kate, während sie wohl oder übel Nick folgte, der sie unerbittlich auf die von Alexander und Sam entgegengesetzte Seite des Saales zog. Sie standen schweigend nebeneinander, als das frisch vermählte Paar unter dem Klatschen der anderen den Brauttanz absolvierte und damit den Ball eröffnete.

Kate sah ihren Mann spöttisch an, als auch die anderen zu tanzen begannen, Nick jedoch keine Anstalten machte, sie aufzufordern, sondern nur mit einem finsteren Ausdruck dastand und auf die sich drehenden Paare starrte. „Und? Hast du vor, den ganzen Abend lang wie hingemalt hier stehen zu bleiben?" Die kleine Kapelle spielte soeben einen Walzer und die Melodie ließ Kates Fußspitzen im Takt zucken.

„Willst du tanzen?", fragte er mürrisch zurück.

„Dazu bin ich ja schließlich unter anderem auch hergekommen!"

„Na schön." Nick führte sie auf die Tanzfläche, legte den Arm um sie, und im selben Moment vergaß sie alles andere. Sie schloss die Augen, überließ sich seiner Führung und gab sich nur dem wunderbaren Gefühl hin, seine Nähe zu spüren.

„Du tanzt ausgezeichnet." Sie summte leise die Melodie mit.

„Hattest du Angst, ich würde mit dir stolpern und quer durch die Leute fliegen?" Nicks Stimme klang amüsiert, und als sie die Augen öffnete und in seine sah, konnte sie ihren Blick kaum von seinem lösen. Tief in sich begriff sie, dass sie diesen Mann immer schon geliebt hatte und immer lieben würde, gleichgültig, was geschehen war und noch geschehen mochte. Diese Erkenntnis brachte sie aus dem Takt, aber er hielt sie sicher, tanzte mit ihr die Runde zu Ende und blieb dann am Rand stehen.

Sie ging fast unwillig mit, als sie gleich darauf von einem der Gäste aufgefordert wurde, flog dann, ohne es verhindern zu können, von einem Arm in den anderen, sah Nick, der einige der Damen aufforderte, nur sehnsüchtig im Vorbeitanzen an und stand dann zu ihrem größten Unmut plötzlich wieder Alexander Dostakovskij gegenüber.

Nikolai hatte mit wachsendem Ärger dulden müssen, dass Kate von den anderen männlichen Gästen schneller zum Tanz aufgefordert wurde, als er sie erreichen konnte, und sah nun mit schmalen Augen zu, wie Dostakovskij den Arm um sie legte, um sie auf die Tanzfläche zu führen. Die Kapelle spielte ausgerechnet einen Walzer, und Nikolai bemerkte, dass der Russe Kate während des Tanzes weit enger an sich zog, als es schicklich war.

Es war ihm schon seit einiger Zeit unangenehm aufgefallen, wie sehr sich dieses Subjekt um seine Frau bemühte, und von Mrs. Forrester hatte er zuvor auch noch einige spitze Bemerkungen darüber hören müssen, dass er Kate des Öfteren daheim besucht haben sollte. Tagsüber natürlich, wenn er selbst im Werk oder unterwegs gewesen war.

,Es reicht jetzt!', dachte Nikolai schließlich zornig. Es war fast unerträglich für ihn, mit ansehen zu müssen, wie Kate mit diesem dahergelaufenen Kerl so eng tanzte, während sie ihn kaum noch beachtete, ihn nur selten in ihr Schlafzimmer ließ und auswich, wenn er auch nur in ihre Nähe kam. Und jetzt gestattete sie einem Fremden, den Arm um sie zu legen. In seiner ebenso rasch wie heftig aufwallenden Eifersucht verschwendete er keinen Gedanken daran, dass ihr hier, mitten im Ballsaal, nichts anderes übrig blieb, sondern packte Alexander am Arm, als dieser mit Kate von der Tanzfläche kam. „Komm mit hinaus, ich habe mit dir zu reden."

Der blonde Mann sah ihn erstaunt an. „Was ist denn, Nikolai? Weshalb bist du so aufgeregt?"

„Das werde ich dir vor der Tür sagen", erwiderte er kalt. „Oder willst du, dass jeder im Saal hier zuhört?"

Alexander folgte ihm hinaus. Katharina, die dem Wortwechsel verblüfft gefolgt war, wollte sich ihnen anschließen, wurde jedoch abgewehrt. „Nein, Katharina, du bleibst hier. Ich habe mit Alexander alleine zu reden."

„Aber ...", fing sie an, wurde aber durch eine entschiedene Handbewegung und seinen eindringlichen Blick zurückgehalten, und er schob Alexander vor sich aus der Tür hinaus.

„Wage es nicht noch einmal, meine Frau zu berühren", fuhr er ihn scharf an, als sie im Garten hinter dem Haus alleine und unbelauscht waren.

„Aber das war doch nur rein freundschaftlich gemeint", protestierte der andere erstaunt.

„Dein ‚freundschaftliches' Verhalten Katharina gegenüber gefällt mir schon lange nicht mehr. Und noch weniger gefällt mir, dass du jede Minute meiner Abwesenheit dazu benützt, ihr einen Besuch abzustatten."

„Besuche bei der Gattin eines alten Freundes", sagte Alexander kopfschüttelnd. „Nicht mehr und nicht weniger."

„Du hast sie während des Tanzes so eng gehalten, dass sich die Leute schon Blicke zuwarfen. Wie kannst du dich erdreisten, dich meiner Frau gegenüber so zu benehmen!"

„Wenn du öfters mit ihr getanzt hättest, wäre ich ohnehin nicht zum Zug gekommen", antwortete Alexander spöttisch. Er griff in die Jackentasche, um sein goldenes Zigarettenetui hervorzuholen. „Deine Frau ist unglücklich mit dir, Nikolai. Das ist mir schon am ersten Tag unserer Bekanntschaft aufgefallen. Eine zufriedene Frau sieht anders aus." Er nahm eine Zigarette heraus. Der Wind, der bereits vor Stunden begonnen hatte und die kalte Luft von den Bergen herüberbrachte, war stärker geworden und blies das Zündholz aus.

Er nahm ein anderes, sprach weiter, ohne auf Nikolai zu sehen, dessen Augen vor Zorn dunkel geworden waren. „Katharina ist nicht eine der Bauerntrampel, mit denen du dich daheim auf dem Gut ihres Großvaters abgegeben hast. Sie ist eine Dame, Nick, die es zu schätzen weiß, wenn sie mit einem Kavalier wie mir zusammen ist. Sie bräuchte einen Mann, der ...''

Nikolais Faust hinderte ihn daran, den Satz auszusprechen. Er taumelte zurück, stolperte über eine der Bänke, die die Forresters im Garten stehen hatten, und fiel schwer zu Boden. Er kam schneller wieder hoch, als Nikolai gedacht hätte, und stürzte sich mit einem wütenden Aufschrei auf ihn. Nikolai war zwar immer jeder Prügelei ausgewichen, aber die harte Arbeit zuerst am Hof des Grafen und dann als Holzfäller hatte ihn gestählt, und er brauchte kaum eine Minute, bis Alexander endgültig, mit einer aufgeplatzten

Lippe und einem Auge, das wohl bald blau werden würde, auf dem Boden lag.

Als er aufsah, sah er sich Sam und Katharina gegenüber.

„Um Himmels willen, Nick, was tust du denn da?" Seine Frau wollte sich zu dem halb Bewusstlosen niederbeugen, aber Nikolai hielt sie am Arm fest.

„Lass ihn gefälligst liegen", zischte er sie an.

„Weshalb hast du ihn niedergeschlagen?", fragte sie leise, aber heftig.

„Die Frage kannst du dir selbst beantworten, Katharina", erwiderte er hart. „Und jetzt komm mit nach Hause, ich habe genug."

„Du kannst doch nicht einfach so fortgehen."

„Sam wird so freundlich sein, dafür zu sorgen, dass Mr. Dostakovskij entsorgt wird, nicht wahr?", sagte Nikolai zu seinem Kompagnon gewandt.

„Aber mit Vergnügen." Sam griff nach dem Arm des immer noch am Boden Liegenden, der jetzt langsam zu sich kam, und zog ihn derb auf. „Ich werde euch drinnen entschuldigen und sagen, Kate hätte sich nicht wohlgefühlt", sagte er über die Schulter zurück, während er den taumelnden Alexander durch den Garten auf die Straße zerrte.

Nikolai band sich seine Halsschleife, die bei der Auseinandersetzung gelitten hatte, dann packte er Katharina am Arm und zog sie mit sich fort.

„Es war absolut lächerlich, wie du dich aufgeführt hast!", sagte Katharina wütend, als er sie eine Stunde später in ihrem Schlafzimmer aufsuchte, um ihr noch einmal Vorhaltungen zu machen. „Ihn einfach niederzuschlagen! Was hätten die Leute gesagt?"

„Er hat dir Avancen gemacht, dass es kaum noch mit anzusehen war!", fuhr er zornig auf sie los. „Glaubst du etwa, ich ließe mir so etwas bieten?! Aber es wäre niemals so weit gekommen, wenn du seine Aufmerksamkeiten nicht auch noch ermutigt hättest!"

„Ich war lediglich höflich, um kein Aufsehen zu erregen! Von ‚ermutigen' kann weiß Gott keine Rede sein! Ganz im Gegenteil!"

„Zuerst flirtest du mit Sam, dass es schon jedem im Saal auffallen muss, und dann lässt du dich von diesem Kerl betatschen! Du hast dich benommen wie eine Hure!", schrie er sie an, außer sich vor Eifersucht.

Sie holte aus und gab ihm eine Ohrfeige. Sekundenlang stand er still, dann packte er sie am Arm und zog sie zu sich heran. „Du hast es gewagt, mich zu schlagen?!"

„Und ich werde es nochmals tun, wenn du mich nicht sofort los lässt." Sie wand sich unter seinem Griff. Er fasste mit der zweiten Hand ihr Handgelenk und drehte ihr den Arm auf den Rücken.

Durch das dünne Nachthemd konnte er ihre Brüste sehen, sie hoben und senkten sich bei jedem Atemzug, und er verspürte ein fast unwiderstehliches Verlangen sie zu berühren. Als er jedoch ihren Arm losließ, stieß sie ihn von sich und trat schnell einige Schritte zurück. „Rühr mich nicht an, Nick! Ich habe dir gesagt, dass ich nur mit dir schlafen werde, wenn *ich* es will und nicht du!"

„Du hast dich mir zu fügen!" Er griff wieder nach ihr.

„Falls du es noch nicht begriffen haben solltest", kam es spöttisch zurück, „die Sklaverei ist aufgehoben. Das gilt auch für Ehefrauen!"

Sekundenlang stand er starr vor Zorn da. Sie war so unglaublich anziehend und reizvoll, und er konnte sie nicht haben, weil sie sich einfach widersetzte. Auf eine Art widersetzte, die er nicht dulden würde. „Komm her", sagte er heiser.

„Geh weg!", antwortete sie kalt.

Er trat einen Schritt auf sie zu, erwischte gerade noch ihr Nachthemd, dessen dünner Stoff zwischen seinen Fingern blieb, während sie zur Kommode hinüberlief. Er ging ihr nach und blieb wie angewurzelt stehen, als sie eine Waffe aus der obersten Lade zog und auf ihn richtete. „Bleib stehen, sonst schieße ich", sagte sie heftig.

„Du wirst nicht auf mich schießen, du verdammtes Weibsstück", schrie er sie an, ging weiter auf sie zu und schlug ihr die Waffe aus der Hand. Ein Schuss löste sich und eines der Bilder an der Wand fiel zu Boden. Das Glas zersprang mit einem lauten Klirren.

„Du hättest tatsächlich abgedrückt?", fragte er gepresst.

Katharina war blass geworden. „Wahrscheinlich", sagte sie atemlos.

Er nahm sie bei den Schultern und grub seine Finger hinein. „Du bist damit zu weit gegangen, Katharina, ich kann nicht dulden, dass meine eigene Frau mich in meinem eigenen Haus mit der Waffe bedroht."

„Was willst du tun?", fragte sie wütend. „Mich ins Gefängnis werfen lassen?"

„Nein", stieß er hervor, „dir gutes Benehmen beibringen, und wenn es sein muss, mit einer Tracht Prügel. Ganz so, wie meine Tante es bereits einmal vorgeschlagen hat."

Er nahm ihre beide Handgelenke, die so schmal waren, dass er sie mit einer Hand umfassen konnte, zerrte sie hinaus auf den Gang, zwang sie, hinter ihm die Treppe hinunterzustolpern und schleppte sie, nackt, wie sie war, quer über den Hof in die Scheune.

„Was hast du vor?", keuchte sie vor Anstrengung, sich aus seinem Griff zu befreien. „Lass mich sofort los!"

Er gab keine Antwort, stieß das Scheunentor auf und griff nach einem Strick, der neben der Tür hing. Sie wehrte sich, musste es jedoch zulassen, dass er ihn fest um ihre Handgelenke band und dann das andere Ende über einen der Querbalken warf. Er zog so fest an, dass ihre Arme hochgerissen wurden, sie gerade noch stehen konnte, und befestigte das Ende des Seils dann an einem Metallring in einem der Pfosten.

„Bist du verrückt geworden?", fuhr sie ihn an. „Lass mich sofort los! Oder willst du, dass ich um Hilfe schreie?"

Er lauschte dem Wind, der von den Bergen herüberkam und die Stadt durchschüttelte. Ein Vorbote der Stürme, die bald die Häuser treffen und Schnee über der Sierra abwerfen würden. „Heute hört dich niemand, Katharina. Unsere Leute sind nicht im Haus und die Nachbarn sind zu weit weg."

Er nahm eine Peitsche von der Wand und ging um sie herum.

„Was soll das?!"

„Ich werde dir jetzt Benehmen beibringen, Katharina. So wie es daheim in meiner Heimat üblich war. Mit der Peitsche. Das müsste gerade dir ja sehr wohl bekannt sein."

Katharina wandte sich mit dem Strick, der ihre Arme über dem Kopf hielt, nach ihm um.

„Dreh dich wieder herum", befahl er ihr scharf.

Sie rührte sich nicht, starrte ihn nur an. „Wenn du mich schlagen willst, wirst du mir dabei ins Gesicht sehen müssen."

Nikolai hob die Peitsche. Er hatte nicht die geringste Absicht, sie zu schlagen, aber er war wütend, dass sie sich ihm regelmäßig entzogen hatte und dann mit anderen Männern flirtete, und er wollte ihr Angst einjagen. Er hatte noch nie jemanden mit der Peitsche geschlagen, nicht einmal die Pferde, und er war immer zornig geworden, wenn er bemerkt hatte, wie einer der Stallknechte am Gutshof des Grafen auf eines der Tiere einschlug.

Aber ihr Großvater war auf diese Art mit Frauen umgegangen, die sich geweigert hatten, ihm zu Willen zu sein.

Wie diese junge Stallmagd damals.

Nikolai war zu dieser Zeit in dieses junge Mädchen verliebt gewesen. Sie hatten sich heimlich sehen müssen, weil der Graf, der schon längst ein Auge auf die hübsche Magd geworfen gehabt hatte, jeden ihrer Schritte beobachten ließ. Er war nicht auf dem Hof gewesen, als es passierte, aber die Altmagd hatte ihm später erzählt, was geschehen war. Der Graf hatte die junge Frau in die Sattelkammer gezerrt, sie dort festgebunden und geschlagen, so lange, bis sie bewusstlos zusammengebrochen war. Zuerst hatten sie noch die Schreie der Gepeinigten gehört, ihr Flehen, sie gehen zu lassen, dann waren ihre Laute in Stöhnen übergegangen und am Ende war das Knallen der Peitsche das einzige Geräusch gewesen. Der Graf war mit Züchtigungen schnell bei der Hand gewesen, hatte aber nur in Fällen wie diesen selbst zur Peitsche gegriffen, und jeder am Hof hatte gewusst, dass er eine perverse Freude daran hatte, sich Frauen auf diese Weise gefügig zu machen.

Das früher so lebenslustige junge Mädchen war von diesem Moment an nicht mehr dasselbe gewesen. Wie ein Schatten ihrer selbst schlich es umher, lebte einige Zeit im Haus, brach jeden Kontakt mit den anderen ab und verschwand dann eines Tages. Er hatte viel später gehört, dass der Graf sie einem seiner Pächter zur Frau gegeben hatte, der das von ihrem Gutsherrn gezeugte Kind an Vaterstatt aufzog. Sie selbst war bald nach der Geburt gestorben.

Sie war nicht die Einzige gewesen, deren Leben dieser harte, grausame Mann, der wie ein kleiner König auf seinem Besitz herrschte, zerstört hatte. Auch in sein eigenes hatte er eingegriffen, aber es hätte schon mehr dazu gehört ihn zu brechen, als eine Tracht Prügel.

Und jetzt hatte er die Enkelin dieses Mannes hier vor sich. Angebunden wie all die Frauen, die der Graf zum Spaß gezüchtigt hatte. Wie er selbst, nachdem Katharina sich bei ihrem Großvater darüber beschwert hatte, dass er es gewagt hätte, sich ihr zu nähern. Die Peitschenhiebe damals hatten ihn weitaus weniger geschmerzt als das Wissen, von Katharina verraten worden zu sein. Von einer Frau, die er zu kennen geglaubt hatte, und die für einige kurze Monate all seine Sinne erfüllt hatte. Obwohl er erst am allerletzten Tag, überwältigt von seiner Zuneigung, derer er nicht mehr Herr geworden war, den Mut gefunden hatte, sie in die Arme zu nehmen.

„Dreh dich um", sagte er nochmals.

„So schlag doch endlich zu", spie sie ihm entgegen. „Das ist es doch, was du die ganze Zeit über wolltest! Mich schlagen, mich demütigen, mich klein bekommen! Aber ich sage dir nur eines, wenn du mich jetzt schlägst, wirst du mich töten müssen, denn sonst bringe ich *dich* um!!"

Nikolai starrte sie an. Ihr langes schwarzes Haar hing wie ein Schleier über ihre Schultern, bedeckte Teile ihrer Brust, fiel fast bis zu den Hüften, ringelte sich an den Spitzen ein. Es war ein leuchtendes Schwarz, das selbst im Licht der Petroleumlampe, die er an die Wand gehängt hatte, einen rötlichen Schimmer hatte. Ihre Augen blitzten zornig, und das Eisblau der Iris umgab die weit geöffneten tiefschwarzen Pupillen wie ein lichter Kranz. Sein Blick glitt weiter über sie ... Die Lippen, wütend zusammengepresst, schon in Erwartung des kommenden Schmerzes und nicht gewillt, auch nur den leisesten Laut der Nachgiebigkeit von sich zu geben. Der weiße Hals, die runden Brüste, die jetzt mit den Armen hochgezogen waren, die schmale Taille, ihre Hüften, die er, wenn er bei ihr gelegen war, kaum zu berühren gewagt hatte aus Angst vor seinen eigenen Gefühlen, und die schlanken, wohlgeformten Beine.

Ihr Atem ging schnell, ihre Brüste hoben und senkten sich bei jedem Atemzug, und obwohl sie es zu verbergen suchte, sah er, dass sie zitterte.

Langsam ließ er die Peitsche sinken, ging um sie herum. Diesmal blieb sie stehen, wandte sich nicht nach ihm um. Er griff nach ihrem Haar und legte es ihr vorne über die Schultern, sodass ihr weißer Rücken frei wurde. Sie hatte jetzt keine Möglichkeit, sich ihm zu entziehen, wie sie das in den letzten Wochen so oft getan hatte, und er konnte es kaum mehr erwarten, sie zu streicheln, an jeder Stelle ihres Körpers zu berühren, so oft und solange er wollte, und sie am Ende besitzen.

Er hob die Peitsche, berührte mit ihrem Griff ihre Schulterblätter, die sie in Erwartung des ersten Schlages zusammengezogen hatte, streichelte sanft darüber, fuhr ihre Wirbelsäule entlang bis zu einem Punkt, der sie erschauern ließ.

Kate stand da, die engen Fesseln um die Handgelenke, die ihre Arme hochhielten, und konnte es kaum fassen, dass Nick sie tatsächlich hier in den Stall geschleift und angebunden hatte. Aber mochte er sie auch schlagen – sie würde es ihm tausendfach heimzahlen!

Sie wich aus, bog sich so weit von ihm fort, wie die Fesseln es zuließen. „Hör auf damit", sagte sie scharf. „Wenn du mich schlagen willst, dann tu es endlich, aber lass diese perversen Spiele."

Er gab ihr keine Antwort, ließ den Griff weiterwandern, zwischen ihre Gesäßbacken, fuhr tief hinein und presste ihn zwischen ihre fest geschlossenen Beine.

„Wage es nicht", stieß sie heiser hervor und wich noch mehr aus.

Er trat nahe an sie heran, umfasste mit der Hand von hinten ihre Taille und hielt sie fest, schob den Peitschengriff noch etwas tiefer hinein. „Es erregt dich, nicht wahr?" Sein Mund war dicht an ihrem Ohr, während er den Griff an ihren Schamlippen rieb, und Kate spürte, wie die Feuchtigkeit aus ihrer Weiblichkeit hervorsickerte.

„Ja", erwiderte sie mühsam, „und ich hasse dich dafür."

„Ich könnte jetzt weitermachen", flüsterte er, „mit diesem Peitschengriff und du würdest es auch noch genießen. Ich könnte dich damit in den Wahnsinn treiben, so lange, bis du mich anflehst, dich zu nehmen."

„So bestimmt nicht!", stieß sie wild hervor. „Ich habe keine Lust, von dir mit einer Peitsche vergewaltigt zu werden! Damit musst du schon zu deiner schwarz gefärbten Hure gehen!" Es war eine Lüge, denn obwohl sie Angst vor ihren eigenen Wünschen hatte, wollte sie im Grunde ihres Herzens, dass er weitermachte. Sie fühlte erregt, wie sich der Druck zwischen ihren Beinen verstärkte, stellte sich dennoch weiter auf die Zehenspitzen, um auszuweichen, aber er folgte ihr. Seine Hand glitt von ihrer Taille abwärts, in das schwarze Dreieck ihrer Scham. Sie presste die Beine zusammen, aber seine Finger waren stärker, massierten, drangen noch ein wenig tiefer.

Schließlich zog er jedoch seine Hand zurück, während die andere mit der Peitsche an ihr rieb und fuhr mit der flachen Hand über ihren Rücken, ihre Hüften, sie fühlte seine Lippen auf ihren hochgezogenen Schultern, an ihrem Hals, seine Hand glitt um sie herum, fand ihre Brüste. Sie unterdrückte ein Stöhnen des Verlangens, als er ihren Körper an seinen zog und sie sein hartes Glied in ihrem Rücken spürte.

„Du willst es doch genauso wie ich", flüsterte er, während seine Hand unaufhörlich über ihren Leib glitt, und die Peitsche ihr Spiel zwischen ihren Beinen fortsetzte. „Weshalb wehrst du dich dagegen?"

„Weil du mich wie dein Eigentum behandelst und nicht wie deine Frau", antwortete sie und wusste selbst, dass ihr Körper ihr schon lange nicht mehr gehorchte, sondern nur noch seinen Händen.

„Ich habe dich schließlich gekauft", murmelte er an ihrem Ohr.

„Den Teufel hast du getan!", fuhr sie auf.

Er lachte leise. „Katharina, Katharina. Ich glaube, ich müsste dich wirklich erschlagen, um dich endlich dazu zu bekommen, dass du dich mir fügst."

Katharina schrie unterdrückt auf, als er seine freie Hand wieder hinuntergleiten ließ, zwischen ihre Beine griff und den schweren ledernen Peitschenstiel durchzog, immer vor und zurück, vor und zurück, bis sie sich wand und fast gegen ihren Willen spürte, wie das Pochen ihrer Scham sich verstärkte, ihr Leib sich zusammenzog und sie aufstöhnend den Höhepunkt erreichte.

Er verminderte den Druck des Ledergriffs zwischen ihren Beinen erst, als sie sich wieder beruhigt hatte, schwer atmend den Kopf an die hochgezogenen Arme lehnte und fassungslos feststellte, wie sehr sie es genossen hatte, von ihm auf diese Weise genommen zu werden.

Nick zog die nasse Peitsche aus ihren Schenkeln und warf sie weg. Dann drehte er sie zu sich herum, umfasste ihre nach oben gebundenen Handgelenke und brachte seinen Mund nahe an ihren, ohne sie jedoch zu berühren. „Küss mich", sagte er verlangend.

Kate bog den Kopf zurück. Sie wollte nichts sehnlicher als seine Lippen auf ihren zu spüren, aber sie würde nicht nachgeben. Wenn er sie küssen wollte, dann musste er das schon mit Gewalt tun.

Er ließ seine Hände an ihren Armen abwärts gleiten, über ihren Rücken, packte ihr Haar und hielt ihren Kopf fest, als er sich über sie beugte. Er küsste sie nicht sofort, sondern ließ seine Lippen sanft auf ihren ruhen, seine Zunge tastete über ihre Zähne, drang langsam, fast zögernd ein. Sie gab nach, öffnete den Mund etwas mehr und fühlte, wie seine Zunge die ihre suchte, darüber streichelte. Dann wurde sein Kuss intensiver, ihr Atem verband sich mit seinem, sie fühlte sein Glied hart gegen ihren Bauch drängen und wusste, dass er gewonnen hatte – sie würde ihm nicht mehr widerstehen.

Sie atmete zitternd ein, als er von ihrem Mund abließ, mit seinen Lippen ihre Brüste suchte, die Spitzen mit seiner Zunge umspielte und dann wieder eine brennende Spur auf ihrem Hals zog und zu ihren Lippen zurückkehrte.

Als sie leicht aufstöhnte, griff er hinunter, öffnete seine Hose, ohne seinen Mund von ihrem zu lösen. Dann beugte er sich ein wenig vor, schob die Hände von hinten zwischen ihre Beine, spreizte sie und hob ihre Knie an seine Hüften. Kate hing sekundenlang in der Luft, die Fesseln um ihre Handgelenke schnitten ins Fleisch, aber bevor sie den Schmerz noch richtig wahrnehmen konnte, legte er die Hände unter ihr Gesäß, hielt sie fest und drang im nächsten Moment mit einer einzigen kraftvollen Bewegung in sie ein.

Kate stieß einen Schrei aus, als sie sein Glied in sich stoßen fühlte, und ließ sich nach hinten fallen, in die Fesseln hinein, die sie am Balken über ihr festhielten. Sie spürte den scharfen Druck des Seils, achtete jedoch kaum darauf, sondern gab sich nur seinen Händen hin, die ihre Hüften jetzt sanft vor und zurückbewegten. Ganz langsam und bedächtig, wie etwas, das man lange entbehrt hat und jetzt mit allen Sinnen genießen will.

Der Zug an ihren Armen wurde immer stärker, sie griff mit den Händen nach dem Seil, umfasste es mit den Fingern und hielt sich fest, während Nick seine Bewegungen beschleunigte, seine Stöße wurden heftiger, tiefer, sie hörte seinen Atem, der ebenso schwer ging wie ihrer. Sein Glied glitt wie von selbst in ihren Körper, wieder halb hinaus, stieß wieder hinein. Die von ihren Schenkeln ausgehende Hitze wurde stärker, ging auf ihren ganzen Körper über, und das Verlangen nach mehr wurde fast unerträglich.

Sie legte ihre Beine fester um seine Hüften, zog ihn im Rhythmus seiner Bewegungen an sich. Jede Faser ihres Leibes schien vor Lust zu schmerzen, und endlich, als sie glaubte, die Grenzen dessen erreicht zu haben, was sie ertragen konnte, ging es wie ein Blitz durch ihren ganzen Körper, ließ sie in sich zusammenziehen und dann im nächsten Moment so heftig zurückschnellen, dass die Fesseln tief in ihr Fleisch schnitten, und der Balken über ihr ein gequältes Geräusch von sich gab. Er hielt ihre Hüften fest, während sie sich stöhnend aufbäumte, hilflos ihrer eigenen Leidenschaft ausgesetzt, die über sie gekommen war wie eine Naturgewalt. Ihre Vagina kontrahierte in harten, schnellen Bewegungen, presste sein Glied zusammen, bis auch er den Höhepunkt erreicht hatte, sich gleich ihr in einer fast schmerzvollen Lust wand, die jetzt ihre Erlösung fand.

Als es vorbei war, verharrten sie beide sekundenlang regungslos, unfähig sich in der Wirklichkeit zurechtzufinden. Schließlich kam Bewegung in Nick. Sie hatte immer noch ihre Beine um ihn geschlungen, hielt sich fest und er trat einen Schritt vor, legte den Arm um ihren Rücken, um sie zu stützen und griff dann mit einer Hand nach dem Seil, das er um den Eisenring gewunden hatte. Er löste es, und Kate ließ langsam die schmerzenden Arme sinken. Sie schob ihre gefesselten Hände über seinen Kopf und zog ihn an sich. Ihr Kuss war sanft, aber voll versteckter Leidenschaft und sie fühlte erregt, wie sein Glied sich in ihr abermals verhärtete und sein Atem schneller ging.

Er trug sie zu dem weichen Heuhaufen in der Ecke der Scheune und sank langsam mit ihr in die Knie. Das Heu war frisch geschnitten, noch ganz weich und Kate lehnte sich zurück, zog ihn mit sich und lockerte den Griff, mit dem sie ihre Beine um seine Hüften geschlungen hatte nur so viel, dass er bequem in ihr liegen konnte. Er stützte sich mit den Armen neben ihrem Körper auf, beugte den Kopf und suchte mit den Lippen ihre Brustwarzen.

Sie fühlte seine Zunge um den harten Mittelpunkt ihrer Brust, atmete tief und lustvoll ein und grub ihre Finger in sein weiches dichtes Haar, während sein Mund sie streichelte, aufwärts wanderte, ihren Hals, ihre Wangen, ihre Lippen berührte.

Sie hatte ihre Beine immer noch um seinen Körper liegen, begann jetzt mit leichten, streichelnden Bewegungen ihre Füße von seinen Hüften abwärts wandern zu lassen, massierte seine Schenkel, glitt wieder höher, über sein muskulöses Gesäß und bedauerte zutiefst, dass er nicht ebenso nackt war wie sie selbst. Sie schob die Hände wieder über seinen Kopf, öffnete die Knöpfe seines Hemdes, tastete über die Muskeln seiner Brust, fand, was sie gesucht hatte und fühlte zu ihrer Genugtuung seine Brustwarzen unter ihren Fingern fest werden. Sie hätte ihm gerne sein Hemd ausgezogen, aber ihre gefesselten Hände erlaubten das nicht.

„Ich werde dir die Fesseln abnehmen." Er löste sich von ihr, entknotete den Strick und blickte betroffen auf die Striemen und Abschürfungen. „Es tut mir leid, Katharina."

Sie gab keine Antwort, sondern nutzte die Freiheit ihrer Hände, um ihm das Hemd von den Schultern zu streifen, warf es neben sich und schob die Hose von seinen Hüften. Sein Glied war wieder hart und erregt, und sie lehnte sich ins Heu zurück und streckte die Arme nach ihm aus. „Komm wieder zu mir, Nick." Ihre Stimme klang fest, ohne jeden bittenden Ton darin.

Er legte sich zwischen ihre geöffneten Beine und sah sie verlangend an. „Du bist wunderschön, Katharina."

Sie strich ihm über das Haar, und er griff nach ihrer Hand, hielt sie fest und küsste ihr wundes Handgelenk mit einer Zärtlichkeit, nach der sie sich in den vergangenen Monaten vergeblich gesehnt hatte. Die zarte Berührung ließ sie unruhig werden, sie fühlte sein Glied hart an ihrem Schenkel und wollte mehr davon haben.

„Nimm mich jetzt, Nick." Es war nur ein Hauch, aber er reagierte sofort darauf, legte seinen Mund über ihren und küsste sie, als er in sie eindrang. Beides sanft und liebevoll.

Sie streckte sich wohlig unter ihm, als er sich in ihr bewegte, in langsamen, kreisenden Bewegungen, dazwischen innehielt, um sie zu küssen, mit seinen Händen über ihren Körper zu streicheln. Sie fühlte ihre Leidenschaft gemeinsam mit seiner wachsen und als sie beide zum Höhepunkt kamen, war es zum ersten Mal ein Akt der Liebe und nicht der Ausdruck der Macht, die sie übereinander ausüben wollten.

Als Kate später erschöpft und zufrieden in seinen Armen im Heu lag, zog er sie ein wenig näher zu sich, seine Lippen spielten an ihrer Wange. Der Wind war noch stärker geworden und blies durch die Ritzen der Scheunenwand. Sie zitterte ein wenig, diesmal vor Kälte.

Nick bemerkte es sofort. „Komm, lass uns wieder hineingehen." Er nahm sein Hemd und legte es ihr um die Schultern, bevor er selbst nach seiner Hose griff. Dann hob er sie auf und trug sie durch den Hof ins Haus hinüber. Er stieß die Tür, die nur angelehnt war, mit dem Ellbogen auf, ging mit ihr die Treppe hoch und legte sie oben in ihrem Zimmer vorsichtig ins Bett und deckte sie zu, bevor er sie zärtlich auf die Stirn küsste. „Ich bin gleich wieder da, Katinka."

Sie hörte, wie er die Treppe hinunterging, wusste, dass er die Haustür versperrte, und kuschelte sich tiefer in die Polster hinein. Zuvor, in der Hitze ihrer Leidenschaft, war ihr nicht bewusst geworden, wie kalt es gewesen war, aber nun schien nicht einmal die Decke genug, um sie wieder zu erwärmen.

Sie lauschte seinen Schritten auf der Treppe. Dann trat er ins Zimmer, eine Tasse mit einer dampfenden Flüssigkeit in der Hand. Er setzte sich damit neben sie auf das Bett. „Hier, Katinka, das wird dich aufwärmen."

Zutiefst berührt von seiner Fürsorge, die sie bisher nur ein einziges Mal gespürt hatte, setzte sie sich halb auf und griff nach der Tasse. Er zog ihr sein Hemd, das sie immer noch trug, fester um die Schultern und Kate fühlte seine Hand warm auf ihrem Rücken liegen. Sie trank den Tee in kleinen Schlucken. Er hatte eine gehörige Portion Rum hineingegossen, und sie merkte, wie ihr der Alkohol schnell zu Kopf stieg.

„Ich werde betrunken werden", sagte sie mit einem halben Lächeln.

Nick lachte, und sie war überrascht über die Wärme in seinen Augen und in seiner Stimme. „Das macht nichts, Katinka, du kannst ja morgen ausschlafen."

Seine ungewohnte Freundlichkeit trieb ihr die Tränen in die Augen, und er sah sie betroffen an. „Was ist denn, Katinka?"

„Nichts", murmelte sie.

Er wartete, bis sie die Tasse geleert hatte, dann nahm er sie ihr aus der Hand und stellte sie auf das kleine Nachtkästchen daneben. Kate legte sich wieder in die Polster zurück, der Tee hatte sie tatsächlich aufgewärmt, und sie fühlte eine angenehme Müdigkeit in sich aufsteigen. Sie schloss die Augen, bemerkte kaum noch, dass Nick die Lampen löschte, stellte im Halbdämmer verwundert fest, dass er ein wenig später neben sie unter die Decke schlüpfte, und war auch schon eingeschlafen.

Am nächsten Morgen wachte sie zum ersten Mal in seinen Armen auf.

Es musste noch früh sein. Nick schlief noch, und im Halbdunkel des Zimmers betrachtete sie sein Gesicht. Sein Haar war ihm in die Stirn gefallen, der harte Ausdruck um den Mund war verschwunden, und obwohl seine Züge im Laufe der Jahre schärfer geworden waren, erinnerte er sie mehr denn je an den jungen Mann, der sie zum ersten Mal geküsst hatte.

Er schien ihren Blick zu fühlen, denn er regte sich etwas, öffnete die Augen und blinzelte sie an. Ein Lächeln erschien auf seinen Lippen. „Schon munter, Katinka?", fragte er verschlafen. Kate konnte nicht anders und obwohl sie leise Furcht hatte, von ihm zurückgestoßen zu werden, so wie beim letzten Mal, als sie das getan hatte, rutschte sie ein bisschen hinauf, beugte sich über ihn und begann sein Gesicht zu küssen. Sanft und liebevoll, ohne jede Begierde und nur von dem Wunsch nach Zärtlichkeit getrieben. Sie sah, dass er wieder die Augen schloss, und dachte schon, er wäre eingeschlafen, als sie seine Hand auf ihrem Rücken fühlte. Es war ein leichtes Streicheln, nicht mehr, dann zog er sie eng an sich, sie legte den Kopf auf seine Schulter und fühlte sich seltsam geborgen.

„Du hast gewonnen, Katharina. Ich habe so sehr dagegen angekämpft, aber jetzt will ich nicht mehr."

Sie lauschte diesen Worten minutenlang nach, bevor sie antwortete. „Ich wollte nie gewinnen, Nick, ich wollte nur deine Zuneigung und deinen Respekt, und beides hast du mir immer versagt."

„Das ist jetzt vorbei. Ich liebe dich, Katharina." Seine Stimme klang zärtlich, und sie schloss die Augen, als könne sie diesen Moment festhalten.

Dann sagte sie ruhig. „Es gab eine Zeit, da hätte ich alles darum gegeben, dich diese Worte sprechen zu hören. Aber jetzt ist es zu spät dazu. Ich werde dich verlassen, Nick. Es ist zu viel geschehen, als dass ich noch mit dir zusammenleben könnte."

Sein Arm legte sich ein wenig fester um sie. „Aber ich liebe dich doch, Katharina. Schon immer. Ich wollte es nur nicht wahrhaben."

„Du hast mich nicht gerade aus Liebe geheiratet, nicht wahr?", meinte sie spöttisch, während sie sich in seinem Arm so drehte, dass sie ihn ansehen konnte. „Du warst so von deinem Wunsch nach Rache besessen, dass dir dies sogar einen Preis von zwanzigtausend Dollar wert war." Sie hatte erwartet, er würde über ihre Worte wieder zornig werden, aber er sah sie nur ernst an.

„Lassen wir die Vergangenheit ruhen, Katinka."

„Kannst du das wirklich?", fragte sie nach einigen Sekunden. „Selbst wenn wir die vergangenen Monate auslöschten - die Zeit davor würde immer zwischen uns stehen."

Er hob die Hand und strich ihr sanft über das Haar. „Ich war verletzt und verbittert."

„Du hättest mir einfach ausweichen können", antwortete sie leise.

„Dazu hast du mir zu viel bedeutet. Ich wusste nur, dass ich nicht so einfach zusehen konnte, wie du diesen Widerling heiratest, diesen Simmons. Und ich war gekränkt, als ich herausfand, dass du mich tatsächlich nur des

Geldes wegen geheiratet hattest. Insgeheim hatte ich wohl die romantische Vorstellung, es könnte doch mehr dahinter stecken."

„Es *war* und *ist* mehr da, Nick. Aber ich kann nicht mit einem Mann leben, der mich so behandelt hat, wie du es die ganze Zeit getan hast, und der mich dazu bringt, dass ich sogar zu einer Waffe greife."

Seine Augen verdunkelten sich. „Ich kann dich nicht gehen lassen, Katharina."

Sie musterte ihn nachdenklich. „Ich fühle mich bei dir nicht sicher, Nick. Selbst jetzt, wo ich hier bei dir liege und du mich im Arm hältst, weiß ich nicht, wie lange ich dem Frieden trauen kann, ob sich nicht deine Laune plötzlich ändert und du mich wie dein Eigentum behandelst oder wie eine bezahlte Hure."

„Das wird nie wieder der Fall sein, das schwöre ich dir." Er hatte sie bei diesen Worten sanft in die Polster zurückgedrückt und beugte sich nun über sie. „Ich liebe dich, Katinka. Mehr, als ich es je für möglich gehalten hätte. Sogar mehr noch als damals, als ich mich auf dem Gutshof deines Großvaters in dich verliebte."

Kate hielt ihn zurück, als er sie küssen wollte. „Nein, ich will so nicht mehr mit dir leben, Nick."

Er strich ihr sanft mit der Hand eine Strähne ihres Haares aus dem Gesicht. „Und die vergangene Nacht, Katinka?"

Kate fühlte, wie sich etwas in ihr verhärtete. „Die vergangene Nacht? Du hast mich nackt in den Stall geschleppt, mich angebunden und wolltest mich schlagen. Soll ich mich dafür bedanken, dass du es dir dann doch noch anders überlegt hast?"

Ein schmerzliches Zucken ging über sein Gesicht. „Ich hätte dich niemals geschlagen, Katharina. Ich war nur wütend und wollte dir Angst machen. Und dann ... Du kannst nicht leugnen, dass du das, was danach kam, ebenso genossen hast wie ich."

Er hatte recht, sie hatte es genossen. Es hatte sie überwältigt. Aber das war nicht die Art, wie sie mit ihm leben wollte. Sie wollte einen Mann, der sie achtete und liebte. Sie und ihre Kinder, die sie gemeinsam mit ihm großziehen wollte.

„Das war keine Liebe, Nick. Das war nur Leidenschaft. Nichts weiter. Und wenn das alles ist, was uns beide zusammenfügt, so reicht es nicht, um den Rest unseres Lebens miteinander zu verbringen. So habe ich mir meine Ehe niemals vorgestellt – ich wollte etwas Ähnliches haben, was auch meine Eltern verbindet. Oder meinst du etwa, meinem Vater wäre es jemals eingefallen, meine Mutter an einen Pfosten zu binden und ..."

Er legte ihr schnell den Finger über den Mund. „Sprich es nicht aus, Katharina. Es ist vorbei. Lass uns einen neuen Anfang machen. Ich liebe dich wirklich und ich werde alles tun, um es dir zu beweisen. Ich weiß, dass ich viel falsch gemacht habe, aber du sollst in Zukunft keinen Grund mehr haben, dich über mich als Ehemann zu beklagen."

Kate sah ihn fast eine Minute lang an, hin- und hergerissen von ihren Gefühlen für ihn. Liebe, die nicht einmal sein verächtliches Verhalten und seine abweisende Haltung ihr gegenüber hatte töten können, Zärtlichkeit und der Wunsch bei ihm zu bleiben und ihm zu glauben. Und Angst. Tief in ihr war die Angst, abermals enttäuscht zu werden. Ihm nicht mehr vertrauen zu können.

„Nein, Nick", sagte sie plötzlich, schob ihn von sich weg und stieg aus dem Bett. Sie griff nach ihrem Schlafrock und wickelte sich hastig darin ein, als sie seinen Blick auf ihrem Körper fühlte. Jetzt nur nicht wieder nachgeben. Sich nicht mehr einer Hoffnung hingeben, die sich als trügerisch herausstellen würde.

„Ich kann nicht bei einem Mann bleiben, vor dem ich so viel Angst hatte, dass ich ihn erschießen wollte", fügte sie hinzu. „Und jetzt lass mich bitte alleine. Ich werde meine Sachen packen, morgen früh den Zug nehmen und heimreisen." Sie wandte sich ab, als er ebenfalls aus dem Bett stieg und zu ihr herüberkam, um sie zu sich herumzudrehen.

„Katharina", sagte er sanft und mit einer Eindringlichkeit, die sie noch nie zuvor an ihm bemerkt hatte, „tu es nicht. Geh nicht fort."

Sie versuchte die Tatsache zu ignorieren, dass er nackt vor ihr stand und sie ihn begehrte. Und ihm glauben wollte. Selbst jetzt noch.

„Nein, Nick. Es geht nicht."

Er starrte sie an. Sie wusste, dass er nicht akzeptieren wollte, wie ernst es ihr war, und er vermutlich wütend werden würde, wie immer, wenn sie sich gegen ihn gestellt hatte. Aber das war gut, das würde es ihr leichter machen, ihn zu verlassen. Zu ihrem größten Erstaunen nickte er jedoch nur, wandte sich um und griff nach seinem Schlafrock, den er über einen Sessel geworfen hatte, als er gestern Nacht zu ihr ins Bett gekommen war, um sie zu wärmen. Sie blickte ihm nach, als er mit gesenktem Kopf das Zimmer verließ. Und plötzlich sah sie nicht mehr Nick Brandan in ihm, der sie nur aus Rache geheiratet und gequält hatte, sondern Nikolai, den jungen, liebevollen Mann, in den sie sich vor Jahren rettungslos verliebt hatte.

Nikolai machte keinen Versuch mehr, Katharina zum Bleiben zu bewegen. Er war sich klar darüber, dass er sie durch sein Verhalten selbst fortgetrieben hatte. Sein Benehmen war unverzeihlich gewesen. Und zwar von Beginn an.

Zuerst hatte er ihre Notlage ausgenutzt, sie für Geld *gekauft* und sie dann ihre Abhängigkeit von ihm spüren lassen und alle ihre Versuche, sich ihm zu nähern und eine gute Ehe zu führen, brutal zurückgewiesen. *„Misshandlung von Ehefrauen ist gegen das Gesetz"*, hatte sie ihm einmal gesagt und bei der Erinnerung, wie er sie an diesem Tag und an anderen behandelt hatte, stieg ihm die Schamröte ins Gesicht. Und alles nur, um seinen verdammten Stolz und seine Gier nach Rache zu befriedigen.

Dabei hatte er damals, nach seiner Rückkehr von der Pferderanch, wo ihm klar geworden war wie viel sie ihm bedeutete, ernsthaft versucht, alles hinter sich zu lassen, ein neues Leben mit ihr zu beginnen. Und dann war der Besuch seiner Großtante dazwischen gekommen. Und von diesem Moment an hatte sich Katharina verändert. Auf eine Art und Weise, die ihm Tage davor unmöglich erschienen war. Und er hatte sich noch heftiger in sie verliebt. Und zwar so sehr, dass er jetzt kaum wusste, wie er in Zukunft ohne sie leben sollte.

Er war am Morgen in sein Büro gegangen, hatte einen Besuch im Holzwerk gemacht, weil es dort Probleme mit der neuen, wasserkraftbetriebenen Sägemaschine gegeben hatte, und war dann am Abend heimgekehrt, um festzustellen, dass seine Frau bereits ihre beiden großen Reisekisten gepackt und dafür gesorgt hatte, dass sie nach New York zurücktransportiert wurden. Jetzt war sie damit beschäftigt, noch einige Kleinigkeiten zusammenzusuchen, die sie für die Reise brauchte, und sah kaum auf, als er ihr Zimmer betrat.

„Du bist fest entschlossen zu gehen", sagte er. Es klang wie eine Feststellung und nicht wie eine Frage.

Sie nickte nur und zog eine der Laden ihrer Kommode heraus.

„Es gefällt mir nicht, dich alleine fahren zu lassen, Katharina", fuhr er fort. „Ich habe meine Leute bereits instruiert, dass ich ebenfalls abreisen werde."

Sie sah von der zarten Wäsche auf, die sie in der Hand hatte, und blickte ihn überrascht an. „Wie bitte?"

Er zögerte etwas: „... Ich hätte keine Ruhe, wenn ich dich ..."

„Ich werde ganz gewiss nicht mit dir reisen, Nick", unterbrach sie ihn heftig. „Ich bin auch alleine hergekommen. Und ich kann sehr gut selbst auf mich aufpassen!"

„Wenn du mich nicht dabeihaben willst, dann wird Tim mit dir gehen." Er versuchte, seine Stimme neutral klingen zu lassen, obwohl ihn ihre energische Abfuhr schmerzte. „Er kann sich um dein Gepäck kümmern, um Unterkunft und dafür sorgen, dass du sicher ankommst."

„Nick, bitte", Katharinas Stimme klang gequält, „lass mich jetzt alleine. Ich möchte packen und zeitig schlafen gehen. Du hältst mich nur auf. Wolltest du nicht heute Abend zu Sam gehen? Soviel du mir gesagt hast, möchtest du einen deiner alten Freunde dort treffen, derjenige, der aus Alaska gekommen ist."

„Du wirst doch nicht annehmen, dass ich an unserem ... letzten gemeinsamen Abend aus dem Haus gehe?", sagte er eindringlich.

„Du bist an so vielen Abenden fortgegangen, Nick. Und wenn ich es mir recht überlege, hast du deine Zeit öfter außer Haus verbracht als mit mir. Es gibt keinen Grund, ausgerechnet heute eine Ausnahme zu machen. Gute Nacht."

Er stand eine Weile unschlüssig im Raum, während sie ihn nicht mehr beachtete, und ging dann müde hinaus, wobei er die Tür leise hinter sich schloss.

Kapitel 11

„Ja!", lachte Ivan brüllend heraus. Nikolai kannte ihn schon seit Jahren, er leitete eines der russischen Holzfällerlager im Norden des amerikanischen Kontinents. „Das hättest du damals sehen sollen! Ich war ja nur einer der Lakaien am Hof, aber ich war ganz in der Nähe und habe alles genau mitbekommen! Der Kerl, ein gewisser Vronskij, stand inmitten einer Schar dieser verdammten Adeligen und führte das große Wort, gab riesig damit an, dass er einen der Stallburschen am Hof seines zukünftigen Schwiegervaters gezüchtigt hätte, der es gewagt habe, seine Finger nach seiner edlen amerikanischen Braut auszustrecken."

Nikolais Finger schlossen sich fester um sein Glas. „Hör auf mit diesen alten Geschichten, Ivan, das interessiert heute keinen mehr."

„Doch", meldete sich Jeannette Hunter, die zu Nicks Überraschung ebenfalls zu Besuch war, „ich möchte es schon hören! Erzählen Sie bitte weiter", fuhr sie an Ivan gewandt fort.

Dieser warf Nikolai einen grinsenden Blick zu. „Na, jedenfalls protzte der Kerl da gerade so herum, als seine liebe Verlobte hinzukam – ein niedliches Ding übrigens – blutjung, brandschwarzes Haar, leuchtend blaue Augen und eine Figur ..."

„Schon gut", sagte Nikolai kalt, bevor Ivan sich in die körperlichen Vorzüge dieser Frau ergehen konnte, „erzähl weiter, wenn du schon nicht deinen Mund halten kannst."

„Also", fuhr Ivan fort, „die Kleine kam also hinzu, hörte, wie sich der Kerl wichtig machte, wurde zuerst totenblass und dann hochrot im Gesicht und fing an, ihn zu beschimpfen, nannte ihn einen ehrlosen, widerlichen Kerl, der den Schmutz unter seinen Fingernägeln nicht wert wäre. Der Graf war zuerst völlig verblüfft, brachte kein Wort hervor, schrie die Kleine dann aber an, sie solle gefälligst den Mund halten und wollte ihr, als sie immer noch nicht still war, eine Ohrfeige geben."

„Wie war das?", unterbrach ihn Nikolai scharf. „Sie hat ihn beschimpft?"

„Na und wie!", lachte Ivan. „Das hättest du hören müssen. Aber das war ja noch nicht alles! Als er so unklug war, die Hand gegen sie zu erheben, zog sie blitzschnell einen Fächer hervor, knallte ihm den edlen Grafen um die

Ohren, bis er sich wimmernd die Hände vor die Visage hielt, und jagte ihn quer durch den halben Saal!" Ivan lachte, bis ihm die Tränen die Wangen herunterkullerten. „Die erlauchte Gesellschaft stand starr vor Schreck, während die Kleine den Grafen verprügelte und dabei in zwei Sprachen fluchte wie ein Droschkenkutscher. Der Fürst musste drei Offiziere seiner Leibgarde schicken, damit sie die Kleine einfangen konnten, die immer noch tobte und dann lauthals verkündete, dass es jedem so ginge, der es wagen würde, den Mann, den sie liebte, anzugreifen, und dass dieser Mann, auf den der Graf so herabsehen würde, zehnmal mehr wert wäre als die ganze versammelte Gesellschaft in diesem Raum!"

Das Glas in Nikolais Hand zersprang mit einem leisen Klirren.

Ivan hielt in seiner Erzählung inne, und Jeannette sprang erschrocken auf. „Um Himmels willen, Mr. Brandan, haben Sie sich verletzt?"

Er gab keine Antwort, sondern starrte nur auf seine Faust, die er immer noch um die Scherben geschlossen hatte. Zwischen seinen Fingern quoll Blut hervor. Er sah erst auf, als Sam aufstand und zu ihm kam. „Nein, entschuldige bitte, ich war nur ungeschickt."

„Aber wie konnte das denn passieren?", fragte Jeannette betroffen. „Das Glas muss einen Sprung gehabt haben!"

„Ja, vermutlich", antwortete er heiser. Er empfand das Brennen in seiner Handinnenfläche angenehm im Vergleich zu dem Schmerz, der seinen ganzen Körper erfasst zu haben schien. Er öffnete langsam die Faust und zog die Splitter aus der Wunde, dann nahm er die Serviette, die Sam ihm reichte, und wickelte sich den weißen Stoff um die Hand. „Ich fürchte, ich habe dein schönes Tischtuch beschmutzt, Sam. Wie ging die Geschichte weiter?", fragte er beiläufig zu Ivan gewandt, während er dem Blick seines Kompagnons auswich, der ihn aus schmalen Augen ansah.

„Die Kleine wäre vermutlich in Sibirien gelandet", fuhr Ivan munter fort, „wäre sie nicht Ausländerin gewesen. Der amerikanische Gesandte brauchte seine ganze Überredungskunst, um das Mädchen freizubekommen. Sie ist dann sofort abgereist, und soviel ich weiß, durfte sie nicht mehr ins Land zurück." Der dicke Russe sah Jeannette, die von der Geschichte sichtlich beeindruckt war, grinsend an. „Diese junge Frau damals war der Grund, weshalb ich unbedingt nach Amerika auswandern wollte – ich dachte mir, ein Land, das solche Frauen hervorbringen kann, ist genau das Richtige für mich."

„Weiß man, was aus der jungen Frau geworden ist?", ertönte plötzlich Sams ruhige Stimme. „Wie war ihr Name?"

Ivan hob die Schultern. „Das weiß ich nicht mehr, sie war die Enkelin eines der kleinen Landadeligen. Ihr Großvater starb kurz danach. Falls sie überhaupt noch lebt, ist sie jetzt zweifellos schon verheiratet und hat einen

Haufen Kinder. Sie war so außergewöhnlich hübsch, dass sie bestimmt nicht lange auf einen Mann warten musste."

Nikolai stand auf, wobei er abermals Sams durchdringendem Blick auswich, der sich über die Erzählung offenbar so seine – richtigen - Gedanken machte. „Ich denke, ich werde mich jetzt zurückziehen, Sam. Herzlichen Dank für die Einladung."

„Du hast wohl Sehnsucht nach deiner lieben Gattin", blinzelte ihm Ivan zu. „Schade, dass sie heute nicht mitgekommen ist. Aber vielleicht lerne ich sie ja ein anderes Mal kennen."

Er ging nicht darauf ein, verbeugte sich nur in Richtung der anderen Gäste und griff im Hinausgehen hastig nach seinem Hut, der ihm von einem Diener hingehalten wurde. Er hatte keine Sekunde mehr zu verlieren - die Schilderung des Holzfällers dröhnte in seinen Ohren, und er wollte jetzt nichts dringender, als Katharina sehen und in ihren Augen die Bestätigung für diese Worte lesen.

Er lief, ohne nach rechts und links zu sehen, durch die Straßen und hastete dann den schmalen Weg entlang, der zu ihrem Haus hinaufführte. Dort stieß er die Tür auf und schubste das Dienstmädchen, das soeben das Haus verlassen wollte, zur Seite. „Wo ist meine Frau?!"

Rose sah ihren Arbeitgeber erstaunt an und deutete dann nur nach oben. Nikolai hörte die Eingangstür hinter ihr zufallen, nahm drei Stufen auf einmal und hielt sich nicht erst lange damit auf, an Katharinas Tür zu klopfen, sondern riss sie auf und stand auch schon im Zimmer.

Katharina, die soeben damit beschäftigt gewesen war, einige letzte Kleidungsstücke in einer Reisetasche zu verstauen, sah ihn stirnrunzelnd an. „Du wirst es auch nie lernen, Nick. Was willst du? Weshalb platzt du hier einfach so herein?"

Er war mit zwei Schritten bei ihr, nahm ihr die Bluse aus der Hand, die sie soeben in die Tasche hatte legen wollen, und warf das zarte Kleidungsstück achtlos hinter sich.

Katharina war ein wenig zurückgezuckt, und ihre Augen nahmen einen vorsichtigen Ausdruck an. „Was soll das? Was hast du vor? Ich warne dich, wenn du es noch einmal wagst, über mich herzufallen, dann ..."

Er trat schnell einen Schritt zurück und hob abwehrend die Hände. „Nein, nein, Katinka. Ich habe nichts dergleichen vor, glaube mir bitte. Ich muss nur mit dir sprechen."

„Seltsame Art, ein Gespräch zu beginnen", antwortete Katharina spöttisch. Sie bückte sich nach der Bluse, faltete sie wieder zusammen und legte sie in die Tasche. „Also, was gibt es?"

„Katharina, sag mir bitte, was damals geschehen ist, als du vom Hof Deines Großvaters abgereist bist."

Katharina hielt in der Bewegung inne und sah ihn misstrauisch an. „Du weißt genau, was war. Mein Großvater gab ein Fest. Du hast mit mir im Park getanzt, und dann hast du mich geküsst." Sie wandte sich ab, einen bitteren Zug um den Mund.

Er trat näher und legte die Hand auf ihre Schulter. „Was geschah weiter?"

„Man hatte uns dabei gesehen, aber das erfuhr ich erst viel später. Ich reiste wie geplant nach St. Petersburg ab, um seitens meines Großvaters keinen Argwohn aufkommen zu lassen, und wollte vor meiner endgültigen Abreise noch einmal zurückkommen, um mit dir zu sprechen."

Sie holte zitternd Luft, bevor sie weitersprach. „Auf einer Gesellschaft, die zwei Tage später stattfand, erfuhr ich dann vom Grafen Vronskij, was in meiner Abwesenheit geschehen war. Er ...", sie schluckte hart, „... er brüstete sich vor seinen Freunden damit, dass er einen Stallknecht, der seine Finger nach seiner Braut ausgestreckt hätte, hatte auspeitschen lassen."

Kate schloss die Augen. „Ich weiß nicht mehr, was dann geschehen ist, aber ich war wie von Sinnen – ich glaube, ich schlug dem Widerling meinen Fächer um die Ohren, und am Ende landete ich in Begleitung von drei Soldaten und meiner Gouvernante in meinem Hotelzimmer. Man wollte mich ins Gefängnis stecken, weil ich angeblich den Adel in seiner Ehre gekränkt hätte, und unser Botschafter musste all seinen Einfluss geltend machen, um mich loszubekommen."

Nick trat hinter sie und legte die Arme um sie. Es war eine sanfte, beschützende Geste, anders als sonst, und sie lehnte sich sekundenlang an ihn an, genoss fast gegen ihren Willen diese neue, ungewohnte Geborgenheit.

„Und dann bist du heimgereist", sagte er leise.

„Nein", erwiderte sie hart, machte sich von ihm los und griff nach einer anderen Bluse, die über einem Bügel am Kasten hing. „Ich bin heimlich zurück auf das Gut geritten. Ich wollte wissen, was geschehen war. Als ich dich nirgendwo finden konnte und mir jeder nur ausweichende Antworten gab, suchte ich meinen Großvater auf, um mit ihm zu sprechen. Er schrie mich an, beschuldigte mich, die Ehre der Familie in den Schmutz gezogen zu haben, und dass ich froh sein könnte, wenn ich noch einmal davongekommen wäre."

Vor Kates geistigem Auge stieg wieder die Szene auf, in der sie ihrem Großvater gegenübergestanden war - einem Feind, der zugelassen hatte, dass man den Mann misshandelt hatte, den sie liebte. Sie hatte ihm klipp und klar gesagt, dass sie alles tun würde, um ihn zu finden, mit ihm nach Amerika zurückzukehren, um dort mit ihm zu leben. Der Graf hatte nur höhnisch aufgelacht und gemeint, ihr Liebhaber wäre vermutlich schon ein Fraß für die Wölfe geworden.

Sie war zuerst fassungslos und dann so außer sich gewesen, dass sie sich mit bloßen Händen auf den Grafen gestürzt und versuchte hatte, ihm das Gesicht zu zerkratzen. Dem weitaus größeren und kräftigeren Mann jedoch war es gelungen, sie von sich zu stoßen, sie war auf die Knie gefallen und er hatte die auf dem Tisch liegende Reitpeitsche genommen und ihr damit einen so kräftigen Schlag versetzt, dass ihr der Lederriemen bis auf die Knochen schnitt. Sie war wie betäubt gewesen, hatte den Schmerz kaum gespürt, war aufgesprungen und hatte nach dem scharfen Messer gegriffen, das auf dem Schreibtisch des Grafen gelegen war. Und dann hatte sie ...

Nicks zarte Berührung ließ sie wieder zu sich kommen. Sie löste sich aus ihrer Erstarrung und drehte sich zu ihm. „Ich habe mit dem Brieföffner auf ihn eingestochen", sagte sie herb. „Er war aber nicht gleich tot, sondern brauchte, wie ich später hörte, zwei Tage um zu sterben. Zu meinem Glück erlangte er nicht mehr das Bewusstsein, so blieb meine Tat unerkannt. Ich war heimlich ins Schloss gekommen und konnte ebenso heimlich wieder daraus entfliehen. Als ich mich dann auf die Suche nach dir machen wollte, traf ich auf Potty, der mir erzählte, wie er dich gefunden und in Sicherheit gebracht hätte. Ich konnte jedoch nicht länger bleiben, sondern musste so schnell wie möglich außer Landes."

Sie atmete tief durch, bevor sie weitersprach. „Ich habe bis zu diesem Augenblick nie darüber gesprochen, was im Haus meines Großvaters geschehen ist, und es wäre mir auch jetzt lieber gewesen, ich hätte darüber schweigen und es einfach vergessen können. Ich konnte meiner Mutter nie wieder in die Augen sehen." Dies war mit ein Grund gewesen, weshalb sie sich mit Potty zusammengetan und das Gestüt aufgebaut hatte – um nicht mehr daheim sein zu müssen. Sie verstummte, überwältigt von den Erinnerungen, und Nick nahm sie in die Arme, streichelte sie, küsste sie auf die Schläfe und wiegte sie in den Armen wie ein Kind.

„Meine kleine Katinka", flüsterte er in ihr Haar hinein, der Ausdruck seiner Stimme zeigte ihr, wie zutiefst betroffen er war. „Es tut mir so leid. Wenn ich doch nur eine Ahnung gehabt hätte ..."

Sie ließ seine tröstenden Berührungen eine Weile geschehen und schob ihn dann weg.

„Jetzt weißt du, was damals passiert ist, Nick. Und? Was hast du von diesem Wissen?"

„Ich wusste das doch alles nicht, Katinka. Man hatte mich glauben gemacht, du hättest dich bei deinem Großvater über mein Benehmen beklagt." Er versuchte, sie wieder an sich zu ziehen, aber sie wich ihm aus.

„Deshalb das alles?", fragte sie ruhig. „Du hattest vom ersten Moment an, an dem du mich hier wiedertrafst, nur den einen Gedanken, dich an mir zu rächen und nicht an meinem Großvater, wie ich anfangs dachte, nicht wahr?"

Er streckte die Hand nach ihr aus. „Es war mehr als das, Katinka. Ich konnte in meiner Verletztheit und Kränkung nur vor mir selbst nicht zugeben, wie sehr ich dich wollte, und habe mich dir gegenüber benommen wie ein Verbrecher."

Kate sah ihn nachdenklich an, dann nickte sie. „Ja, das stimmt." Ihr Blick fiel auf seine Hand, und sie bemerkte erst jetzt die blutdurchtränkte Serviette. „Du hast dich verletzt?!"

„Unwichtig", wehrte er ab, ließ es dann aber trotzdem zu, dass sie das Tuch abnahm und einen kritischen Blick auf die Schnitte warf.

„Bist du durch ein Fenster gefallen?"

„Ein Glas ... es ... hatte einen Sprung, und als ich es zu fest in die Hand nahm, zerbrach es."

Sie zog ihn näher zu der Petroleumlampe und hielt seine Hand ins Licht. „Da sind noch Splitter drinnen. Setz dich hier her, ich werde sie herausholen." Sie drückte ihn auf den Stuhl neben dem runden Tisch beim Fenster und nahm eine Pinzette aus ihrer kleinen Ledertasche. „Halt gefälligst still", sagte sie barsch, als er zurückzuckte.

Sie beugte sich über seine Hand und während sie vorsichtig die winzigen Splitter entfernte, die noch in seiner Hand steckten, hatte er Muße, im Schein der Lampe ihr Profil zu betrachten. So unendlich vertraut mit diesem zarten Näschen, den langen Wimpern, die jetzt über die Augen gesenkt waren, dem weichen Mund und dem kleinen, aber energischen Kinn.

Sie schien seinen Blick zu fühlen, denn sie hob kurz den Blick und sah ihn finster an. „Was ist denn?"

„Ich liebe dich", sagte er ernst.

Sie starrte ihn sekundenlang an, dann beugte sie sich wieder über seine Hand. „Diese neue Teufelei, die du dir ausgeheckt hast, um mich zu demütigen?", fragte sie ruhig.

Er schwieg betroffen.

Sie beendete ihre Arbeit, stand dann auf, holte ein Desinfektionsmittel und goss es über seine Hand. Er presste die Zähne aufeinander, gab jedoch keinen Ton von sich, als das scharfe Mittel sich in die Wunden brannte. Es tat in jedem Fall weitaus weniger weh als ihre Worte. Er sah ihr zu, wie sie Verbandsstoff aus einer der Laden der Kommode holte und ihn vorsichtig um seine Hand wickelte. „Ich liebe dich", wiederholte er sanft.

Sie sah ihn nicht einmal an. „Es gab eine Zeit, da hätte ich alles darum gegeben, diese Worte von dir zu hören, Nick. Und damals hätte ich sie sogar glauben wollen. Aber das ist jetzt vorbei." Sie ließ ihn am Tisch sitzen und wandte sich wieder ihrer Reisetasche zu.

Er merkte, wie eine panische Angst in ihm hochstieg, sie zu verlieren. Jetzt, wo er wusste, was geschehen war, dass sie ihn niemals verraten, sogar seinetwegen sogar einen Mord begangen hatte, war es ihm kaum möglich, sich ein Leben ohne sie vorzustellen. Sie gehörten zusammen und würden gemeinsam diese schlimmen Zeiten vergessen. „Du willst doch nicht wirklich abreisen, Katinka?"

„Doch. Wie du dich vielleicht erinnern kannst, hatten wir es so abgemacht." Sie streifte ihn mit einem abfälligen Blick. „Ich werde dafür sorgen, dass du dein Geld zurückerhältst. Du sollst schließlich keinen finanziellen Schaden davontragen."

„Zum Teufel mit dem Geld", stieß er heiser hervor. „Ich will dich haben! Das wollte ich immer und dafür war mir jedes Mittel recht!"

„Du *willst*", spottete sie. „Gibt es für dich auch noch etwas anderes als das, was du *willst*?" Sie trat näher an ihn heran, beugte sich ein wenig zu ihm herunter und starrte ihm in die Augen. „Du *hattest* mich lange genug, Nick. Viel zu lange, wenn du mich fragst." Sie richtete sich wieder auf. „Ich reise morgen früh ab. Und jetzt verlasse bitte mein Zimmer."

„Eine Nacht noch", sagte er heiser. „Einmal möchte ich dich noch in den Armen halten, Katinka."

Sie hielt sich die Ohren zu und wandte sich ab. „Hör gefälligst auf, mich so zu nennen!"

Er stand schnell auf und umfasste sie mit den Armen. „Nur diese eine Nacht, Katinka. Wenn du morgen früh dann immer noch weg willst, werde ich dich nicht aufhalten." Seine Stimme klang eindringlich, voller unterdrückter Leidenschaft, und Kate fühlte ihren Widerstand schwinden.

‚Nur diese eine Nacht noch', dachte sie sehnsüchtig, *‚eine letzte Erinnerung an ihn, bevor es für immer aus ist zwischen uns.'*

Sie wehrte sich nicht mehr, als er sie enger an sich zog, ihr Gesicht mit Küssen bedeckte, mit seinen Fingern durch ihr Haar fuhr und sie mit einer Hand an sich presste, während er mit der anderen ungeduldig den Verschluss ihres Kleides am Rücken öffnete. Als er es ihr über die Schultern streifte und dann das Band löste, mit dem ihr Mieder vor der Brust zusammengehalten wurde, merkte sie zu ihrer Überraschung, dass seine Finger bebten.

Er ließ das Mieder fallen, ebenso den Unterrock, beugte sich hinab, um die Bänder ihrer Spitzenhose um ihre Knöchel zu lösen und streifte ihr den weichen Baumwollstoff von den Hüften. Als sie ganz nackt vor ihm stand, kaum noch fähig, das Verlangen nach ihm und seinen Berührungen zu unterdrücken, hob er sie hoch und legte sie sanft auf das Bett. Sie sah ihm nach, als er zur Petroleumlampe ging und sie auslöschte, sodass das Zimmer nur in sanftes Kerzenlicht getaucht war, und sich dann selbst entkleidete, bevor er sich neben sie legte.

Kate schloss die Augen, als er sie küsste. Seine Lippen glitten über ihr Gesicht, ihre Stirn, ihre Wangen, berührten ihr Ohr, dann ihren Hals. Er küsste ihre Schulter, ihren Oberarm, sie spürte seine Zunge in der weichen

Haut ihrer Armbeuge, bevor er ihre Hand auf seine Wange legte. Sie atmete zitternd ein, fühlte seine Berührung bis in ihre Weiblichkeit, als seine Lippen sich auf ihre Handinnenfläche pressten und wieder aufwärts glitten, bis er abermals ihren Hals erreicht hatte, von dort seine zärtlichen Berührungen auf ihrer anderen Schulter fortsetzte, ihren Arm bis zu den Fingerspitzen mit Küssen bedeckte.

Sie umarmte ihn, streichelte fest über seinen kräftigen Rücken, als er minutenlang zärtlich bei ihren Lippen verweilte, bevor er ihre Brust küsste, in Kreisen, von außen beginnend, keine Stelle auslassend, bis er endlich bei ihren Spitzen angelangt war, die sich ihm bereits hart und ungeduldig entgegenreckten. Kate fühlte, wie seine Zunge sie feucht umspielte, er daran sog, zuerst sanft, dann fester, bis sie schmerzlich empfindlich wurden, und sie aufstöhnte und er schließlich zwischen ihren Brüsten abwärts wanderte.

Kates Hände glitten von seinem Rücken in sein dichtes Haar, hielten seinen Kopf fest, als er mit der Zunge in ihren Nabel bohrte, immer und immer wieder, eine fast unschuldige Liebkosung, die sie jedoch so sehr erregte, dass sie ihm ihren Körper entgegenbog und erwartungsvoll ihre Beine öffnete.

„Nick ...“ sie wollte mehr, konnte es kaum noch erwarten, seine Hand und sein Glied zwischen ihren Beinen und in sich zu fühlen. Er glitt weiter hinunter, küsste ihren Bauch, erreichte das schwarze Dreieck ihrer Scham und verharrte sekundenlang dort, bis er sich ihren Hüften zuwandte, ihre Oberschenkel küsste, seine Lippen bis zu ihren Füßen führte und dann an der Innenseite ihres Beins wieder langsam hinaufwanderte, bis er bei der empfindlichsten Stelle angelangt war. Kate öffnete ihre Beine noch mehr, spürte jedoch nur den Hauch einer Berührung zwischen ihren Schenkeln und fühlte ihre Erregung fast ins Unerträgliche steigen, als er mit der Hand ihr anderes Bein streichelte, es ebenfalls mit Küssen bedeckte, dann wieder höher glitt und sie sanft umdrehte.

Sie gab seinen Händen nach, legte sich auf den Bauch und verbarg zitternd vor Lust das Gesicht im Arm, während er ihren Rücken liebkoste, langsam, zärtlich und gründlich. Schließlich fuhr er mit den Lippen die Narbe auf ihrer linken Schulter entlang. „Was war das für ein Unfall, Katinka?“

Sie krallte unwillkürlich ihre Hand in das Kissen. „Nicht jetzt, Nick.“ Die Erinnerung an diesen Tag war zu schrecklich, als dass sie sich davon diese unfassbar schöne und zärtliche Stunde zerstören lassen wollte.

„Die Narbe ist von ihm, nicht wahr?“, sagte er ruhig, aber es klang eine kalte Härte in seiner Stimme mit.

Sie brauchte nicht zu fragen, von wem er sprach, sondern nickte nur.

„Er hat dich damals geschlagen?“

Als Antwort wieder nur ein Nicken.

„Es ist vorbei, Katinka“, seine Stimme war jetzt weich und beruhigend und er streichelte ihren Rücken und küsste die Narbe auf ihrer Schulter, bis sie sich wieder entspannte, fuhr dann mit den Fingerspitzen ihre Wirbelsäule entlang und ließ seine Lippen folgen. Als er den tiefsten Punkt erreicht hatte, ging Kates Atem wieder schneller, und sie fühlte es heiß in sich aufsteigen. Er streichelte und massierte ihre Gesäßbacken, küsste sie mit derselben Ausführlichkeit, die er bereits für den Rest ihres Körpers aufgebracht hatte, und drehte sie dann wieder herum, um sich von Neuem ihren Lippen und Brüsten zuzuwenden. Kate, die bebend nach mehr verlangte und doch die Langsamkeit genoss, mit der er ihre Leidenschaft bis ins Unerträgliche steigerte, spürte, wie die Feuchtigkeit bereits zwischen ihren Schenkeln hinunterlief.

Sie zog ihn an sich und öffnete sich ihm, um zu zeigen, dass sie mehr wollte, aber zu ihrer größten Enttäuschung glitt er unter ihren Armen hindurch, und sie bemerkte mit Verwunderung, dass er sich zwischen ihre Beine kniete. „Was tust du, Nick?", fragte sie atemlos, als er ihre Schenkel sanft noch etwas weiter auseinanderbog, sich hinabbeugte und sie mit den Lippen berührte. Er küsste das schwarze Dreieck, die weichen Hügel und plötzlich fühlte sie seine Lippen und seine Zunge tiefer zwischen ihren Beinen.

„Nein", sagte sie mühsam, „bitte nicht."

Er hob den Kopf und sah sie an. „Weshalb nicht, Katinka?"

„Es ist ... mir peinlich, wenn du das tust."

Er glitt über sie, stützte sich mit den Ellbogen neben ihrem Körper auf und küsste sie. Sehr sanft und zärtlich. „Lass es mich tun, Katinka", bat er leise.

„Weshalb?", flüsterte sie tief errötend.

„Weil ich seit einer fast endlos erscheinenden Zeit davon geträumt habe", erwiderte er mit einem leichten Lächeln. „Ich möchte jede Stelle deines Körpers berühren, dich küssen, dich fühlen." Er hob die Hand und strich ihr leicht über das Haar und die Wange. „Ich liebe dich, Katharina. Du hast es doch auch schon für mich getan."

Sie dachte an den Tag, wo er sie gezwungen hatte, seinen Samen zu schlucken. Es war demütigend gewesen und er hatte ihr die Lust und Freude daran verdorben, sein Glied mit den Lippen zu liebkosen. Sie hatte es zwar wieder getan, aber nur, um ihre Macht über ihn zu fühlen und nicht aus Liebe. „Das war etwas anderes", widersprach sie. „Du hast mir gesagt, du brauchtest keine Hure mehr, du hättest jetzt mich", flüsterte sie. „Hast du es mit ihr gemacht? Mit deiner Geliebten?"

Er strich ihr liebevoll über das Haar. „Nein, Katinka, das würde ich niemals mit einer Mätresse tun wollen, sondern nur mit der Frau, die ich liebe. Und was ich damals sagte, geschah aus Kränkung. Verzeih es mir, meine Liebste."

Sie legte sich aufatmend in die Polster zurück, und er küsste sie, bevor er wieder hinunterglitt. Diesmal erhob sie keinen Einspruch, als sie seine Lippen zwischen ihren Beinen fühlte. Er berührte sie sanft und zärtlich, so lange, bis sie sich entspannte und dem leichten Druck seiner Hände nachgab, mit denen er ihre Schenkel noch ein wenig weiter öffnete.

Sie stöhnte tief auf, als seine Zunge jede Stelle zwischen ihren Beinen abtastete, minutenlang an besonders erregenden Punkten verharrte, und sich dann seine Lippen um ihre Klitoris schlossen und leicht daran sogen. Schließlich ließ er seine Zunge darum kreisen, immer schneller und fester und ließ erst los, als sie am ganzen Leib zitterte und glaubte, es nicht mehr ertragen zu können. Seine rechte Hand lag auf ihrem Schenkel, während er mit der Zunge tief in die feuchte Öffnung ihrer Vagina stieß.

Kate fühlte Hitze- und Kälteschauer gleichzeitig über ihren Körper rasen, als sich seine Lippen fester zwischen ihre Beine pressten. Seine Hand glitt von ihrem Schenkel aufwärts, bis sein Daumen ihre Klitoris berührte, die heftig im Pulsschlag ihres Herzens pochte und so empfindlich war, dass Kate sich wand und aufschrie, als er sie mit leichtem Druck zu massieren begann. Die lustvolle Spannung in ihrem Körper wurde fast unerträglich, aber er ließ nicht von ihr ab, bis sie sich endlich unter seinen Händen und Lippen aufbäumte und mit einem wilden, heiseren Aufstöhnen ihren Höhepunkt erreichte.

Er zog seine Hand zurück, verweilte mit den Lippen aber noch ein wenig zwischen ihren Schenkeln, bis sie wieder etwas ruhiger wurde, und glitt dann an ihr hinauf, legte sich über sie und bedeckte ihr Gesicht mit Küssen. Kate schlang die Arme um seinen Körper, streichelte ihn, fühlte sich gleichermaßen erregt und befriedigt und hoffte, dass noch mehr kam.

Sie musste auch nicht lange warten, bis sein Mund sich auf ihre Lippen senkte. Er schmeckte anders als sonst, nach ihrer Feuchtigkeit, und sein Kuss war leidenschaftlich und fordernd, bis ihr ganzer Körper von Neuem zu glühen schien. Sein Glied lag hart und heiß zwischen ihren Beinen und sie wollte ihn endlich in sich fühlen.

„Nick, lass mich nicht mehr warten." Es war ein atemloser Ausdruck der Sehnsucht nach ihm, und als er endlich in sie drang, schluchzte sie überwältigt von Lust und Liebe zu ihm auf.

Er hielt inne, blieb ruhig in ihr liegen, streichelte ihre Wangen und sah sie besorgt an. „Soll ich aufhören, Katharina?" Er atmete schwer, seine Augen waren fast schwarz vor Erregung, sein Glied pochte in ihrer Vagina, deren Muskeln sich so fest darum geschlossen hatten, als wollten sie ihn zu einem Teil ihrer selbst machen, aber in diesem Moment wusste sie, dass es nur eines Wortes von ihr bedurft hätte, um ihn sich wieder zurückziehen zu lassen.

„Nein", flüsterte sie, überwältigt von der Erkenntnis, dass er zum ersten Mal in ihrer Ehe ihre Wünsche und Empfindungen vor die seinen stellte, sogar in einer Situation, in der er sich kaum noch beherrschen konnte. „Nein", wiederholte sie noch einmal und fühlte mit Genugtuung seine

Lippen auf ihren und die immer schneller werdenden Bewegungen seiner Hüften zwischen ihren Schenkeln.

Sie kam fast unmittelbar darauf noch einmal und klammerte sich lachend und weinend zugleich an ihn an. Er schob seine Arme unter ihren Körper und hielt sie fest, bis es vorbei war und sie beide minutenlang regungslos und eng ineinander verschlungen liegen blieben.

„Ich hätte nie gedacht, dass es so unglaublich schön sein kann", sagte sie leise.

„Es wird niemals wieder anders sein", antwortete er und sie war überrascht über den innigen Ausdruck in seinen Augen und in seiner Stimme. „Ich liebe dich, Katinka und ich will in Zukunft nichts anderes, als mit dir zusammen sein und mit dir leben. Lass es mich dir beweisen."

Kates Blick suchte den seinen, drang tief in ihn hinein. „Ja", hauchte sie dann endlich. „Ich will es auch."

Kapitel 12

In der folgenden Zeit war es Kate, als würde sie auf Wolken schweben. Nick hatte sich so völlig verändert, dass sie ihn kaum wiedererkannte, und er gab ihr an Liebe und Aufmerksamkeit all das, was er ihr bisher vorenthalten hatte. Er verbrachte die Nächte in ihrem Bett, war am Morgen noch da, wenn sie aufwachte, begann den Tag mit neuen, wunderbaren Zärtlichkeiten und konnte sich kaum von ihr trennen, wenn es an der Zeit war, zum Holzwerk oder in sein Büro zu reiten. Zu Mittag kam er entweder heim, um mit ihr gemeinsam zu essen oder holte sie einfach ab und führte sie in ein Restaurant, und an den Abenden blieb er bei ihr zu Hause. Er saß mit ihr in der Bibliothek, las ihr gelegentlich eine Stelle aus dem Buch vor, das er gerade in der Hand hielt, lachte und diskutierte mit ihr darüber - so wie früher, als sie als junges Mädchen das Gut ihres Großvaters besucht und viel Zeit mit dessen Verwalter verbracht hatte.

Wenn sie nicht einer Meinung waren und das Gespräch temperamentvoller wurde, so endete die hitzige Debatte meist darin, dass er grinsend zu ihr kam, sie in die Arme nahm und küsste, bis sie jeden Widerstand aufgab und – sich zwar nicht unbedingt seiner Meinung anschloss – aber darauf verzichtete, ihm zu widersprechen und sich nur seinen Zärtlichkeiten hingab, in deren Sprache und Inhalt sie beide gleichermaßen übereinstimmten.

Auch den anderen musste diese Veränderung in ihrer Beziehung auffallen, und es dauerte nicht lange, da machte Mrs. Baxter bei einem ihrer Besuche in Nicks Haus eine entsprechende Bemerkung. Es war später Nachmittag, und Kate war soeben von Jeannette heimgekehrt, wo sie sich auf Nicks liebevolles Drängen hin ein neues Kleid hatte anmessen lassen. Die beiden Koffer mit den meisten ihrer Kleider waren ja bereits wieder unterwegs nach New York und es würde lange dauern, bis man daheim Vorkehrungen getroffen hatte, sie abermals hierher zu schicken.

„Sie haben sich verändert, meine Liebe", sagte Ann freundlich und blickte aufmerksam in Kates leuchtende Augen. „Sie strahlen ja geradezu mit der Sonne um die Wette. Ich habe Sie nur ein einziges Mal so glücklich gesehen, und das war an dem Tag, als Nick Brandan Ihnen den Heiratsantrag machte."

„Ich bin auch glücklich", antwortete Kate lächelnd.

„Das schien mir aber nicht immer so zu sein", fuhr ihre Besucherin fort. „Und ich muss Ihnen gestehen - ich machte mir bereits Sorgen um Sie. Zuerst wirkten Sie so niedergeschlagen, dass es einem fast das Herz brach, Sie anzusehen, und dann, ganz plötzlich, wie aus heiterem Himmel, hatten Sie sich so gewandelt, dass Sie kaum wiederzuerkennen waren."

Sie musterte ihre junge Freundin mit einem leichten Kopfschütteln. „Ich hätte niemals gedacht, dass aus dem Mauerblümchen, als das Sie hierherkamen, einmal eine so hübsche Frau werden könnte. Wenn ich Sie mir so ansehe, dann stellen Sie mit Leichtigkeit Grace Forrester in den Schatten, und die galt die letzten beiden Jahre als unumstrittene Stadtschönste."

Kates Lächeln vertiefte sich, und Mrs. Baxter zwinkerte ihr zu. „Ist Ihr verändertes Aussehen etwa das Geheimnis, dass der gute Nick seit einigen Wochen die Abende daheim und nicht mehr bei Freunden verbringt, und Sie des Öfteren zum Essen ausführt?"

„Schon möglich", antwortete Kate leichthin.

„Ich werde nie die Szene auf der Straße vergessen, als Sie in dieser etwas … anstößigen Hose dastanden und er Ihnen sagte, Sie sollen heimgehen." Mrs. Baxter lachte bei der Erinnerung. „Ich kann es heute noch nicht fassen, dass er sich Ihre Antwort tatsächlich hat bieten lassen, meine Liebe, dann noch das Pferd bezahlt und Sie vor allen Leuten geküsst hat." Sie betrachtete Kate mit einem Schmunzeln. „Ich habe Sie damals kurz vor Ihrer Heirat vor Nick gewarnt und Ihnen gesagt, er hätte keine Gefühle, sei ein kalter Mann. Wie ich in der Zwischenzeit feststellte, habe ich mich sehr getäuscht. Er muss unwahrscheinlich in Sie verliebt sein, Kate."

„Ich bin es ja auch in ihn", entgegnete Kate leicht errötend. „Und ich war es immer schon. Bereits als halbes Kind..." ‚Und doch hatte Ann recht, mich vor ihm zu warnen', dachte sie mit einem leichten Ziehen in der Brust. ‚Er hat mich nicht gerade aus reiner Liebe geheiratet. Aber das ist jetzt vorbei.' Mrs. Baxter sah sie forschend an, als sie unwillkürlich seufzte, und sie beeilte sich, ein fröhliches Gesicht aufzusetzen. „Darf ich Ihnen noch ein Stück Kuchen anbieten, Ann?"

„Das ist sehr liebenswürdig, Kate, aber ich denke, ich sollte mich damit etwas zurückhalten. Er ist Ihnen jedoch ganz ausgezeichnet gelungen. Ich nehme an, Ihr Mann weiß Ihre Kochkünste ebenfalls zu schätzen."

„Die sind leider nur mäßig", gab Kate mit einem schiefen Lächeln zu. „Und ich bin wahrhaftig froh, dass Nicks bewährte Haushälterin aus Denver zurückgekehrt ist, um ihre Arbeit wieder aufzunehmen."

„Sie hat sich nicht so besonders gut mit ihrer Schwester verstanden, soviel ich gehört habe", warf Mrs. Baxter ein.

„Welchen Grund auch immer sie gehabt hat", antwortete Kate gefühlvoll, „ich bin zutiefst dankbar, sie hier zu haben!"

Ann lachte. „Es war eine sehr ehrgeizige Idee von Ihnen, den Haushalt so ganz alleine führen zu wollen."

‚Es war Nicks Idee', dachte Kate. „Ich wollte meinem Mann eben beweisen, dass er sich eine gute Hausfrau genommen hat", erwiderte sie. „Auch wenn ich niemals eine solche war. Daheim ist es mir immer gelungen den Töpfen fern zu bleiben, und die Köchin meiner Mutter hätte sich auch schön bedankt, wenn ich ihr vor den Kochlöffel gelaufen wäre!"

„Ihre Eltern führen ein großes Haus, nicht wahr?", sagte Mrs. Baxter nachdenklich.

Kate hob die Schultern. „Mein Vater hat viele Geschäftsfreunde, die bei uns daheim ein- und ausgehen. Und in seiner Stellung bekommt er natürlich auch Besuch von Politikern, auswärtigen Diplomaten und anderen Gästen aus dem Ausland – er unterhält Beziehungen zu den meisten europäischen Ländern."

„Und da sah er sich genötigt, Sie hierher zu schicken, um sich einen Mann zu suchen?", fragte die ältere Frau empört.

Kate hob erstaunt die Augenbrauen. „Aber wer behauptet denn so etwas? Ich bin hierher gekommen, weil ich hörte, dass mein alter Freund Nick Brandan hier leben sollte ... Ah! Aber ich weiß schon, Sie spielen auf das dumme Gerücht an, das, ich weiß nicht wer, bei meiner Ankunft ausgestreut hat! Aber meine liebe Ann, das ist doch blanker Unsinn! Glauben Sie mir, mein Vater könnte halb Kalifornien aufkaufen! Er wäre entsetzt zu hören, seine Tochter sei in den Ruf gekommen, aus Geldnöten eine Heirat eingehen zu wollen!" Das mit halb Kalifornien war natürlich reichlich übertrieben, verfehlte jedoch seine Wirkung nicht auf Ann, die plötzlich große Augen bekommen hatte.

„Aber ... das sprach sich doch bei Ihrer Ankunft herum, Kate", sagte sie schließlich verblüfft.

„Ich weiß auch nicht, wer auf diese Idee gekommen ist, mich in Misskredit zu bringen", antwortete Kate kopfschüttelnd. Dabei war sie selbst es ja gewesen, die dieses Gerücht in Umlauf gesetzt hatte, allerdings war es dann ihren Händen entglitten und hatte sich innerhalb kürzester Zeit in einem geradezu horrenden Maße multipliziert. „Ich kann Ihnen nur versichern, es ist kein wahres Wort daran." Sie beugte sich zu einem kleinen Tischchen hinüber und griff nach einer geöffneten Zeitung, in der sie vor der Ankunft von Ann Baxter gelesen hatte. „Sehen Sie, Ann, mein Vater ist Mitherausgeber dieser Zeitung. Alleine schon die Einnahmen *daraus* können unsere Familie ernähren. Von seinen anderen Unternehmungen ganz zu schweigen."

Ann starrte auf die Zeitung. „Das ist das Lieblingsblatt meines Mannes. Ich hatte keine Ahnung, dass Ihr Vater Miteigentümer ist!"

„Das wissen die wenigsten. Mein Vater zieht es vor, im Hintergrund zu bleiben." Zufrieden bemerkte Kate, dass sie ihr Ziel erreicht hatte. In spätestens drei Tagen würde jeder in der Stadt wissen, dass Nick Brandan *nicht* seines Geldes wegen geheiratet worden war. „Aber Sie müssen nicht glauben", fuhr sie fort, „wir Kinder wären besonders verwöhnt worden. Mein Vater hat sogar darauf bestanden, dass wir eine Ausbildung absolvieren, die es uns ermöglichen sollte, auch alleine und von seinem Geld völlig unabhängig durchzukommen. Mein Bruder, zum Beispiel, musste bei einem von Vaters Geschäftsfreunden eine Lehre als Kaufmann durchmachen, bevor er auf die Universität geschickt wurde. Meine Schwester hingegen könnte jederzeit als Lehrerin in einer Mädchenschule anfangen. Und ich habe zwei Jahre lang in der Buchhaltungsabteilung der Zeitung gearbeitet."

Ann Baxter wollte ihrem Erstaunen lebhaften Ausdruck verleihen, wurde jedoch von Nick unterbrochen, der früher als vorgesehen vom Holzwerk heimkam. Er verbeugte sich mit einem charmanten Lächeln vor Ann und nahm dann Kates Hand, um einen Kuss darauf zu drücken.

„Und haben sich die beiden Damen gut unterhalten?", fragte er mit einem anzüglichen Zwinkern. „Neuigkeiten ausgetauscht und in der Gerüchteküche gerührt?"

„Gewiss." Kate Sie fühlte immer noch den Druck seiner Lippen auf ihrer Hand und hätte es vorgezogen, jetzt alleine mit ihm zu sein. Als sie in seine Augen sah, wusste sie, dass er diesen Wunsch teilte.

Mrs. Baxter schien das ebenso zu empfinden, denn sie erhob sich. „Dann werde ich mich jetzt verabschieden, meine Liebe. Ich habe noch einiges daheim zu erledigen. Wir haben ja morgen Abend Gäste zu Ehren des Beamten, der von der Bundesregierung geschickt wurde. Ich freue mich jedoch schon, Sie dabei begrüßen zu dürfen, und hoffe, dass sich die Gelegenheit bieten wird, unsere Plauderei ein wenig fortzusetzen. Vielen Dank für den Tee und den Kuchen. Beides war ausgezeichnet."

Sie begleiteten Ann gemeinsam hinaus, deren Kutscher draußen vor dem Haus wartete. Nick wartete kaum bis die Tür ins Schloss gefallen war, um seine Frau in die Arme zu nehmen.

„Ich hatte schon Angst, sie würde es sich hier gemütlich machen", flüsterte er Kate ins Ohr, bevor er seine Lippen von ihrem Ohrläppchen abwärts wandern ließ, bis dorthin, wo die bloße Haut ihres Dekolletés vom Stoff des Kleides begrenzt wurde.

„Ich hatte dich nicht so zeitig erwartet." Kate fühlte, wie seine Berührungen ihren Puls schneller schlagen ließen.

„Ich konnte es wie immer kaum erwarten, dich wiederzusehen." Seine Zärtlichkeiten wurden intensiver, und Kate schloss die Augen, als er sie hochhob und auf die Bank ins Wohnzimmer trug, auf der sie noch vor wenigen Augenblicken mit Ann Baxter ihren Tee getrunken hatte. Er zog die Vorhänge zu, bevor er zu ihr zurückkam und ihr Kleid öffnete.

„Übermorgen ist Sonntag, meine Geliebte", murmelte er, während er seine Lippen an ihren Mund brachte und zart darüber strich, „ich dachte, wir sollten vielleicht auf die Ranch hinausreiten, zu dieser netten kleinen Hütte …" Nick sprach den Satz nicht zu Ende. Er zog sie eng an sich heran, fasste sie mit der einen Hand fest um die Taille und streichelte mit der anderen über ihre Brüste, fuhr dann sanft ihren Nacken empor und vergrub seine Finger in ihrem Haar, um ihren Kopf festzuhalten, während er ihr Gesicht mit Küssen bedeckte. Seine Zärtlichkeit war Kate nicht mehr ganz neu, aber unendlich erregend. Sie legte ihre Arme um ihn und presste sich an ihn, fühlte ihren Herzschlag sich beschleunigen und eine Wärme in ihr hochsteigen, die sie zu Beginn ihrer Ehe niemals empfunden hatte.

Der Ausdruck seiner Augen, als er ihr Gesicht betrachtete, war so intensiv, dass es ihr den Atem nahm. „Ich kann es kaum erwarten, dich dort für mich alleine zu haben, meine Geliebte."

,Ich ebenfalls nicht', dachte Kate mit einem wohligen Schauern.

Am nächsten Abend half die verwitwete Mrs. Perkins, Nicks heimgekehrte Haushälterin, Kate das cremefarbene Ballkleid überzuziehen, das Jeannette in der Woche davor geliefert hatte. Es war, wie Mrs. Perkins feststellte, „ein Traum".

Ein wenig später besah Kate sich zufrieden im Spiegel: Ihre Taille wirkte durch den weiten Rock, der von einem leichten Reifrock in Form gehalten wurde, noch schmaler als sonst, der Ausschnitt war tief, aber immer noch dezent genug um elegant zu wirken, und die kurzen, leicht bauschigen Ärmel reichten bis knapp zu den langen, ebenfalls cremefarbenen Handschuhen. Das Haar hatte sie hochgesteckt und mit einer Perlenspange befestigt, die ihre Mutter mit den Kleidern geschickt hatte, und die sie zum Glück nicht in die großen Koffer gepackt hatte, die sich jetzt auf dem Weg nach New York befanden.

Um den Hals trug sie den kostbaren Saphiranhänger, der zu ihren Ohrringen passte, und den ihr Nick zur Versöhnung geschenkt hatte. Es war das erste Geschenk, das sie von ihm erhalten hatte, und sie hatte tatsächlich zu weinen begonnen, als er ihr die Kette um den Hals gelegt hatte.

Sie drehte sich noch einmal um sich selbst, bevor sie auf den Gang hinaustrat und die Treppe hinunterging. Sie war gerade rechtzeitig fertig geworden, um Nick und den jungen Tim, der sie im Wagen zum Haus der Baxters bringen sollte, nicht warten zu lassen. Ihr Mann stand im Wohnzimmer, unterhielt sich mit Mrs. Perkins und wandte sich lächelnd um, als er ihren Schritt hörte.

Kate konnte mit der Wirkung, die sie bei ihm erzielte, zufrieden sein.

„Lass dir diesmal nicht einfallen, mit einem anderen außer mir zu tanzen", flüsterte er ihr zu, als er ihr, beim Haus der Baxters angekommen, aus dem Wagen half.

„Das wird sich leicht machen lassen", entgegnete sie lächelnd. „Aber es wäre nicht schicklich, wenn ich den ganzen Abend nur mit dir tanzte", fügte sie blinzelnd hinzu. „Die Leute würden sonst annehmen, wir wären ineinander verliebt."

„Das werden sie auch so schnell merken", antwortete Nick trocken und ließ seine Finger schnell von ihrem Nacken abwärts laufen, sodass er gerade den Ansatz des bauschigen Rockes erreicht hatte, als sie in die hell erleuchtete Vorhalle traten. Über Kates Rückgrat liefen immer noch angenehme Schauer, als sie schon längst von Ann Baxter mit einem zarten Kuss auf die Wange begrüßt wurde, und der Hausherr mit einem bewundernden Blick ihre Hand an seine Lippen zog.

„Wenn ich Sie ansehe, Kate, dann weiß ich bereits, wer heute der strahlende Mittelpunkt dieses Festes sein wird", sagte er galant.

„Dieser Meinung kann ich mich nur anschließen." Nick drückte zärtlich ihre Hand, als sie den Ballsaal betraten. Die meisten Gäste waren bereits anwesend, standen in kleinen Grüppchen herum, tranken Sekt, der von zwei Dienern gereicht wurde, und warteten darauf, dass das Abendessen begann.

Bei ihrem Eintritt verstummten die Gespräche und alle Blicke wandten sich ihnen zu. Kate, die mit der Brille auch ihre angenommene Schüchternheit abgelegt hatte, genoss den großen Auftritt, blieb sekundenlang in der Tür stehen und ging dann selbstsicher lächelnd neben Nick in den Saal hinein. Der Zwischenfall mit Alexander Dostakovskij vor zwei Wochen war unbekannt geblieben, und der unangenehme Mann hatte zu Kates Erleichterung am nächsten Tag die Stadt verlassen.

Sam, der mit einigen Geschäftsleuten im Gespräch gewesen war, kam ihr sofort entgegen und nahm ihre Hand. „Sie sehen umwerfend aus, Kate. Wahrhaftig! Es ist keine Übertreibung, wenn ich Ihnen sage, dass Sie die schönste Frau sind, die ich jemals gesehen habe."

„Mit einer Ausnahme doch wohl", blinzelte Kate ihn verschwörerisch an.

Sam lächelte nur und reichte Nick die Hand, der seinen alten Freund mit einer Herzlichkeit begrüßte, die er im Umgang mit ihm in den letzten Monaten hatte vermissen lassen.

„OHNE Ausnahme", fügte er dann den Worten seines Kompagnons mit Nachdruck hinzu.

„Das ist, fürchte ich, eine ebenso liebenswürdige wie auch subjektive Meinung, mein Liebster", antwortete Kate strahlend.

Nick lächelte auf sie herab. „Sag das noch einmal."

„Es ist eine *subjektive* Meinung", wiederholte sie.

„Nicht das, deine letzten Worte", drängte er.

Kates Lächeln wurde zärtlich. „*Mein Liebster.*"

„Trügt mich mein Gefühl oder störe ich euch beide gerade?", fragte Sam grinsend.

„Nicht mehr als alle anderen auch." Nick sah bedeutsam in die Runde.

Sam wurde vom Eintritt einer weiteren Person abgelenkt, die in der Tür stehen blieb und Hilfe suchend herüberblickte. „Entschuldigt mich", sagte er rasch und mit einem Aufleuchten im Blick, „meine Dame ist gerade gekommen."

Nick wandte sich um und sah verwundert auf Jeannette Hunter, die Sam entgegenlächelte, der mit ausgestreckten Armen auf sie zuging. „*Seine Dame?*", fragte er Kate leise.

„Ja. Hast du das nicht gemerkt? Die beiden passen hervorragend zusammen. Es wundert mich nur, dass nicht schon längst jemand auf den Gedanken gekommen ist, sie ihm vorzustellen."

„Du hast ...?", fragte Nick verwundert.

Sie zuckte nur mit den Achseln und nahm eines der Champagnergläser vom Tablett, das der livrierte Diener ihr hinhielt. Nick tat es ihr nach und als sie anstießen, gab es einen melodischen, klingenden Ton.

„Dann war er vielleicht Jeannettes wegen damals bei dir?", fragte er mit einem schiefen Lächeln.

„Du meinst damals, als du mir Vorwürfe gemacht hast, dass ich Herrenbesuche empfange?", fragte sie spitz zurück.

„Ich war von Anfang an eifersüchtig auf ihn", gab er zu, „weil du mit ihm ganz anders warst als mit mir."

„Wundert dich das?", fragte sie leise.

Nicks Ausdruck wurde ernst. „Nein, Katinka. Aber ich schwöre dir, dass ich dir nie wieder einen Grund geben werde, andere Männer freundlicher zu behandeln als mich."

Beim Dinner wurden sie zu ihrer beider Enttäuschung getrennt, und Kate hatte die Ehre, neben dem Regierungsvertreter zu sitzen, einem älteren, außergewöhnlich distinguierten Herrn, dem sie bereits im Hause ihres Vaters begegnet war. Er hatte sie sofort wiedererkannt und machte ihr nun nach allen Regeln der Kunst den Hof.

Sie genoss das Essen, die Unterhaltung, plauderte angeregt, lachte viel, weil sie einfach so glücklich war, und sah immer wieder zu Nick hinüber, dem es ähnlich zu gehen schien. Er war neben Mrs. Baxter platziert worden, die ununterbrochen auf ihn einredete, und Sam saß zu Kates Genugtuung neben Jeannette, die in den letzten Wochen geradezu unwahrscheinlich aufgeblüht war. Niemand hätte jetzt noch das zurückhaltende Wesen in ihr erkannt, das in seinem Atelier still vor sich hinarbeitete und sich sonst von allen Gesellschaften fernhielt.

Als sie nach dem Dinner in den Tanzsaal eintraten, eröffnete der Bürgermeister zu Kates Überraschung den Ball mit ihr, dann war Nick sofort wieder an ihrer Seite und führte sie, kaum dass die kleine Musikkapelle das nächste Musikstück zu spielen begann, auf die Tanzfläche.

Sie schwebte in seinen Armen dahin, fühlte nur seinen Arm um ihre Taille, seine Hand in ihrer und sah nichts als seine Augen, die ihre widerzuspiegeln schienen. Er tanzte auch den nächsten Tanz mit ihr und nickte dann dem Regierungsvertreter ungnädig zu, als dieser Kate aufforderte.

Und dann fand sich Kate im Mittelpunkt des allgemeinen Interesses. Sie wurde von jedem der anwesenden Herren aufgefordert, ging von einem Arm in den anderen, tanzte Quadrille, züchtige Menuetts, einige im Westen typische Rundtänze und natürlich Walzer. Den Letzteren allerdings nur mit Nick, der eifersüchtig darüber wachte, dass keiner der anderen Männer den Arm zu eng um sie legen konnte.

Kate genoss diesen Abend zutiefst und hätte vermutlich die ganze Nacht durchtanzt, wäre nicht etwas eingetreten, das die fröhliche Gesellschaft sofort in größter Fassungslosigkeit auflöste.

Sie standen gerade mit Ann Baxter, Jeannette und Sam zusammen, als plötzlich eine Bewegung am Eingang entstand und einer von Nicks Arbeitern hereinstürzte. Der Mann war hochrot im Gesicht und konnte kaum sprechen. „Mr. Brandan! Mr. Brandan! Das Holzwerk brennt! Es steht schon alles in Flammen!"

Nick ging rasch auf den Mann zu. „Wer ist jetzt draußen im Werk?"

„Nur einige Männer, wir sind zu wenige um das Feuer unter Kontrolle zu bringen! Da waren Explosionen, und plötzlich hat es an allen Seiten zu brennen begonnen!"

Der Bürgermeister eilte schon hinaus. „Ich werde veranlassen, dass wir sofort Hilfe bekommen."

Nick gab seinem Arbeiter noch weitere Anweisungen und wandte sich dann an Kate, die mit entsetztem Blick neben ihm stand. „Ich muss sofort hinausreiten, Katharina. Du kannst sicherlich bei Mrs. Baxter bleiben, bis alles vorbei ist und ich wiederkomme."

„Ich reite mit dir!" Kate wollte ihm hinausfolgen, aber er hielt sie zurück.

„Nein, Katharina. Ich möchte, dass du hier bleibst. Ich will dich in Sicherheit wissen und nicht in der Nähe des Feuers."

Sie lief ihm nach. „Ich könnte dir helfen."

„Bitte, Katinka. Bleib hier."

„Aber ..."

„Bitte, mein Herz."

Kate blieb stehen und sah ihm nach, als er sich auf ein Pferd schwang, das man in weiser Voraussicht schon für ihn hatte bereitstellen lassen. „Pass bitte auf dich auf, Nick!", rief sie ihm angstvoll nach.

Er lächelte ihr kurz, zu, wandte dann das Pferd und galoppierte davon.

Kate blieb vor der Tür stehen und blickte in die Richtung, in der das Werk lag. Der Himmel dort glühte rötlich, und Kate vermeinte sogar im Wind, der von den Bergen her wehte, den Geruch brennenden Holzes zu spüren.

„Ich hätte doch mitreiten sollen", sagte sie zu Ann Baxter, die neben sie trat und die Hand auf ihren Arm legte.

„Das wäre keine gute Idee", ließ sich hinter ihr eine Stimme vernehmen und sie blickte in Sams besorgtes Gesicht. „Aber machen Sie sich keine Sorgen, Kate, ich werde schon darauf aufpassen, dass ihm nichts geschieht."

Er drückte Jeannette, die mit bleichem Gesicht auf den geröteten Himmel starrte, die Hand und schwang sich dann ebenfalls auf ein Pferd.

Er wollte eben losreiten, als ein Schrei ertönte.

„FEUER!"

Kate wandte sich nach dem Rufer um und sah einen der Gäste, der mit weit aufgerissenen Augen Richtung Osten deutete. „Das ist bei unserem Haus!", schrie sie auf und rannte los. Hinter sich hörte sie die scharfe Stimme Mr. Baxters, der Anordnungen gab, und weiter entfernt ertönte die Glocke der Feuerwehr, die sich mit einem Pumpenwagen auf den Weg hinaus zum Werk machte, um dort zu helfen.

Sie war noch nicht weit gekommen, als Sam neben ihr sein Pferd zum Halten brachte und ihr die Hand hinunterreichte. „Kommen Sie, Kate." Sie zog hastig und ohne falsche Scham den Reifrock aus, fasste hinauf, er zog sie hoch und sie schaffte es, trotz des weiten Kleides hinter ihm auf der Kuppe des Pferdes zu sitzen zu kommen. Sie hielt sich an ihm fest und er galoppierte los. Als sie wenige Augenblicke danach ankamen, sah Kate, dass ihre Ahnung sie nicht getrogen hatte – das Haus stand bereits in Flammen. Einige der Nachbarn hatten schon mit dem Löschen begonnen, allerdings sah Kate mit einem Blick, dass hier nichts mehr zu retten war. Wer immer das Feuer gelegt hatte - er hatte ganze Arbeit geleistet. Die Fenster waren von der Hitze zerborsten und der Dachstuhl stand in Flammen. Alles, was man jetzt noch tun konnte, war zu verhindern, dass das Feuer auch auf die anderen Häuser übergriff.

Immer mehr Leute kamen hinzu, mit Eimern und Kannen. Kate war inzwischen schon längst vom Pferd gesprungen und riss sich mit einem Ruck den Unterrock hinunter. Als sie versuchte, zwischen den Leuten hindurchzukommen, packte Sam sie am Arm. „Wo zum Teufel wollen Sie denn hin?"

„Zu den Pferden", keuchte sie und machte sich los. „Ich sehe sie nicht hier draußen! Man hat sie nicht aus dem Stall geholt!" Wie zur Bestätigung hörte sie im selben Moment das hysterische Wiehern von Lady Star, das selbst das ohrenbetäubende Tosen der Flammen übertönte. Sie wickelte sich den Rock um Kopf und Schultern und rannte los.

Hinter sich hörte sie Sam fluchen und einen entsetzen Aufschrei, aber sie kümmerte sich nicht darum, lief durch das ebenfalls brennende Tor und erreichte den Stall. Dieser war noch weitgehend unversehrt, allerdings hatte das Feuer bereits auf das Dach übergegriffen, und es war nur eine Frage weniger Minuten, bis es einstürzen und alles unter sich begraben würde.

Sie riss die Stalltür auf. Gottlob noch war nicht alles voller Rauch. Die Pferde wieherten angstvoll und liefen unruhig in den Boxen auf und ab. Kate sprang hin, öffnete eine Box nach der anderen und trieb die Pferde hinaus. Zum Glück wehrten sie sich nicht, sondern galoppierten sofort in den Hof, wo Sam sie bereits erwartete und durch das Tor trieb. Er wollte soeben zurückkommen um Kate zu holen, als das Tor in sich zusammenbrach und ihm den Weg versperrte.

Kate hatte soeben Lady Star aus dem Stall geholt und sah sich panisch um. Der einzige Weg hinaus führte über die brennenden Holztrümmer, die sie zu Fuß jedoch niemals überwinden konnte. Kurz entschlossen schwang sie sich auf das nervös tänzelnde Pferd und stieß ihm die Fersen in die Weichen.

Lady Star galoppierte mit einem lauten Wiehern los, stieß sich kräftig ab, flog wie ein Pfeil über die Flammen hinweg und raste, auf der anderen Seite angekommen, weiter, an Sam vorbei, der sie aufhalten wollte, durch die Menge der Helfer hindurch, weg von den lodernden Flammen, von dem Getöse des Feuers und hinaus aus der Stadt. Kate konnte sich ohne Zügel nur an der dichten Mähne festhalten und versuchen, der kopflosen Flucht ihres Pferdes wenigstens eine gewisse Richtung zu geben.

Es gelang ihr tatsächlich, Lady Star zum Holzwerk zu lenken. Der Galopp des Tieres wurde nach knapp einer Meile langsamer, nicht mehr so unbändig wie zuvor, und Kate atmete auf, als sie schließlich in einen leichten Trab fiel. Der Boden war so uneben, dass sie im Dunkeln leicht stürzen und sich beide den Hals hätten brechen können.

Das Pferd wollte stehen bleiben, als sie sich dem brennenden Werk näherten. Sie trieb die Stute jedoch weiter und ließ sie erst halten, bis sie sich auf fünfzig Meter dem Feuer genähert hatten. Dichte Rauchschwaden nahmen den Atem und die Sicht. Kate sprang ab, um das ängstliche Tier nicht noch mehr zu beunruhigen, riss das ohnehin schon ruinierte Kleid in Streifen, band sie zusammen und machte eine Schlinge daraus, die sie dem Pferd um den Hals legte. Sie führte es sachte und mit gutem Zureden weiter, bis sie die ersten Leute erreichten, die aufgrund der Gluthitze in einiger Entfernung der brennenden Gebäude standen. Auch hier hatte jemand ganze Arbeit geleistet. Keines der Lagerhäuser war verschont geblieben, das kleine Bürogebäude brach soeben mit einem durch Mark und Bein gehenden Krachen in sich zusammen, und die Arbeitshalle brannte so hell, dass Kate die Augen abwenden musste. Sie sah sich um und entdeckte nach einigem Suchen ihren Mann, der mit dem Vorarbeiter zusammenstand. Als sie näher kam, wandte er sich um, als hätte er ihre Nähe gespürt.

Zuerst starrte er sie entsetzt an, dann war er auch schon mit zwei Schritten bei ihr. „Um Himmels willen, Katinka! Wie siehst du denn aus?"

Kate blickte an sich herunter. Sie stand nur in der Unterwäsche vor ihm, der feine Baumwollstoff war rußgeschwärzt und das Haar hing ihr wirr ins Gesicht. „Das Haus brennt ebenfalls", sagte sie müde.

Nick, dessen Gesicht so schmutzig war wie ihres, zog sich sein versengtes Hemd aus und legte es Kate um die Schultern. Dann fasste er sie an den Oberarmen und sah sie eindringlich an. „Sag nicht, du bist hineingegangen, Katharina."

„Die Pferde waren noch im Stall."

Nick warf an ihrem Kopf vorbei einen Blick auf Lady Star, die an dem provisorischen Strick zog und unruhig tänzelte. „Du bist verrückt", sagte er. Er bedeutete einem der Männer, das Pferd zu halten, und nahm Kate in die Arme.

Kate gab sich seiner schützenden Umarmung hin und fühlte, wie ihr die Tränen in die Augen stiegen. „Das Haus hat bereits bis zum Dachstuhl gebrannt, als wir hinkamen", schluchzte sie leise. „Etwas später und die Pferde wären im Feuer umgekommen."

Nicks Griff wurde fester und er streichelte sanft mit der Hand über ihren Rücken. Sie blickte über seine Schulter hinweg auf das Flammenmeer, das einmal sein Holzwerk gewesen war. „Derjenige, der das Feuer gelegt hat, wusste, was er tat", sagte sie leise.

„Er wird nicht davonkommen."

„Nein", antwortete Kate, legte den Kopf auf seine Schulter und schloss die Augen, um die Zerstörung nicht mehr sehen zu müssen.

Sie kehrten erst im Morgengrauen in die Stadt zurück. Nick hatte für Kate eine Decke aufgetrieben, sie auf einen Wagen gesetzt, den Sam geschickt hatte, und Lady Star hinten angebunden. Sein Freund war dem flüchtenden Pferd besorgt gefolgt, hatte erleichtert festgestellt, dass dessen Reiterin heil bei ihrem Mann gelandet war, und war dann auf Nicks Bitte hin wieder in die Stadt zurückgeritten, um die Löschungen dort zu beaufsichtigen.

Nick fuhr von Norden her in die Stadt ein und hielt vor den schwelenden Trümmern seines Hauses an, wo Sam ihnen entgegenkam. „Zum Glück hat das Feuer nicht übergegriffen", sagte ihr Freund in seiner ruhigen Art. „Vom Haus ist allerdings nichts mehr geblieben. Man hat übrigens versucht, auch das Stadtbüro anzuzünden, aber die Kerle wurden dabei erwischt. Sie sitzen nun im Gefängnis und warten auf ihr Verhör."

„Wenigstens *eine* gute Nachricht", quetschte Nick zwischen den Zähen hervor. Er blickte auf Kate, die zitternd und übernächtigt neben ihm saß. „Kann ich meine Frau bei dir unterbringen, Sam?"

„Das ist doch selbstverständlich. Meine Haushälterin wird sich um Sie kümmern, Kate. Und du siehst aus, als hättest du ebenfalls ein Bad und eine ausgiebige Portion Schlaf nötig. Ich schlage vor, dass wir jetzt zu mir fahren, das Feuer ist unter Kontrolle, und hier können wir ja ohnehin nichts mehr machen."

Bei Sams Haus angekommen, hob Nick seine Frau vom Wagen und trug sie gleich bis ins Haus. Dort setzte er sie ab, und Sams guter Hausgeist eilte fort, um ein heißes Bad vorzubereiten, während Sam die nervös tänzelnde Stute in den Stall brachte und versorgte.

Als Nick sie wieder verlassen wollte, hielt Kate ihn fest. „Bleibst du nicht hier?"

Er strich ihr leicht über die schmutzige Wange. „Ich möchte auf der Stelle mit den Verbrechern reden, die das alles auf dem Gewissen haben. Bleib nur hier, ich bin bald wieder da."

„Nick!", sagte Kate schnell, als er das Zimmer verlassen wollte, „lass etwas von ihnen für mich übrig!"

Nick lächelte leicht. „Mal sehen. Versprechen kann ich nichts. Bis später, Katinka."

Kate war vor Erschöpfung eingeschlafen, kaum dass ihr Kopf die weichen Polster in Sams Gästebett berührte, und wachte erst auf, als es schon heller Tag war. Sie blickte sich, verwirrt von der fremden Umgebung, um, bis ihr die Geschehnisse der letzten Nacht einfielen.

,Mein Gott.' Sie schloss wieder die Augen. ,Es ist alles niedergebrannt. Die Lagerhallen, das gesamte Holz, die Sägeanlagen, ... und sogar unser Haus. Nick! Wo ist Nick!?'

Sie sprang aus dem Bett, warf einen kurzen Blick aus dem Fenster, das auf die Straße ging, und griff dann entschlossen nach dem Schlafrock, den Sams Haushälterin ihr am Vorabend geliehen hatte. Sie schlüpfte schnell hinein, lief dann die Treppe hinunter und warf zuerst einen Blick ins Wohnzimmer. Es war leer, aber aus Sams Bibliothek drangen gedämpfte Stimmen. Sie erkannte in einer davon die ihres Mannes und zögerte nicht, den Raum nach einem kurzen Klopfen zu betreten.

Als sie eintrat, verstummte das Gespräch. Nick saß Sam am Schreibtisch gegenüber, sprang auf und kam ihr sofort entgegen. Seine Stimme war ebenso weich wie seine Augen, als er sie bei den Schultern fasste. „Katinka, mein Liebling. Da bist du ja. Geht es dir gut? Ist alles mit dir in Ordnung?"

Sie nickte nur, lehnte sich an ihn an und spürte, wie er die Arme um sie legte und sie fest an sich zog. „Weshalb hast du mich nicht schon früher geweckt?"

„Ich wollte, dass du dich ausruhst, Katinka. Es war ein langer schwerer Tag für dich." Er ließ sie nur widerstrebend los und führte sie zu dem bequemen Lehnsessel, auf dem er zuvor selbst gesessen war.

Sam war in der Zwischenzeit aufgestanden und hinausgegangen. Als er wieder eintrat, lächelte er Kate zu. „Meine Haushälterin wird gleich mit einem Frühstück für Sie kommen, Kate. Ein warmer Kaffee und einige Scheiben Schinken und Brot wirken manchmal wahre Wunder."

Kate erwiderte sein Lächeln, fasste dann jedoch nach Nicks Hand. „Nick, was war noch?"

Das Gesicht ihres Mannes wurde ernst. „Es war tatsächlich so. Die Leute haben das Feuer sowohl draußen gelegt als auch an unserem Haus, und wurden nur in letzter Minute daran gehindert, das Stadtbüro ebenfalls anzuzünden."

„Ich dachte sofort an Brandstiftung, aber wer sollte denn so etwas tun?", fragte Kate verstört.

Nick warf einen kurzen Blick auf Sam, der langsam näher kam. „Es war Dostakovskij", antwortete er dann gepresst.

Kates Augen weiteten sich. „Aber ... der Streit, den du mit ihm hattest, rechtfertigt doch diese Handlungsweise nicht im Geringsten!"

„Es war ja auch nicht nur dieser Streit, wie ich vermute", ließ sich Sam vernehmen. Als Kate ihm ihr Gesicht zuwandte, nickte er ernst. „Ich habe Ihrem Mann erzählt, was damals vorgefallen ist, Kate. Jetzt musste ich es tun. Er wollte sich wohl nicht nur an Ihnen beiden rächen, sondern auch an mir, da ihm bekannt sein musste, dass Nick und ich Partner sind. Dass mein Haus nicht ebenfalls niedergebrannt wurde, verdanke ich wohl nur der Tatsache, dass man die Leute rechtzeitig festgenommen hat. Beim Verhör gaben sie dann zu, dass sie von einem Mann beauftragt und bezahlt wurden, der einen russischen Akzent hatte. Die Beschreibung, die sie abgaben, lässt keinen Zweifel daran, dass es Dostakovskij war."

Über Kates Rücken liefen Kälteschauer. „Weiß man, was aus ihm geworden ist?", fragte sie dann mühsam.

Nick schüttelte den Kopf. „Er wird gesucht. Allerdings kann er schon längst über alle Berge sein. Wenn er, wie wir vermuten, gestern nach San

Francisco abgereist ist und von dort ein Schiff genommen hat, haben wir keine Möglichkeit mehr, ihn festzunehmen." Er beugte sich zu ihr hinunter und legte ihr sanft die Hand unter das Kinn. „Ich habe mich damals ein weiteres Mal benommen wie ein Idiot, Katinka. Verzeih mir bitte."

Kate wusste, dass er auf ihren Streit anspielte, der zwischen ihnen entstanden war, als er Sam teetrinkend in ihrer Küche vorgefunden hatte. „Sam hat mir damals geholfen, als dieser Mensch zudringlich wurde", sagte sie leise.

„Ja, ich weiß das jetzt", antwortete Nick ernst.

Sam räusperte sich. „Dann sollten wir jetzt ins Speisezimmer hinübergehen. Das Frühstück wird wohl schon auf dem Tisch stehen."

Nick legte den Arm um Kate, als sie gemeinsam den Raum verließen und über die großzügige Diele ins Nebenzimmer gingen.

„Ich wollte, ich würde ihn zwischen die Finger bekommen", sagte sie leise, aber grimmig.

Nick musste nicht erst fragen, wen sie meinte. „Alleine der Gedanke, dass er noch einmal in deine Nähe kommen könnte, erschreckt mich, Katinka. Und zwar so sehr, dass ich froh bin, wenn er fort ist und sich hier nie wieder blicken lässt."

„Hast du keinen Gedanken an Vergeltung?", fragte sie heftig.

Nick sah sie sehr ernst an. „Doch, Katharina. Und mit jedem Recht. Aber es gibt etwas, das mir bei Weitem wichtiger ist - und das bist du."

Kapitel 13

Ein wenig später am Tag kam Jeannette mit Kleidern und Wäsche. Kates gesamte Garderobe war im Haus verbrannt, und sie zog sich mit der Hilfe ihrer Freundin dankbar eines der neuen Kleider über.

„Vielen Dank, das war eine hervorragende Idee. Jetzt kann ich wenigstens das Haus verlassen. Da mir die Sachen von Sams Haushälterin nicht passen, saß ich hier fest."

„Und was hast du jetzt vor?"

„Ich werde Nick besuchen. Er ist draußen im Holzwerk um zu sehen, ob sich nicht doch noch etwas retten lässt. Heute früh, als wir die Brandstätte verließen, glühte und brannte es noch an allen Stellen."

Jeannette sah sie mitleidig an. „Der Schaden muss immens sein."

„Vermutlich", seufzte Kate. „Und es wird lange dauern, bis wieder alles so läuft wie zuvor."

„Hast du etwas dagegen, wenn ich dich begleite?" Jeannette errötete etwas bei der Frage. „Sam ist ebenfalls dort, und wenn wir einen Wagen nehmen, könnten wir den Männern eine Kleinigkeit zu essen hinausbringen."

Kate war sofort einverstanden, und kurz darauf zogen sie mit Ann Baxters leichtem Zweisitzer und einem großen Korb voller Lebensmittel los. Als sie den Platz erreichten, wo vierundzwanzig Stunden zuvor noch das große Werk gestanden hatte, traten Kate Tränen in die Augen - es war kaum etwas übrig geblieben. Mit einem schmerzhaften Ziehen in der Brust erblickte sie ihren Mann, der mit einigen seiner Leute zwischen den Trümmern des ehemaligen Bürogebäudes stocherte.

Sam kam herüber, half ihr und Jeannette vom Wagen und nahm ihnen den Korb ab. Nick wandte sich um, als Tim, der neben ihm stand, ihn auf die beiden Frauen aufmerksam machte, und ging ihr schnell entgegen. Sein Lächeln schnitt Kate ins Herz.

„Es sieht so schlimm aus, wie wir fürchteten", sagte er beim Näherkommen. „Selbst die Metallteile der hydraulischen Maschine sind geschmolzen. Der Safe, in dem wir das Geld für die Bezahlung der Holzlieferung hatten, ist aufgebrochen worden. Sam hat schon mit dem Sheriff gesprochen, aber angeblich haben die Brandstifter nichts von dem Geld gewusst. Dann hat es wohl Dostakovskij mitgenommen."

Jeannette packte den Korb aus und verteilte das Essen an die Männer. Kate holte mehrere Schnitten Brot und Fleisch sowie eine Flasche mit leichtem Weißwein und einen Metallbecher und setzte sich mit Nick etwas von den anderen entfernt auf einen umgefallenen Baumstamm am Rand des kleinen Waldes. Nick öffnete die Flasche, füllte den Metallbecher und trank ihn in einem Zug aus.

Sie lehnte den Kopf an seine Schulter. „Es tut mir so leid, dass dies passiert ist, Nick. Ich hoffe nur, dass du bald alles wieder aufbauen kannst."

„Es wird schon werden", murmelte er in ihr Haar hinein. Sie fühlte seine warme Hand, die sie sanft zwischen den Schulterblättern streichelte. „Es wird nur eine Weile dauern ..." Er klang niedergeschlagen und sogar etwas verzagt, auch wenn er versuchte, dies zu verbergen. Sie dachte an die zwanzigtausend Dollar, die auf der Bank lagen, und an ihr Gestüt. Wenn sie ihren Anteil an Potty verkaufte, dann hatten sie und Nick genug Geld, um wieder alles instand zu setzen. Allerdings würde das nicht so schnell gehen. Potty hatte bestimmt nicht genug Bares in der Hand, um sie sofort auszuzahlen. Aber sie hatte ja noch ihren Schmuck, und ihr Vater würde sicherlich nicht zögern, ihnen unter die Arme zu greifen oder zumindest Geld zu leihen, bis sie so viel verdienten, dass sie es wieder zurückzahlen konnten.

Sie blieb bei Nick, bis er fertiggegessen hatte, und half dann Jeannette, die sich um die anderen Männer gekümmert hatte, den Korb zusammenzupacken. Als Nick sie wieder auf den Wagen hob, lächelte sie auf ihn hinunter. „Bis später, mein Liebster." Er ergriff ihre Hand und sie fühlte den warmen Druck seiner Lippen noch, als sie schon längst außer Sichtweite waren und den Weg zurück in die Stadt eingeschlagen hatten.

Jeannette und sie fuhren schweigend zurück, jede mit ihren eigenen Gedanken beschäftigt, und Kate sah erst hoch, als plötzlich ein Reiter vor ihnen auftauchte. Zuerst konnte sie den Mann auf dem braunen Tier nicht erkennen, weil sein Gesicht von einem breiten Hut beschattet war, aber dann erkannte sie mit Schrecken Alexander Dostakovskij, der sein Pferd aus einem leichten Trab in Schritt fallen ließ und schließlich neben ihrem Wagen anhielt.

Geistesgegenwärtig drückte sie Jeannettes Hand, als diese erschrocken zusammenzuckte. „Nichts anmerken lassen", flüsterte sie ihr hastig zu.

Alexander zog galant den Hut. „Ich bin erleichtert, Sie wohlauf und bei bester Gesundheit zu sehen, Kate. Ich war für einige Tage aus der Stadt, und als ich zurückkam, hörte ich, was geschehen ist. Nun bin ich auf der Suche nach Nick, um zu fragen, ob ich in irgendeiner Weise behilflich sein kann."

Kate konnte sich nicht genug wundern. Entweder war dieser Mann der kaltschnäuzigste Kerl, der ihr jemals untergekommen war, oder er hatte mit der ganzen Sache tatsächlich nichts zu tun. Aber das würde sie wohl schnell herausfinden.

„Es ist wirklich schrecklich", entgegnete sie beherrscht. „Das ganze Werk in Schutt und Asche, unser Haus abgebrannt."

„Welch ein unglücklicher Zufall!", rief Alexander kopfschüttelnd aus.

„Ja, nicht wahr?", erwiderte Kate. „Kaum zu glauben." Sie warf ihm einen harmlosen Blick zu, aber in ihrem Kopf überschlugen sich die Gedanken. Sie musste ihn hinhalten und eine Möglichkeit finden, Nick zu verständigen. Wenn Alexander wirklich den Brandanschlag auf dem Gewissen hatte, dann durfte er nicht entkommen. Plötzlich kam ihr eine Idee, und sie wandte sich an Jeannette, die daneben saß und den Russen wie ein hypnotisiertes Kaninchen anstarrte.

„Ach, Jeannette, jetzt fällt mir ein, ich habe meine Geldtasche auf dem Baumstamm liegen lassen. Wir sollten zurückkehren um sie zu holen. Allerdings ...", sie sah sich etwas hilflos um, „hier kann ich mit dem Wagen nicht wenden. Aber vielleicht wären Sie so nett, das kurze Stück Weg zurückzulegen und die Börse zu holen?", fragte sie an Alexanders Adresse. ‚*Wenn er jetzt zustimmt, dann ist er unschuldig*‘, dachte sie gespannt.

„Es wäre mir ein unbeschreibliches Vergnügen, Ihnen zu Diensten sein zu dürfen", sagte er auch schon, „aber bedauerlicherweise hat mein Pferd vor einer Meile zu lahmen begonnen und ich hatte, als ich Ihren Wagen sah, offen gesagt schon gehofft, dass Sie mich mit in die Stadt nehmen und ich es hinten anbinden und mitlaufen lassen kann."

„Aber mit Freude", erklärte Kate sofort. „Dann wird ...", sie stellte blitzschnell ihre Pläne um, „... vielleicht Jeannette so freundlich sein und dieses kleine Stück zu Fuß zurückgehen, während wir hier warten. Es ist ja nicht so weit und du könntest schnell wieder hier sein, nicht wahr, Jeannette?" Es war doch weit, zumindest wenn man zu Fuß unterwegs war. Sie hatten eine gute Meile zurückgelegt und die zarte Jeannette würde wohl fast eine halbe Stunde brauchen, bis sie Nick und die anderen erreichte.

Ihre Freundin sah sie an, als ob sie den Verstand verloren hätte, dann nickte sie jedoch, kletterte vom Wagen und machte sich mit einem letzten scheuen Blick auf Alexander davon, während Kate mit gemischten Gefühlen zurückblieb. Ihr Herz klopfte so hart, dass sie schon vermeinte, der Mann müsste es hören, aber Alexander blieb ganz ungerührt und warf ihr nur einen Blick zu, der sie förmlich auszuziehen schien.

„Es tut mir nicht leid, dass wir Gelegenheit haben, ein bisschen allein zu sein", sagte er schließlich. „Unser letztes Zusammentreffen hatte ja bedauerlicherweise einen etwas unglücklichen Ausgang."

Kate war in Gedanken damit beschäftigt herauszufinden, was ihn wohl wieder zurück - an den Ort der Tat - gelockt hatte, und lächelte unverbindlich. ‚Hoffentlich beeilt sich Jeannette und holt Nick und die anderen', dachte sie verzweifelt und versuchte, das Zittern ihrer Hände zu unterdrücken.

Zu ihrem Schrecken stieg Alexander plötzlich ab und band sein Pferd hinten am Wagen an, dann kam er zu ihr und kletterte neben sie auf den Sitz.

„Wenn es Ihnen nichts ausmacht hinten aufzusteigen?", sagte sie mit leicht bebender Stimme. „Dies ist Jeannettes Platz. Ihnen wird es leichter fallen als ihr, auf dem Notsitz Balance zu halten."

Alexanders eben noch freundliches Lächeln veränderte sich in eine höhnische Grimasse. „Du denkst doch nicht allen Ernstes, dass ich darauf warten werde, bis das Püppchen wieder zurückkommt, meine Schöne." Er riss ihr mit einem Ruck die Zügel aus der Hand und trieb die Pferde an.

„Was haben Sie vor?" Kate versuchte ihrer aufsteigenden Panik Herr zu werden, als Alexander von der Straße nach Sacramento abbog und den leichten Wagen in die Hügel hinein lenkte. Von dort führte eine der alten Treck-Routen direkt in die Sierra.

„Wir beide werden jetzt einen kleinen Ausflug machen", erklärte er ihr grinsend. „Bis die anderen feststellen, dass wir fort sind, können wir schon über alle Berge sein."

„Was fällt Ihnen ein?!", rief Kate aus. „Glauben Sie wirklich, dass ich so einfach mit Ihnen mitkomme?" Sie versuchte ihm die Zügel aus der Hand zu reißen, aber er stieß sie derb zurück und packte ihr Haar.

„Wenn du dich nicht ruhig verhältst, stoße ich dich vom Wagen. Und bei dem Tempo wirst du dir dann alle Knochen brechen. Was allerdings nicht in meinem Sinne wäre, denn mit einer halben Leiche kann ich nicht mehr viel anfangen."

Kate wehrte sich dennoch, da ihrer Meinung nach ein gebrochener Arm der Gegenwart dieses Verbrechers vorzuziehen war, sah jedoch die Sinnlosigkeit dieses Unterfangens bald ein, da Alexander ihr Haar mit einem eisernen Griff gefasst hatte und vermutlich nicht einmal dann losgelassen hätte, wenn sie vom Wagen gesprungen wäre. Im selben Moment sah sie neben sich noch weitere Reiter auftauchen, aber ihre Erleichterung verwandelte sich schnell in Angst, als sie erkannte, dass es sich bei den Männern um Fremde handelte, die offensichtlich zu Alexander gehörten.

Dieser trieb die Pferde zu einer noch schnelleren Gangart an. Er bog vom Weg ab und hielt querfeldein auf eine kleine Hütte zu, die hinter einigen niedrigen Bäumen verborgen war. Kate rutschte hin und her und krallte sich in ihrer Angst am Wagensitz fest.

Als sie die Hütte erreichten, erblickte Kate dahinter eine zweispännige Kutsche. Alexander zerrte sie trotz ihrer heftigen Gegenwehr vom Wagen und zur Kutsche hin. Als sie sich an der Tür festklammerte, gab er ihr eine so kräftige Ohrfeige, dass sie das Gleichgewicht verlor und halb benommen dulden musste, dass er sie in den Wagen schob und ebenfalls einstieg. Sie hörte den Kutscher mit der Peitsche knallen, schon zogen die Pferde an und Kate wurde in die Polster zurückgeworfen.

„Weshalb haben Sie mich entführt?" Ihr Gesicht brannte von dem Schlag, aber sie widerstand dem Drang, ihre Hand darauf zu legen. Diese Schwäche würde sie diesem Kerl gegenüber nicht zeigen.

Dostakovskij grinste höhnisch. „Das kannst du dir doch denken, meine Schöne. Du hast mir vom ersten Moment an gefallen. Und wenn du dich nicht so zickig angestellt hättest, dann wären wir jetzt auf einem Schiff unterwegs nach Europa. Du würdest in einer Luxuskabine reisen, hübsche Kleider tragen und von mir verwöhnt werden. So jedoch ..." Er sprach den Satz nicht zu Ende, sondern zuckte mit den Schultern.

„Wollen Sie mich töten?", fragte Kate mit äußerer Ruhe. Sie sah ihm gerade und kalt ins Gesicht.

Er schüttelte den Kopf. „Das glaube ich nicht. Es wird mir viel mehr Freude machen, alles mit dir zu tun was mir gefällt und dich dann zu deinem Mann zurückzuschicken. Den stolzen Nikolai wird es wesentlich mehr treffen, eine Frau im Haus zu haben, von der die ganze Stadt weiß, dass sie das Spielzeug eines anderen gewesen ist. Wenn ich dich tötete, wäre es für ihn vielleicht sogar noch eine Erleichterung, und das wäre nicht in meinem Sinne." Sein Blick wurde tückisch. „Dieser Hund hat sich immer als etwas Besseres betrachtet, sogar damals schon, als er Bediensteter auf dem Hof eines dieser russischen Landadeligen war. Er hat immer auf mich herabgesehen, aber jetzt wird es umgekehrt sein!"

„Wohin bringen Sie mich?" Sie klang immer noch ruhig. Wenn er sie nicht gleich tötete, dann bestand für sie durchaus eine Chance, dass sie ihm entkommen konnte, oder Nick sie rechtzeitig finden würde.

„Auf ein hübsches kleines Schiff, das ich gechartert habe, und das uns nach Los Angeles bringen wird. Deine Freunde werden wohl kaum auf die Idee kommen, dass wir den Seeweg einschlagen."

„Weshalb fahren wir dann Richtung Osten?"

„Wir machen lediglich einen kleinen Umweg, um etwaige Verfolger auf die falsche Fährte zu führen."

Kate schob den schweren Vorhang zur Seite, der ihr den Blick nach draußen verwehrte, aber Alexander schlug ihre Hand weg. „Lass das!"

Sie sah ihn zornig an, senkte jedoch schnell den Blick, als sie das bedrohliche Glimmen in seinen Augen erkannte. Er stand plötzlich auf und setzte sich neben sie auf die Bank. Kate rutschte hart an die Wand, um soviel Abstand wie möglich von ihm zu gewinnen, und drehte den Kopf weg.

„Nicht so schüchtern du wirst mich noch viel näher an dir ertragen müssen", sagte er mit diesem schmierigen Lächeln, das sie schon vom ersten Moment an ihm gehasst hatte. „*Hautnah* sozusagen", fügte er hinzu und griff zu ihr herüber.

Sie wehrte seine Hand ab und blickte im nächsten Moment in die Mündung eines Revolvers.

„Na schön", seine Stimme klang jetzt heiser, und Kate sah die Gier in seinen Augen, „dann eben auf diese Art. Los, zieh dich aus."

„Nein." Sie musste ihn hinhalten. Noch war nichts verloren. Und wenn Jeannette schnell genug gelaufen war, dann konnte Nick bald hier sein.

„Ich werde dir bestimmt keine Kugel in den Kopf jagen, aber auch ein Streifschuss kann verdammt wehtun. Und jetzt los, knöpf das Kleid auf!"

Kate starrte ihn sekundenlang an, dann hob sie langsam die Hände. Sie brauchte fast eine Minute um den ersten Knopf zu öffnen.

„Schneller, mach nicht solche Zicken!"

Er sah mit flackernden Augen auf ihr Mieder, das unter dem Kleid zum Vorschein kam. „Jetzt das Mieder."

Kate zögerte, dann fasste sie nach dem Band, zog es langsam auf. *,Wenn ich nur an den Revolver käme*, dachte sie, *,dann hätte er schneller eine Kugel im Leib, als er sich jetzt vorstellen kann. Wenn ich ihn genug ablenke, vielleicht ...'* Sie öffnete das Mieder, bis ihre Brüste offen vor Alexander lagen. Sein Blick schien sie fast zu verschlingen. Er streckte die linke Hand aus, während er mit der rechten immer noch die Pistole auf sie gerichtet hatte, und sie fühlte angeekelt seine Berührung auf ihrer Haut. Er griff derb nach ihrer Brust und rieb sie so heftig, dass Kate einen Schmerzenslaut unterdrücken musste.

„Gefällt dir das?", fragte er, als er sah, dass sie zusammenzuckte. Er ließ los, rückte nahe an sie heran, fuhr mit der Mündung der Pistole ihren Hals entlang, über ihre Brüste, schob den kalten Lauf dann über ihre aufgestellte Brustwarze. Kate stöhnte, griff nach ihrer anderen Brust und strich lockend darüber. Sie wunderte sich selbst über die Kaltblütigkeit, mit der sie vorging, aber ihre einzige Chance war, ihn abzulenken; ihn so versessen auf sie zu machen, dass er den Revolver weglegte. Und dann ...

„Ja, mach weiter so", hörte sie seine heisere Stimme. „Fester. Fester!"

Während Kate mit ihrer linken Hand ihre Brust massierte, ließ sie ihre Rechte hinunter wandern, strich sich über ihren Bauch, ihre Schenkel.

Alexanders Atem ging stoßweise. Er hielt immer noch die Waffe gegen ihre Brust, starrte jedoch auf Kates Hand, die jetzt zwischen ihre Beine glitt. Dann streckte sie kurz entschlossen die Hand aus. Als sie Alexanders Hose erreichte, fühlte sie sein erregtes Glied. „Bitte", flüsterte sie, „lass ihn mich ansehen."

„Du bist ein Vollblutweib, das habe ich gleich gemerkt", sagte er keuchend. „Viel zu schade für diesen Narren."

„Mein Mann bemerkt mich doch kaum", ließ Kate sich mit einer möglichst dunklen Stimme vernehmen.

„Er ist ein Waschlappen. Was du brauchst, ist ein richtiger Mann."

„Ja ..." Sie beugte sich vor, ignorierte den schmerzhaften Druck des kalten Metalls, das sich um ihre Brustwarze schloss, und griff mit beiden Händen zu. Als sie seinen Gürtel und die Hosenknöpfe geöffnet hatte, kam ihr sein Glied bereits entgegen. Es war erregt und hart, Kate fand es jedoch schmächtig. Aber schließlich hatte sie außer Nick ja keine Vergleichsmöglichkeiten.

„Er ist wunderschön", sagte sie dennoch bewundernd, während sie fest darüber strich. Sie beugte sich ein bisschen weiter vor, wobei sich der Pistolenlauf noch tiefer in ihre Brust bohrte, und spitzte wie verlangend die Lippen. „Ich möchte ihn küssen."

Zu ihrer Erleichterung zog Alexander, dem diese Aussicht zu gefallen schien, den Revolver zurück, und sie glitt auf den Boden der Kutsche, kniete sich zwischen seine Beine und streichelte dabei ununterbrochen sein Glied.

„Er ist sehr schön", sagte sie wieder.

„Und er wird dir das geben, was du brauchst", ächzte Alexander heiser auf.

‚Und ich werde dir das geben, was du brauchst', dachte Kate und brachte ihre Lippen an sein Glied. Sie unterdrückte den würgenden Ekel, öffnete den Mund und steckte es hinein, ohne dabei den Revolver aus den Augen zu lassen. Alexander legte aufstöhnend den Kopf zurück, und Kate wunderte sich sekundenlang, wie einfältig und vertrauensselig so ein Mann doch war.

Dann biss sie zu, so fest sie konnte.

Alexanders markerschütternder Aufschrei übertönte selbst den Schuss, der sich löste, als seine Finger sich unter dem Schmerz krümmten. Kate wurde von seinen Füßen in die andere Ecke geschleudert, versuchte sich so schnell wie möglich aufzurappeln, und griff nach dem Revolver. Alexander hatte ihn fallen lassen, als er mit beiden Händen nach sein Glied fasste, das zu mehr als der Hälfte traurig und blutig herabbaumelte.

Sie wich ihm aus, als er sich in Schmerzkrämpfen zusammenkrümmte und dabei heisere Schreie ausstieß, die seine Begleiter hoffentlich für einen Ausdruck der Lust hielten. Er würde jetzt eine ganze Weile außer Gefecht gesetzt sein, aber die anderen, sich noch im Besitz ihrer unversehrten Männlichkeit befindlichen Reiter und der Kutscher stellten eine Gefahr für sie dar.

Sie spie angeekelt das Blut aus, wischte sich über den Mund und umklammerte den Revolver, dabei immer Alexander vermeidend, der sich halb bewusstlos vor Schmerz am Boden wand. Die Kutsche war langsamer geworden, schaukelte jetzt über einige Bodenwellen und kam dann zum Stillstand. Kate hörte, wie einer der Männer das Pferd näher herantrieb.

„Alles in Ordnung da drinnen?"

Von Alexander kam nur ein unverständliches Stöhnen, und Kate beeilte sich, lustvolle Laute auszustoßen. Sie vernahm das Gelächter der Männer, die derbe Witze rissen, und dann setzte sich die Kutsche wieder in Bewegung. Sie schob vorsichtig den Vorhang zur Seite und spähte aus den Fenstern. Ein Mann ritt schräg rechts hinter der Kutsche her, der zweite direkt daneben. Wenn sie es geschickt anstellte, dann konnte sie sich auf der ihnen abgewandten Seite, wo niemand ritt, aus der Kutsche fallen lassen. Der Boden war zwar hart und um diese Jahreszeit nur mit trockenem gelbem Gras bedeckt, das ihren Fall nicht dämpfen würde, aber es war das Risiko wert. Sie musste nur darauf achten, dass sie den Revolver nicht verlor.

Kate stieg über den leise wimmernden Alexander hinweg, öffnete die Tür, sah hinaus, sicherte den Revolver und atmete tief ein, bevor sie sprang. Sie hielt schützend die Arme über den Kopf, als sie aufschlug, spürte einen stechenden Schmerz in der Schulter, fühlte, wie einige scharfe Felsbrocken ihre Haut aufrissen, rollte noch einige Meter weiter und blieb endlich liegen. Als sie sich aufrichtete, musste sie gegen den Schwindel und die Betäubung, ankämpfen, schaffte es jedoch auf die Knie zu kommen, und hob den Revolver Richtung Kutsche, um jeden Angreifer sofort entsprechend empfangen zu können.

Ihre Augen tränten, aber obwohl alles vor ihr verschwamm und der Schwindel wieder heftiger wurde, erkannte sie, dass die Kutsche weiterfuhr, und die Reiter ebenfalls ihren Weg fortsetzten. Sie beobachtete, wie das Gefährt einem kaum sichtbaren Weg folgte, während die geöffnete Tür hin und her schwang, und dann hinter einer Baumgruppe verschwand.

Sie atmete schmerzvoll durch, kam auf die Beine und stolperte in die Richtung zurück, aus der sie gekommen waren. Ihr Kleid und ihr Mieder waren immer noch offen und als sie mit zittrigen Händen die Knöpfe schloss, sah sie, dass ihre Fingerknöchel zerschunden waren und bluteten. Noch war der Schock zu groß, um den Schmerz zu fühlen, aber sie wusste, dass bald ihr ganzer Körper wehtun würde. Bis dahin musste sie so viel Abstand wie möglich zwischen sich und ihre Entführer gebracht haben. Sie verließ die Straße, die nicht mehr war als ein Pfad mit einigen Wagenspuren, und lief quer über ein Steinfeld. Ihre Schulter, mit der sie zuerst aufgeprallt war, stach höllisch, aber sie konnte den Arm bewegen, auch wenn es wehtat. Sie presste ihn an den Körper, hielt ihn mit der anderen Hand fest und wandte sich nach Westen, wo sie in der Ferne die Umrisse des Waldes erkennen konnte, hinter dem das Holzwerk lag. Alexander hatte einen großen Bogen gemacht, war zuerst nach Osten und dann nach Norden gefahren, um den Weg zu erreichen, der ihn wieder zur Hauptstraße nach San Francisco führte.

Nachdem Jeannette ihm atemlos entgegengelaufen war, hatte Nikolai nicht einmal eine halbe Minute gebraucht, um sich auf ein Pferd zu schwingen, seinen Leuten Anweisungen zu geben und dorthin zu reiten, wo die junge Frau Katharina verlassen hatte.

Die Stelle, wo sie Dostakovskij getroffen hatten, war leer gewesen, aber Nikolai hatte die Wagenspuren verfolgt, die ihn bis zu einer halbverfallenen Hütte führten. Dort fand er Ann Baxters Wagen verlassen vor, entdeckte jedoch nach einigem Suchen eine weitere Spur, die sich tief eingegraben hatte. Sie führte von Sacramento weg nach Osten, in die Sierra. Er hegte nicht den mindesten Zweifel daran, dass seine Frau sich noch in der Gewalt dieses Bastards befand, und fragte sich, welcher Wahnsinn ihn dazu bringen konnte, um diese Jahreszeit den Weg in die Berge einzuschlagen. Logischer wäre gewesen, dass Dostakovskij Katharina auf ein Schiff bringen wollte. Nikolai starrte nach Norden. Möglicherweise hatte der Entführer geplant, etwaige Verfolger auf eine falsche Fährte zu führen, und die eingeschlagene Richtung nach Osten war nur eine Finte. Er konnte sehr leicht auf die Idee gekommen sein, dann nach Norden abzubiegen und in einem Bogen westwärts die Küste zu erreichen. Wenn dies gelang, so hatte er selbst kaum noch eine Möglichkeit, seine Frau unversehrt wiederzubekommen, also musste er ihn abfangen, bevor er überhaupt so weit kam. Da Alexander, um den Bogen zu vollenden, den American River überqueren musste, bot sich dort eine gute Chance, den Verbrecher zu stellen – Nikolai kannte diese Gegend weitaus besser als Dostakovskij und wusste, dass es in den nächsten zehn Meilen nur eine einzige Furt gab, wo man es wagen konnte, den hier reißenden Fluss mit einer Kutsche zu überqueren. Und dort konnte er ihn erwischen.

Außer sich vor Zorn auf den Entführer und aus Angst um Katharina schlug er, der noch nie zuvor ein Pferd misshandelt hatte, seinem Tier die

Fersen in die Weichen, dass es wie verrückt losgaloppierte. Er verlor trotz des scharfen Ritts die Spur nicht aus den Augen und konnte schon nach einer halben Stunde in der Ferne eine kleine Staubwolke entdecken, die sich von ihm entfernte und die nur von der Kutsche stammen konnte, in die Alexander mit Katharina umgestiegen war. Er trieb sein Pferd zu noch größerer Schnelligkeit an und tastete nach den Revolver, den er in der Jackentasche immer mit sich trug. Er hatte schnell herausgefunden, dass es in dieser Gegend Amerikas oft überlebensnotwendig war, bewaffnet zu sein.

Jetzt, wo er die Kutsche sehen konnte, musste er nicht mehr der Spur folgen, sondern konnte eine Abkürzung quer über das mit Steinen übersäte Grasland nehmen, um auf diese Weise den Entführern den Weg abzuschneiden. Sein braves Tier wich den Unebenheiten und Löchern im Boden trotz des rasenden Tempos geschickt aus, und Nikolai wusste, dass es sich nur noch um wenige Minuten handeln konnte, bis er die Kutsche erreichte. Er war schon so nahe, dass er in der Staubwolke auch schon undeutlich zwei Reiter erkennen konnte. Da er annehmen musste, dass zumindest noch ein weiterer Mann in der Kutsche selbst saß, um Katharina dort festzuhalten, hatte er es, den Kutscher mit eingeschlossen, mit wenigstens vier Männern zu tun, die es auszuschalten galt. Dabei war jedoch größte Vorsicht geboten, denn einerseits konnten die Verbrecher leicht auf die Idee kommen, Katharina gegen ihn als Geisel zu verwenden, und andererseits war er ihr, wenn sie ihm eine Kugel hineinjagten, auch keine Hilfe mehr.

Er hatte die Kutsche keine Sekunde lang aus den Augen gelassen und sah, wie das Gefährt plötzlich stehen blieb. In der sich langsam senkenden Staubwolke konnte er beobachten, wie sich einer der Reiter näherte und offensichtlich mit den Personen in der Kutsche sprach, bevor die Pferde wieder anzogen.

Der Wagen holperte über den unebenen Weg weiter, und nur knapp eine Minute später sah er etwas, das seinen Herzschlag stocken ließ. Die Tür auf der den Reitern abgewandten Seite wurde aufgestoßen und eine Person, die er durch ihr langes, schwarzes Haar unschwer als Katharina erkannte, flog hinaus und verschwand hinter einigen niedrigen Sträuchern aus seinem Gesichtsfeld. Voller Angst trieb er sein Pferd wieder zu neuer Eile an, um so schnell wie möglich zu der Stelle zu gelangen, an der sie aufgeschlagen war. Vermutlich hatte sie sich gewehrt, und der verfluchte Kerl hatte sie aus dem Wagen gestoßen. Jetzt erinnerte er sich auch daran, dass er zuvor vermeint hatte, einen Schuss zu hören. Kalter Schweiß brach ihm aus allen Poren, als er daran dachte, dass er vielleicht nur noch den toten Körper seiner Frau vorfinden würde, den der Verbrecher achtlos aus dem Wagen geworfen hatte.

Fünf Minuten später, in denen er vor Angst und Sorge kaum mehr denken konnte, sah er, nachdem er ein kleines, meist aus Büschen und niedrigen Bäumen bestehendes Wäldchen umrundet hatte, vor sich eine schlanke Gestalt über die Steine stolpern. Eine Welle der Erleichterung erfasste ihn. Er zügelte hart vor Katharina das Pferd, sprang ab, bevor das Tier noch stand und war mit zwei Schritten bei seiner Frau. Das lange schwarze Haar hing ihr wirr ins Gesicht, sie hatte eine Hand auf den Arm gepresst und hielt in der anderen einen Revolver. Ihr Kleid war zerrissen, blutig und er sah mit einem Blick, dass sie überall Abschürfungen hatte.

„Ich bin hinausgesprungen", sagte sie fast unverständlich. Sie sank in sich zusammen, als er sie erreicht hatte und in die Arme nahm. Er ließ sie langsam auf den Boden gleiten und hockte sich zu ihr nieder, unendlich dankbar dafür, sie lebend und zum Glück nicht allzu schwer verletzt vorzufinden. „Katinka, mein Liebling."

Sie hob den Kopf und lächelte ihn mühsam und etwas verzerrt an. Ihr Gesicht war ebenso blutig wie ihre Fingerknöchel, und er zog ein Taschentuch heraus, um vorsichtig das Blut von den Lippen zu tupfen. Zu seiner Überraschung nahm sie es ihm aus der Hand und wischte sich energisch darüber.

„Das ist nicht von mir", erklärte sie dann mit etwas heiserer Stimme.

Er verzichtete auf eine Frage, sondern zog sie sanft an sich und blickte über die Schulter in die Richtung, aus der er gekommen war. Eine Staubwolke kündigte seine Männer an. Als er der Kutsche nachsah, nahm sein Gesicht einen harten Ausdruck an, und Katharina legte ihm die Hand auf den Arm. „Er wollte über einen Umweg zum Meer. Angeblich wartet dort ein gechartertes Schiff auf ihn, mit dem er nach Los Angeles wollte."

„Ich muss ihm nach, Katharina."

„Ich weiß. Er darf nicht entkommen. ... Ich wollte, ich könnte mitreiten."

Er küsste sie zart auf die Schläfe. „Ich kann ohnehin erst weg, wenn die anderen da sind."

Als seine Leute wenige Minuten später eintrafen, half er Kate, deren Verletzungen sich als relativ harmlose Kratzer herausgestellt hatten, auf sein Pferd. Er selbst nahm ein anderes, weniger beanspruchtes, und schickte den dazugehörigen Reiter mit Kate heim. Bevor er losritt, fasste er noch einmal nach ihrer Hand. „Ich komme so schnell wie möglich, meine Liebste, mach dir bitte keine Sorgen."

Kate schüttelte den Kopf, lächelte, aber er sah Tränen in den langen Wimpern hängen. Dann wandte er sich schnell ab und ritt mit den anderen davon.

Als Kate und ihr Begleiter vor Sams Haus ankamen, stand dieser schon vor der Tür und half ihr vom Pferd.

„Schnell", rief er seiner Haushälterin zu, „holen Sie den Arzt."

„Es sieht schlimmer aus als es ist", sagte Kate schwach. „Bitte sorgen Sie vielmehr dafür, dass man Nick und den anderen folgt. Er ist hinter Dostakovskij hergeritten, der nach San Francisco zum Hafen wollte."

„Der Sheriff wird ihn bald eingeholt haben", erwiderte Sam, und Kate fühlte, wie seine ruhige, verlässliche Gegenwart das Zittern in ihrem Inneren beruhigte.

Jeannette kam ihr entgegengelaufen, als sie von Sam ins Haus geführt wurde. „Um Himmels willen! Wenn ich das nur geahnt hätte, wäre ich keinen Schritt von Ihnen weggegangen."

„Er war nicht alleine, Jeannette. Und so konnten Sie Hilfe holen."

Erschöpft und doch voller Unruhe Nicks wegen setzte sie sich in einen Sessel, der ihr schnell hingeschoben wurde, und ließ die fürsorglichen Bemühungen des gesamten Haushaltes über sich ergehen. Kurz darauf kam der Arzt, stellte fest, dass sie keine gröberen Verletzungen davongetragen hatte, sah ihre Schulter an, diagnostizierte eine Prellung und steckte sie dann mit einem starken Schlafmittel ins Bett.

Nikolai musste die anderen nicht erst zur Eile antreiben. Jeder Einzelne von ihnen gehörte zu seiner Mannschaft und war versessen darauf, den Brandstifter, der ihrer aller Existenz gefährdet hatte, in die Finger zu kriegen. Zudem hatte sich Kate bei den Männern auch beliebt gemacht, indem sie bei ihren Besuchen im Holzwerk immer wieder ein nettes Wort für sie gehabt und – wie er allerdings erst vor Kurzem erfahren hatte – sogar ihre Familien aufgesucht und, wenn nötig, mit Geld und Hilfe unterstützt hatte.

Er hatte schon längst den Weg verlassen und sich dem American River zugewandt, um in scharfem Tempo so eng wie möglich am Ufer entlangzureiten, was oftmals schwierig war, da sich der Fluss zum Teil tief in sein Bett eingegraben hatte und die steilen Uferwände mit allerlei Sträuchern und Gestrüpp zugewuchert waren, sodass sie das tosende Wasser an manchen Wegstrecken aus den Augen verloren.

Da Katharina bestätigt hatte, dass Alexander Richtung Meer wollte, war dessen Ziel völlig klar: Er musste die Furt benutzen, um über den Fluss zu kommen. Nikolai und seine Leute brauchten ihm, da sie zu Pferd waren und nicht durch eine Kutsche behindert wurden, lediglich den Weg abzuschneiden. Außerdem waren in den Vorgebirgen der Sierra starke Herbstregenfälle heruntergegangen, und der Fluss führte viel Wasser und Schlamm mit sich, was es den Männern erschweren würde, den Fluss mit der Kutsche zu durchqueren.

Tatsächlich fanden sie, bei der Furt angekommen, die Kutsche umgekippt im Wasser liegen. Von den Pferden, Alexander und seinen Leuten war keine Spur zu sehen. Vermutlich hatten sie die Kutsche, die von der Strömung etliche Meter mitgerissen worden sein musste, einfach liegen lassen, die Zugtiere abgespannt und waren zu Pferd weiter geritten. Um vollkommen sicher zu gehen, dass sich niemand mehr in dem halb zerbrochenen Gefährt befand, zog sich einer seiner Leute aus, band sich ein Lasso um den Leib und kämpfte sich durch die kalten brausenden Wassermassen hindurch, bis er an der Kutsche angekommen war. Er kletterte hinauf, öffnete die Tür, die jetzt gegen den Himmel zeigte, und blickte hinein. Dann wandte er sich zum Ufer und rief etwas herüber. Man konnte seine Worte nicht verstehen, aber seinen Handzeichen und seiner Mimik zufolge schien die Kutsche leer zu sein.

Sie holten den Mann zurück, der wieder seine Kleider anlegte, während Nikolai ungeduldig sein Pferd ins Wasser trieb, um auf die andere Seite zu gelangen. Der Wallach kämpfte gegen die Strömung an, einmal rutschte er, und es schien, als würde er den Boden unter den Füßen verlieren, aber dann erreichten sie sicher das jenseitige Ufer. Das Tier stieg sichtlich erleichtert aus dem Wasser und sprang, von Nikolai angefeuert, die Böschung hinauf. Er sah sich kaum nach den anderen um, als er das Pferd wieder in Galopp fallen ließ. Nach Spuren brauchte er nicht erst zu suchen, um herauszufinden, wohin sich die Flüchtigen gewendet hatten - von hier aus gab es nur einen einzigen Weg, und der führte durch ein enges Tal, das links und rechts von steilen Felshängen begrenzt war.

Es dauerte auch nicht lange, bis er, nachdem er einer kleinen Biegung des Tals gefolgt war, etwa fünfzig Meter vor sich drei Reiter sah, die eher gemächlich vor ihm her ritten und ein lediges Pferd mit sich führten, vermutlich das zweite Kutschpferd. Der Mann, dessen Pferd er jetzt ritt, hatte ein Gewehr im Sattelhalfter stecken und Nikolai zog es heraus und gab einen Warnschuss ab, was die Reiter vor ihm veranlasste, anzuhalten. Sie wandten ihre Pferde und sahen ihm entgegen, während er sich ihnen mit schussbereitem Gewehr im Anschlag näherte. Zu seiner Enttäuschung sah er sofort, dass Alexander nicht unter ihnen war. Entweder hatte er sich bereits vor der Furt von ihnen getrennt und war den Verfolgern auf diese Weise entkommen, oder er war schneller vorgeritten, da er sich ausrechnen konnte, dass Nikolai ihn nicht so einfach davonkommen lassen würde. In jedem Fall, so schwor sich Nikolai, würde er nicht eher ruhen, bis er ihn aufgespürt und zur Strecke gebracht hatte. Hätte sich dieser Halunke damit begnügt, das Werk und sein Haus anzuzünden und dann das Weite zu suchen, so wäre er vermutlich sogar ungestraft davongekommen. So jedoch hatte dieser verdammte Schurke es gewagt, auch noch seine Frau zu entführen.

„Was gibt's denn?", rief einer der Kerle, als er sich den Männern bis auf etwa zehn Meter genähert hatte. Nikolai sah, dass er sich etwas im Sattel zurechtsetzte und die Hand auf die Waffe legte, die er an einem Gurt um die Hüfte trug.

„Nehmen Sie die Hände hoch und denken Sie nicht einmal daran, nach Ihren Waffen zu greifen", antwortete Nikolai kalt. „Der Erste, dessen Hand ich auch nur in der Nähe seines Revolvers sehe, bekommt meine Kugel zu spüren."

„He, was soll das?", fragte der Zweite, ein wild aussehender, dunkelbärtiger Mann. Er hob aber die Hände und schob sich dabei seinen Hut aus dem Gesicht. „Weshalb verfolgen Sie uns?"

„Das sollte wohl klar sein. Sie haben einem Verbrecher dabei geholfen, meine Frau zu entführen." Er hörte hinter sich den Hufschlag mehrerer Pferde, wandte sich jedoch nicht um, da er wusste, dass es sich nur um seine Leute handeln konnte. Tatsächlich ritt jetzt auch schon sein Vorarbeiter, ein verwegener Mann, der sich früher einen Namen als Raufbold gemacht hatte, jetzt jedoch ein biederer Ehemann und Familienvater geworden war, mit gezogenem Revolver an ihm vorbei, trieb sein Pferd bis dicht zu den Männern und nahm ihnen ohne weitere Umstände die Waffen ab. Auf ihre Proteste hin hob er nur schweigend und mit einer eindeutigen Bewegung den Revolver und wandte sich dann wieder an Nikolai. „Soll ich die Schweinehunde fesseln, Mr. Brandan?"

„Ich denke, es genügt, wenn wir Ihnen klarmachen, dass wir sie beim kleinsten Fluchtversuch erschießen." Nikolai bedeutete seinen anderen Männern, die Flüchtigen in die Mitte zu nehmen.

„Was woll'n Sie denn von uns?", fragte der Bärtige wieder. „Das is' ein Missverständnis. Wir haben niemanden entführt. Der Russe hat uns nur Geld dafür gegeben, dass wir ihn mit seiner Frau begleiten, die ihm davongelaufen war. Wir konnten ja nich' wissen, dass er gelogen hat."

„Wo ist der Russe jetzt?", fragte Nikolai scharf.

Ein hagerer, blonder Mann mit struppigem Haar, das unter dem Hut bis in seinen Kragen wuchs, hob die Schultern. „Wissen wir nicht, der Fluss hat ihn mitgerissen, als die Kutsche stürzte. Wir konnten ihn nicht mehr erreichen, haben nur gesehen, dass er fortgetrieben wurde. Musste wohl beim Umkippen eine auf den Kopf bekommen haben. Sah nämlich ziemlich leblos aus. Vielleicht war er schon tot, erschlagen von der Kutsche."

Nikolai wandte sein Pferd. „Sie bringen die Männer in die Stadt zum Sheriff, ich suche den Fluss ab", rief er seinem Vorarbeiter zu, dann deutete er auf zwei seiner Leute. „Sie und Sie kommen mit mir." Er wartete keine Antwort ab, sondern preschte davon, Richtung Fluss. Wenn Alexander Dostakovskij tatsächlich im Fluss ertrunken war, dann hatte dieser Verbrecher mehr Glück als Verstand gehabt.

Kate hatte sich im Schlaf immer wieder hin und her gewälzt und fand erst Ruhe, als sie viele Stunden später die vertraute Nähe ihres Mannes spürte, der zu ihr ins Zimmer kam und sich neben sie legte. Sie schmiegte sich im

Halbschlaf an ihn, fühlte seine Arme, die sich fest um sie schlossen, und schlief endlich tief und fest ein.

Als sie erwachte, war es heller Tag, und sie blickte direkt in Nicks Augen. Er hob die Hand und strich ihr zärtlich über die Stirn. „Fühlst du dich besser, meine Geliebte?"

Kate nickte, obwohl ihr ganzer Körper schmerzte, und schlang aufseufzend die Arme um ihn. „Ich hatte solche Angst um dich."

„Es ist alles gut, Katinka." Nicks Stimme klang ruhig und liebevoll, und sie genoss minutenlang seine schützende Gegenwart, bis sie ihre Gedanken auf das konzentrierte, was am Vortag geschehen war.

„Was war?"

Er atmete tief durch. „Wir haben die Kutsche verfolgt, sie stürzte samt Dostakovskij bei dem Versuch, den Fluss zu überqueren, in den Fluss. Als wir hinkamen, war die Kutsche leer. Angeblich wurde er hinausgeschleudert und von der Strömung mitgerissen. Ich habe mit zwei Leuten alles abgesucht, bis es dunkel wurde, und nichts gefunden, aber es ist nicht anzunehmen, dass er überlebt hat. Der Sheriff sucht seit heute Morgen nach dem, was von ihm übrig geblieben ist. Die anderen konnten wir stellen."

„Ist jemand dabei verletzt worden?", fragte Kate besorgt.

Nick schüttelte den Kopf. „Nein, sie haben gleich aufgegeben. Er hatte sie lediglich dafür bezahlt, dass sie ihn begleiten sollten und ihnen angeblich weisgemacht, dass du seine Frau wärst, die ihm davongelaufen sei."

Ein Frösteln ging durch ihren Körper. Nicks Arme umfassten sie sofort fester.

„Ich bin froh, wenn er tot ist", sagte sie schließlich zufrieden.

„Das wäre er in jedem Fall." Nicks Stimme klang ruhig, aber sie wusste, dass aus seinen Worten tödlicher Ernst sprach.

Am Abend des nächsten Tages waren sie bei den Baxters zum Essen eingeladen. Das Gesprächsthema drehte sich fast ausschließlich um Alexander Dostakovskij und das verdiente Ende, das er gefunden hatte. Man hatte seine Leiche bereits gefunden, sie war bei einer Biegung, die der Fluss kurz vor Sacramento machte, ans Ufer gespült worden.

Ann Baxter schüttelte sich. „Schrecklich!" Dann fasste sie nach Kates zerschundener Hand, mit der sie gerade die Nachspeise löffelte. „Armes Kind, wenn ich denke, dass Sie diesem Unmenschen ausgeliefert waren ..."

„Er sah schrecklich aus", ließ sich der Bürgermeister, der ebenfalls geladen war, vernehmen. „Völlig zerkratzt und aufgeschlagen von den Stromschnellen. Fast unkenntlich. Die Kutsche muss beim Umkippen noch auf ihm gelandet sein. Jeder Knochen im Leib gebrochen. Am schlimmsten war aber sein ... sein ..., nun, Sie wissen schon was ich meine ... es war nur mehr zur Hälfte da, hing an einigen Fetzen ..."

Kate starrte sekundenlang reglos auf ihren Löffel. Sie fühlte wieder ein Knirschen zwischen ihren Zähnen und den Geschmack von Blut. Unwillkürlich schüttelte sie sich.

„Ich muss schon sehr bitten!", empörte sich Mrs. Baxter. „Es sind Damen anwesend! Vielleicht könnten Sie dieses Thema für später aufheben, wenn die Herren unter sich im Raucherzimmer sind!"

„Verzeihung", sagte der Bürgermeister verlegen. „Es war ja auch nur – so etwas habe ich noch nie gesehen."

Kate fühlte die tröstende Hand von Ann Baxter auf ihrem Arm. „So etwas bei Tisch! Also wirklich! Gar nicht hinhören, mein Kindchen."

„Nein, nein", sagte sie schnell, schob die Erinnerung entschlossen fort und tauchte den Löffel in das köstliche Dessert. Als sie die Augen wieder hob, traf sie direkt auf den eindringlichen Blick ihres Mannes, der ihr gegenübersaß. Er hatte das Weinglas in der Hand, starrte sie, als sie seinen Blick mit einem leichten Schulterzucken erwiderte, sekundenlang fassungslos an, um dann das Glas mit einem leichten Klirren auf den Tisch zurückzustellen.

Kate zuckte abermals mit den Schultern, verkniff sich ein Grinsen und widmete sich wieder der Schokocreme.

Als sie einige Stunden später in Nicks Arm lag, spielerisch mit den Fingern über seine Brust fuhr, seine Brustwarzen streichelte bis sie hart wurden, und schließlich ihre Hand unter der Decke tiefer wandern ließ, bis dorthin, wo das dunkle gelockte Haar begann, griff er hinunter und hielt sie fest.

„Katharina, bevor wir hier weiter machen, muss ich etwas wissen."

Sie hatte den Kopf auf seiner Schulter liegen und drehte den Kopf ein wenig, um ihn anzusehen. „Ja?"

„Was der Bürgermeister heute gesagt hat – Dostakovskij betreffend: Hast du vielleicht eine Erklärung für seine ... spezielle Verletzung? Bei Tisch vorhin hatte ich durchaus den Eindruck."

„Der dich auch nicht getäuscht hat." Kate befreite ihre Hand aus seinem Griff und machte dort weiter, wo sie zuvor aufgehört hatte.

„Das kann ja wohl nicht dein Ernst sein!", sagte er entsetzt, schob ihre Hand energisch fort, rückte ein wenig von ihr ab und zog die Decke um sich.

„Wie sonst hätte ich entkommen sollen?", fragte sie erstaunt. „Denk doch einmal nach: Er hat mich entführt, wollte mich verschleppen und hat mich dann sogar gezwungen, mein Mieder zu öffnen und mich von ihm berühren zu lassen. Er hat mir den Revolver auf die Brust gesetzt und gedroht mich zu erschießen, wenn ich mich wehren würde."

Nicks Augen wurden steinhart und ein kalter Zug erschien um seinen Mund. „Das hast du mir bisher noch nicht erzählt."

„Ich hatte auch keinen Grund dazu, Nick", erwiderte sie ernst. „Er wurde bei der Flucht getötet, du bist heil zu mir zurückgekommen und alles ist gut. Weshalb dann noch davon sprechen."

Er atmete tief ein, und Kate streichelte über seine Hand, die er zur Faust geballt hatte. „Es ist vorbei, Nick. Aber ich hatte eben keine andere Wahl. Ich musste ihn dazu bringen, den Revolver wegzulegen und versuchen, ihn unschädlich machen. Ich konnte ja nicht wissen, dass du schon so knapp hinter mir warst. Was hättest du denn an meiner Stelle getan?"

Nick stieß seinen Atem pfeifend aus. „Vermutlich wohl doch nicht ganz dasselbe."

Kate konnte ein Lachen nicht unterdrücken. „Vermutlich wohl nicht. Aber es war sehr effektiv, glaube mir." Sie lächelte ihn liebevoll an, rückte wieder ein wenig näher, küsste ihn auf die Wange, seine Brust, nahm seine Brustwarze in den Mund, sog zart daran, bis sie hart wurde, und glitt dann mit ihren Lippen über seine muskulöse Brust abwärts. Als sie die Decke zurückschob, ihre Finger über seinen Bauch abwärts laufen ließ und mit dem Mund sein Glied berührte, zuckte er zusammen.

„So entspann dich doch, Nick", sagte sie zärtlich. „Du wolltest doch immer, dass ich das tue. Und jetzt, wo ich endlich ... Ich möchte es wirklich, mein Liebster, lass mich."

„Ich bin mir heute nicht so sicher", erwiderte er gepresst.

Kate, die soeben ihre Zunge in die dunkelrote Spitze seines Glieds bohrte, sah ihn von unten her an und fühlte, wie ein unbändiges Lachen in ihrer Kehle aufstieg. „Hast du etwa Angst, ich würde dasselbe mit dir tun?"

„Bisher wusste ich noch nicht, wozu du wirklich fähig bist", antwortete er mit Beklommenheit in der Stimme. „Und wenn ich mich recht erinnere, dann hast du mir schon einmal damit gedroht, mich zu beißen."

„Da war ich auch wütend auf dich. Aber nicht einmal damals habe ich es getan. Oder? Und wie ich das sehe, wirst du es jetzt darauf ankommen lassen, mein Lieber", sagte sie seelenruhig, „oder für den Rest unseres Zusammenlebens darauf verzichten müssen. Schau, sieh es doch so: Wenn ich ihn dir heute nicht abbeiße, dann kannst du damit rechnen, dass ich es auch in Zukunft nicht tun werde. Ich habe nämlich nicht vor, eine Gewohnheit daraus werden zu lassen, weißt du."

Als er nicht antwortete, sondern sie nur mit einem Blick ansah, der zwischen Verlangen und Unsicherheit schwankte, schüttelte sie den Kopf. „Wie kann man nur so zimperlich sein!"

„Zimperlich?", brummte er.

Kate lächelte ihn an. „Vertrau mir, Nick. Glaube mir, du wärst der letzte Mann auf der Welt, dem ich etwas abbeißen würde. Ich bin doch nicht verrückt und bringe mich um das, was ich mehr als alles andere auf der Welt genieße, wenn du mich im Arm hältst, und wovon ich träume, wenn du nicht bei mir bist. Außerdem", sie blickte auf sein Glied, das sich bereits erwartungsvoll in die Höhe reckte, „er will es ja auch."

Sie sah, wie Nick tief durchatmete und sich dann langsam entspannte, als sie sachte seine Hoden küsste, während sie mit der Hand über sein Glied fuhr. Ihre Berührungen wurden fester, je härter er wurde und als sie schließlich ihren Mund so weit und tief darüber stülpte, bis er an der Hinterseite ihres Gaumens anstieß, stöhnte Nick tief auf und hob ihr seine Hüften entgegen. Sie fuhr mit eng zusammengepressten Lippen auf und ab, hob den Kopf, bis nur noch die pulsierende Spitze in ihrem Mund war, und senkte ihn dann wieder. Nick hatte seine Hände ins Betttuch gekrallt, die Augen geschlossen und atmete stoßweise, plötzlich bäumte sich sein Oberkörper auf, Kate presste die Lippen fester zusammen, legte die Hand um sein Glied und sog seinen sich in sie ergießenden Samen auf. Sie ließ ihn erst wieder los, als er zufrieden in ihrem Mund lag. Nick lächelte mit geschlossenen Augen vollkommen entspannt, als sie wieder neben ihn glitt und zart seine Brust küsste.

„Noch alles dran", flüsterte sie zärtlich.

Sein Lächeln verstärkte sich, als er den Arm um sie legte. „Es wird, glaube ich, höchste Zeit, dass wir wieder eine Wohnung für uns alleine bekommen, Katinka."

„Ich habe auch schon daran gedacht. Das Stadtbüro hat zwei Stockwerke. Wir könnten uns das obere einrichten, während das untere weiterhin für das Unternehmen zur Verfügung steht. Tagsüber müssten wir uns das Haus also mehr oder weniger teilen, aber in der Nacht wären wir ganz für uns."

„Viel gibt es da ja ohnehin nicht mehr zu arbeiten", vermerkte Nick bitter.

„Aber das wird es wieder", erwiderte sie überzeugt.

Er öffnete die Augen und sah sie an. „Was bist du nur für eine Frau, Katinka. Ich glaube, ich habe noch niemals jemanden so falsch eingeschätzt wie ausgerechnet die Frau, die ich liebe."

„Liebe macht ja bekanntlich blind", kicherte sie und zog an einer seiner Brustwarzen.

„Neben allen meinen anderen Irrtümern habe ich dich auch noch für ein harmloses, stilles graues Mäuschen gehalten."

„Stille Wasser sind tief", belehrte ihn Kate mit dem nächsten Sprichwort.

Jetzt lachte auch er. Dann wurde er wieder ernst. „Mir geht trotzdem die Sache mit Dostakovskij nicht aus dem Sinn. Wenn ich daran denke, was dir alles hätte zustoßen können, wird mir vor Angst eiskalt. Ich hätte dich niemals alleine zurückfahren lassen dürfen."

„Ich war nicht alleine", widersprach sie liebevoll. „Und meine Idee, Jeannette zu schicken, war doch wohl nicht schlecht oder?"

„Sie war haarsträubend", erwiderte er finster.

„Es ist vorbei, Nick." Kate gähnte, legte den Kopf auf seine Schulter und schloss die Augen. „Und morgen ziehen wir um, ja?"

Er legte seine Wange auf ihren Scheitel. „Ja, meine Geliebte."

Kapitel 14

Nikolai konnte ein bitteres Auflachen nicht unterdrücken, als er die Bank verließ und sich auf den Weg zum Bürogebäude machte, wo Katharina und er sich ihre neue Bleibe geschaffen hatten.

,Zwanzigtausend Dollar', dachte er höhnisch. ,Das ist genau die Summe, für die ich meine Frau gekauft habe. Und genau der Betrag, der mir jetzt fehlt, um das Werk wieder aufzubauen. Jetzt werde ich beides verlieren: das Unternehmen und Katinka.' Er versuchte den bohrenden Schmerz in seinem Inneren zu ignorieren, den dieser Gedanke in ihm auslöste. ,Wenn ich die Ranch verkaufe und die Zuchtpferde, kann ich gerade so viel Geld aufbringen, um meinen Verpflichtungen nachzukommen, von Aufbauen kann dann noch keine Rede sein. Und dann stehe ich wieder vor dem Nichts.'

Er wurde immer langsamer, je näher er seinem Ziel kam. ,Sie darf nicht hierbleiben und in das alles hineingezogen werden', dachte er müde. ,Ich werde sie nach Hause zu ihren Eltern schicken, dort ist sie besser aufgehoben als hier und wird nicht dieser Schande ausgesetzt. Ich wüsste ja nicht einmal, wo ich sie unterbringen sollte, sobald die Ranch und das Stadtbüro verkauft sind. Fast bin ich jetzt in derselben Position wie zu der Zeit, als ich nach Amerika kam ... Nein. Noch schlimmer. Damals habe ich sie gehasst, aber heute weiß ich nicht, wie ich ohne sie leben soll.'

Es graute ihm so sehr davor, seiner Frau unter die Augen zu treten, dass er fast eine Stunde brauchte, bis er sich aufraffen und heimgehen konnte. Als er endlich ins Haus trat, fühlte er sich erschöpft wie ein alter Mann.

In seinem Büro fand er Kate vor, die über die Bücher gebeugt war, einen Bleistift in der Hand hatte und auf einem Zettel Papier einige Zahlen zusammenzählte. Sie sah kurz hoch, als sie ihn hörte, und lächelte ihn an, bevor sie den Kopf wieder senkte und weiterrechnete.

„Ich dachte, ich könnte vielleicht noch hier oder da einige Dollar finden", erklärte sie, während sie mit gerunzelter Stirne nochmals ihre Berechnungen durchging. „Aber es bleibt dabei: Es fehlen genau dreißigtausend Dollar. Mit diesem Geld könntest du Holz ankaufen, deinen Verpflichtungen nachkommen und das Werk teilweise wieder aufbauen."

Er war langsam näher gekommen und lehnte sich nun mit vor der Brust verschränkten Armen ihr gegenüber an den Schreibtisch. „Selbst wenn ich alles verkaufe, was ich noch habe, fehlen dann immer noch Zwanzigtausend.

„Wie lange hast du Zeit, das Geld für die Holzlieferung aufzubringen?"

„Fünf Tage."

Kate kaute nachdenklich an dem Stift herum, und er betrachtete mit wachsender Sehnsucht ihre weiße Stirn, die langen, dunklen Wimpern, die jetzt über ihre Augen gesenkt waren, ihre Wangen und die vollendete Linie ihrer Lippen. „Das ist verdammt kurz", sagte sie schließlich. „Kann man die Frist nicht verlängern?"

„Wozu?", fragte er müde. Er ließ seinen Blick über ihren Hals abwärts schweifen, über das dezente Dekolleté, die Rundung ihrer Brüste. Sie war das Kostbarste, das er jemals hatte erringen oder besitzen können, und es war seine Schuld, wenn er diesen Besitz nicht zu würdigen gewusst hatte. Er schloss die Augen, als er daran dachte, welche kranke Genugtuung er in seinem falschen, verletzten Stolz noch vor kurzer Zeit darin gefunden hatte, sie zu misshandeln und zu demütigen. Es war für ihn wie ein Wunder, dass sie danach noch bei ihm hatte bleiben wollen, und er hatte sich geschworen, sie dafür für den Rest seines Lebens auf Händen zu tragen. Und jetzt war alles vorbei. Er würde sie endgültig verlieren und damit alles, was ihm noch etwas bedeuten konnte.

Als er den Blick wieder hob, sah er, dass sie ihn beobachtete. Ein seltsames Lächeln spielte um ihre Lippen. Es lag etwas wie Triumph darin, ein wenig Bosheit sogar ...

Er musste nicht lange warten, um zu erfahren, was in ihrem Kopf vorging.

„Zwanzigtausend Dollar", wiederholte sie und das Lächeln vertiefte sich. „Genau der Betrag, um den du mich damals gekauft hast, Nick. Jetzt bereust du diese Transaktion vermutlich?"

Er sah sie ernst an. „Nein, ich bereue nur, dass ich die Zeit nicht besser zu nutzen wusste. Und ich würde jetzt das Zehnfache hergeben, um mit dir zusammenbleiben zu können."

Die Bosheit verschwand aus Katharinas Augen. „Wie darf ich das verstehen?"

Nikolai zog sich einen Stuhl heran und ließ sich schwerfällig darauf fallen. Er räusperte sich, und trotzdem klang seine Stimme belegt. „Wir müssen uns trennen, Katinka." Er wunderte sich selbst, wie er so etwas überhaupt aussprechen konnte.

Kate sah ihn mit hochgehobenen Augenbrauen an. „Und weshalb, bitte?"

„Weil ich die Ranch und dieses Haus verkaufen muss, um meinen Verpflichtungen nachkommen zu können. Ich habe eine Holzlieferung bestellt, die in wenigen Tagen ankommen wird, außerdem habe ich mich vertraglich gebunden, Bauholz nach San Francisco zu liefern. Dieses Holz war bereits verarbeitet und ist in den Lagern verbrannt. Ich muss also noch zukaufen und das Holz woanders bearbeiten lassen. Aber dann steige ich mit Schulden aus. Dann bleibt mir nichts mehr."

„Und Sam?"

„Der hat seinen Anteil am Geschäft ebenso verloren wie ich. Außerdem hat er in den neuen Hafen in San Francisco und in eine Reederei investiert und daher kaum Bargeld zur Verfügung."

Sie zuckte mit den Schultern. „Na und, dann wird sich etwas anderes finden. Uns wird schon etwas einfallen."

Eine seltsame Ruhe überkam ihn. „Ich werde dich nicht in meine Probleme hineinziehen. Du wirst nach Hause zurückkehren."

„Du hast mich in dem Moment hineingezogen, als du mich geheiratet hast", antwortete sie kopfschüttelnd. „Glaubst du wirklich, dass ich dich jetzt im Stich lassen werde?" Sie erhob sich, kam zu ihm herüber, setzte sich auf seinen Schoß und schlang die Arme um seinen Hals und legte die Stirn auf seine Schläfe. „Aber Nick", sagte sie leise, „hast du denn immer noch nicht begriffen, dass ich dich liebe? Du hast mich nicht gehen lassen wollen, als ich es wünschte. Weshalb willst du mich jetzt fortschicken, wo ich bei dir bleiben will?"

Er verbarg sein Gesicht in der runden Weichheit ihrer Brust. „Ich wüsste nicht einmal, wo ich dich unterbringen sollte, Katinka. Verstehst du denn nicht?"

„Du hast mir nicht zugehört", erwiderte sie mit einem leichten Lächeln in der Stimme. „Wir bekommen das Geld zusammen, das du brauchst, um dein Unternehmen behalten zu können. Es wird anfangs nicht ganz leicht werden, alles wieder aufzubauen und von vorne anzufangen, aber wir werden es gemeinsam schon schaffen, Nick. Du wirst die Schulden bezahlen und dann wieder all das erreichen, was du jetzt verloren hast."

Er antwortete nicht, atmete nur tief den Duft ihrer Haut ein und streichelte langsam mit der Hand über ihren Rücken. „Es sind zwanzigtausend Dollar, die fehlen", sagte er nach einer Weile bitter.

Sie fuhr ihm mit den Fingern durch sein dunkles Haar. „Mit anderen Worten: Du willst mich loswerden." Katharina hatte lächelnd gesprochen, aber er fühlte den Ernst in ihrer Stimme.

„Es ist besser für uns beide, Katinka. Du bist daheim, bei deinen Eltern gut aufgehoben, und ich muss mir keine Sorgen um dich machen."

Katharina sah ihn nachdenklich an, dann machte sie sich aus seinem Griff frei, stand auf und ging mit vor der Brust verschränkten Armen langsam im Zimmer auf und ab. „Vielleicht ist die Idee gar nicht so schlecht, Nick. Wenn wir uns scheiden lassen, dann könnte ich wieder heiraten. Simmons zum Beispiel. Ich hätte dann ein komfortables Dach über dem Kopf und der liebe Derek wäre bestimmt so freundlich, dir etwas Geld zu leihen. Wenn nicht, dann habe ich bestimmt keine Probleme, ihn dazu zu überreden." Sie begleitete ihre Worte mit einem eindeutigen Augenzwinkern.

Nikolai saß sekundenlang vor Schreck stocksteif da, bevor er aufsprang, mit zwei Schritten bei ihr war und sie bei den Schultern packte. „Das kann doch wohl nicht dein Ernst sein! Glaubst du etwa, ich werde zulassen, dass dieser Bast..." Er sah in ihre lachenden Augen und zog sie an sich. „Boshaftes Geschöpf."

„Wenn du dich von mir scheiden lässt, dann schwöre ich, werde ich Simmons heiraten." Katharinas Stimme klang drohend, aber sie schlang ihre Arme um seine Taille und presste sich an ihn.

„Ich will doch nur das Beste für dich, Katinka", murmelte er zärtlich.

„Das Beste bist du." Katharina legte den Kopf zurück und lächelte ihn an.

Er beugte sich zu ihr hinunter, berührte sanft ihre Lippen mit den seinen, fühlte ihr Entgegenkommen und zog sie enger an sich. Sie erwiderte seinen Kuss, löste sich jedoch von ihm, als er ungeduldig begann die Knöpfe zu öffnen, die ihr Kleid am Rücken zusammenhielten, und schob ihn etwas weg.

„Nicht, Nick. Nicht jetzt. Zuerst muss zwischen uns beiden noch etwas klargestellt werden."

Er sah sie enttäuscht an, wollte wieder nach ihr greifen, sie wich ihm jedoch aus.

„Einen Moment bitte. Du hast mir zu Beginn unserer Ehe zwanzigtausend Dollar gegeben."

Er nickte nur, unfähig seinen Blick von ihren Lippen zu lösen, die so verlockend nur einen knappen Schritt von ihm entfernt waren.

„Das war eine Art Kaufpreis, wenn ich dich und deine teuflische Tante vor einiger Zeit richtig verstanden habe."

„Nicht, Katinka", bat er, „lass diese Dinge ruhen. Ich habe es genug bereut. Du weißt das."

Sie nickte. „Ja, ja. Trotzdem. Jetzt geht es nicht um die Gründe, weshalb du mich kaufen wolltest, sondern ums Geschäft. Setz dich bitte wieder dort in den Sessel; denn wenn du so nahe bei mir stehst, kann ich nicht klar denken."

Er nahm aber dann nach kurzem Zögern Platz, lehnte sich zurück und sah seine Frau erwartungsvoll an. „Also?"

„Du hast mich damit gekauft, aber in der Zwischenzeit habe ich das Geld abgearbeitet."

Nikolai hob erstaunt die Augenbrauen. „Wie?"

„Ja", sagte Kate bekräftigend. „Ich habe dafür gearbeitet." Sie hob die Hand und zählte an ihren Fingern auf: „Ich habe dafür monatelang gekocht, gewaschen, das Haus in Ordnung gehalten, deine Knöpfe angenäht und deine Hemden gebügelt. Das macht, wenn du eine Haushälterin für diese Dinge beschäftigt hättest, einen Lohn von ungefähr fünfhundert Dollar. Zumindest bei meinen Stundenpreisen. Also habe ich von den zwanzigtausend fünfhundert abgearbeitet."

„Wenn du das so siehst ...", gab er etwas lahm zu.

„Allerdings. Und dann habe ich noch andere Dienste geleistet. Du hast in den vergangenen Monaten etwa fünfzig Mal mit mir geschlafen."

„Du hast mitgezählt?", fragte er verblüfft.

„Ich habe nur so geschätzt. Manchmal war es jeden Tag, dann wieder einige Tage nicht und manchmal sogar zweimal am Tag. Allerdings zähle ich die letzte Zeit nicht dazu, sonst käme ich auf eine noch höhere Anzahl." Ihr Lächeln und ihre Stimme hatten einen bedeutungsvollen Unterton, und er spürte, wie sein Verlangen nach ihr wuchs.

„Ich denke gerade an das nächste Mal, Katinka", bekannte er mit rauer Stimme.

„Das wird es nicht geben", erwiderte sie mit Bestimmtheit, trat zum Tisch und griff nach Bleistift und Zettel. Dann rechnete sie kurz und als sie wieder aufsah, hatte sie ein triumphierendes Lächeln auf den Lippen. „Wenn ich dir pro Dienstleistung vierhundert Dollar verrechne, dann hätte ich alleine damit zwanzigtausend Dollar verdient." Dann fügte sie etwas hinzu, das ihm sekundenlang den Atem nahm und ihm die Röte ins Gesicht steigen ließ. „Das ist, wenn ich richtig informiert bin, ein durchaus akzeptables Entgelt. Deine Mätresse – ich glaube, Sue-Ellen hieß sie – hat dich zweifellos ebenso viel gekostet, um so mehr, als du ja angeblich ein ziemlich luxuriöses Appartement im besten Stadtviertel gemietet hattest."

„Woher wusstest du davon?", stieß er entsetzt hervor, als er seine Sprache wiederfand.

Kate lächelte spöttisch. „Ich habe es zufällig einmal gehört, als sich einige Frauen über dich unterhalten haben, und dann gibt es natürlich noch die sogenannten wohlmeinenden Freundinnen, die einer betrogenen Ehefrau ganz gerne die Augen öffnen."

Nikolai schloss sekundenlang die Augen, dann sah er seine Frau eindringlich an. „Es tut mir leid, Katharina. Ich ... es stimmt, ich habe Sue-Ellen tatsächlich ausgehalten, aber dann Schluss gemacht und dafür gesorgt, dass sie von hier wegzog."

„Du hattest auch noch etwas mit ihr, nachdem wir verheiratet waren, nicht wahr?", fragte Kate ruhig.

Im ersten Moment wollte er sie anlügen, dann nickte er langsam, „Aber nicht mehr lange, Kate. Ich habe sie nach unserer Heirat nur noch zwei- oder dreimal aufgesucht." Und da hatte er sich schnell verabschiedet, aber es wäre billig gewesen, sich damit zu rechtfertigen.

Über Kates Gesicht zog ein Schatten, und er hatte plötzlich schneidende Angst, sie könnte sich wieder von ihm zurückziehen, so wie früher. Dann warf sie entschlossen den Kopf zurück, legte den Bleistift weg und stemmte die Hände in die Hüften. „Mit anderen Worten, Nick, mein Liebling: Ich habe das Geld also abgearbeitet und bin jetzt frei, und du schuldest mir noch fünfhundert Dollar für den Haushalt."

Nikolai fuhr sich mit der Hand über das Gesicht. „Ja, wenn man das so sehen will ... allerdings ...“

„Sag jetzt nicht, ich wäre keine vierhundert Dollar wert gewesen!“, unterbrach sie ihn empört.

„Mindestens das Doppelte“, erklärte er ernsthaft, obwohl ein Lächeln um seine Mundwinkel zuckte. Es amüsierte ihn, dass sie auf dieses Spiel verfallen war, und lenkte ihn von seiner niedergeschlagenen Stimmung ab.

„Ja, natürlich. Bei Simmons hätte ich das auch verlangt, aber bei dir habe ich es billiger gemacht.“

Bei der Erwähnung von Simmons wurde er sofort wieder ernst. „Hör mit diesem Kerl auf, Katharina. Ich möchte nicht, dass du seinen Namen noch einmal in meiner Gegenwart erwähnst!“ Er erhob sich. „Komm jetzt zu Bett, Katinka.“

Sie wehrte ihn ab, als er nach ihr greifen wollte. „Hast du etwa noch vierhundert Dollar?“

„Vier...??“

„Vierhundert. Ich sehe wahrhaftig nicht ein, weshalb ich es jetzt plötzlich umsonst tun sollte, Nick.“

Sekundenlang fiel es ihm schwer zu begreifen, dass sie tatsächlich meinte, was sie da sagte, dann griff er entschlossen in seine Jacke und holte seine Brieftasche hervor. Katharina sah ihm neugierig zu, wie er die Scheine durchzählte.

„Das sind bestenfalls fünfzig“, sagte sie bedauernd.

Er wandte sich wütend ab, ging zum Schreibtisch, zog einen Umschlag hervor und sah hinein. Er war bis auf zwanzig Dollar leer.

„Damit hast du heute die Löhne bezahlt“, ließ sich Katharina triumphierend vernehmen.

„Zum Teufel damit“, fuhr er auf und ging rasch auf sie zu. „Ich brauche gar nichts zu bezahlen. Immerhin sind wir verheiratet!“

„Du wolltest dich von mir trennen, schon vergessen?“, fragte sie spöttisch und wich auf die andere Seite des Schreibtisches aus. „Kein Geld – kein Vergnügen. So einfach ist das, Nikolai. Ich darf wohl annehmen, dass deine Mätresse das nicht anders gehalten hat.“

„Du bist aber nicht meine Mätresse!“, antwortete er zornig.

„Stimmt, ich bin mit dir verheiratet. Aber soll ich deshalb weniger Geld dafür bekommen oder weniger wert sein?“, fragte Kate erstaunt.

Er starrte sie schwer atmend an, wandte sich dann abrupt um und verließ das Zimmer, um die Tür so laut hinter sich zuzuknallen, dass ein Bild von der Wand fiel.

Kate sah voller Genugtuung auf die geschlossene Tür. Ein neuerlicher Knall sagte ihr, dass er das Haus verlassen hatte. Noch vor wenigen Wochen hätte sie sicher sein können, dass er auf direktem Wege in die nächste Bar ging, aber diesmal war sie ebenso sicher, dass er bald wieder zurückkommen würde. Sie setzte sich an den Schreibtisch, nahm einen Stift und Papier und begann zu rechnen, während sie auf ihren Mann wartete.

Er kam auch nach knapp einer Viertelstunde wieder zurück und sie hörte seinen energischen Schritt auf der Treppe, bevor er zu ihr ins Zimmer trat und auf sie zukam.

„Kate, komm ins Bett." Seine Stimme klang jetzt weich und verlangend, und sie erhob sich, strich sich das Kleid glatt, wartete in der Tür, bis er die Lampe gelöscht hatte, und ging dann neben ihm die Treppe in die Kammer hinauf, die früher einem der Angestellten als zeitweilige Bleibe gedient hatte. Jetzt stand dort ein breites Bett, das ihnen Ann Baxter aus einem ihrer Gästezimmer zur Verfügung gestellt hatte.

Nick wollte sie sofort in die Arme ziehen, kaum dass die Tür hinter ihnen zufiel, aber sie hob die Hand. „Einen Moment. Zuerst reden wir über das Geschäft."

„Ich habe die vierhundert Dollar nicht", sagte er zähneknirschend, nahm seine Taschenuhr heraus, löste die Kette und drückte ihr die Uhr in die Hand. „Da, die ist mindestens so viel wert, wenn du dich schon auf diese seltsame Idee kaprizierst."

Kate trat zum Kerzenleuchter und besah die Uhr. Es war wirklich ein schönes Stück, schweres Gold, ebenso die Kette, mit feiner Ziselierarbeit. Sie hatte die Uhr schon des Öfteren bewundert.

„Gut, die nehme ich für die fünfhundert, die du mir für die Hausarbeit schuldest." Sie sah zufrieden, wie ihr Mann nach Luft schnappte.

„Hör mit diesem dummen Spiel auf!", verlangte er energisch. „Und komm sofort her!"

„Das ist kein Spiel", entgegnete sie kühl und zog das Papier aus ihrem Ausschnitt, das sie zuvor dort verstaut hatte. Sie faltete es auseinander und reichte es Nick.

Dieser griff stirnrunzelnd danach und trat dann ebenfalls zum Kerzenleuchter. „Eine Rechnung?", sagte er verblüfft.

Kate nickte. „Eine Aufstellung meiner Dienstleistungen in Höhe von zwanzigtausend Dollar. Das Geld steht mir nun zur Verfügung, aber ich werde es dir nicht schenken", antwortete sie spöttisch, „falls du das geglaubt haben solltest …"

„Das würde ich auch nicht annehmen!", entgegnete er ärgerlich.

„… du könntest es dir jedoch verdienen", fuhr sie ungerührt fort.

Nick hob die rechte Augenbraue. „Und wie darf ich das verstehen?"

„Ich sage ja nicht, dass ich dich kaufe, so wie du das bei mir getan hast", erwiderte Kate mit einem freundlichen Lächeln. „Es ist lediglich ein Vorschuss, und du wirst ihn abarbeiten. Vierhundert Dollar pro Mal."

„Das ist ja wohl nicht dein Ernst!"

„Doch. Unbedingt. Und wir können gleich damit anfangen. Zieh dich aus."

„Das kommt überhaupt nicht infrage!", kam es empört zurück.

„Vorhin wolltest du ja auch. Wo ist der Unterschied?"

„Ich brauche dein Geld nicht", fuhr er sie wütend an. „Außerdem ist diese ganze Rechnung ohnehin lächerlich! Ich würde das nicht einmal tun, wenn du das Geld tatsächlich in der Hand hättest!"

„Na schön", sagte sie achselzuckend. „Dann gute Nacht. Ich schlafe heute wohl besser auf dem Sofa unten. So lange, bis die geschäftlichen Dinge zwischen uns geklärt sind." Seine zornige Stimme hielt sie auf, als sie den Türknauf in der Hand hielt.

„Bleib gefälligst da!"

„Dann zieh dich aus!"

Er starrte sie sekundenlang grimmig an, dann zog er seine Jacke aus und warf sie wütend auf einen Stuhl.

Kate lehnte sich mit verschränkten Armen an die Wand. „Jetzt die Weste."

Die Weste landete mit Schwung auf dem Stuhl und rutschte von dort zu Boden.

„Das Hemd."

Nick zerknüllte das Hemd aufgebracht in der Hand, bevor er es ebenfalls wegwarf.

Kate deutete auf seine Stiefel. „Jetzt die Schuhe und die Socken."

Sie sah ihm zu, wie er sich auf das Bett setzte, zuerst den einen und dann den anderen Stiefel in die Zimmerecke knallte und dann seine Socken folgen ließ.

„Das genügt", sagte sie zufrieden.

„Dann komm jetzt her." Nicks Stimme klang rau vor Verlangen.

„Nein, du kommst her." Kate hatte jeden Grund, diese Situation auszukosten. Wie oft hatte sie sich ihm unterordnen müssen!

Er war mit einem Schritt bei ihr, wollte sie in die Arme reißen, aber sie wich aus. „Nicht so. Ich zahle, ich bestimme."

„Du ... Hast du denn gar kein Schamgefühl?", fragte er atemlos.

„Nein." Sie griff nach seinem Gürtel, öffnete die Schnalle, dann die Knöpfe seiner Hose und zog sie gemeinsam mit der Unterhose hinunter. Sein Glied kam ihr hart und dick entgegen, und sie strich mit den Fingerspitzen darüber. Nick stöhnte auf, wollte wieder nach ihr greifen, sie hielt ihn jedoch zurück. Er ballte die Fäuste, gab jedoch nach. Kate lächelte zufrieden. Seine Erregung hatte schon längst auf sie übergegriffen, sie wollte ihn mindestens ebenso wie er sie und konnte es kaum erwarten, ihn in sich zu fühlen. Diesmal allerdings nach ihren Wünschen. Sie hatte sich monatelang seinem Willen gebeugt, jetzt war es an ihm, dasselbe zu tun.

Als er nackt vor ihr stand, fuhr sie leicht mit dem Zeigefinger der rechten Hand über seine kräftige Brust, streichelte über den Flaum seines dunklen gekrausten Haars, seine Brustwarzen, die sofort hart wurden, und fuhr dann unendlich langsam mit dem Finger weiter hinunter, über seinen Nabel und immer tiefer. Sie sah, dass ihre Berührung eine Gänsehaut auf seinem Körper hinterließ, und atmete schneller, als sie das dichte Ziel am Ende seines Bauches erreichte. Ihr Finger glitt weiter, in winzigen Kreisen, bis sie die Wurzel seines Gliedes erreicht hatte, dort verweilte sie ein bisschen, fuhr dann zart wie ein Hauch mit der Fingerkuppe bis zur pulsierenden Spitze und wieder zurück, bis sie abermals bei seinen Brustwarzen angelangt war.

Nick atmete schwer, und als sie den Blick hob und seinen traf, erschauerte sie vor dem brennenden Verlangen darin. „Treib es nicht zu weit, Katharina", sagte er mühsam.

„Für vierhundert Dollar kann ich mir schon einiges erlauben", antwortete sie mit einem freundlichen Lächeln. „Du hast das doch auch gemacht. Es ist nur fair."

Er schloss die Augen. „Dann mach weiter, zum Teufel noch einmal."

Kate wusste, dass es ihm schwerfiel, sich ihren Wünschen unterzuordnen, aber dennoch gab sie nicht nach – im Gegenteil, sein nachgiebiger Widerstand reizte und erregte sie. Sie beugte sich ein wenig vor, fuhr mit den Lippen über sein Kinn, weiter hinunter seinen Hals entlang und berührte mit der Zunge eine seiner Brustwarzen. Die Härchen auf seiner Brust stellten sich auf, als sie zart mit dem Fingernagel darüber kratzte und dann wieder hinuntergriff, sein Glied umfasste und es streichelte.

„Katinka", Nicks Stimme klang sehnsüchtig.

„Leg dich auf das Bett."

Er starrte sie an, dann trat er zurück, ohne sie aus den Augen zu lassen und legte sich auf das Bett.

„Nimm die Hände über den Kopf."

Er zögerte, dann hob er langsam die Arme.

„Jetzt spreiz die Beine", verlangte sie.

Er kam ihrer Aufforderung nach, und Kate sah erregt auf sein hartes Glied, das steil in die Höhe ragte. Seine Hoden lagen groß und geschwollen zwischen seinen Beinen und er stöhnte verlangend auf, als Kate danach griff und zuerst den einen und dann den anderen zart streichelte.

„Ist es dir unangenehm, so zu liegen?", fragte sie schließlich mit einem boshaften Lächeln.

„Nicht vor dir", erwiderte er heiser, und sichtlich bemüht, sich seine Erregung nicht anmerken zu lassen. Aber selbst wenn ihn sein pulsierendes Glied nicht verraten hätte - sie kannte ihn schon gut genug, um in seinen Augen lesen zu können, dass er sich kaum noch beherrschen konnte.

Sie richtete sich wieder auf, öffnete mit aufreizender Langsamkeit den Verschluss ihres Kleides, streifte es von ihren Schultern, ließ ebenso bedächtig die spitzenbesetzte Hose und das Mieder folgen und kniete sich dann neben Nick auf das Bett.

„Sag mir, dass du mich liebst", verlangte sie.

„Ich liebe dich", antwortete er sofort.

Sie beugte sich über ihn, berührte leicht mit den Lippen seinen Mund, ließ ihre Zunge auf seiner Unterlippe hin und her gleiten und zog sich zurück, als er nach ihr greifen wollte.

„Erst bis ich es sage", wiederholte sie die Worte, die sie vor einiger Zeit von ihm gehört hatte. „Lass die Hände oben."

Nicks Stimme klang gepresst. „Wenn ich dich nicht so sehr lieben würde, könntest du nicht auf diese Art mit mir spielen."

„Für Geld kann man schon eine ganze Menge tun oder nicht?", fragte sie lächelnd.

Nick wollte aufbrausen, besann sich dann jedoch eines anderen, legte den Kopf wieder zurück in das Polster und sah sie eindringlich an. Sekundenlang tauchten ihre Blicke ineinander, wobei einer dem anderen sein leidenschaftliches Verlangen preisgab, dann glitt Kate hinunter, griff nach seinem Glied, zog spielerisch daran, bis er aufstöhnte und sich wand, und presste dann fest ihren Daumen auf die glänzende Spitze.

„Hör auf damit."

„Gut", erwiderte sie möglichst ruhig, obwohl die Erregung sie schon so ergriffen hatte, dass sie glaubte, das Pochen zwischen ihren Beinen kaum noch ertragen zu können, und ihr Körper schmerzte vor Verlangen, von Nick berührt zu werden. Sie ließ von ihm ab, legte sich neben ihn, stützte den Kopf in die Hand und sah ihn an. „Dann machen wir eben morgen weiter. Aber das sage ich dir gleich, das war jetzt nur knapp hundert Dollar wert."

Nick wandte sich ihr zu und fasste so schnell nach ihr, dass sie einen überraschten Schrei ausstieß. Im nächsten Moment lag er auch schon auf ihr, streichelte über ihren Körper, küsste ihre Lippen, ihre Brüste, ihre Schultern, ihren Bauch und fuhr dann zielstrebig mit der Hand zwischen ihre Schenkel, die sie ihm sofort willig öffnete. Er glitt zwischen ihre Beine, sie fühlte sein Glied für die Dauer von zwei Sekunden am Eingang ihrer Scheide und dann einen heißen Stoß, wobei er ihr Aufstöhnen mit seinen Lippen abfing.

„Das lasse ich mir doch nicht nachsagen", flüsterte er dicht an ihrem Mund. Er lag angenehm schwer auf ihr, und Kate fühlte bei jeder seiner kreisenden, massierenden Bewegungen seine prallen Hoden auf dem empfindsamen Teil zwischen ihrer Scheide und ihren geöffneten Gesäßbacken. Sie spreizte ihre Beine noch etwas mehr, um ihm mehr Bewegungsfreiheit zu geben, er hob seinen Oberkörper etwas an, stützte sich auf seine Ellbogen, ohne seine Lippen von ihren zu lösen und bewegte sich heftiger ihn ihr. Kate fühlte sein Glied in ihrer Vagina, hart, überwältigend, jeden Teil ihres Selbst ausfüllend. Sie schloss die Augen, um sich ganz diesem Gefühl seiner Nähe und seiner Leidenschaft hinzugeben, und bäumte sich unter ihm auf, als er von seinen kreisenden Bewegungen dazu überging, sein Glied in immer schneller werdendem Rhythmus aus ihrer Scheide zu ziehen und wieder hineinzustoßen.

Kate ging in den wenigen Minuten jedes Zeit- und Raumgefühl verloren. All ihr Denken und Fühlen konzentrierte sich auf den Mann, der über ihr lag, in heißen Stößen ihren Körper verließ und wieder zurückkehrte, und dessen Lippen jeden ihrer Atemzüge einfingen. Er war so vertraut, ein Teil ihres Selbst, das Ziel ihrer Liebe und gleichzeitig die Erfüllung ihrer Sehnsucht. Als ihre Vagina sich in schnellen Bewegungen zusammenzog, sein Glied zusammenpresste, während er es noch tiefer in sie hineinschob, sich unaufhörlich in ihr bewegte, um den Moment der höchsten Leidenschaft zu verlängern, warf Kate den Kopf in die Kissen zurück, schrie unterdrückt auf und klammerte sich, als auch er fast unmittelbar darauf seinen Höhepunkt erreichte, aufkeuchend an ihn. Er blieb danach in ihr liegen, schob eine Hand unter ihren Kopf, während er mit der anderen über ihre Wangen fuhr und ihre Tränen fortküsste, die in ihren Augenwinkeln standen. „Nicht weinen, Katinka. Nicht. Sonst habe ich das nächste Mal Angst, es wieder zu tun.“

„Ich kann nicht anders“, flüsterte sie an seinen Lippen, legte die Arme um ihn und streichelte seinen kräftigen Rücken. Als er sich nach einer Weile von ihr lösen wollte, hielt sie ihn fest. „Bleib noch bei mir. Es fehlt mir etwas, wenn du nicht in mir liegst.“

„Es ist der Ort, wo ich am liebsten bin“, lächelte er direkt in ihre Augen hinein. „In dir und in deinen Armen.“

„Wann musst du morgen früh aufstehen?“, fragte sie viele Minuten später, in denen sie sich geweigert hatte ihn loszulassen, schläfrig.

„Um sechs Uhr.“

„Und wie spät ist es jetzt?“

„Das weiß ich nicht, meine Geliebte, du hast mir meine Uhr abgenommen. Schon vergessen?“

Kate lachte leise. Er hatte sich mit ihr gemeinsam etwas seitlich gedreht, damit er nicht so schwer auf ihr lastete, sein Mund ruhte auf ihrer Schläfe und Kate hatte ihr rechtes Bein auf seinen Oberschenkel gelegt, um ihn festzuhalten.

„Ich werde von nun an überall hin zu spät kommen“, hielt er ihr vor, während seine Lippen von ihrer Schläfe zu ihrem Mund wanderten. Kate hielt ganz still, als er ihren Mundwinkel erreicht hatte, dort verweilte und dann sachte über ihre Lippen fuhr.

„Bereit für ein nächstes Mal?", fragte er verlangend.

Kate hatte schon längst mit Erregung gespürt, wie sein Glied wieder in ihrem Körper hart geworden war, und als er sich jetzt leicht in ihr bewegte, fühlte sie deutlich das Reiben, das sie nach mehr verlangen ließ.

„Ja, bitte", antwortete sie sehnsüchtig und war plötzlich wieder ganz munter.

Dieses Mal verlief ihr Beisammensein zwar nicht weniger leidenschaftlich, aber doch etwas gemäßigter und Kate schlief danach fast sofort zufrieden in seinen Armen ein.

Am nächsten Morgen, als Nick bereits in seinem Büro saß, über den Büchern brütete und mit Sam über weitere noch mögliche, bisher nicht in Erwägung gezogene Lösungen diskutierte, ging Kate auf die Bank. Als sie etwa eine halbe Stunde später wieder zurückkehrte, trat sie in den kleinen Raum ein, lächelte Sam freundlich zu und zog dann ein Stück Papier aus ihrem Ridikül, das sie Nick hinreichte.

Der sah erstaunt darauf. „Ein Scheck? Über zwanzigtausend Dollar? Woher hast du das Geld?"

„Das habe ich dir doch gestern vorgerechnet, Nick", erwiderte sie etwas ungeduldig.

Über Nicks Gesicht glitt ein Lächeln. „Ja, natürlich. Wie dumm von mir, das zu vergessen."

„Zwanzigtausend Dollar?", sagte Sam erfreut. „Das würde alle Probleme lösen.

„Der Scheck ist nicht gedeckt." Nick sah bei diesen Worten liebevoll auf Kate, die sich an den Rand des großen Schreibtisches gesetzt hatte.

„Natürlich ist er das", erwiderte sie beleidigt. „Ich habe das Geld damals auf die Bank getragen. Jetzt gehört es mir und ich kann damit machen, was ich will."

Nick sah von ihr wieder auf den Scheck. „Wie bitte?"

Sie zuckte mit den Achseln. „Glaubst du etwa, ich verhandle auf Basis eines fingierten Vermögens?"

Ihr Mann sah sie eindringlich an. „Soll das etwa heißen, du hast das Geld niemals deinem Vater geschickt?"

„Wozu denn?", fragte Kate kopfschüttelnd. „Der braucht das doch nicht."

„Aber ...", Nick sah sie verständnislos an, „... dein Vater hatte doch Schulden, deshalb musstest du einen Mann heiraten, der dir das Geld gab ..."

Sam erhob sich. „Ich glaube, ich gehe jetzt besser. Ihr beide macht das wohl lieber unter euch aus."

„Nein, bitte bleiben Sie, Sam. Das geht auch Sie etwas an." Sie wandte sich wieder Nick zu. „Ihr braucht zwanzigtausend Dollar, um euren Verpflichtungen nachkommen und das Unternehmen weiterführen zu können"", fuhr sie fort, „und ich habe das Geld. So wie ich das sehe, Nick, hast du jetzt zwei Möglichkeiten: Entweder du arbeitest es ab oder ich bringe es als stiller Teilhaber in das Unternehmen ein."

Ihr Mann saß sekundenlang sprachlos da, während Sam grinste. „Abarbeiten?"

Kate nickte ihm zu. „Genau."

„Soll das heißen, dass in Zukunft Nick das Essen kocht?", fragte Sam weiter, wobei sich sein Grinsen vertiefte.

„Dafür war es eigentlich nicht gedacht, aber die Idee ist nicht schlecht", meinte Kate liebenswürdig.

Sam lachte schallend.

„Benimm dich bitte", ließ sich Nick verlegen vernehmen.

„Mein Vater hatte niemals Schulden", erklärte Kate gelassen. „Und jetzt kann ich es auch zugeben: Das Gerücht habe ich damals ausgestreut. Ich wollte Ruhe haben vor etwaigen Mitgiftjägern, die mich überall verfolgten."

Beide Männer starrten sie ungläubig an. Sam fasste sich als erster. „Sie sind wirklich unglaublich, Kate! Machen Sie so etwas öfter?"

„Ja, natürlich. Es vereinfacht die Dinge so sehr."

„So wie eine Brille?", setzte Sam ironisch hinzu. Er musterte ihr ebenmäßiges Gesicht, aus dem die Augen klar und unbebrillt herausstrahlten.

„Genau so", erwiderte sie freundlich. „Und was ist jetzt? Kommen wir ins Geschäft?"

Sam lehnte sich in seinem Sessel zurück und warf einen grinsenden Blick auf seinen Kompagnon, der seine Frau nicht aus den Augen ließ. „Was mich betrifft, bin ich mehr als einverstanden. Ich habe nichts gegen einen geschäftstüchtigen dritten Partner im Unternehmen."

„Ich schon", ließ sich Nick grollend vernehmen. „Du hast uns also alle die ganze Zeit über zum Narren gehalten, Katharina."

„Ich habe dir gegenüber kein einziges Mal die Geldnöte erwähnt, in denen mein Vater angeblich steckt", erwiderte sie harmlos. „Wenn du etwas auf Gerüchte gibst, so ist das wohl nicht meine Schuld."

„Das ist ...", setzte Nick an, fand jedoch offenbar nicht die richtigen Worte.

„Weibliche Logik", platzte Sam lachend heraus und erhob sich. „Was mich betrifft, so kennt ihr meine Meinung dazu, und ich denke, ich ziehe mich jetzt wirklich besser zurück." Er trat auf Kate zu, ergriff ihre Hand und schüttelte sie fest. „Willkommen im Unternehmen, Partner."

Nachdem er gegangen war, war es minutenlang still. Kate saß immer noch am Rand des Schreibtisches, sah mit gespielter Sicherheit in das finstere Gesicht ihres Mannes und überlegte, welche Strategie sie jetzt am besten anwenden sollte. „Nick?"

Er schloss sekundenlang die Augen, als er sie wieder ansah, war Kate zutiefst betroffen von der Wärme darin. „Du hast mich tatsächlich nur aus Liebe geheiratet, Katinka?"

„Diese Frage müsstest du mir nach allem, was zwischen uns vorgefallen ist, nicht mehr stellen", sagte sie leise. „Du hättest sie im Grunde niemals auch nur denken dürfen."

„Ich war dumm und verblendet", antwortete er, nachdem er offensichtlich noch einige Minuten gebraucht hatte, um die Neuigkeit zu verdauen. Er drehte den Scheck in der Hand. „Das Geld gehört trotzdem dir, Katinka. Willst du es nicht anderweitig nutzen?"

Sie lachte zärtlich. „Ich würde lieber auf meinen Vorschlag zurückkommen, dass du es abarbeitest. Das wäre interessanter, als Anteile an einem Unternehmen zu besitzen. Außerdem habe ich selbst schon eines."

„Welches denn?", fragte er erstaunt.

„Nun, das Gestüt, in das ich mich vom Erbteil meiner Großmutter eingekauft habe", erwiderte sie achselzuckend und möglichst beiläufig, um ihre Verlegenheit wegen ihrer monatelangen Lüge zu verbergen. „Ich war niemals besonders begeistert von der Stadt, also habe ich das Geld dazu verwendet, mich bei Potty, der bereits seit Jahren Pferde züchtete, einzukaufen. Wir haben gemeinsam eine kleine Farm dazu erworben, etwa einen Tagesritt nordwestlich von New York, wo wir Pottys Zucht weiterführten." Sie lächelte, als sie seinen Blick suchte. „Du müsstest das eigentlich wissen, wir hatten bereits Kontakt miteinander. Oder sagt dir der Name Pat Carter plötzlich nichts mehr?"

Nick starrte sie verständnislos an. „Natürlich, das ist der Name des Mannes, mit dem ich über den Verkauf von Pferden verhandelt habe und der mir Lady Star geschickt hat. Wie sollte ich ihn vergessen! Wir hatten über einige Zeit hinweg einen regen Briefwechsel, und vor über einem halben Jahr schrieb er mir, dass er vorhätte, nach Sacramento zu reisen, um sich meine Pferde anzusehen. Allerdings kam dann nur das Pferd und er hat sich bisher nicht blicken lassen."

Sie nickte lebhaft. „Doch, doch. Pat Carter, das bin nämlich ich. Pat ist die Abkürzung von Patricia, meinem zweiten Vornamen, und Carter war der Mädchenname meiner Großmutter. Ich habe die meisten meiner Geschäftsfreunde über meine Identität im Zweifel gelassen – meinem Vater war es nämlich nicht recht, dass ich unter die Pferdezüchter gegangen war. Er hätte es lieber gesehen, wenn ich brav daheimgesessen wäre und Taschentücher gesäumt hätte, bis mich einer heiratet."

Nick schnappte nach Luft. „Du bist Pat Carter?"

Kate sah ihn liebevoll an. „Ich leite den kaufmännischen Teil des Geschäfts, während Potty sich um die Pferde kümmert. Er hat ein unglaubliches Gespür für gute Tiere und hat mir schon als Kind sehr viel beigebracht. Seine Frau und sein älterer Sohn leben ebenfalls auf dem Gestüt, während sein jüngster Sohn in New York zur Schule geht. Als ich herausfand, wer sich unter dem Namen ‚Nick Brandan' verbarg, beschloss ich, herzukommen, um dich wiederzusehen. Ich hatte so lange Zeit vergeblich versucht, dich zu finden und war überglücklich, als ich endlich ein Lebenszeichen von dir erhielt." Sie blinzelte ihm lächelnd zu. „Ich hoffe, du bist nicht allzu enttäuscht von Pat Carter, mein Lieber."

Dann wurde sie wieder ernst. „Leider haben Potty und ich erst kurz vor meiner Abreise einige Pferde dazugekauft und größere Umbauten auf dem Gestüt vornehmen lassen, die fast mein ganzes Bargeld aufbrauchten, sonst stünden mir jetzt mehr als deine zwanzigtausend Dollar zur Verfügung."

Nick streckte die Hand nach ihr aus und sie ging ohne zu zögern um den Schreibtisch herum und ließ sich von ihm auf seinen Schoß ziehen. Er fuhr spielerisch mit den Fingern durch ihr dunkles Haar, das sie in einem lockeren Knoten nach hinten gesteckt hatte, und strich dann zart über ihre Wangen und ihr Kinn.

„Pat Carter", murmelte er, „ich hatte ihn mir immer mit braunem Haar und einem Vollbart vorgestellt."

Kate lehnte sich lachend an ihn und legte die Arme um seinen Hals. „Damit kann ich nicht dienen."

„Gut so", antwortete er, hielt ihren Kopf fest und begann ihr Gesicht zu küssen. Er war gerade dabei, seine Lippen sachte über die ihren gleiten zu lassen, was in Kate ein angenehmes Kitzeln verursachte, das von ihrem Mund bis in ihren Körper ging, als es schüchtern an der Tür klopfte.

Kate sprang auf, und Nick rief ein ärgerliches: „Ja?", während er sich weigerte, ihre Hand loszulassen, sodass sie neben ihm stehen bleiben musste.

Tim lugte herein. „Verzeihen Sie die Störung, Mr. Brandan, aber es ist ein Gentleman angekommen, der Sie sprechen will."

„Führ ihn herein, Tim", sagte Nick seufzend, zog Kates Hand an seine Lippen und lächelte sie an. „Es tut mir Leid, mein Herz, aber ich fürchte, ich muss jetzt für kurze Zeit auf dich verzichten."

Kate lächelte zurück, ließ widerstrebend seine Hand los und wollte soeben Richtung Tür gehen, als sie wie angewurzelt mitten im Zimmer stehen blieb. „Vater!"

Frank Duvallier war ein großer, kräftiger Mann, der alleine schon durch seine Erscheinung das Zimmer ausfüllte. Ebenso kräftig war seine Stimme, als er Tim, der ihn hereingeführt hatte und sich jetzt eingeschüchtert verdrücken wollte, zunickte. „Danke, mein Junge."

Tim lächelte zaghaft, sichtlich beeindruckt von diesem neuen Besucher, und verschwand dann. Duvallier blieb zwei Schritte neben der Tür stehen und ließ seine Blicke durch den Raum schweifen. „Da bist du ja!", sagte er donnernd, als er seine Tochter erkannte, die keine Sekunde länger zögerte, ihm um den Hals zu fallen.

„Was für eine schöne Überraschung, Daddy, dass du uns hier besuchst!", Kate küsste ihren Vater energisch auf die Wange. Der drückte sie zuerst ein wenig an sich und schob sie dann von sich fort, um sie unheilverkündend zu beäugen.

„Das muss dich nicht wundern, du ungeratenes Kind, nach allem, was du dir einfallen lässt."

„Was habe ich denn getan?", fragte Kate unschuldig.

„Das fragst du noch?", kam es dröhnend zurück. „Zuerst reist du so mir nichts, dir nichts, einfach quer durch Amerika, ohne uns zu sagen, wohin und weshalb, dann kommt ein lakonisches Telegramm ‚Gut in Sacramento gelandet', das bei deiner Mutter beinahe einen Ohnmachtsanfall auslöst, und am Ende erhält mein zutiefst schockiertes Eheweib einen Brief, dass du dich verheiratet hast." Er stemmte die Hände in die Hüften und sah sie missbilligend an. „Was denkst du dir dabei eigentlich?!"

Kate warf einen strahlenden Blick auf Nick, der sich langsam erhoben hatte und auf ihren Vater zukam. „Ich freue mich, Sie kennen zu lernen, Mr. Duvallier."

Duvallier musterte Kates Mann eingehend, dann reichte er ihm die Hand. „So. Sie sind das also. Sie haben mich im Laufe der vergangenen Jahre mehr Nerven gekostet als der Rest meiner Familie zusammen, junger Mann. Ich hoffe, Sie sind das auch wert."

„Das ist er!", sagte Kate schnell.

„Wie darf ich das verstehen?", fragte Nick stirnrunzelnd.

Duvallier ließ sich in einen Sessel fallen. „Bekommt dein alter Vater in diesem Hause nicht einmal Kaffee angeboten?"

„Natürlich!" Kate eilte hinaus und kam fast unmittelbar darauf wieder zurück, nachdem sie den Auftrag hastig an Mrs. Perkins weitergegeben hatte, die in der provisorisch installierten Küche werkte.

„Vielleicht ...", fing Nick, der sich wieder gesetzt hatte, an, „wären Sie nun so liebenswürdig, mir Ihre Worte zu erklären, Mr. Duvallier."

Kates Vater lehnte sich zurück und schoss Nick einen scharfen Blick zu. „Meine Tochter nervt mich seit Jahren mit Ihnen, wussten Sie das nicht? Es fing schon damit an, dass sie mir damals so lange in den Ohren lag, bis ich das Kind entgegen besseren Wissens nach Russland reisen ließ, weil Kate Sie unbedingt besuchen wollte. Ich wünschte, ich hätte es nicht getan, denn wie diese Sache ausgegangen ist, wissen wir alle ja nur zu gut."

Nick warf Kate einen schnellen Blick zu, aber die hatte etwas abseits von ihnen Platz genommen und sah zum Fenster hinaus.

„Als das Mädchen damals völlig verstört zurückkam, ließ sie mir keine Ruhe, bis ich Himmel und Hölle in Bewegung gesetzt hatte, um ihren verloren gegangenen Liebhaber wiederzufinden." Er sah Nick kopfschüttelnd an. „Ich weiß nicht, wo Sie sich versteckt haben, junger Mann, aber ich habe fast zwanzig Leute damit beschäftigt, Sie in Russland aufzuspüren. Jedoch erfolglos."

„Er war hier", warf Kate ein, der das Gespräch unangenehm zu werden begann. „Hier, in Amerika."

„Und weshalb haben Sie es dann nicht der Mühe Wert gefunden, sich bei Kate zu melden, zum Donnerwetter noch einmal?!", fuhr Duvallier auf.

Nick schwieg.

„Ein Missverständnis", meldete sich Kate wieder, wobei sie krampfhaft nach einer Möglichkeit suchte, ihren Vater mit etwas anderem abzulenken. Aber obwohl sie sonst durchaus flexibel war, wollte ihr gerade jetzt nichts einfallen.

„Oder das schlechte Gewissen", fügte ihr Vater finster hinzu. Nick hob die Hand, bevor Kate wieder einen Einwurf machen konnte. „Bitte, Katinka, lass mich doch für mich selbst sprechen, ja?"

Kate lächelte nur und umfasste ihn mit einem liebevollen Blick.

„Ich hatte keinen Grund dazu, Mr. Brandan", hörte sie ihren Mann ruhig sagen. „Ich hatte lediglich die Absicht, alles hinter mir zu lassen und neu anzufangen."

„Was Ihnen ja auch gelungen zu sein scheint", entgegnete Duvallier beifällig. „Ich habe natürlich Erkundigungen über Sie eingezogen. Sie haben sich innerhalb kürzester Zeit einen guten Ruf als seriöser Geschäftsmann gemacht und ein kleines Vermögen verdient. Trotzdem gibt es noch einen Punkt in der Vergangenheit, der meiner Meinung nach geklärt werden muss, bevor ich zustimmen kann, dass Sie in meine Familie aufgenommen werden."

Er machte eine kleine Pause, lehnte sich dann etwas vor und sah Nick scharf an. „Es geht um den Besuch einer gewissen Gräfin Woronchin und um den Tod von Kates Großvater."

Kate spürte, wie sich etwas Hartes, Kaltes zwischen ihren Augenbrauen verdichtete. Sekundenlang schien ihr Herz auszusetzen, dann fing es wieder an zu klopfen und zwar so heftig, dass sie glaubte, es würde ihre Brust sprengen. „Vater, bitte", sagte sie schwach.

Der hob die Hand. „Nein, das will ich hier und jetzt geklärt haben. Nach den Informationen, die mir von dieser alten .... hm, na ja, nennen wir sie *Dame* zugetragen wurden, besteht durchaus die Möglichkeit, dass dein Mann deinen Großvater getötet hat, Kate. Deine Mutter, die zunächst ziemlich einverstanden mit dieser Ehe zu sein schien, war zutiefst betroffen. Sollte etwas Wahres an dieser Geschichte sein, so werde ich ihr keinen Schwiegersohn zumuten, der ihren Vater ermordet hat."

„Vater, nicht ...", Kates Stimme versagte beinahe. Tränen stiegen in ihre Augen.

Nick klang vollkommen ruhig. „Ich kann Ihnen versichern, dass die Gräfin sich getäuscht hat, Mr. Duvallier."

„Gut", antwortete Kates Vater. „Mehr will ich gar nicht hören. Ich hätte auch sonst nicht gefragt, wäre es nicht meiner Frau wegen."

„Vater ...", Kate konnte kaum noch sprechen. Die Tränen würgten in ihrem Hals. Vor ihren Augen erschien der Moment, in dem sie ihren Großvater niedergestochen hatte.

Duvallier stand auf, kam auf sie zu und legte ihr die Hand auf die Schulter. „Ist schon gut, mein Kleines. Ich kann mir denken, was vorgefallen ist. Potty hat mir zwar nur Andeutungen gemacht, als ich ihn ausfragte, aber der Rest war nicht schwer zu erraten."

Kate starrte ihren Vater an, während ihre Tränen ungehindert über ihre Wangen liefen. „Aber ..."

„Deine Mutter hat es wohl auch geahnt." Er lächelte sie liebevoll an und reichte ihr ein Taschentuch, mit dem sie die Tränen wegtupfte. „Trotzdem war sie besorgt. Die Vergangenheit kann eine Ehe sehr schwer belasten, mein Kind, deshalb bin ich gekommen, um zu sehen, ob zwischen euch alles in Ordnung ist. Umso mehr", fuhr er mit einem strengen Blick auf Nick fort, der Kate unverwandt ansah, „als ich bei meiner letzten Zwischenstation vor zwei Tagen ein Telegramm erhielt, in dem mir meine Frau mitteilte, dass Kates Koffer wieder daheim angekommen wären."

„Wir hatten einen kleinen Streit", antwortete Nick, nachdem er tief Luft geholt hatte, „aber jetzt ist alles geklärt und ich kann Ihnen garantieren, dass Katharina in Zukunft keine Koffer mehr nach Hause schicken wird." Er umfasste Kate mit einem zärtlichen Blick.

„Gut", sagte Duvallier, während er seine Blicke zwischen beiden hin und her schweifen ließ. Der Ausdruck in sowohl Kates als auch Nicks Gesicht schien zu seiner Zufriedenheit auszufallen, denn er streichelte noch einmal schnell über Kates dunkles Haar und suchte dann wieder seinen Platz in dem bequemen Sessel auf.

„Da wäre aber noch etwas, das ich zu gerne wüsste", fing er gleich darauf an. „Wie kommt es, dass einer meiner besten und ältesten Freunde mich vor drei Monaten aufsucht und mir dezent eine Summe in Höhe von einigen tausend Dollar anbietet, damit ich meine Verbindlichkeiten begleichen kann?"

Kate fühlte ihre Wangen heiß werden. Sie warf einen Hilfe suchenden Blick auf Nick, aber der zog nur die Augenbrauen hoch und musterte sie ironisch. Sie atmete zitternd ein. Es war in den letzten Minuten einiges auf sie eingestürmt, und die Tatsache, dass ihr Vater die ganzen Jahre über geahnt hatte, dass sie es gewesen war, die ihren Großvater damals erstochen hatte, hatte sie völlig aus der Fassung gebracht. Und nun auch noch das ...

„Katharina!", sagte ihr Vater, der ihr Schweigen richtig deutete, entsetzt. „Soll das etwa heißen, du läufst herum und machst den Leuten weis, ich hätte Schulden und würde demnächst bankrott gehen?"

„Ich erzähle es nicht herum", verteidigte sich Kate, „ich habe nur andeutungsweise durchblicken lassen, dass ich auf der Suche nach einem reichen Mann bin." Sie hob die Schultern. „Du glaubst gar nicht, wie ich gleich nach meiner Ankunft schon belagert wurde. Jeder zweite heiratsfähige Mann in der Stadt wollte sich mit mir sanieren!"

Ihr Vater lehnte sich erschöpft im Sessel zurück. „Drei Kinder und alle vollkommen normal", schnaufte er fassungslos, „bis auf dieses hier." Er fasste Nikolai ins Auge. „Sie haben Mut, junger Mann, sich dieses Balg an den Hals zu binden. Dabei habe ich ihr bisher noch ein Restchen Vernunft zugebilligt. Obwohl ich anfangs für ihre Idee, sich ein Gestüt zu kaufen, nicht besonders eingenommen war – meiner Meinung nach gehört eine Frau ins Haus und nicht auf eine Koppel. Aber das Mädchen war so tüchtig, dass sie das von ihrer Großmutter vererbte Vermögen bald verdoppelt hatte – und selbst ich musste schließlich einsehen, dass Kate eben mehr Talent hat Pferde zuzureiten, als ein hübsches Deckchen zu sticken. Grässlich sahen diese Fetzen immer aus", murmelte er kopfschüttelnd vor sich hin. Kate fing einen Blick ihres Mannes auf und verbarg ihr Grinsen schnell hinter dem Taschentuch ihres Vaters.

„Dabei habe ich mich bemüht, sie so schnell wie möglich unter die Haube zu bringen, aber dieses ungeratene Kind hat ja alle meine Bemühungen zunichte gemacht. Können Sie sich vorstellen", klagte er an seinen Schwiegersohn gewandt, „dass sie tatsächlich einmal so weit gegangen ist, sich eine Brille auf die Nase zu setzen, nur um etwaige Heiratskandidaten abzuschrecken?"

Nikolai verschränkte die Arme vor der Brust, lehnte sich an den Fensterrahmen und musterte seine Liebste, die ein völlig harmloses Gesicht aufgesetzt hatte. „Tatsächlich? Unfassbar."

„Vielleicht wollte ich nur nicht an einen Mitgiftjäger geraten?", schlug Kate eine Lösung vor.

„Nun, in diesem Fall scheint dir das ja gelungen zu sein", brummte sie ihr Vater an und wandte sich wieder Nick zu, in dessen Augen etwas lag, das Kates Knie weich werden ließ.

„Sie glauben nicht, wie froh ich bin, dass ich dieses entsetzliche Geschöpf endlich los werde, und Sie sich das Mädchen aufgehalst haben. Im Übrigen haben Sie Anspruch auf Kates Mitgift, die bar etwa dreißigtausend Dollar ausmacht, dazu kommen noch Wertpapiere, die sicher angelegt sind, ein

Haus in New York und zwei Kleiderschränke, die aus allen Nähten platzen. -
Ich werde nie verstehen, weshalb Frauen so viele Fetzen haben müssen!"

Er betrachtete das verständnislose Gesicht seines Schwiegersohnes mit
gutmütigem Spott. „Sie waren sich bis jetzt nicht ganz sicher, ob ich nicht
doch Schulden habe, was?"

Nick verzichtete auf eine Antwort.

„Ich werde meinen Anteil am Gestüt Potty überschreiben", sagte Kate
nachdenklich, als sie in Nicks Arm im Bett lag.

Sie waren noch lange mit ihrem Vater zusammengesessen, schließlich
hatten sich auch noch Sam und Jeannette dazugesellt, und sie hatten einen
ebenso gemütlichen wie auch heiteren Abend verbracht, bevor Sam und
seine zukünftige Frau sich verabschiedet hatten, um Kates Vater zum Hotel
zu geleiten. Er hatte sich dort ein halbes Stockwerk gemietet, da im
ehemaligen Bürohaus kein Gästezimmer zur Verfügung stand, und residierte
nun seinen Gewohnheiten entsprechend wie ein König.

Kate konnte diesen Umstand nicht wirklich bedauern, da sie andernfalls
Bedenken gehabt hätte, sich eine Tür weiter völlig ungehemmt Nicks
Umarmungen hinzugeben. Sie war eng an ihn geschmiegt, hatte den Kopf
auf seiner Schulter liegen und zeichnete kleine Kreise auf seine Brust.

„Das ist eine hervorragende Idee", murmelte er in ihr Haar hinein.

„Wo werden wir denn wohnen? Bleiben wir hier?"

„Vorerst wird uns nichts anderes übrig bleiben." Er griff nach ihrer Hand
und zog sie an seine Lippen. „Die Ranch ist zu weit entfernt, und es wird
lange dauern, bis das Haus wieder aufgebaut ist. Das Werk hat Vorrang,
Kate."

„Natürlich", antwortete sie faul und drückte sich noch ein wenig mehr an
ihn. Sie hatten sich fast zwei Stunden lang ununterbrochen geliebt und sie
war jetzt zufrieden und schläfrig. „Weißt du, Nick, eigentlich bin ich froh,
dass das Haus abgebrannt ist. Ich war nicht besonders glücklich darin. Wenn
wir uns jetzt ein neues bauen, dann entspricht das dem Neubeginn unseres
Zusammenlebens."

Nicks Umarmung wurde fester. Sie spürte seinen warmen Atem in ihrem
Haar.

„Außerdem", fuhr sie fort, „hätten wir dort ohnehin nicht genug Platz."

„Das Haus ist mir eigentlich immer recht geräumig erschienen", antwortete
er erstaunt.

„Ja, für uns beide schon. Aber es fehlten die Kinderzimmer."

Sekundenlang herrschte Stille, dann rückte er etwas von ihr weg, legte die
Hand unter ihr Kinn und hob ihren Kopf, damit sie ihn ansehen musste. In
seinen Augen lagen Überraschung und Schrecken zugleich. „Katinka, soll ...
soll das etwa heißen, dass ... dass du ..."

„Nein", erwiderte sie lächelnd, „aber wenn ich die zwanzigtausend Dollar plangemäß in dich investiere, wird das hoffentlich nicht mehr lange ausbleiben. Und außerdem möchte ich mindestens drei bis vier Kinder. Meine Geschwister und ich hatten immer so viel Spaß miteinander, dass ich diese Tradition gerne fortsetzen würde."

Nicks Augen wurden weich wie Samt, als er sich über sie beugte. „Dann, meine geliebte Katinka, sollten wir am besten gleich damit anfangen."

Kate schloss die Augen und überließ sich seinen Zärtlichkeiten.

„Außerdem", murmelte er ein wenig später an ihrem Mund, „kann ich die vierhundert Dollar für heute gut brauchen. Ich habe nämlich immer noch keine neue Uhr."

ENDE

Venezianisches Maskenspiel

Personenverzeichnis

Laura Ferrante, geb. Veronese
eine venezianische Adelige

Domenico Ferrante
Lauras Ehemann, venezianischer Patrizier

Anna
ein Dienstmädchen

Marina
Domenicos Schwester

Clarissa Ferrante
Domenicos Mutter

Patrizio Pompes
Lauras „legaler" Cicisbeo

Ottavio Ferrante
Domenicos Vetter und Lauras „illegaler" Cicisbeo

Concetta
Lauras Freundin

Sofia Bandello
Domenicos Geliebte

Nicoletta Martinelli
Domenicos ehemalige Mätresse

Ein „wohlmeinender" Freund

Domenico erwachte in einer Wolke aus nach Rosen duftendem, langem, hellblondem Haar und nach Liebe duftender weiblicher Haut. Neben ihm, eng an seinen Körper geschmiegt, lag Sofia, seine derzeitige Geliebte. Sie schlief, und er nutzte die wenigen Momente der Ruhe, die sie ihm gönnte, um nach zwei Briefen zu greifen, die auf dem kleinen Tisch neben seinem Bett lagen.

Er drehte sie abwägend hin und her, bevor er sich entschloss, sie zu öffnen. Der eine – sehr umfangreich und aus fünf Bögen bestehend – stammte wieder von seiner Mutter. Ein unerfreulicher Brief, der ihn an seine Pflicht erinnerte. Und es war nicht der erste, auch wenn sie es verstand, mit jedem weiteren Schreiben noch eindringlichere Worte zu finden und größere Überzeugungskraft hineinzulegen. Dieses Mal appellierte sie sogar an sein Gewissen. Sie schrieb, dass es an der Zeit wäre, endlich einen rechtmäßigen Erben in die Welt zu setzen, um die Familie vor dem Aussterben zu bewahren. Sie fand doch tatsächlich mehrere traurige Beispiele – zu denen so bekannte Geschlechter wie ein Zweig der Valieri zählten – in denen dies wegen der Pflichtvergessenheit und Fortpflanzungsunwilligkeit des letzten Erben geschehen sei, und flehte ihn in den letzten fünf Absätzen des Schreibens förmlich an, zurückzukehren und seine Gattin endlich zu einer richtigen Frau und Mutter zu machen!

Domenico schnaubte verächtlich. Als ob er sich nicht alle Mühe gegeben hätte, das zu tun! Aber bei dieser Frau wäre selbst Gott Zeus mit all seinen Verwandlungs- und Verführungskünsten gescheitert!

Dabei war ihm Laura Veronese, die Tochter eines verarmten venezianischen Adeligen, als passende Frau erschienen. Einer seiner Freunde hatte die ersten Kontakte zu ihrer Familie hergestellt, und er selbst hatte ihren Vater aufgesucht und war bald mit ihm einig geworden. Er hatte, um sie kennenzulernen, erst auf das venezianische Festland, die Terraferma, reisen müssen, wo ihr Vater sie seit ihrem fünften Lebensjahr in einem Kloster untergebracht hatte, um nicht mit der Tochter belastet zu sein. Als er dann Laura das erste Mal in dem kahlen Sprechzimmer des Klosters besichtigt hatte, war er überzeugt davon gewesen, dass dieses Mädchen, das mit seinen dreiundzwanzig Jahren nicht gerade in der Blüte seiner Jugend stand, genau die richtigen Eigenschaften mitbrachte, die er sich von einer fügsamen Gattin und Mutter seiner Kinder erwartete. Ein gesundes und gleichzeitig unkompliziertes Geschöpf, ohne allzu große Ansprüche, das gewiss nicht in jene Art von Lebenslust verfallen würde, die einen Ehemann um seine Ehre und sein Vermögen brachte. Zwei Monate später hatte die Hochzeit stattgefunden.

Und da war er zum ersten Mal stutzig geworden.

Denn das Mädchen, anstatt Glück und Freude über diese vorzügliche Verbindung auszustrahlen, hatte stumm und verstockt an der Hochzeitstafel gesessen und ihn kaum angesehen. Zu diesem Zeitpunkt hatte er das noch für Schüchternheit gehalten, aber als er in der darauffolgenden Nacht mit einer gewissen Vorfreude auf diesen durchaus nicht reizlosen Körper in ihr Schlafzimmer gekommen war, hatte er, statt einer gehorsamen und hingebungsvollen Gattin, ein auf einem Sessel zusammengekauertes Häufchen Unglück vorgefunden, das irgendetwas völlig Zusammenhangloses von ewiger Liebe stotterte und nicht daran dachte, ihn ohne diese – ihm offenbar so mangelnde Voraussetzung – auch nur näher als zwei Schritte an sich heranzulassen.

Liebe. Und noch dazu ewige. Er verzog bei dem Gedanken, dass ihm in seiner Jugend ähnlich dumme Flausen im Kopf herum gespukt waren, verächtlich den Mund. Zum Glück war er davon geheilt worden, bevor er sich für alle Zeiten hatte lächerlich machen können, indem er einem hübschen Lärvchen, das ihm Liebesschwüre ins Ohr geflüstert und in Wahrheit nur nach dem „Meistbietenden" Ausschau gehalten hatte, die Ehe anbot. Er war damals noch jünger gewesen als Laura heute und war erstaunlich schnell über die Enttäuschung hinweggekommen, auch wenn er in Zukunft vorsichtiger geworden war. Und Laura würde ebenfalls irgendwann einsehen, dass diese Art von Liebe nur der Auswuchs heillos romantischer Geister war und sonst nichts.

Domenico war an diesem Abend jedenfalls nichts anderes übrig geblieben, als die Hochzeitsnacht zu verschieben und darauf zu warten, dass seine Frau Vernunft annahm. Er war erstaunt gewesen, dass es offenbar niemand der Mühe Wert befunden hatte, sie auf ihre Rolle und Pflichten als Gattin eines Patriziers vorzubereiten, und hatte sich in der Folge um einen ruhigen, kameradschaftlichen, fast ein wenig väterlichen Ton bei ihr bemüht. Er hatte versucht, ihr klarzumachen, wie das Leben im Kreise der venezianischen Adeligen wirklich aussah, und nach einigen Tagen geduldigen Zuredens war es ihm gelungen, endlich die Ehe zu vollziehen. Er hatte ihr, als es vorbei gewesen war, freundlich die Wange getätschelt und war in sein eigenes Bett gekrochen, unendlich erleichtert, seine Pflicht erfüllt zu haben. Bald darauf war er nach Paris abgereist in der Hoffnung, seine verzweifelten Bemühungen wären von Erfolg gekrönt gewesen.

Was aber offenbar nicht der Fall war.

Er warf die Briefbögen ärgerlich zurück auf das Tischchen. Damit würde er sich später beschäftigen. Natürlich musste er über kurz oder lang nach Venedig heimkehren, um in diesem unerfreulichen Ehebett seiner Pflicht Genüge zu tun und seine Mutter zu beruhigen, aber noch wollte er seine reizende Geliebte und Paris gleichermaßen genießen.

Er nahm den anderen, stark nach Parfüm duftenden Brief zur Hand. Sein Diener hatte ihn überbracht, bevor Sofia lebhaft und überwältigend in sein Schlafzimmer gestürmt war, um ihn für einige Stunden alles andere vergessen zu lassen. Er brach das Wachssiegel auf, faltete den Bogen auseinander und las.

Da hatte doch tatsächlich ein „wohlmeinender Freund" – seiner Meinung nach roch dieser Brief im wahrsten Sinn des Wortes nach seiner ehemaligen venezianischen Geliebten Nicoletta – es für nötig befunden, ihn über den zweifelhaften Lebenswandel seiner Frau aufzuklären und zu behaupten, dass Laura seine Ehre als Patrizier beschmutze und sich nicht nur einen, sondern ein ganzes Heer von *cicisbei* hielte.

Domenico schüttelte stirnrunzelnd den Kopf. Ein ganzes Heer gleich? Das wäre um einige zuviel. Für einen klugen Ehemann war ein *cicisbeo* natürlich eine recht wünschenswerte Einrichtung, handelte es sich doch lediglich um einen oftmals von ihm selbst ausgesuchten und bezahlten Begleiter, der seine Frau an seiner Statt zu Bällen und anderen akzeptablen Vergnügungen begleitete und ihm so die Freiheit verschaffte, ungestört seinen eigenen Geschäften nachgehen zu können. War der Ehemann jedoch unvorsichtig genug, nicht selbst seine Wahl zu treffen, so bestand meist die Gefahr, dass Draufgänger und Glücksritter ihre Chance witterten und die abenteuerlustige Ehegattin nicht nur ins Theater, sondern bis ins Bett begleiteten. Er selbst hatte in seiner Jugend so manche verheiratete Dame in dieser Hinsicht nicht nur mit seiner Begleitung sondern auch weitergehenden Aufmerksamkeiten versorgt und wusste darüber besser Bescheid als so mancher andere. Aus diesem Grund hatte er eine Woche nach der Hochzeit und zwei Wochen bevor er gelangweilt nach Paris abgereist war, selbst Sorge für einen passenden Begleiter getragen. Er hatte Patrizio Pompes gewählt, einen seiner betagteren Verwandten, der am Spieltisch so viel verloren hatte, dass er jetzt für Geld die Schwiegertochter seiner Base ausführte. Patrizio war zwar in seiner Jugend ein Abenteurer gewesen, aber diese schönen Zeiten waren schon lange vorbei, und er würde ganz gewiss nicht auf die Idee kommen, seine Dienste bei Domenicos Frau zu weit zu treiben.

Seine Geliebte bewegte sich. Die kostbare Seidendecke rutschte ein wenig hinunter und gab den Blick auf eine äußerst wohlgeformte Brust frei, deren dunkelrote Spitze Domenicos Aufmerksamkeit erregte. Sofia schlug die Augen auf, tastete mit einem reizenden Lächeln zu ihm herüber und griff nach seiner Hand, um sie auf eben diese Brust zu ziehen. „Schon wach, *Monsieur?*"

Domenico spielte gedankenlos mit ihrer immer härter werdenden Brustspitze, während er den Brief ein zweites Mal las. Zuerst hatte er ihn nicht beachten wollen, da es ihm bis zu diesem Moment gleichgültig gewesen war, was Laura tat – solange seine Ehre nicht in den Schmutz gezogen wurde, indem seine Frau ihn zum Hahnrei machte. Nun erinnerte er sich jedoch deutlich an diese lächerlich romantische Seite seiner Gattin, die gewiss schnell geneigt war, einem Verführer nachzugeben, nur weil er ihr die Sterne vom Himmel und endlose Liebe versprach.

Seine Geliebte fuhr mit dem Zeigefinger die steile Falte zwischen seinen Augenbrauen nach, die sich in den letzten Minuten vertieft hatte. „Schlechte Nachrichten, *mon amour*?" Sie stammte ebenso wie er aus Venedig, liebte es jedoch – selbst wenn sie alleine waren – ihre Sätze mit französischen Worten zu würzen.

„Wie man's nimmt. Da schreibt mir jemand, dass Laura sich zu sehr mit anderen Männern beschäftigt."

Sofia gähnte. „Laura? Heißt so nicht deine Frau? Na und? Lass sie doch! Was kümmert es dich, was dieses langweilige Geschöpf tut!" Sie schob die Decke zur Seite und begann seine darunter zum Vorschein kommende Haut zu küssen, immer tiefer hinunter, bis Domenico wieder jenes angenehme Prickeln verspürte, das etwas heftigere Gefühle einläutete. „Ich fand sie vom ersten Blick an ziemlich hässlich", sagte sie beiläufig. „Ich habe zwar versucht, mich mit ihr abzugeben, aber sie war außerdem noch dumm."

Domenico rieb sich nachdenklich das Kinn. Vor seinem geistigen Auge tauchte ein hübsch gerundeter Körper auf und warme braune Augen. Laura war vielleicht nicht gerade eine betörende Schönheit, aber auch nicht unscheinbar. „Nein", sagte er aus dem Gedanken heraus, „sie ist nicht hässlich und bestimmt nicht dumm. Sie ist nur nicht gebildet. In dem Kloster, in dem sie aufgewachsen ist, hat man wenig Wert darauf gelegt, einer Frau mehr als die Grundbegriffe von Bildung beizubringen."

Sie konnte zwar lesen und schreiben, beschränkte sich jedoch offenbar – den wenigen Worten nach zu urteilen, die er ihr hatte entlocken können – auf einfachste Lektüre. Das hatte ihn jedoch nicht gestört. Er hatte vor allem eine bequeme Gattin haben wollen, die selbst nicht zuviel nachdachte, sondern sich völlig natürlich seiner überlegenen Meinung fügte.

Sofia lachte spöttisch. „Aber sie ist langweilig. Ich werde nie verstehen, wie du sie mir vorziehen konntest!"

„Weil sie eine angemessene Partie ist, meine Schönste", erwiderte Domenico geduldig.

„Angemessen! Bin ich das etwa nicht?"

Er betrachtete sie eingehend. Ihre leuchtenden blauen Augen, das blonde Haar, das sich auf den Schultern und ihrem Brustansatz ringelte, der Busen, der jetzt empört wogte, als sie sich auf die Hände stützte, um ihn besser ansehen zu können.

„Du vielleicht, aber deine Familie ist es nicht. Deine Mutter ist zwar mit Carlo, dem Mann meiner Schwester verwandt, aber dein Vater stammt aus bürgerlichen Kreisen." Er streichelte über ihren Hals bis hinab zu ihren

Brüsten, spielte damit, hob sie an, knetete sie genussvoll. „Eine Ehe mit dir hätte mir der Große Rat nie verziehen. Meine Familie ist nicht einflussreich genug, um eine Mesalliance zu überstehen. Ich wäre vermutlich in Ungnade gefallen und hätte mich auf mein Landgut zurückziehen müssen." „Und außerdem ist es vernünftiger, eine bequeme Ehefrau zu haben", fügte er für sich hinzu, hütete sich jedoch, diesen Gedanken laut auszusprechen. Eine Geliebte konnte man verlassen, wenn sie Schwierigkeiten machte, oder man genug von ihr hatte. Eine Ehefrau loszuwerden war weitaus problematischer.

Aber tatsächlich spielten vor allem materielle Überlegungen eine Rolle. Er hatte ein überdurchschnittlich gutes Einkommen – zwar bei weitem nicht genug, um ihn für wichtige Posten zu qualifizieren, die, um sie ausfüllen zu können, mit hohen Kosten verbunden waren, aber diese Art von Berufung hatte ihn ohnedies niemals gereizt. Trotzdem hätte er sich eine nicht standesgemäße Frau niemals leisten können, weil er damit diejenigen Vorteile einbüßen würde, die er aufgrund seiner untadeligen Herkunft besaß. Laura besaß zwar kein Vermögen, ihre Eltern waren arm, aber sie stammte aus einer alteingesessenen Patrizierfamilie.

Der Brief fiel ihm wieder ein, und er runzelte die Stirn. So völlig komplikationslos war Laura aber offenbar doch nicht, was an diesen lächerlichen romantischen Vorstellungen liegen mochte. Und gerade zur Karnevalszeit war es wohl angeraten, selbst auf die unauffälligste Frau ein Auge zu haben, die unter dem Schutz von Masken und Verkleidungen auf Ideen kommen könnte, die er gewiss nicht goutieren würde.

„Domenico!" Die gereizte Stimme seiner anspruchsvollen Geliebten riss ihn aus seinen Betrachtungen. „Du bist ja mit deinen Gedanken vollkommen fern von mir! Wie demütigend! Ich bemühe mich um dich, will dich mit den Freuden meiner Lippen und meiner Zunge beschenken! Und was machst du? Starrst zur Decke und liegst im Gegensatz zu deinem *petit monsieur* da wie ein Toter!"

Domenico sah an sich herab. Sein Glied hatte sich unter Sofias Bemühungen tatsächlich schon aufgerichtet. Um sie zu besänftigen – er hatte jetzt wahrlich keine Lust, einen ihrer lästigen, in der Gesellschaft derzeit so verbreiteten Anfälle – *vapeurs* – zu ertragen, zog er sie zu sich empor.

„Aber meine Schönste. So errege dich doch nicht. Ich weiß zum Beispiel auch einen viel besseren Ort, wo mein *petit monsieur* untergebracht sein möchte. Einen ganz besonders hübschen, heißen und verlockenden Ort sogar."

Er ließ seine Hand an ihrem Körper hinunterwandern, bis sie mitten in diesem hübschen, heißen, verlockenden Ort angekommen war. Als er mit seinen Fingerspitzen ihre rote Perle suchte, vergaß Sofia ihren Ärger über ihn, öffnete die Beine bereitwillig etwas mehr und schmiegte sich an ihn, wand sich mit jeder Berührung, stöhnte lustvoll. Er beschäftigte sich gründlich mit der außergewöhnlich großen, vor Erregung geschwollenen Klitoris, die bei Sofia so deutlich sichtbar war, viel mehr als bei anderen Frauen. Etwas, das ihn bei ihr am meisten faszinierte. Und auch ihre oft rasenden Reaktionen, wenn er sie dort berührte, streichelte, zärtlich kniff. Er hielt sich lange damit auf, so lange, bis er die ersten Anzeichen eines Orgasmus an ihr feststellen konnte. Das war zu früh. Er wollte noch ein wenig mit ihr spielen, sie weiter aufheizen, bis sie vor unerfüllter Lust ganz weich, anschmiegsam, nachgiebig wurde, zu betteln begann. Er mochte diese Art an ihr. Nicoletta, seine venezianische Geliebte – die Briefschreiberin – war in dieser Hinsicht viel fordernder gewesen.

Sofia seufzte anklagend auf, als er sich aus ihrer Scham zurückzog und mit seinen Fingern eine feuchte Spur über ihren Bauch bis hin zu ihren Brüsten zog.

„Nicht aufhören ..."

„Ein bisschen musst du noch warten, meine Schönste. Erst, bis ich es dir erlaube." Er kostete gerne seine Macht über seine Geliebten aus. Nicht auf anderen Gebieten, dazu waren sie ihm im Grunde zu gleichgültig. Im täglichen Leben – bei seinen eigenen Entscheidungen – ignorierte er sie oder ihre Wünsche einfach, wenn es ihm nicht gerade opportun erschien so zu tun, als würde er nachgeben. Aber im Bett machte es ihm Spaß, sie zu unterwerfen, sie warten zu lassen, sie mit Zärtlichkeiten zu quälen, bis sie vor Lust und Verlangen schrien, bevor er sich herabließ, ihr Begehren zu stillen. Auch dieses Mal ließ er sich Zeit, rollte Sofia im Bett herum, berührte sie hier, streichelte dort, an allen Punkten, an denen sie, wie er schon herausgefunden hatte, empfindlich war. Ihr Gesicht und ihr Hals waren gerötet, sie wand sich unter seinen Händen und Lippen, bevor er endlich genug hatte von dem Spiel, und auch seine eigene Lust ein Maß erreicht hatte, das er nicht mehr ertragen wollte. Er drückte ihre Knie bis zu ihren Schultern, bis sie ganz zusammengerollt dalag und ihre nasse Scham frei und offen vor ihm war. Ein letztes Saugen noch an dieser faszinierenden großen Perle, ein Lecken, ein Hineinbohren in die zuckende Öffnung, was sie aufschreien ließ, und dann endlich glitt er über sie, drang mit einem kräftigen Stoß tief in sie hinein.

Sofia umschlang mit ihren Beinen seinen Körper, zog ihn näher zu sich, während sie ihre Finger in die Bettvorhänge hinter sich krallte. Sie war überraschend gelenkig und wendig, es gefiel ihm, wie sie sich nach seinen Wünschen wand und bog. Er zog sich wieder aus ihr zurück, stieß von neuem zu. Ein weiteres Mal, immer heftiger, schneller. Schon spürte er das Zusammenziehen ihrer inneren Wände, die ihn pressten. Er hielt sie fest, als sie sich aufbäumte, keuchte, stöhnte. Auch seine eigene Erregung erreichte den Höhepunkt und in letzter Minute zog er sein Glied aus ihr heraus, um seinen Samen auf ihrem Schenkel zu ergießen.

Sofia streckte sich behaglich und atmete tief und zufrieden ein. „War das nicht besser als alles, was du mit deinem Klostermädchen erleben könntest?" Ihre Augen waren halb geschlossen, beobachteten ihn jedoch ganz genau.

Domenico rollte sich auf den Rücken, um wieder zum rotsamtenen Baldachin des Bettes emporzustarren. Die Idee, sein braves Frauchen könnte während seiner Abwesenheit und im Schutz der Karnevalsmaskierung auf abwegige Gedanken kommen, ließ ihn nicht mehr los. Sofia schüttelte ihn. „Was ist denn nur mit dir?!"

Langsam wandte sich sein Blick ihr zu. „Ich werde nach Venedig reisen", sagte er dann endlich. „Ich muss dort nach dem Rechten sehen."

Als er das sagte, hatte er nicht die geringste Ahnung, welche völlig unerwarteten Auswirkungen diese Reise für sein zukünftiges Leben haben sollte.

Die Frau, die der Gegenstand von Domenicos intensiven, wenn schon nicht zärtlichen, Überlegungen war, saß zur gleichen Zeit, in der Domenico in Paris in die Kutsche stieg, um in Venedig „nach dem Rechten zu sehen", nur mit ihrem Mieder und einem Spitzenunterrock bekleidet vor dem Spiegel ihrer Ankleidekommode und betrachtete sich kritisch. Ihre vollen Brüste, die sich an das enge Mieder schmiegten, ihren Hals, ihre weiße Haut, die allerdings auf den Wangen ein wenig zu rosig war. Aber dieser Mangel ließ sich ja gottlob mit etwas Puder beheben. Puder und dann Rouge darüber, wie es die Mode war. Natürlich rosige Wangen waren gewöhnlich, aber Rouge trug die ganze feine Welt, Herren und Damen gleichermaßen.

Ihr Haar war braun. Zu braun, ihrer Meinung nach. Auch wenn sie sich sehr verändert hatte, so trennten sie immer noch Welten von den schönsten Frauen dieser Stadt, die mit ihren blonden Haaren und ihren grazilen Taillen nur dazu geschaffen zu sein schienen, ihr ihre eigene Unscheinbarkeit vor Augen zu führen. Sie seufzte. Kein Wunder, dass ihr Ehemann sein Vergnügen lieber bei seinen Mätressen suchte.

Wie immer schweiften ihre Gedanken nur allzu leicht zu ihrem abwesenden Gatten ab, und Laura wickelte sich nachdenklich eine Locke um den Finger. Sie erinnerte sich gut daran, wie sie ihn zum ersten Mal gesehen hatte, damals, im Besucherzimmer des Klosters. Größer als die meisten anderen Männer, dunkelhaarig, mit einem gut geschnittenen Gesicht, das von einem grauen Augenpaar beherrscht wurde. Etwas einschüchternd und mit einer natürlichen Autorität, die alle anderen neben ihm unwichtig erscheinen ließ. Ihre Hände und Knie hatten zu zittern begonnen, als sie ihn angesehen hatte, und sie hatte es fast nicht glauben können, dass dieser selbstsichere, gutaussehende Mann sie haben wollte. Er war nur einige Minuten geblieben, hatte damals nicht viel gesprochen, sie nichts gefragt und wenn, hatte sie nichts darauf zu erwidern gewusst, vor Scheu, Verlegenheit und sprachlosem Glück. Sie war auf der Stelle in ihn verliebt gewesen, in diesen venezianischen Patrizier Domenico Ferrante, der direkt ihren Träumen entstiegen zu sein schien, um sie aus diesem Kloster zu retten und in eine wunderschöne Zukunft zu entführen. In eine Zukunft voller Liebe und Zärtlichkeit. Sie war von Freude erfüllt gewesen, als ihr Vater sie abgeholt und nach Venedig gebracht hatte, wo die Hochzeit stattfinden sollte. Venedig! Jene märchenhafte Stadt, wo das ganze Jahr über Karneval war, wo sie eintauchen konnte in die Welt der Masken, der Spiele, der Musik und der Bälle! Und wo ein liebender Bräutigam auf sie wartete.

Die vernichtende Wirklichkeit hatte sie einen Tag vor der Hochzeit eingeholt – und zwar in Gestalt dieser schönen Frau, dieser Nicoletta Martinelli, von der ihr jemand, der es offenbar genau wusste, zugeflüstert hatte, dass sie Domenicos Mätresse und seine große und einzige Liebe sei.

Laura war aus allen Wolken gefallen, und es hätte nicht einmal mehr der boshaften Einflüsterungen und Bemerkungen bedurft, um ihr den Unterschied zwischen der schönen Mätresse und sich selbst klar zu machen und zu begreifen, welche Rolle ihr in der zukünftigen Ehe zugedacht war. Es war für beide Teile nur ein Geschäft. Domenico hatte sich eine einwandfreie Ehefrau gekauft, die nichts kannte außer einem strengen Klosterleben, und ihr Vater hatte seine untadelige Tochter gegen ein kleines Gut auf der Terraferma eingetauscht. Er und ihre Mutter hatten Venedig gerne den Rücken gekehrt, in dem sie wie viele bedürftige Adelige der besten und ältesten Familien im Bezirk San Barnaba lebten. In einem Haus, das sich im Besitz der Republik befand, das diese um ein geringes Entgelt an ihre verarmten Patrizier vermietete. Alles, was diese Barnabotti, wie man sie im Volk nannte, noch von den anderen Armen unterschied, war der Zugang zum Großen Rat und die adelige Herkunft.

Ihr Vater hatte jedoch andere Pläne gehabt, als den Rest seines Lebens in Armut zu verbringen. Da er Laura keine Mitgift in die Ehe mitgeben konnte, die es den Töchtern der Adeligen ermöglichte, einen Ehemann zu finden, hatte er sie nicht in eines der von sehr lebenslustigen Nonnen und Fräuleins bevölkerten Klöster in Venedig gesteckt, sondern in ein strenges Institut, in dem tatsächlich noch unter den Klosterfrauen und deren Schützlingen Ehrbarkeit und Ordnung herrschte. Die Untadeligkeit seiner einzigen überlebenden Tochter – sein Sohn war mit fünfzehn Jahren bei einem der oft derben Karnevalsspiele ums Leben gekommen, und seine zweite Tochter im zarten Alter am Fieber gestorben – war für ihn die einzige Möglichkeit, durch eine günstige Heirat seine Lebensumstände zu verbessern. *Wie* günstig, das hatte ihn selbst überrascht.

Ihre Eltern waren ohne Trauer einen Tag nach der Hochzeit abgereist, und Domenico war seiner frischvermählten Gattin sehr schnell überdrüssig geworden. Er hatte sie freundlich, aber herablassend behandelt, ihr klargemacht, was er sich von seiner Gattin erwartete, und hatte schließlich die Stadt ebenfalls verlassen, um anderswo sein Vergnügen zu suchen. So hatte sich Laura ihre Ehe zwar nicht vorgestellt gehabt, aber diese reizvolle und bunte Stadt hatte ihr dabei geholfen, über die Enttäuschung hinwegzukommen, und sie hatte sich schnell eingelebt.

Und sie hatte sich verändert! Aus dem schüchternen Klosterzögling war eine Frau geworden, der viele Männer den Hof machten. Ja, sie hatte Erfolge gehabt und sie war stolz darauf! Doch trotz der vielen Bälle, die sie besuchte, der Bekannten, der Männer, die sie umschmeichelten, fühlte sie sich manches Mal sehr einsam. Wunderbar musste es sein, einen Gemahl zu haben, der einen liebte, für den man der Mittelpunkt der Welt war, die einzige Schönheit in einer Stadt voller Schönheiten. Aber das war ihr wohl nicht vergönnt, auch wenn sie in der Hochzeitsnacht versucht hatte, Domenico klarzumachen, dass sie Liebe wollte und bereit war, diese Liebe im Übermaß zu erwidern. Aber er hatte sich nur abgewandt, irgendetwas von kindischer Romantik gemurmelt, war gegangen und hatte sie tagelang kaum mehr beachtet.

In ihren Träumen allerdings war er nicht gegangen, sondern geblieben und hatte ihr all jene Dinge gesagt, die sie sich in ihrer ‚kindischen Romantik' tatsächlich ersehnte.

Sie sah sich selbst im Spiegel zu, wie ihre Hände über ihren Körper glitten, über ihre Hüften, ihren Bauch, hinauf bis zu ihren Brüsten. Sie strich zart darüber, ertastete unter dem Stoff die zufriedenen weichen Spitzen, die sich unter ihren kreisenden Berührungen langsam erhoben, härter wurden, während sie sich vorstellte, es wäre ein liebender Gatte, der sie so liebkoste. Domenico hatte so wunderbar schlanke und doch kräftige Hände. Der Gedanke ließ ihren Körper wärmer werden. Ein Gefühl, das sie schon kannte, weil sie es in ihren Träumen – alleine in ihrem Bett – immer wieder nachgespielt und ausgekostet hatte.

Sie seufzte. Vom Beginn seiner Werbung an war ihr von ihren Eltern eingeschärft worden, dass sie dankbar sein sollte, weil die Wahl dieses wohlhabenden Mannes auf sie gefallen war, obwohl sie weder Schönheit noch Geld in die Ehe mitbrachte, sondern nur ihre unzweifelhafte Tugend und ihre untadelige Abstammung. Niemals sollte sie sich in das Liebesleben ihres Gatten einmischen, sondern ihm eine treue Gattin und fürsorgliche Mutter seiner Kinder sein und demütig hinnehmen, dass er, wie die meisten Männer, eine Mätresse hatte. Sie war damals verlegen und entsetzt gewesen, aber wie sie inzwischen begriffen hatte, wurde eheliche Liebe lediglich von dieser oberflächlichen Gesellschaft verspottet, und nicht nur jeder Mann, der etwas auf sich hielt, hatte eine oder sogar mehrere Geliebte, sondern auch die Frauen hatten ihre Liebhaber.

Sie musste sich nichts vormachen. Wenn ihr Mann überhaupt jemals wieder zurückkam, dann wohl nur aus Pflichtgefühl und seiner Mutter zuliebe, die sich, wie Laura wusste, nach einem Enkel sehnte und Domenico in ihren Briefen zur Heimkehr mahnte. Sie selbst hatte ihm nie geschrieben und nie einen Brief von ihm erhalten, aber der Gedanke, er könnte eines Tages zurückkommen, ließ sie zittern. Wie oft hatte sie es sich ausgemalt, wie es sein würde, wenn Domenico eines Tages zur Tür hereinkäme, sie erblickte, starr vor Verwunderung über diese Veränderung und zerknirscht zugleich. Die Vorstellung, er könnte sich endlich in seine eigene Frau verlieben, war bestechend. Aber was würde sie wirklich erhalten? Einen gleichgültigen Ehemann, der jedes Mal, wenn er sie umarmte, dabei an seine Geliebte – oder Geliebten – dachte?

Und wenn er nie mehr kam? Laura presste die Lippen aufeinander und warf ihrem Spiegelbild einen entschlossenen Blick zu. Dann würde sie ihm keine Träne mehr nachweinen, sondern nehmen, was sie an Liebe bekommen konnte. Dann war es an der Zeit, dem eindringlichen und leidenschaftlichen Werben von Domenicos Vetter Ottavio nachzugeben, ihren treuen Anbeter endlich zu erhören und ein Liebesabenteuer zu beginnen. Sogar Marina, Domenicos Schwester, die allgemein als Ausbund an ehelicher Tugend galt, hatte einen heimlichen Liebhaber. Und weshalb sollte ausgerechnet sie, die verschmähte Ehefrau, auf ein bisschen Glück verzichten? Sie hatte es satt, einsam zu sein. Satt, ihre Nächte in einem kalten Bett zu verbringen. Und vor allem hatte sie es satt, von einem Ehemann zu träumen, der sie gar nicht wollte.

Sie sah sich selbst zu, wie ihr Mund lächelte, während ihre Augen ernst und ein wenig traurig blieben. Ein bisschen Glück, die Liebe eines Mannes der sie begehrte, war das zuviel verlangt? Ihre Hände wanderten von ihren Brüsten, deren Spitzen sich durch den Baumwollstoff des Mieders drängten, wie von selbst über ihren Leib hinab. Sie lächelte verlegen, als sie sich dabei beobachtete, wie sie den Spitzenunterrock mit der linken Hand immer weiter hochzog, ihre Waden hinauf, bis das Knie freilag, und dann noch ein wenig weiter, sodass sie mit der rechten Hand darunter schlüpfen konnte. Als ihre Finger in ihre warme Spalte glitten, schloss sie die Augen. Es war eines, es hier am späten Nachmittag vor ihrem Spiegel, auf der weich gepolsterten Bank, zu tun, und ein anderes, sich dabei zu beobachten. Allein die Vorstellung, dass ein Mann sie hier berührte, hatte diese Feuchtigkeit austreten lassen, diesen heißen Saft, der ihre Scham benetzte, sie glatt und rutschig machte und ihre Finger bequem tiefer gleiten ließ. Sie stöhnte leicht auf, als sie diesen wunderbaren Punkt gefunden hatte, dessen Berührung so wohl tat, weil er seine prickelnden Strahlen in ihren ganzen Körper verteilte.

Domenico hatte sie dort gestreichelt, als er die Hochzeitsnacht mit ihr verbracht hatte. Sie schüttelte unwillkürlich den Kopf bei dieser Erinnerung. Sie hatte ihm nicht gestattet, ihr mit Spitzen besetztes züchtiges Nachthemd abzustreifen, aus Angst, er könnte sie mit seiner Geliebten vergleichen. Wie gedemütigt, wie unglücklich hatte sie sich bei diesem Gedanken gefühlt! Und dann war sie erschrocken gewesen, als er zwischen ihren Beinen in sie eingedrungen war, und sie den Schmerz der ersten Vereinigung gespürt hatte. Wie gerne hätte sie sich damals an ihn geklammert, ein bisschen geweint, sich trösten lassen wie ein kleines Kind, ihn um Liebe und Zärtlichkeit angebettelt. Aber sie war nur mit geschlossenen Augen da gelegen, um ihn nicht ansehen zu müssen, und hatte versucht, nicht daran zu denken, wie lächerlich sie ihm erscheinen musste im Gegensatz zu seiner schönen und erfahrenen Geliebten.

Aber jetzt konnte sie sich ja ihren Träumen hingeben. Sich vorstellen, dass Domenico neben ihr saß, sie mit einem Arm fest umfangen hielt und mit der anderen Hand all ihre weiblichen Geheimnisse erkundete. Sie seufzte wieder. Erregend war das ... Sie begann, mit dem Finger diesen perlenförmigen Punkt zu umrunden. Zuerst ganz langsam und dann immer schneller, bewegte den Finger hin und her, rieb fester und fester. Sie warf den Kopf zurück, genoss dieses aufsteigende wilde Gefühl, das ihren Körper ergriff, sich zwischen ihren Beinen verdichtete, um fast unerträglich zu werden. So unerträglich, dass sie beim ersten Mal, als sie es ausprobiert hatte, tatsächlich den Finger weggezogen hatte – um dann allerdings schnell wieder hinzugreifen.

Ihre Scham pulsierte, sie fühlte ihr Herz im ganzen Körper schlagen, und dann war sie da – die Befreiung. Diese Erschütterung, die die aufgestaute Spannung löste. Sie erlöste.

Sie ließ ihre Hände sinken, ihr Unterrock rutschte wieder züchtig über ihr Knie hinab. Sie atmete schwerer, und als sie die Augen öffnete, erblickte sie im Spiegel ihr gerötetes Gesicht. Sekundenlang starrte sie es an wie eine Fremde.

Der Traum war wieder vorbei. Ihr erträumter Geliebter war fort. Und sie war alleine.

Ein überraschendes Wiedersehen

Es war kaum eine Stunde nach seiner Ankunft in Venedig vergangen, als Domenico auch schon aus seiner Gondel sprang und die wenigen Stufen hinaufstieg, die zum breiten, mit Fackeln und bunten Lampions beleuchteten Eingang des Palazzos der Familie Pisani führten. Bereits in der

Eingangshalle schlug ihm schon Musik, das Stimmengewirr und der typische Lärm gut gelaunter Menschen entgegen, die fröhlich feierten, sich dem Austausch der allerneuesten Gerüchte und heimlichem Liebesgeflüster hingaben. Venedig war nicht anders als Paris. Hier wie dort herrschte diese Gesellschaft mit all ihren Intrigen, ihrem dummen Geschwätz und ihren hohlen Köpfen, aber es war ihm damals, vor einem Jahr, ganz angenehm gewesen, die Einladung eines Freundes anzunehmen und nach Paris zu reisen. Dort war er wenigstens nicht an die Traditionen und einengenden Gesetze seiner Heimat gebunden und konnte leben, wie es ihm gefiel – ohne Rücksicht auf seine Familie und seinen Ruf nehmen zu müssen.

Er drückte dem Diener in der Halle seinen schwarzen Umhang und seinen Dreispitz in die Hand, stieg die breite Treppe hinauf und blieb nun in der Tür zum Ballsaal stehen, um seine Blicke über die Anwesenden schweifen zu lassen. Alle, wie auch er selbst, waren maskiert, trugen Perücken und zum Teil lächerlich aufgeputzte Kleidung.

Er lächelte einer stark geschminkten Frau zu, die ihm eine unzweideutige Aufforderung zuflüsterte, verneigte sich vor ihr, küsste die Hand und ging dann weiter, froh, dem aufdringlichen Geruch ihres Parfüms und ihrem Gesicht, das alleine schon durch Puder, Rouge und den schwarz nachgezogenen Augenbrauen wie eine Maske wirkte, entronnen zu sein. Er drängte sich durch das Treiben und schaffte es, sich vor einigen kichernden Masken in eine Türnische zu retten, von wo aus er, halb verdeckt von einem schweren dunkelroten Samtvorhang, den Saal überblicken konnte.

Von Laura war weit und breit nichts zu sehen. Unter anderen Umständen hätte er es nicht so eilig gehabt, seine Frau wiederzutreffen, aber in diesem Fall war es vielleicht nicht unklug, sich im Schutz der Maske ein Bild von ihrem Benehmen zu machen - solange sie noch arglos war und nicht ahnte, dass ihr Gatte sie beobachtete. So konnte er gleich feststellen, inwieweit der Brief der Wahrheit entsprach. Es konnte trotz der Maskeraden nicht schwierig sein, Laura zu erkennen. Das schüchterne Ding hielt sich gewiss immer ganz in der Nähe seiner Schwester auf.

Durch die spaltbreit geöffnete Tür hinter ihm waren Stimmen zu hören. Zuerst wollte er gleichgültig darüber hinweggehen, aber dann erkannte er an der näselnden Aussprache seinen Vetter Ottavio und horchte genauer hin. Wenn er sich nicht täuschte, dann lag hinter dieser Tür einer der kleinen Salons, die die Gastgeber besonderen Gästen, die sich nach intimer Zwei- oder Mehrsamkeit sehnten, zur Verfügung stellten. Er selbst hatte schon einige sehr anregende Stunden mit zwei venezianischen Schönheiten dort drinnen verbracht, und sein Vetter Ottavio hatte offenbar auch die Gunst der Stunde und einer Schönen zu nutzen gewusst und sich zurückgezogen.

Jetzt hörte er wieder die Frauenstimme – sehr weich – auch wenn ihre Besitzerin aufgebracht zu sein schien, denn es drangen einige erregte Worte zu ihm hindurch. War die Dame etwa widerspenstig? War sie wütend auf Ottavio? Oder war das eben ihre Art des Liebesspiels, bevor sie sich von ihm verführen ließ? Er wurde neugierig. Eine Frau, die ein Liebesspiel mit so lebhaften Worten begann, konnte ihn auch interessieren. Er achtete darauf, dass er vom Vorhang verdeckt wurde und niemand im Saal ihn bemerken konnte, und öffnete die Tür etwas mehr. Er hatte Glück. Die beiden hielten sich in der Mitte des Zimmers auf. Ottavio, in der lächerlichen Verkleidung eines Satyrs, stand schräg mit dem Gesicht zur Tür, war jedoch so in den Anblick der Frau vor ihm vertieft, dass er nicht herübersah.

Von der Frau sah Domenico nur einen Teil des Profils. Aber das allein versprach schon genug. Er betrachtete sie mit Kennerblick. Eine wogende Brust. Eine schmale, eng geschnürte Taille, die durch den Reifrock noch betont wurde. Im Gegensatz zu den meisten anderen balancierte sie keine pompöse Karnevalsperücke auf dem Kopf. Das gepuderte, volle Haar war lediglich hochgesteckt, und einige neckische Locken fielen auf weiße, hübsch rundliche Schultern. Ein dunkelgrünes, mit goldenen Blumen besticktes Kleid schmiegte sich am Oberkörper an wie eine zweite Haut. Domenico konnte nur ahnen, welche Reize der vom Rock verdeckte Teil ihres Körpers noch bot, aber er hatte wenig Mühe, sich einen runden festen Hintern vorzustellen, üppige weiße Schenkel, zwischen denen man mollig weich lag, zierliche Füßchen. Sein Vetter hatte wahrlich eine gute Hand für seine Geliebten.

Aber offenbar war sie nicht mit ihm einer Meinung. Sie schüttelte den Kopf, redete jetzt hastig, unterdrückt. Wo hatte er diese Stimme nur schon gehört? War das etwa Enrico Marnellis schöne Geliebte, von der – wie man den Briefen seiner Schwester, die ihn immer mit den neuesten Gerüchten aus Venedig versorgte, entnehmen konnte – die ganze Stadt sprach? Oder gar Pietro Morsinis junge Gattin? Domenico hatte diese Schönheit vor seiner Heirat kennengelernt und tatsächlich einige Tage lang mit dem Gedanken gespielt, die Bekanntschaft zu vertiefen.

Er sah schärfer hin. Das Gesicht war durch eine Maske verdeckt, die allerdings einen vollen, sinnlichen Mund freiließ. Das Kleid war so tief ausgeschnitten, dass das Dekolleté der Mode entsprechend nicht nur einen sehr offenherzigen Blick auf ihre Brüste erlaubte, sondern sogar noch die dunklen Brustwarzen – durch hauchzarte Spitzen mehr enthüllt als verdeckt – erahnen ließ. Nicht, dass er es schätzen würde, wenn seine eigene Gattin sich so schamlos den Blicken darbot, aber bei anderen Frauen gefiel ihm diese Art von Aussicht und Ansicht durchaus, und diese hier war besonders anziehend. Eine äußerst schöne Frau. Sehr anmutig in ihren Bewegungen. Sein Blick saugte sich an den üppigen Brüsten fest, bis sie sich umwandte und er zurückzuckte, um nicht gesehen zu werden. Sie wollte offenbar den Raum verlassen, aber Ottavio hielt sie zurück.

„Ihr habt keinen Grund, einem gleichgültigen Gatten wie ihm die Treue zu halten ...“

Jetzt wusste er, wer sie war! Es musste Eleora Moncenigo sein, die junge, vor Leben und Lust sprühende Gattin eines alternden Senators. Seine zweite oder gar dritte Frau. Er hatte zusätzlich mit ihr beachtliche Reichtümer erworben, denen er – Domenico bedachte das mit einem Grinsen – aufgrund seines Alters vermutlich auch mehr abzugewinnen vermochte als dem Körper einer jungen Frau.

Widerwillig drehte sie sich zu Ottavio zurück. „Es geht nicht um ihn! Das habe ich Euch schon gesagt!“

„... einem Gatten, der Eure Schönheit nicht einmal zu würdigen weiß!“

„Schweigt! Und lasst mich jetzt alleine. Ich bitte Euch! Ihr ...“, sie fächerte sich nervös Luft zu, „... Ihr habt mich so aufgewühlt, dass ich kaum weiß, wie ich wieder unter all die Leute treten soll. Bitte verlasst mich jetzt.“

„Euer Gatte ist Eurer nicht würdig!“

„Ich weiß. Aber ... ich flehe Euch an ... besucht mich morgen, dann werde ich Euch meine Entscheidung wissen lassen. Bitte drängt mich jetzt nicht weiter ...“

Ottavio beugte sich über die schlanke Gestalt. „Einen Kuss nur, dann will ich gehen. Einen einzigen Kuss nur ...“ Er hielt seine Schöne fest. Sie wehrte sich ein wenig, hielt dann jedoch still.

So hatte er es also tatsächlich geschafft. Domenico brachte seinem Vetter wenig Wertschätzung entgegen, aber er musste ihm zugestehen, dass er es verstand, eine Frau zu umgarnen. Aber andererseits war es offensichtlich, dass diese hier schon längst bereit war, ihren Mann zu hintergehen und sich Ottavio als Liebhaber zu nehmen, auch wenn sie sich jetzt noch zierte.

Sein Vetter schien sich Muße nehmen zu wollen für diesen Kuss, und dadurch hatte Domenico Gelegenheit, unbemerkt die Nische zu verlassen und sich wieder unter die Leute zu mischen. Dieses kleine Intermezzo war zwar unterhaltsam gewesen, aber nun war es Zeit, nach Laura Ausschau zu halten.

Da! Er nickte zufrieden. Da war Marina, seine Schwester. In Maske, aber unverkennbar mit dem riesigen Fächer, ohne den sie schon seit Jahren keinen Ball besuchte, weil er ihr, wie sie sagte, Glück und Erfolg bei den Männern bringe. Er suchte mit den Augen die maskierte Gestalt neben Marina, die neben seiner hochgewachsenen, eleganten Schwester unbeholfen wirkte. Das musste Laura sein. *„Armes Ding“*, dachte Domenico unwillkürlich, der auf den ersten Blick erkannte, dass Laura jene erotische Anmut fehlte, die den meisten Venezianerinnen eigen war. Und dabei auch noch ein Kleid trug, wie es ungünstiger nicht sein konnte. Unfassbar, dass seine Mutter – ebenso wie seine Schwester eine führende Persönlichkeit in Sachen Mode und Kleiderfragen – ausgerechnet seine Frau in diesem

Aufzug in Gesellschaft gehen ließ. Er musterte mit steigender Abscheu die geschmacklose Farbe des Kleides, die Spitzenbesätze, die vielen Rüschen, die nicht gerade kleidsam wirkten und dann auch noch an den falschen Stellen angebracht waren. Dazu trug sie eine bunt bemalte Maske sowie eine lächerlich hohe Perücke, in der allerlei Kleinkram wie Früchte und Blumen und – er konnte seinen Augen kaum trauen – sogar etwas wie ein Vogelnest eingearbeitet war, sodass sie Mühe hatte, den Turm auf ihrem Kopf zu balancieren.

„Den Weg hierher hätte ich mir also doch sparen können", dachte er mit einer Mischung aus Erleichterung und sogar Mitleid, als er seine unattraktive Frau von der Ferne betrachtete. Es gab zwar immer wieder Männer, die schon um der Jagdlust willen in fremden Revieren wilderten, aber auf dieses Reh würde wohl nicht so schnell jemand aufmerksam werden.

Er wartete, bis sein kleines Frauchen von einem Tänzer aufgefordert worden war, und er in Ruhe einige Worte mit seiner Schwester wechseln konnte.

„Sie ist sehr modebewusst", verteidigte Marina ihre Schwägerin, als er nach der Begrüßung eine Bemerkung über das Kleid seiner Frau fallen ließ, dessen einziger Vorteil seiner unausgesprochenen Meinung nach darin bestand, dass es ziemlich hoch geschlossen war.

„Trotzdem solltest du sie vielleicht in einem ... nun, etwas weniger romantischen Kleid auf Bälle begleiten", sagte er mit unverkennbarer Ironie, während er die lästige Maske aus seinem Gesicht schob. „Die Rüschen ..."

„Was hast du an ihrem Kleid auszusetzen?", unterbrach ihn Marina erstaunt, ohne sich lange zu wundern, dass Domenico seine Frau in all dem Treiben überhaupt schon entdeckt hatte. Sie selbst hatte Laura seit Längerem nicht mehr gesehen, und sie vermutete, dass sie sich mit einem Verehrer zurückgezogen hatte. Nicht, dass sie es ihr nicht vergönnte, es war ihrer Meinung nach sogar schon höchste Zeit für ihre Schwägerin, ein wenig Sittsamkeit abzulegen. Aber dass Domenico ausgerechnet an diesem Abend auftauchte, war äußerst unliebsam.

„Es ist sehr elegant, sehr hübsch. Findest du es etwas zu gewagt?" Sie sah an ihrem eigenen Dekolleté hinab. „Es ist nicht viel weiter ausgeschnitten als mein eigenes, nur ein ganz klein wenig – du weißt ja, wie engstirnig Carlo oft sein kann – aber niemand kann mir wohl einen Vorwurf machen, dass ich nicht dem guten Ton entsprechend gekleidet wäre!"

„Nein, nein." Domenico winkte ab. Das Thema begann ihn bereits zu langweilen, und er bereute schon, überhaupt eine Bemerkung gemacht zu haben. „Ich hatte auch keine Beschwerde. Es war lediglich ein kleiner Hinweis. Es ist nicht nötig, dass sie sich lächerlich macht." Nicht, dass er gewollt hätte, dass sein unscheinbares Frauchen so auffallend gekleidet war wie Ottavios Schönheit in ihrem grünen Kleid, aber wenn Laura zu lächerlich auftrat, warf dies kein gutes Licht auf ihren Ehemann.

„Ach, ja?", fragte Marina mit hochgezogenen Augenbrauen. Sie musterte ihren Bruder mit offensichtlicher Abscheu. Sie vermied zwar sonst eine Auseinandersetzung, in der ihr Bruder es meist schaffte, sie mit wenigen sarkastischen Worten dastehen zu lassen wie ein dummes Ding, aber hier, im vollen Ballsaal – in ihrer Welt – fühlte sie sich sicher. Außerdem liebte sie ihre Schwägerin von Herzen und war immer und jederzeit bereit, zu ihrer Verteidigung einzutreten.

„Und du denkst, dass Laura oder ich es nötig hätten, ausgerechnet von dir kleine Hinweise entgegenzunehmen? Von einem Mann, der sich erwiesenermaßen nichts aus zumindest angemessener Kleidung macht? Der hier – auf diesem Ball – herumläuft, als wäre er dem nächsten Bauernhof entsprungen? Ohne Perücke? Mit diesen grässlichen Schuhen, dieser langweiligen dunklen Jacke, wie die alten Leute sie tragen? Ohne Schönheitspfläscherchen, das ihm wenigstens ein wenig Flair geben würde? Der sich nicht einmal die Mühe macht, seine Maske wieder herunterzuziehen, um uns die Demütigung zu ersparen, als zur Familie zugehörig erkannt zu werden?!"

„Ich wäre dir dankbar, wenn du deine Stimme etwas dämpfen könntest", erwiderte Domenico scharf.

Marina wedelte nervös mit dem Fächer und wies hinter ihn. „Nun, ich schlage vor, dass du deiner armen Gattin selbst sagst, was an ihrem Kleid du so unpassend findest. Hier ist sie nämlich schon!"

Domenico wandte sich um und zwang sich zu einem väterlichen Lächeln, das er für gewöhnlich für sein Klosterkindchen übrig hatte. Als jedoch sein Blick auf seine Frau fiel, erstarben ihm die freundlich herablassenden Begrüßungsworte auf den Lippen. Er stand fast eine Minute lang da und starrte fassungslos auf den Traum aus üppigem Dekolleté, durchsichtigen Spitzen und grüner Seide, der sich soeben von Ottavio hatte küssen lassen.

Und er war unendlich froh, dass er nach Venedig gekommen war.

Laura saß in der mit kaltem Wasser gefüllten Wanne und zitterte äußerlich vor Kälte und innerlich vor Zorn. Wenn sie ihren Gatten bisher heimlich herbeigesehnt hatte, so wünschte sie nun, er wäre viele Tagesreisen weit fort. All ihre Träume von einem glücklichen Wiedersehen hatte er mit einem Schlag zunichte gemacht. Sie trommelte gereizt mit den Fingern auf den Rand der Wanne. Wie dumm sie doch war! Wie einfältig! Wie tief in ihren romantischen, kindischen Vorstellungen gefangen! Aber nun war sie zum Glück aufgewacht und hatte das falsche Bild, das sie sich in ihrer verträumten Arglosigkeit von ihrem Mann gemacht hatte, korrigiert. Es war unglaublich! Da kümmerte sich Domenico fast ein Jahr lang nicht um sie, trieb sich in Paris herum, zog seine vermutlich zahllosen Geliebten seiner rechtmäßigen Gattin vor, und dann behandelte er sie auf diese Weise!

Sie war wie erstarrt gewesen, als er wie in ihren Träumen tatsächlich plötzlich vor ihr gestanden hatte. Aber anstatt sie anzulächeln, ihre Hand zu küssen und ihr zu sagen, wie überwältigt er von ihrer Veränderung war, hatte er sie vor den belustigten Augen und Ohren der anderen sofort aus dem Ballsaal gezerrt, sie in eine Gondel verfrachtet und heimgeschleppt. Sie hatte zuerst gedacht, dass er sie dabei beobachtete hätte, wie sie mit Ottavio in diesem Salon gewesen war und ihm einen Kuss gestattet hatte. Als er sie jedoch ins Arbeitszimmer seines verstorbenen Vaters zitiert und ihr lediglich fast eine halbe Stunde lang Vorwürfe gemacht hatte wegen ihres „obszönen" Kleides, war sie sogar noch erleichtert gewesen.

Obszön! Sie! Ihr Trotz erwachte, als sie länger darüber nachdachte. Und selbst, wenn er sie mit Ottavio gesehen hätte! Na und?! Hatte sie kein Recht, geliebt zu werden?! Wo doch die ganze Stadt viel mehr über seine Mätressen Bescheid wusste, und ihr sogar schon die unglaublichsten Dinge über seine Abenteuer in Paris zu Ohren gekommen waren! Wenn auch nur die Hälfte davon stimmte, dann war dieser Casanova, dieser berüchtigte Abenteurer und Liebhaber, der vor knapp einem Jahr aus den schrecklichen Bleikammern unter dem Dach des Dogenpalastes geflohen war, der reinste Mönch gegen ihn!

Und am Ende hatte er seiner Lieblosigkeit noch die Krone aufgesetzt, als er sogar in ihren Ankleideraum eingedrungen war! Sie und ihre Zofe Anna hatten fassungslos zugesehen, wie er mit einer Vehemenz, die sie ihrem bis dahin so zurückhaltenden Ehemann niemals zugetraut hätte, sämtliche Kleider aus den Truhen und Schränken gerissen und sie auf ihren ‚angemessenen Ausschnitt' hin untersucht hatte! Anna war fast einer Ohnmacht nahe und sie selbst war drauf und dran gewesen, eine ihrer Haarnadeln zu nehmen und ihn damit kaltblütig zu erstechen. Schließlich waren von all ihren wunderbaren Kleidern nur drei Stück übrig geblieben, die seine strenge Zensur überstanden hatten, die anderen waren trotz ihrer heftigen Proteste zur Schneiderin gewandert, die nun all ihre Kunstfertigkeit spielen lassen musste, um die Oberteile am Dekolleté so zu verkleinern oder mit Spitzen zu tarnen, dass sie dem strengen Blick des Herrn Gemahls standhielten. Sie schüttelte wütend den Kopf. Nein, es hatte keinen Sinn, über ihn oder seine ungerechtfertigten Angriffe nachzudenken. Auch nicht über ihre eigene Dummheit und ihre ehemalige romantische Schwäche für ihn.

Sie wollte soeben fröstelnd aus der Wanne steigen, als sie von draußen Domenicos Stimme hörte.

„Wo ist meine Frau?"

„*La siora patrona* befindet sich im Bad", erklärte ihre Zofe in ihrem breiten Venezianisch.

„Im Bad?", kam es erstaunt zurück. „Mitten unter der Woche? Das muss ich mir ansehen."

Bevor Anna ihn zurückhalten konnte, hatte Domenico sie auch schon zur Seite geschoben, die Tür geöffnet und stand vor Laura, die sich sofort wieder in die Wanne hockte und erschrocken nach dem daneben liegenden Badetuch griff, um es sich vor ihre Blöße zu halten.

„Wie kannst du nur so einfach hier eindringen?!", fragte sie empört.

„Ich habe mit dir zu sprechen." Domenico musterte sie unbeeindruckt von oben bis unten. Ihre vollen Brüste mit den wegstehenden Spitzen hoben und senkten sich mit der Bewegung des Wassers, und man konnte deutlich das dunkle Dreieck zwischen ihren Beinen sehen. Sie zog hastig die Beine an und warf sich das bereits nasse Tuch – so gut es ging – über ihren Körper.

„Nicht jetzt! Du siehst ja, dass ich bade!"

„Doch. Jetzt."

Laura hatte den Eindruck, als gefiele ihm, was er sah, denn er stellte sich knapp neben die Wanne und betrachtete sie ungeniert. Sie dagegen fühlte, wie die Kälte des Wassers ihre Gliedmaßen immer tauber werden ließ, und wünschte nichts sehnlicher, als dieses Eisbad wieder zu verlassen. Aber mit Domenico im selben Raum war das natürlich vollkommen unmöglich. „Geh sofort wieder hinaus!", verlangte sie, wobei ihre Zähne hörbar aufeinanderschlugen.

Er runzelte die Stirn. „Ist dir kalt?"

„J... ja", brachte sie zitternd hervor.

Er griff ins Wasser. „Das ist ja eisig!", rief er aus.

„Das muss so sein. Madame ... Madame ...", sie hatte vor Kälte den Namen vergessen, „irgendeine Geliebte eines Franzosen", setzte sie fort, „hat auch immer jeden Tag kalt gebadet, und sie war bis ins h... hohe Alter eine sch... schöne Frau und ber... rühmt für ihre J... Jugendlichkeit."

„Um diese Jahreszeit? Im kältesten Winter seit Jahren? Bist du verrückt geworden? Willst du dir den Tod holen!? Komm sofort heraus!"

„V... verlass zuerst das Zim... mer!", beharrte sie.

In Domenicos Augen blitzte es wütend auf, als er sich ein wenig näher beugte. „Komm sofort heraus, du ausnehmend törichtes Geschöpf, oder ich kippe die Wanne samt dir um! Na los! Wird's bald?"

Laura starrte ihn schockiert an und bemühte sich dann, so rasch wie möglich seinem Befehl – Wunsch konnte man das wohl nicht mehr nennen – nachzukommen. Allerdings fühlte sich in der Zwischenzeit schon ihr ganzer Körper taub an, sodass es schwierig war, mit der erwünschten Anmut aufzustehen. Noch dazu, da sie krampfhaft das ebenfalls nasse und eiskalte Badetuch vor ihren Körper halten musste.

Zu ihrem nicht geringen Entsetzen beugte sich Domenico plötzlich vor, fasste sie unter den Armen und den Knien und hob sie heraus.

„Nicht! Ich bin nackt!", schrie sie auf. Domenico hatte sie jedoch schon wieder auf dem Boden abgesetzt, riss der Zofe das trockene Leinentuch aus der Hand, zog das schützende nasse Tuch mit einem Ruck weg und wickelte sie ein, bevor er sie wieder hochhob und durch ihren Ankleideraum hindurch in ihr Schlafzimmer trug.

„Nackt und nass! Und du", sagte er zu Anna gewandt, „wenn ich dich noch ein einziges Mal dabei erwische, wie du meine Frau bei diesem Unfug unterstützt, erhältst du eigenhändig eine Tracht Prügel von mir! Und du ebenfalls", fuhr er Laura grob an, die, über sein unhöfliches Benehmen erbost, aufbegehren wollte. Er legte sie ins Bett, deckte sie bis oben hin zu und scheuchte Anna, die besorgt gefolgt war, herrisch davon. „Sofort einen heißen Ziegelstein für meine Frau!"

„Als hätte ich die *siora* nicht schon genügend gewarnt. Aber auf mich hört man ja nicht." Anna verschwand, beleidigt vor sich hinmurmelnd.

Bevor Laura es noch verhindern konnte, hatte er auch schon unter die Decke gegriffen und hielt ihren rechten Fuß in der Hand. „Wie ein Eiszapfen! So ein Unsinn! Wie lange hast du schon in der Wanne gesessen? Weißt du denn nicht, wie gefährlich das ist?!"

Laura schwieg, tödlich verlegen, weil er begann, ihre Füße warm zu reiben. Natürlich war Baden gefährlich, das musste er ihr nicht erst sagen. Schließlich waren sich die besten Ärzte darüber einig, dass eine Flüssigkeit wie Wasser, das die Fähigkeit hatte, überall im Körper einzudringen, einfach schädlich sein musste. Aber um eine gewisse Dame auszustechen, wäre sie wahrscheinlich sogar in die von einer leichten Eisschicht bedeckte Lagune gesprungen.

„Deine ‚Madame Irgendwas' hat sicherlich nicht stundenlang in der Wanne gesessen, sondern sich vermutlich nur den ganzen Körper mit kaltem Wasser gewaschen", sagte er, schon ein wenig beschwichtigt.

Die Zofe stürzte soeben mit einem in Tücher gewickelten Ziegelstein herein, den Domenico eigenhändig unter die Decke schob.

Lauras Körper fühlte sich tatsächlich taub und eiskalt an, und nur die Stellen, wo Domenico sie berührt hatte, schienen wärmer zu sein und leise zu prickeln. Sie zog die Decke etwas höher und schielte dabei zu ihrem Mann, der sich ans Fußende ihres Bettes gesetzt hatte und ihre Füße und Waden massierte. „*Wie liebenswürdig er doch plötzlich ist*", dachte sie verwundert und ein bisschen gerührt, „*wie besorgt, trotz seiner Unhöflichkeit.*"

Seine Hände fühlten sich so gut an, so zärtlich und doch fest in ihrer Berührung. Ob … ob er mit seiner Geliebten ebenso verfuhr? Oder noch weitaus liebevoller? Der dumme Schmerz machte sich wieder bemerkbar, und es war dadurch fast unmöglich, Domenicos Fürsorglichkeit zu genießen.

Er sah hoch und bemerkte, dass sie ihn beobachtete. Und da war es wieder, dieses kleine, amüsierte Lächeln, das ihr bereits früher an ihm aufgefallen war. Laura sah schnell weg und vertiefte sich in den Anblick eines Gemäldes, das hinter Domenicos Kopf an der Wand hing.

„Das nächste Mal nimm wenigstens warme Eselsmilch, wenn du schön und jung bleiben willst", sprach Domenico mit diesem leichten Lächeln weiter. „Wie Cleopatra das immer getan hat."

Laura stieg alleine schon seine dunkle und volltönende Stimme in den Kopf, die zusammen mit seinen Händen ein wohliges Gefühl von Wärme in ihr verursachte. Allerdings nur so lange, bis ihr die Bedeutung seiner Worte bewusst wurde, und das Bild einer schönen Frau vor ihrem geistigen Auge entstand. Eine wunderschöne Frau, die in einer mit Milch gefüllten Wanne saß. Ihre wohlgeformten Brüste mit den rosigen Spitzen ragten selbst in dieser weißlichen Flüssigkeit noch wie Hügel aus Alabaster heraus, das blonde Haar war hochgesteckt und einige kleine Löckchen fielen neckisch an den Schläfen herab. Die andere hieß zwar Cleopatra, aber in Lauras Vorstellung hatte sie die Gesichtszüge von Domenicos Geliebter Nicoletta Martinelli. Und neben ihr, am Wannenrand, saß Domenico, lächelte diese Frauensperson verliebt an und beugte sich hinunter, um sie zu streicheln und zu küssen.

Im nächsten Moment stieg eine Hitze in Laura auf, die weder vom Ziegelstein, noch von Domenicos Berührungen herrührte, sondern von einer sie selbst überraschenden, heftigen und brennenden Eifersucht, die von einem Zorn begleitet wurde, wie sie ihn in ihrem jungen Leben noch kein einziges Mal gefühlt hatte. Nicht einmal, als Domenico ihren Kleiderschrank durchwühlt hatte. Sie setzte sich auf. „Wie kannst du es wagen, mir die Schönheitsmittelchen einer deiner … deiner Mätressen vorzuschlagen!"

Domenico sah sie sekundenlang verblüfft an und brach dann in schallendes Gelächter aus. Sie hatte ihn noch nie lachen sehen! Wie anziehend sein Gesicht dabei wurde … Aber er lachte sie aus!

„Hör sofort auf zu lachen!!" Laura, von Kränkung und Eifersucht überwältigt, nahm eines der Bücher von ihrem Nachttisch und warf es nach ihrem Gatten. Dieser duckte sich mit erstaunlicher Behändigkeit. Das Buch flog dicht über seinen Kopf hinweg und knallte an die Wand. Er hatte sich jedoch kaum von seiner Überraschung erholt, als sie ihm ihre Füße entriss und so heftig nach ihm trat, dass sich ihr Haarband löste und ein ganzer Schwall dunkler Locken über ihr Gesicht fiel und ihr halb die Sicht verdeckte.

„Aus meinem Zimmer!", schrie sie, völlig außer Fassung geraten. „Sofort aus meinem Zimmer! Es genügt schon, dass du dich mit perversen Frauenzimmern abgibst, die so lächerliche Sachen tun, wie in Milch zu baden, aber mir dann auch noch davon zu erzählen, ist eine Niedertracht ohnegleichen!"

Domenico fing ihre Füße ab und hielt sie fest. Er lachte nicht mehr, aber sein überlegenes Lächeln machte Laura nur noch wütender.

„Sei still. Wenn du dich nicht nur mit Putz und sinnlosem Geschwätz beschäftigen würdest, dann hättest du jetzt wissen müssen, dass Cleopatra eine ägyptische Königin war, die zu Cäsars Zeiten lebte."

Laura hielt mit dem Strampeln inne. „Eine ägyptische Königin?" Ja, natürlich, jetzt fiel es ihr wieder ein. Sie hatte erst kürzlich ein Buch gelesen, in dem von dieser Frau die Rede war. Eine beneidenswert ruchlose Person, ihrer Meinung nach, die sich gelegentlich in einen Teppich wickelte, einige einflussreiche römische Männer verführte und am Ende von einer Schlange gebissen wurde. In Lauras Vorstellung hatten sowohl diese Frau als auch die Schlange die Züge einer gewissen Nicoletta gehabt.

„Die zuerst Cäsar verführte und dann Marc Anton", sprach Domenico weiter. Plötzlich verschwand sein Lächeln und sein Blick wanderte von Lauras Gesicht hinab über ihren Hals, ihr weißes Dekolleté und blieb auf ihren Brüsten hängen, deren rosige Spitzen sich nicht alleine der Kälte wegen erhoben hatten.

Erst als sie diesen Blick sah, war Laura sich bewusst, dass sie in ihrem Ärger die schützende Decke weggeschoben hatte und nun halb nackt vor ihrem Mann saß. Rasch zog sie die Decke wieder bis zum Hals hinauf. „Sieh mich nicht so an."

„Und weshalb nicht?", fragte Domenico ruhig. Alle Ironie und Erheiterung waren aus seinen Augen gewichen, und sein Gesichtsausdruck wurde plötzlich sehr ernst.

„Deshalb nicht", erwiderte sie, wobei sie sich der Lächerlichkeit ihrer Antwort selbst bewusst war. Aber der Ausdruck in seinen Augen beunruhigte sie, und sie fühlte ein rätselhaftes Gefühl der Verlegenheit ihm gegenüber in sich aufsteigen. Mit einem Mal lag etwas anderes in seinem Blick als die übliche gönnerhafte Nachsicht oder gar Gleichgültigkeit. Er sah sie an wie ein Mann, der eine Frau begehrte. Sie hatte diesen Blick zwar noch nie an ihm bemerkt, ihn aber oft genug an den Männern gesehen, die ihr den Hof machten.

Nein, das stimmte nicht ganz. In den Blicken der anderen – selbst in jenen Ottavios, ihres glühendsten Verehrers – lag eine gewisse Verspieltheit, Leichtsinnigkeit, die selbst dann nicht ganz verschwand, wenn sie ihre Liebe aufrichtig beteuerten. In Domenicos Augen dagegen lag ein tiefer Ernst, der sie mehr berührte als alle lockenden Komplimente und Schwüre, die man ihr während der Bälle heimlich zuflüsterte. Es hatte ihre Sinne gekitzelt, ihr Spaß gemacht, aber bei ihrem Mann fühlte sie eine völlig neue Unruhe in sich aufsteigen.

„Weshalb nicht?", fragte Domenico noch einmal. Er hatte sich von seinem Platz am unteren Bettende erhoben und setzte sich nun direkt neben sie. Er war ihr so nahe, dass Laura sich zurücklehnte, um ihn nicht zu berühren. Genau das schien jedoch seine Absicht zu sein, denn mit jedem Fingerbreit, den sie zurückwich, beugte er sich vor, bis sie auf dem weichen Kissen lag und nicht mehr weiter konnte. Sie starrte in seine Augen. Diese faszinierenden grauen Augen, die meist so kühl blickten, jetzt aber etwas ausstrahlten, das kleine Hitzeschauer über ihre Haut laufen ließ. „Sag es mir, Laura. Weshalb soll ich dich nicht ansehen?", wiederholte er ruhig, während seine Hand über ihren Arm hinaufglitt, ihre Schulter entlang, und zart über ihren Hals strich.

„Ich ... ich weiß es nicht", flüsterte sie. Wie anders er doch war. Wie zärtlich er ihren Namen aussprach. So anders war er, dass sie plötzlich Angst vor ihm hatte. Nein, das war Unsinn. Nicht Angst vor ihm, sondern vor dem, was er tun könnte oder was sie ... Sie schloss die Augen, als sein Gesicht sich ihrem noch weiter näherte. Sie fühlte seinen Atem auf ihrer Wange und dann seine Lippen, die hauchzart darüber streichelten. Sich jetzt fallen lassen, nachgeben, nicht mehr an die anderen Frauen denken, träumen ...

„Meinst du nicht, Laura, dass es an der Zeit wäre, darüber nachzudenken, wie es mit uns beiden weitergehen soll?", fragte er sanft. Seine Finger spielten mit ihrem Haar, ihren Locken, griffen tief hinein und hielten ihren Kopf fest.

Laura fühlte, wie sie zu zittern begann. Aber dieses Mal nicht aus Kälte, sondern aus einem Gefühl der Erregung heraus, das sie noch nie empfunden hatte. Sie wusste nicht, wie es geschehen war, aber plötzlich lagen Domenicos Lippen auf den ihren. Warm und zärtlich waren sie, unendlich angenehm und sinnlich zugleich. Sie hatte sich früher oft gefragt, wie es sein müsste, einen Mann zu küssen, ein fremdes Wesen, das außerhalb ihres eigenen Körpers existierte, und ihn so nahe kommen zu lassen, dass ihre Körper sich vereinigten. Fremde Lippen zu fühlen, einen fremden Atem zu spüren, ohne angeekelt den Kopf wegzudrehen. Einer der Pater, der öfter das Kloster mit seiner Anwesenheit beehrte, hatte zur Begrüßung immer die Mädchen umarmt und sie fest auf den Mund geküsst, und Laura war jedes Mal beim Gedanken an die feuchten welken Lippen schon übel geworden. Auch Ottavios Kuss, den sie mehr aus Höflichkeit geduldet hatte, war ihr nicht besonders angenehm gewesen.

Domenico hatte sie in der Nacht, in der er sie zum ersten und letzten Mal als seine Frau erkannt hatte, ebenfalls geküsst. Sie war jedoch so verschreckt und unglücklich gewesen, dass sie an sich hatte halten müssen, um ihn nicht wegzustoßen. Nun jedoch erstaunte es sie, wie natürlich sie seine enge Nähe empfand. Sein Atem roch weder parfümiert noch abstoßend, wie sie das von anderen Männern kannte, sondern einfach nur nach ihm, nach Domenico. Überhaupt fiel ihr heute zum ersten Mal sein ganz persönlicher Geruch auf. Angenehm nach Mann, aber sauber ... sauberer als die anderen, die ihre Ausdünstungen mit allen möglichen Parfüms zu überdecken suchten.

Sie gab seinem leichten Druck nach, öffnete ihre Lippen ein wenig mehr und atmete tief und zitternd ein, als er nicht einfach nur seinen Mund gierig und ungestüm auf ihren presste, wie Ottavio das getan hatte, sondern darüber streichelte, ihre Oberlippe küsste, an ihren Mundwinkeln verweilte, von ihrer Wange wieder zurückkehrte und so sanft an ihrer Unterlippe zu saugen begann, dass sie unwillkürlich leise aufseufzte. Schön war das, unendlich schön. Noch schöner als in ihren Träumen.

Seine Lippen legten sich über die ihren und plötzlich fühlte sie, wie seine Zunge sanft gegen sie stieß, über ihre Zähne streichelte und dann tiefer hineintastete. Erstaunt bemerkte sie, dass ihr die Feuchtigkeit seines Mundes angenehm war, ebenso wenig Fremdes hatte wie sein Atem, und dass sie unbewusst mit ihrer eigenen Zunge die seine suchte und seinen Geschmack aufnahm. Schon längst hatte sie alles um sich herum vergessen. Ihre Gefühle konzentrierten sich nur auf Domenico, der über sie gebeugt war, seine Hand in ihrem Haar vergraben hatte und sie küsste, als gäbe es nichts auf der Welt, das er mehr wollte.

Endlich, als sie schon atemlos war vor Glück und diesem Gefühl erwachender Leidenschaft, das alles andere unwichtig machte, löste er sich von ihr. Er lächelte auf sie herab, strich mit dem Finger über ihre erhitzte Wange und ihre vom Kuss heißen Lippen. „Es freut mich zu sehen, Laura, dass ich es offenbar nicht bereuen muss, dem Ruf meiner Mutter gefolgt zu sein. Obwohl ich vorhin schon befürchtet hatte, du wärst nicht um eine Spur vernünftiger geworden als das letzte Mal."

Er wollte sich wieder über sie beugen, aber Laura war wie erstarrt. Marinas Worte fielen ihr wieder ein, als sie ihr von den drängenden Briefen ihrer Schwiegermutter erzählt hatte, die ihren Sohn förmlich anflehte, heimzukehren und seine Pflicht zu erfüllen. Sie selbst hatte sich nach seiner Abreise geschworen, sollte er jemals wiederkommen, ebenfalls ihre Pflicht ihm und ihrer Familie gegenüber zu erfüllen und das Geschäft, in dem sie die Ware gewesen war, einzuhalten. Sekundenlang klammerte sie sich an ihre – während seiner Abwesenheit – gefassten Vorsätze, aber im nächsten Moment hob sie die Hände, schob ihn von sich fort und drehte den Kopf weg. „Lass mich sofort los!"

Domenico verharrte für Sekunden bewegungslos, so als könne er nicht glauben, was er hörte. Dann zog er langsam seine Hand zurück, setzte sich auf und blickte Laura mit gerunzelter Stirn an. „Was soll dieser Unfug, Laura? Weshalb benimmst du dich so lächerlich?"

„Lächerlich?", fragte sie atemlos zurück. *Nur weil ich mehr für dich sein will als eine lästige Pflicht?*, dachte sie gekränkt. Natürlich war er nur deshalb zurückgekommen! Nicht aus Sehnsucht nach ihr, sondern um seiner Mutter einen Gefallen zu tun und Kinder zu zeugen! Und um sie dann vermutlich wieder erleichtert zu verlassen und zu seinen schönen Mätressen zurückzukehren! Wie dumm sie doch war, etwas anderes anzunehmen! Zuerst hatte ihr Vater sie von frühester Kindheit an von ihrer Familie getrennt und ins Kloster gesteckt, um nichts mit ihr zu tun haben zu müssen, und nun war sie an einen Mann gebunden, dessen Liebe einer – oder vielen – anderen gehörte, aber nicht ihr. Sie war kein Gegenstand, der sich hin und her schieben und gebrauchen ließ. Sie war eine Frau, die sich nach Liebe sehnte. Die Nonnen im Kloster wären entsetzt gewesen über ihre Widerspenstigkeit und ihren Mangel an Demut, und sie wusste selbst, dass sie eine dumme Gans war, die das wenige zurückwies, das ihr Gatte ihr zu geben bereit war, aber sie konnte nicht anders.

„Ich bin immerhin dein Ehemann", erklärte er finster.

„Glaubst du vielleicht, ich würde Wert darauf legen, an einen Mann gebunden zu sein, der nichts anderes im Kopf hat als seine ...", sie unterbrach sich hastig, denn sie hatte Mätressen sagen wollen, fing sich aber schnell, „... seine Geschäfte."

„Und du bist und bleibst ein dummes, unreifes Ding, das nichts als Stroh in seinem Kopf hat", fiel Domenico ihr verächtlich ins Wort. „Ich weiß wirklich nicht, weshalb ich mich überhaupt mit dir abgebe." Er stand auf.

„Ach, diese stadtbekannte Signora Martinelli ist wohl die einzige, die sich eines klugen Kopfes rühmen darf?", entfuhr es Laura gekränkt. Sie dachte an den Tag, an dem ihr nur wenige Tage nach Domenicos Abreise auf einem der Bälle wieder diese schöne Nicoletta begegnet war, und wie diese sie abfällig gemustert hatte. Der Neid auf diese bildschöne Frau, die für ihre Bildung und Klugheit bekannt war, die ihr von vornherein die Liebe ihres Mannes gestohlen hatte, war gallenbitter in ihr hochgestiegen, und in diesem Moment hatte sich etwas in ihr verändert. Ihr Stolz war erwacht und sie hatte nichts anderes im Sinn gehabt, als diese und alle anderen auszustechen. Niemand sollte hinter vorgehaltener Hand über sie tuscheln und sagen können, dass Domenico Ferrante bei der Wahl seiner Geliebten mehr Geschmack bewiesen hätte als bei jener seiner Gattin!

„Die Klöster, in denen ihr Frauen lebt und erzogen werdet, sind auch nicht mehr das, was sie einmal waren", sagte Domenico erbittert, nachdem er sich von ihren Worten erholt hatte. Was zum Teufel fiel ihr ein, ihm ausgerechnet jetzt mit Nicoletta zu kommen?! Er erhob sich, seltsam enttäuscht von der Wendung, die diese eben noch so reizvolle Situation genommen hatte. „Früher wäre es keiner jungen Frau eingefallen, ihrem Mann den Namen seiner Mätresse ins Gesicht zu schleudern und ihm gegenüber solche Worte zu gebrauchen! Fast hätte ich Lust, dich wieder ins Kloster zurückzuschicken!"

Er bückte sich, hob das kostbar gebundene Buch auf und betrachtete es mit spöttisch verzogenen Lippen. Lippen, die noch vor knapp einer Minute so dicht an den ihren gewesen waren. „Dante? Du scheinst es mit den anderen Damen zu halten, die sich Bücher auf den Nachttisch legen, um damit vorzugeben, sie zu lesen. Nun, wie du willst." Er warf das Buch mit einem abfälligen Schultzerzucken neben sie auf das Bett.

„Ich hasse dich!", schrie ihm Laura, verletzt über diese abfällige Bemerkung nach, als er sich anschickte, das Zimmer zu verlassen. Ihr Temperament war ebenfalls einer ihrer Charakterzüge, an dem die guten Klosterschwestern vergeblich gearbeitet hatten, und sie wusste jetzt schon, dass sie ihr kindisches Verhalten in spätestens zwei Stunden bereuen würde.

Domenico hob die Schultern. „Damit werde ich wohl leben müssen", sagte er betont gleichmütig und schloss die Tür mit einem Knall hinter sich, dass die Wände erzitterten.

Noch zwei Stunden später rannte Domenico wütend in seinem Arbeitszimmer hin und her, wohin er sich zurückgezogen hatte, um in Ruhe über diese Abfuhr nachdenken zu können.

Verschmäht! Zurückgewiesen von seiner eigenen Frau, die es seinem Vetter, diesem geistlosen Beau erlaubt hatte, sie zu küssen und zu betatschen! Wenn er sich bisher noch gelinde über Lauras romantische Einfalt amüsiert hatte, so ballte er nun – angesichts dieser Demütigung und Kränkung – zornig die Fäuste.

Das konnte er ihr nicht durchgehen lassen. Nicht ausgerechnet einer Frau, die vom Tag ihrer Heirat an in Tränen aufgelöst gewesen war, und die für Leidenschaft und Hingabe so wenig übrig hatte, dass sie noch den feurigsten Liebhaber zu einem Stein verwandelt hätte. „Da hätte ich genauso gut meine Liebeskünste an einem Strohsack erproben können", murmelte er, erbittert über diese Ungerechtigkeit. Dabei hatte er sich in der ersten Nacht alle Mühe gegeben, hatte seine eigene Enttäuschung über diesen Mangel an weiblicher Erotik, der ihm da geboten worden war, hinuntergeschluckt und tapfer weitergemacht, in der Hoffnung, wenigstens ein wenig Widerhall zu finden, ein kleines Echo.

Er hatte sich bei seiner Ankunft in Venedig vorgenommen gehabt, Laura auf frischer Tat zu ertappen und sie dann – wenn möglich schwanger – auf dem Landgut auf der Terraferma einzusperren, um selbst wieder freie Hand zu haben, und ohne befürchten zu müssen, dass man ihm Hörner aufsetzte. Sie war jedoch, wenn er die Szene zwischen Ottavio und ihr richtig gedeutet hatte, noch nicht sehr weit vom Pfad der Tugend abgekommen, und er selbst war von ihrem veränderten Aussehen, ihren neuen, bisher ungeahnten

Reizen so beeindruckt gewesen, dass er tatsächlich drauf und dran gewesen war, seine ehelichen Pflichten auch noch mit Freude zu erfüllen.

Wie sehr er sich um sie bemüht hatte! Vor dem sicheren Tod durch Erfrieren in dieser Eiswanne hatte er sie gerettet. Und was war der Dank gewesen?! Beleidigungen und eine Abweisung!

„Na warte nur", murmelte er erbost. Er wusste noch nicht, wie er seine Frau eines Besseren belehren konnte, aber dass er es tun würde, stand außer Zweifel. Es gab einen Punkt, wo ein Mann nicht mehr über seinen mit Füßen getretenen Stolz hinwegsehen konnte. Und dieser war erreicht.

Ottavio! Ha! War dieser lächerliche Geck etwa besser als er?! Anziehender? Ein besserer Verführer? Seine Augen wurden schmal, als er an seinen Vetter dachte. Es war ihm nach dem Ball zugetragen worden, dass sein Vetter fast ständiger Gast im Hause war und sich neben Patrizio Pompes, Lauras legalem *cicisbeo*, offenbar zusätzlich einen Platz erobert hatte, der sogar so weit ging, sie zu küssen und verführen zu wollen. Bei dem Gedanken, seine Frau könne über kurz oder lang in den Armen seines Vetters liegen und ihm mit Freuden das gewähren, was sie ihm vorenthielt, sah Domenico rot. Er würde Ottavio zur Rede stellen und ihn dann zwingen, sich mit ihm zu duellieren. Duelle waren in Venedig verboten, aber irgendwo auf dem Festland, vielleicht auf seinem eigenen Landgut, würde es niemanden kümmern, wenn er diesem Schurken den Degen durch den Leib rammte. Das konnte er nicht auf sich sitzen lassen. Da konnte er sich gleich eine dieser Karnevalsmasken mit Hörnern aufsetzten und durch die Straßen rennen!

Abrupt hielt er in seinen Überlegungen inne.

Der Karneval.

Eine Idee blitzte durch seinen Kopf, die es vielleicht wert war, gründlicher bedacht zu werden. Natürlich. Der Karneval! Weshalb war ihm das nicht sofort eingefallen! Hier bot sich *die* Gelegenheit, seine Frau von ihren romantischen Verstiegenheiten zu heilen und aus ihr eine Gattin zu machen, die ihm in jeder Beziehung ergeben sein würde. Ein grimmiges Lächeln erschien auf seinen Zügen. Jetzt wusste er, wie er sich rächen und sein widerspenstiges, keckes Weib klein bekommen konnte.

Der Cavaliere d'Amore

Laura sah fasziniert auf den versiegelten Brief, den ihr ihre Zofe Anna soeben heimlich und mit einem verschwörerischen Ausdruck im Gesicht auf ihr Zimmer gebracht hatte. Ein junger Bursche hätte ihn abgegeben und Anna eingeschärft, ihn nur ihrer Herrin und ja sonst niemandem anderen auszuhändigen. Und nun saß Laura vor ihrem Frisiertisch, voller Neugier und voller romantischer und fantastischer Vorstellungen, wer wohl der Absender sein mochte. Etwa gar dieser Maskierte, der sie am Vortag durch die Flut der anderen Leute hindurch in den engen Gassen verfolgt und ihr dann die Seidenrose in die Hand gedrückt hatte?

Sie war in Begleitung ihrer Freundin Concetta, deren Ehemann und dessen Bruder gewesen. Alle vier hatten natürlich Masken getragen, wenn auch etwas fantasievoller als an den gewöhnlichen Tagen des Jahres. Concetta hatte überall auf ihrem Kleid und ihrem Domino Federn angenäht und aufgesteckt und war herumgeflattert wie ein bunter Vogel. Die beiden Männer waren als Harlekine verkleidet gewesen, und Laura hatte ein duftiges, hellblaues Kleid mit hellblauer Maske getragen und dazu eine Perücke aus dem schönsten Blond, das ihr Friseur hatte auftreiben können. Ferner einen Domino, dessen weite Kapuze sie als zusätzlichen Schutz noch über Kopf und Gesicht ziehen konnte. Domenico war vor zwei Tagen verreist, fast unmittelbar nach dieser unschönen Szene in ihrem Schlafzimmer. Angeblich war er zu einer geschäftlichen Angelegenheit außerhalb Venedigs gerufen worden, die seine Güter auf der Terraferma betraf, aber Laura glaubte nicht recht daran, sondern argwöhnte, dass er entweder wieder nach Paris fuhr oder sich an einem anderen Ort mit einigen anderen Frauen vergnügte. Aber wie auch immer, jedenfalls hatte er ihr damit die Gelegenheit geboten, sich ein wenig aufzuheitern. Sie war sich zwar immer noch nicht ganz klar, ob sie sich tatsächlich amüsiert hatte, dazu war der Ärger über Domenico und ihr eigenes würdeloses Verhalten noch viel zu stark, aber sie hatte es eben versucht. Schon um ihren Ehemann wenigstens für einige Stunden zu vergessen.

Trotz der im Januar herrschenden Kälte hatten sich von flackernden Fackeln und Lampions beleuchtete Masken in den engen Gassen und auf den Brücken gedrängt. Gelächter, heimliche und offene Liebesworte waren durch die Nacht geflogen, und die Luft hatte vibriert vom Duft der Romantik und der Liebe. Laura war wie im Traum durch die Straßen und über die Brücken getanzt. Sie waren zu Fuß unterwegs gewesen, um das Treiben besser auskosten zu können, hatten sich aber bereits wieder auf dem Weg zu der in einem Seitenkanal wartenden Gondel ihrer Freundin befunden. Gerade, als sie sich hinter Concettas Ehemann durch eine der engen Häuserfluchten gedrängt hatte – vor ihr der Kanal mit Concettas Gondel – war ihr aufgefallen, dass ihre kleine Gruppe Zuwachs bekommen hatte. Es war ein Harlekin in Schwarz und Weiß mit einer roten Rose aus Seide in der Hand, die er ihr mit einer leichten Verbeugung reichte, bevor sich ganz selbstverständlich sein Arm um sie legte. Dabei war sein Gesicht mit der Pestmaske ihrem Ohr so nahe gekommen, dass sie seinen Atem spüren konnte.

„Eine nie verwelkende rote Rose der Liebe und der Bewunderung für die schönste Maske Venedigs. Erwartet mein Schreiben, in dem ich Euch mehr sagen will, *madame*." Kaum mehr als ein Raunen, und dann war er fort gewesen.

Sie war wie angewurzelt stehen geblieben, hatte ihm nachgeblickt, bis Concetta, die den kleinen Zwischenfall nicht bemerkt hatte, sie am Arm ergriff und zur wartenden Gondel zog. Das war nun schon einen Tag her, aber die Erinnerung daran, wie er sie besitzergreifend an sich gepresst, sie seinen Körper hatte spüren lassen, wollte nicht von ihr weichen, und sie hatte sich diese wenigen Momente immer wieder ins Gedächtnis zurückgerufen.

Und nun hatte er seine Worte wahr gemacht, und sie hielt sein Schreiben in ihren Händen. Sie brach das Siegel auf und entfaltete mit zitternden Fingern und vor Aufregung heißen Wangen das Papier. Sie besah sich zuerst die Schrift, bevor sie den Text las. Eine sehr männliche Schrift war das, mit steilen, energischen Buchstaben. Sie glitt mit dem Finger über die Zeichen, dann begann sie zu lesen.

„Chère madame … "

Er hätte sie schon des Längeren beobachtet, schrieb er, und sei so sehr in Leidenschaft zu ihr entbrannt, dass er kaum noch schlafen könne. Ihr leuchtendes Bild stünde Tag und Nacht vor seinen Augen und er müsse sterben, wenn sie ihm nicht die Gunst erweise, sie einmal unter vier Augen zu sehen und auch sprechen zu dürfen. Dann würde er in Frieden von dannen gehen oder bereit sein, jedes Los zu ertragen, welches das Schicksal für ihn ausersehen hätte. Aber diese eine, letzte Gnade, wolle sie doch einem, der sich in Leidenschaft zu ihr verzehre, erweisen.

Laura schüttelte lächelnd den Kopf. Welch romantischen Worte. Wohl übertrieben, aber liebenswürdig und artig.

Eine günstige Gelegenheit wäre, so schrieb er weiter, der Ball der Calergi in zwei Tagen, zu dem sie, wie er wohl wusste, ebenfalls geladen sei. Dann fügte er noch einige Beteuerungen seiner übergroßen Liebe hinzu, beschwor sie abermals, auf den Ball zu kommen, und nannte ihr den Ort, wo er sie dort treffen wollte. Darauf folgte seine Unterschrift:

„Euer ergebenster Diener, der unerkannt bleiben muss aus Gründen, die er Euch unter vier Augen darlegen wird.

Euer Cavaliere d'Amore. "

Es konnte kein Zweifel darüber bestehen, wer dieser Harlekin und ‚Cavaliere d'Amore' war. Laura hatte mit einem Blick die elegante Gestalt Ottavios erkannt – jener Domenicos so ähnlich – auch wenn sie sich wunderte, weshalb er sie in dem Brief standhaft *„chère madame"* nannte, und weshalb er so geheimnisvoll tat. Aber vermutlich hielt er dies für sinnlich, und außerdem war es in der gehobenen Gesellschaft Venedigs ja auch üblich, sich der französischen Sprache zu bedienen. Sie selbst hatte begonnen, ihre Fertigkeit in dieser Sprache, die sie im Kloster nur in ihren Grundlagen erlernt hatte, zu verbessern, denn es zeugte von Lebensart und Bildung.

Sie besah sich sinnend den Brief. Domenicos Vetter war der bei Weitem bestaussehende und charmanteste Mann Venedigs. Ein Mann, der jede Frau haben konnte, der aber ausgerechnet ihr so unverdrossen den Hof machte und nun sogar einen so reizvollen Weg ersonnen hatte, um ihr eine Nachricht zukommen zu lassen. Wie gut tat ihr das nach dem Verhalten ihres Mannes! Sie rief sich Ottavios Aussehen ins Gedächtnis, auch wenn das ein wenig schwierig war, da sich immer Domenicos Gesicht dazwischenschob. Ottavios elegante modische Perücke, das Schönheitspfläsierchen, das seinen wohlgeformten Mund betonte, die gut sitzende bestickte Jacke mit den langen, die Hände bedeckenden Spitzenmanschetten, die Seidenstrümpfe und die mit Edelsteinen besetzten Schnallenschuhe. Den elegantesten Mann Venedigs nannte man ihn. Er hatte sie anfangs sehr an Domenico erinnert. Was auch nicht weiter verwunderlich war, schließlich war er einer seiner Vettern und die Familienähnlichkeit, hieß es, sei bei den Ferrantes sehr groß. Er hatte in etwa die gleiche Statur, ebenfalls graue Augen und die gleiche stolze Haltung, auch wenn Domenico immer etwas ernster und zurückhaltender wirkte – um nicht zu sagen unfreundlich – und weitaus weniger auf seine elegante Erscheinung bedacht war.

Schon seit langem bemühte sich ihr gut aussehender Kavalier um sie, aber erst auf dem Ball bei den Pisanis hatte er sie stärker als sonst bedrängt, die Seine zu werden. Die Fortsetzung dieser Romanze war durch Domenicos Ankunft gestört worden, aber nun hatte Ottavio einen anderen, sehr romantischen Weg gefunden, sie zu erreichen. Sie lächelte ihrem Spiegelbild traurig zu. Sie wusste selbst nicht, ob sie dieser Bitte Folge leisten sollte. Einerseits reizte sie es, ein wenig umschwärmt und hofiert zu werden, und es geschah Domenico ganz recht, wenn sie sich die von ihm versagte Liebe bei anderen holte. Aber andererseits war alles, was die anderen Männer ihr sein konnten, nur eine schwache Erfüllung ihrer wirklichen Träume.

Und dennoch ... Sie strich sich unwillkürlich mit der Hand über den Leib, wo seine Hand gelegen hatte. Ottavio hatte sie schon des Öfteren berührt, genau genommen ließ er kaum eine Gelegenheit aus, aber noch nie hatte sie seine Berührung so intensiv gespürt. Konnte es sein, dass sie begann, ihren Mann tatsächlich zu vergessen und sich einem anderen zuzuwenden?

Die Verführung

Domenico lächelte immer noch grimmig, als er im Salon des Palazzos der Calergi ungeduldig hin und her wanderte und dabei die langen Spitzenmanschetten wieder in Form schüttelte. Normalerweise hatte er nichts übrig für derlei Putz, aber in diesem Fall war es praktisch, da die Spitzen seine Hände verdeckten. Außerdem hatte er auch den Rest seiner Kleidung dem Anlass angepasst und trug nun anstelle seines schlichten – meist in alter Tradition schwarzen Anzuges – eine aufwändig bestickte hellblaue Seidenjacke mit einer cremefarbenen, reichverzierten Weste und passende Kniestrümpfe zu den hellblauen Hosen. Das Spiel machte ihm Spaß. Er würde sein kleines romantisches Gänschen ein wenig necken, mit ihr spielen, sie verführen und ihr beweisen, dass er nicht nur ebenso gut wie Ottavio war, sondern noch weitaus besser. Und dann würde er sich ihr zu erkennen geben und sich an ihrer Zerknirschung weiden. Das sollte ihr eine Lehre sein, in fremden Palazzi mit anderen Männern zu tändeln und ihren eigenen rechtmäßigen Gatten abzuweisen!

Er hatte sie in dem kleinen Briefchen, das er von einem verlässlichen Boten hatte überbringen lassen, gebeten, zum Ball zu kommen, um sich um Mitternacht mit ihm in einem kleinen Salon zu treffen, der neben einigen anderen von den Gastgebern für diese Zwecke zur Verfügung gestellt wurde. Es war ihm gelungen, diesen Raum weiteren, ebenfalls Zweisamkeit suchenden Paaren gegenüber zu verteidigen, und nun wartete er ungeduldig darauf, dass sein Eheweib dem Ruf der Romantik folgte und um Mitternacht durch die Tür schritt.

Die Glocke von San Marco schlug. Einmal, zweimal, dreimal … zwölfmal. Er rückte seine Halbmaske zurecht und hielt unwillkürlich den Atem an, als sich fast unmittelbar nach dem letzten Schlag die Tür öffnete und Laura erschien. Er hatte sich im Zuge seiner fingierten Reise für einige Tage bei einem Freund einquartiert, dessen Palazzo seinem gegenüberlag, und der ihm, ohne lange zu fragen, Gastfreundschaft gewährt hatte. Von dort aus hatte er Laura beobachtet, wie sie vor zwei Stunden das Haus gemeinsam mit Patrizio verlassen hatte und mit der Gondel hierher gefahren war.

Sie hatte ihr volles dunkles Haar unter einer Perücke verborgen, die Maske verdeckte halb ihr Gesicht und in diesem Kleid, dessen Ausschnitt trotz seiner Zensur immer noch tief genug war, um sein Herz schneller schlagen zu lassen, war sie überwältigend. Er starrte sie sekundenlang bewundernd an. Wie hatte er bisher nur übersehen können, mit welch einer schönen Frau er verheiratet war!

Sie lächelte ein wenig schüchtern – was diese reizvollen Lippen noch begehrenswerter machte – und trat einen unsicheren Schritt auf ihn zu.

„*Ma chère*! Ihr seid gekommen!" Er flüsterte und bemühte sich, seiner Aussprache einen französischen Akzent beizumengen. Obwohl es ohnehin unwahrscheinlich war, dass Laura auf die Idee kam, ihr eigener Mann könnte ihr einen Brief schreiben und sie um ein heimliches Stelldichein bitten.

Laura senkte die Lider über ihre warmen braunen Augen. „Ich hätte nicht kommen sollen. Es war nicht recht von mir. Und ich bin nur aus einem Grund hier: Nämlich, um Euch zu bitten, mir keine weiteren Briefe zu schicken. Es gehört sich nicht. Ich bin eine verheiratete Frau."

Und ein umso begehrteres Opfer für gewissenlose Kerle, dachte Domenico höhnisch. Wie konnte einem dieser Männer etwas Besseres passieren als eine verheiratete Frau zu umgarnen und zu erobern?! Eine Beziehung, aus der sich keinerlei Verpflichtungen ergaben, und etwaige Folgen als eheliche Kinder zur Welt kommen würden. Es war gut, dass er vor einem anderen diesen Einfall gehabt hatte! Wie man sah, war sein liebes Weib alles andere als gefeit gegen solche Ehebrecher, die ihr die Sterne vom Himmel versprachen und sie dann mit einem Bauch sitzen ließen. In diesem Fall jedoch wäre es Laura wohl schwer gefallen, ihren seit einem Jahr abwesenden Ehemann davon zu überzeugen, dass das schreiende, in Windeln machende Ergebnis einer verbotenen Liebe von ihm selbst stammte.

Das wäre fatal gewesen, dachte er mit einem Anflug von Selbstironie, *wenn ein anderer mir meine lästige Pflicht abgenommen hätte*. Eine Pflicht, die ihm allerdings mit jedem Tag erstrebenswerter erschien.

„Ich weiß", erwiderte er leise, „und es ist mir eine stete Pein daran zu denken, dass mir deshalb Euer Herz und Eure Hand verschlossen sind, meine Angebetete. Ein unaufhörlicher Quell der Schmerzen, die an mir nagen und mich niemals zur Ruhe kommen lassen …" Er machte einen Schritt auf sie zu.

„So dürft Ihr nicht sprechen", bat Laura und hob die Hand.

Er ergriff sie und zog sie an seine Lippen. Es brannten nur wenige Kerzen im Raum, und er hatte sich so gestellt, dass sein Gesicht im Halbdunkel lag. „Wie glücklich bin ich doch, Euch endlich zu sehen und mit Euch zu sprechen. Wie lange habe ich diesen Augenblick herbeigesehnt!"

„Nicht …", hauchte Laura, als er ihre Hand an seine Lippen zog und begann, jede einzelne bebende Fingerspitze zu küssen. Langsam wanderten seine Lippen genießerisch von ihrem Handgelenk aufwärts über die weiche warme Haut bis zu ihrem Oberarm und ihrer Schulter. Wie wunderbar sie duftete und schmeckte.

„Ihr dürft nicht …"

„Belohnt Ihr mir meine heiße Liebe wirklich mit so nüchternen Worten, die mich verletzen müssen?", erwiderte er schmerzlich bewegt. „Habt Ihr in Eurer göttlichen Höhe denn kein Mitleid mit einem armen Sterblichen, der sich vor Liebe zu Euch verzehrt? Lediglich einen einzigen Kuss, dann will ich zufrieden sein." *Zumindest für den Anfang,* dachte er, während er kaum seinen Blick von diesen feucht glänzenden Lippen lösen konnte, zwischen denen die weißen Zähne hervorblitzten. Was hatte er nur für eine hinreißende Frau und es bisher nicht bemerkt! Dafür andere, wie Ottavio, um so mehr. Nun, dies war wohl ein Fehler, der wieder gutzumachen war. Sie hatte seiner Meinung nach genug Freiheiten gehabt, und es war höchste Zeit, dass sie ihre Reize von nun an nur für ihren Ehemann zur Schau trug.

„Oh …" Die schimmernden Augen ruhten, halb betroffen von seinen leidenschaftlichen Worten, halb verwundert auf ihm, und Domenico fühlte, wie ihm unter diesem Blick heiß wurde. Wieso hatte er damals, nach der Hochzeit, nicht genauer hingesehen, sondern sie gelangweilt verlassen?

„Einen Kuss nur", murmelte er mit einem sehnsüchtigen Blick auf Lauras roten Mund. Er beugte sich zu ihr, seine Lippen waren ihren schon ganz nahe, und er konnte ihren frischen Atem auf seinem Kinn fühlen. Der Duft ihres Parfüms hüllte ihn ein und machte ihn ein wenig schwindelig.

Plötzlich wurden die sprechenden braunen Augen noch größer, blickten erschrocken. Sie hob hastig die Hand, wie um ihn abzuwehren. „Nein …"

Als sie einen Schritt zurücktreten wollte, legte er einfach den Arm um sie und zog sie an sich. Diese Art von Ziererei kannte er schon. Schließlich hatte er sie und Ottavio ja beobachtet. Sie warf den Kopf zurück, wollte ihn wegschieben, aber er griff fester zu, riss sie an sich, unfähig, sein heftiges, ihn selbst verblüffendes Verlangen nach ihr zu beherrschen, während er seine Lippen über ihren Hals abwärtsgleiten ließ bis zu ihren Brüsten, die sich so voll und rund durch den Stoff abzeichneten, dass er es kaum erwarten konnte, sie zu berühren.

Und das alles gehört mir, dachte er, fast erstaunt. Sie zitterte in seinem Arm, schloss jedoch die Augen. Er fühlte, wie ihr Körper nachgiebig wurde, und dann vergaß er alles um sich herum, während er die weichen Lippen liebkoste und ihren Mund auskostete.

Laura saß mit hochroten Wangen vor ihrer Frisierkommode und blickte in den Spiegel. Anna hatte ihr geholfen, das kostbare Kleid abzulegen, und dann hatte sie ihre Zofe zu Bett geschickt, weil sie allein sein wollte. Wie ihre Augen im Licht des mehrarmigen Kerzenleuchters glänzten! Viel mehr als sonst. So sehr, dass sie sich selbst kaum wiedererkannte. Ihre Lippen waren dunkelrot. Obwohl seit diesen erregenden Küssen schon zwei Stunden vergangen waren, schienen sie immer noch verräterisch geschwollen zu sein.

Sie hatte trotz Patrizios erstauntem Protest den Ball fast unmittelbar nach dem Treffen verlassen, da sie sich nicht mehr imstande gefühlt hatte, noch ruhig mit jemandem zu sprechen oder so zu tun, als wäre nichts geschehen.

Ehe sie es sich versehen hatte, war sie in seinen unnachgiebigen Armen gelegen, unfähig, seiner schmeichelnden Stimme – die sie weitaus mehr bezaubert hatte als die ihr übertrieben erscheinenden Worte – zu widerstehen.

Dieser endlose Kuss, der sie jetzt noch erglühen ließ, wenn sie daran dachte; der Wünsche und Gedanken in ihr geweckt hatte, die sie in dieser Heftigkeit nie erwartet hätte. Immer noch vermeinte sie seine Arme zu spüren, die sie so fest gehalten hatten, dass kein Widerstand mehr möglich gewesen war, während seine Lippen Besitz genommen hatten von ihrem Mund, ihrem Hals, ihren Schultern und sogar ihren Brüsten, deren erregte Spitzen sich durch den Stoff des Ballkleides gebohrt hatten, sodass sie danach nicht gewagt hatte, den schützenden Fächer wegzunehmen, aus Angst, man würde ihr ansehen, was in diesem Raum geschehen war.

Sie schloss die Augen und fuhr mit den Fingerspitzen über alle die Stellen, die er geküsst und berührt hatte. Mit welcher Leidenschaft! Nein, das war nicht nur ein Kuss gewesen, sondern viele, bis ihr schwindlig geworden war. Das Zimmer hatte sich zu drehen begonnen, und sie hatte sich an ihn klammern müssen, um nicht den Boden unter den Füßen zu verlieren. Dabei hatte sie nur zu deutlich gefühlt, dass er nicht weniger erregt war als sie selbst. Unvorstellbar! Alleine nur von ihren Küssen!

Ihr ‚Cavaliere d'Amore'. Sie schüttelte mit einem glücklichen Lächeln den Kopf. Wie romantisch! Wie unglaublich war das gewesen! Niemals hätte sie sich das erträumt! Diese Leidenschaft!

Sie überlegte, dann stand sie auf und ging zu dem verspielten kleinen Schrank aus dunklem Holz, der liebevoll mit Einlegearbeiten verziert war, und öffnete die beiden Türchen. Innen befanden sich viele kleine, ebenfalls mit buntem Holz und Malereien geschmückte Laden, in denen sie ihre Schätze aufbewahrte. Sie zog eine mit einem Vogel verzierte Lade auf und nahm ihr Tagebuch heraus, in dem sie ihre geheimsten Gedanken festhielt, die sie niemandem sonst jemals eröffnet hätte. Sie ließ sich an ihrem zierlichen Schreibtisch nieder und tauchte die Feder in die Tinte. Sie musste einfach schreiben, was ihr heute widerfahren war. Es war zu wunderbar ... und zu unglaublich.

Sie war verliebt! Mehr noch, sie liebte! Warum es vor sich selbst leugnen?!
Und sie hatte plötzlich Hoffnung, einmal wiedergeliebt zu werden.

Das Spiel geht weiter

Laura drängte sich – am ganzen Körper vor Aufregung zitternd – durch die Leute, die lachend und lärmend durch die Straßen liefen. Sie war es zwar gewöhnt, allein durch Venedig zu gehen, aber dieses Mal befand sie sich nicht auf dem Weg zum Markt oder zur Bibliothek, sondern zu einem nächtlichen Treffen mit ihrem Cavaliere d'Amore. Sie hatte am Vortag, zwei Tage nach dem Ball, wieder einen Brief erhalten, in dem ihr geheimnisvoller Verehrer sie abermals seiner Leidenschaft und seiner Ergebenheit versichert und sie bestürmt hatte, zum Campo San Angelo zu kommen, wo er mit einer Gondel auf sie warten wollte. Sie hatte keine Sekunde gezögert, ihre Einwilligung dazu zu geben, und den Boten sofort mit einer Antwort zurückgeschickt. Es gab schließlich keinen Grund mehr für sie, sich zu zieren.

Und doch hatte sie nun das lächerliche Gefühl, etwas Verbotenes zu tun. Noch dazu, wo sie ihre liebenswürdige Schwiegermutter belogen und sich mit vorgeschützten Kopfschmerzen auf ihr Zimmer zurückgezogen hatte, um sich dann heimlich aus dem Hinterausgang zu stehlen.

Als sie am vereinbarten Treffpunkt ankam, sah sie ihn schon am Ufer des Kanals stehen, für sie unverkennbar, trotz seiner Maskierung. Er ging ruhelos hin und her und kam ihr, als er ihrer ansichtig wurde, ungeduldig entgegen. Sie eilte auf ihn zu, immer noch voller Schuldgefühle und Sorge. Er ergriff ihre Hand, küsste sie und führte sie dann zur wartenden Gondel. Die Gondolieri trugen keine Livree, waren also offenbar für diesen besonderen Anlass von ihm gemietet worden. Sie stieg vorsichtig vom Ufer in das leise schwankende Boot und kletterte in das kleine Häuschen, das die Venezianer *felze* nannten. Es schützte sie nicht nur vor dem kühlen Wind, sondern auch vor den Blicken Fremder.

Ihr Kavalier schob fürsorglich Kissen hinter ihren Rücken und breitete eine warme Pelzdecke über sie, bevor er Befehl gab, die Gondel vom Ufer abzustoßen. Sie sah sich neugierig und erwartungsvoll um. In Domenicos Gondel wurden im Winter Fensterläden eingesetzt, die besser schützten, aber diese hier hatte nur schwere Samtvorhänge, die vorne und seitlich ein wenig zurückgezogen waren, sodass sie die anderen Gondeln und die Leute auf den Brücken beobachten konnte, ebenso die beleuchteten Palazzi, an deren Anlegestellen ein ständiges Kommen und Gehen herrschte. Wenn Venedig bei Tage schon lebhaft war, so wurde es besonders zur Karnevalszeit des Nachts erst richtig lebendig. Fackeln und bunte Laternen spiegelten sich im dunklen Kanal und ließen die kleinen Wellen glitzern. Das Wasser trug Gelächter und unzählige Stimmen heran. Sie brachen sich an den engen Häuserwänden, bis sie flüsternd verhallten.

Laura und ihr Cavaliere sprachen nicht, sie saßen nur still nebeneinander. Laura wagte es nicht, ihn anzusehen, aber ihre zitternde Aufregung verwandelte sich allmählich in eine Empfindung von Sicherheit und Geborgenheit, weil er, anstatt sie im Schutz der Kabine sofort leidenschaftlich an sich zu reißen, wie sie das erwartet - und sogar ein wenig erhofft hatte – lediglich ihre bebende Hand in seine nahm und ruhig festhielt. Er hatte ihr geschrieben, dass er mit ihr einen Ort aufsuchen würde, wo Liebespaare sich ungestört unterhalten könnten, aber zu ihrem größten Erstaunen hielt die Gondel ein wenig später vor einem festlich beleuchteten Haus. Der Gondoliere legte an, hielt die Gondel am Ufer fest, während Lauras Begleiter mit einem geschmeidigen Satz an Land sprang und ihr die Hand reichte, um ihr beim Aussteigen behilflich zu sein.

Laura begriff erst jetzt, wohin er sie gebracht hatte, und schlug vor Entzücken die Hände zusammen. „Wie schön! Ich hatte Signor Patrizio gestern gebeten, mich hierher ins Theater zu begleiten, weil einer der berühmtesten Kastraten zu Besuch ist. Aber er hatte andere Verpflichtungen, und meine Schwiegermutter wollte nicht dulden, dass ich alleine gehe!"

Er murmelte etwas hinter seiner Maske, das sie nicht verstehen konnte, das jedoch durchaus zufrieden klang, während er sie von oben bis unten musterte und dann ihre Maskerade noch ein wenig zurechtzog.

Sie blickte ihn fragend an. „Signore?"

„Das war sehr vernünftig. Es gehört sich nicht für eine anständige Frau, alleine ein Theater zu besuchen."

„Jetzt klingt Ihr wie mein Mann", sagte Laura lächelnd.

„Euer Mann?" Man konnte sein Stirnrunzeln förmlich hören. „Ihr macht diesen Vergleich doch nicht etwa in der Absicht, mich beleidigen zu wollen?" Er legte seine Hand unter ihren Ellbogen, führte sie ins Theater hinein und die breite Treppe hinauf, die zu den Logen führte. Er ging, weil ihr Reifrock so breit war, einen Schritt seitlich hinter ihr, und vor ihr ging ein Diener, um den Weg für sie freizumachen. Überall drängten sich die Leute. Aufgeputzte Gecken, lustige Masken, tief vermummte Galane, geschmückte, aber billige Frauen, die eindeutig einer gewissen Klasse zuzuordnen waren. Einer der Männer kam ihr zu nahe, sie wich zurück, aber dann spürte sie den verstärkten Druck der Hand ihres Begleiters, die angenehm warm und beschützend auf ihrem Ellbogen lag, und ging ruhig weiter.

Ein weiterer Diener erschien, verbeugte sich und führte sie zu einer der Logen. Er öffnete mit einer abermaligen Verbeugung die Tür, und sie traten in die von Kerzen sanft erhellte Loge ein. Ihr Begleiter hatte sich offenbar viel Mühe gegeben, ihr den Abend angenehm zu machen, denn es stand nicht nur ein Tischchen darin, auf dem einige Köstlichkeiten angerichtet waren, sondern auch ein großer Strauß dunkelroter Seidenrosen, die mindestens ebenso schön waren wie jene, die er ihr vor einigen Tagen überreicht hatte. Sie lag nun daheim in ihrem Schränkchen, auf seinen Briefen. Laura ging hin, strich liebevoll über die glänzenden Blüten und sog überrascht den betäubenden Duft ein. Parfümierte Seidenrosen! Sie war entzückt.

„Ihr habt mir noch nicht geantwortet", erinnerte ihr Kavalier sie an das unterbrochene Gespräch. „Ob ich es als Beleidigung ansehen soll, mit Eurem werten Gatten verglichen zu werden." Er nahm ihr den Umhang ab und sprach dabei so leise, dass seine Stimme durch das in die Loge dringende Stimmengemurmel kaum hörbar war.

Laura lächelte liebenswürdig. „Das wäre keine Beleidigung. Ich bin nämlich zu der Ansicht gelangt, dass er möglicherweise gar nicht so unleidig ist, wie ich bisher dachte."

„So?! Ihr haltet Euren Ehemann also für unleidig?" Er warf dem Diener ihre Mäntel zu und schüttelte mit einer gereizt wirkenden Bewegung seine langen Spitzenmanschetten aus.

„Nein, eben nicht. Ich hatte ja eingeräumt, dass er möglicherweise doch seine Meriten hat, auch wenn diese nicht gleich auf den ersten Blick erkennbar sind." Lauras Lächeln wurde spitzbübisch. „Aber Ihr habt mich gewiss nicht eingeladen, den Abend mit Euch zu verbringen, um über meinen Mann zu sprechen."

Sie zog vorsichtig ihren Hut mit dem Seidenschal vom Kopf und beugte sich neugierig über die Brüstung, um in den Saal hinabzusehen. Die meisten Logen waren schon besetzt, und Laura ließ ihre Blicke über die eleganten, reich geschmückten Männer und Frauen gleiten. Sie war schon oft im Theater gewesen und der Anblick der Juwelen, die im Schein der Kerzen nicht weniger sinnlich glitzerten als die Blicke, die zwischen ihren Trägern ausgetauscht wurden, waren ihr ein vertrauter Anblick. Manche der Vorhänge waren zugezogen, dahinter war jedoch deutlich das Lachen und Kichern jener Besucher zu hören, die ihr Tun und Treiben lieber verbargen. Das Parkett war nur halb voll, und Laura gedachte mitleidig der armen Teufel, die sich keine Loge leisten konnten und sich so der Gefahr aussetzen mussten, vom herabfallenden Abfall getroffen zu werden, der – wie sie gelegentlich bemerkt hatte, einfach gedankenlos aus den Logen hinabgeworfen wurde. Auf der Bühne sprangen zwei Maskierte umher und boten einige Kunststückchen dar. Das Orchester spielte fröhliche Melodien, um den Besuchern die Wartezeit zu verkürzen, bis die Oper tatsächlich begann, aber der Lärm der sich unterhaltenden Menschen erfüllte den Raum nicht weniger als die Musik.

Sie wandte sich wieder nach ihrem Begleiter um. Er stand einige Schritte hinter ihr, sah jedoch nicht in den Saal hinaus, sondern beobachtete sie. Sie konnte seine Augen nicht sehen, aber sie fühlte seinen Blick, der über ihren Körper glitt wie eine Berührung. Plötzlich wurde ihr heiß, die Luft schien stickig, raubte ihr den Atem, und sie nahm ihre Maske ab, um tief durchzuatmen.

Im nächsten Moment hatte ihr Cavaliere sie auch schon am Arm gepackt und von der Brüstung weggezerrt, bevor er hastig die Vorhänge zuzog, sodass kein Neugieriger auch nur einen Blick in die Loge werfen konnte. „Ihr seid sehr unvorsichtig", tadelte er. „Wollt Ihr hier etwa erkannt werden? Wollt Ihr, dass sämtliche Klatschmäuler von Venedig sich das Maul über Euch zerreißen?" Die Stimmen aus dem Saal und den anderen Logen drangen nun etwas gedämpfter zu ihnen, und sie konnte sein heftiges Flüstern besser verstehen als zuvor.

„Ach, es sieht doch niemand her", erwiderte sie erstaunt. „Diese Leute sind so mit sich selbst beschäftigt, dass uns niemand auch nur die geringste Aufmerksamkeit schenkt. Aber", fuhr sie mit einem Lächeln fort, „so nehmt doch endlich ebenfalls die Maske ab, damit ich Euer Gesicht sehen kann. Damit ich weiß, *wer* mein romantischer Cavaliere d'Amore ist."

„Nein, *madame*. Das geht nicht", erwiderte er abwehrend, während er vorsichtig lediglich den schwarzen Dreispitz abnahm und nun nur noch die Maske und eine weiße Perücke trug.

Laura sah ihn sinnend an. „Weshalb denn nicht?"

„Weil … weil ich Euch unbekannt bleiben muss. Es wäre ruinös für uns beide, zeigtet Ihr vor anderen auch nur andeutungsweise, dass Ihr mich kennt. Es könnten Probleme entstehen", fuhr er fort. „Wie Ihr wisst, ist es den Patriziern der Stadt verboten, mit ausländischen Diplomaten zu sprechen, geschweige denn, sich heimlich mit ihnen zu treffen."

Laura betrachtete ihn eingehend. Die Augen, deren Farbe im Kerzenlicht nicht auszumachen war, das Kinn, das, wenn er den Kopf hob, unter der Maske erkennbar wurde. Ebenso wie seine Lippen, die ihren Blick fast magisch anzogen. *„Ob er mich heute wieder so küssen wird?"*, dachte sie sehnsüchtig.

„Oh, ja", sagte sie laut. „Ich erinnere mich. Ein Freund von Patrizio Pompes wurde deshalb eine Woche lang in die Bleikammern gesperrt. Und er hatte, wie mein Schwager mich wissen ließ, sogar großes Glück, dass seine Strafe nicht härter ausfiel. Der Rat der Zehn und die Inquisitoren gehen sehr unnachsichtig mit Patriziern um, die gegen dieses Verbot verstoßen." Sie ließ ihre Finger nachdenklich über die roten Seidenrosen gleiten. „So seid Ihr also ein Diplomat, mein geheimnisvoller Herr? Franzose, Eurem Akzent nach zu urteilen?"

Er nickte.

„Nun, wenn das so ist", erwiderte sie mit einem leichten Seufzen, „werde ich mich wohl fügen müssen." Im Grunde machte ihr dieses Versteckspiel Spaß, es war romantisch und aufregend.

Ihr Begleiter war schon dabei, ihr einen Stuhl zurechtzuschieben. Laura ließ sich anmutig in dem weichen, mit rotem Samt gepolsterten Sessel nieder und beobachtete, wie er nach zwei Kristallgläsern griff und aus einer Karaffe einschenkte. Dann reichte er ihr eines der Gläser und setzte sich auf einen Stuhl neben sie.

„Auf die schönste Frau Venedigs", flüsterte er, bevor er das Glas an seine Lippen setzte.

Sie wusste, dass er sie anblickte, als sie ebenfalls an dem Glas nippte. Der dunkle Wein schmeckte süß und weich. *„Süß wie sein Kuss"*, dachte sie plötzlich. Und im selben Moment war sie wieder da, diese Unruhe, diese Vorfreude, diese Ungeduld, die sie zu ihm hinzog.

Er ergriff ihre Hand und zog sie unter seiner Maske an die Lippen. „Ihr erregt meine Sinne, *mon amour.* Ich begehre Euch mehr, als ich in Worte fassen kann, und meine Leidenschaft wird erst Befriedigung finden, wenn ich Euch in meinen Armen halte."

Sie erschauerte unter diesen Worten. Eine erwartungsvolle Erregung hatte sich ihrer seit dem Kuss beim Ball bemächtigt, und der Wunsch, mehr von dieser reizvollen körperlichen Nähe ihres Begleiters zu erfahren, wurde immer stärker.

In diesem Moment ertönten laute Rufe im Saal. Händeklatschen.

„Oh! Es beginnt!" Das Orchester, das bisher nur lustige Weisen gespielt hatte, um die Leute zu unterhalten, änderte die Melodie. Ihr Cavaliere sah ihr verdutzt nach, als sie aufsprang, zur Brüstung eilte und den Vorhang wegzog. Auf der Bühne stand eine kostümierte, groß gewachsene, wohlbeleibte Frau und warf Kusshände ins Publikum. Laura lehnte sich nach vorn und klatschte in die Hände. „Bravo, bravo!"

Ihr Begleiter zerrte sie ein Stück zurück und zog den Vorhang energisch wieder zu. „Wenn Ihr Euch schon so lebensgefährlich über die Brüstung neigen müsst, dann nehmt zumindest die Maske, damit Euch niemand erkennt! Außerdem: Wozu erregt Ihr Euch so? Sie hat ja noch nicht einmal zu singen begonnen!"

„Aber das ist keine Frau, sondern ein Mann!"

„Ein Mann?" Er lugte durch die Vorhangspalte. „Ja, natürlich, der Kastrat."

„Seit es nicht mehr verboten ist, dass Frauen auf der Bühne auftreten, habe ich aber auch schon Frauen gehört, die ebenfalls wunderbar singen!", sagte Laura eifrig.

„Ach, ja?" Ihr Cavaliere hatte sichtlich wenig Interesse an der Gesangskunst. Er löschte alle Kerzen, als Laura den Sessel näher zur Brüstung zog und zwischen den Vorhängen hinausblinzelte. Die Darbietung hatte begonnen, und eine weiche, volle Stimme erfüllte den Saal und die Logen. Sie lauschte, atemlos, fasziniert, drehte sich nicht einmal um, als ihr ein Glas in die Hand gedrückt wurde, sondern trank nur gedankenlos, dabei die wiederholten Annäherungsversuche ihres Begleiters, der mehrmals nachschenkte, übersehend.

Das samtige Getränk zeigte bald seine Wirkung, und sie fühlte, wie ihre Wangen wärmer wurden. Voller Freude über diesen Abend wandte sie sich um. Es war fast völlig dunkel in der Loge, sie konnte gerade nur seinen Schatten sehen. „Ist das nicht herr…"

Das Glas wurde ihr aus der Hand genommen, und ein entschlossenes Lippenpaar erstickte den Rest des Satzes.

Laura hatte im selben Moment nicht nur die Sänger, sondern auch jeden anderen Menschen in diesem Theater und dieser Stadt vergessen. Er schmeckte so wunderbar. Nach Mann und ein bisschen nach dem Wein. Seine Lippen waren weich und im nächsten Moment fest, als er sie fordernd auf ihren Mund presste – und dann wieder wie ein Hauch, der über ihre Wangen glitt. Er ließ sich Zeit, biss sie zärtlich in die Unterlippe, zog diese zwischen seine Zähne, saugte daran. Gleich darauf schien er sie auskosten zu wollen, tastete sich dann wieder über ihre Lippen, liebkoste ihre Mundwinkel, kitzelte ihre Unterlippe und schob seine Zunge endlich tiefer auf der Suche nach ihrer. Sie seufzte in seinen Kuss hinein, dem sich noch andere anschlossen. Gekonnte Küsse, erregende, die ihre Haut prickeln ließen, als wäre sie in Champagner, diesen neuartigen perlenden Wein getaucht, der Laura jedes Mal so schnell zu Kopf stieg. Auch seine Hände waren nicht untätig, glitten über ihren Rücken, streichelten ihren Nacken. Plötzlich zog er die Perücke von ihrem Kopf und begann, ihr hochgestecktes, zu Zöpfen geflochtenes Haar zu lösen, bis es locker über ihre Schultern fiel. Seine Fingerspitzen tasteten wohlüberlegt über ihre Kopfhaut, bevor sich seine Hand so tief in ihrem Haar vergrub, dass sie nicht mehr den Kopf hätte abwenden können, selbst wenn ihr das in diesem Augenblick noch in den Sinn gekommen wäre.

„*Mon amour*, wie sehr habe ich diesen Moment herbeigesehnt."

„Ich auch", flüsterte Laura. Er hatte ja keine Ahnung *wie* sehr. Vom Saal her drang ein schwacher Lichtschein durch die schweren Vorhänge, der sie gerade nur die Konturen seines Körpers erkennen ließ. Sie fühlte sich schwindlig, der Raum drehte sich um sie, und sie war froh, dass sie in ihrem Begleiter einen steten Punkt hatte, an dem sie sich festhalten konnte, und der wiederum auch sie festhielt. Sein linker Arm lag um ihre Taille, umfing sie, während seine Finger zart über ihren Rücken streichelten, und seine rechte Hand von ihrem Nacken abwärts glitt, über ihren Hals, ihre Schultern und ihren Arm. Sie erschauerte, als er dabei zuerst wie unabsichtlich über ihren Busen strich, bevor seine schlanken Finger sich damit beschäftigen, über die Seite ihrer Brust zu streicheln, sehr bedacht und erregend, bis schließlich seine Hand nach vorne wanderte und sie zärtlich umfasste. Sie atmete tiefer ein, presste sich an seine Hand, bot sich ihm dar. Was hätte sie in diesem Moment darum gegeben, sich mit ihm an einem verschwiegenen Ort aufzuhalten, ohne Hunderte von Leuten ganz in ihrer Nähe, ohne Sänger, die trotz der Schönheit ihres Gesangs den Moment der Verzauberung störten. Wie sehr wollte sie seine Hände auf ihrer bloßen Haut fühlen, spüren, wie er über ihren Körper strich, von ganz oben bis ganz unten, und dann dort verweilte, wo es alleine schon bei diesem Gedanken sehnsüchtig heiß wurde. Aber das war hier ja leider unmöglich.

Sie hatte von romantischer Liebe geträumt, heimlichen Schwüren ewiger Neigung, aber nun fand sie, dass es noch andere Dinge gab, die zu erleben durchaus reizvoll waren. Sie dachte an ihre verspätete Hochzeitsnacht mit Domenico, an ihre Scheu, ihre Angst und ihren Widerstand einem Mann anzugehören, der sie geheiratet hatte, obgleich er sie nicht liebte. Jetzt jedoch war es anders. Das war kein liebloser Ehemann, der seine Pflicht an ihr erfüllte, sondern ein Liebhaber, der sie begehrte.

Der Kastrat auf der Bühne setzte soeben zu einem wunderbaren Liebeslied an, seine Stimme kletterte in ungeahnte Höhen. Laura hielt den Atem an, als ihr Cavaliere seine Finger in ihren Ausschnitt gleiten ließ und nach ihrer Brustspitze suchte, die sich schon längst unter seinen Zärtlichkeiten aufgestellt hatte. Das Mieder lag jedoch zu eng an, um seinen Fingern die benötigte Bewegungsfreiheit zu bieten. So beugte er nur den Kopf und küsste jedes Stück ihres Dekolletés, beginnend mit den Grübchen über ihren Schlüsselbeinen bis zum Ansatz des Kleides, das zum Glück tiefer ausgeschnittenen war, als ihr gestrenger Gatte dies erlaubt hätte. Es war eines der wenigen, die ihm an diesem denkwürdigen Tag, wo er in ihrem Ankleidezimmer getobt hatte, nicht in die Hände gefallen waren. Sie war immer noch verwundert, wenn sie an diese Szene dachte, denn nur Stunden davor hätte sie geschworen, mit dem phlegmatischsten und zurückhaltendsten Ehemann der Welt verheiratet zu sein.

Nun, der Mann, der sie jetzt küsste, war jedenfalls alles andere als zurückhaltend. Seine Hand, die bisher unaufhörlich ihre Brust liebkost hatte, wanderte besitzergreifend über ihren Leib hinunter, über ihren Bauch, ihre Hüften und über den Reifrock, den sie beim Sitzen zusammengeschoben hatte. Immer tiefer hinunter.

Sie griff erschrocken hin. Sie hatte sich ähnliches zwar in ihren Träumen vorgestellt, aber nun ging er zu weit! Das gehörte sich doch nicht! Bisher war es nur Getändel gewesen, aber nun war es wohl Zeit, ihn daran zu erinnern, wo sie sich befanden! „Signore! Hört auf! Ich bitte Euch! Das ziemt sich nicht!"

„Meint Ihr?" Er lachte leise. „Nur bei mir nicht – oder seid Ihr auch bei anderen so spröde?"

Laura fuhr entsetzt zurück. „Wie meint Ihr das?"

„Wer weiß, wem Ihr sonst Eure Gunst schenkt, während Ihr mich zurückweist?", sprach die leise dunkle Stimme an ihrer Wange weiter.

„Niemandem. Das würde ich niemals tun!"

„Wirklich niemals? Kein heimlicher Geliebter ...?"

„Nein. Ich schwöre es!" Laura krallte sich in seine Jacke und wünschte sehnlichst, jetzt mehr Licht zu haben, um seine Züge sehen zu können.

„Gut", kam es nach einigem Zögern, „wenn Ihr schwört, dann will ich Euch glauben, keinen Rivalen zu haben." Seine Lippen spielten an ihrem Mundwinkel. „Ich bin ein sehr eifersüchtiger Liebhaber, *madame*, der keinen anderen Mann daneben duldet."

„Es gibt keinen anderen", hauchte Laura.

„Dann beweist es mir, indem Ihr mich nicht zurückweist." Er schob ihre Hand, die nach seiner griff, einfach weg. Ungeduldige Finger rafften den schweren Seidenstoff ihres Kleides und die zahlreichen Unterröcke zusammen. Laura zuckte, als sie die warme Berührung auf ihren Beinen fühlte. Sie trug zarte, mit kleinen Blümchen bestickte Seidenstrümpfe, die genau auf die Farbe des Kleides abgestimmt waren, und es kribbelte angenehm, als er langsam darüberstreichelte, immer weiter hinauf, sichtlich auf der Suche nach jener Stelle, an der ihre Haut unbedeckt war. Es kribbelte viel zu angenehm, stellte Laura fest.

„Nicht, Signore. Bitte, hört auf."

„Aber meine Schönste, jetzt fange ich erst an." Seine Hand arbeitete sich unaufhaltsam vorwärts.

Nicht nur ihr eigenes Gefühl, das sie wie ein Blitz durchfuhr, sagte ihr, dass er endlich fündig geworden war und die bloße Haut erreicht hatte, sondern auch sein Atem, der schneller ging und heiß und kühl zugleich über ihr – von seinen Küssen – feuchtes Dekolleté strich. Wo wollte er denn noch hin?! Er war doch schon fast ganz oben. „Nein, lasst mich ..." Seine Hand wanderte langsam und genüsslich an der Außenseite ihres Beines hinauf, manchmal zeichnete er mit seinen Fingerspitzen kleine, feurige Kreise, die sich über ihren ganzen Körper ausbreiteten – sie zum Erglühen brachten.

In diesem Moment gab Laura nach. Sich selbst und ihm. Mit einem Mal war es ihr vollkommen gleichgültig, wie viele Menschen sich um sie herum befinden mochten, und sie konnte kaum den Moment erwarten, bis er ganz oben angelangt war. Es war wie in ihren Träumen - nur noch viel besser. Sie schmiegte sich enger an ihn, legte ihren Kopf an seine Schulter. Der Raum drehte sich immer noch um sie, und es war so heiß in dieser Loge. Und dennoch zitterte sie.

Jetzt glitt er wieder weiter. Ein ganz kleiner Laut lustvoller Ungeduld entrang sich ihr, als er, bei ihren Hüften angelangt, wieder hinabwanderte und dann seine Finger unerträglich langsam dorthin reisen ließ, wo die Haut am zartesten und empfindlichsten war.

Seine Lippen legten sich wieder über die ihren, kosten sie, ebenso langsam und verführerisch wie seine Finger die Innenseite ihrer Schenkel. Er neckte sie, streichelte so hauchzart, dass sich ihre Haut zusammenzog, wanderte abermals hinauf, erreichte jedoch nicht jenen Punkt, der bereits verlangend pochte, sondern fuhr am anderen Schenkel wieder hinunter.

„Macht weiter", flüsterte sie an seinen Lippen, plötzlich voller Angst, er könnte dieses aufreizende und verführerische Spiel beenden. War das wirklich noch sie, die da sprach? Es musste wohl so sein.

„Ja?" Sie vermeinte in seiner flüsternden Stimme ein wenig Spannung zu hören. „Da muss ich mich aber sehr wundern, *madame*. Benimmt sich so eine verheiratete Frau?"

Laura wäre in diesem Moment alles gleichgültig gewesen. Sie wollte nur noch den Mann spüren, der sie eng an sich gepresst hielt. „Macht weiter", hauchte sie. Wie lange hatte sie darauf gewartet. Wie viele einsame Monate voller Sehnsucht. Und jetzt wollte sie es genießen und nehmen, was sie bekommen konnte.

„Bittet mich darum, damit ich sicher sein kann, Euch mit Eurem Einverständnis zu verführen", erwiderte er. In seiner Stimme klang ein seltsamer Unterton mit, aber Laura kümmerte sich nicht darum.

„Bitte ..."

Sie hatte kaum ausgesprochen, als sich seine Lippen schon auf die ihren pressten, als hätte er nur auf ihre Aufforderung gewartet. Seine Hand, die sich schon unerträglich weit zu ihrem Knie bewegt hatte, kehrte zurück. Immer noch langsam, sinnlich, sie bewusst warten lassend. Aber sie genoss es. Genoss diese langsame Verführung, die sie ungleich mehr erregte, als wenn ihr Begleiter schon forsch das Ziel seiner Reise erreicht hätte. Sie öffnete ihre Beine etwas weiter, aber noch immer berührte er nicht die weichen Hügel zwischen ihren Beinen, umging sie, glitt über ihre Hüften, über ihren Bauch, dann ein Stückchen herab, bis er das lockige, schützende Haar fand. Laura schlang die Arme um seinen Hals und presste sich an ihn, saugte sich an seinen Lippen fest, als er begann, sie zwischen ihren Beinen zu kraulen. Ganz zart nur, sie dabei kaum berührend, ganz nahe und doch so weit entfernt von der Stelle, an der sie ihn haben wollte.

Er löste sich von ihr. „Weitermachen?"

Sie nickte atemlos. Er konnte diese Bewegung mehr fühlen als sehen. Und dann wanderten seine Finger endlich tiefer, strichen wie ein Hauch über ihre Scham. „Habt Ihr so gar keine Bedenken, Euren Mann zu hintergehen?", fragte er an ihrem Ohr. „Wird Euer Gewissen nicht dadurch erschwert und belastet?"

„Ich werde morgen zur Beichte gehen", stieß Laura ungeduldig – und unwahr – hervor.

„Bei Eurem Gatten?"

Sie gab ihm keine Antwort. Für einen Moment glitten seine Finger durch die warme Feuchtigkeit. Einen Moment nur, aber er hatte genügt, um Lauras

Körper erbeben zu lassen. Die Sänger und die Musik verklangen zu einem unendlich weit entfernten Ton.

„Habt Ihr keine Angst, er könnte dahinterkommen, dass Ihr Euch mit einem anderen Mann trefft?"

Laura lachte zitternd. Wie komisch er doch war! Meinte er es tatsächlich ernst? „Das wird nicht der Fall sein, Ihr braucht deshalb keine Sorge zu haben."

Ein unverständliches Brummen antwortete ihr, aber dann fühlte sie zu ihrer Beruhigung seine Lippen auf den ihren und seine Hand, die wieder weiter hinaufwanderte. Sie bog sich seiner Hand entgegen, die jetzt so zielstrebig und sicher dorthin glitt, wo es am wohlsten tat. Er massierte sie, knetete sanft die vollen feuchten Lippen, sein Handballen presste sich auf ihren Venushügel, während seine Finger tiefer suchten. Sie wollte ihn ebenfalls berühren, aber ihre Arme wollten ihrem Willen nicht gehorchen, sondern klammerten sich an ihn. Sie schrie leise auf, als sich der Druck seiner Hand verstärkte, und er in langsamen, festen Kreisen jenen Punkt rieb, der pochte, dessen Hitze ihren ganzen Körper erglühen ließ, der vor Lust schmerzte.

„Still." Er presste seinen Mund auf ihren. Der Druck seiner Hand verstärkte sich, sie stöhnte in seine Lippen hinein. Zuerst einer, dann zwei seiner Finger drangen in sie ein, in die samtene Hitze, die ihn umschließen wollte. Seine Finger bewegten sich in ihr, tiefer hinein, kreisend wie sein Handballen, reibend, es schien nichts anderes mehr zu geben als seine Hand, die ihre Scham ausfüllte und ihren Körper zum Brennen brachte. Sterne tanzten vor ihren Augen, ihr Unterleib zuckte, ihre Beine zitterten. Ihr Inneres zog sich zusammen, sie bäumte sich in seinem festen Griff auf, aber ihr unterdrückter Schrei wurde von ihm aufgefangen, fortgesogen wie ihr Atem, während sie sich langsam beruhigte.

Seine Hand lag nun ruhig in ihr, immer noch mit festem Druck, aber still. Laura hing erschöpft in seinem Arm, ließ sich von ihm halten, fühlte seine Lippen, die über die feuchte Haut ihrer Wangen glitt. Was war das nur gewesen? Unvorstellbar! Ihr ganzer Körper hatte pulsiert, dann war sie innerlich verbrannt, und es hatte ihr auch noch Lust bereitet! Es war ganz anders gewesen als sonst – wenn sie selbst es getan hatte.

„Das war herrlich", hauchte sie mit geschlossenen Augen. Es war so heiß in dieser kleinen Loge. Aber nicht nur sie allein strömte Wärme aus, sondern auch er. Sie konnte ihn stärker riechen als zuvor. Seinen männlichen Duft, vermischt mit Seife und der Seide seines Hemdes.

„Dies war erst der Anfang", erwiderte er. Sie öffnete die Augen und versuchte die Dunkelheit zu durchdringen, um sein Gesicht zu sehen. Seine Stimme hatte verheißungsvoll geklungen, aber auch ein wenig spöttisch, so, als würde er sich über sie lustig machen.

Plötzlich hörten sie Stimmen in der Loge nebenan. Eine Tür schlug zu, und dann hörte man durch die dünne Wand zum Nebenraum das schrille Lachen einer Frau, das selbst den Gesang des Sängers übertönte, der soeben eine Arie herausschmetterte, und dann die leidenschaftlichen Bekenntnisse eines offenbar schon etwas angetrunkenen Mannes.

Laura fühlte zu ihrer Bestürzung, wie ihr verführerischer Begleiter den Kopf hob. Von drüben war ein Poltern zu hören, Kichern, das erstaunlich schnell zu einem gutturalen Stöhnen anschwoll. Dann ein Aufschrei aus dem Publikum, Gelächter, das alles andere übertönte, und dann der verärgerte Redeschwall eines Besuchers vom Parkett, dem offenbar ein Hut auf den Kopf gefallen war.

„*Malignazo!*", hörte Laura ihren Verführer auf typisch venezianische Art unterdrückt fluchen. Sie wollte ihn festhalten, aber da hatte er sich auch schon von ihr gelöst und erhob sich. Sie bemerkte in dem schwachen Lichtschein, dass er seine Maske wieder über das Gesicht zog. Gleich darauf flackerte eine Kerze auf, und er reichte ihr die Maske, bevor er sie sanft am Arm hochzog und ihr den Mantel umlegte.

„Gehen wir schon?", fragte sie verwirrt.

„Natürlich", sagte er finster. „Das hier ist nichts für Euch." Seine Stimme klang angewidert. „Ich bereue es, Euch überhaupt hierher gebracht zu haben."

„Aber das Stück ist doch noch nicht zu Ende!" Das Stück war zwar das Wenigste, was Laura im Moment interessierte, aber ihre wahren Wünsche und Gedanken offen auszusprechen, wagte sie nicht.

„Das ist aber nicht die richtige Gesellschaft für Euch!"

Er rückte seine Perücke gerade, die unter ihren Liebkosungen völlig verrutscht war, setzte sich den Dreispitz auf und warf sich den Umhang über. Laura hatte gerade noch Zeit, den Rosenstrauß an sich zu bringen, den sie unter keinen Umständen zurückgelassen hätte, bevor ihr Begleiter sie ebenfalls wieder maskierte, sich vergewisserte, dass sie unkenntlich war, und sie dann aus der Loge schob.

„Es war eine dumme Idee, Euch hierher zu bringen. Dumm von Beginn an", murmelte er, als er ihr den vom Diener gereichten Mantel umlegte und sie die Treppen hinunterführte. Sie antwortete nicht, zutiefst enttäuscht über den schnellen Aufbruch.

Ihre Gondel wartete wenige Schritte entfernt. Die Gondolieri legten vor dem Eingang zum Theater an, er sprang hinein und hob sie dann zu sich herab, wobei er sie einige Sekunden länger als nötig im Arm hielt. Sie schlüpfte in die schützende Kabine, und die Gondel wurde vom Ufer abgestoßen.

Er hatte die Vorhänge nur halb zugezogen und Laura beobachtete beim Dahingleiten die Leute auf den Brücken und engen Gassen und die Insassen anderer Gondeln.

„Es war nicht dumm", brach sie das Schweigen, bevor sie jenen Ort erreichten, an dem sie knapp zwei Stunden zuvor eingestiegen war. Sie wollte, weil er so brummig wirkte, noch etwas Freundliches hinzufügen, als sie etwas bemerkte. „Mein Gott!", schrie sie entsetzt auf. „Die Perücke! Ich habe die Perücke vergessen! Man wird sie finden!"

„Seid unbesorgt, meine Schönste", in seiner Stimme klang ein Lachen mit, als er ein zerzaustes, gelocktes Etwas unter seinem Mantel hervorzog.

„Ah …", machte Laura erleichtert.

Er betrachtete die Perücke sichtlich mit Abscheu, dann holte er aus und warf sie mit weitem Schwung ins Wasser.

„Aber …!", rief Laura empört.

„Sie war Eurer nicht würdig", sagte er beschwichtigend.

Laura sah zu, wie die hellen Haarbüschel in den schmutzigen Wassern des Kanals versanken, und seufzte.

Er legte den Arm um sie, schob vorsichtig die Kapuze ihres Mantels ein wenig zur Seite und küsste sie tröstend auf die Schläfe. „Nicht darum weinen."

Laura schüttelte lächelnd den Kopf und wollte etwas erwidern, als sie bemerkte, dass die Gondolieri am Ufer anlegten.

„Wir sind schon da", murmelte ihr Cavaliere.

„Ja." Sie bemühte sich, ihn nicht ihre Enttäuschung merken zu lassen, hielt ihn jedoch fest, als er sich mit einem Handkuss von ihr verabschieden wollte. „Ist das alles?"

Sie fühlte, dass er sie aufmerksam ansah. „Ist das nicht in Eurem Sinne? Sagt nicht, dieses Abenteuer wäre nach Eurem Geschmack gewesen."

„Doch … Es war sehr romantisch. Und ich möchte nichts davon missen."

„So hat es Euch gefallen?", fragte er mit einem Stirnrunzeln.

„Ja", flüsterte sie verlegen. „Es hat mir gefallen." Sie hob den Kopf zu ihm empor. „Bitte, küsst mich noch einmal." Aus einer vorbeifahrenden Gondel drang leises Stöhnen, das lauter wurde. Die spitzen Schreie der Frau konnte man noch hören, als die Gondel schon längst vorbei war.

Er rührte sich nicht, schien ebenso wie Laura den lustvollen Geräuschen nachzuhorchen, dann gab er sich einen Ruck. „Macht noch eine Runde", rief er den beiden Gondolieri zu, „über den Canalazzo."

Laura spürte, wie die Gondel vom Ufer abgestoßen wurde und sich sachte im Wasser weiterbewegte, Richtung Canalazzo, wie der Canal Grande liebevoll von den Venezianern genannt wurde. Ihr Kavalier zog die Vorhänge so dicht zu, dass nicht einmal die beleuchteten Gondeln oder die von Fackeln erhellten Hauseingänge den Innenraum der kleinen Kabine ausleuchteten. Er war einfach gehalten, wie bei den meisten Mietgondeln, während Domenicos Gondelkabine schöne Intarsienarbeiten hatte und sehr weiche Samtpolster. Laura hatte sich oft, wenn sie alleine damit gefahren war, ausgemalt, wie es sein musste, müde auf diesen Samtpolstern zu ruhen, während Domenicos Arm um sie lag. Und jetzt lag sie so gut wie in den Armen ihres Cavalieres. Sie hörte die Rufe des vorderen Gondolieres, der jemanden aus dem Weg scheuchte, das Streichen des Wassers unter dem Bootskörper, und dann fühlte sie nur noch seine Hand, die sich unter ihr Kinn legte, und hörte nur noch seine Stimme.

„Ihr wollt von mir geküsst werden? Und Ihr bittet mich darum?", murmelte er. Wieder klang dieser leise Spott durch seine Stimme. „Wer bin ich schon, ein so unwiderstehliches Geschöpf wie Euch vergeblich bitten zu lassen? Aber lasst Euch warnen, meine Schöne. Sobald ich Euch dieses Mal küsse, ist das Spiel und Geplänkel vorbei, und Ihr gehört mir. Und zwar völlig, unwiderruflich und so lange, wie ich es will." Er sprach dicht an ihren Lippen, und so leise seine Stimme auch war, so deutlich hörte Laura, die unter diesen Worten erbebte, den Ernst und die Bestimmtheit daraus hervor. Genauso hatte sie sich den Mann, in den sie sich einmal verlieben würde, immer vorgestellt. Besitzergreifend, ein wenig gebieterisch.

„Nun, wollt Ihr immer noch von mir geküsst werden?" Er hatte ihren Hut abgestreift und ihre Maske abgenommen, und sein Atem strich angenehm über ihr Gesicht. Laura nickte nur, voller Vorfreude auf das, was jetzt kommen würde. Sie sehnte sich unendlich danach, wieder von ihm geküsst zu werden.

Sie schrie unwillkürlich auf und ließ den Rosenstrauß fallen, den sie bisher liebevoll gehalten hatte, als er sie mit einer herrischen Bewegung an sich riss und seine Lippen auf die ihren presste. Sein rechter Arm lag um ihre Taille, hielt sie so eng, dass sie kaum atmen konnte, seine linke Hand war in ihrem Haar vergraben und hielt ihren Kopf fest, während er sie nicht nur küsste, sondern regelrecht Besitz von ihrem Mund nahm.

Laura war etwas erschrocken über die ungestüme Art, aber sie fühlte sich unfähig, Widerstand zu leisten, als er mit seiner Zunge hineinstieß, die ihre suchte, ohne zu warten, ob sie ihm entgegenkam. Als er sich endlich von ihr löste, geschah dies sehr widerwillig. Er zog sie minutenlang in seine Arme, um sie an sich zu drücken, so, als wollte er nur ihren Körper und ihre Nähe genießen.

Laura war sich aber auch seiner Nähe sehr bewusst. Ihre Hüfte lag eng an der seinen, und sie ließ ihre Hand vorsichtig von seiner Brust unter seinem Mantel abwärts wandern. Sie war doch zu neugierig darauf, ob dieser Kuss ihn ebenso erregt hatte wie sie. Sie zuckte zurück, als sie die deutliche Ausbuchtung seiner Hose erreichte. Ein ganz neues Gefühl von Macht stieg in ihr hoch. Sie konnte einen Mann – diesen Mann – tatsächlich erregen!

Und war diese Erhebung, ebenso wie sein Benehmen im Theater, nicht weitaus mehr als seine Worte ein deutliches Zeichen dafür, dass er sie anziehend fand?!

Sie schrak zusammen, als er ihre Hand packte und auf diese erregende Erhebung legte. „Nein, meine Schönste, so einfach mache ich es Euch jetzt nicht." Seine Stimme klang verführerisch, sein Glied presste sich noch enger an den Stoff. Sie ahnte mehr, als sie fühlte, dass er seine Hose öffnete.

„Nein ..." Es war eine Sache, sich im Theater verführen zu lassen, dabei nachgiebig, aber passiv zu bleiben, und etwas völlig anderes, ihrem Begleiter wie ein leichtfertiges Ding an den Hosenlatz zu gehen!

„Aber ja ..."

Sie hielt den Atem an, als er ihre Hand unter den Stoff schob. Heiß und groß war er, hart, fühlte sich dabei jedoch gleichzeitig samtweich an. Er schien tatsächlich entschlossen zu sein, sie nicht mehr loszulassen. Endlich gab sie nach. Warum auch nicht? Niemand sah sie hier, es war völlig dunkel und vor allem ... es war so sinnlich! Sie tastete sich entlang, befühlte das gekrauste Haar, hielt sich damit auf, ihn scheu dort ebenso zu kraulen, wie er das mit ihr getan hatte, und glitt dann weiter, als er ihre Hand weiter schob. Zu ihrer Überraschung pulsierte sein Glied unter ihrer Hand, zuckte sogar, als sie die erstaunlich geschwollene Spitze erreichte. Sie versuchte sich an ihre Hochzeitsnacht zu erinnern, wo sie vor Scheu nicht im Geringsten in Versuchung gewesen war, ihren Gatten hier zu berühren.

„*Mia cara ...*", seine Stimme war nur ein heiseres Flüstern, als seine Lippen über ihr Gesicht glitten. Sie schloss die Augen, gab nach, forschte unter seinem Griff und mit seinem Willen weiter, zog sein Glied höher. Es schien ihm zu gefallen, wie sie sein hartes Glied rieb, die Fingerspitzen auf dem runden Kopf kreisen ließ, der zu ihrer Überraschung feucht geworden war. Zu gerne hätte sie ihn jetzt gesehen, ihn betrachtet, ihn und seinen Besitzer beobachtet, wie sich beide gleichzeitig unter ihren Berührungen wanden, zuckten.

Sein Griff wurde fester, er schlang ihre Hand eng um seinen Stab, der im Rhythmus seines Herzschlages pochte. Zuerst langsam und genussvoll ließ er ihre Hand auf und ab gleiten, dann immer schneller, mit immer stärkerem Druck. Er presste mit einem unterdrückten Stöhnen sein Gesicht in ihr Haar, sein Glied zuckte und dann stießen seine Hüften unbeherrscht vor.

Laura hielt immer noch ihre Finger fest um ihn geschlungen, während sie fühlte, wie der Druck nachließ, er weicher wurde. Tief einatmend lehnte sich ihr Begleiter in die weichen Polster der Gondel zurück. „*Dio mio*", murmelte er und ließ sie los.

Wenn sie schon so weit gegangen war ... Sie tastete sich wieder zu seiner heißen Spitze vor, fühlte die Flüssigkeit, die sich in seiner Hose verteilt hatte. Neugierig zog sie ihre Hand zurück und steckte ihren Finger in den Mund.

Wie er wohl schmeckte? Ihre Freundin Concetta hatte ihr einmal im Vertrauen zugeflüstert, dass sie den Samen ihres Gatten gekostet hätte. Und er hätte abscheulich geschmeckt. Nun wusste sie es besser. Fremd, neu, aber nicht abscheulich. Aber vielleicht war das bei den Männern auch unterschiedlich.

Sie war immer noch dabei, über diese Frage nachzusinnen, als sie bemerkte, wie er sich etwas aufsetzte und seine Kleidung wieder in Ordnung brachte.

„*Dio mio*", hörte sie ihn nochmals sagen. Sie fühlte mehr, als sie es sah, dass er den Kopf wandte und sie anblickte. „Was tut Ihr jetzt?"

„Ich versuche herauszufinden, ob mir Euer Samen schmeckt", erwiderte sie nachdenklich.

Stille.

Dann: „Und?"

„Nun ja …"

Wieder Stille. Laura lächelte im Schutz der Dunkelheit, aber ihre Wangen glühten.

Endlich ein Räuspern und ein zurückhaltendes „So".

Als die Gondel ein wenig später anlegte, schob er hastig seine Maske vors Gesicht, versicherte sich, dass sie auch ihre aufsetzte und der Schleier ihr Gesicht und ihr Haar verdeckte. Als sie nach dem Rosenstrauß griff, hielt er sie zurück. „Wie wollt Ihr Eurem Gatten diese Blumen erklären?"

Laura kicherte. „Gar nicht. Er ist ja verreist."

„Hm. Ja, stimmt."

Sie presste die Rosen zärtlich an sich. Schon oft hatte sie kleine Geschenke von ihren Verehrern – allen voran natürlich Ottavio – erhalten, der ihr im Sommer von einer der Inseln wunderbare Blumen gebracht hatte. Aber dieser Strauß war ihr besonders kostbar. Es war nach der einzelnen Rose das erste Geschenk ihres Cavalieres. Er verließ mit ihr gemeinsam die Gondel, wich einer bildhübschen Maske aus, die von einem als Teufel verkleideten Mann verfolgt wurde, und schlug einen Weg ein, der zur Rückseite ihres Palazzos führte, wo sich der Hintereingang befand. Die Plätze und engen Straßen waren im Karneval mit bunten Lampions beleuchtet, und es waren unzählige Masken unterwegs, die lachend und singend durch die engen Straßen liefen. Im Grunde kam ganz Venedig zur Karnevalszeit nicht aus dem Feiern heraus. Laura atmete tief diese Atmosphäre von Aufregung, Heiterkeit und Sinnlichkeit ein. Es war ihr erster Karneval, den sie in Venedig verbrachte, und sie genoss ihn jetzt, wo sie ihrem Cavaliere begegnet war, noch viel mehr.

Er begleitete sie bis wenige Schritte vor den Eingang und zog sie dort etwas zur Seite, weg von einem Flöten spielenden Faun und einem Erhängten, der seinen Strick um den Hals trug. „Ich werde Euch schreiben, wann wir uns das nächste Mal sehen, *mon amour*", flüsterte er an ihrem Ohr.

Laura lächelte unter ihrer Maske. Offenbar hatte er sich jetzt wieder auf seine Rolle besonnen, während er die ganze Zeit in der Gondel kein einziges französisches Wort gesagt hatte. „Wollt Ihr wieder in dieses Theater?"

„Das ganz gewiss nicht. Wir werden uns an einem Ort treffen, wo wir von niemandem gesehen werden. Ihr gehört mir", fuhr er fort, während seine Hand im Schutz einer kleinen Nische über ihren Körper wanderte. „Ich will Euch ganz besitzen, und ich werde nicht noch einmal auf Euch verzichten, nur weil wir von anderen gestört werden."

Eine leidenschaftliche Affäre beginnt

Domenico saß in einem einfachen, bequemen Rock am Schreibtisch und starrte auf das leere Blatt Papier vor sich. Er dachte an Laura. Wie bezaubernd sie doch ausgesehen hatte im Schein der Fackeln, und wäre da nicht sein kleines Spiel gewesen, mit dem er sie eines Besseren belehren wollte, so hätte er dem Gondoliere wohl nicht Befehl gegeben, noch eine Runde am Canal Grande zu drehen, sondern hätte in der Einsamkeit seines Schlafzimmers versucht, ihre Leidenschaft zu erwecken.

Ihr Benehmen ihrem Ehemann gegenüber musste ihm jedoch zu denken geben.

Er hatte an diesem Tag erst um die Mittagszeit den Palazzo betreten und so getan, als wäre er eben von seiner Reise auf die Terraferma zurückgekehrt. Er hatte sich höflich nach ihrem Ergehen erkundigt, nach dem Abend davor, den sie ja angeblich mit Kopfschmerzen auf ihrem Zimmer verbracht hatte. Sie hatte ihn unverschämt angelogen, war jedoch geflissentlich seinen Blicken ausgewichen und hatte ihn – das war ihm nicht entgangen – heimlich beobachtet. Und jedes Mal, wenn sein Blick auf sie gefallen war, hatte sie sich hastig abgewandt und gekichert wie ein dummes Mädchen.

Er runzelte die Stirn. Vielleicht konnte er ihr tatsächlich glauben, dass sie in diesem Jahr keinen Liebhaber gehabt hatte und sein unwürdiger Vetter ebenfalls nicht zum Ziel gekommen war, aber jetzt war sie mehr als geneigt, bis zur letzten Konsequenz nachzugeben. Und sie machte sich darüber hinaus über ihn lustig. Daran war wohl nicht zu zweifeln.

Grimmig stieß er die Feder ins Tintenfass und zog das Papier näher zu sich. „Na, warte nur, dir werde ich einen Liebhaber geben, der dir das Lachen vergehen lässt!" Aber er würde den Brief nicht gleich abschicken, nein, das wäre falsch, sondern sie noch ein wenig warten lassen. Eine Woche. Ja, eine Woche war wohl angemessen, bevor er sie traf und endgültig verführte. Bis dahin hatte er zweifellos auch schon einen für diesen Zweck geeigneten Palazzo gefunden.

Sein Blick fiel auf einen Brief, der neben seiner Schreibmappe lag. Wieder einmal ein parfümierter Bogen, der ihm heute mit Eilboten überbracht worden war. Dieses Mal nicht von Nicoletta, sondern von Sofia. Seine hübsche Geliebte langweilte sich ohne ihn in Paris und drohte, nachzukommen. Wenn er den Brief an Laura beendet hatte, dann musste er einen an Sofia schreiben und ihr auf charmante Weise nahelegen, zu bleiben wo sie war. Im Moment war es wichtiger, die Sache mit Laura zu klären.

Laura ... Wie weich sie sich angefühlt hatte ... Wie zart ihre Haut war. Er hielt beim Schreiben inne und überlegte, wie sich diese samtweiche Haut an den Innenseiten ihrer Schenkel wohl auf seinen Lippen anfühlen musste. Sie hatte ihn gekostet. Er schüttelte den Kopf. Was dieser Frau nur einfiel!

Er setzte die Feder an. *„Ma chère madame ..."*

Wie *sie* wohl schmecken mochte? Ob sie zwischen ihren Beinen ebenso süß war wie zwischen ihren Lippen? Er schrieb schneller, überlegte. Ob eine Woche nicht doch zu lange war? Fünf Tage mussten auch reichen. Oder vier?

Der Brief war *zwei* Tage nach dem Theaterbesuch abgeliefert worden und hatte Laura in eindringlichen Worten zu überzeugen versucht, sich gleich am darauffolgenden Tag an der unten angegebenen Adresse einzufinden. Der Bote hatte sogar auf Antwort gewartet und Laura hatte nicht gezögert, sie entsprechend eindeutig zu formulieren. Ihr Schreiben hatte nur ein einziges Wort enthalten: „Ja." Und dann hatte sie sich im Schutz ihrer *maschera nobili*, die früher nur den männlichen Patriziern vorbehalten und Damen erst seit kurzer Zeit erlaubt war, auf den Weg gemacht. Laura hatte sich bei ihrer Ankunft in Venedig erst an diese völlige Verhüllung gewöhnen müssen. Seit sie ihren Cavaliere kennengelernt hatte, fand sie diese Art von Maskerade allerdings sehr hilfreich, die aus dem schwarzen Umhang – unter dem nur die Röcke hervorsahen – und der weißen Wachsmaske sowie aus dem Dreispitz und einem verhüllenden Schal bestand, und von außen auch nicht den kleinsten Hinweis darauf gab, wer sich darunter verbarg.

Als sie beim Palazzo ankam, öffnete ihr unverzüglich ein Diener, als hätte er bereits auf sie gewartet, führte sie höflich die Treppe hinauf in ein Zimmer und verschwand dann wieder. Ihr geheimnisvoller Geliebter hatte offenbar nicht nur eine Wohnung in einem der Palazzi gemietet, die von den Patriziern als *casinos* verwendet wurden, verschwiegene Orte, wo sie ungestört ihren Vergnügungen nachgehen konnten. Ihrem Geliebten gehörte gleich ein ganzes Haus, und sie fragte sich ein wenig bange, wie oft dieses Liebesnest von ihm genutzt wurde.

Es waren nur wenige Kerzen angezündet, und der Raum lag in einem intimen Halbdunkel. Ein Kamin verbreitete wohlige Wärme. Laura trat darauf zu, legte den Muff beiseite und hielt die Hände ans Feuer. Gleich daneben befand sich ein einladender, wuchtiger Lehnsessel. Laura sah sich weiter um. Die Wände waren, soweit sie erkennen konnte, mit Seidentapeten verkleidet, und in der Mitte stand ein für zwei Personen gedeckter Tisch mit Weinkaraffen, glitzernden Gläsern aus kostbarem Glas von der Insel Murano und Platten voller Köstlichkeiten. Ihr Cavaliere hatte offensichtlich einen Sinn für Luxus.

Jemand trat ein. Sie lächelte, als sie seine Nähe hinter sich fühlte, noch bevor er sie ansprach. Seine Hände griffen nach ihrem Mantel, ihrem Hut und zogen beides gemeinsam mit dem weißen Seidenschal fort. Sie trug ein cremefarbenes Kleid mit einem spitzenumrahmten Dekolleté, dessen Besatz sich vorne fortsetzte und auch den offenen Rock einfasste. Darunter trug sie einen bestickten Seidenunterrock, passende Seidenpantoffel mit hohen, edelsteinbesetzten Absätzen und zarte Seidenstrümpfe. Sie hatte lange überlegt, was sie anziehen sollte – da ihr nichts gut genug für dieses Treffen erschien – und hatte sich dann für eines der neuen Kleider entschieden, das Domenico ihr nach dem Verlust der anderen zugestanden hatte.

„Wie schön, *mon amour*, dass Ihr meinem Wunsch gefolgt seid und keine Perücke mehr tragt. Ich möchte Euer wunderbares Haar sehen, es fühlen und streicheln", flüsterte er an ihrem Ohr. Er löste die Bänder ihrer Maske, nahm sie ihr ab, und sie wandte sich nach ihm um. Er war im Gegensatz zu ihr immer noch maskiert.

„Offenbar seid Ihr dagegen entschlossen, Euer Inkognito noch weiter zu wahren. Oder werde ich Euch heute ohne Maske sehen dürfen?"

„Ihr wisst, weshalb es unmöglich ist, *madame*", flüsterte er.

Laura machte den Mund zum Widerspruch auf, wandte sich nach kurzer Überlegung jedoch ab und ging neugierig zur Tür, die in den nächsten Raum führte. Sie erblickte dahinter verborgen ein riesiges Bett. Die schweren roten Samtvorhänge waren zurückgezogen und gaben den Blick auf weiche Kissen und eine bestickte Seidendecke frei. Sekundenlang starrte sie mit errötenden Wangen darauf und fühlte, wie ihre Knie weich wurden.

„Gefällt Euch dieser Raum?" Seine Stimme klang leise, aber belustigt, und Laura spürte, wie sie noch tiefer errötete.

Er trat näher an sie heran, löste die Haarnadeln, mit denen sie ihr Haar hochgesteckt hatte, und machte sich daran, die dicken Strähnen mit den Fingern auszufrisieren, bis ihre Haare wie ein dichter Schleier um ihre Schultern lagen. „So sehe ich Euch am liebsten", flüsterte er. „Ihr seht wundervoll aus."

„Meint Ihr das wirklich?"

„Hat Euch das niemals jemand gesagt?"

„Ich habe es nie geglaubt", erwiderte Laura verlegen. „Es gibt so viele schöne Frauen in Venedig ..." Sie unterbrach sich. Mit dem Argwohn schien sich ein schwarzer Schatten über dieses Zimmer zu legen. „Steht dieser Palazzo immer zu Eurer Verfügung?"

„Ach, ja, gewiss." Er sagte das lässig, wegwerfend.

Laura schluckte. Dann war sie also nicht die Einzige, mit der er hier Liebesstunden verbrachte. Der Gedanke tat weh. Es war dumm gewesen, überhaupt zu fragen.

„Was habt Ihr vor?", fragte sie erstaunt, als er ein Tuch aus der Tasche zog.

„Euch die Augen verbinden, meine Schönste, damit ich die Maske abnehmen kann. Sie stört Euch offenbar ebenso wie mich."

„Aber …"

„Wir werden jetzt speisen." Er band ihr das Tuch um den Kopf, verknotete es fest, aber nicht zu streng am Hinterkopf.

„Aber ich sehe doch nichts!"

„Das müsst Ihr auch nicht, ich werde Euch füttern."

Er legte den Arm um sie, führte sie zum Tisch zurück und schob ihr einen der vergoldeten und mit rotem Samt bezogenen Sessel zurecht. Sie hörte, wie er sich ebenfalls einen Sessel neben sie zog, und dann fühlte sie, wie er mit einem Tuch sanft über ihre Wangen rieb.

„Was tut Ihr?!"

„Ich ziehe es vor, Euer süßes Erröten zu sehen, anstatt weißen Puder und Rouge." Sein Mund fuhr schmeichelnd darüber. „So ist das viel besser."

„Aber …" Laura unterbrach sich, weil er ihr etwas in den Mund steckte. „Was ist das?"

„Eine Olive, *mon amour*."

Laura kaute, dann setzte er ein Glas an ihre Lippen.

„Was …"

„Wein, aber ich bitte Euch, fragt ab nun nichts mehr, vertraut mir einfach. Ich schwöre, ich werde Euch weder Gift geben noch etwas, das Euch nicht mundet."

Laura gehorchte lächelnd und bereute es auch nicht. Die köstlichsten Speisen wurden ihr gereicht, teilweise mit seinen Lippen, dazwischen immer Wein und kleine zarte Küsse auf ihre Wangen, ihren Hals, ihren Nacken und ihre Hände.

Als das Mahl beendet war, zog er sie zu sich hoch. Laura tastete nach seiner Jacke, hielt sich daran fest. Sein Arm lag um ihre Taille, und an seinem Atem spürte sie, dass sein Gesicht dicht über ihrem sein musste. Das zärtliche Essen und der Wein hatten sie erregt, hatte ihre Sinne bereit gemacht für weitere Freuden. Seine Finger strichen über ihre Schultern, glitten in ihren Ausschnitt und spielten mit den zarten Spitzen ihrer Brüste. Seine Lippen folgten und hinterließen eine feuchte Spur auf ihrer Haut. Sie gab sich seinen Händen und Lippen hin und fühlte Vertrautheit, ein angenehmes „Sichauflösen" alles Fremden zwischen ihnen beiden.

Sie zierte sich nicht, als er sich an dem Mieder ihres Kleides zu schaffen machte, es öffnete, den kostbaren Stoff von ihren Schultern schob, jedes freie Fleckchen mit Küssen bedeckte, immer weiter und weiter hinab. Es war so natürlich, von ihm so gehalten zu werden. Und hatte sie es sich nicht in ihren einsamen Träumen immer wieder vorgestellt, genauso verführt zu werden?

Hitze stieg in ihr auf und ein ganz verschwommener Gedanke, hier etwas Unrechtes zu tun. Nun, vielleicht nicht gerade Unrechtes, aber auch nichts, was einer anständigen, wohlerzogenen Frau einfallen sollte. Jedenfalls nicht nach dem, was ihr die Nonnen erklärt hatten. Dennoch wehrte sie sich nicht. Auch nicht, als der Stoff endlich herabglitt. Er hatte mit wenigen gekonnten Handgriffen den Verschluss des Rocks geöffnet und zog ihn nun gleichzeitig mit dem Mieder fort, sodass sie nur im Unterrock und Korsett vor ihm stand.

Wie gerne hätte sie jetzt sein Gesicht gesehen. War sein Blick voller Verlangen? Oder neugierig? Abschätzend?

Als er endlich seine Hand um ihre Brust legte, mit seinem Daumen über die dunkelrote, über dem Korsett herauslugende Warze strich, sie neckte, streichelte, entrang sich Lauras Kehle ein ihr unbewusstes kleines Stöhnen. „Was tut Ihr nur mit mir?"

„Alles, was mir notwendig erscheint, um Euch zu verführen", erwiderte er mit einem leisen Lachen. Seine Hand glitt unter den reichen Unterrock, schob den Reifrock beiseite und wanderte an der Außenseite ihres Schenkels weiter hinauf, während seine Lippen an ihren Brüsten spielten, sie mit feuchten Küssen bedeckten. „Aber nur, wenn Ihr mir versprecht, mir eine gehorsame Geliebte zu sein."

Sie genoss seine Berührungen, seine Küsse und vor allem seine Hand, denn er begnügte sich schon längst nicht mehr damit, die weiche Haut ihrer Hüften zu streicheln, sondern war bereits zwischen ihre Schenkel geglitten. Dort, wo es am erregendsten kribbelte. „Ich will Euch eine gehorsame Geliebte sein", flüsterte sie zurück. Ihre Stimme wollte ihr kaum gehorchen, als sie seine Finger zwischen ihren Beinen fühlte, die den einen Punkt suchten, dessen Berührung ihr so viel Vergnügen bereitete, und sie schrie leise auf, als er begann, ihn zu massieren.

„Gefällt Euch das?"

„Ja ..."

„Dann werden wir jetzt beginnen."

Sie tastete nach ihm, als er sich zurückzog. „Womit ...?"

„Mit dem Spiel des Gehorsams."

Ein erregtes Zittern durchlief sie. „Was habt Ihr denn mit mir vor?"

Seine Stimme klang plötzlich ernst. „Ich werde Euch jetzt zeigen, dass Ihr mir gehört, dass ich mit Euch machen kann, was ich will. Ganz wie ich es

Euch gesagt habe. Aber zuerst sollt Ihr Eure Schönheit nicht vor mir verdecken. „Ich möchte Euch nackt sehen."

Laura atmete schnell ein. Sie spürte, wie diese Worte und alleine diese Vorstellung sie schon erbeben ließ. Es war genau das, was sie auch wollte. Sie wollte seine Hände spüren, seine Haut auf ihrer. Es war ihr selbst völlig unfassbar, wie sehr sie ihn begehrte.

Domenico schob die Röcke über ihre Hüften und ließ seine Hände über die weichen Schenkel gleiten. Ihre Brüste bebten bei jedem Atemzug und ihre weichen Lippen lächelten feucht und verführerisch. Es war eine hervorragende Idee von ihm gewesen, ihr dieses Tuch um die Augen zu binden. Zum einen erregte es ihn, sie so hilflos blind vor sich zu haben, und zum anderen konnte er sich diese lästige Maske ersparen, die ihm bei seinen Liebkosungen sehr schnell hinderlich geworden wäre. Er suchte mit den Lippen abermals nach den dunklen harten Brustspitzen und bemerkte mit Genugtuung das Zittern, das durch Lauras Körper ging. Welch ein reizvolles Spiel, seine eigene Gattin zu verführen.

„Seit ich Euch auf dem Ball das erste Mal im Arm hielt, konnte ich an nichts anderes denken als daran, diese wunderbaren Brüste zu streicheln, sie zu liebkosen und sie in mich hineinzusaugen, bis Ihr vor Lust schreit", murmelte er, völlig vertieft in diesen Anblick und die Berührung ihres Körpers.

„Dann tut das bitte", hauchte Laura.

„Nur wenn Ihr mir völlig und in allen Dingen gehorcht." Er sah, dass sie schneller atmete. Unter seinen geschickten Händen fielen die Unterröcke, und er hielt sekundenlang die Luft an, als er sie endlich – bis auf das Korsett – nackt vor sich hatte. Auch dieses Korsett würde bald fallen. Schließlich wollte er sie ja völlig hüllenlos in seinen Armen liegen haben, aber vorerst wollte er sich am Anblick dieser schmalen Taille, den vom Korsett hochgepressten, hervorquellenden Brüsten, dem durch die Schnürung so unnatürlich breiten Becken und diesem wunderbar weichen, üppigen Hinterteil ergötzen. Sie stöhnte leise unter seinen Händen, während er die Nachgiebigkeit seiner Gattin gegenüber ihrem geheimnisvollen Cavaliere weidlich ausnutzte. Seine Hände glitten genussvoll über ihre Hüften, er schob sie näher zur Wand, wo sie sich mit den Händen abstützen konnte, während er diese festen Backen massierte, sie knetete, bis sie gerötet waren, und dabei mit den Lippen über Lauras Schultern und ihren Nacken fuhr und ihren Duft in sich einsaugte.

Schließlich öffnete er die enge Schnürung des Korsetts. Jetzt war sie nicht mehr so schlank, sondern hübsch mollig und ungemein anziehend in ihrer Weichheit. Er ließ seine Hände über ihren Bauch und ihren Rücken gleiten, massierte die Druckstellen des engen Korsetts und wurde gewahr, wie erleichtert und tief sie einatmete. Er hatte es bisher immer als Nachteil empfunden, eine Frau ganz auszupacken, weil diese engen Dinger Striemen und hässliche Druckstellen auf der weichen, weißen Haut hinterließen, die die Schönheit der Frauen trübten. Dieses Mal empfand er zu seiner Überraschung anders: Er war verärgert darüber, dass sich seine Gattin dieser Marter unterzog. „Das nächste Mal will ich Euch ohne dieses teuflische Mieder sehen", murmelte er an ihrem Nacken.

„Aber ich brauche das Korsett. Keine Dame würde ohne Korsett auf die Straße gehen. Ganz abgesehen davon, dass mir meine Kleider nicht mehr passen würden!"

„Dann schnürt Euch eben nicht so eng und lasst Euch neue Kleider machen", erwiderte er ungeduldig. Seine Frau hatte doch wahrhaftig genügend Nadelgeld zur Verfügung, um sich jeden Tag ein neues Kleid anmessen zu lassen!

„Wie Ihr wünscht ...", kam es nach einem leichten Zögern.

Zufrieden zog er sie in die Mitte des Raumes, um sie ausgiebig zu betrachten. „Ihr habt einen wunderbaren Körper, *mon amour*", murmelte er, sich wieder auf seine Rolle als Franzose besinnend. „Einen Körper, der einen Mann verrückt nach Euch machen kann." Ohne sie zu berühren, ging er um sie herum und genoss jedes Stückchen ihres Körpers, schon völlig begierig darauf, sie in Kürze nicht nur mit den Augen, sondern auch mit seinen Händen und Lippen genießen zu können. Er ließ sich Zeit. Viel Zeit. Er war zwar ungeduldig, brannte darauf, sie endlich so zu besitzen, wie ihm das schon seit längerem vorschwebte, aber gleichzeitig wollte er es genießen, sie zu verführen. Und ihr dabei auch die Gelegenheit nehmen, später behaupten zu können, er wäre gegen ihren Willen über sie hergefallen. Er wusste nur zu gut, zu welch haarsträubenden Ausreden Frauen, die man beim Treuebruch erwischte, fähig waren.

„Ihr seid nackt und könnt nichts sehen. Aber ich sehe Euch, meine schöne Geliebte. Und ich möchte, dass Ihr genau das tut, was ich von Euch verlange." *Zuerst eine gehorsame Geliebte und dann eine gehorsame Gattin*, dachte er entschlossen. Hatte er sie erst einmal als seine Geliebte fest in seiner Hand, war es gewiss auch leichter, eine folgsame Ehefrau aus ihr zu machen, die sich – wie es sich gehörte – ihrem Gatten in allen Dingen unterordnete.

„Und was ist es, was Ihr von mir verlangt?" Laura drehte sich nach ihm um und streckte die Hände nach ihm aus. Es war erregend, ihn nicht sehen zu können, sie fühlte sich ganz in seiner Gewalt und genoss es. Sie ertastete den weichen Stoff seiner Jacke, glitt an seiner Brust höher bis zu seinem Hals, der noch von der Schleife verdeckt war, weiter hinauf bis zu seinem energischen Kinn. Sie zeichnete mit dem Finger die Konturen seines Gesichts nach, seine Lippen, lachte zärtlich, als er begann, zart an einem ihrer Finger zu saugen, und trat dann einen Schritt näher. Seine Lippen senkten sich auf die ihren, bevor er sie unter den Knien und unter den Armen fasste und hochhob und einige Schritte trug, bis er sie sanft hinlegte.

Das knisternde Holz im Kamin, die flackernde Wärme, machten den Raum heimelig. Draußen, vor dem Fenster, hörte sie die Rufe eines Gondolieres, der sich den Weg frei schrie. Die Glocke von San Marco klang herüber.

Laura zog erschrocken die Luft ein, als ihre Beine plötzlich höher waren als ihr Kopf. Ihre Hände ertasteten weichen Samt. Er hatte sie tatsächlich mit dem Kopf nach unten auf den Lehnsessel neben dem Kamin gelegt und zwar so, dass ihre Waden oben auf der Lehne ruhten und ihre Gesäßbacken die Rückenlehne berührten. Der Sessel war zwar breit und bequem, sehr weich, aber doch so kurz, dass ihr Kopf nach unten hing, ihr Körper durchgebogen wurde und ihre Brüste schamlos hinaufragten. Sie rückte ein wenig herum. Sie kam sich lächerlich vor in dieser Haltung, ein wenig hilflos. Welch ein seltsamer Einfall ihres Cavalieres!

„Legt Euch behaglich hin, meine Geliebte, Ihr werdet längere Zeit so bleiben."

Laura legte den Kopf zurück, ihr Haar floss über dem weichen Samt zu Boden und breitete sich dort aus wie ein dunkler, im Schein der Kerzen und des Feuers glänzender Wasserfall. Sie wusste, wie offen und verletzlich sie in dieser Pose war, und legte wie schützend die Arme über ihre Brüste. Sie lauschte seinen Schritten. Er ging um sie herum. „Bedeckt nicht Eure Brüste, meine Schönheit. Ich will Euch sehen. Und ich will, dass Ihr wisst, dass ich zusehe, wenn Ihr sie streichelt."

Laura legte ihre Arme noch fester um den Körper. Was er da verlangte, war völlig unmöglich! Sich vor ihm zu streicheln, als wäre sie alleine mit ihren Fantasien! Sie horchte, aber es war nur Stille um sie herum. Sie hörte nichts weiter als ihren eigenen Atem. „Seid Ihr noch da ...?"

„Gewiss, meine reizvolle Geliebte. Und ich warte ..."

Laura biss sich auf die Lippen. Dann, unendlich langsam öffnete sie die Arme, ließ sie neben ihren Körper sinken. Sie lauschte, aber er sagte nichts mehr. Und schließlich hob sie zögernd die Hände, strich über die Seiten ihrer Brüste. Dann weiter hinauf, ihre Finger ertasteten die harten, hochstehenden Spitzen, umkreisten die zusammengezogenen Höfe. Diese fremde Lust, der Reiz etwas zu tun, das ihr bisher niemals eingefallen wäre, erhitzte ihren Körper. Ihre Finger tanzten auf ihren Brüsten, hauchzart, sinnlich erregend. Berührungen, die ihre Leidenschaft erwachen ließen.

Sie hörte plötzlich seinen Atem – er musste jetzt ganz in der Nähe stehen und ihr zusehen.

Ob das, was sie jetzt machte, wohl sonst Mätressen für ihre Geliebten taten? Ob die schöne Nicoletta dies für Domenico getan hatte? Der Gedanke stieß sie ab und erregte sie zugleich. Hatten die großen Kurtisanen der vergangenen Jahrhunderte ihre Freier auf diese Art erfreut? Vielleicht.

Vielleicht war eine von ihnen sogar auf einem Sessel wie diesem gelegen und hatte sich sinnlichen Spielen hingegeben. Aber hatten sie es auch so gerne getan wie sie? Hatten sie die Männer, die sie für ihre Dienste bezahlten, geliebt? Nein, wohl nicht. Aber sie tat es. Sie liebte ihren Cavaliere nur um den Lohn seiner Leidenschaft und seiner Liebe, die sie sich noch erringen wollte. Ihr Kopf sank tiefer, als sie ihren Körper nach oben bog, ihren eigenen Händen entgegen.

Sie seufzte leise, als sie begann, ihre Brüste fester zu streicheln, ihren Körper, ihren Bauch, ihre Hüften. Ihre Hände glitten wie von selbst bis zu ihren Schenkeln, als eine Sehnsucht nach mehr sie erfasste. Sie wollte, dass er sie ebenfalls streichelte, sie küsste, sie wollte seine Hände auf ihrem Körper und zwischen ihren Beinen fühlen. Seine Lippen spüren. Sie tastete mit einer Hand nach ihm. „Bitte ...‟

„Ich warte, meine Geliebte ...‟ Seine Stimme klang zärtlich, aber es lag zugleich ein befehlender Ton darin, dem sie sich nicht entziehen konnte.

Laura atmete schwer, als ihr bewusst wurde, was er meinte, worauf er wartete. Wie konnte er das von ihr verlangen?! „Ich kann nicht ...‟

Schweigen antwortete ihr. Er schien es nicht einmal für nötig zu erachten, sie zu überreden. Es war selbstverständlich für ihn, dass sie ihm zu Willen war. Sekundenlang dachte sie daran, das Tuch hinunterzureißen und fortzulaufen, aber das hieße, auf etwas zu verzichten, das sie selbst ersehnte, und die Leidenschaft, die ihren Körper erfasst hatte, zu zügeln. Sie fühlte kleine Schweißperlen zwischen ihren Brüsten, als sie sehnsüchtig mit ihren Fingern über ihren Bauch aufwärts strich, zwischen den vollen Hügeln hinauf bis zu ihrer Kehle. Feuchte Kühle auch zwischen ihren Beinen, vermengt mit Hitze und einem unwiderstehlichen Pochen.

Sie wartete, aber er rührte sich nicht. Endlich ließ sie ihre Hand abwärts gleiten, tiefer hinunter. Sie zog das rechte Bein ein wenig an, wie um sich vor seinen Blicken zu schützen, wenn sie ihre letzte Scheu fallen ließ.

Es war nicht neu für sie, sich selbst zu erfreuen und zu befriedigen. Wie oft hatte sie es schon getan, wenn sie alleine in ihrem kalten Bett lag, voller Sehnsucht nach einer warmen Männerhand, nach heißen Lippen und einem harten Körper, an den sie sich schmiegen konnte. In ihren Träumen und Fantasien war sie dabei niemals alleine. Ihr Geliebter lag ganz dicht bei ihr, seine Arme umfassten sie und dann, kurz vor dem Höhepunkt stellte sie sich vor, wie er sich über sie legte, sein Glied in sie stieß, und sie sich in seine Arme hinein aufbäumte.

Dieser Traum war mit dem ersten Brief ihres Cavaliere d'Amore beinahe wahr geworden. Ihr ‚Cavaliere‛, dessen Blicke sie nun auf ihrem Körper fühlte, auch wenn sie nicht wusste, wo er stand. Ihre Hand glitt tiefer, sie war sich seiner Gegenwart so sehr bewusst, als wäre es nicht ihre Hand, sondern seine, die sie jetzt streichelte, die über den weichen Venushügel fuhr. In ihrer Vorstellung waren es seine Finger, die die Lippen teilten, in die Feuchtigkeit ihrer Scham griffen. Sie suchte die Perle ihrer Lust, die geschwollen und pochend nach Berührung verlangte, und stöhnte leicht auf, als sie den Druck verstärkte, so wie er das vor einigen Tagen im Theater getan hatte. Sie ahmte seine Bewegungen nach, die Art, wie er sie gestreichelt und massiert hatte, spielerisch, neckend, dann wieder fester, besitzergreifend. Ihre linke Hand, die bisher auf ihrer Brust geruht hatte, glitt tiefer, und während sie mit der Rechten glühende, schmerzhaft lustvolle Kreise um ihre Klitoris zog, schob sie zwei Finger ihrer linken Hand in die heiße Spalte.

Er musste ganz nahe stehen, denn sie hörte seinen schweren, raschen Atem, ganz nahe bei ihr, so nahe, dass sie ihn fühlen konnte. Plötzlich lag seine Hand auf ihrer. Er zog sie an sich, küsste sie, saugte an den Fingern, die feucht waren von ihrer Lust, leckte sie ab. Keine Fantasie war es dieses Mal, sondern die Wirklichkeit - ihr Geliebter. Sie lächelte. „*Mio Cavaliere d'Amore ...*" Ihr Lächeln erstarb jedoch, als er seine Hand über ihre Spalte legte. Einer seiner Finger glitt hinein, massierte ihr Inneres.

Plötzlich ergriff er wieder ihre Hand, umfasste sie mit seiner, legte seinen Finger auf ihre beiden ausgestreckten Finger. „Oh ..." Laura bog sich ihm entgegen, als er ihre Finger, geführt von seinem, tief hineingleiten ließ. Sie fühlte das schnelle, fast erschrockene Zusammenziehen ihrer Vagina, als er sie hineinschob. Ihr feuchtes Fleisch presste sich um sie, aber er schob weiter. Ihre Vagina dehnte sich, pulsierte um ihrer beider Finger. Dann ließ er sie wieder hinausgleiten. Er musste wohl neben ihr knien. Sie wandte ihm ihr Gesicht zu, den Mund leicht geöffnet, wie eine Bitte um einen Kuss. Tatsächlich spürte sie gleich darauf seine Lippen, ein sanftes Streicheln, seinen vertrauten Atem.

Seine Hand schob ihre verschlungenen Finger wieder tief hinein, leitete sie und presste sie gegen ihre inneren Wände. Welch ein unglaubliches Gefühl! Er hielt sie darin fest, verstärkte den Druck, bis sie immer tiefer rutschte, sie sich immer tiefer selbst fühlen konnte. Das hatte sie niemals getan, und sie hatte nicht gewusst, wie feucht und heiß ihre Scham werden konnte.

„Ich möchte, dass Ihr wisst, wie wunderbar es sich in Euch anfühlt." Sein Flüstern war heiser. „Wie warme Seide. Eine heiße, feuchte Enge, die ich heute betreten und fühlen werde. Spürt Ihr es?"

„Ja ..."

„Streichelt Euch jetzt wieder."

Und während er ihre vereinten Finger immer wieder von Neuem in ihre Vagina führte, begann Laura ihre Klitoris zu streicheln. Ein heißes Lippenpaar umschloss ihre Brustwarze, seine Zunge kreiste um die harte Spitze wie ihr Finger um ihre Klitoris. Sie versuchte, sich diesem immer schneller werdenden Rhythmus anzupassen. Bald begann sie sich zu winden, ihr Atem wurde lauter, unregelmäßiger und flacher. Sie spürte, wie sich die

Bewegung ihrer Vagina verstärkte, wie sie sich enger um ihre Finger schloss. Das Pulsieren wurde heftiger, schien auf ihren ganzen Körper überzugehen. Der lustvolle Drang und die Sehnsucht nach Erlösung wurden immer stärker, ihre Klitoris wurde schmerzhaft empfindlich, und immer wieder stieß er ihre Finger in sie hinein, fest und doch behutsam.

Laura bäumte sich auf, ihr Becken presste sich an seine Hand. Sie fühlte, wie er den anderen Arm unter ihre Schultern schob, sie festhielt, damit sie nicht vom Sessel glitt, während ihr Höhepunkt sie förmlich durchschüttelte, ihr für Momente alle Sinne raubte und sie dann in einem wohligen Aufstöhnen der Erleichterung wieder zurücksinken ließ. Für einige Augenblicke lag sie völlig bewegungslos da, wartete, bis der Nebel aus Farben wieder verging.

Seine Lippen fuhren über ihre, bedeckten ihre Wangen, ihr Kinn und ihre Nase mit tausend kleinen Küssen, einer zärtlicher und leidenschaftlicher als der andere. Er hielt sie immer noch fest und geborgen, ihr Kopf ruhte in seiner Armbeuge, seine Finger streichelten über ihre Seite.

„Ich möchte jetzt so gerne in Eure Augen sehen", flüsterte sie zitternd.

„Ach, *mia cara.*" Er ließ ihre Hand los, die, gehalten von seiner, müde zwischen ihren Beinen ruhte, strich ihr über die Wange und schob eine Haarsträhne aus ihrer Stirn. „Wer weiß, ob Euch gefiele, was Ihr seht."

„Und wenn ich überzeugt wäre davon?"

„Ein andermal, meine Liebe, aber nicht heute." Er küsste jede weitere Entgegnung von ihren Lippen und ließ sie erst nach langer Zeit zögernd und langsam los.

Sie hörte, wie er sich erhob und an seiner Kleidung zu schaffen machte. Dann trat er so dicht hinter ihren Kopf, dass er ihr Haar berührte. „Streichle mich, Laura."

Als sie begriff, was er wollte, hob sie die Arme über den Kopf. Der harte pulsierende Schaft, den sie vorfand, ließ sie vor Überraschung sekundenlang innehalten, bevor sie ihn wieder ergriff und ihn abtastete. Er war erregt. Sein Glied pochte und als sie mit den Fingern darüberstrich, zuckte es bei ihrer Berührung. Sie tastete sich von den prallen, empfindlichen Hoden, dem gekrausten dichten Haar aufwärts, bis sie den geschwollenen Kopf erreichte. Die Spitze war, wie vor wenigen Tagen in der Gondel, feucht. Es hatte ihn fast ebenso erregt, ihr zuzusehen und ihre Hand nach seinem Willen zu führen, wie sie, von ihm auf diese Weise genommen zu werden.

„Und jetzt küsse mich, meine Geliebte."

Sie atmete schneller. Das wollte er also. Soeben war sie noch müde und befriedigt gewesen, aber nun war es, als wären ihre Glieder und ihr Leib wieder zu neuem, pulsierenden Leben erwacht. Vorsichtig rutschte sie ein wenig tiefer, sodass ihr Kopf noch weiter hinunterhing. Dann atmete sie tief durch, schob alle Schamhaftigkeit von sich und öffnete ihren Mund.

Sie tastete nach seinen Hüften, zog ihn näher, dann umklammerte sie sein Glied mit der Hand und versuchte es mit ihrem Mund zu erreichen. Es ging nicht. Sie lag zu tief unten.

Er kniete hinter ihr nieder und schob beide Hände unter ihre Schultern, um sie zu halten, als sie mit den Lippen die Spitze seines Gliedes umfasste. „Laura ..." Seine Stimme war reine Zärtlichkeit und Sehnsucht.

Ihre Zunge ertastete die heiße Spitze, umrundete sie, kostete die Feuchtigkeit. Ein Zittern ging durch seinen Körper. Sie öffnete ihren Mund noch ein wenig weiter, seine Hände griffen fester zu und zogen sie näher. Laura presste die Lippen um seinen Schaft, während er sich zu bewegen begann und seinen Körper sachte vor und zurück schaukelte.

Er bewegte sich schneller, aber rücksichtsvoll. Sie wusste, dass sie in dieser Haltung völlig hilflos gewesen wäre, hätte er den Wunsch verspürt, sie grob zu behandeln und einfach in ihren Mund hineinzustoßen. Aber sie vertraute ihm ja vollkommen. Sonst wäre sie nicht hier auf diesem Sessel, ja nicht einmal in diesem Palazzo. Sie presste ihre Lippen enger zusammen, und dann spürte sie, wie ein Zucken durch seinen Körper ging. Er stöhnte auf, wollte sich aus ihr zurückziehen, aber sie schlang die Arme um seine Hüften, hielt ihn fest, als er sich in sie ergoss. Sie wollte ihn spüren, ihn kosten. Sie wollte ihn ganz haben, ihren Cavaliere d'Amore. Den Mann, den sie liebte.

Domenico zog sich sanft aus ihr zurück, blieb jedoch noch minutenlang regungslos hinter ihr knien. Er blickte auf ihren weißen, nach hinten gestreckten Hals, die vollen Brüste, die Wölbung ihres Bauches und das dunkle Dreieck ihrer Scham. Er hatte sehen wollen, wie weit sie ging. Wie weit ein geheimnisvoller Fremder sie verführen und zu Dingen verlocken konnte, die er bei seiner zurückhaltenden Frau niemals vermutet hätte. Hatte seine Macht über sie demonstrieren, seine untreue Frau unterwerfen und gleichzeitig verführen wollen.

Und sie war bezaubernd gewesen. Hinreißend und hingebungsvoll. Er neigte den Kopf und ließ seine Lippen über ihren Hals gleiten. Laura regte sich nicht, sie lächelte nur, strich sich mit der Zunge über die Lippen. Sie hatte ihn abermals gekostet, diesmal sogar in sich eingesaugt. Er rieb sein Gesicht an der Weichheit ihrer Brüste. Eine dunkle Spitze glitt über seine Wange, er legte seine Lippen darum und saugte zart. Sein Glied, eben noch zufrieden, begann sich wieder zu regen.

Er hatte noch bei weitem nicht genug von ihr. Noch lange nicht. Das, wozu er sie jetzt getrieben hatte, war nur ein Spiel gewesen. Nun wollte er sie richtig besitzen. Völlig. Wollte in sie hineingleiten, dort sein, wohin er ihre Finger und seinen geleitet hatte, wollte die heiße Enge mit seinem ganzen Körper erspüren.

Er stand langsam auf, beugte sich herab und hob sie hoch. Ihre Arme schlangen sich um seinen Hals, und sie schmiegte sich vertrauensvoll an ihn, als er sie hinüber ins Schlafzimmer trug und dort auf das Bett legte.

Sie wollte sich aufsetzen, tastete nach ihm, aber er hielt sie zurück, während er sich die beengende Jacke auszog und sie fortwarf.

„Bleibt ganz ruhig liegen und bewegt Euch nicht. Ich möchte Euch ansehen, Euch streicheln und Euch kennenlernen."

Wie ein Stein war sie in der Hochzeitsnacht unter ihm gelegen, hatte sich geweigert, ihn auch nur ihren Nabel oder die hübsch gerundeten Ansätze ihrer Brüste näher betrachten zu lassen, und hatte nicht die geringsten Anstalten gemacht, seine vorsichtigen und zurückhaltenden Liebkosungen zu erwidern. Ärgerlich genug, dass er jetzt, als ein unbekannter Geliebter, all das genießen durfte, was sie ihrem Ehemann damals verwehrt hatte.

Seine Hand wanderte über ihren Hals, ihre Schultern, ihre Arme. Seine Fingerspitzen schwelgten in der Weichheit ihrer Haut, er fuhr ihre Schlüsselbeine entlang und dann tiefer zum Ansatz ihrer Brüste. Er hatte schon im Theater bemerkt, wie empfindlich sie dort reagierte. An welchen anderen Stellen wohl noch? Er glitt weiter hinunter, streifte die aufgestellten Brustspitzen, was sie tiefer einatmen ließ, und fuhr dann über ihren Bauch, ihre Hüften, ihre Taille. Wie mollig weich sie doch überall war. Wie gut sich ihr Leib in seine Hände schmiegte. Es erregte ihn, dass sie tatsächlich ruhig dalag, ihm und seinen Händen erlaubte, sie zu ertasten. Ihre Brüste hatten die richtige Form für seine Hände, waren wie für ihn geschaffen. Er schob ihre linke Brust ein bisschen hoch und bemerkte mit Entzücken ein bezauberndes Muttermal darunter. Es gab viele Frauen, die sich Schönheitspflästerchen ins Gesicht und an andere, oft noch interessantere Körperteile klebten, aber dieses Schönheitsmal war echt. Er hauchte einen Kuss darauf. Die rote Brustwarze mit dem dunklen Hof stand steil empor, und er fühlte Laura erbeben, als er mit dem Daumen darüberfuhr, bevor er sie mit der Zunge berührte. An dem drängenden Verlangen zwischen seinen Beinen wusste er, ohne auch nur hinsehen zu müssen, dass noch etwas anderes steil empor stand und ungeduldig darauf wartete, zum Ziel zu kommen. Aber noch war es nicht so weit.

Seine Lippen senkten sich auf ihre Brust, er saugte zuerst zart, dann fester. Schließlich ließ er seine Lippen weitergleiten, umrundete ihre Brüste, glitt auf ihren Bauch. Er spürte ihre Hände auf seinem Kopf, ihre Finger, die mit seinem Haar spielten, das er am Hinterkopf zusammengebunden hatte, fühlte ihre Fingerspitzen auf seiner Kopfhaut. Er glitt weiter an ihr hinab. Er wollte sie schmecken, wollte wissen, ob die Vorstellung, die ihn seit Tagen nicht mehr losließ, auch der Realität entsprach. Seine Gedanken streiften seine diversen Mätressen und insbesondere Sofia mit ihrer aufreizenden roten Perle, aber er konnte sich nicht erinnern, jemals so sehr von der

Vorstellung besessen gewesen zu sein, die Lippen zwischen den Beinen einer Frau zu berühren und zu kosten, wie ausgerechnet bei seiner eigenen Ehefrau. Er hatte es getan, um sich an ihren Reaktionen zu ergötzen, aber niemals, weil sein eigenes Verlangen ihn so leidenschaftlich dazu gedrängt hätte wie jetzt.

Sie wehrte sich kurz, als er ihre Beine weiter auseinanderdrückte.

„Ich will Euch ansehen."

Sie gab nach und öffnete ihm langsam ihre rosige Scham. Der Vergleich mit einer Blüte kam ihm in den Sinn. Einer Rose, deren Blätter innen dunkler und vom Tau befeuchtet waren. Dunkles Haar umhüllte die glänzenden Lippen, die bei seiner Berührung zuckten. Er fühlte Lauras Zittern, als er sie betrachtete und dabei ihre Beine noch weiter auseinanderbog, bis alles frei vor seinen Augen lag.

„Was tut Ihr denn jetzt ...?"

„Ich sehe Euch an. Bleibt ruhig liegen."

Es fiel ihm schwer, bei diesem Anblick daran zu denken, seine Stimme zu verstellen, aber er klang jetzt so heiser, dass sie ihn vermutlich ohnehin nicht erkennen konnte. Ihre feuchten fleischigen Lippen schienen unter seinem Blick noch aufzuschwellen. Er ließ seine Finger von ihrem Nabel abwärts laufen bis in die feuchte Spalte hinein, dann zog er sanft mit Zeigefinger und Daumen die weiche Haut auseinander. Die dunkelrote Perle lag offen vor ihm.

Sie krallte ihre Finger in das Betttuch unter ihr. Er griff hin und löste sie sanft, legte ihre Arme weit neben ihren Körper. Offen, ganz offen wollte er sie haben. Eine liebende, vertrauende Frau, die bereit war, ihren Geliebten zu empfangen. Anders als damals in ihrer ersten Nacht.

Er vergaß völlig, weshalb er sie hier traf, weshalb er ihr diesen Brief geschrieben hatte, die Lehre, die er ihr erteilen wollte. Sie war so schön, so sinnlich. Er beugte sich hinab und fühlte ihr kurzes Zusammenzucken, als er seine Lippen von ihrem Bauch tiefer wandern ließ, vorbei an dem dunklen Dreieck, über ihren Schenkel und dann tiefer hinein. Seine Finger strichen zart an der weichen Innenseite entlang, brachten sie dazu, ihre Beine noch etwas weiter zu öffnen. Sie roch nicht parfümiert wie Nicoletta oder Sofia, sondern nur ganz nach sich selbst, nach Frau, ein herber und zugleich süßlicher Duft, der ihn betörte. Sie gab dem leichten Druck seiner Hand nach einigem Zögern nach, sagte kein Wort, gab keinen Laut von sich, aber daran, wie ihre Brüste zu beben begannen und ihr Atem heftiger ging, spürte er, wie überrascht sie war, als seine Zunge zwischen die weichen Lippen glitt.

Sie schmeckte köstlich, zartbitter. Er vergrub sein Gesicht zwischen ihren Schenkeln und spürte gleichzeitig die schmerzliche Begierde zwischen seinen eigenen Schenkeln. Sein Glied war steinhart, pochte, pulsierte, verlangte schon dringend nach diesem weichen, heißen Fleisch, das so herrlich warm und feucht war unter seinen Lippen, Aber zuerst wollte er sie abermals zucken sehen, sich winden, ehe er selbst so von seinen eigenen Lustgefühlen hinweggerissen wurde, dass er keine Zeit mehr hatte, auf sie zu achten. Ja, das wollte er. Wollte sehen, wie sein abweisendes Eheweib, das ihn zurückgestoßen hatte, jetzt unter den Händen und Lippen eines vermeintlich Fremden vor Lust verging.

Er tastete die rosigen Lippen entlang, weiter hinein, spürte, wie sich ihr Eingang unwillkürlich erregt verengte, als seine Zunge tiefer stieß, glitt dann wieder hinauf, umkreiste diese neckische rote Perle, die in den letzten Minuten merklich angeschwollen war. Als er seine Lippen darum schloss und zu saugen begann, bäumte sich Laura auf und packte ihn so heftig an den Haaren, dass er mit einem kleinen Schmerzenslaut innehielt und ihre verkrampften Finger zu lösen versuchte.

„Meine Liebe, das ist keine Perücke ...“

„Oh ... natürlich nicht ... Verzeihung ...“ Es war nur ein Hauch, nicht mehr als ein Stöhnen. Sie ließ ihn zu seiner Erleichterung los und krallte ihre Hände stattdessen in seine Schultern, als er wieder seine Lippen auf sie senkte. Das war zwar nicht viel besser, aber zum Glück hatte er sein Hemd angelassen.

Dio mio, dachte er beeindruckt, *wer hätte gedacht, dass in meiner Frau so viel Leidenschaft steckt.*

Er machte mit Bedacht weiter, fand heraus, was sie erregte, was sie dazu brachte, sich zu winden, zu stöhnen, mit den Beinen zu zucken, die er festhalten musste, um in Ruhe weitermachen zu können. Er stieß abwechselnd hart mit seiner Zungenspitze auf den kleinen Hügel, ließ sie darum kreisen, saugte dann wieder. Laura warf den Kopf herum, zerrte an seinem Hemd und noch viel früher, als er das vorgesehen gehabt hatte, bäumte sie sich mit einem unterdrückten Schrei auf. Die hervorquellende Feuchtigkeit ihrer Scham benetzte sein Kinn, und der Seidenstoff seines Hemdes gab endlich ihrem Zerren nach und zerriss.

Laura blieb regungslos liegen und versuchte wieder zu Atem zu kommen. Sie spürte, wie er an ihr hochglitt, fühlte seinen Atem auf ihrer Brust, als er mit seinen Lippen zart über die erregten Warzen strich. Er lag so dicht bei ihr, dass sie sein Glied fühlen konnte, das sich in ihren Schenkel bohrte und noch weiteren Lustgewinn versprach. Sie gab willig nach, als er ihre Knie hochschob und sich über sie legte. Offenbar hatte er es jetzt, nachdem er sich zuvor so unendlich lange Zeit gelassen hatte, sehr eilig, denn kaum, dass er auf ihr lag, drang er auch schon in sie ein. Laura fühlte, wie seine geschwollene Eichel, die sie zuvor mit Händen und Lippen so neugierig ertastet hatte, sich mit einem harten Stoß ungeduldig den Weg in ihr Inneres bahnte. Sie bäumte sich in den Armen ihres Cavalieres auf, der sich über sie beugte und ihr den Mund mit seinen Lippen verschloss. Ein unbeschreibliches Gefühl durchflutete Laura, als sie ihn in und auf sich fühlte. Liebe, Lust, Geborgenheit, Leidenschaft und die Sehnsucht, sie möge abermals Gelegenheit haben, innerlich zu verbrennen.

Domenico hatte nur ein einziges Mal mit ihr geschlafen, und da war sie nur starr vor Furcht vor ihm und dem, was er mit ihr tat, im Bett gelegen, weit davon entfernt gewesen, es zu genießen. Sie hatte zwar eine ungefähre Vorstellung davon gehabt, wie der Ehestand beginnen würde, aber was dann gekommen war, hätte ihr wohl besser gefallen, wäre da nicht immer die Angst und die Überzeugung gewesen, er könnte sie mit seiner schönen Geliebten vergleichen und sich über ihre Unerfahrenheit mokieren.

Jetzt empfand sie völlig anders. Das war auch nicht ihr gleichgültiger Mann, der auf ihr lag, sondern ihr Liebhaber. Sein pochendes Glied begann sich zu bewegen, sie zu reiben, als ihr Geliebter sich zuerst langsam, dann immer schneller aus ihr zurückzog und dann wiederkehrte. Sie spürte seine harten Schenkel zwischen ihren Beinen, seine Hüften, seinen Atem, der stoßweise über ihr Gesicht strich, seine Lippen, die immer wieder die ihren suchten, sie küssten, bis sie glaubte, keine Luft mehr zu bekommen. Und dann endlich wieder dieses unglaubliche Gefühl der Lust, das durch sie hindurchraste, jede Faser ihres Körpers ergriff, jeden Gedanken erstickte, sie sich in seinen Armen aufbäumen und schließlich die Erfüllung finden ließ. Einige harte, unbeherrschte Stöße, und dann sank er auf sie, sich gerade so viel auf den Ellbogen aufstützend, dass er sie nicht zu sehr in die Kissen unter ihr presste.

Er ruhte sichtlich erschöpft einige Minuten, bevor er begann, ihr Gesicht zu küssen und sie zu streicheln. *Es war wunderbar*, dachte sie, während sie ihre Arme um ihn legte, um ihn festzuhalten.

Ganz anders, als sie es in Erinnerung gehabt hatte ...

Aus einem Spiel wird Ernst

Laura saß vor ihrem Ankleidespiegel und nippte an ihrer Morgenschokolade. Sie trug nur die *andriè*, jenes über dem Korsett getragene lockere Kleid, das sie so liebte, mit dem sich eine Dame jedoch nur in den eigenen vier Wänden sehen ließ, während sie außer Haus immer mit Reifrock angetan war. Anna, ihre Zofe, legte gerade letzte Hand an ihre kunstvolle Frisur, steckte einige Löckchen hoch, ließ andere neckisch herabfallen und kicherte dabei heimlich über die beiden morgendlichen Besucher, die in eine lebhafte Diskussion über den richtigen Ort eines *mouches*, dieses so modernen Schönheitspflästerchens, verwickelt waren. Während Patrizio Pompes,

Lauras treuer ältlicher *cicisbeo*, heftig dafür plädierte, es auf dem Backenknochen ihrer linken Wange zu platzieren, um „die vollendete Rundung" hervorzuheben, war Ottavio fest davon überzeugt, dass der einzige passende Ort für diesen schwarzen Samtpunkt, in dessen Mitte ein kleiner Brillant blitzte, gerade über jenem Grübchen lag, das immer erschien, wenn Laura lächelte.

Die Diskussion der beiden Männer wurde immer heftiger und lauter, bis Laura dem Streit ein Ende machte und Ottavio mit einem amüsierten Lächeln erlaubte, das künstliche Schönheitsmal an jenem von ihm bevorzugten Ort anzubringen. Anna, die ihr Werk vollbracht hatte, trat kichernd einen Schritt zurück. Ottavio stellte sich neben Laura, beugte sich hinunter und wollte gerade mit einem verführerischen Lächeln und einem tiefen Blick in ihre Augen das Samtpflästerchen platzieren, als die Tür aufgerissen wurde.

Laura blickte in den Spiegel und sah hinter sich Domenico, der im Türrahmen stand und mit schmalen Augen auf die trauliche Szene sah. Sie vergaß Ottavio, der soeben dabei gewesen war, das kleine künstliche Mal anzukleben, und wandte sich verlegen um, weil ihr Ehemann sie bei einer derart intimen, wenn auch durchaus gesellschaftlich akzeptablen Beschäftigung ertappt hatte. Sein finsterer Blick glitt über sie hinweg und blieb an Ottavio haften, der irritiert aufsah, dann jedoch gequält lächelte: „Sieh da. Mein lieber Vetter. Welch eine Überraschung."

„Überrascht sollte wohl eher ich sein, dich so knapp neben meiner Frau vorzufinden." Domenicos Stimme war nicht nur kühl, sie war kalt. Er trug im Gegensatz zu dem in Samt und Seide gekleideten Ottavio nur eine einfache, jedoch perfekt sitzende dunkelblaue Jacke mit einer cremefarbenen Kniehose, wirkte in Lauras Augen aber wesentlich eleganter und eindrucksvoller.

Ottavio lächelte weiter, wenn auch ein wenig gezwungener. „Um ehrlich zu sein, Domenico, du störst im Moment ein wenig. Ich war nämlich soeben dabei", er sah auf Laura, die leicht errötete, „die Schönheit dieser wunderbaren Züge noch mit dem Anbringen dieses *mouches* zu unterstreichen."

„*Mouche?*" Domenicos Stimme wurde noch einige Grade kälter und gleichzeitig ironischer.

„Ja. Hier." Ottavio hielt seinen Zeigefinger hoch. Er war leer. „Oh, es muss heruntergefallen sein." Sein Blick blieb an Lauras Dekolleté hängen. „Hier ist es ja!" Er wollte sich vorbeugen und den kleinen Samtpunkt, der sich selbst einen molligen Platz zwischen den beiden vollen Hügeln ausgesucht hatte, aufnehmen, aber eine gefährlich ruhige Stimme hinderte ihn daran.

„Wage es nicht."

„Drohst du mir etwa?" Ottavio fühlte sich ungemütlich unter dem Blick seines Vetters, der früher den Ruf eines Draufgängers und Hitzkopfes gehabt hatte und trotz aller Verbote schnell mit dem Degen zur Hand gewesen war. Auch wenn er in der letzten Zeit so bieder und langweilig war, dass man – wie Ottavio immer im Freundeskreis behauptete – schon bei seinem Anblick einschlief. Jetzt war Ottavio allerdings nicht einmal zum Gähnen zumute.

„Scheint fast so, nicht wahr?" Domenico klang mild amüsiert, was Ottavios Unbehagen noch verstärkte. „Und jetzt wird es Zeit, dass ihr beide euch verabschiedet."

Patrizio Pompes, der sich schon längst schnaufend erhoben hatte, beeilte sich, aus der Tür zu kommen, nachdem er vor Laura seinen Kratzfuß gemacht hatte. Ottavio hätte es ihm gerne nachgemacht, hatte vor seiner Angebeteten jedoch den Schein zu wahren. Er nahm trotz Domenicos wütendem Blick Lauras Hand und hauchte einen Kuss darauf. „Bis zum nächsten Mal, meine Angebetete. Wir sehen uns wieder, wenn ..."

Er konnte seinen Satz nicht beenden. Lauras Hand wurde mit einem Ruck aus seiner gerissen, und sie sah verblüfft, wie Domenico seinen Vetter am Kragen packte und aus der Tür schob. Draußen sagte er noch etwas zu ihm, aber so leise, dass sie es nicht genau verstehen konnte. Es hörte sich jedoch an wie: „... Treppe ..." und „... Kanal ...".

Sie war immer noch erstaunt, als Domenico wieder zurückkam. Nicht, dass dieses plötzliche Temperament sie wirklich verwundern konnte, von dem sie bereits am Tage seiner Ankunft in Venedig ein so überraschendes Beispiel bekommen hatte, aber sie war doch über die harsche Art verblüfft, mit der er sich ihrer Verehrer entledigt hatte. Er winkte Anna ebenfalls aus dem Zimmer, kam näher und lehnte sich lässig mit der Schulter an die Wand neben dem Spiegel, um seine Frau, die mit geröteten Wangen dasaß, eingehend zu betrachten. Laura hatte in der Zwischenzeit schon gedacht, ihn gut zu kennen, aber nun konnte sie aus seinem Blick nicht klug werden. Sie senkte die Lider über die Augen und spielte verwirrt mit dem weichen Stoff ihres gestickten Unterkleides.

„Wofür machst du dich so schön?" Domenicos Stimme klang nicht unfreundlich, und sie blickte wieder hoch. Immer noch musterte er sie so eindringlich, aber es lag kein Ärger in seinem Blick, sondern Bewunderung.

Sie atmete tief durch, das Gefühl zittriger Unsicherheit und Erregung unterdrückend. „Es ist später eine Messe in San Marco. Dorthin wollte mich Patrizio begleiten."

Er hob die Augenbrauen. „Und dafür muss er sich schon Stunden vorher in deinem Ankleideraum aufhalten? Gemeinsam mit diesem ..."

„Aber Domenico", sagte sie rasch, „da ist doch nichts dabei. Das tun doch alle! Es gibt Frauen, die fünf Verehrer in ihrem Boudoir sitzen haben!"

„So?" Sein Blick wanderte wie eine körperliche Berührung über sie, bis er an ihrem weißen Busen hängen blieb. Sie hielt den Atem an, als er sich von der Wand abstieß und an sie herantrat. Seine Hand streckte sich nach ihr aus. Ein kleiner Schwindel erfasste sie und sie schloss unwillkürlich die Augen, als sie seine Finger auf ihrer Haut fühlte. Genau dort, wo die vollen Brüste einander trafen, bevor sie von den Spitzen des Unterkleides verdeckt wurden. Es war nur eine kurze Berührung. Als sich jedoch nichts weiter tat, öffnete sie wieder die Augen. Vor ihrer Nase war Domenicos Zeigefinger. An seiner Spitze klebte der Samtpunkt.

„Sehr elegant", murmelte er, „mit einem Brillanten."

„Das ist die letzte Mode." Lauras Stimme war nur ein Hauch. Er stand so nahe, dass sie die Wärme seines Körpers fühlen konnte. Als sie den Blick hob, traf er direkt auf seinen. Sie schluckte und spürte eine erregte Hitze durch ihren Leib wandern. Wie er sie nur ansah. Voller Begehren. Sie seufzte leicht.

Domenico lächelte und beugte sich zu ihr hinab, was alleine schon kleine Schauer auslöste. Ganz zu schweigen von seiner Stimme, die so dunkel und weich klang. „War das der Schönheitspunkt, den Ottavio hatte anbringen wollen?"

Sie nickte nur, ohne einen Ton herauszubringen.

„Wo wollte er ihn hintun?"

Laura hob eine zittrige Hand und versuchte ein noch zittrigeres Lächeln. „Hier, auf die Wange."

Domenicos Blick glitt über ihr Gesicht, studierte eingehend jeden ihrer Züge.

„Der Mann ist ein Hohlkopf", sagte er dann. Seine Stimme klang noch dunkler, ein wenig rau. „Er hat keine Ahnung." Laura schloss die Augen, als Domenicos Finger sich ihr näherte. Eine zarte Berührung genau oberhalb ihres rechten Mundwinkels. Domenicos Hand fasste unter ihr Kinn. „Sieh in den Spiegel."

Sie öffnete die Augen und sah im Spiegel ihr eigenes Gesicht, die geröteten Wangen. Dicht daneben, über sie gebeugt, war Domenico. So dicht, dass sie seinen Atem auf ihrer Haut spüren konnte. Wenn sie den Kopf ein wenig wandte, dann konnte sie mit den Lippen über sein Kinn streicheln. Die Versuchung, genau das zu tun, wurde beinahe übermächtig. Er fasste jedoch mit zwei Fingern ihr Kinn und drehte ihren Kopf so, dass sie sich im Spiegel betrachten konnte. Über ihrem rechten Mundwinkel war der kleine schwarze Punkt. Ein warmer Finger strich über ihre Wange und über ihre Lippen.

„Genau dort ist der richtige Platz", murmelte Domenico, während er keinen Blick von ihrem Gesicht ließ. „Genau dort, wo jeder Mann mit Verstand beginnen würde, diese Lippen zu küssen."

Laura wandte atemlos den Kopf und sah ihn an. Sein Mund war nur eine Handbreit von ihrem entfernt und sie wünschte sich nichts sehnlicher, als dass er sie küsste. Sie küsste, in die Arme nahm, streichelte und dann hinüber ins Schlafzimmer trug. Warum tat er es nicht endlich? Was hatte er mit ihr vor?

Sein Finger strich leicht über ihre Wange. „Wie schön du bist ohne all den Puder und die Schminke. Du solltest immer so sein, Laura, deine Haut ist so zart, so weich ... überlass es den anderen Frauen, ihre natürliche Schönheit durch lächerlichen Putz zu verbergen." Domenico hasste es, wenn er die Lippen voller Puder und Rouge hatte. Und diese weichen Wangen aus diesem Grund nicht zu küssen und zu liebkosen, war schier unmöglich.

„Du ... Du findest mich schön?"

„Ja." Er sagte nur dieses Wort, aber es klang in Laura nach wie die Glocken von San Marco.

Er lächelte, als er ihr Gesicht betrachtete. Sein Blick blieb auf dem *mouche* ruhen. Laura sah, dass er es plötzlich stirnrunzelnd fixierte. „Ich kann mich nicht erinnern, so etwas jemals in Venedig gesehen zu haben."

„Es ist auch nicht aus Venedig." Laura, völlig verzaubert von seiner Nähe und seiner Liebenswürdigkeit, vergaß alle Vorsicht. „Ottavio hat es aus Paris kommen lassen." Sie hätte sich, kaum, dass diese Worte draußen waren, am liebsten die Zunge abgebissen, aber es war zu spät. Domenicos Gesichtsausdruck veränderte sich schlagartig. Er warf ihr einen grimmigen Blick zu, zupfte dann das Schönheitspflästerchen mit spitzen Fingern herunter, öffnete eines der Fenster, die auf den Kanal führten – und schnippte den kostspieligen Samtpunkt verächtlich hinaus. „Du wirst in Zukunft keine Geschenke von Ottavio mehr annehmen, ist das klar?" Er beachtete sie nicht weiter, sondern wandte sich zum Gehen. „Ich werde dich anstelle von Patrizio in die Messe begleiten." Seine eben noch so verführerische Stimme klang jetzt wieder kühl und zurückhaltend. „Und dir nun Anna schicken, damit sie dir beim Ankleiden hilft. Ich erwarte dich dann unten im Hof."

„Und noch etwas, Laura", sagte er, bevor er den Raum verließ, „ich möchte in Zukunft weder meinen Onkel noch meinen Vetter dabei erwischen, wie sie sich in deinem Ankleideraum aufhalten und über Schönheitspflästerchen streiten. Und auch sonst niemanden", fügte er nach kurzer Überlegung hinzu.

„Das ist aber so üblich!", erwiderte Laura, verwirrt über seine Reaktion und zugleich erbost über den befehlenden Tonfall. „Jede Frau, die auch nur ein bisschen etwas auf sich hält, hat zumindest einen *cicisbeo*, der sie hofiert, ihr das Puderdöschen bringt, ihr Taschentuch aufhebt, sie bei ihrer Kleidung berät, ja ihr sogar das Mieder schnürt!"

Domenico nickte. „Durchaus möglich. Bei anderen können Ottavio und Patrizio meinetwegen Mieder schnüren, bis sie wunde Finger davon haben. Aber nicht in meinem Haus und schon gar nicht bei meiner Frau." Dann fiel die Tür hinter ihm ins Schloss.

„Ich denke, dieses neue Luxusgesetz ist nicht mehr als ein Anlass für den Senat, um von den anderen, weitaus wichtigeren Dingen abzulenken!"

„Ganz zweifellos." Domenico klang ebenfalls abgelenkt, als er seinem alten Freund antwortete. Sie hatten Paolo nach der Messe vor der Kirche getroffen, und dieser hatte die Gelegenheit sofort genutzt, um Domenico auf die Seite zu ziehen. In der Nähe der Buden, die sich um den Campanile schmiegten, wollte er mit ihm über die letzten Entscheidungen des Senates und des Rates der Zehn, jener mächtigen Instanz, sprechen. Die Urteile des Rates und die letzten haarsträubenden Gesetze interessierten Domenico – sofern er nicht davon betroffen war – nur marginal. Besonders in diesem Moment, wo ihm ganz andere, wesentlichere Dinge durch den Kopf gingen. Laura zum Beispiel.

Seine Frau hatte während der Messe kein Wort zu ihm gesagt, war nur still neben ihm gestanden und hatte zu Boden geblickt. Und er hatte den gesamten Gottesdienst hindurch an nichts anderes denken können, als an Ottavio und die Szene in ihrem Ankleideraum, als sein Vetter sich vertraulich über Laura gebeugt hatte, und sie es mit einem entrückten Lächeln hatte geschehen lassen. Und daran, wie unverschämt Ottavio es dann noch gewagt hatte, ihr vor seinen Augen die Hand zu küssen!

Er hatte es sogar noch gewagt, ihr vor der Kirche aufzulauern, wo er am Eingang nach ihr Ausschau hielt – wohl in der Hoffnung, sie käme in Begleitung Patrizios und nicht in der ihres Gatten. Domenico hatte jedoch mit einer gewissen Zufriedenheit bemerkt, dass seine Drohung nicht auf taube Ohren gestoßen war. Ottavio hatte sich bei seinem finsteren Blick sofort auf die andere Seite begeben, war in der Menge – die sich zur Karnevalszeit hier noch heftiger drängte als sonst – untergetaucht und nicht mehr gesehen worden. Es war wohl nicht falsch gewesen, ihn freundlich darauf hinzuweisen, dass er ihn das nächste Mal die Treppe hinunterstoßen und anschließend im Kanal ersäufen würde, sollte er es wieder wagen, seiner Frau auf diese Art Avancen zu machen. Verdient hätte er dieses Schicksal ohnehin schon lange. Zumindest seit jenem Abend im Palazzo Pisani, wo er es gewagt hatte, Laura zu küssen. Dazu kam noch die Frechheit, seiner Frau geschmacklose Geschenke zu machen! Die Erinnerung daran stieg mit einem so plötzlichen Aufwallen von Ärger und Eifersucht in Domenico hoch, dass er Mühe hatte, durchzuatmen, während er Paolo einsilbige Antworten gab.

Laura war ebenfalls nicht sehr gesprächig. Sie hatte Paolo zwar freundlich begrüßt, war dann aber wieder in jene Schweigsamkeit zurückgefallen, die sie nach ihrer Hochzeit ihm gegenüber zur Schau getragen und gottlob in den vergangenen Wochen abgelegt hatte. Und nun stand sie schon seit Minuten still neben ihm, blickte nur seltsam verträumt um sich, beobachtete das sich auf dem Platz drängende Volk, sah zu den auf der Galerie der Kirche stehenden Bronzepferden hinauf und betrachtete dann wiederum das Pflaster des Platzes, dessen Muster seit der neuen Bepflasterung vor über dreißig Jahren aus dunklen und hellen Steinen gebildet wurde. Ein ganz annehmbares Muster, fand er, wenn er auch nicht ganz begriff, was Laura daran so übermäßig faszinieren mochte.

Paolo unterbrach plötzlich sein Gespräch und verneigte sich leicht vor Laura. „Verzeiht, wenn wir Euch langweilen, Laura. Es ist äußerst unhöflich von uns, uns über Politik und wirtschaftliche Belange zu unterhalten, anstatt mit Euch über Dinge zu sprechen, die Euch weit mehr interessieren müssen." Er lächelte sie mit jener Wärme an, die ihm schon die Herzen vieler Menschen geöffnet hatte. Da jedoch nicht die leiseste Tändelei darin lag, konnte Domenico der Wirkung auf Laura mit Ruhe entgegensehen. Außerdem wusste er mit einiger Sicherheit, dass Paolos Herz schon anderweitig vergeben war.

Laura hob den Blick und erwiderte das Lächeln, bevor sie ihren Blick über den Platz schweifen ließ. In Venedig herrschte seit Oktober Karneval, aber seit er am 26. Dezember durch einen der Diener des Rates auch offiziell eröffnet worden war, drängten sich hier die Marktbuden, Marionettentheater, Zauberer, Artisten und Schaulustigen. Laura liebte den Trubel, der ihr die Umgebung noch reizvoller machte. „Aber ich langweile mich nicht im Mindesten. Wie wäre das auch möglich unter all diesen Leuten und auf diesem Platz." Sie wandte sich Domenico zu, der trotz aller Eifersucht erleichtert feststellte, dass sie ihm offenbar sein etwas harsches Benehmen zuvor nicht übel genommen hatte. „Wunderbar ist es hier. Es tut mir immer noch leid um all die Jahre, die ich im Kloster auf dem Festland verbracht habe – abgeschirmt von den Schönheiten dieser Welt. Ist es anderswo auch so wie hier?", richtete sie dann die Frage an Paolo.

„Nein." Paolos Antwort kam ohne Zögern. „Wäre es anderswo so schön, würden nicht Fürsten, Künstler und Gelehrte aus allen Ländern kommen, um sich hier zu vergnügen."

„Vergnügen?" Laura nickte nachdenklich. „Ja, vergnügen kann man sich hier wohl im Schutz der Masken. Aber ich hörte, dass auch viele Künstler Venedig verlassen haben, weil es anderswo großzügigere Mäzenen gibt. Was sehr schade ist. Mir will oft scheinen", fuhr sie nachdenklich fort, „dass unsere Republik mehr in der Vergangenheit lebt und davon zehrt, als in der Gegenwart. Alles, was hier noch Bedeutung hat, ist eben dieses Vergnügen. Die Lust am Leben."

„Nun ...“, Paolo runzelte die Stirn und musterte Laura eingehend, „ich glaube nicht, dass ich bisher eine Frau getroffen habe, die sich darüber Gedanken macht, ob die Vergnügungen, denen sie hier in so reicher Zahl nachgehen kann, wirklich von Bedeutung sind.“

„Oh“, rief Laura lachend aus, „glaubt nicht, dass ich mich deshalb beschweren will! Ich liebe es, auf Bälle zu gehen und halbe Nächte im Ridotto zu verbringen, liebe die Musik, das Theater. Aber weshalb seid Ihr verwundert, dass ich mir Gedanken mache? Ihr haltet es wohl auch mit den Leuten, die der Meinung sind, Bildung wäre schlecht für die Keuschheit einer Frau?“ Sie blinzelte ihn vergnügt an. „Ich kann Euch beruhigen“, fuhr sie mit einem mutwilligen Seitenblick auf Domenico fort, „ich bin nicht im Geringsten gebildet. Fragt meinen Gatten, der wird Euch das freudig bestätigten.“ Sie konnte bei diesen Worten Domenico förmlich nach Luft ringen hören.

„Nun ...“, Paolo war sichtlich verwirrt über ihre direkte Art, „vielleicht sollte ich mich auch nicht wundern, solche Überlegungen bei einer Namensvetterin der berühmten Laura zu finden, die den großen Petrarca zu solch glühenden Versen inspiriert hat.“

„Meine Mutter hat mich tatsächlich nach ihr benannt“, erwiderte Laura lächelnd. „Sie liebt Petrarcas Verse, auch wenn mir scheinen mag, dass es kein gutes Vorzeichen ist, nach einer Frau genannt zu werden, die einen Dichter nur durch Entsagen zu solcher Poesie inspirieren konnte. Ich habe seine ‚Canzoniere‘ ebenfalls gelesen, fand sie wunderbar, aber auch sehr traurig.“

Paolo griff in übertriebener Verehrung nach ihrer Hand. „Dann erlaubt mir, schönste Laura, Euch ein neuer Petrarca zu sein und Euch meine gelungensten Verse zu widmen. Auch wenn sie wohl nicht dem Original gleichkommen werden, so werde ich mein Bestes geben und sie weitaus heiterer gestalten.“

„Oh, das wäre sehr liebenswürdig, aber ihr müsstet dazu erst meinen Gatten fragen, ob er mir die Annahme dieser Verse überhaupt gestattet. Er ist in dieser Hinsicht sehr streng, und es könnte sein, dass die kostbare Poesie im Kanal landet.“

Domenico bemerkte mit Verwunderung, dass seine Frau nicht nur zu überraschenden Temperamentsausbrüchen fähig war, sondern auch über eine bemerkenswert spitze Zunge verfügte. Er hatte zwar vollkommen richtig gehandelt, als er den Samtpunkt weggeworfen hatte und bereute es, mit Ottavio nicht das Gleiche gemacht zu haben, aber plötzlich war ihm sehr daran gelegen, das gute Verhältnis zu Laura wieder herzustellen. Er räusperte sich. „Nun, solange er aus der Ferne dichtet, wäre Paolo wohl ein Verehrer, den ich akzeptieren kann.“

„Aber nicht, wenn er in meinem Ankleideraum säße und mein Mieder schnüren wollte?"

Paolo begann tatsächlich zu grinsen und blinzelte Domenico amüsiert zu. „Donna Laura, Ihr zeichnet hier ein Bild, dem ich kaum widerstehen kann. Sagt mir, wann darf ich mich bei Euch einfinden? Gleich morgen früh vielleicht, um Euch den Morgen mit meinem kühnen Witz zu versüßen und Euch dienen zu können, meine schönste Laura – ‚engelgleiches Wesen, so himmlisch eine Schönheit, auf der Welt so einzig ...'"?

„Du solltest deine Zeit nicht damit verschwenden, meiner Frau Petrarcas Verse zu zitieren, mein lieber Freund", mischte sich Domenico ein, der sich unbehaglicherweise von Paolo durchschaut sah, „sondern dir ein passenderes Ziel suchen. Nämlich eines, vor dem nicht gerade ein Gatte steht, der seinen Degen auch zu gebrauchen versteht."

Zu seinem größten Ärger brach Paolo in schallendes Gelächter aus. „Wohl dem Gatten, der seinen Degen zu führen versteht!" Er verbeugte sich vor Laura. „Ich muss leider erkennen, dass hier jeder Liebesdienst, den Euch ein anderer erweisen könnte, zu spät kommt, und ich muss meine neue Liebe dem Degen des Gatten überlassen, der – wie er behauptet – ihn auch zu gebrauchen versteht. Aber auch hier scheint Petrarca nicht zu irren: ‚Mit seiner Kraft siegt Amor über Menschen, Götter und ...'"

„Genug jetzt damit!" Domenico warf seinem Freund einen gereizten Blick zu, während Laura die Hand vor den Mund hielt und kicherte. Er hätte Paolo für diese Frechheit am liebsten geohrfeigt. Seine Worte waren als Warnung für Laura und ihre vermuteten Verehrer gedacht gewesen, aber durch sein absichtliches Missverstehen hatte Paolo alles ins Lächerliche gezogen.

„Ach, lass mir doch die Freude, mit einer so reizenden Frau zu sprechen", wandte Paolo, nicht im Mindesten eingeschüchtert, ein. „Und Ihr, Laura, sagt mir, wie es kommt, dass Ihr Euch Gedanken über die Serenissima, die ‚Allerdurchlauchtigste Republik', macht."

„Das tue ich nicht. Ich denke lediglich über die Dinge nach, die ich sehe, und frage mich, weshalb in einer Stadt, die so schön ist und so viel Vergnügen bietet, so viele Arme leben, die keine Arbeit finden. Und so viele Adelige, die sich verschulden, um in Luxus zu schwelgen, als gäbe es kein Morgen. Mir will das alles etwas seltsam erscheinen."

„Seltsam ... Ja, in der Tat." Zu Domenicos Leidwesen erwärmte sich Paolo für dieses Thema. „Mehr als seltsam sogar, wenn man sieht, wie sehr sich alles verschlechtert. Nehmt alleine den Hafen!" Er wies auf die winterlich leeren Anlegestellen, die wahrlich einen traurigen Anblick geboten hätten, wären nicht doch noch kleinere Boote und eine große Anzahl von Gondeln unterwegs gewesen. Es waren noch weniger Schiffe im Hafen als zur warmen Jahreszeit, und viele davon waren mit Planen überdeckt zum Schutz gegen Regen und Kälte. „Hier lagen in meiner Kindheit noch weitaus mehr Galeeren. Und jetzt wird uns von anderen Hafenstädten der Rang abgelaufen. Uns! Der Serenissima! Wahrhaftig, wir können stolz auf uns sein!" Er wies in die Runde. „Hier, eine wachsende Anzahl von Krüppeln, Kranken, die kaum mehr versorgt werden können, weil es sich niemand leisten kann, zu spenden. Wogegen es jedoch fast ebenso viele verarmte Adelige gibt, die Pensionen beziehen, damit sie überhaupt leben können. Aber diese Gecken", er wies abfällig auf einen gepuderten, geschminkten und sehr verweichlicht aussehenden Kavalier, der sich soeben mit gezierten Bewegungen und einem parfümierten Tüchlein vor der Nase durch die Menge drängte, „machen sogar Schulden, um am Abend im Casino hohe Summen verspielen zu können!"

„Du solltest vorsichtiger mit deinen Worten sein, mein Freund", mahnte ihn Domenico. Aber zumindest hatte Paolo jetzt sein Lieblingsthema aufgegriffen und war von Laura abgelenkt. „Oder nur dort sprechen, wo du sicher sein kannst, nicht von einem Spion belauscht zu werden. Hier drängen sich zu viele Leute, und es ist leicht, angeklagt und verurteilt zu werden, wenn man zu laut Kritik übt."

„Das stimmt! Wo man hinsieht Polizei und Spione! Ich glaube, so beliebt und genutzt wie jetzt waren die Bocca del Leone im Dogenpalast und all die anderen Briefkästen, in denen Denunzianten ihre Briefe deponieren, noch nie, um Leute zu verleumden und den Rat der Zehn zu einer Anzeige zu veranlassen. Es geht nur noch darum, sich anzupassen und den Mund zu halten. So zu tun, als wäre alles in Ordnung", erwiderte Paolo hitzig. „Aber hast nicht du selbst bei der letzten Sitzung des Großen Rates davon gesprochen, dass unsere Bauern auf der Terraferma unzufrieden seien und weder auf ihrem Land noch in den Städten genug verdienen, um davon leben zu können? Dass die Bevölkerung immer unzufriedener wird? Dass es kein Zufall ist, wenn immer mehr Verbrechen geschehen, es immer zahlreichere Hinrichtungen gibt und immer mehr Verurteilungen zum Galeerendienst?!"

„Doch, das habe ich. Und kein Gehör gefunden, sondern mir bestenfalls Feinde unter den armen Adeligen gemacht, die Angst um ihre vom Staat bezogenen Gelder haben. Aber jetzt verzeih, ich glaube nicht, dass meine Frau dieses Gespräch ähnlich unterhaltsam findet wie du. Der Tag ist zu schön, und die Sonne zu freundlich, um über Hinrichtungen zu sprechen." Laura schien zwar nicht im Mindesten gelangweilt, aber er nahm entschlossen ihren Arm und zog sie fort, nachdem sie sich von Paolo verabschiedet hatten. Ihm lag viel mehr daran, mit Laura zusammen zu sein, als mit Paolo über politische Dinge zu sprechen oder Gefahr zu laufen, dass sein Freund weitere Verse zitierte und damit Laura den Hof machte. Er wollte selbst ihre Gegenwart genießen und gleichzeitig mehr über ihre

Beziehung zu Ottavio erfahren. Dass dieser in Laura verliebt war, war nicht zu übersehen, und Domenico argwöhnte, dass Ottavios Bemühen um sie noch mehr beinhaltete als den richtigen Ort für ein unschuldiges Schönheitspflästerchen zu finden.

„Dein Freund Paolo scheint ein kluger Mann zu sein", sagte Laura, als er sie hinter seinem Diener Enrico, der auch zugleich einer seiner Gondolieri war, durch die Menge führte. Sie schien diesen Trubel zu genießen – er jedoch hasste es, sich durch die Leute zu drängen, und hätte es viel eher vorgezogen, mit ihr jetzt an einem einsamen Ort zu sein.

„Ja, das ist er. Und dabei in vielerlei Hinsicht auch ebenso unklug. Er macht sich Feinde."

„Feinde?" Laura sah ihn groß an.

„Ja, die wenigsten Adeligen mögen es, wenn man ihnen einen Spiegel vorhält, der sie nicht so edel zeigt, wie sie erscheinen wollen, oder an ihren Privilegien kratzt. Er wäre nicht der Erste, der unter Hausarrest gestellt würde oder in den Bleikammern landet." Er hatte verärgert gesprochen und sah erstaunt zu Laura hinunter, als er ihren festen Griff auf seinem Unterarm fühlte.

„Tust du das auch? Machst du dir auch Feinde?"

„Nein." Er nutzte die Gelegenheit, seine Hand auf ihre zu legen. Wie gut sie sich anfühlte, zart und doch kräftig, lebendig unter seinem Griff.

„Aber du hast doch soeben gesagt, dass du vor dem Senat gesprochen hast und ..."

„Nicht vor dem Senat, dort komme ich nicht hin. Nein, vor der großen Versammlung, dem Großen Rat – wo aber ohnehin kaum jemand zuhört, sondern nur alle darauf warten, dass sie wieder den Saal verlassen und ihren Vergnügungen oder Geschäften nachgehen können." Er drückte ihre Hand. „Aber nun lass uns über andere Dinge sprechen. Ich habe mir zum Beispiel sagen lassen, dass du ziemlich oft hier im Dom zu finden bist", sagte er leichthin, so als würde er einen Scherz machen, „und hatte fast schon angenommen, dass es ein heimlicher Geliebter ist, der dich hier anzieht." Er blickte ihr bei diesen Worten scharf ins Gesicht. Sie trug ihre Maske in der Hand, und er konnte ihr Mienenspiel genau beobachten.

Laura sah ihn bei seinen Worten nur überrascht an und blieb unwillkürlich stehen. „Aber nein!", rief sie dann lachend aus. „Ich muss allerdings zugeben", fügte sie dann mit einem Anflug von Verlegenheit hinzu, „dass ich nicht allein der Andacht wegen hier in die Kirche komme."

Domenicos Blick verschärfte sich. „Sondern?" Vor seinem geistigen Auge sah er hinter jeder Säule und in jeder Nische Scharen von Verehrern lauern, allen voran Ottavio.

Lauras Lächeln war offen und arglos. „Des Bodens wegen. Wegen der wunderschönen Mosaike auf dem Boden, auf denen die anderen Leute nur achtlos herumtrampeln."

Domenico starrte sie verständnislos an. „Da sind Mosaike? Ich dachte nur oben an der Decke und an den Wänden."

Sie verzog indigniert den Mund. „Du bist eben auch nur der typische arrogante Patrizier, Domenico. Du magst dich vielleicht über die anderen amüsieren, sie tadeln, aber im Grunde siehst du hochmütig wie all die anderen über alles, was wirklich schön und von Bedeutung ist, hinweg."

Ihr Gatte rang zum zweiten Mal innerhalb einer Stunde nach Atem. „Wie war das?"

„Ich sehe keinen Grund, es zu wiederholen", erwiderte sie freundlich.

Domenico starrte sie sekundenlang schweigend an, dann machte er auf dem Absatz kehrt und strebte mit seinen typischen energischen und langen Schritten wieder der Kirche zu. Sein dunkler Umhang wehte hinter ihm her, er hatte seinen Dreispitz abgenommen, trug ihn in der Hand, und sein schwarzes Haar glänzte in der kalten Wintersonne. Laura überwand ihre Verblüffung und lief ihm, Enrico im Gefolge, nach. Was hatte er denn jetzt wieder? Ihr Gatte war wirklich der launenhafteste Mann, der ihr jemals begegnet war!

Die Leute in der Kirche hatten sich schon verlaufen, nur noch einige wenige standen in kleinen Gruppen beisammen. Domenico ging langsam im Dom herum. Bunte Mosaike, komplizierte Muster, Tiere, geometrische Formen. Weshalb war ihm das noch nie zuvor aufgefallen? Nun, er war nicht oft in der Kirche, nur bei öffentlichen Veranstaltungen, zumeist den Prozessionen des Dogen, von denen ohnehin viel zu viele stattfanden. Aber da starrte er mehr oder weniger gelangweilt ins Leere oder beobachtete die Leute. Wobei ihm die nächtlichen Prozessionen besonders lästig und unangenehm waren.

Er betrachtete die Mosaike. Die Menschen, die das geschaffen hatten, hatten sich wohl etwas dabei gedacht, aber er hätte bis vor Kurzem nicht geargwöhnt, dass dies auch bei seiner Frau der Fall sein könnte. Er wandte sich um, als er ihren leichten Schritt hörte. Sie lächelte, als sie auf die Bilder deutete.

„Sind sie nicht wunderschön?" Sie nahm zu seiner angenehmen Verwunderung seine Hand und zog ihn mit sich zum linken Kirchenschiff hinüber, während Enrico dezent neben dem Eingang stehen blieb. „Siehst du hier? Diese hier habe ich am liebsten."

Domenico studierte die Mosaike. Ineinander verschlungene Linien, in deren Mitte sich rosettenartige Muster befanden.

„Die anderen sind natürlich auch herrlich", sprach Laura weiter, „besonders jene, bei denen man das Gefühl hat, als wären sie nicht flach, sondern erhaben, oder als würde man auf einem Gitter stehen. Dabei sind es nur schwarze Steine, die einem aber das Gefühl geben, man könne hindurchgreifen. Oder diese Sterne mit den vielen Spitzen, die man aufheben möchte, um sie davonzutragen ..." Sie lächelte. „Sie sind alle schön. Die Tiere – dieses wuchtige Tier hier drüben, das ein Horn auf der Nase trägt wie jenes, das man einmal wirklich in Venedig bewundern konnte. Die bunten Steine ... Aber dieses Muster hier mag ich am allerliebsten." Sie begann, mit kleinen Schritten einer der Linien, die sich in verschlungenen Kreisen den Weg durch das Kirchenschiff bahnte, zu folgen. Dabei entfernte sie sich von ihm.

Domenico blieb ruhig stehen, verfolgte den Weg der Linie und Lauras. Er wusste, es würde nicht lange dauern, bis das Muster sie zu ihm zurückführte. Und tatsächlich war sie nach einigen Kreisen, Drehungen wieder bei ihm und fasste ihn abermals an der Hand.

„Siehst du?" Laura war etwas atemlos. Nicht vom Gehen, sondern vor Aufregung, weil ihr Gatte ihr tatsächlich zuhörte, ohne sie wie sonst zu belächeln.

„Ich gehe oft diese Muster entlang, wenn mich niemand beobachtet, oder stehe nur einfach da und verfolge diese Kreise mit den Blicken. Sie erinnern mich an etwas. Man geht einfach einen Weg, glaubt, man entfernt sich, und dann kommt man doch wieder an den Punkt zurück. Wenn ich sie ansehe, denke ich an die Liebe, die mich verschlungene Pfade geführt hat, um ..."

Sie unterbrach sich tief errötend und verbarg ihre Hand wieder im Muff. Schließlich war sie drauf und dran gewesen, ihm eine Liebeserklärung zu machen. Es lag ihr ja auch so sehr auf der Zunge, ihm ihr Herz zu öffnen. Ihm einfach in die Arme zu fallen, ihm ihre Liebe und ihre Sehnsucht zu gestehen und ihn zu bitten, auf all die anderen Frauen zu verzichten und nur bei ihr zu bleiben. Aber noch war es wohl nicht so weit. Was war, wenn er sich dann wieder von ihr abwandte, abgestoßen durch diese Aufdringlichkeit? Dieses Mal würde die Kränkung weit tiefer schmerzen als je zuvor.

„... um dich dann doch wieder an einen ganz bestimmten Punkt zurückzubringen", vollendete Domenico ihren Satz. Er holte ihre Hand aus dem Muff und sah nachdenklich darauf. Dann zog er sie zu ihrer Verlegenheit an seine Lippen.

„Aber Domenico ..." Laura sah sich errötend um. „Das ... das tut man doch nicht."

„Doch, das sieht man in Venedig an jeder Ecke", erwiderte er ungerührt. Seine Lippen waren warm auf ihren Fingern, die trotz des kostbaren Muffpelzes kalt waren.

„Aber nicht in der Kirche. Und schon gar nicht von Ehemännern."

„Nein, vermutlich nicht." Er drehte ihre Hand um, strich mit den Fingerspitzen über die Handfläche, fuhr die Linien nach. Es kitzelte. Heiße Ströme – von ihrer Hand ausgehend – durchliefen Laura. Sie wollte sie ihm entziehen, aber er hielt sie zu fest, betrachtete sie so lange, als hätte er alle Zeit der Welt, und als wären sie völlig allein in der Kirche. In Wahrheit jedoch waren um sie herum immer noch Leute, und als Laura hochsah, blickte sie in ein kühles, helles Augenpaar, das zu einer strahlenden Schönheit gehörte, die soeben ihre Maske abnahm und herübersah. Das blonde Haar wurde nur unzureichend von der Kapuze des Mantels verdeckt, es leuchtete sogar im Schein der Kerzen. Nicoletta Martinelli.

Es war hier in dieser Kirche gewesen, als Laura diese Frau zum ersten Mal gesehen hatte. Einen Tag vor ihrer Hochzeit und vor der Erfüllung all ihrer Wünsche hatte Laura begreifen müssen, dass die raue Wirklichkeit nichts mit ihren Träumen zu tun hatte. Sie war in der Begleitung von Sofia, einer entfernten Cousine der Familie ihres Bräutigams, hier gewesen, als das junge Mädchen sie auf eine strahlende Schönheit aufmerksam machte, die wie eine Königin einherschritt, umgeben von mehreren Verehrern, die sich um sie scharten, sie hofierten und mit Liebenswürdigkeiten überschütteten. Laura hatte diese Schönheit während der Messe von Ferne bestaunt, bis Sofia ihr zugeflüstert hatte, dass eben diese Frau Domenicos Mätresse wäre. Und nicht nur seine Mätresse, sondern auch gleichzeitig seine große Liebe, die er nur deshalb nicht zu seiner Gattin machen könne, weil es unmöglich sei, dass ein Patrizier, dessen Namen schon seit vielen Generationen im Goldenen Buch der venezianischen Adelsfamilien verzeichnet war, die Tochter einfacher Eltern heirate.

Laura war wie vom Schlag gerührt gewesen, und sie wusste bis heute nicht, wie sie es geschafft hatte, ein gleichmütiges Gesicht aufzusetzen, zumal diese Sofia auch noch einige sehr treffende und schmerzhafte Bemerkungen über sie selbst hinzugefügt hatte. Zuckersüß verbrämte Bemerkungen, die sich hinter einem Lächeln verbargen und sie zutiefst gedemütigt hatten. Noch jetzt fühlte sie deutlich das Gefühl der Beschämung, als ihr der Unterschied zwischen der schönen Nicoletta Martinelli und ihr selbst zu Bewusstsein gekommen war. In diesen Minuten war ihr klar gemacht worden, dass die Ehe ihrem zukünftigen Mann nur einen Vorwand bot, weiterhin seinen eigenen Vergnügungen nachzugehen, und sie hatte erkannt, dass sie bei Domenico Ferrante nichts von dem finden würde, was sie sich in diesen engen Klostermauern, in denen sie ihre Kindheit und Jugend verbracht hatte, erträumt hatte. Keine große Liebe, keine Romantik und keine Leidenschaft. Nur einen Mann, der die Augen verdrehte, als sie versuchte ihm zu sagen, dass sie seine Liebe wollte.

Laura presste die Lippen aufeinander. Ausgerechnet diese Frau musste jetzt hier anwesend sein und den Zauber stören. Ob Domenico ihre Hand ebenfalls so gehalten und geküsst hatte wie er das jetzt tat? Ein kleiner Schauder überlief sie, als sie jetzt seine Lippen fühlte, die sich zart auf ihre Handinnenfläche drückten.

Er bemerkte Lauras angespannten Ausdruck und sah sich um. Nicoletta hatte jedoch schon längst die Maske wieder aufgesetzt, sich umgedreht und war in der Schar ihrer Verehrer verschwunden.

„Wir sollten jetzt gehen", flüsterte Laura. Sie brachte ein zittriges Lächeln zustande. Einerseits triumphierte sie, dass die Rivalin Domenico dabei gesehen hatte, wie er seiner Frau die Hand küsste – noch dazu auf diese sehr intime Art – und andererseits hatte sich die Helligkeit dieses Tages für sie ein wenig getrübt. Warum nur immer diese Frau? Warum musste sie genau dann auftauchen, wenn Laura die Hoffnung hatte, glücklich sein zu können?

Domenico lächelte sie ebenfalls an. Es war nicht das flüchtige oder ironische Lächeln, das sie sonst kannte, sondern warm und liebevoll. Er drückte ihre Hand, dann streifte er den Muff wieder fürsorglich darüber und nahm ihren Arm.

Auf dem Heimweg konnte Domenico keinen Blick von seiner Frau lassen. Sie hatte Eigenschaften an sich, die ihm bisher nicht bewusst geworden waren. Als sie diese ineinander verschlungenen Kreise betrachtet und ihm ihre Bedeutung erklärt hatte, hatte sich ihr Gesicht verändert. Das Lächeln war so warm und innig geworden, sehnsüchtig – so sehnsüchtig wie seine Gefühle für sie.

Letztere Erkenntnis überraschte ihn noch mehr.

Er hatte Laura als ein so vollkommen anderes Wesen kennengelernt, nicht zu vergleichen mit diesem verschreckten und widerspenstigen Geschöpf, das er damals als seine Braut heimgeführt hatte. Was hatte diese Frau nur an sich, dass er plötzlich nicht genug von ihr bekommen konnte? Er war wie besessen von ihr und ihrem Körper und hatte sich bei ihrem geheimen Zusammensein vor einer Woche förmlich darin verloren. Eine Woche, die ihm endlos lang erschienen war, weil das Verlangen nach ihr mit jedem Tag stärker und unerträglicher geworden war.

Eine Woche, in der er keinen Brief mehr geschickt hatte, um sie zu ihrem geheimen Liebesnest zu bestellen. Er musste erst nachdenken. Dieses Spiel gefiel ihm zwar, reizte ihn. Vielleicht sogar etwas zu sehr. Es war erregend, sich heimlich mit der eigenen Frau zu treffen, als Fremder ihre Lust und ihre Hingabe zu erwecken und zu genießen, aber es gab ihm auch zu denken. Konnte es sein, dass er sich in seine eigene Frau verliebt hatte? War es etwa so, dass ihm diese lächerlichen romantischen Vorstellungen, die ihn an Laura so gestört hatten, jetzt selber zu schaffen machten? Ähnliche Dinge sollten schon vorgekommen sein, und wenn er es auch immer für ein Märchen gehalten hatte, dass aus einer aus Vernunft geschlossenen Ehe eine heiße

Liebesbeziehung entspringen würde, so konnte er die Tatsache nicht ganz von der Hand weisen, dass seine Gefühle für Laura – wenn schon nicht Liebe – so doch einer sehr leidenschaftlichen Zuneigung gleichkamen.

Jetzt saß er dicht neben ihr in der Gondel, hatte den warmen Pelz behutsam über ihre Beine gelegt und spürte wieder den bekannten Druck zwischen seinen Beinen bei der Erinnerung an die Gondelfahrt, die sich dem Theaterbesuch angeschlossen hatte. Wie reizvoll müsste es jetzt sein, die Vorhänge zu verschließen, dann hinüberzugreifen und ... Er zuckte zusammen, als sie ihn anlächelte und die Hand auf seine legte. Die Berührung fuhr wie ein Blitz in alle seine Körperteile.

„So düstere Gedanken, Domenico?“

Ihr Lächeln war zu viel. Diese Lippen, von denen er wusste, wie unendlich weich und zärtlich sie sein konnten, diese Grübchen in den Wangen. Er zog kurzentschlossen die Vorhänge vor die Schiebefenster und beugte sich hinüber. Ihre Lippen kamen immer näher, aber das Lächeln darauf hatte sich verändert. Es war ernster geworden, erwartungsvoller, und als er in ihre Augen blickte, sah er auch hier Erwartung und eine Sinnlichkeit, die ihm den Atem nahm. Eine unsinnige Hoffnung stieg in ihm hoch, die er nicht einmal zu Ende denken wollte. Was hatte sie gesagt über die verschlungenen Pfade der Liebe, die sie wieder zurückgeführt hätten? Zurück zu ihm etwa? Sprach denn nicht ihr verändertes Benehmen dafür, dass sie ahnte, mit wem sie sich heimlich traf? Oder wollte sie ihren Ehemann nur damit in Sicherheit wiegen, wie die anderen Frauen dies taten? Aber nein, es war unvorstellbar für ihn, dass seine Laura tatsächlich eine solche Lügnerin sein konnte.

In diesem Moment hielt die Gondel. Enrico trat an die Tür des *felze*. „Wir sind angekommen, *sior patrone*. Und vor uns ist der Diener von Donna Marina und winkt uns. Er sagt, Donna Marina möchte mit Euch sprechen.“

Domenico erstarrte in der Bewegung. Nur noch eine knappe Handbreit trennte ihn von diesen feuchten Lippen. Eine Handbreit und seine Schwester. Er wandte sich mit einem stillen Fluch ab und zog den Vorhang zurück. „Sag ihr, dass ich komme.“

Er ergriff Lauras Hand, zog sie hoch und schob Enrico fort, der ihr beim Aussteigen helfen wollte. Wenn er sie schon nicht küssen konnte, dann wollte er sie wenigstens berühren. Er ließ ihre Hand auch nicht los, als er die Steinstufen hinüberging, dort wo der Gondoliere seiner Schwester die Gondel eng ans Ufer hielt.

Marina hatte das Fenster zurückgeschoben, lächelte Laura zärtlich zu und wandte sich dann an ihn. „Ich habe nicht viel Zeit, Domenico. Ich wollte dir nur schnell Bescheid sagen, dass ich soeben Sofia bei euch abgesetzt habe.“

„Wie bitte!?“ Der Schock fuhr Domenico in alle Glieder.

„Sofia. Sofia Bandello. Du kennst sie doch!“ Marinas Lächeln wurde unter dem Blick ihres Bruders etwas fahrig.

„Sie kann nicht hier bleiben." Seine Stimme klang gereizt. Im ersten Moment war er versucht gewesen, das als schlechten Scherz abzutun, aber jetzt wurde ihm klar, dass Marina den Verstand verloren haben musste.

Sofia hatte er in den vergangenen Tagen völlig vergessen. Was fiel ihr nur ein, hierher zu kommen und auch noch bei ihm zu wohnen! Hatte sie sein Schreiben nicht erhalten, in dem er sie dringend bat, in Paris zu bleiben? Seine Geliebte und seine Frau, die er verführen wollte, unter einem Dach! War Sofia wirklich so bar jeden Anstands? Nicht, dass ihm ein gewisser Mangel an Anstand in den Wochen, in denen sie seine Geliebte gewesen war, nicht gefallen hätte, aber hier – in Venedig – war er daheim. Und hier war Laura.

„Es ist ja nur für einige Tage. Sie ist gestern angekommen, das süße kleine Ding, ohne vorher Bescheid zu sagen. Aber ich kann sie im Moment unmöglich bei mir aufnehmen – jetzt, zur Karnevalszeit! Wir haben fast ständig Gäste. Bei uns ist es unruhig, und außerdem ist dieses Treiben nicht der richtige Ort für ein junges Mädchen. Bei euch ist es ruhiger, Mutter veranstaltet keine Feste. Sie wird die richtige Gesellschaft für Laura sein. Ein nettes, munteres Ding!"

„Ich sagte nein!"

„Mutter hat bereits ihr Einverständnis gegeben." Marina sprach hastig, um die offensichtliche Schwäche ihrer Argumente zu verbergen und Domenico keine Zeit zu geben, allzu heftig zu widersprechen. Und ehe ihr Bruder, dessen Gesichtsausdruck sich gefährlich verdunkelt hatte, tatsächlich noch etwas antworten konnte, winkte sie auch schon ihrem Gondoliere und warf ihrer Schwägerin eine Kusshand zu. „Leb wohl, Laura! Du kommst doch nächste Woche zum Ball, nicht wahr?!"

Laura sah der rasch davoneilenden Gondel nach und wandte sich dann Domenico zu.

„Sofia ist die Nichte von Marinas Mann", brummte er. „Du hast sie schon getroffen. Sie hatte uns besucht, als wir geheiratet haben. Ich möchte schwören, dass Marina sie nur deshalb bei uns untergebracht hat, damit sie nicht ihrem Sohn den Kopf verdreht."

Laura konnte sich nur allzu gut an diese Bekanntschaft erinnern! Noch heute brannte die Demütigung über dieses süffisante Lächeln und die freundlich-ironischen Worte wie Feuer in ihr. Sie dachte an Nicoletta Martinelli, die ihr soeben über den Weg gelaufen war. Und jetzt auch noch diese Sofia. *Ein Unglück kommt eben selten allein*, dachte sie verstimmt. *Die Leute, die das sagen, haben schon Recht.*

„Aber Pasquale ist doch erst fünfzehn!", erwiderte sie laut.

„Eben." Domenico, der sich weigerte, ihre Hand loszulassen, zog sie mit sich die Stufen zum Portal hinauf. Der Diener hatte die Tür bereits geöffnet, und Laura trat vor Domenico in die Eingangshalle. Ein Mädchen nahm ihnen den warmen Umhang ab und sie schritten gemeinsam die breite Treppe empor, die in den *portego* mündete, jenen zentralen Raum des Palazzos, von dem aus man Zugang zu den Salons und intimeren Räumlichkeiten hatte. Ein kleiner Saal, den Laura sonst mochte, weil an den Wänden die Gemälde sämtlicher Vorfahren Domenicos hingen und sie Stunden damit verbringen konnte, von einem Bild zum anderen zu gehen und nach Ähnlichkeiten zu suchen. Dieses Mal näherte sie sich diesem Raum mit dem Gefühl drohenden Unheils. Sie hatten auch kaum den Fuß auf die letzte Treppenstufe gesetzt, als schon eine hell klingende Stimme an ihr Ohr drang.

„Hat da nicht soeben Domenicos Gondel angelegt?" Ein Rascheln von Kleidern, ein Trippeln und dann erschien vor Lauras Augen ein Geschöpf aus Seide, Rüschen, Spitzen, weiß gepudertem Haar und großen, unschuldig blickenden himmelblauen Augen. Als dieses zauberhafte Wesen jedoch mit einem Aufschrei Domenico an die Brust flog und die roten Lippen auf seine presste, wurden Lauras Augen schmal.

Domenico machte sich ungeduldig frei und wischte sich unwillkürlich über den Mund. „Sofia, ich bitte dich!" Ihm war in den letzten Minuten aus verschiedenen Gründen heiß geworden. Zum einen aus Angst, Laura könnte entdecken, was zwischen ihnen beiden war, und zum anderen war Sofia ja alles andere als reizlos. Die Erinnerung an all die heißen Liebesnächte, die sie miteinander geteilt hatten, stieg unweigerlich in ihm hoch. Sofia war eine Nymphe, ein kindlich-sinnliches Geschöpf, das seine gespielte Unschuld dazu verwendete, Männern den Kopf zu verdrehen. Er hatte diese Beziehung damals nicht von selbst begonnen – auch wenn sie ihn gereizt hatte – und er wusste, dass dieses „unschuldige junge Mädchen" schon so manchem Mann vor ihm mit ihrem Körper und ihrer Liebe beglückt hatte. Sie hatte ihn in Paris aufgesucht, und als er sie eines schönen Abends in seinem Bett vorgefunden hatte, hatte er nicht die Kraft gehabt, sie wegzuschicken. Aber nun kam sie mehr als ungelegen.

Laura entging nicht, dass Domenicos Stirn sich bei dieser liebevollen Begrüßung gerötet hatte, und sie hätte schwören mögen, dass es nicht vor Ärger war. Ihrer Abneigung gegen Sofia gesellte sich nun auch noch Eifersucht hinzu. Deren blaue Augen hingen anbetend an Domenico, und sie machte einen niedlichen Schmollmund, den Laura ihr am liebsten mit ihrem Muff aus dem Gesicht geschlagen hätte. Sie war erstaunt über sich selbst. Sie war sonst ein umgänglicher Mensch, der versuchte, jeden zu mögen – aber dieses Ding hier hatte sie vom ersten Moment an gehasst. Nämlich von jenem Moment an, als sie ihr mit diesem spöttischen Lächeln Nicoletta gezeigt hatte. Und jetzt ... was sollte sie nur davon halten? Diese Begrüßung ging weit über alles hinaus, was zwischen Leuten, die nicht einmal miteinander verwandt waren, üblich und akzeptabel war.

Domenico legte seine Hand unter Lauras Ellbogen. Es war eine beschützende, liebevolle Geste. „Laura, du kannst dich vielleicht an Sofia erinnern, du hast sie bei unserer Hochzeit kennengelernt."

Nur zu gut. Laura schluckte die heftige Abneigung hinunter und lächelte kühl. „Ja, gewiss. Sofia war sogar so nett, mir die Sehenswürdigkeiten von Venedig zu zeigen." *Vor allem die weiblichen*, dachte sie bitter.

Sofias Blick glitt abschätzend über Laura, dann verstärkte sich das reizende Lächeln und sie reichte ihr beide Hände. „Laura, meine Liebe, fast hätte ich dich nicht wiedererkannt! Was für ein reizendes Kleid! So etwas ähnliches habe ich in Paris gesehen! Das war vor fast einem Jahr dort die große Mode! Ach, Paris! Wie schön war es dort!"

Laura lächelte höflich, aber in Gedanken kratzte sie dieser bösartigen Schlange quer über das Gesicht.

„Weshalb bist du dann nicht in Paris geblieben?" Domenicos Stimme klang kühl.

„Weil ich Sehnsucht nach euch hatte!" Zu Lauras Ärger hakte sie sich bei ihr unter und zog sie weg von Domenico. „Domenico meint das nicht so, er tut nur immer so brummig. Hat er dir nicht erzählt, dass wir uns in Paris getroffen haben? Ach, meine liebe Laura, wie sehr freue ich mich, dich wiederzusehen!"

Domenico blieb stehen, ballte die Hände zu Fäusten und überlegte, ob fünf Ave-Maria hintereinander einen Mann wirklich vor einem Wutausbruch retten konnten, so wie Pater Antonio, sein alter Lehrer, ihm das glaubhaft versichert hatte. Diese Frau war genau das, was er im Moment am wenigsten brauchen konnte. Ausgerechnet jetzt, wo er sich überlegte, ob er Laura nicht endlich alles sagen und einen Neubeginn mit ihr machen sollte.

Er war gerade beim zweiten Ave-Maria angekommen, als sich leicht eine Hand auf seinen Arm legte. Seine Mutter stand vor ihm. „Es tut mir leid, Domenico. Ich sehe, dass es dir nicht recht ist, wenn sie hier wohnt. Aber Marina war so viel daran gelegen, sie aus dem Haus zu haben."

„Das kann ich mir vorstellen", erwiderte Domenico trocken. Es war ihm noch weniger als ‚nicht recht', dass Sofia ausgerechnet hier wohnte. Er schluckte eine scharfe Antwort hinunter, als er den Blick aus einer Mischung aus Verlegenheit und Reue bemerkte, mit dem seine Mutter ihn ansah. Wenn sie wüsste, wen sie hier unter ihrem Dach hatte, wäre sie sofort in Ohnmacht gefallen. Vor allem, da sie nie den geringsten Zweifel darüber ließ, wie sehr sie Laura mochte und schätzte. *Zu Recht*, dachte er, wobei er sich mit mehr als einem Anflug von schlechtem Gewissen daran erinnerte, wie oft gerade seine Mutter ihn in ihren Briefen gemahnt hatte, seiner Frau die nötige Aufmerksamkeit und den ihr zustehenden Respekt zu zollen.

„Sie bleibt ja nur wenige Wochen, bis zum Ende des Karnevals." Seine Mutter tätschelte ihm die Wange, etwas, das er keiner anderen Frau jemals gestattet hätte. Und auch sie tat es zögernd, als fürchtete sie, er würde sich ihr entziehen. In Domenico stieg etwas völlig Unerwartetes hoch. Zum ersten Mal seit langer Zeit wurde ihm klar, wie viel sie ihm bedeutete. Er war zwar wie üblich mit Amme, Kindermädchen und Lehrer aufgewachsen und hatte seine schöne Mutter immer nur kurz gesehen. Meist dann, wenn sie sich von ihm verabschiedete, um auf eine Festlichkeit zu gehen. Nach dem frühen Tod seines Vaters hatte sich das jedoch geändert, sie hatte sich zurückgezogen und war eine stille, ruhige Frau geworden. Erst jetzt, wo ihn ähnliche Gefühle plagten, begriff er, dass sie seinem Vater mehr Zuneigung entgegengebracht haben musste, als er bisher angenommen hatte. Ohne lange nachzudenken streckte er die Arme aus und zog seine erstaunt lächelnde Mutter in seine Umarmung. Sekundenlang grübelte er über seine plötzliche Sentimentalität nach, aber dann beschäftigten sich seine Gedanken, während er liebevoll mit der Hand über den schmalen Rücken seiner Mutter streichelte, wieder mit Laura.

Bis zum Ende des Karnevals war er bestimmt schon von einer Katastrophe in die andere geschlittert und hatte sich die Liebe seiner Frau endgültig verscherzt. Vielleicht war es das beste, mit Laura abzureisen. Allerdings, sie hatte sich so sehr auf die Bälle gefreut, hatte sich, durch ihn ermuntert, einige neue Kleider anmessen lassen – womit er versucht hatte, diesen ersten, wütenden Einfall in ihre Garderobe wiedergutzumachen. Er konnte jetzt nicht abreisen und ihr diese Freude nehmen. Nicht ausgerechnet jetzt, wo er bemerkt hatte, dass sie sich ihm gegenüber veränderte.

Vom Salon her klang Sofias glockenhelles Lachen, und er schloss gequält die Augen. Bis zum Ende des Karnevals würde er wohl noch viele Ave-Marias und eine gehörige Portion Glück benötigen.

Eine Woche später hatten sich Domenicos Probleme immer noch nicht gelöst. Er hatte sich – wie so oft in den vergangenen Tagen – in sein Arbeitszimmer zurückgezogen, saß über seine Bücher gebeugt und versuchte, sich von Sofia und viel mehr noch von Laura abzulenken. Obwohl er die Tür geschlossen hatte, konnte er von Zeit zu Zeit Sofias Zwitschern hören, das durchs Haus klang. Sie schien überall zu sein, jagte die Bediensteten und am meisten ihre Zofe herum, war einmal im Hof, dann ganz nahe vor seiner Tür und dann wieder kaum hörbar. Er hatte versucht, mit ihr zu sprechen, hatte ihr klar machen wollen, dass sie abreisen sollte, da er gedachte, seiner Frau in Zukunft ein besserer Gatte zu sein als bisher. Er hatte zwar nichts von seiner wachsenden Leidenschaft zu Laura gesagt, das wäre Sofia gegenüber äußerst unklug gewesen, aber er hatte versucht, überzeugend zu sein, sich bei ihr entschuldigt und ein kostbares Abschiedsgeschenk versprochen. Sein Gewissen der jungen Frau gegenüber war nicht gerade rein. Sie hatte sich ihm zwar an den Hals geworfen, aber immerhin hatte er sie auch nicht gerade weggestoßen, und ihre Beziehung hatte etliche Wochen gedauert.

Sie hatte ihm zugehört, ein bisschen geweint, ihn angeklagt und war dann überraschend verständnisvoll gewesen. Als er sie jedoch gebeten hatte das Haus zu verlassen, war sie ihm ausgewichen. Und ihm war klar geworden, dass Sofia sich nicht so einfach zur Seite schieben lassen würde. Nicht ohne Skandal.

Mit einem nicht zu unterdrückenden Seufzen wandte er sich wieder den endlosen Zahlenreihen in seinem Geschäftsbuch zu. Sein Großvater hatte auf großem Fuß gelebt und hatte seinem Sohn, nachdem er im letzten Krieg gegen die Türkei gefallen war, wo er als einer der Admiräle mehrere Schiffe kommandiert hatte, hauptsächlich Schulden vererbt. Domenicos Vater, von weniger abenteuerlicher und mehr kränklicher Natur, war ein weitaus besserer Kaufmann gewesen als seine Vorfahren und hatte es geschafft, die Schulden zu begleichen und seinem einzigen Sohn, Domenico, ein kleines, hauptsächlich in Landbesitz angelegtes Vermögen zu vererben.

Domenico, der zwar früher schnell mit dem Degen gewesen war und sich auf so manche Eskapade eingelassen hatte, war nach dem frühen Tode seines Vaters zur Meinung gelangt, dass es besser war, seine Kräfte nicht für Abenteuer, sondern für geschäftliche Dinge zu verbrauchen. Er hatte begonnen, kleine Teile seiner Landgüter zu verkaufen, um damit Teilhaberschaften bei den Manufakturen auf dem Festland zu erwerben. Sein Instinkt hatte ihn nicht getrogen, und bald schon konnte er sich an einem hübschen Zuwachs seines Vermögens erfreuen. Viele der alteingesessenen, von ihrer edlen Herkunft überzeugten Patrizier hätten es wohl belächelt, hätten sie gewusst, dass einer von ihnen seinen doch manchmal recht aufwändigen Lebensstil durch die Herstellung und dem Verkauf von Wachs, Glaswaren und Seide bestritt. Aber damit hatte er nicht nur die früher verkauften Ländereien wieder zurückerworben, sondern auch noch zusätzliche dazugekauft und seinen Lieblingslandsitz, der stromaufwärts an der Brenta lag, weiter ausgebaut. Er hatte ihn dazu bestimmt gehabt, einmal seine Familie zu beherbergen, seine Frau und seine Kinder, damit er in Venedig ungestört seinen Geschäften und seinen Vergnügungen nachgehen konnte. Aber wenn er jetzt daran dachte, dann sah er sich selbst dort, gemeinsam mit Laura. Laura, wie sie mit offenem Haar und in einem einfachen Kleid mit nackten Füßen durch das hohe Gras lief. Laura, wie er sie gegen den Stamm eines alten Olivenbaumes presste und küsste, bis sie beide atemlos waren. Laura, nackt in seinem Bett, der Blick verhangen vor Lust und vor Liebe zu ihm, mit Lippen, die von seinen Küssen rot und geschwollen waren, auf ihrer weißen Haut die Male seiner saugenden Lippen.

Laura. Immer und überall nur Laura. Er hatte sie in dieser Woche nur einmal als Cavaliere gesehen, einige sehr leidenschaftliche und innige

Stunden mit ihr verbracht, sich dann jedoch darauf beschränkt, ihr als Ehemann den Hof zu machen und ihre Gefühle für ihn auszuloten.

Schließlich nannte er sich selbst einen Esel, dem seine eigene Frau nicht aus dem Kopf ging, schlug das Buch zu und erhob sich. Es war vielleicht eine gute Idee, sie zu einer kleinen Spazierfahrt aufzufordern, weg von Sofia, wo er sie für sich alleine hatte und vielleicht sogar versuchen konnte, sie zu verführen.

Er verließ seinen Arbeitsraum und traf im *portego* zu seiner Überraschung auf Laura, die einen Mantel umgelegt hatte und etwas in der Hand trug. „Du gehst fort?" Er bemühte sich, seine Stimme nicht scharf oder argwöhnisch klingen zu lassen. Es war ihm schon aufgefallen, dass sie oft allein ausging, und er hatte sich bereits seine Gedanken darüber gemacht. Da sie jedoch meist ohne Maske das Haus verließ, schien ihm das nicht ein Zeichen dafür zu sein, dass ihre Unternehmungen das Licht des Tages scheuten, auch wenn es ungewöhnlich war, dass eine Dame unbegleitet, unmaskiert und in einem schlichten Kleid durch die Straßen lief. Dieses Mal würde sie allerdings nicht so davonkommen. Jedenfalls nicht ohne seine Begleitung.

Laura nickte nur verlegen. Sie hatte Sofia und ihrer allgegenwärtigen Präsenz im Palazzo entkommen wollen und als Vorwand ein Buch genommen, um es in die Bibliothek zurückzubringen. Sie ging dort des Öfteren hin, verbrachte oft Stunden damit, in Büchern zu blättern und fantasievoll ausgeführte Landkarten und alte Stiche zu bewundern. Sie hatte das in ein Tuch gewickelte Buch hinter ihrem Rücken versteckt. Einerseits war sie sehr in Versuchung, Domenico zu beeindrucken, andererseits jedoch war es durchaus möglich, dass er sie wieder auslachte. Das Buch, das sie diesmal gewählt hatte, war sehr schwierig zu lesen gewesen, und er würde vielleicht sagen, dass sie sich die Mühe hätte sparen können. So, wie er das schon früher einmal getan hatte, als sie neugierig geworden, womit sich ihr Mann beschäftigte, ihre Nase in eines seiner Bücher gesteckt hatte. Und dann hatte er sie noch ausgelacht, weil sie die schönen Bucheinbände gelobt hatte. Dabei hatte sie ihm nur eine Freude machen wollen.

Domenico, dem die Verlegenheit seiner Frau, mit der sie etwas hinter ihrem Rücken verbarg, nicht entgangen war, wurde misstrauisch. Seine seit seiner Ankunft in Venedig stets wache und – wie man an den Treffen mit dem Cavaliere ja auch sah – nicht unberechtigte Eifersucht, ließ ihn gebieterisch die Hand ausstrecken. „Was hast du da?"

Laura schüttelte den Kopf. „Nichts weiter."

„Du versteckst doch etwas vor mir!"

„Es ist nichts." Sie versuchte, an ihm vorbeizukommen, aber er hielt sie auf.

„Ist es ein Liebesbrief?", fragte er spöttisch.

„Nein!" Trotzig starrte Laura ihm ins Gesicht. „Natürlich nicht!"

„Dann kannst du mir ja zeigen, was du in der Hand hältst." Domenico hasste sich selbst für seine unfreundliche Art, aber er vertrug es nicht, wenn seine heimliche Geliebte Geheimnisse vor ihm hatte.

Laura funkelte ihn an, dann hielt sie ihm wütend das Paket hin. Er nahm es in die Hand, wickelte es aus dem Tuch und sah erstaunt auf das Buch.

„Bist du nun zufrieden? Ich hatte es mir aus der Bibliothek geliehen und wollte es jetzt zurückbringen!"

Er blinzelte ironisch. „Ein etwas anzügliches Werk vermutlich, wenn du es so versteckst? Von Aretino wohl gar? Seine ‚Kurtisanengespräche'?" Die Sache amüsierte ihn. Sein Liebchen hatte sich also tatsächlich ein erotisches Werk geliehen – vermutlich, um ihrem Cavaliere d'Amore beim nächsten Schäferstündchen mit gewissen neuen Einfällen zu beeindrucken. Eine seiner früheren Mätressen hatte das getan und es hatte ihn damals amüsiert, als er gewisse Szenen und Stellungen hatte nachlesen können. Nun, solange er selbst in den Genuss von Lauras neu erwachtem Interesse kam, konnte es ihm nur recht sein.

Um sie ein wenig zu necken, schlug er das Buch auf. „Dante?", fragte er nach einigen Sekunden des Erstaunens, als er nicht ein schlüpfriges Werk des „göttlichen Aretino" erblickte, sondern vielmehr die „Göttliche Komödie". Es war ihm damals, als er sie aus dem eiskalten Bad gezerrt hatte, schon aufgefallen, dass Laura Bücher bekannter Dichter auf dem Nachttisch liegen hatte. Er hatte sich an diesem Tag darüber amüsiert, aber nun gewann er immer mehr den Eindruck, dass seine Frau diese Bücher tatsächlich las. „Weshalb hast du es vor mir versteckt?"

„Weil … weil du dich immer über mich lustig gemacht hast", erklärte Laura vorwurfsvoll und zugleich ein bisschen stolz, weil sie ihn hatte verblüffen können. „Du hast mich ausgelacht, als ich deine Bücher ansah und mir gesagt, es wäre für mich nicht der Mühe wert, sie für einen anderen Zweck als zum Abstauben aus den Regalen zu nehmen."

Domenico spürte deutlich eine leichte Röte der Scham in seine Wangen steigen, etwas, das ihm schon seit vielen Jahren nicht mehr passiert war. Im Grunde genommen seit seinen frühesten Jugendtagen nicht mehr. „Habe ich das wirklich gesagt?", murmelte er verlegen. Er gab Laura das Buch zurück und strich zart über ihre Wange. „Das tut mir leid, meine Li …", er hatte „meine Liebste" sagen wollen und verbesserte sich schnell, „… meine liebe Laura."

„Ich habe dir nichts zu verzeihen", erwiderte Laura. „Du musst mich ja wirklich für sehr ungebildet und dumm halten." Sie senkte lächelnd den Blick. „Was ich ja auch bin, im Vergleich zu dir."

Domenico bemerkte, dass er immer noch über die weiche Wange streichelte, und es ihm unmöglich war, seine Hand zurückzuziehen. Was hatte seine Geliebte nur für eine zarte Haut. Er trat einen Schritt näher.

Laura kam ihm zu seiner Genugtuung entgegen, und als er seinen Arm um sie legte, ließ sie einfach das Buch fallen. Alles andere trat zurück, und da war nur noch dieses Rauschen in seinem Kopf, Lauras weicher Körper, der sich an seinen schmiegte. Eine vertraute Hitze stieg in ihm hoch, alles in ihm drängte sich danach, sie fester zu umfassen. Jetzt war wohl genau der richtige Moment, ihre Nachgiebigkeit auszunutzen, sie in sein Zimmer zu tragen und dort all das mit ihr zu machen, was er bisher nur unter dem Mantel der Verkleidung getan hatte.

Ein helles, etwas gekünsteltes Lachen in seinem Rücken unterbrach seine lustvollen Absichten.

Laura fuhr erschrocken zurück. Sie wollte sich freimachen, aber Domenico lockerte lediglich ein wenig seinen festen Griff, ohne sie ganz loszulassen. Er war schließlich der Herr in diesem Haus und wenn es ihm gefiel, seine Frau hier, mitten im *portego* – wo jeder der Hausbewohner sie sehen konnte und seine Vorfahren aus ihren Bilderrahmen starrten – im Arm zu halten, so war das allein seine Sache.

Es war Sofia. Sie stand in der Tür zu einem der Salons. Ihre Stimme klang zuckersüß, während aus ihren Augen Blitze schossen. „Welch ein reizender Anblick. Wir sollten das traute Ehepaar besser nicht stören."

„Stimmt." Domenico hätte seine ehemalige Geliebte am liebsten auf der Stelle hinausgeworfen. Und hinter ihr erschien noch dazu zu seinem größten Missfallen Ottavio, der Laura mit seinen Blicken zu verschlingen drohte. Wieder fiel Domenico auf, dass sein Vetter – trotz seiner Drohung – viel zu oft im Haus anzutreffen war. Es war wohl Zeit, ihm einen neuerlichen Hinweis zu geben, dass sein Aufenthalt hier unerwünscht war. Solange seine Besuche Sofia galten, mit der er, wie alle wussten, schon früher ein Verhältnis gehabt hatte, konnte es ihm gleichgültig sein, aber der Ausdruck in seinen Augen, als er Laura ansah, erinnerte Domenico zu sehr an einen halbverhungerten Hund, der ein schmackhaftes Stück Wild witterte.

Sofia musterte Laura ebenfalls, wenn auch mit einem wesentlich anderen Blick. „Wolltest du ausgehen, Laura?" Sie warf einen kurzen Seitenblick auf Ottavio und drohte neckisch mit dem Zeigefinger. „Und wieder ohne Zofe, nicht wahr? Das solltest du nicht, meine Liebe. Die Straßen sind zu unsicher. Überall treiben sich Bettler herum, sodass eine Dame es kaum mehr wagen kann, sich ohne Schutz sehen zu lassen. Zum Glück wollte Ottavio ebenfalls gerade gehen. Ich bin sicher, er wird dich gerne begleiten."

Laura hatte den süffisanten Unterton und den Seitenblick auf Ottavio sehr wohl bemerkt. „Die Straßen sind sicher genug", erwiderte sie ungeduldig. Sie hatte keine Angst vor dem Volk oder den Bettlern. Sie wollte nur fort von hier, weg von Domenicos scharfem Blick, der zwischen Ottavio und ihr hin und her wanderte. Wieder fiel ihr dieser Kuss auf dem Ball ein, und sie schämte sich immer noch dafür, dass sie Ottavio hatte gewähren lassen. Sie bückte sich nach dem Buch, aber da war schon Ottavio zur Stelle und hob es auf.

Er legte seine schwarze Maske, die er in der Hand gehalten hatte, auf den kleinen Tisch an der Wand und wog das Paket in den Händen. „Ist das denn nicht zu schwer für Euch, Laura? Es wäre mir eine Freude, diese Erledigung für Euch zu machen oder Euch dabei zu begleiten." Er vermied wohlweislich Domenicos Blick. Jetzt, vor Sofia und Laura, würde sein Vetter wohl nicht gleich handgreiflich werden, auch wenn er ihm sonst nicht über den Weg traute. Außerdem konnte er sich gerade vor Laura nicht die Blöße geben, Angst vor Domenico zu zeigen. Er hatte wieder ein längeres Gespräch mit Sofia gehabt und hatte von ihr einiges erfahren, das ihn hoffen ließ, bald am Ziel zu sein. Er wusste nicht genau, was Sofia plante, nur dass sie fest entschlossen war, Domenico von Laura zu trennen und für sich zu gewinnen. Und dann war seine Stunde gekommen, um als Retter aufzutreten und die traurige, verlassene Gattin in seine Arme zu schließen.

„Ich will Euch nicht bemühen."

Noch schien sie widerspenstig zu sein, aber das mochte auch an einer gewissen Angst vor ihrem Gatten liegen, dessen Augen mit jeder Minute wütender und schmäler wurden.

„Kein Dienst für Euch wäre ein Bemühen", erwiderte Ottavio galant. „Da ich mich ohnehin schon verabschieden wollte, könnte ich Euch in meiner Gondel ..."

Domenico stand schon längst die Zornesröte auf der Stirn. „Du kommst zu spät mit deinem Vorschlag, Ottavio. Ich werde Laura begleiten – wir hatten soeben darüber gesprochen." Er riss Ottavio das Paket aus der Hand und ergriff Lauras Arm. Um nichts in der Welt hätte er zugelassen, dass ausgerechnet sein Vetter Laura einen Gefallen erwies und seine sinnlichen Pläne mit seiner Gattin störte.

„Domenico?"

Er wandte sich nach seiner Mutter um, die soeben aus einem der Zimmer trat. Ihr immer noch hübsches Gesicht unter dem ungepuderten, natürlich grauen Haar, wirkte angespannt. „Was kann ich für dich tun, Mutter?"

„Es ... gibt da ein Problem mit den Dienstboten. Vielleicht hättest du ein wenig Zeit? Nur einige Minuten? Es tut mir leid, wenn ich dich aufhalte, aber ..."

„Nun, ich ..." Er wollte schon ablehnen und seine Mutter auf später vertrösten, da ihm die Gegenwart seiner Frau reizvoller erschien als Ärger mit einem Dienstmädchen, aber dann fiel sein Blick auf Laura. Sie sah ihn drängend an, eine stumme Bitte, der er sich nicht verschließen konnte. Er wusste, wie sehr Laura an seiner Mutter hing und diese an ihr. Das war offensichtlich durch die liebevolle Art, wie sie einander behandelten und auch durch die Briefe seiner Mutter, die immer voll des Lobes für ihre

Schwiegertochter gewesen waren. Bevor er heimgekehrt war, hatte er angenommen, dass dies ein geschickter Schachzug seiner Mutter war, ihm seine Frau schmackhaft zu machen, aber in der Zwischenzeit hatte er festgestellt, dass die beiden Frauen tatsächlich eine große Zuneigung verband. Überraschend war allerdings die Genugtuung, die er bei dieser Erkenntnis empfand. Aber es war schließlich nicht die einzige Überraschung, die ihm seine eigenen Gefühle in den letzten Wochen bescherten.

„Du hältst mich nicht auf." Seine Stimme war nicht höflich und zuvorkommend wie früher, wenn er mit seiner Mutter sprach, sondern eine Wärme klang mit, die er sonst nie gezeigt und auch lange nicht mehr empfunden hatte. Seine neue Neigung zu Laura hatte ihm wahrhaftig mehr eröffnet als nur verwirrende Gefühle für seine Frau. Sie hatte ihn damit vermutlich auch verletzbarer gemacht, aber darüber wollte er im Moment nicht nachdenken, sondern nur genießen, was Lauras Lächeln, ihre Gegenwart, ihr Körper in ihm auslöste. Er räusperte sich. „Laura, meine Liebe, ich werde dich begleiten. Bitte, warte ein wenig. Ich werde Befehl geben, dass uns die Gondel vor der Tür erwartet." Er warf Ottavio einen Blick zu, der diesem nahe legte, sich schleunigst zu verziehen, legte das Buch auf ein Tischchen und hielt dann seiner Mutter die Tür zu seinem Arbeitszimmer auf. Aus dem Augenwinkel sah er, wie Laura nach dem Buch griff, ihm flüchtig zulächelte und dann die Treppe hinuntereilte, um den Palazzo durch die Hintertür zu verlassen.

Widerspenstiges Ding. Nun gut, den Weg zur Bibliothek kannte er ebenfalls.

Laura kuschelte sich in den warmen Stoff ihres dunklen Umhangs. Es war kalt und feucht, die Luft war schwer von den Gerüchen der Kanäle, der Fischabfälle und der vielen Menschen um sie herum, aber sie hatte einfach aus dem Haus müssen, ein bisschen herumlaufen, bevor die Dämmerung hereinbrach. Der Besuch in der Bibliothek war schließlich nur ein Vorwand gewesen, um alleine zu sein und in Ruhe nachdenken zu können.

Trotz der Kälte hatte sie sich davor in der kleinen Loggia aufgehalten, die Domenicos Vater oben auf dem Dach hatte ausbauen lassen. Im Sommer war es dort sehr schön. Anfangs hatte sie die starke Sommersonne dazu benutzt, ihr Haar zu bleichen, so wie es schon Generationen von Venezianerinnen vor ihr getan hatten. Dann jedoch hatte sie eingesehen, dass ihr Haar eben zu dunkel war, um dieses sinnliche Blond zu erlangen, hatte sich unter das schattige Sonnendach zurückgezogen und lediglich den Ausblick bewundert. So manches Mal war sie schon im Morgengrauen die steile Treppe emporgestiegen, um den Sonnenaufgang zu genießen, zuzusehen, wie sich die ersten Strahlen durch den Dunst brachen und auf der gegenüberliegenden Seite des Canalazzos die obersten Stockwerke der

Palazzi golden färbten. Domenicos Haus lag zwar nicht direkt am Canal Grande, aber es war hoch genug, um diesen von ihrer Loggia aus über die Dächer der beiden dazwischenliegenden Palazzi sehen zu können, wenn sie sich ein wenig auf die Zehenspitzen stellte. Sie hatte sich sogar einen kleinen Garten hier oben angelegt. Keinen Kräutergarten, wie Domenicos Mutter ihn unten, in einem der Höfe, pflegte, sondern einen mit blühenden Topfblumen. Jetzt im Winter sahen diese Pflanzen natürlich sehr dürftig aus, aber sie freute sich schon auf das kommende Frühjahr, wenn wieder alles wuchs, grün wurde und blühte.

Zu ihrer Freude hatte sich zuvor ihre Schwiegermutter zu ihr gesellt. Ihre Zofe hatte der alten Dame ihren kostbaren Pelz hinaufgebracht, sie fürsorglich eingehüllt, und dann waren sie beide einmütig nebeneinander gesessen und hatten über die Dächer geblickt. Alles war grau, nur ein Dunstschleier – zartrosa – lag über den Dächern, wenn man Richtung Canal Grande blickte. Vor allem aber war es friedlich hier oben, wo Sofia gewiss nicht hinkam.

Domenicos Mutter hatte begonnen, sich dafür zu entschuldigen, dass Sofia im Haus wohnte. Sie musste bemerkt haben, wie unangenehm Laura die Gegenwart dieser Frau war, auch wenn Laura immer versuchte, einem Gast ihrer Schwiegermutter und ihres Mannes höflich und zuvorkommend zu begegnen. Auch jetzt hatte sie sich beeilt, die Bedenken der alten Dame zu zerstreuen, schon aus Furcht, Clarissa Ferrante würde ihr die Angst und Eifersucht ansehen, die sie Sofias und Domenicos wegen hatte. Sie hätte sich nicht nur lächerlich damit gemacht, sondern auch der liebenswerten Schwiegermutter eine Kränkung oder Sorge mehr zugefügt. Und die hatte ohnehin schon genug unter Sofias Gegenwart zu leiden. Sie hatten danach – natürlich – über Domenico gesprochen, und Laura hatte mit stiller Genugtuung gehört, dass er sich verändert hätte, liebenswürdiger geworden sei, nachgiebiger und aufmerksamer. Clarissa Ferrante schien diese Veränderungen ihrem, Lauras, wohltuenden Einfluss zuzuschreiben, und ging sogar so weit, schon davon zu sprechen, welchen Raum sie als Kinderzimmer umgestalten wolle, welche Frauen als Ammen in Frage kämen und wen sie als Lehrer des zukünftigen Nachfolgers des Hauses Ferrante ins Auge fasste. Laura hatte nur still und mit heißen Wangen zugehört und sich gefragt, was ihre Schwiegermutter zu ihrem doch leicht sündigen Verhältnis zu ihrem Cavaliere sagen würde. Und dabei hatte sie innerlich gebetet, dass all diese Dinge einmal Wirklichkeit würden, und gehofft, dass die Freude ihrer Schwiegermutter nicht verfrüht sei. Domenico hatte sich ihr gegenüber verändert, das war offensichtlich. Aber seit Sofia im Haus war, hatte die alte Furcht wieder von Laura Besitz ergriffen. Während sie durch die Straßen schlenderte, wiederholte Laura in Gedanken das Gespräch mit ihrer Schwiegermutter und alles, was Domenico ihr in den letzten Tagen und

Wochen gesagt hatte. Sie dachte auch über diese zärtliche Art nach, mit der er sie in den Arm genommen hatte, bevor Sofia und Ottavio das trauliche Zusammensein gestört hatten, und sie davon gelaufen war, weil sie die Blicke der beiden nicht ertragen hatte.

Sie hatte schon längst das vornehme Viertel um San Marco, wo sich Domenicos Haus befand, verlassen und war über die Rialto-Brücke hinüber zum Fischmarkt gegangen. Jetzt, gegen Abend, war hier üblicherweise weniger Trubel, da die meisten Händler ihre Waren schon am Morgen öffneten. Aber im Karneval waren viele der Stände und Botteghe bis in die frühen Morgenstunden geöffnet. Sie ging weiter zur Erberia, dem ehemaligen Gewürzmarkt, wo die Bauern heutzutage ihr Gemüse und Obst verkauften, und wo sie sich in jene vergangenen Zeiten zurückversetzen konnte, von denen sie gelesen hatte. Jene Zeiten, wo sich hier Händler aus aller Herren Länder eingefunden hatten, um ihre Waren feilzubieten. Es war die Zeit gewesen, wo die Serenissima noch der Mittelpunkt des Handels war, wo sie an allen Küsten Niederlassungen gehabt hatte, und die meisten Waren zuerst hier gelandet waren, ehe sie in andere Länder transportiert wurden.

Jetzt war diese Zeit schon lange vorbei, aber Laura mochte es, durch die Märkte zu streifen, ein bisschen einzukaufen und sich nur dem Treiben der Stadt hinzugeben, und wäre niemals auf die Idee gekommen, Domenico oder dessen Mutter um die Gondel zu bitten oder sich in einem Tragsessel durch die engen Gassen schleppen zu lassen wie die anderen Damen. Sie trug nur ein schlichtes Kleid ohne Reifrock, mit einem abgetragenen Domino darüber, und sie war wie meist, wenn sie in die Bibliothek ging oder den Markt aufsuchte, ohne Maske unterwegs. Sie mochte diese unter den Adeligen übliche Maskerade nicht, wenn sie durch die Straßen lief, mit den Marktweibern und Bauern plauderte und die Stände nach Köstlichkeiten durchsuchte. Lieber war sie einfach gekleidet und fühlte sich wie ein Teil dieser Menschen, des richtigen Venedigs, das hier pulsierte und atmete, lachte und weinte, ohne sich und sein Treiben hinter Masken und maskenartiger Gesichtsschminke zu verstecken.

Als sie sich durch die Leute drängte, ihrem Lachen ebenso lauschte wie ihren kleinen Streitigkeiten, den sprühenden Wortgefechten, die in diesem weichen, außergewöhnlichen Dialekt immer noch freundlich klangen, spürte sie, wie jemand dicht an sie herankam. Sie wollte sich umdrehen, um zu schauen, wer so aufdringlich war., aber plötzlich wurde sie von hinten von einem starken Arm umfasst und mit einer Leichtigkeit, als wäre sie ein Kind, durch die Menschenmenge auf die Seite gezogen, dann weiter durch zwei Marktstände hindurch bis unter die buntbemalten Arkaden. Laura hatte zuerst erschrocken begonnen sich zu wehren, aber dann hatte sie sich von zwei wohlbekannten Armen umschlungen gefunden, und der Hauch eines unendlich vertrauten Atems strich über ihre Wange und ihren Hals.

„Ein Dummkopf, der sich eine solche Gelegenheit entgehen ließe", flüsterte ihr Cavaliere d'Amore. Er führte sie noch ein Stück weiter aus dem Markt hinaus, bis sie an einem kleinen Platz ankamen und am Eingang eines halbverfallenen und sichtlich unbewohnten Palazzos standen. Das schön geschnitzte Tor war mit rohen Brettern vernagelt. Kein allzu seltener Anblick in einer Stadt, in der sich so mancher Adelige durch seinen Lebensstil in die Armut getrieben hatte. Links neben dem Tor stand der Torso einer ehemals vermutlich sehr hübschen Statue, während rechts nur noch ein Podest übrig geblieben war. Die früher darauf befindliche Figur war wohl schon Räubern oder übermütigen jungen Leuten zum Opfer gefallen. Vor ihnen drängten sich auf dem engen Weg die Menschen, im Kanal darunter lenkten die Gondolieri mit der ihr eigenen Eleganz ihre Gondeln vorbei, Händler transportierten auf flachen Booten ihre Waren. Der Himmel, der am Vormittag noch so klar gewesen war, hatte sich gegen Nachmittag verdüstert. Regen oder sogar Schnee hing in den Wolken über ihnen, und viele der Gondeln waren bereits mit Laternen beleuchtet. Auch in den Fenstern des Palazzos gegenüber war es schon hell. Zwei Männer saßen an einem Tisch und unterhielten sich im Schein eines vielarmigen Kerzenleuchters.

„Welch eine Überraschung", flüsterte sie und schloss für einige Sekunden die Augen, um die Freude über seine Gegenwart zu genießen. Er hatte seinen weiten schwarzen Umhang geöffnet und zog sie nun in die Wärme seiner Umarmung und des festen Wollstoffes, bis sie völlig eingehüllt war und nur ihr Gesicht heraussah.

„Eine erfreuliche, hoffe ich." Er hatte seine Maske ein wenig hochgeschoben und sie fühlte seine Lippen auf ihrem Hals, direkt unter dem Ohr.

„Gewiss." Sie gab sich seiner Umarmung hin, als sein Griff jedoch fester wurde, und er unter dem Schutz seines Umhangs unter ihren Mantel griff und zärtlich ihre Brüste massierte, wollte sie sich irritiert losmachen.

„Aber was tut Ihr?!"

„Ich sagte doch, meine Liebste", flüsterte er, ohne seinen Griff auch nur ein wenig zu lockern, „dass sich nur ein Narr eine solche Gelegenheit entgehen ließe. Kommt mit mir in unseren Palazzo. Ich begehre Euch und will Euch besitzen. Euch streicheln, küssen, bis Ihr erzittert, und endlich in Euch vergehen."

Laura schloss sekundenlang die Augen. Diese Vorstellung war verführerisch, aber ... „Es geht nicht", flüsterte sie zurück. „Man wird mich daheim erwarten, ich war schon viel zu lange fort."

„Ihr werdet eine Ausrede finden", schmeichelte er. Der Druck seiner Hände verstärkte sich, sie fühlte, wie er unter dem Mantel nach ihren Brustspitzen suchte.

„Nein." Laura sagte dies halb neckend, halb im Ernst. Sie wollte mit einem Mal keine Ausrede mehr finden. Sie wollte alles. Keine Heimlichkeiten, sondern einen Geliebten, der sich zu ihr bekannte.

„Nein? Soll das heißen, dass Ihr gegen mich aufbegehrt? Obwohl Ihr mir Gehorsam versprochen habt?" Seine Stimme klang immer noch schmeichelnd, aber es hatte sich ein amüsierter Unterton hineingeschlichen. „Nun, wie Ihr wollt. Dann werden wir eben nicht den Palazzo aufsuchen, und ich werde meine Lust gleich hier und jetzt an Euch stillen."

„Das wagt Ihr nicht!"

Ein leises Lachen antwortete ihr. Er zog sich mit ihr tiefer in die Tornische zurück, hob sie trotz ihres Widerstandes hoch und stellte sie auf das leere Podest, sodass sie sich fast in gleicher Höhe mit ihm befand. Jetzt konnte in dem Dämmerlicht niemand, der nicht genauer hinblickte, erkennen, dass jemand hinter ihr stand. Er hatte, wie sie feststellte, heute keine weiße, sondern eine schwarze Maske auf, und zusammen mit dem schwarzen Dreispitz verschwammen seine Konturen mit den Schatten zwischen den Säulen. Dafür war sie umso besser zu sehen. Die Vorbeigehenden warfen ihr jedoch kaum einen Blick zu, hasteten weiter oder waren so in ihre lebhaften Gespräche vertieft, dass sie die Frau im Halbschatten nicht weiter beachteten.

„Und nun würde ich Euch raten, den Mantel fest mit beiden Händen vorne zuzuhalten, damit niemand sieht, was hier vor sich geht, *mon amour.*"

„Aber ...!" Sie zappelte, sein Griff war jedoch zu fest.

„Still ... Ganz still ... Oder wollt Ihr die Leute unbedingt auf uns aufmerksam machen?"

Laura klammerte sich an den Mantel und raffte ihn hektisch vor ihrem Körper zusammen. Unter ihrem Arm spürte sie seine Hand, die sanfte Bewegung, als er ihre Brust streichelte und durch den Stoff hindurch die sich aufstellende Spitze suchte. Sie schluckte, als seine andere Hand ihren Mantel hinten hochhob und sich daran machte, dasselbe auch mit ihrem Kleid und ihren Unterröcken zu tun. „Das ist ...", stammelte sie, „äußerst ungehörig, was Ihr da tut, *sior maschera.*" Sein Arm lag eng an ihrer Taille, und so sehr sie auch versuchte ihn zu lösen, er hielt sie fest.

In seiner Stimme schwang ein leichtes Lachen mit. „Schon möglich, aber auch sehr reizvoll. Den Mantel fest zuhalten, meine Liebste. Und schön still sein ..."

Seine andere Hand lag bereits auf der nackten Haut ihrer Hüfte, glitt nach hinten, knetete ausführlich und genüsslich ihre Gesäßbacken und schob sich dann tiefer in die Spalte hinein. Laura gab ein kleines Ächzen von sich. Ein alter Mann, der soeben vorbeihumpelte, sah sie kurz an und ging dann jedoch, als sie ihm harmlos zulächelte, weiter. Hätte der Arm ihres Kavaliers nicht so fest um sie gelegen, wäre sie jetzt herabgesprungen und fortgelaufen.

„Auf Geräusche dieser Art solltet Ihr verzichten, meine Liebe."

Seine Stimme klang belustigt, und sie hätte ihn am liebsten dafür geschlagen! Einerseits wollte sie das, war er mit ihr tat. Es erregte sie, war unglaublich, erotisch, verworfen. Aber andererseits starb sie halb vor Scham und Angst, dass jemand dahinterkommen könnte, was hier vor sich ging.

„Es wäre vielleicht einfacher für Euch, trügt Ihr eine Maske, meine schöne Geliebte. Dann müsstet Ihr in den nächsten Minuten nur Eure Stimme im Zaum halten und nicht auch Euer bezauberndes Gesicht."

„Ihr wollt doch nicht wirklich ..." Ihre Stimme war zu einem heiseren Flüstern herabgesunken. Sie wollte sich abermals freimachen, aber um wirklich von ihm loszukommen, hätte sie ihn vermutlich schlagen und treten müssen, und das brachte sie nicht übers Herz.

„Natürlich will ich. Und nichts wird mich daran hindern." Seine Hand war schon längst tiefer gewandert, weit zwischen ihre Beine, wobei es hilfreich war, dass sie auf dem niedrigen Podest stand und er sich nicht hinabbücken musste. Aber natürlich zog sie auf diese Weise noch mehr Blicke auf sich. Seine Hand drängte ihre Beine ein wenig mehr auseinander. Er lachte leise. „Eure züchtigen Bedenken scheinen nur in Eurem Kopf zu bestehen, liebe Laura, denn was ich hier zwischen Euren Schenkeln vorfinde, ist eine sehr erregende Einladung für mich, noch tiefer und weiter vorzudringen." Sie fühlte, wie er tatsächlich tiefer glitt; ganz leicht, und ohne den geringsten Widerstand schoben sich seine Finger durch die Feuchtigkeit. „Aber ich bewundere Eure Gefasstheit. Es gibt nur wenige Frauen, die sich in einer solchen Situation so beherrscht benehmen würden."

Sie schloss verzweifelt die Augen. Er neckte sie nicht nur, er machte sich auch noch über sie lustig.

„Lasst mich doch sehen, wie vieler Reize es bedarf, um Eure Beherrschung an die Grenzen zu treiben."

„Nein, nicht." Ihre Hand fuhr hinunter, wollte seine wegschieben, die jetzt über ihre Hüfte nach vorn wanderte. Wenn er sie dort berührte, war es wirklich aus. Er war jedoch kräftiger als sie, und sie musste dulden, dass er verspielt ihr gelocktes Haar kraulte und dann weiter hinabfuhr. Sie spürte seine Finger, die zwischen ihre Schamlippen glitten, suchten, bis er jenen Punkt erreicht hatte, der sie von den Zehen bis zu den Haarspitzen erbeben ließ. Er streichelte sanft wie ein Hauch darüber.

„Es ist schade, dass ich Euch jetzt nicht betrachten kann", sagte er sinnend. Der Druck seines Fingers wurde stärker. Laura schauderte zusammen.

„Warum tut Ihr das?" Es war fast unmöglich für sie, still zu stehen und einen gleichmütigen Gesichtsausdruck zu bewahren.

„Weil Ihr mir gehört", flüsterte er. „Weil ich Euch begehre und jetzt haben will. Weil ..."

„... es Euch Spaß macht, mit mir zu spielen", fiel sie ihm ins Wort.

„Hm, ja, das auch." Er lachte leise. Es war zum Glück so laut um sie herum, dass niemand ihr Gespräch mit anhören konnte. Außerdem wurde es zu Lauras Erleichterung zunehmend dunkler. „Aber Euch gefällt es doch auch."

Ja. Es gefiel ihr. Sie konnte es nicht leugnen, auch wenn sie ihn gleichzeitig am liebsten dafür geohrfeigt hätte. „Ihr behandelt mich wie ein Spielzeug!", brachte sie mühsam hervor, denn der Druck seines Fingers, der nun langsame, unerträglich lustvolle Kreise auf ihrer Klitoris zog, wurde zunehmend stärker und machte sie fast wahnsinnig.

„Oh nein, meine schöne Laura, Ihr seid kein Spielzeug für mich", seine Stimme klang ernst, der leichte, ironische Tonfall war daraus verschwunden, unterdrückte Leidenschaft klang darin mit. „Ihr seid die Frau, die ich begehre wie keine andere, die mich allein schon durch ihren Anblick verrückt macht, die mich wünschen lässt, ich könnte sie Tag und Nacht besitzen." Seine Stimme wurde rauer. „Und genau das möchte ich jetzt auch, hier, in diesem Moment."

Er presste sie plötzlich so fest an sich, dass sie sein Glied fühlen konnte, das sich hart zwischen ihre Gesäßbacken bohrte. Sie stöhnte leise auf, als er sich wieder von ihr löste, und sie an seiner Bewegung erkannte, dass er seine Hose öffnete.

Er würde sie tatsächlich jetzt nehmen. Hier. Mitten unter den Leuten. Ihre Beine begannen zu zittern, sie hielt den Mantel nur noch mit einer Hand zusammen, während sie sich mit der anderen in seinen Arm krallte, der sie fest um die Taille hielt. Und dann fühlte sie ihn. Wie er an ihr entlangglitt, hart und pochend. Sie beugte sich unmerklich vor, ebenso von dem Wunsch getrieben, von ihm in Besitz genommen zu werden, wie er, sie zu besitzen. Die heiße Spitze grub sich durch ihr feuchtes Fleisch und dann mit einem Stoß den engen Gang entlang. Sie schrie leise auf.

„Nicht! Seid still." Er hatte jetzt beide Arme um sie gelegt, hielt sie für einige Momente lang ruhig, damit sie sich wieder etwas fasste. Und dann begann er sich in ihr zu bewegen. Nicht zu heftig, sondern sanft, aber nicht minder erregend. Sie fühlte das Reiben, die Leere, wenn er sich aus ihr zurückzog, die volle Dehnung, wenn er zu ihr zurückkam, und dann ...

... dann plötzlich gingen Lust und Leidenschaft mit Laura durch. Es war ihr mit einem Mal gleichgültig, ob man sie sehen konnte, als sie mit lustvoll verzerrtem Gesicht seinen Bewegungen entgegenkam. Sie ließ sich zurückfallen, seufzte, stöhnte, wand sich unter seinen Berührungen, bewegte sich ihm im Rhythmus entgegen. Einige Leute gingen vorbei, blieben stehen und sahen neugierig zurück.

„Sei doch still!" Seine Stimme klang entsetzt. Alle Überlegenheit war daraus verflogen.

„Nein, ich will nicht still sein. Fester, fester ...!"

„Laura, um Himmels willen. Halt den Mund!" Sie fühlte, wie er sich zurückziehen wollte.

„Wenn Ihr mich jetzt verlasst, schreie ich so laut, dass die *sbirri* kommen", drohte sie.

„Die Polizei? Hast du den Verstand verloren!?"

„Ja ...!" Sie rieb sich an ihm, bewegte ihre Hüften vor und zurück, obwohl er sie daran hindern wollte.

Er nestelte an ihrer Kapuze, zerrte sie über ihren Kopf und gleich darauf wurde es finster um sie. Er hielt sie fest umklammert, aber Lauras Erregung war schon so weit fortgeschritten, dass alleine der Druck seines Gliedes in ihrer Vagina, das Pochen genügte, um sie zur höchsten Leidenschaft zu treiben. Sie merkte in den lustvollen Krämpfen, von denen sie geschüttelt wurde, wie er sie tiefer in den Schatten zerrte, sie mit beiden Armen umschlang, festhielt. Sein unterdrücktes Stöhnen drang an ihr Ohr, sie spürte seine eigenen Zuckungen, das unbeherrschte, tiefere Hineinstoßen, als auch er seinen Höhepunkt erreichte.

Langsam entspannte sich ihr Körper wieder. Sie fühlte eine angenehme Müdigkeit und zugleich Leichtigkeit in ihren Gliedern, ganz so, als hätte sie zuviel Wein getrunken. Er hielt sie immer noch fest, sein Atem ging schwer. „Ruchloses Frauenzimmer", knurrte er in ihr Ohr.

Laura merkte, wie es um ihre Lippen zuckte, und dann stieg ein unwiderstehliches Lachen in ihr hoch. Ein Lachen, das sie fast ebenso schüttelte wie zuvor ihr Orgasmus, und dessen er ebenso wenig Herr wurde. Er hob sie herunter, sie fühlte sich herumgezerrt, und als sie die Hände ausstreckte, wusste sie, dass er sie gegen die Wand der Nische gedreht hatte, um sie mit seinem Körper vor den Blicken der anderen abzuschirmen.

Hinter ihnen hörte sie die aufgebrachte Stimme einer älteren Frau. „Unglaublich! Jetzt treiben es diese *putas* mit ihren Freiern schon mitten auf der Straße! Was habt ihr hier verloren! Geht in euer Hurenviertel! Zur Ponte delle Tette! Wo ihr hingehört!"

Laura wurde weggezogen. Da die Kapuze aber noch immer tief über ihr Gesicht fiel, sah sie nicht, wohin er sie schleppte, stolperte jedoch, immer noch lachend, mit. Sie bekam kaum noch Luft, ihr ganzer Körper schmerzte. Es ging einige Treppen hinauf über eine Brücke, dann weiter hinunter zu einem Kanal. Sie verlor einen Schuh. Ihr Cavaliere fluchte unterdrückt, hob den Schuh auf, drückte ihr ihn in die Hand und nahm sie dann auf die Arme, um sie die letzten Schritte zur Gondel zu tragen.

Eine Stimme hielt sie auf. Wieder eine weibliche Stimme, aber dieses Mal jünger.

„Ottavio?" Die Frau lachte. „Bist du das? Aber natürlich! Unverkennbar in der schwarzen Maske! Und hast dir ein Vögelchen eingefangen, was?"

Das ordinäre Lachen der anderen tönte hinter ihr her, als er sie mit einigen saftigen Flüchen in eine Gondel hob, weiterschob und auf die weichen Kissen drückte.

Laura lachte nun Tränen.

Ein bellender Befehl zum Gondoliere, dann legten sie ab, und sie fühlte die vertraute Bewegung einer sanft und gut geleiteten Gondel.

„Hör endlich auf zu lachen!"

Sie schüttelte nur hilflos den Kopf, krümmte sich, rang nach Luft. Da wurde ihre Kapuze weggerissen. Im nächsten Moment wurde ihr Mund von einem sehr entschiedenen Paar Lippen verschlossen, und Sekunden später war Laura das Lachen vergangen. Sie schmiegte sich an ihn, hielt seinen Kopf fest, als er sie küsste. Er hatte seine Maske abgelegt, aber es war völlig finster in der Gondelkabine, da er wie üblich die Vorhänge zugezogen hatte. Als die Gondel anhielt, küsste er sie immer noch.

Er löste sich nur widerwillig von ihr, und sie lächelte sinnlich. „Wie schade, dass wir schon angekommen sind. Ich wäre gerne noch weiter mit Euch in der Gondel gefahren, durch jeden Kanal …"

„Da, wo ich dich hingebracht habe, ist es bequemer."

Laura zog den Vorhang fort und sah hinaus. Der Palazzo, den ihr Geliebter gemietet hatte, besaß nicht nur den Vorteil, dass sie sich hier ungestört treffen konnten, sondern hatte auch wie so manch anderes Patrizierhaus einen verschwiegenen Eingang, der sich direkt unter einer Brücke befand, sodass man beim Einsteigen oder beim Verlassen der Gondel kaum beobachtet werden konnte.

„Das geht leider nicht", sagte sie bedauernd. „Ich muss heim." Ein Kichern stieg wieder in ihrer Kehle hoch, als sie weitersprach. „Mein Mann ist dieses Mal nicht verreist, und er würde bestimmt misstrauisch werden."

„Über Euren Mann machen wir uns später Gedanken", erwiderte er. Seine Stimme klang dunkel, vielversprechend und ein wenig angespannt, als er ihre Röcke hob und darunter den Fuß suchte, um ihr den fehlenden Schuh darüberzustreifen. Er sprang aus der Gondel, zog einen schweren Schlüssel heraus, sperrte auf und stieß die Tür auf. Dann half er Laura auszusteigen und duckte sich hinter ihr durch das enge und niedrige Tor. Sie gingen eine schmale Treppe hinauf und erreichten die Vorhalle.

Er zog sie rasch die Treppe empor und riss sie, im Schlafzimmer angekommen, in seine Arme. Sie lachte ihn an, als er den Kopf zu ihr hinunterbeugte und dabei mit seiner Maske an sie anstieß. „Vielleicht wäre es doch weiser, auf die Verkleidung zu verzichten, mein geheimnisvoller französischer Gesandter? Vor welchen Blicken habt Ihr hier Angst? Wer außer mir könnte es verraten? Oder habt Ihr etwa einige Spione des Rates oder gar einen Inquisitor hier verborgen?" Sie sah mit einem Seufzen zu, wie er ungeduldig das schwarze Tuch aus seiner Jacke zog. „Mein lieber Cavaliere, wenn Ihr doch auf dieses Spiel verzichten könntet. Es ist nicht nötig, glaubt mir."

„Nur noch dieses eine Mal, meine Geliebte." Seine Stimme klang drängend. „Und danach ..." Das Tuch legte sich um ihre Augen, als er sie jedoch an sich ziehen wollte, trat sie einen Schritt zurück.

„Weshalb unterhaltet Ihr Euch nicht ein wenig mit mir?"

„Unterhalten?" Das klang ungläubig. „Jetzt?! Worüber denn?"

„Ich weiß auch nicht", sagte Laura etwas unsicher. „Aber ... es würde mich freuen ..."

„Mit einer reizvollen Frau im Arm redet man nicht", kam es unduldsam zurück.

Gleich darauf spürte sie wieder seine Lippen auf ihrem Hals, seine Hände glitten über ihren Körper. „Aber ... es ... wäre einmal etwas anderes für mich", stotterte sie, einerseits schon halb überwältigt von seinen Berührungen und ihrer Sehnsucht nach seinen Händen und seinem Körper und andererseits getrieben von dem Wunsch, ihrer beider Beziehung auch in einem anderen Sinn zu vertiefen. „Mein Mann zum Beispiel unterhält sich kaum mit mir ..." Sie hätte jetzt, in diesem Moment, so gerne die Wahrheit von ihm gehört. Wünschte sich so sehr, dass er die Maskerade ablegte.

Seine Lippen waren gerade damit beschäftigt, sich durch den Stoff ihres Kleides an ihrer rechten Brustwarze festzusaugen, und es war nur ein unverständliches Brummen, das ihr antwortete.

„Ich bin ihm zu dumm", setzte sie hinzu, dabei nach seinem Kopf tastend und zart mit den Fingern durch sein Haar fahrend, „das habe ich schon lange gemerkt, aber bei Euch würde es mich schmerzen, wenn Ihr bei der Liebe, die Ihr mir in Euren Briefen geschworen habt, nicht etwas mehr für mich empfinden würdet als ... reine Wollust."

Er hob den Kopf, und sie spürte, wie er sie ansah. „Ich habe Euch nie von Liebe geschrieben", sagte er endlich nach langen Momenten des Schweigens. „Nur von Leidenschaft, und dass ich Euch und Eure Schönheit anbete."

„Ist ... da ein so großer Unterschied?"

Wieder ein längeres Schweigen.

„Das heißt also, dass ich von Euch keine Liebe erwarten darf?", fragte sie schüchtern, als er nicht antwortete.

„Was erwartet Ihr?", fragte er endlich. „Eine Liebeserklärung wie von einem der Komödianten, wie sie auf der Piazza zu finden sind und dort vor dem Volk ihre Vorstellungen geben? Ich bin eben kein Mann, der Euch dumme Dinge ins Ohr flüstert, die Euren romantischen Vorstellungen gefallen, ohne ernst zu sein", fuhr er gereizt fort. „Wenn ich einer Frau sage, dass ich sie liebe, dann ist das die Wahrheit. Eine Wahrheit, die sich nicht mehr ändern wird, solange ich lebe!"

„Und dessen seid Ihr Euch bei mir nicht sicher?"

„Das habe ich nicht gesagt. Aber es ist immerhin ein Unterschied, ob ...", fing er heftig an, unterbrach sich dann jedoch.

Laura wartete darauf, dass er weiter sprach. Als er sich jedoch in Schweigen hüllte, wandte sie ihm den Rücken zu und zog das Tuch von ihren Augen. Sie ließ es auf den Boden fallen und griff nach ihrem Mantel, der über einem Stuhl lag, ohne auch nur den Versuch zu machen, ihren Cavaliere anzusehen.

„Vielleicht sollten wir uns erst wieder treffen, wenn Ihr eine Antwort habt, die mich nicht verletzt", sagte sie leise.

Seine Hand umfasste ihren Arm. „Warte, Laura. Geh nicht so. Es ist alles ganz anders. Lass dir erklären. Sieh mich an." Er duzte sie, wie er das manches Mal tat, wenn die Leidenschaft ihn packte, aber dieses Mal war es anders. Sein Tonfall war ein anderer, drängend und besorgt. Er wollte sie zu sich herumdrehen, aber sie schüttelte ihn heftig ab. Tränen standen in ihren Augen und sie wollte ihm nicht zeigen, wie gekränkt sie war.

„Nein. Das will ich jetzt nicht. Ich will dich jetzt nicht ansehen." Dann ging sie aus der Tür. Es war das erste Mal gewesen, dass sie ihn ebenfalls geduzt hatte. Als Zeichen, dass das Spiel für sie hiermit beendet war.

Als Laura heimkam, ließ sie sich von Anna helfen, rasch aus den Kleidern zu kommen. Die Hitze ihres erregenden Abenteuers war längst der beißenden Winterkälte gewichen. Sie fror erbärmlich und wünschte nichts sehnlicher, als sich vor ein schönes Kaminfeuer zu setzen, um sich aufzuwärmen. Sie wickelte sich in den von Anna bereit gehaltenen Morgenmantel und sank dann, mit dem Gesicht zum Kamin, auf einen Stuhl. Die nackten Füße hatte sie ausgestreckt, hielt sie gegen das Feuer, und bald schon verlor sich ihr Blick in den züngelnden Flammen, und die Lider fielen wie von selbst zu. Sie fühlte sich traurig und niedergeschlagen. Ein bisschen schlafen, um für wenige Minuten die Kränkung zu vergessen, die ihr Cavaliere ihr zugefügt hatte.

„Ihr hättet nicht so lange draußen herumlaufen sollen", schalt Anna ihre Herrin, während sie sich daran machte, die zerzausten Locken wieder in eine angemessene Form zu bringen.

„Ich habe die Kälte nicht gespürt, erst beim Heimweg." Laura lag grübelnd und mit halbgeschlossenen Augen da. Was war nur mit ihrem Geliebten los? Zuerst sagte er ihr, dass er sie begehrte wie keine andere Frau, und dann verweigerte er ihr auch nur das kleinste Zugeständnis seiner Liebe. Was war sie für ihn? Was sah er wirklich in ihr? Ein Abenteuer neben seinen anderen Geliebten? Oder hatte er Angst, zuzugeben, dass sie ihm etwas bedeutete?

„Zu Fuß vermutlich", sagte Anna mit einem abfälligen Schnaufen, „wie irgendeine Bürgersfrau. Euer Kavalier könnte Euch zumindest mit seiner Gondel daheim absetzen, wenn er Euch schon dazu bringt, bei dieser Kälte draußen herumzulaufen."

Laura blinzelte. Ihr war klar, dass Anna über ihren Cavaliere Bescheid wusste. Schließlich war sie es, die seine Botschaften brachte und sie selbst deckte, wenn sie heimlich das Haus verließ. Aber es war das erste Mal, dass sie ihn erwähnte, und Laura überlegte, ob sie ihre Zofe wegen dieser Vertraulichkeit tadeln sollte.

Anna musste ihr diese Absicht angesehen haben, denn sie kicherte. „Es hört mich ja niemand, *siora patrona*. Und weshalb sollte ich Euren Liebhaber nicht erwähnen? Wo wir doch beide nur allzu gut wissen, wer hinter diesen geheimnisvollen Botschaften steckt."

Laura drehte den Kopf, um ihre Zofe besser ansehen zu können. Diese lächelte nur. Aber es war ein warmes Lächeln, nicht aufdringlich, nicht verschwörerisch, sondern das einer Freundin. Anna hatte nach Lauras Heirat, als ihre Eltern sich auf das Festland zurückgezogen hatten, gebeten, im Haus von Domenico Ferrante und damit bei Laura bleiben zu dürfen. Der Grund dafür war nicht nur, dass sie hier in Venedig einen langjährigen Geliebten hatte, sondern dass sie auch Laura schon seit vielen Jahren kannte und ihr mehr Zuneigung entgegengebracht hatte als ihre eigene Mutter. Sie war es immer gewesen, die einmal im Monat zu dem Kloster gereist war, um das heranwachsende Mädchen zu besuchen und Neuigkeiten von ihrer Familie und Venedig zu überbringen.

„Es ist sehr romantisch, Signora", fuhr Anna fort. „Und ich freue mich für Euch, dass Ihr nicht nur einen wohlhabenden und gut aussehenden Gatten wie Domenico Ferrante gewonnen habt, sondern auch einen so leidenschaftlichen und romantischen Liebhaber." Ihr Lächeln verstärkte sich. „Eine Frau braucht beides. Und es ist ein wahres Glück, wenn sie beides in ..." Anna unterbrach sich und sah zur Tür, die sich geöffnet hatte.

Laura blickte ebenfalls hin und sah zu ihrer Verärgerung Sofia. Sie wollte sie in einem ersten Impuls aus dem Zimmer schicken, besann sich dann jedoch anders und bemühte sich um einen freundlichen Gesichtsausdruck. Immerhin war Sofia Gast in diesem Haus – wenn auch ein sehr unbeliebter. Die Dienerschaft wich ihr aus, so gut es ging, um nicht ständig von ihren Launen tyrannisiert zu werden. Laura zog sich ebenfalls zurück, und Domenico schloss sich, wenn Sofia und er gleichzeitig im Haus waren, in seinem Arbeitszimmer ein und verbat sich jedwede Störung. Nur seine Mutter, die freundliche und gütige Clarissa Ferrante, wurde regelmäßig das Opfer dieser verzogenen jungen Frau. Laura hatte jedoch keinen Zweifel daran, dass Sofia an diesem Nachmittag der Grund für das Unbehagen ihrer Schwiegermutter gewesen war. Vermutlich war es wieder wegen der Köchin gewesen, die schon einmal gedroht hatte, auf und davon zu gehen, wenn Sofia auch nur ein einziges Mal mehr an ihrem Essen herummäkelte.

Allerdings, fand Laura, war dieses verwöhnte Benehmen nicht alles, was sie an Sofia störte. Es war auch nicht allein ihre so offensichtlich zur Schau getragenen Neigung zu Domenico, sondern auch eine gewisse Falschheit in ihrem Lächeln, die Laura abstieß. Und das Gefühl, eine Feindin im Haus zu haben, die Domenico viel besser kannte als seiner Gattin lieb sein konnte. Aber würde er das denn tatsächlich tun? Seine Geliebte ins Haus holen? Sein Ärger über ihr Auftauchen schien so echt gewesen zu sein. Allerdings auch seine Verlegenheit, und nicht zum ersten Mal fragte sich Laura, was zwischen den beiden vorgefallen war. Schließlich hatten sie sich beide zur selben Zeit in Paris aufgehalten, und dass Sofia größtes Interesse an Domenico hatte und allzu vertraut mit ihm tat, wäre auch der arglosesten Ehefrau aufgefallen.

Sofia trippelte näher. „Ich wollte nicht stören. Aber ich dachte, du wärst alleine, und so wollte ich die Gelegenheit zu einem kleinen Schwätzchen unter Freundinnen nützen."

Freundinnen?, dachte Laura spöttisch, lächelte aber nur nichtssagend. „Gewiss, wenn es dir Freude macht."

„Ich störe dich auch gar nicht, deine Zofe kann ruhig weitermachen."

Anna setzte mit einem schiefen Blick auf den Gast ihre Bemühungen um Lauras Frisur fort, und die junge Frau nahm auf einem der zierlichen, mit Paradiesvögeln und blühenden Pflanzen bestickten Sessel Platz und sah zu. Laura hätte sie am liebsten weggestoßen, denn der Stuhl war ein Geschenk von Domenico, das er ihr vor einigen Tagen überraschend gemacht hatte, nachdem sie einen ähnlichen bei ihrer Schwägerin so sehr bewundert hatte. Eine sehr kunstvolle Arbeit mit geschnitzten Beinen aus dunklem, kostbarem Holz.

„Schade, dass dein Haar so gar nicht die elegante Farbe hat, die man hier so gerne sieht", sagte Sofia, nachdem sie Laura eingehend gemustert hatte. „Es wäre besser, du würdest immer eine Perücke tragen oder es pudern. Und achte um Himmels willen trotzdem darauf, dass dein Gesicht nicht mit zu viel Sonne in Berührung kommt. Du solltest deine lebhaften Farben überhaupt mit Puder überdecken und statt dessen Rouge auflegen, das wirkt viel eleganter."

Anna schnaufte nur verächtlich und stellte sich so zwischen Sofia und Laura, dass sie ihre Herrin vor der anderen verbarg. Dabei trafen sich ihre Blicke und Anna verzog abfällig den Mund. Sie drängte ihre Herrin zwar auch immer dazu, sich zu schminken, aber Sofia mit ihren bleich gepuderten Wangen, den kohlschwarz nachgezogenen Brauen und den roten Kreisen auf den Wangen war nicht jene Art von Schönheit, in der sie ihre Herrin erstrahlen sehen wollte.

Sofia rückte ein wenig zur Seite. „Ich will mich ja nicht einmischen, Laura, aber du solltest deine Bediensteten besser erziehen. Meine Zofe würde es niemals wagen, sich mir ins Blickfeld zu stellen."

„Anna ist mehr als eine Zofe", erwiderte Laura ruhig. „Und in jedem Fall mehr als eine einfache Bedienstete. Wir kennen uns seit vielen Jahren. Sie hat schon für meine Mutter gearbeitet, als ich noch ein halbes Kind war."

„Ach ... deshalb", kam es indigniert zurück. „Nun, das kann ja jeder halten, wie er will. Ich jedenfalls achte sehr auf Disziplin, und hätte ich einen Haushalt wie du, würde ich nur die besten Leute beschäftigen."

„Bist du gekommen, um mit mir über Haushaltsführung zu sprechen?", fragte Laura kühl. Sofias Bemerkung hatte sie wieder tiefer getroffen, als sie selbst wahrhaben wollte. Sie hatte nicht einmal einen eigenen Haushalt. Ohne die Zuneigung ihres Gatten fühlte sie sich nicht als Herrin, sondern als Gast in seinem Haus und dem seiner Mutter. *Verheiratet und doch keine richtige Ehefrau*, dachte sie bekümmert.

„Nein, nein, ich kam, um dir einen Freundschaftsdienst zu erweisen." Sofias Stimme klang selbstgefällig.

Anna drehte sich neugierig um und musterte Sofia ebenso überrascht wie Laura. „Das ist sehr freundlich von dir", erwiderte Laura vorsichtig.

„Unter anderen Umständen würde ich dir raten, deine Zofe jetzt hinauszuschicken, aber da sie ja offenbar weit mehr als nur eine Zofe ist und dein vollstes Vertrauen besitzt, gibt es wohl kein Geheimnis, das ich ihr jetzt verraten könnte."

„In der Tat nicht." Lauras Stimme klang liebenswürdig. Noch vor einem Jahr, als sie das Kloster verlassen und hierher gekommen war, hätte sie ihrer Besucherin ihren Unmut über sie und ihre Worte gezeigt. Aber in der Zwischenzeit kannte sie die Spielregeln dieser Gesellschaft und wusste, wie man mit Leuten wie Sofia am besten umging. Allerdings war Sofia, wie sie nur allzu bald feststellen musste, den gewöhnlichen, meist nur arroganten und durchschnittlich intrigengeneigten Mitgliedern des venezianischen Adels an Bosheit noch weit überlegen. Wie weit, ahnte Laura noch nicht, andernfalls hätte sie wohl dafür gesorgt, dass diese Frau noch in derselben Stunde das Haus verließ. Und Domenico wäre darüber wohl überaus entzückt gewesen.

Sofia beugte sich vertraulich vor. Der Schein des flackernden Kaminfeuers ließ ihr stark geschminktes Gesicht älter und fast ein wenig dämonisch erscheinen. Aber dieser Eindruck mochte auch an Lauras Abneigung liegen.

„Ich möchte dich warnen, Laura, und dir einen guten Rat geben."

Laura hob die Augenbrauen. „Tatsächlich?"

„Du solltest ein wenig behutsamer sein. Ich muss dir nicht sagen, dass ich um diese Spiele der Gesellschaft genauestens Bescheid weiß. Um *cicisbei*, Liebhaber, Affären, die jede Frau hat. Aber bei einem Mann wie Domenico wäre ich an deiner Stelle vorsichtiger." Sie senkte den Blick und spielte mit einem feinen Spitzentüchlein, das sie in der Hand trug. „Ein Mann wie Domenico ist zwar heißblütig genug, sich neben seiner Frau eine oder sogar mehrere Mätressen zu halten, aber er würde niemals dulden, dass seine Frau ihm Hörner aufsetzt. Und schon gar nicht in dieser ein wenig vulgären, offensichtlichen Art, wie du das tust."

Laura war für einige Momente sprachlos. Sie hatte vieles erwartet, aber nicht diese Impertinenz. „Was fällt dir ein, so mit mir zu sprechen!"

Wenn Sofia sie zuvor schon mit ihrer Bemerkung über den Haushalt hatte treffen können, so saß der Schmerz jetzt noch tiefer und war weitaus heftiger. *Eine oder sogar mehrere Mätressen!* Hatte sie sich einer Selbsttäuschung hingegeben, indem sie angenommen hatte, Domenico hätte das Verhältnis zu Nicoletta Martinelli gelöst? Oder war dies nur eine gezielte Bosheit einer anderen, weiteren Geliebten?

Sofia hob die Lider über ihrem unschuldigen blauen Augenpaar. „Ich meine es nur gut, Laura, das musst du mir glauben! Domenico hat heute, nachdem du das Haus verlassen hast, mehrmals nach dir gefragt." Sie zuckte die hübschen Schultern. „Ich habe natürlich mein Möglichstes getan, um keinen Verdacht aufkommen zu lassen, und habe ihm gesagt, dass du zweifellos zu einer lieben Freundin gegangen bist und darüber die Zeit vergessen hast, aber er war sehr ... nun, sehr beunruhigt und ungehalten über dein langes Ausbleiben. Und er wäre zweifellos irritiert über das derangierte Aussehen, mit dem du wieder heimgekommen bist."

Laura fühlte, wie unter der Lähmung, die Sofias vorige Worte in ihr ausgelöst hatten, unbändiger Zorn über diese Unverschämtheit und offensichtliche Lüge in ihr hochstieg.

Sofia merkte oder wollte nichts merken, sie plapperte einfach weiter. „Nicht, dass ich auch nur ein Sterbenswörtchen sagen würde, aber irgendwann muss es ihm auch auffallen, wie vertraut du und Ottavio miteinander seid. Wie oft er hier im Haus zu finden ist, wenn Domenico ausgegangen ist. Ein wirklich reizender Mann, Domenicos Vetter, mit sehr eleganten Manieren, aber ...."

Laura sprang auf. „Ich glaube, du hast schon genug gesagt, Sofia. Mehr als dir zusteht. Und nun verlasse bitte mein Zimmer, ich möchte mich anziehen. Marina holt mich am Abend ab. Wir gehen auf einen Ball."

Sofia, ganz gekränkte Unschuld, erhob sich. „Nun ja. Ich hoffe, du weißt, was du tust, Laura. Wir werden uns ja am Ball sehen." Sie wandte sich um und rauschte zur Tür hin. „Viel Spaß beim Glücksspiel." Sie betonte das letzte Wort, und Laura brauchte nicht lange nachzudenken, um den Doppelsinn darin zu verstehen.

Sie stand einige Sekunden lang starr da, dann schob sie den Morgenmantel von den Schultern. Anna, die einen sehr grimmigen Gesichtsausdruck aufgesetzt hatte, nahm das zurechtgelegte Mieder in die Hand. „So eine ...“, murmelte sie feindselig.

Laura hob die Hand. „Nein, ich will kein Wort mehr darüber hören. Es ist schon ärgerlich genug!“ Sie strich sich eine kleine Locke, die Anna neckisch hatte über die Schläfe fallen lassen, aus dem Gesicht und blickte dabei in den Spiegel. Da sah sie Sofia, die zwar den Raum verlassen, aber die Tür nicht hinter sich geschlossen hatte, sondern noch im Gang stand und hereinblickte. Der Blick der jungen Frau glitt über ihren nackten Körper, langsam, abschätzend, nahm jede Wölbung war. Es lag ein Ausdruck darin, der Laura ein Frösteln über den Rücken jagte. Sie legte die Arme um ihren Körper.

Anna drehte sich um, als sie bemerkte, dass ihre Herrin zur Tür starrte. Sie machte ein finsteres Gesicht, ging zur Tür und wollte sie schließen, aber Sofia drückte sie noch einmal auf. „An deiner Stelle, Laura“, sagte sie mit einem süffisanten Lächeln, „würde ich Domenico fragen, von wem der parfümierte Brief ist, der zuvor von einem Boten abgegeben wurde. Vielleicht von der Frau, die er jetzt immer heimlich und regelmäßig trifft?“

Anna warf einfach die Tür zu und schob energisch den Riegel vor. Dann kam sie wieder zurück. „Das ist ein ganz durchtriebenes Ding“, sagte sie leise. „Nehmt Euch vor der in Acht, *siora*. Die lügt nicht nur, sondern ist auch intrigant und bösartig.“ Als Laura keine Antwort gab, sondern sich nur schweigend ins Mieder und die Unterröcke helfen ließ – in Gedanken bei diesem parfümierten Brief – sprach Anna weiter: „Und sie ist irgendwie komisch. Am liebsten hätte ich sie ins Feuer gestoßen, als sie von ihren Bediensteten sprach. Habt Ihr schon ihre Zofe gesehen? Ein kleines, verschrecktes Ding ist das.“ Anna sah sich um, als fürchtete sie, dass Sofia durch den Türspalt gekrochen kam. „Sie bestraft sie.“

„Bestrafen?“ Laura fiel der Unterton ihrer Stimme auf.

Anna nickte heftig. „Jawohl! Ich habe das Mädchen einmal nackt gesehen, als sie sich gewaschen hat. Sie hatte Striemen am Rücken und auf ihrem Hintern.“

Laura riss die Augen auf. „Sie schlägt sie?!“

Anna zuckte mit den Schultern. „Die ganze Dienerschaft flüstert schon darüber.“ Ihre um einige Jahre ältere Zofe streichelte mütterlich über ihre Wange. „Vielleicht solltet Ihr den Herrn bitten, mit Euch auf sein Landgut zu fahren, meine liebe Signora. Es soll sehr schön dort sein, hat mir die Zofe der *patrona* erzählt. Friedlich. Und ich habe gehört, wie der Herr zu seiner Mutter gesagt hat, dass er bald wieder einmal dort nach dem Rechten sehen will. Und“, fügte sie dann blinzelnd hinzu, „ich finde, Ihr solltet ihn nicht alleine reisen lassen.“

Domenico stand an einem der Fenster von Paolos Palazzo und blickte aufmerksam hinaus. Schräg gegenüber, auf der anderen Seite des Kanals, befand sich sein eigenes Haus, und er sah im Schein der Fackeln und Laternen Laura, die am Fenster lehnte und etwas beobachtete. Anna, ihre Zofe, trat neben sie. Die beiden lachten, und Domenico fühlte eine Welle der Zuneigung in sich aufsteigen. Wie schön Laura war. Sie trug ein sehr elegantes Ballkleid, das dunkle Haar war hochgesteckt, einige Seidenblüten steckten darin, mehr nicht. Alles ganz schlicht und so überwältigend in der Wirkung. Er drehte nachdenklich die schwarze Maske in der Hand, die er, als er Laura gefolgt war, in der Eile vom Tisch gerissen hatte. Er hatte dabei die Maske seines Vetters erwischt, sich jedoch nicht mehr die Zeit genommen, seine eigene zu holen, sondern hatte sie einfach energisch mit einem Tuch abgewischt – als hätte Ottavio eine ansteckende Krankheit – und aufgesetzt. Kein Wunder, dass dieses Frauenzimmer auf der Straße sie beide dann verwechselt hatte. Sie hatten ungefähr die gleiche Gestalt, und Ottavio war in gewissen Vierteln mit seiner schwarzen Maske kein unbekannter Anblick.

Er war, nachdem Laura ihn einfach hatte stehen lassen, noch ziellos durch die Straßen und über die Brücken gelaufen, um nachzudenken. Er war überrascht gewesen von ihrer Frage und seiner eigenen Reaktion darauf. Denn in diesem Moment war ihm klar geworden, dass er seine Frau nicht nur begehrte, nicht nur ihren Körper wollte und die Leidenschaft suchte, die sie in ihm bewirkte, ihr auch nicht nur liebevolle Zuneigung entgegenbrachte, wie er bisher angenommen hatte, sondern er sie tatsächlich liebte. Er hatte schon längere Zeit über dieses Gefühl nachgegrübelt, aber die endgültige Erkenntnis war verblüffend und beunruhigend zugleich gewesen. Allerdings hatte er ihr seine Gefühle nicht als ihr Cavaliere gestehen wollen, sondern als ihr Ehemann, und das hatte ihn etwas unwirsch reagieren lassen. Er wollte als ihr Mann vor ihr stehen, wenn er es ihr gestand, und nicht als heimlicher Geliebter. Irritiert stellte er fest, dass er tatsächlich so etwas wie Eifersucht auf sich selbst verspürte. Er rieb sich mit einem schiefen Grinsen das Kinn. Anstatt Laura eine Lektion zu erteilen, sah er sich immer mehr in seine Liebe zu ihr verstrickt, und seine Lüge und das von ihm ersonnene Spiel war auf ihn selbst zurückgefallen.

„Es ist die beste Lösung", hörte er hinter sich Paolo sagen. Seine Worte brachten ihn wieder aus seinen eigenen Grübeleien zurück und zu dem Grund, der ihn zu seinem Freund geführt hatte. „Du weißt selbst, dass es völlig unmöglich ist, sie zu heiraten."

Er wandte sich zu Paolo um und studierte das schwermütige Gesicht seines sonst so lebenslustigen Freundes. „Du würdest tatsächlich wollen, dass ein anderer die Frau heiratet, die du liebst?" Paolo war eben jener Freund, der ihm – ohne viel zu fragen – diese paar Tage, in denen er Laura gegenüber vorgegeben hatte die Stadt zu verlassen, Unterkunft gewährt hatte. Paolos

Diener hatte ihn getroffen, als er gerade sein Haus betreten wollte, und ihm die Bitte überbracht, Paolo zu besuchen. Und als er gekommen war, hatte er seinen Freund in tiefster Niedergeschlagenheit vorgefunden. Schuld daran war natürlich eine Frau, eine heimliche Geliebte. Und eine solche, wurde sich Domenico aus eigener, bitterer Erfahrung plötzlich klar, brachten einem Mann mehr Probleme ein als vermutlich fünf offizielle Ehefrauen.

„Ihre Familie ist nicht standesgemäß, wir würden niemals vom Rat die Erlaubnis zur Hochzeit erhalten", sprach Paolo weiter. „Und wenn ich mich darüber hinwegsetze, verliere ich meinen Stand, meinen Status als Patrizier. Das würde der Familie schaden, und das lässt meine Pflicht ihr gegenüber nicht zu. Auch nicht meiner Pflicht der Republik gegenüber, die jetzt mehr denn je jedes aufrechten Mannes bedarf. Ich bin, was meine Liebe betrifft, ohnehin schon sehr weit gegangen", fügte er leiser hinzu.

„Ich würde das nicht tun", sagte Domenico ruhig. „Ich könnte es nicht ertragen, die Frau, die ich liebe, mit einem anderen verheiratet zu sehen. Mir vorzustellen, dass er das Recht hat, sie jede Nacht in den Armen zu halten, und zweifellos auch davon Gebrauch macht." Er warf wieder einen Blick hinüber, wo Laura stand, seine Frau, bei der er schon darauf achten würde, dass ihr niemand zu nahe kam.

„Meine Familie hat nicht den Einfluss der deinen, dass ich es mir leisten könnte, über die Traditionen hinwegzusehen", erwiderte Paolo.

Domenico winkte ungeduldig ab. „Meine Familie hat keinen großen Einfluss, das weißt du sehr wohl. Dazu sind wir nicht reich genug. Aber du irrst dich, wenn du annimmst, ich hätte mich über die Traditionen hinweggesetzt. Laura entstammt einer Patrizierfamilie. Ihre Vorfahren zählen nicht zu denjenigen, die in den letzten Kriegen ins Goldene Buch eingetragen wurden, nur weil sie in der Lage waren, sich die Erhebung in den Adelsstand einhunderttausend Dukaten kosten zu lassen. Die Familie ist alter venezianischer Adel, auch wenn es ihr Großvater und ihr Vater geschafft haben, das letzte von dem zu verprassen, was sie noch an Reichtum hatten. Und du täuschst dich ebenfalls", fügte er nach kurzem Zögern hinzu, „wenn du annimmst, ich hätte sie aus Zuneigung geheiratet. Es war Berechnung. Ich wollte keine dieser Frauen heiraten, die nur darauf warten, ihren Ehemann mit einem Geliebten zu hintergehen, und darüber hinaus noch Affären neben dem Geliebten haben. Ich wollte eine unverdorbene Frau, deshalb habe ich sie gewählt."

Und ich hätte keine bessere Wahl treffen können, dachte er voller Genugtuung, sie dabei beobachtend, wie sie ein kleines Tüchlein hervorzog und winkte. Stirnrunzelnd trat er näher ans Fenster und blickte hinunter. Dort kam eine hell beleuchtete Gondel vorbei, eine Gruppe junger Leute saß darin und winkte zurück. Domenico musterte sie misstrauisch, bis er eine seiner Cousinen erkannte, die heftig zurückwinkte und etwas hinaufrief.

„Du hast tatsächlich eine bezaubernde Frau", hörte er seinen Freund, der neben ihn getreten war, sagen. „Eine ganz besondere sogar, die nicht nur schön, sondern auch klug ist. Und doch spricht ganz Venedig schon davon, dass du ein sehr leidenschaftliches Verhältnis mit einer anderen hast – eine verheiratete Frau vermutlich, deren Ehemann wiederum *cicisbeo* bei der Gattin eines anderen spielt?"

„Und wie verheiratet! Aber ihr Ehemann hat nicht die geringste Absicht, bei einer anderen als ihr selbst den *cicisbeo* zu spielen. Er hat sich lange genug närrisch aufgeführt, und es wird Zeit, dass er Vernunft annimmt." Domenico riss sich nur mit Mühe von Lauras Anblick los und wandte sich seinem um einige Jahre jüngeren Freund zu, der ihn erstaunt betrachtete. „Willst du an meiner Stelle den alten Palazzo Morsini mieten? Er ist sehr günstig gelegen, nahe der Piazza San Marco, du hättest von dort nicht weit, wenn die Glocken den Großen Rat zur Versammlung rufen."

Paolo lächelte müde. „Der alte Palazzo Morsini gar? Nun, ich habe schon davon gehört, du weißt ja, wie schnell sich so etwas in Venedig herumspricht. Mein lieber Freund, du hast dir diese Geliebte einiges kosten lassen. Willst du dich jetzt von ihr trennen? Ist ihr Ehemann mit einem Mal eifersüchtig geworden, oder hast du entdeckt, dass deine eigene Frau ebenfalls sehr reizvoll und überaus liebenswert ist?"

Domenico grinste, halb verlegen, halb zufrieden. „Beides."

„Beides?" Paolo hob die Augenbrauen. „Sag nicht ...", sein trübsinniges Gesicht hellte sich bei dieser Vorstellung auf, „... sag nicht, du spielst *cicisbeo* bei deiner eigenen Frau!"

Domenicos Grinsen verstärkte sich. „Und wenn es so wäre?"

Paolo schlug ihm lachend auf die Schulter. „Dann habe ich also die Wahrheit erraten, als ich vor kurzem Petrarca zitierte: ‚Mit seiner Kraft siegt Amor über Menschen, Götter' – und sogar über Domenico Ferrante! Keine schlechte Wahl, mein Freund, wenn auch eine ungewöhnliche, da es sich um deine Ehefrau handelt!" Er klopfte seinem Freund auf den Rücken, dann seufzte er. „Wahrhaftig, wie sehr ich dich beneide, Domenico. Ich wollte, ich könnte dasselbe auch von meiner zukünftigen Gattin sagen. Diejenige, die die Familie jedoch für mich ausgewählt hat, besitzt keine der Tugenden wie deine Laura."

„Das mag wohl stimmen. Deshalb solltest du es dir noch einmal überlegen, ob du nicht die Liebe über deine Pflicht stellst. In Zeiten, wo man sich die Aufnahme ins Goldene Buch erkaufen kann, wird es wohl auch eine Lösung für Verliebte geben. Lass mich darüber nachdenken, vielleicht fällt mir etwas ein."

Domenico hatte sich wieder dem Fenster zugewandt, in der Hoffnung, schnell einen Blick auf Laura werfen zu können. Zu seiner Verwunderung hatte sich die Szenerie dort draußen jedoch grundlegend verändert. Eine mit bunten Lampions beleuchtete Gondel war vorgefahren. Darin saßen zwei Männer mit Mandolinen, einer stand daneben und ein weiterer – mit schwarzer Maske, Dreispitz und Mantel – warf Kusshände zu Lauras Fenster hinauf. Und sie stand – von Kerzen beleuchtet – hinter dem Fenster, lächelte dieses unwiderstehliche Lächeln und winkte zurück. Domenico erstarrte.

„Unverschämter Kerl", knurrte er zwischen den Zähnen. Er riss das Fenster auf, um alle vier zum Teufel zu schicken, aber da hatten die beiden Mandolinenspieler schon begonnen, ihr Liedchen zu zupfen, und der Sänger bemühte sich, den Lärm der anderen zu übertrumpfen.

„*Malignazo!*", fluchte Domenico, wandte sich um, rannte beinahe seinen sprachlosen Freund um, hinaus aus dem Palast und – da ihm der direkte Weg durch den Kanal versperrt war – eine Gasse entlang, durch eine Schar fröhlicher Masken hindurch, über eine Brücke, bis er zur Rückseite seines eigenen Hauses kam. Verdammter Kerl, dem würde er es schon austreiben, vor dem Fenster seiner Frau Ständchen zu bringen! Er hatte ihn nur zu gut erkannt! Es war Ottavio, sein nichtsnutziger Vetter!

Laura stand kichernd am Fenster und winkte zu Ottavio hinab, als plötzlich ihre Tür aufgestoßen wurde und Domenico hereinstürmte. Er zerrte sie vom Fenster weg, riss es auf und beugte sich hinaus. „Mach, dass du hier verschwindest!", brüllte er hinaus. „Scher dich zum Teufel! Und lass deine bezahlten Schergen vor anderen Fenstern grölen!"

Als der andere keine Anstalten machte das Weite zu suchen, und im Gegenteil noch alle vier höhnisch hinauflachten, musste Laura fassungslos mitansehen, wie ihr ehemals kühler, zurückhaltender Ehemann mit der Hand am Degen aus dem Zimmer stürzte. Sie zog sich das warme Schultertuch enger und lehnte sich aus dem Fenster, um zu sehen, was darunter vor sich ging. Alles, was sie jedoch noch erkennen konnte, war die Bugwelle der Gondel, die schon unter der nächsten Brücke verschwunden war. Die Sänger hatten nicht mehr darauf gewartet, dass Domenico sie erreichte, sondern gemacht, dass sie das Weite suchten.

Dafür sah sie ihren Gatten. Er hielt sich an einer der Säulen, die das kleine Dach über dem Eingang stützten, fest, lehnte sich weit hinaus und sandte den Insassen der Gondel eine Flut von venezianischen Kraftausdrücken nach, die sie bei ihm niemals vermutet hätte. Sie konnte nur hoffen, dass niemand auf die Idee kam, Anzeige gegen ihn zu erstatten. Öffentliches Fluchen galt zwar nicht mehr als kapitales Verbrechen wie noch vor einhundert Jahren, es gab jedoch trotzdem immer noch genug Spione, die sich auf den Straßen herumtrieben und über das Tun und Lassen der Leute Berichte an den Rat der Zehn oder direkt an die drei Inquisitoren ablieferten.

Als Domenico wieder zu Laura zurückkam, war sein Gesicht finster. Er holte tief Luft. „Du wirst nicht mehr ans Fenster gehen, hast du mich verstanden?!" Dieser Befehl war lächerlich, das wusste er selbst. Ebenso lächerlich wie seine Eifersucht, aber so etwas kam eben heraus, wenn ein Mann dumm genug war, sich in seine Frau zu verlieben! Er verlor langsam und sicher seinen Verstand und sein Selbstbewusstsein und machte sich zum Narren. Es war zum Verzweifeln!

Lauras Gesicht drückte blanke Verblüffung aus.

„Und wenn wir schon dabei sind: Ich weiß, dass es in dieser Zeit üblich ist, seinem Ehemann nicht den nötigen Respekt zu zollen, und es als elegant gilt, sich hinter seinem Rücken über ihn lustig zu machen – aber du solltest mich besser ernst nehmen, Laura!"

„Aber, das tu ich doch!", erwiderte sie entrüstet. *Trotzdem*, fügte sie in Gedanken hinzu, sah schnell weg und verbiss sich nur mit Mühe ein Kichern bei der Erinnerung daran, wie Domenico dort unten an der Säule hängend der Gondel Flüche nachgeschickt hatte.

Er musterte sie misstrauisch, wie sie da stand, mit gesenktem Kopf, einem verräterischen Zucken um die Mundwinkel. Dann trat sie einige Schritte zum Fenster und sah hinaus. Etwas schräg auf der anderen Seite des Kanals lag der Palazzo von Paolo. Was hatte ihr Blick hinüber zu Paolos Haus zu bedeuten? Ob sie auf irgendeine Weise herausgefunden hatte, dass er dort gewohnt hatte, als er vorgab, die Stadt zu verlassen? Zuzutrauen war es ihr. Schließlich hatte sie sich als weitaus gewitzter und klüger erwiesen, als er noch vor einem Jahr vermutet hätte. Lachte sie ihn jetzt etwa aus?

„Sieh mich an!"

Sie wandte den Kopf. Ein bezauberndes Lächeln erschien, und Domenicos Augen saugten sich an diesem lächelnden Mund fest. Erinnerungen an heiße Küsse, an den Moment, wo diese Lippen ihn umschlossen hatten, überwältigten ihn, und seine Eifersucht und sein Zorn lösten sich in nichts auf. Er hörte leichte Schritte hinter sich und das Rascheln von Seidenröcken. Sofia erschien in der Tür. Sie warf einen neugierigen Blick auf Laura, dann wandte sie sich Domenico zu.

„Was war denn nur, Domenico? Warst du das etwa, der sich so erregt hat?"

Domenico würdigte sie keiner Antwort, bemerkte aber sehr wohl den Blick voller Widerwillen, den Laura ihr zuwarf. Laura, die immer zu allen Leuten so liebenswürdig war, musste einen besonderen Grund haben, ihren Gast nicht zu mögen. Ob sie wohl ahnte, wer diese junge Frau tatsächlich war? Er spürte, wie sich seine Kehle zuschnürte. Er trat auf Laura zu und nahm ihre Hand, damit sie ihn ansah und er in ihren Augen lesen konnte. Der dunkle Ausdruck darin verschwand zu seiner Erleichterung, als sie sich ihm zuwandte.

„Marina holt mich in einer Stunde ab, um mich zum Ball zu begleiten", sagte sie. „Willst du nicht mitkommen, Domenico? Ich weiß, du machst dir nicht viel daraus, aber ich würde mich freuen."

Er hatte zwar ursprünglich nicht auf den Ball gehen wollen, da ihm solche Festivitäten zuwider waren, aber nun war der Gedanke, mit ihr zu tanzen, vielleicht hinter ihr an einem der Spieltische zu stehen, von den anderen unbemerkt über ihre Schultern und ihre Arme zu streifen, sich heimlich an sie anzulehnen und sie dabei zu beobachten, wie sie ganz im Spiel und der Aufregung aufging, verführerisch. Außerdem schien sie es tatsächlich zu wollen, und das war schon Grund genug für ihn, es zu tun. Er fühlte den unwiderstehlichen Drang in sich, ihr jeden Wunsch von den Augen abzulesen, sie auf Händen zu tragen, alles zu tun, um sie glücklich zu machen.

Er musste zweimal tief durchatmen und sich räuspern, bevor er antworten konnte. „Ich gehe gerne mit, Laura, wenn es dir Freude macht. Aber wenn Marina dich abholt, dann werde ich dich dort auf dem Ball erwarten, da ich zuvor noch etwas Wichtiges zu erledigen habe. Ich verspreche dir, ich werde keinen Moment später dort eintreffen als du." Er griff nach ihrer Hand, hauchte einen Kuss darauf und versank für Sekunden in ihren Augen, bevor er sich energisch von ihr löste, um sie für die nächsten Stunden zu verlassen. Je eher er seine alten Angelegenheiten regelte, desto besser.

„Wir sehen uns gewiss ebenfalls auf dem Ball." Er machte eine höfliche Verbeugung Richtung Sofia, aber die trippelte zu seinem Ärger neben ihm her und die Treppe hinunter.

„Laura scheint eine sehr lebenslustige Frau zu sein, nicht wahr? Und sie muss überglücklich sein, gleich von mehreren Männern so hofiert zu werden wie von ihrem eigenen Gatten. Aber sie ist auch ein wenig zu eifersüchtig für eine Dame, die sich zu benehmen weiß. Es schien ihr gar nicht recht gewesen zu sein, dass Ottavio heute Abend mein Begleiter sein soll." Sie beendete ihren Satz mit einem kleinen, amüsierten Lachen, aber Domenico hielt mitten im Schritt inne, packte sie am Arm und zerrte sie einige Stufen hinauf bis in sein Arbeitszimmer. Er schloss die Tür, wandte sich ihr zu und fragte in scharfem Ton: „Wie darf ich das verstehen?"

Sofia lächelte unschuldig. „Ach, ganz harmlos, mein Lieber. Aber es ist doch so, dass wir Frauen so unsere kleinen Geheimnisse haben. Und ich bin dennoch erstaunt, wie schnell sie sich der eleganten Art des Lebens angepasst hat. Wie sie selbst mir erzählt hat, lebte sie bis vor eurer Heirat ja noch in einem Kloster."

„Mir gefällt die Art nicht, wie du über meine Frau sprichst, Sofia. Lauras Lebenswandel und ihr Benehmen sind über jeden Zweifel erhaben. Und wenn diese Ansicht für mich gilt, dann auch für alle anderen." Er musterte sie eingehend. „Habe ich mich klar genug ausgedrückt?"

Sofia fächelte sich mit ihrem kleinen Tüchlein Luft zu. „Gewiss, Domenico. Aber ich verstehe nicht deinen Ärger, ich habe doch nichts gegen Laura und Ottavio gesagt und ..."

„Du hast meine Meinung dazu gehört. Richte dich bitte danach. Und abgesehen davon erwarte ich ernsthaft, dass du deine Sachen packst und abreist oder zu Marina ziehst. Ich werde heute Abend auf dem Ball mit ihr darüber sprechen. Ich weiß wirklich nicht, was dir dabei eingefallen ist, hierher zu kommen und sogar hier zu wohnen!" Die Erwähnung von Ottavio und der Hinweis darauf, dass es zartere Bande zwischen seinem Vetter und Laura geben könnte, ließ heftigen Zorn in ihm aufwallen, deshalb fuhr er sie schärfer an, als er es sonst getan hätte. Sie traf damit jenen wunden Punkt, der ihm schon die ganze Zeit zu schaffen machte und seine Eifersucht nicht einschlafen ließ.

„Das wäre ich auch nicht, wenn ich auch nur geahnt hätte, mit welcher Lieblosigkeit du mich begrüßt! Mich, die fast zwei Monate lang deine Geliebte war ..."

„Ich habe dir einen Brief geschrieben und alles erklärt."

„Ich habe keinen Brief bekommen!"

Er fasste sie an ihren Schultern und sah sie eindringlich an. „Es tut mir leid, Sofia. Aber ich habe schon am ersten Tag versucht, dir alles klarzumachen. Es war immer nur ein Verhältnis – eine Affäre – zwischen uns, und es konnte nie mehr werden. Das hast du gewusst, als du mich in Paris aufgesucht hast. Schließlich war ich damals schon verheiratet. Du kanntest sogar meine Frau und warst bei der Hochzeit." Er lächelte reumütig. „Es war mein Fehler, ich hätte deinen Reizen nicht nachgeben dürfen. Aber bitte, tu uns beiden einen Gefallen und verlasse das Haus."

Sofia machte sich los, trat einen Schritt zurück und betrachtete ihn lauernd. „Meinst du, ich würde dir nicht ansehen, was los ist? Du hast eine Schwäche für dieses Klostermädchen entwickelt. Wenn es nicht so traurig wäre, würde ich darüber lachen."

„Ich kann absolut nichts Lustiges dabei finden, wenn ein Ehemann seine Frau schätzt", erwiderte Domenico scharf.

Sie warf mit einem spöttischen Lachen den Kopf zurück. „Hast du keine Angst, ich könnte Laura etwas sagen? Was glaubst du wohl, wie dieses dumme Ding reagieren würde? Ob es dich dann immer noch so anhimmeln würde? Dich verliebt anstarren, wenn du nicht hersiehst? Oder würde sie dir in Zukunft ihre Tür versperren?"

Genau diese Angst hatte Domenico tatsächlich. Er atmete tief ein und versuchte ruhig zu bleiben. „Es bleibt dabei, Sofia. Du wirst das Haus verlassen. Ich werde den Diener anweisen, dich zurück zu Marina zu bringen. Immerhin bist du Carlos Verwandte und nicht unsere. Und ich würde dir nicht raten, Laura auch nur zu beunruhigen. Glaube mir, du würdest es bereuen."

Domenico wandte sich ab und ließ sie einfach stehen. Er war zornig auf Sofia, musste aber auch über etwas nachdenken, was er soeben gehört hatte.

Was hatte sie gesagt? Laura würde ihn verliebt anstarren, wenn er nicht hinsah? Ein Lächeln erschien auf seinen Lippen. Es wurde Zeit, sein Leben und seine Ehe in Ordnung zu bringen. Und damit musste er bei seiner ehemaligen Geliebten anfangen, die ihm täglich Briefe sandte und offenbar dachte, sie könnte die Vergangenheit wieder lebendig werden lassen. Und er musste mit aller Entschlossenheit dafür sorgen, dass Sofia abreiste.

Unfassbar, in welchen Schwierigkeiten er mit einem Mal steckte. Er, der seine Mätressen und sein Leben immer so mühelos in der Hand gehabt hatte. *Das kommt eben davon,* dachte er gereizt, *wenn man sich in seine eigene Frau verliebt.*

Missverständnisse und Intrigen

Marina hatte Laura nicht nur abgeholt, um mit ihr gemeinsam zum Ball zu gehen, sondern brachte sie danach auch heim. Laura hatte gehofft, mit Domenico fahren zu können, aber diesen Gedanken hatte Marina ihr schnell vertrieben. Nichts war uneleganter und lächerlicher, als mit seinem Ehemann bei einem Ball aufzutauchen und ihn wieder mit ihm zu verlassen! Das war ja fast so, als wäre eine Frau zu hässlich oder zu dumm, um einen Verehrer zu finden! Laura hatte gedacht, dass es weitaus weniger Ehre einbrachte von einem bezahlten Patrizio Pompes zum Ball geleitet zu werden als von einem gutaussehenden Ehemann wie Domenico, hatte sich jedoch dreingefunden. Und nun saß Pompes mit Marinas Begleiter in einer anderen Gondel, da Marina einiges mit ihrer Schwägerin zu bereden hatte.

Die Gondeln glitten an teilweise prächtigen, beleuchteten Patrizierhäuser vorbei, die neben halb verfallenen Häusern standen, deren bunte Bemalung schon abblätterte und deren Fensterscheiben zerschlagen waren. Laura mochte das nächtliche Venedig, wenn überall an den Haustoren die Fackeln und Laternen brannten, und die Gondeln beleuchtet waren. Dunkle Gassen, die selbst am Tag düster waren, deren Häuser so eng beieinander standen, dass man sie mit ausgestreckten Armen oder sogar nur angewinkelten Armen berühren konnte, und wo eine Dame ihren Reifrock seitlich hochheben musste, um überhaupt durchgehen zu können. Um mehr Platz für Wohnraum zu schaffen, hatten viele Hausbesitzer sogenannte ‚Hundsbärte', hinausbauen lassen – Holzkonsolen, die die Obergeschosse trugen, jedoch nur noch zur Dunkelheit in den Straßen beitrugen. Domenico hatte ihr erzählt, dass die strengen Gesetze bald erwirkt hatten, dass in der Hauptgeschäftsstraße die Dachvorsprünge abgetragen werden mussten, damit mehr Licht in die düstere Straße gelangen konnte. Und irgendwann war jemand auf die Idee gekommen, Hausvorsprünge nur gegen Bezahlung zu erlauben. Die prunksüchtigen Venezianer hatten dann, weil sie ihre Häuser nicht mehr mit hervorspringenden Verzierungen schmücken durften, auf flache Reliefs und Malereien zurückgegriffen, die Laura nun im Schein der Laternen und Fackeln betrachtete, als die Gondel langsam daran vorbeizog. Sie hörte Marinas Geplauder nur mit halbem Ohr zu und betrachtete die Leute auf den Brücken, die aneinander vorübereilten, sich drängten, ohne sich jedoch anzustoßen. Maskierte Adelige, lustige Masken aus dem Volk, einfache Menschen, die sich nicht weniger vergnügten. Venedig war so vielseitig, so wunderschön. Und wie viel mehr hätte sie es an der Seite ihres Kavaliers genossen ...

Marina, die die ganze Zeit über – zum Teil recht spitze und boshafte – Bemerkungen über die Gäste am Ball gemacht hatte, schüttelte plötzlich lächelnd den Kopf. „Manches Mal kann ich mich nur über Domenico wundern! Was für eine Idee, dich am Eingang des Palazzos zu erwarten – ohne Maske – dass jeder sehen konnte, wie dein eigener Mann dich hineinführt. Und wie er sich dann aufgeführt hat! Fast könnte man meinen, er wäre eifersüchtig gewesen auf jeden anderen Mann, der dir zu nahe kam."

Laura lächelte nur zurück und blickte dann schnell durch das Fenster des *felze*, damit ihre Schwägerin nicht zuviel von ihrem Glück in ihren Augen sah. Die unverkennbare Nicoletta war ebenfalls auf dem Ball anwesend gewesen, und zuerst hatte Laura mit Sorge gesehen, dass sie Domenico bedeutsam zugelächelt hatte. Domenico hatte genickt, die schöne Frau dann jedoch nicht weiter beachtet, sondern war fast den ganzen Abend über neben Laura geblieben. Es war wunderbar, seine neue und verführerische Fürsorge zu genießen, bis sich die Ängste wieder auflösten, und sie wieder fest daran glaubte, dass er ihr endlich jene Zuneigung entgegenbrachte, nach der sie sich so sehnte. Sprach nicht sein ganzes Verhalten dafür? Seine Eifersucht?

Jetzt noch kitzelte das Lachen in ihrer Kehle, wenn sie daran dachte, wie wütend er geworden war, und wie schnell Ottavio das Weite gesucht hatte. Was immer Sofia an Bosheiten über sie ausschütten mochte, was Domenicos Geliebte betraf, so war nun klar, dass sein Verhalten nicht alleine dem eines Mannes entsprang, der sein Eigentum schützte, sondern einem, der eifersüchtig war! Und es war nicht das erste Mal gewesen. Konnte ein Mann, der sich so benahm, denn tatsächlich daneben noch eine Geliebte haben? Hatte Sofia dies nur gesagt, um sie zu kränken? Je länger sie darüber nachdachte, desto wahrscheinlicher schien ihr eher eine Gehässigkeit seitens Sofias, denn eine Untreue seitens ihres Gatten.

Und sein so offen zur Schau getragenes ständiges Bemühen, ihr eine Freude zu machen? Sie wandte den Kopf, als sie den Blick ihrer Schwägerin auf sich fühlte.

Marina betrachtete sie neugierig. „Du hast keine Angst vor ihm, nicht wahr?"

„Vor meinem Ehemann? Weshalb sollte ich?" Laura schüttelte ungläubig den Kopf. Angst vor Domenico? Nicht einmal während eines seiner unerwarteten Temperamentsausbrüche wäre ihr das in den Sinn gekommen.

„Nun, jeder hat ein wenig Angst vor ihm. Nicht gerade Angst, aber Respekt vor seiner ironischen Art und seinen spöttischen Worten."

„Das habe ich bei dir aber niemals bemerkt."

„Natürlich nicht." Marina hob indigniert die Augenbrauen. „Ich würde es ihm auch niemals zeigen!"

„Und ich könnte keine Angst vor dem Mann haben, mit dem ich verheiratet bin", erwiderte Laura amüsiert.

„Auch nicht vor seinen überraschenden Temperamentsausbrüchen?"

Laura sah sie mit hochgezogenen Augenbrauen an.

„Gewisse Szenen in deinem Ankleideraum ...?", half Marina nach.

Laura wurde rot bei dem Gedanken, jemand könnte über Domenicos Benehmen klatschen. „Hat dir das deine Mutter erzählt?"

„Aber nein. Das würde sie niemals. Dafür liebt sie Domenico viel zu sehr. Und er kommt da wirklich nicht gerade vorteilhaft weg. Nein", Marina blinzelte ihr zu, „meine Zofe ist die Schwester der Zofe meiner Mutter. Was bedeutet, dass ich immer mit gutem Klatsch versorgt werde. Zum Beispiel auch mit so skandalösen Szenen, wie sie angeblich gleich nach Domenicos Ankunft in deinem Ankleideraum stattgefunden haben sollen."

„Ihm gefiel meine Garderobe nicht! Ich musste fast alles ändern oder neu machen lassen. Aber", sie blinzelte fröhlich zurück, „ich habe einige neue Kleider bekommen. Und weitaus teurer, als ich selbst sie jemals gekauft hätte."

Ihre Schwägerin betrachtete sie ein wenig neidvoll. „Dieses hier?"

„Ja." Sie trug eines ihrer kostbaren neuen Kleider mit den ovalen *paniers*, jenen aus Frankreich stammenden Drahtgestellen die um die Taille gebunden wurden und links und rechts die Hüften der Frauen verbreiterten. Der Unterrock war aus demselben Stoff wie das Überkleid, jedoch von einem etwas dunkleren Creme und reich mit mehreren Volants verziert. Sie trug keinen anderen Schmuck als eine Brillantspange im Haar, die Domenico ihr zu ihrer Freude und Überraschung noch kurz vor dem Ball in ihr Ankleidezimmer gebracht und selbst angelegt hatte. Die eng anliegenden Ärmel endeten am Ellbogen in weiten, mehrreihigen Manschetten aus fast unbezahlbaren niederländischen Spitzen. Sie wurde sich bewusst, dass ihre Schwägerin sie musterte, und hob fragend die Augenbrauen.

„Du hast dich verändert, Laura", sagte Marina daraufhin. „Ich würde in dir kaum mehr das verschreckte junge Mädchen erkennen, als das du damals nach Venedig gekommen bist."

Laura antwortete nur mit einem leichten Lächeln. Sie war damals tatsächlich verschreckt gewesen, aber vor allem durch die Erkenntnis, wie das Leben dieser Gesellschaft tatsächlich aussah, und wie sehr es sich von ihren romantischen Vorstellungen, die sie im Kloster gehegt und gepflegt hatte, unterschied.

„Und dann hast du dich noch einmal verändert", fuhr ihre Schwägerin fort, während ihr forschender Blick neugierig an ihren Augen hängen blieb, „nämlich seit einigen Wochen. Seit dem Ball bei den Pisani. Davor warst du ein verspieltes Kind, das die Kunst der Verführung lernen wollte und das versucht hat, sich in dieser Welt zurechtzufinden und darin seinen Platz einzunehmen. Aber jetzt bist du eine Frau geworden, voll erblüht, schön, strahlend. Du leuchtest förmlich von innen heraus." Sie legte liebevoll ihre Hand auf den Arm ihrer Schwägerin. „Und ich möchte schwören, daran ist nicht Domenico schuld, sondern dieser geheimnisvolle Verehrer." Sie lächelte. „Es ist eine hervorragende Idee gewesen, dass du dir endlich einen Liebhaber genommen hast. Wie man sieht, hat ein wenig Konkurrenz Domenicos Interesse an dir geweckt."

„Ein Liebhaber?!" Laura riss die Augen auf. „Wie kommst du denn darauf?!"

Marina lachte leise. „In einer Stadt wie Venedig lässt sich eine Liebschaft nur eine gewisse Zeit lang verbergen. Und deine hat man schon geargwöhnt, als du damals bei dem Ball mit Ottavio in einen kleinen Salon verschwunden bist, nachdem er dir wochen- und monatelang so heftig den Hof gemacht hat. Und dann hat man dich in einem gewissen Theater gesehen, mit einem maskierten ‚Unbekannten', der – wie man mir sagte – von der Gestalt her große Ähnlichkeit mit Ottavio gehabt hätte ..." Sie schüttelte den Kopf, als Laura heftig auffahren wollte. „Nein, mein Kind, das soll keine Kritik an dir sein. Ganz im Gegenteil, ich hatte es dir schon lange gewünscht – nach der Art und Weise wie Domenico damals einfach abgereist ist. Obwohl", fügte sie mit einem nachdenklichen Stirnrunzeln hinzu, „es manches Mal ganz angenehm ist, wenn der Ehemann sich nicht in der Nähe befindet."

„Aber du denkst doch nicht wirklich, ich hätte etwas mit Ottavio!", rief Laura entsetzt aus.

„Nicht so laut!", Marina legte ihr warnend den Finger über den Mund. „Hier hat sogar das Wasser Ohren."

„Aber das ist doch alles ganz anders ..." Laura unterbrach sich, weil sie plötzlich anhielten. Vor ihnen hatte eine Gondel am Ufer angelegt. Ein Mann sprang leichtfüßig an Land und ging dann mit energischen Schritten auf einen Palazzo auf der anderen Seite des kleinen Platzes zu, wobei er die Scharen der Masken und Schaulustigen, die sich besonders am Abend auf Straßen und Plätzen drängten, zur Seite schob.

Sie fasste unwillkürlich nach Marinas Hand. „Ist ... ist das nicht Domenico? Dort drüben, der große Schlanke!" Dieser energische Schritt gehörte eindeutig Domenico. Trotz der Dunkelheit hätte sie unter Tausenden seine Haltung und sein Auftreten erkannt.

Ihre Schwägerin hatte plötzlich schmale Augen. „Das kann ich nicht sagen, meine Liebe. Der Mann trägt ja eine Maske."

„Aber ich kenne doch seinen Schritt", rief Laura. „Das ist er ganz gewiss! Es ist ja auch unsere Gondel!" Zwar waren alle Gondeln – gemäß einem vor einigen Jahren erlassenem Gesetz gegen zu viel Luxus – schwarz, aber sie erkannte Domenicos Diener Enrico in der Livree der Ferrantes.

„Wessen Palazzo ist das?"

„Der dort drüben? Ich habe nicht die geringste Ahnung." Marina beugte sich vor und winkte ihrem Gondoliere. „Mach weiter! Sollen wir hier übernachten? Wir wollen nach Hause!"

Laura starrte immer noch über den Platz. Der Mann klopfte mit dem schweren bronzenen Türklopfer an, jemand öffnete, und der Maskierte verschwand. Als ihre Gondel sich an der anderen vorbeischob, beugte Laura sich hinaus. „Enrico!" Der Gondoliere ihres Mannes, der sich offenbar auf eine längere Wartezeit einrichtete und am Ufer anlegen wollte, wandte sich um. Als er Laura erkannte, verbeugte er sich mit einem unsicheren Lächeln. *„Sì, patrona?"*

Marina erahnte ihre Absicht und ergriff ihre Hand. „Nicht, Laura. Frag nicht." Sie winkte Domenicos Gondoliere fort und zog den Vorhang vor.

Laura lehnte sich zurück. Plötzlich sah sie wieder die Szene auf dem Ball, als Domenico Nicoletta zugenickt hatte. Sie mussten sich verabredet haben, ohne dass Laura etwas geahnt hatte. „Es ist der Palazzo von Nicoletta Martinelli, nicht wahr?"

Marina beeilte sich, ihre Schwägerin abzulenken. „Nein, nein, ganz gewiss nicht. Jetzt erinnere ich mich sogar ... ja! Natürlich, wie dumm von mir! Es ist einer der Senatoren, der dort wohnt ... ein alter Freund unseres Vaters ..."

Laura hörte nicht mehr zu. Angst und Eifersucht erfüllten ihr Herz und schnürten ihr die Kehle zu. „Nicoletta Martinelli", wiederholte sie leise. „Einem Mann sollte seine Frau genug sein", fügte sie tonlos hinzu. Sie hielt nur mit Mühe die Tränen zurück. Eine oder mehrere Mätressen, hatte Sofia gesagt. Nun, zumindest was die eine betraf, hatte sie offenbar doch die Wahrheit gesagt.

Und sie dumme Gans hatte für wenige Stunden gedacht, er würde sich ihr zuwenden. Dabei war es nur ein Spiel gewesen. Eine Strategie, die Ehefrau zu besänftigen, ihr Misstrauen einzuschläfern, um dann danach sofort die Geliebte zu besuchen.

Welch eine Gans sie doch gewesen war, als sie gedacht hatte, sie könnte wirklich jemals die ungeteilte Zuneigung ihres Gatten erringen. Welch eine törichte Träumerin, die geglaubt hatte, etwas zu erreichen, das in dieser Gesellschaft so unwahrscheinlich war wie Schnee in der Hölle.

Domenico war viel zu sehr mit der vor ihm liegenden unangenehmen Aufgabe beschäftigt, um zu bemerken, was in seinem Rücken vorging. Andernfalls wäre er wohl sofort zu Laura geeilt, hätte sie in seine eigene Gondel verfrachtet, heimgebracht, verführt und das Gespräch mit Nicoletta noch einige Stunden hinausgeschoben. Schon die ganze Zeit über auf dem Ball hatte er es kaum erwarten können, Laura in seinen Armen zu halten, während er damit beschäftigt gewesen war, sie zu hofieren und dabei unerwünschte Verehrer – von denen es eine erschreckend hohe Anzahl gab – von ihr fernzuhalten. Bis er sich ihrer nicht völlig sicher war, hatte er wohl keine ruhige Minute mehr. Und dann nagte ja auch immer noch die Angst an ihm, sie könnte tatsächlich nicht ahnen, wer ihr Kavalier tatsächlich war, sondern glauben, dass sie ihren Ehemann betrog.

Drinnen im Palazzo erhob sich Nicoletta anmutig, als Domenico ihr Empfangszimmer betrat. Sie hatte ihn schon kommen sehen und ihn tatsächlich schon die längste Zeit erwartet. Nämlich seit er wieder von Paris zurückgekehrt war. Eine Erwartung, die er allerdings nicht erfüllt hatte. Er hatte sie im Gegenteil einfach übersehen. Und alles nur wegen dieser Lappalie! Wegen dieser kleinen, unwichtigen Affäre, die sie damals neben ihm gehabt hatte!

Sie bemühte sich jedoch, ihm nicht ihren Unmut darüber, dass er sich so lange Zeit gelassen hatte sie aufzusuchen, anmerken zu lassen, und reichte ihm nur mit jenem Lächeln die Hand zum Kuss, von dem ein ausländischer Gast einmal gesagt hatte, es würde einen Eisberg in den Vesuv verwandeln.

Domenico nahm dieses Lächeln wesentlich gelassener auf. Er hatte nicht die Absicht, sich lange hier aufzuhalten, sondern kam nach einigen höflichen Worten, mit denen er sich nach der Gesundheit seiner ehemaligen Mätresse erkundigte, sofort auf den Grund zu sprechen, der ihn hergeführt hatte. „Du hast mir den Brief geschrieben, der mich nach Venedig zurückholen sollte?"

Nicoletta kannte die direkte und oft ein wenig barsche Art ihres ehemaligen Geliebten nur zu gut, zuckte aber trotzdem zusammen. „Ein Brief ...? Welcher Brief denn?"

„Der Brief eines ‚wohlmeinenden Freundes', der mich wissen lassen wollte, dass meine Frau sich gut in Venedig amüsiert", erwiderte er ruhig. Er wanderte, während er darauf wartete, dass Nicoletta sich eine zufriedenstellende Antwort einfallen ließ, im Zimmer umher und besah sich eine chinesische Vase, die er noch nicht kannte, eine florentinische Statue und ein Monstrum von einer Konsole, deren geschnitztes Bein aus einer sich empor windenden allegorischen Figur bestand, die von zahllosen vergoldeten Putten umflattert wurde. Er wandte sich kopfschüttelnd ab und ließ seine Blicke über all die zahlreichen Geschenke wandern, die Nicoletta von ihren verschiedensten Verehrern zum Zeichen ihrer Bewunderung und noch viel mehr aus Dankbarkeit für geleistetes Entgegenkommen erhalten hatte. Einige kannte er, aber vieles davon war neu. Nicoletta schien ihre Trennung genutzt zu haben.

„Durfte ich denn nicht jedes Mittel wählen, um dich wieder zu sehen?", fragte Nicoletta plötzlich. „Und dich abermals für mich gewinnen?"

Mit Erstaunen bemerkte er, dass sie offenbar darauf verzichtete, Ausreden zu gebrauchen. Er wandte sich nach ihr um und sah sie mit hochgezogenen Augenbrauen fragend an.

Nicoletta ging langsam auf ihn zu, stets darauf bedacht, ihre Schritte anmutig zu setzen und jene königliche Haltung einzunehmen, die ihm früher so anziehend erschienen war. Laura bewegte sich anders, natürlicher und jede Bewegung strahlte Leichtigkeit aus, Lebensfreude, Temperament. Auch wenn ihm dies früher nicht aufgefallen war.

„Kannst du dir nicht vorstellen, Domenico, dass ich unseren Bruch zutiefst bereue? Den einen Moment der Schwäche, der mich deine Zuneigung und mein Glück gekostet hat?"

Domenico musterte sie interessiert. Nicoletta war damals zweifellos in ihn verliebt gewesen, aber nicht genug, um ihn nicht ohne zu zögern mit einem anderen Adeligen zu betrügen, von dem sie sich kostbare Geschenke erwartet hatte. Einer jener wirklich reichen Patrizier, in deren Händen sich durch Heirat und Erbschaft die Vermögen mehrerer Familien vereinigten. Er selbst hatte sie zwar gut gehalten, ihr ein luxuriöses, sicheres Leben geboten, lebte aber im Gegensatz zu anderen Adeligen eher bescheiden und sparsam und war nicht bereit gewesen, auf ihre verstiegenen Wünsche einzugehen.

Nun hatte dieser andere sie wohl enttäuscht, sie vielleicht sogar sitzen lassen, und sie war wieder auf ihn verfallen. Aber nicht einmal, wenn da nicht Laura gewesen wäre – sein wunderbares Eheweib – konnte er in Versuchung geraten, darüber hinwegzusehen, dass er damals diesen anderen Liebhaber bei ihr erwischt hatte. So jedoch bereitete es ihm mehr Freude und Genuss, seine Frau in schönen Kleidern zu sehen, ihr Lächeln, ihr ungekünsteltes Lachen zu hören und festzustellen, dass sie im Gegensatz zu Nicoletta die Bücher, die bei ihr im Zimmer lagen, auch tatsächlich las.

Die schöne Frau wurde unter seinem Blick nervös. „Was ist denn? Warum sagst du denn nichts? Bedeutet dir unsere Vergangenheit nichts mehr?"

„Du sagst es", erwiderte er ruhig, „Vergangenheit. Aber keine Zukunft mehr, Nicoletta. Es tut mir leid, wenn du dir das erwartet hast."

Sie griff nach einem Fächer, um ihre Hände zu beschäftigen, und fächelte sich hastig Luft zu. „Du hast also eine andere. Ich habe es nicht glauben wollen, aber nun habe ich wohl den Beweis. Eine verheiratete Frau, nicht wahr?"

Domenicos Blick wurde kühl. „Wie kommst du darauf?" Paolo war wohl tatsächlich nicht der einzige, der seine amourösen Abenteuer mit seiner Frau beobachtet hatte.

Sie lachte nervös auf. „Wir leben hier in Venedig, mein Bester. Jeder weiß alles über jeden, da kann es nicht lange dauern, bis die halbe Stadt davon spricht, dass der Patrizier Domenico Ferrante einen leer stehenden Palazzo gemietet hat und sich dort mit seiner Geliebten trifft."

„So."

„Sie muss wirklich außergewöhnlich sein", fuhr Nicoletta mit einer gewissen Schärfe in der Stimme fort, „dass du so bedacht darauf bist, diese Affäre geheim zu halten."

„War das der Grund, weshalb du mir abermals einen Brief geschickt hast? Um mehr darüber herauszufinden? Außerdem ist es keine Affäre", gab Domenico ruhig zurück. „Aber selbst wenn, ginge es dich nichts an. Ich bin lediglich gekommen, um dich darum zu bitten, in Zukunft Abstand davon zu nehmen mir Briefe zu schicken, die meine Frau beschuldigen, untreu zu sein – und die in die falschen Hände fallen könnten." So wie an diesem Morgen, als ihm Sofia mit einem süffisanten Lächeln Nicolettas stark duftenden Brief überreicht hatte.

Nicoletta brauchte einige Sekunden, um sich zu fassen, dann lachte sie spöttisch. „Ach! Ich verstehe! Ihr beide habt also das übliche Abkommen getroffen, habt beide eure Verhältnisse und mischt euch nicht in das Liebesleben des anderen ein."

„Meine Gattin ist nicht wie du", erwiderte er mit leichter Ironie in der Stimme. „Sie tut nichts, was mir missfallen könnte und gibt mir keinen Grund zur Eifersucht." Nun, das stimmte nicht ganz. Laura hatte sich sehr wohl mit einem ihr Fremden getroffen, und er selbst war eifersüchtig. Aber das würde die schöne Nicoletta niemals erfahren. Ein „gehörnter" und eifersüchtiger Ehemann war schon lächerlich, aber einer, der sich selbst hörnte und dann auch noch auf sich selbst eifersüchtig war, war wohl die personifizierte Lächerlichkeit. Und der dann nicht mit dem Spiel aufhören konnte, weil er sich einerseits in seine eigene Frau verliebt und andererseits Angst hatte, ihr die Wahrheit zu sagen.

Aber das würde sich alles mit der heutigen Nacht ändern.

„Du hast mir immer noch nicht verziehen", sagte Nicoletta mit einem unglücklichen Lächeln, ihre Strategie ändernd. „Du kannst meine Dummheit nicht vergeben. Dabei war es doch wirklich nur ein Augenblick der Schwäche ..."

Domenico ergriff ihre Hand und zog sie an seine Lippen. „Brauchst du Geld, meine Schönste?" *Meine Schönste*. Zum ersten Mal wurde ihm bewusst, dass er alle seine Mätressen mit diesem gedankenlosen Namen bedacht hatte. Auch Laura. Aber nur anfangs. Bis die Liebe zu ihr ihn gepackt hatte und sie von einer ungeliebten Ehefrau zu einer wahrhaftigen ‚Geliebten' geworden war. Ein bedeutsamer Unterschied, der ihm zur Zeit großes Wohlbehagen einflößte.

Nicoletta zuckte zurück, starrte ihn zornig an, dann wurde ihr Blick dunkler. „Ja, es stimmt, ich brauche Geld. Aber das war nicht der Grund, weshalb ich diesen Brief geschrieben habe. Sondern weil ich hoffte, er würde dich nach Venedig zurückbringen. Ich liebe dich immer noch, Domenico, und ich kann dich nicht vergessen."

„Lass uns wie vernünftige Menschen miteinander reden, Nicoletta, wie alte Freunde. Wie viel Geld brauchst du?"

Nicoletta zögerte. „Achttausend Dukaten."

Jetzt war Domenico nicht mehr überrascht, dass sie so heftig versucht hatte, seine Aufmerksamkeit zu gewinnen. Dieser Betrag entsprach immerhin fast dem Jahreseinkommen des venezianischen Gesandten in Paris. Er war zwar sicher, dass sie die Summe vorsichtshalber erhöht hatte, aber er hatte keine Lust mit ihr zu handeln, und er konnte es sich leisten, sie mit diesem Betrag endgültig abzufinden. Er drückte noch einen Kuss auf ihre Hand, dann wandte er sich zur Tür. „Ich werde Anweisung geben, dass du das Geld bekommst." In der Tür drehte er sich nochmals nach ihr um. „Aber bitte, Nicoletta, schreibe keine Briefe mehr und hör damit auf, mir oder meiner Frau nachzuspionieren." Die Tür fiel leise hinter ihm zu, und Nicoletta zerschlug voller Zorn den kostbaren geschnitzten und mit hauchzarter Seide überzogenen Fächer am Tisch.

Laura war bemüht gewesen, sich nichts anmerken zu lassen, hatte – vielleicht ein wenig zu laut – über Marinas Bemerkungen gelacht, die mit einem Mal noch gesprächiger wurde, hatte getan, als wäre sie die glücklichste Frau der Welt, als ihre Schwägerin sie zum Abschied auf die Wange küsste, und hielt noch durch, als Anna ihr aus den Kleidern half. Aber kaum war Anna verschwunden, löschte sie alle Kerzen und sank auf dem Bett in sich zusammen.

Es war ganz still im Haus. Sie saß im dunklen Zimmer, hatte nur die Decke um sich gezogen, zu gleichgültig, um darunter zu schlüpfen und sich ins Bett zu legen. Sie hätte ohnehin nicht schlafen können. Der Moment, wie Domenico mit diesem entschlossenen Schritt auf das Heim seiner Mätresse zugegangen war und angeklopft hatte, die selbstverständliche Art, wie der Diener ihn hereingelassen hatte, dieser Anblick wollte ihr nicht aus dem Kopf gehen. Wenn sie die Augen schloss, sah sie ihn deutlich vor sich. Im Dunkeln wiederholte sich diese Szene immer und immer wieder. Und noch weitere, weitaus schmerzhaftere, gesellten sich dazu. Domenico, der diese

Frau küsste, sie umarmte und liebte, so wie er sie geliebt hatte. Oder war er mit Nicoletta anders? Noch leidenschaftlicher? Zärtlicher? Der Gedanke, dass die beiden das Treffen vereinbart hatten, als sie beim Ball nebeneinander standen, setzte sich in ihr fest, und sie krümmte sich wie bei einem körperlichen Schmerz. Sie hatte gedacht, dass die Dunkelheit ihr Ruhe geben würde, aber genau das Gegenteil war der Fall. Wollte Domenico sie wirklich beide behalten? Geliebte und eine Gattin, die er ebenfalls nach allen Regeln der Kunst verführte?

Sie erhob sich, als sie Stimmen hörte, die durch das einen Spalt geöffnete Fenster hereindrangen. Sie trat zum Fenster und lauschte hinaus. Ihr Schlafzimmer ging auf einen der kleinen Innenhöfe hinaus, auf der anderen Seite lagen die Gästezimmer, wo auch Sofia untergebracht worden war. Von ihrem Fenster aus konnte sie in ihr Zimmer sehen. Es war sehr hell drüben, mehrere Kerzenleuchter brannten. Die große Tür, die zu einem kleinen Balkon führte, war etwas geöffnet, und Laura konnte alles deutlich erkennen.

Sofia lag nackt auf dem Bett und winkte jemandem zu. „Tretet ein, mein Freund, ich habe Euch schon erwartet."

Sie sprach so laut, dass Laura in der Stille, die im Palazzo herrschte, jedes Wort hören konnte. Sie gab sich offenbar nicht einmal Mühe, ihr Treiben zu verbergen.

Laura hielt den Atem an. Sekundenlang glaubte sie entsetzt Domenico zu sehen, der von einer Geliebten zur nächsten geeilt war, aber dann wandte sich der soeben eintretende Mann ein wenig zur Seite, und sie erkannte Ottavio. Geschminkt und mit Schönheitspflästerchen.

Er lächelte. „Welch ein sinnlicher Anblick. Ich hatte gehofft, dass Ihr mich nicht nur eingeladen habt, um über Domenico zu sprechen, sondern um unsere alte Freundschaft zu erneuern." Er setzte sich neben Sofia auf das Bett und betrachtete sie. Seine Hand suchte die runden festen Brüste. Laura sah, dass Sofia genussvoll die Augen schloss, als er begann, ihre Brust zu massieren, sie im Kreis zu bewegen. „Ihr seid eine sehr verführerische Frau, Sofia. Äußerst verführerisch. In jeder Hinsicht." Er ließ seine Finger bei diesen Worten über Sofias Leib abwärts gleiten, über ihre Hüften und die Schenkel entlang.

Laura schluckte. Ihre Wangen brannten. Sie wollte weggehen, um nicht heimliche Zeugin dieses schamlosen Treibens zu werden, dann blieb sie jedoch, zwischen Abscheu und Neugier hin und her gerissen, stehen und starrte hinüber. Der Vorhang schwankte leise, verdeckte den Blick, und dann hielt Laura den Atem an, als Ottavios Gestalt wieder in ihr Blickfeld kam. Er hatte sich erhoben, schob seine Jacke von den Schultern, öffnete sein Hemd, dann seine Hose. Sein Glied sprang erregt heraus. Sie konnte es kaum glauben, als Sofia sich umwandte, er ihre Hüften packte und ihr Gesäß zu sich heranzog. Laura konnte die festen Rundungen sehen, die dunkle Spalte, die rosige Mitte. Er griff tief zwischen ihre Beine. Sofia stöhnte auf, reckte sich ihm weiter entgegen.

Laura wagte kaum zu atmen, aus Scham, gesehen zu werden. Sie wollte das Fenster schließen, sich zurückziehen, als Ottavios Stimme wieder erklang. „Habt Ihr keine Angst, bei diesen Spielen entdeckt zu werden?"

„Von wem? Dieses Gänschen wird kaum auf die Idee kommen, hier einzudringen. Dafür ist sie viel zu bieder." Sie lachte spöttisch. „Wie lächerlich von Domenico, Euch ihretwegen mit seiner Eifersucht zu verfolgen!" Sie stöhnte genussvoll auf, Ottavio hatte sein pralles Glied in die Spalte geschoben.

Der Vorhang bewegte sich wieder leicht im Abendwind. Es wurde immer kälter, aber die beiden Menschen dort drüben schienen es nicht zu fühlen. Laura dagegen zitterte. Sie schlang den Morgenmantel fester um sich. Für einige Minuten konnte sie nur schattenhafte Bewegungen sehen. Nicht, dass Sofias Worte sie kränken oder schockieren konnten, aber Ottavios Anwesenheit bedrückte sie doch. Er hatte sich schließlich so lange Zeit um sie bemüht, dass es ihren Stolz verletzte, ihn jetzt bei einer anderen zu finden, die noch dazu abfällige Bemerkungen über sie machte.

„Und Domenico ist fort", sprach Sofia weiter, während sie Ottavios Bewegungen rhythmisch mit ihrem Becken erwiderte, „bei seiner Mätresse. Er wird wohl kaum vor dem Morgengrauen heimkommen."

„Er ist ein Esel", hörte Laura plötzlich Ottavios gepresste Stimme. „Ein Narr, der sich mit einer *puta* abgibt."

„Offenbar seht Ihr Vorzüge in Laura, die ihm entgehen", meinte Sofia spöttisch. „Domenico wird seine guten Gründe haben, wenn er nicht von seiner geliebten Nicoletta ablassen will. Erst heute hat er wieder einen Brief von ihr erhalten und ist nach dem Ball sofort zu ihr geeilt." Sie seufzte, während sie ihre Hüften kreisen ließ. Ottavio passte sich ihren Bewegungen an. „Domenico ist wirklich nicht zu beneiden, diese Situation auf dem Ball, als er sich der anderen Leute wegen um Laura kümmern musste, muss ihm entsetzlich unangenehm gewesen sein, auch wenn ich beeindruckt war, wie beherrscht er sie gemeistert hat. Überhaupt überrascht mich, mit welcher Freundlichkeit er sich hier mit diesem Gänschen abgibt, während doch in Paris, so hörte ich sagen, eine Geliebte auf ihn wartet. Eine, der er sogar die Ehe versprechen würde, wäre er frei. Aber vermutlich bringt er nur Geduld mit ihr auf, um endlich den von seiner Mutter so heiß ersehnten Erben zu zeugen."

Laura musste ein Aufschluchzen unterdrücken. Sie presste beide Hände auf den Mund.

„Ich wünschte", sagte Ottavio, „er täte es endlich. Er kam gerade zur Unzeit, und je früher er zu seinen anderen Geliebten abreist, desto besser für mich." Ottavio fasste zornig die Hüften der jungen Frau, dann stieß er heftiger zu. Sofia schrie auf, hob den Kopf, bog ihren Rücken durch und bewegte ihr Gesäß im selben raschen Rhythmus, in dem Ottavio zustieß.

Laura hatte sich schon längst abgewandt und legte die Hände über die Ohren, als Sofias Lustschreie bis zu ihr hinübertönten und sich mit Ottavios Stöhnen vermischten. Dann schloss sie das Fenster und kroch zitternd vor Kälte und Abscheu ins Bett. Sie zog die Decke über den Kopf, aber Ottavios und Sofias Worte hallten weiter in ihren Ohren. *Ein Narr, der sich mit einer puta abgibt ...*

Sie hatte sich getäuscht und zwar so gründlich und schrecklich, dass sie minutenlang vermeinte, nicht weiterleben zu können. Es war ihm nur darum gegangen, seiner Mutter den Wunsch nach einem Enkel und damit seine Pflicht seiner Familie gegenüber zu erfüllen. Er musste sich königlich über seine einfältige Frau amüsiert haben!

Was sie nicht mehr bemerkte, war das zufriedene Lächeln, mit dem Sofia zum Fenster herübersah.

Das erste Morgengrauen machte sich schon bemerkbar, als Domenico sich seinem Haus von der Straßenseite her näherte. Er hatte nach dem Besuch bei Nicoletta noch einmal Paolo aufgesucht, den er am Nachmittag so stürmisch verlassen hatte, und seine Gondel heimgeschickt. Und nun hatte er Zeit, um sich endlich jener Person zu widmen, an deren Gesellschaft ihm am meisten lag. Zu seiner Verwunderung sah er, wie die Tür zu seinem Palazzo aufging und eine dunkle Gestalt herausschlüpfte, die kurz zögerte und sich dann eilig in die entgegengesetzte Richtung davonmachte. Der Geliebte einer der Mägde? Annas langjähriger Verlobter vielleicht? Er schüttelte den Kopf, der Mann war ihm bekannt vorgekommen, aber im Moment wollte er nicht darüber nachdenken. Jedenfalls würde er derartige Besuche bei seinem Gesinde in Zukunft untersagen, da er keine Fremden im Haus duldete und schon gar nicht nachts.

Die Tür war tatsächlich unverschlossen. Verärgert legte er von innen den schweren Riegel vor und ging die Treppe hoch. Er ließ seinen Mantel und seine Maske in dem kleinen Raum vor Lauras Schlafzimmer, öffnete dann leise die Tür und trat ebenso leise ein.

Jetzt, wo er die Sache mit Nicoletta endlich bereinigt hatte, war es an der Zeit, Laura nicht mehr als Cavaliere d'Amore in die Arme zu schließen, sondern als ihr Gatte. Außerdem wollte er sie endlich in seinem Bett haben. Nämlich in seinem Ehebett und nicht in einem fremden. Er wollte am Abend mit ihr im Arm einschlafen und am nächsten Morgen wieder mit ihr aufwachen.

Es war angenehm warm im Raum, da er der Dienerschaft Anweisung gegeben hatte, darauf zu achten, dass die Räume seiner Frau Tag und Nacht gut geheizt waren. Das war nicht üblich, und in seinem eigenen Zimmer war es auch wesentlich kälter, aber Laura sollte es behaglich haben. Sie hatte die schweren Vorhänge ihres Bettes geöffnet, das erste Licht des Tages zeigte ihm undeutlich ihre Züge. Sie schlief tief und fest, das dunkle Haar floss über ihr Kissen, eine Hand hatte sie über ihrem Kopf liegen, die andere ruhte auf ihrem Leib. Die Decke war etwas verrutscht und gab den Blick auf eine volle Brust frei, deren köstliche Form sich deutlich durch das spitzenbesetzte Baumwollhemd abzeichnete.

Ein Bild der Sinnlichkeit und Anmut, selbst im Schlaf.

Domenico setzte sich vorsichtig neben sie, um sie nicht zu wecken, und blies auf die Brustspitze, die noch kaum zu ahnen war, jedoch schnell härter wurde. Er konnte durch den Stoff sehen, wie sich der dunkle Hof zusammenzog, die rosige Warze sich aufstellte. Er blies nochmals. Jetzt erhob sie sich stärker. Domenico betrachtete entzückt die Erhebung, meinte fast, sie zwischen seinen Lippen zu fühlen. Aber noch nicht. Er würde Laura dann aufwecken, aber zuerst wollte er sie ansehen, sie genießen, die unbewussten Reaktionen ihres Körpers fühlen und den Moment hinauszuzögern, wo er sie in die Arme nehmen und voller Glück fühlen würde, wie sie sich an ihn schmiegte, ihn küsste.

Er hob die Hand, strich ihr eine Strähne ihres weichen Haares aus der Stirn. Sie bewegte sich etwas. Er hielt inne, wartete, dann fuhr er hauchzart mit seinen Fingerspitzen die Linie ihres Halses entlang, über ihre Brust, die aufgestellte Spitze. Sie bewegte sich abermals, wandte sich ihm mehr zu. Er schob vorsichtig die Decke weiter zur Seite, Millimeter für Millimeter. Die gerundete Hüfte kam zum Vorschein, ein weicher Schenkel, alles immer noch verborgen unter dem Hemd. Er schluckte, als er seine Erregung steigen fühlte. Aber er wollte sich noch Zeit lassen. Dies sollte die erste von unzähligen Nächten sein, wo er neben ihr lag, sie betrachtete und leise im Schlaf liebkoste. Etwas, das ihm bei keiner seiner früheren Geliebten jemals eingefallen wäre.

Behutsam schob er das Nachthemd hinauf, über ihre Knie, ihren Schenkel, und glitt sanft darunter. Sie bewegte sich abermals, öffnete im Schlaf wie von selbst die Beine. Er genoss die samtweiche Haut auf der Innenseite ihrer Schenkel, die Wärme, die ihm sagte, dass er bald sein Ziel erreicht haben würde. Eine Wärme, die in Form von Hitze auf ihn übergriff. Sie war heiß und feucht hier oben. Überraschend feucht sogar, nicht nur von nächtlichem Schweiß, sondern von Erregung. Ob das von seinen Berührungen kam? Ob sie ihn trotz des tiefen Schlafes so stark fühlen konnte, dass sie für ihn empfänglich wurde?

Domenico wurde vor Liebe die Kehle eng. Es war etwas, das er bisher nie gefühlt hatte, und das ihm die Vorstellung eines Lebens ohne Laura unmöglich machte. Ohne ihr Lächeln, ihre Stimme, in der manchmal dieses glucksende kleine Lachen durchklang, das ihn so amüsierte, ihrem Blinzeln, ihrem Körper. Seine Laura. Seine Frau, die hier lag, offen für seine Hände, seinen Körper, und die ihn selbst jetzt, wo der Schlaf ihr das Bewusstsein geraubt hatte, willkommen hieß. Der Drang, sie stärker zu berühren, wurde übermächtig. Er beugte sich zu ihr nieder, seine Lippen wanderten über ihren Schenkel, über den Stoff des Nachthemds weiter hinauf, über ihren Bauch, bis er endlich wieder diese neckische Brustwarze erreicht hatte, nach der er schon zuvor so große Sehnsucht verspürt hatte.

Als er sie durch den Stoff hindurch mit seinen Lippen umfasste, hob sich ihr Körper ihm entgegen. Sie seufzte leicht, sagte etwas. Domenico lächelte. Er schob sich etwas höher, legte seine Lippen an ihre. Sie sprach wieder. Es war nicht mehr als ein Hauch, aber doch verständlich.

„... Ottavio ... mein Liebster ...“

Ottavio?!!

Domenico erstarrte, als wäre er in diesem Moment zu Stein verwandelt worden. Alles in ihm krampfte sich zusammen. Er fühlte eine eisige Kälte in sich hochsteigen. Sein Glied, eben noch ungeduldig pochend, schien so wie er selbst alle Freude und Kraft verloren zu haben. Er konnte sich nicht verhört haben. Sie hatte leise gesprochen, aber deutlich genug. Er starrte ihr ruhiges Gesicht an, als könnte er mit seinen Gedanken in die ihren dringen. Dann schloss er die Augen und presste die Lippen aufeinander, um nicht laut loszuschreien. Ottavio! Er war es also, an den sie in ihren sinnlichen Träumen dachte. Den sie „Liebster“ nannte!

Er zog sich vorsichtig zurück und ließ sich in einen Stuhl neben dem Bett sinken, als ihm der Mann einfiel, der vor Kurzem das Haus verlassen hatte. Er war ihm bekannt vorgekommen und jetzt, in einem Moment absoluter Hellsichtigkeit, wusste er weshalb. Es war Ottavio gewesen! Der verdammte Kerl hatte ihn bei seiner Frau vertreten, während er damit beschäftigt gewesen war, seine ehemalige Mätresse abzufinden und seinen besten Freund in seinem Liebeskummer zu trösten!

Die Enttäuschung, der Schmerz und die Scham über seine eigene Dummheit ließen ihn unterdrückt aufstöhnen. Wie hatte er sich nur so gehen lassen können? So unglaublich dumm und blind sein können!? Er hatte sich der Selbsttäuschung hingegeben, dass sie die Zuneigung und Leidenschaft ihres ‚Cavaliere' auch erwiderte, dabei hatte ihre Liebe einem anderen gehört. Nicht nur ihre Zuneigung, wie er jetzt feststellen musste, sondern offenbar auch ihr Körper. Und indem sie es mit beiden gleichzeitig trieb, hatte sie ihren einfältigen Gatten in Sicherheit gewiegt.

Rasende Eifersucht stieg in ihm hoch. Alles passte so gut zusammen. Die heimlichen Treffen zwischen den beiden, wenn er außer Haus war. Sofia hatte in den letzten Tagen mehrmals eine Bemerkung darüber fallen lassen, dass Ottavio kein seltener Gast im Hause wäre. Er hatte jedoch angenommen, dass ihre Worte der Bosheit entsprangen. Dann diese unverschämten Blicke, mit denen sein Vetter Laura musterte. Dieses Ständchen! Es fügte sich nun so logisch eins ins andere.

Laura war alles andere als dumm, das hatte er in den letzten Wochen, in denen er sie besser kennengelernt hatte, feststellen können. Und sie war mehr als das. Sie war durchtrieben. Keinen Deut besser als Nicoletta. Oder all die Ehefrauen, die ihre Männer betrogen. Aber die anderen Männer waren nicht eifersüchtig, sondern trieben es nicht besser. Er war aber nicht wie die anderen - er war in seine Frau verliebt und wollte sie nur für sich alleine.

Das musste er erreichen, ohne sich dabei eine Blöße zu geben.

Sie war etwas unruhiger geworden. Vermutlich fühlte sie die Anwesenheit eines anderen im Zimmer. Er musste gehen, bevor sie erwachte, weil er jetzt nicht die Kraft hatte, mit ihr zu sprechen oder ihr zu erklären, was er in ihrem Zimmer suchte. Nein, er durfte sich nicht bloßstellen, sondern musste ihr und Ottavio gegenüber kühl und gelassen erscheinen, dabei durchblicken lassen, dass er wusste, was los war, um den beiden keinen Grund zu geben, sich über ihn und seine Gutgläubigkeit lustig zu machen. Nichts war lächerlicher als ein eifersüchtiger Ehemann, der eine Szene machte. Er würde sogar spöttisch lächeln, wenn er Laura zur Rede stellte, über allem erhaben erscheinen und weit über den Dingen stehen. Das sollte dieses ehebrecherische Weib vor seinem Großmut und seiner würdevollen Überlegenheit ganz klein und armselig werden lassen.

Und dann? Am besten war es wohl, sie für längere Zeit von Ottavio zu trennen. Er hatte keine Möglichkeit, diesen aus der Stadt zu weisen, also musste er mit ihr wegfahren. Am besten auf seinen Landsitz, wie er es ohnehin vorgehabt hatte, und sie schlimmstenfalls für die nächsten zwanzig Jahre dort einsperren. Mochte sie heulen und zetern wie zu Beginn ihrer Ehe. Alles war jetzt besser als das. Das Spiel hatte sich verändert, es gefiel ihm nicht mehr, aber er würde es durchstehen und Ottavio aus Lauras Träumen und Gedanken verdrängen.

Als sich die Tür leise hinter Domenico schloss, öffnete Laura die Augen. Eine Träne perlte unter den Wimpern hervor. Was hatte sie unlängst in einer der Komödien von Goldoni gehört? „Wenn einem die Frau böse ist, genügen ein paar Liebkosungen, und sie ist getröstet ..." Nun, sie war keine von diesen Frauen, die sich von Liebkosungen trösten ließ, nachdem der Mann bis in die frühen Morgenstunden seine Geliebte besucht hatte.

Sie hatte nicht schlafen können, nur über das nachgedacht, was sie gehört hatte. Sie alle hielten sie für eine dumme Gans. Sofia hatte das ganz deutlich ausgesprochen. Domenico hielt sie für dumm, weil er glaubte, ungestraft seine Frau hintergehen und als maskierter Cavaliere schwängern zu können, und Ottavio, der sie hofiert, ihr monatelang seine Liebe beteuert hatte und sich mit Sofia abgab. Neben dem Schmerz und der Kränkung war auch der Wunsch nach Rache hochgestiegen. Sie hatte es ihnen – vor allem Domenico, die anderen waren weitaus unwichtiger – zurückzahlen wollen.

Und die Gelegenheit war schneller gekommen, als sie gedacht hatte. Sie hatte es ihm heimgezahlt. Gründlich. Alles. Sein hinterhältiges Spiel, seine herablassende Art, mit der er sie behandelt hatte, und vor allem sein Verhältnis zu dieser Nicoletta. Einen Mann wie Domenico traf man am besten bei seinem Stolz.

Sie drehte sich im Bett um, vergrub das Gesicht im Kissen und weinte.

Mit dem Liebhaber ertappt

Laura war wieder aus dem Hinterausgang gehuscht und lief, verborgen unter ihrer *maschera nobili*, durch die engen Gassen den nun schon vertrauten Weg zum Palazzo ihres Cavalieres. Es war schwieriger als sonst gewesen, sich ungesehen aus dem Haus zu entfernen, da Sofia den ganzen Tag über wie eine Klette an ihr klebte. Laura hatte sie zwar kühl behandelt, sich jedoch außerstande gesehen, ihr ihre Verachtung und ihren Abscheu entgegenzuschleudern, ohne zu verraten, was sie in der Nacht belauscht hatte, und hatte sich schließlich mit Kopfschmerzen in ihr Zimmer zurückgezogen. Wobei diese Unpässlichkeit dieses Mal nicht einmal vorgetäuscht war, denn sie fühlte sich so gedemütigt und zutiefst unglücklich, dass ihr ganzer Körper schmerzte.

Es war das erste Mal, dass sie nicht gerne gekommen war. Sie hatte es auch nicht getan, um einige leidenschaftliche Stunden zu verbringen, sondern um ihm zu sagen, dass sie die Wahrheit wusste und diese schlechte Komödie endlich beenden wollte. Und dann wollte sie ihn vor die Entscheidung stellen, ob er diese Nicoletta und alle anderen als Mätressen – oder sie als Ehefrau haben wollte. Für sein doppeltes und heimtückisches Spiel hatte sie keine Kraft mehr. Sogar Ottavio hatte ihn einen Narren genannt, der seine Leidenschaft bei einer Hure verausgabte, statt bei seiner Ehefrau. Sie wollte aber alles oder nichts. Eher hätte sie sich wieder ins Kloster zurückgezogen, als weiter bei ihm zu bleiben und für ihn nicht mehr zu sein als jene Frau, die dafür sorgte, dass die Familie nicht ausstarb.

Als sie den Palazzo betrat, die Treppe hochstieg und durch die Tür in ihr Liebesnest trat, wartete ihr Cavaliere nicht wie sonst auf sie, trat jedoch fast unmittelbar nach ihr ein.

Sie hob abwehrend die Hand, als er ungeduldig auf sie zukam und nach ihr griff, ließ zwar dann zu, dass er ihr Hut und Maske abnahm und den schwarzen Umhang von ihren Schultern streifte. Aber als er sich an ihrem

Kleid zu schaffen machte, schob sie ihn weg. Er trug nicht nur wieder diese lächerliche Maske, sondern hatte nicht einmal seinen Mantel abgelegt. Laura musterte ihn kühl. Wie lange hatte er eigentlich noch vor, dieses dumme Spiel fortzusetzen? „Einen Moment, mein geheimnisvoller Kavalier", sagte sie, als er abermals nach ihr griff. „Ist heute nicht der Tag, an dem Ihr mir Eure Identität entdecken wolltet? Mir scheint, beim letzten Treffen hattet Ihr etwas Derartiges gesagt."

„Noch nicht." Seine Stimme war nicht mehr als ein raues Flüstern. „Zuerst sollt Ihr mir gehören. Ein letztes Mal, bevor ich meine Maske fallen lasse."

„Heute nicht. Heute bin ich nur gekommen, um etwas mit Euch zu besprechen."

„Aber, *mon amour*, so zurückhaltend heute? Habe ich etwas getan, um Euch zu beleidigen? Dann verzeiht mir, das geschah gewiss nicht mit Absicht. Und nun seid nicht so grausam zu mir. Lasst mich Eure Verzeihung erlangen, indem ich Euch liebe, wie Ihr noch nie von mir geliebt wurdet. Lasst mich diesen reizenden Leberfleck auf Eurem Busen küssen, der jedes andere Schönheitspflästerchen in den Schatten stellt." Seine Hände glitten über ihren Körper, als er sprach, und seine linke Hand fuhr dorthin, wo sich unter dem Kleid und Mieder tatsächlich ihr kleiner Leberfleck befand.

Sie schob ihn abermals weg, dieses Mal noch energischer. „Wir haben einiges zu bereden, *monsieur*!" Sie gab dem *monsieur* einen sarkastischen Ausdruck.

„Lasst uns später sprechen, meine wunderbare und einzige Geliebte. Lasst mich Euch meine Liebe beweisen, bevor wir hohle Worte wechseln und uns damit auf dem Boden der Alltäglichkeit bewegen. Bitte, meine Angebetete, habt Nachsicht mit einem Verdurstenden, der sich an Eurer Schönheit laben will."

Laura lauschte seiner Stimme nach. So ähnlich übertriebene Worte hatte er zu Anfang gefunden, als er das Spiel begonnen hatte, aber welchen Grund konnte er heute haben, sie wieder so zu umwerben? Er sprach auch leiser als üblich, flüsterte gerade noch. Und auch sonst war etwas anders an ihm. Heute stieg ein seltsamer Ekel in ihr hoch, als seine Hände über ihren Körper glitten. Nicht auf diese selbstverständliche, besitzergreifende und zugleich ungemein sinnliche Art, sondern hemmungslos und gierig. Sie wich zurück, bis sie mit dem Rücken zur Wand stand und nicht mehr weiter konnte. Als er sich anschickte, ihr Kleid zu öffnen, machte sie sich abermals frei, dieses Mal weitaus heftiger.

Er zog sie wieder heran, und sie fühlte seine Finger, rücksichtslos und unbeherrscht. Er zerrte an ihrem Kleid, der Stoff riss, die Bänder, die den Rock am Mieder gehalten hatten gaben nach, und sie stand nur noch in den Unterröcken vor ihm.

Laura stieß einen Schrei der Empörung aus. „Lasst mich sofort los!"

„Nein, seid gnädig mit mir, meine Schönste, lasst mich Euch besitzen. Ich vergehe nach Euch …“.

Laura geriet in Panik, als sie merkte, wie er eine Hand zurückzog, um seine Hose zu öffnen und sein erregtes Glied an ihre Hüften stieß. Sie schlug sogar nach ihm, etwas, das ihr bisher nicht einmal im Traum eingefallen wäre, aber er schien wie von Sinnen zu sein, riss ihr auch noch die Unterröcke herab, obwohl sie sich ungestüm wehrte, und fingerte an ihrem Mieder.

„Habt Ihr den Verstand verloren?!“

„Ja, aus Leidenschaft zu Euch!“ Seine Stimme war ein fast unverständliches Keuchen, aber in diesem Moment wurde Laura klar, dass nicht ihr Cavaliere vor ihr stand, sondern jemand anderer. Sie begann zu schreien, zu treten, zu strampeln, zu kratzen – aber er war soviel kräftiger als sie, riss sie herum und zerrte sie zum Lehnstuhl. Zu jenem, wo sie noch vor wenigen Wochen gelegen war, sich willig und erregt ihrem Kavalier hingegeben hatte. Aber dieses Mal verspürte sie nur Zorn und Ekel, als der Fremde sie mit dem Gesicht nach unten über die Lehne bog, bis ihr Gesäß ihm hilflos und offen entgegengereckt war. Er stieß mit dem Knie zwischen ihre Beine, um sie weiter zu öffnen, obwohl sie immer noch zappelte und nach ihm trat. Mit einer Hand hielt er ihre beiden Hände zusammen, seine andere Hand glitt tief zwischen ihre Gesäßbacken hinein. Laura nahm Zuflucht zu Flüchen, die sie sonst nicht einmal gedacht hatte, aber das war schon alles, was sie noch an Verteidigung gegen ihn vorbringen konnte, bis er ihr auch noch den Mund zuhielt. Dann fühlte sie sein heißes Glied an ihrer Scham. Nur noch wenige Augenblicke und dann …

In diesem Augenblick hörte sie, wie die Eingangstür mit einem Knall zufiel. Jemand sprang die Treppe hinauf. Harte, schnelle Schritte, die Tür wurde aufgestoßen und schließlich …

„Du verdammter …!“

Im nächsten Moment löste sich der Griff, ein Ächzen, ein Aufprall und ein Stöhnen.

Laura fuhr herum. Einige Schritte von ihr entfernt lag jemand am Boden, halb verkrümmt, die Hände zur Abwehr erhoben, während ein zweiter Mann in einem schwarzen Umhang ihn an der Jacke packte und wieder hochzerrte, um ihn mit voller Wucht gegen die Wand zu schleudern. „Ich hatte dich gewarnt, ihr zu nahe zu kommen! Und …“, Domenicos Stimme klang heiser vor Wut, „… ich habe dir gesagt, ich würde dich zuerst die Treppe hinunterwerfen und dann im Kanal ersäufen, wenn du auch nur deine Finger nach ihr ausstreckst!“

Laura, soeben noch unendlich erleichtert von ihrem Vergewaltiger befreit zu sein, presste entsetzt die Hände auf den Mund, als sie den Mann erkannte, der soeben von Domenico auf den Gang hinausgezerrt wurde. Ottavio!

Sie hörte von draußen wildes Gepolter und Schreie und rannte den beiden nach. Als sie zum Treppenabsatz kam, sah sie, dass Domenico seinen Vetter am Kragen gepackt hatte und ihn die Treppe hinunterstoßen wollte, wild entschlossen, den ersten Teil seiner Drohung wahrzumachen, während sich Ottavio mit Armen und Beinen ans Geländer klammerte.

Laura stürzte sich auf Domenico und krallte sich in seinem Umhang fest. Die Angst, ihr Mann könnte in seinem Zorn etwas Furchtbares tun, war noch weitaus stärker als die eigene Wut auf Ottavio. „Nicht! Du bringst ihn ja um!"

„Genau das ist auch meine Absicht!" Domenico wehrte Laura ab, und Ottavio nützte die Gelegenheit, um sich von dem mordlüsternen Griff loszureißen. Er rutschte und stolperte die Stufen hinab, kam dann auf die Beine und hastete weiter. Als Laura keine Anstalten machte, ihre Finger aus Domenicos Mantel zu lösen, schlüpfte er kurzerhand hinaus und sprang, während Laura mit dem leeren Mantel zurückblieb, Ottavio nach, der zu ihrer Erleichterung bereits die Tür erreicht hatte.

Als Domenico nur wenige Sekunden später ebenfalls bei der Tür ankam, sah er seinen Vetter – die Hose mit beiden Händen haltend – schon über die nächste Brücke rennen und von dort halsbrecherisch in eine Gondel springen. Er wollte ihm nach, wurde jedoch von einigen jungen Burschen aufgehalten, die lachend und singend die schmale Gasse entlangtorkelten, und als er sie endlich weggestoßen hatte und die Brücke erreichte, war Ottavio schon längst verschwunden.

Domenico schickte ihm einige unterdrückte Flüche nach und kehrte dann um. Als er das Haus betrat, sah er oben am Kopf der Treppe Laura stehen. Sie hatte sich seinen Umhang über ihre Schultern gelegt und hielt ihn mit beiden Händen vorne zu, ihr Gesicht war bleich und in ihren Augen standen Tränen.

„I ... ist er ... tot?"

„Das wäre er, wenn du mich nicht festgehalten hättest." Sein Zorn war noch lange nicht verraucht. Ottavio war ihm – vorläufig – entwischt, aber hier stand Laura. Seine Frau, die er halb nackt in den Armen eines anderen gefunden hatte, und die es jetzt auch noch wagte, Tränen um diesen Spitzbuben zu vergießen. Jetzt noch sah er sie vor sich, wie sie dort stand, während Ottavio seine Hand zwischen ihre Beine geschoben und sie sich vor Lust gewunden hatte. Nur eine Minute später und sein Glied hätte sich in sie gebohrt.

„Zieh dich an. Du wirst jetzt nach Hause gehen. Um deinen Liebhaber kümmere ich mich später." Seine Stimme schien nicht ihm zu gehören. Da war sie wieder, diese kalte, schmerzhafte Klammer, die ihm den Atem nahm.

Nur noch schlimmer als das letzte Mal, als ihm klar geworden war, wem ihre Zuneigung gehörte, denn heute mischte sich noch Wut dazu, die alles vor seinen Augen verschwimmen ließ.

Sie griff nach ihm, aber er stieß ihre Hand zurück. Ihre Augen waren groß und angstvoll, ihr Gesicht bleich. „Du darfst ihm nichts tun, Domenico!"

Domenico fühlte, wie alles Blut in seinem Körper hochstieg, in seinen Kopf hinein, bis die Ader an seinem Hals heftig pochte. „Ach nein, darf ich nicht? Das kann ich mir vorstellen! Aber dieses Mal habt ihr beide Pech gehabt", setzte er höhnisch hinzu. „Dieses Mal habe ich euch erwischt und ihr werdet beide die Konsequenzen tragen müssen. Du ebenso wie er!"

Er war den ganzen Tag über unterwegs gewesen. Zum einen, weil er Laura nicht sehen wollte, und zum anderen, weil er noch einige Dinge zu regeln hatte, bevor er sich mit ihr auf das Landgut zurückziehen konnte, um sie von ihrem Liebhaber zu trennen. Und wäre nicht Sofia gewesen, die ihn unschuldig fragte, ob er nicht wisse, wo Laura sei, die heimlich das Haus verlassen habe, nachdem ein Bote eine Nachricht von Ottavio gebracht hätte, wäre er auch niemals auf die Idee gekommen, sie hier zu suchen. Ottavios wohlbekannter Diener, der bei seiner Ankunft hier vorm Haus herumgelungert und dann rasch das Weite gesucht hatte, war der letzte Beweis dafür gewesen, dass sie sich tatsächlich hier trafen. Sofia hatte vermutlich die ganze Zeit über genau gewusst, was gespielt wurde. Daher auch immer ihre Anspielungen, die ihn auch noch erzürnt hatten, weil er in seiner Einfalt und Arroganz so sehr von Lauras Untadeligkeit und ihrer Zuneigung zu ihm überzeugt gewesen war.

„Aber Domenico, du glaubst doch nicht wirklich ...?!"

„Zieh dich an", wiederholte er kalt. Ihr Blick tat ihm plötzlich weh, und er wandte sich ab. Sie durfte nicht wissen, wie sehr sie ihn getroffen hatte. Die Erkenntnis, dass sie offenbar nicht nur mit ihm Verabredungen gehabt hatte, sondern auch mit Ottavio – was konnte den beiden opportuner sein, als ein vom trotteligen Ehemann gemietetes *casino*? – riss ihn entzwei, versetzte ihn in eine Verzweiflung, die er kaum zu beherrschen wusste.

„Aber du musst mir zuhören!"

„Tu, was ich dir sage!" Er packte sie an der Schulter und schob sie wieder in das Zimmer hinein.

„Domenico ..."

„Habt ihr es nur hier getrieben oder auch woanders?"

Laura zuckte unter diesen Worten zusammen. „Nein!"

Er fasste sie derb an den Schultern, um sie zu schütteln. „Aber du hast doch nicht nur von ihm geträumt, nicht wahr? „Wie lange geht das schon? Hattet ihr euer Verhältnis schon begonnen, bevor ich in die Stadt kam? Los, antworte mir!" Sein Blick glitt über ihren Körper – der Mantel hatte sich geöffnet – und ihm wurde bewusst, dass sie darunter so gut wie nackt war.

Er kochte vor Zorn und Eifersucht, und zugleich erwachte eine brennende Begierde nach ihr. Er wollte sie plötzlich besitzen, sie nehmen und gleichzeitig für ihre Untreue und seine Enttäuschung strafen. Er wollte sie demütigen. Dieses verkommene Geschöpf, das es gewagt hatte, ihn in sich verliebt zu machen, und ihn dabei bei jedem Treffen in Gedanken betrogen hatte. Wer wusste schon, wie oft sie sich noch mit ihrem Liebhaber Ottavio getroffen hatte! Wenn er zuvor noch einen Zweifel gehabt hatte, dann war jetzt alles völlig klar. Sie hatte es mit ihnen beiden getrieben. Mit ihm, um ihn in Sicherheit zu wiegen, und dann mit seinem verfluchten Vetter, den er in die tiefste Hölle wünschte und ihm einen schnellen Weg dorthin verschaffen würde.

Sie wollte sich losmachen, aber er hielt sie fest, drehte sie herum, bis sie mit dem Rücken zu ihm stand und drängte sie zu dem Sessel. „Dein Liebhaber hat sich davongemacht, aber ich bin noch nicht fertig mit dir. Außerdem möchte ich nicht, dass dir durch meine Schuld der Genuss entgeht, hier über dem Sessel gebogen genommen zu werden wie eine Hure." Seine Stimme klang heiser an ihr Ohr, und sein Atem strich heiß über ihre Wange und ihren Hals.

„Aber ..."

Er legte die Hand über ihren Mund. „Sei still!" Er riss mit einem Ruck den Mantel von ihren Schultern, seine Hände glitten über ihre Arme abwärts, legten sich um ihre Taille. Laura stieß den Atem aus, als er sie eng an sich presste. „Ich wäre doch ein Narr, würde ich deine Bereitwilligkeit und Hingabe nicht besser nutzen, nicht wahr? Und mir nicht das holen, was du mir im Ehebett versagst!"

Seine Hände lagen jetzt um ihre Brüste, massierten sie fest und fast derb, seine Finger glitten unter das Mieder, rieben die zarten Spitzen, bis sie leicht aufschrie. „Du schreist?", flüsterte er an ihrem Ohr. „Ich werde dich noch viel mehr zum Schreien bringen."

„Nein, tu das nicht! Lass mich!" Sie wehrte sich, stieß ihn fort, stolperte und fiel auf die Knie.

Domenico wollte nach ihr greifen, sie hochzerren, aber dann hielt er inne und starrte auf seine Frau, die vor ihm kniete, die Arme schützend um ihren Körper gelegt. Sein Zorn sank plötzlich in sich zusammen.

Was hatte er nur getan? Seinen Zorn und seine Eifersucht, seine Verzweiflung an ihr ausgelassen. Dabei war er es schließlich gewesen, der mit Lieblosigkeit und Zynismus das Spiel begonnen hatte. Hätte er sie von Beginn an mit Respekt und Zuneigung behandelt, wäre all das nicht passiert, dann hätte Ottavio und auch sonst kein anderer jemals die Gelegenheit gehabt, sie ihm zu stehlen.

Laura sah nicht auf. Sie fühlte, dass er hinter ihr stand, spürte seine Nähe, aber so innig sie ihn sonst liebte, so sehr hasste sie ihn in diesem Augenblick.

Er konnte doch nicht tatsächlich glauben, dass sie ihn mit Ottavio betrogen hatte! Nicht einmal, nachdem sie in der Nacht davor seinen Namen geflüstert hatte.

Wenn er doch nur endlich gehen würde. Sie wollte ihn nicht mehr sehen, ihn nicht mehr hören. Und sie konnte ihm nicht sagen, dass Ottavio sie hatte vergewaltigen wollen. Jedenfalls nicht, ohne befürchten zu müssen, dass er tatsächlich versuchte, ihn zu töten. Und um ihm im Gefängnis zu sehen – nein, dafür liebte sie ihn immer noch zu sehr.

„Geh weg und lass mich in Ruhe." Sie zuckte zusammen, als er ihr seinen Mantel über die Schultern legte.

„Laura ..." Seine Stimme klang plötzlich müde. „Laura, bitte sieh mich an."

„Geh weg! Und fass mich nicht an!" Sie schrie es fast hinaus, als er sie berührte.

Er kniete neben ihr nieder, nahm sie in die Arme. „Laura, bitte. Verzeih mir, ich wusste kaum, was ich tat. Ich war wie von Sinnen." Wäre er nicht so entsetzt und gekränkt gewesen, hätte er wohl über sich selbst gelacht. Weit war es mit ihm gekommen! Kühl und überlegen hatte er Laura ihre Untreue auf den Kopf zusagen wollen und hatte sich dann, als es so weit war, wie ein eifersüchtiger Verrückter benommen. Aber Laura sollte keine Angst haben. Nicht sie. Ottavio hatte bei einem nächsten Wiedersehen allerdings allen Grund dazu.

Sein Blick fiel auf Lauras halbzerrissene Kleidung. Die zerfetzten Bänder. Jetzt, wo der erste glühendrote Zorn, der ihm das Denkvermögen geraubt hatte, abgekühlt war, konnte er klarer überlegen. Sah das wirklich nach einem zärtlichen Stelldichein aus? Wären die beiden wirklich so unvorsichtig gewesen? Und konnte es sich eine Frau, die ihren Mann betrog, überhaupt leisten, mit zerrissenen Kleidern heimzukommen? Wenn er jetzt nachdachte, dann hatte es nicht ausgesehen, als hätte sich Laura vor Lust gewunden, sondern sich eher gegen etwas gewehrt, das sie nicht wollte. „Laura. Sieh mich an!"

Laura wollte sich freimachen. „Lass mich in Ruhe!"

„Nein, das kann ich nicht. Nicht jetzt." Er lockerte seinen Griff, ohne sie ganz loszulassen. Es gelang ihr jedoch, ihn wegzustoßen, und sie rutschte auf Knien von ihm fort zu ihrem am Boden liegendem Kleid.

Er hatte es vor ihr in der Hand und zerknüllte den kostbaren Stoff so energisch zwischen den Fingern, als wäre es Ottavio. „Laura ... Wusstest du wirklich nichts? Hat ... hat dieser Bastard es gewagt, dich zu überfallen?!"

„Geh doch endlich! Ich will mich anziehen! Ich will hier fort! Oder erwartest du etwa, dass ich nackt auf die Straße laufe?" Sie starrte ihn mit einem Ausdruck an, der ihm das Herz im Leib herumdrehte. „Ist es das? Willst du mich öffentlich noch mehr bloßstellen, als du es mit deinen Mätressen schon getan hast? Dass du dich nicht schämst! Ausgerechnet du willst mir etwas vorwerfen?! Du? Wo du doch ..." Sie unterbrach sich und wandte ihm den Rücken zu.

Domenico sah sie unschlüssig an, dann erhob er sich. Es war wohl besser, wenn sie sich beruhigte, bevor er mit ihr sprach. „Wir unterhalten uns später darüber, Laura. Aber jetzt zieh dich an." Er wollte ihr das Kleid umlegen, aber Laura riss es ihm aus der Hand.

„Ich brauche keine Zofe! Geh!"

„Dann warte ich draußen auf dich. Ich werde dich heimbringen."

„Ich kann alleine heimgehen." Sie erhob sich zittrig und atmete auf, als Domenico endlich begriffen zu haben schien, und den Raum verließ. Zurückgeblieben beneidete Laura alle Frauen, die angesichts solcher Katastrophen in Ohnmacht fallen konnten. Ihr jedoch blieb die Gnade des dunklen Vergessens – und wäre es auch nur für wenige Momente – versagt. Sie atmete einige Male tief durch, dann zog sie sich langsam die zerrissenen Kleidungsstücke an, sich dabei immer wieder am Bettpfosten festhaltend. Domenico hatte beim Hinausgehen auch ihren Umhang aufgehoben und auf einen Stuhl gelegt. Sie warf ihn sich um und zog sich den am Hut befestigten Schleier um die Schultern, die Maske ließ sie liegen.

Als sie auf den Gang hinaustrat, sah sie unten am Fuß der Treppe Domenico. Er saß auf der letzten Stufe und hatte den Kopf in die Hände gestützt. Als er sie hörte, drehte er sich um und stand auf. Sie hielt sich am Geländer fest, als sie ganz langsam, Stufe für Stufe, hinunterschritt, weil ihre Beine sie kaum tragen wollten, und sie Angst hatte zu stolpern. „Warum bist du nicht fort?"

„Weil ich dich heimbringen werde."

Er öffnete die Tür und griff nach ihrem Ellbogen, um sie festzuhalten, als sie die wenigen Stufen hinunterstieg, die den Eingang vom Kanal trennten, wo seine Gondel auf ihn wartete. „Nach Hause." Enrico nickte und wartete, bis Domenico ihr hineingeholfen hatte, dann stieß er die Gondel vorsichtig vom Ufer ab. Er war zweifellos Zeuge gewesen, wie Ottavio völlig zerzaust und mit offener Hose hinausgerannt und er ihm hintergelaufen war, und würde sich wohl so seinen eigenen Reim darauf machen. Domenico half Laura beim Niedersetzen, schob ihr noch ein Kissen in den Rücken und legte ihr dann fürsorglich den warmen Pelz um die Knie. Trotzdem zitterte sie am ganzen Körper. Er griff hinüber und nahm ihre Hände in seine. „Ist dir kalt?"

„Ja." Sie hätte ihm ihre Hände entreißen sollen, aber sie konnte nicht. Sein Griff war so tröstlich, das einzig Warme und Sichere in diesem Albtraum. Sie war plötzlich so müde. Zuerst die Enttäuschung darüber, dass ihr Gatte seine Mätresse offenbar immer noch liebte, ihr dagegen seine Zuneigung verweigerte – und dann der Schrecken über Ottavio. Wie hatte er von diesem geheimen Ort wissen können? Von ihrem Cavaliere? Woher wusste er von ihrem Muttermal? Sie schloss die Augen. Sie konnte immer noch nicht denken, ihre Gedanken verschwammen, setzten sich zusammen, lösten sich wieder auf. Ihr Kopf schmerzte, ihr war schwindlig, und sie zitterte so stark, dass ihre Zähne aufeinanderschlugen.

Als sie daheim ankamen, war sie zu ihrem eigenen Ärger und ihrer Demütigung so schwach, dass sie kaum aus der Gondel klettern konnte. Sie wollte es nicht, musste jedoch Domenicos Hilfe annehmen, der sie so überraschend sanft und liebevoll hochhob und hinauftrug. Wie vertraut er war. Und wie sehr sie ihn liebte. Domenico, in den sie sich damals Hals über Kopf verliebt hatte, der ihr imponiert hatte mit seiner ruhigen, selbstsicheren Art, mit seiner Klugheit. Und den sie später noch viel mehr geliebt hatte. Und der sie benutzt, belogen und betrogen hatte, dieser hinterhältige Teufel. Laura war hin- und hergerissen zwischen dem Wunsch, sich an ihn zu schmiegen, und dem dringenden Bedürfnis, ihn zu ohrfeigen, bis er bewusstlos zu Boden sank.

Im *portego* im ersten Stock begegnete ihnen Sofia. „Um Himmels willen! Domenico, mein Lieber, was ist denn mit Laura geschehen?!"

„Sie fühlt sich nicht wohl." Domenicos Stimme war kalt und abweisend. Er ging um Sofia herum, als diese keine Anstalten machte auszuweichen. „Wenn du dich ausnahmsweise einmal nützlich machen willst, dann rufe Anna." Er trug Laura in ihr Zimmer und ließ sie vorsichtig auf dem Bett nieder. Sein Blick war weich und besorgt. „Ich werde einen Arzt rufen lassen."

„Nein, nein. Es geht mir schon wieder besser." Sie wollte jetzt nur alleine sein, darüber nachdenken, was geschehen war, weinen und dann schlafen und alles für eine Weile vergessen. Domenico verließ nur zögernd den Raum – Anna kam herein, half ihr beim Ausziehen, zog ihr das leichte Nachthemd über und ging dann fort, um einen heißen Ziegelstein zu holen. Laura starrte nur vor sich hin und hob erst müde den Blick, als Sofia eintrat. Sofia ... irgendwie musste Sofia auch damit zu tun haben. Sie wollte Domenico haben, das war Laura vom ersten Moment an klar gewesen, ebenso, dass die beiden sich weitaus besser kannten, als sie zugaben. Sofia, die ihre Zofe schlug und mit Ottavio ein Verhältnis hatte. Mit dem würde sie ebenfalls abrechnen! Wie konnte dieser Mann es wagen, sich zuerst an Sofia zu befriedigen und dann, kaum vierundzwanzig Stunden später, ihr aufzulauern!

Das Mädchen setzte sich einfach neben sie auf das Bett und nahm ihre Hand, die ihr Laura sofort angeekelt entzog. Sofia schien jedoch ihre Abwehr nicht zu spüren. „Ich weiß alles", sagte sie leise, „und es tut mir leid, Laura. Unendlich leid." Sie schaffte es tatsächlich, eine Träne aus dem Augenwinkel zu drücken. „Es ist meine Schuld. Als Domenico heute heimkam und nach dir fragte, sagte ich, dass ein Bote für dich da gewesen wäre und du fortgegangen seiest. Ach, hätte ich nur geschwiegen!"

Laura presste die Lippen aufeinander und drehte sich weg. Sie war jetzt zu erschöpft, um Sofia zur Rede zu stellen, und musste erst darüber nachdenken, inwieweit diese Frau ihre Hand im Spiel hatte. „Lass mich alleine."

„Du bist mir nicht böse?" Sofia erhob sich anmutig. „Ach, ich bin ja so froh. Wir Frauen müssen doch zusammenhalten, nicht wahr? Auch wenn es nicht sehr klug war von dir", fügte sie leise hinzu, „Domenico zu betrügen. Er ist kein Mann, der sich so etwas gefallen lässt. Du hättest auf mich hören sollen." Laura hätte sie am liebsten geschlagen, aber Sofia wartete zu ihrem Glück keine Antwort ab, sondern wandte sich um und schwebte mit einem Rascheln von Seide davon.

Anna kam soeben mit einem heißen Ziegelstein herein, als Laura die Bettdecke wegschob und sich auf zittrigen Beinen zu ihrem kleinen Ladenschränkchen tastete. Es war nicht das erste Mal, dass Sofia solche Bemerkungen machte, allerdings hatte sie bisher gedacht, dass sie sich auf Ottavios häufige Besuche bezogen, jetzt jedoch kam ihr ein Verdacht.

Sie öffnete die Türen und zog die Lade auf, in der sie die Briefe aufbewahrte. Sie hatte es nicht für nötig befunden, sie zu verstecken und jeder, der die Laden öffnete und nach ihren Geheimnissen suchte, konnte sie ohne Schwierigkeiten finden. Sie lagen immer noch darin, aber in einer anderen Reihenfolge. Dessen war sie sich ganz sicher, weil sie sie erst am Morgen in der Hand gehalten hatte, als sie über ihre Beziehung zu ihrem Cavaliere nachdachte. Jemand musste sie danach gelesen haben. Und wer dieser Jemand war, war ganz offensichtlich — und gewiss war es nicht das erste Mal gewesen. Sie tastete sich zum Bett zurück. Sofia musste Ottavio die Briefe gezeigt haben. Dann hatten sie ebenfalls einen Brief geschrieben. Die Handschrift zu verstellen und sie glauben zu machen, er käme von ihrem Cavaliere, war nicht schwierig. Schließlich hegte sie ja nicht den geringsten Verdacht. Und herauszufinden, wo der Palazzo lag und sie sich trafen, war ebenfalls leicht für Ottavio. Er hatte ihr nur folgen müssen. Er war ja auch tatsächlich erst nach ihr angekommen.

„Ihr müsst Euch wieder hinlegen, *siora*." Anna legte besorgt den Arm um ihre Schultern und führte sie zum Bett. Ihr war immer noch kalt, aber sie zitterte nicht mehr so sehr. Langsam wurde ihr vieles klar. Sofia und Ottavio mussten gemeinsam diesen Plan ausgeheckt haben. Aber Ottavio hatte gewiss nicht gedacht, dass Sofia so weit gehen würde, ihm Domenico nachzuschicken. Fast hätte Laura bitter aufgelacht. Der Betrüger war von einer noch größeren Intrigantin betrogen worden. Wut und Abscheu stiegen in ihr hoch.

Sie musste Ottavio noch einmal sehen, ihn zur Rede stellen und die ganze Wahrheit aus ihm herauspressen, eher würde sie keine Ruhe finden. Aber erst morgen. Jetzt war sie zu müde — zu erschöpft. Anna deckte fürsorglich die warme Decke über sie, der Ziegelstein war angenehm warm an ihren Füßen, und sie erinnerte sich mit einem schmerzlichen Ziehen in der Brust daran, wie Domenico ihr damals, nach dem kalten Bad, die Füße massiert und gewärmt hatte.

Domenico ... Sie würde alles mit ihm klären und ihn dann verlassen. Zumindest für eine Zeit lang, bis sie sich ihrer selbst wieder sicher war und sich damit abgefunden hatte, dass er ihre Liebe niemals auf jene Weise erwidern würde, die sie sich so sehr wünschte.

Ein Mädchen brachte ihr einen Becher mit einer dampfenden Flüssigkeit. „Mit einer Empfehlung des *patrone*."

Laura nippte daran. Heißer, gewürzter Wein. Sie spürte, wie er ihr warm durch die Kehle rann, ihren Körper wärmte. Ebenso wärmte wie der Gedanke, dass Domenico an sie gedacht hatte. - Auch wenn es vermutlich nur sein schlechtes Gewissen war.

Draußen war es bereits dunkel – ein weiterer kalter Wintertag ging zu Ende. Und wenn sie Domenico verließ, warteten noch viele kalte und vor allem einsame Tage auf sie. Laura trank den Becher in kleinen Schlucken aus und stellte ihn dann neben sich auf den Nachttisch. Sie strecke sich unter der Decke aus, schloss die Augen und dämmerte dahin, war jedoch außerstande zu schlafen.

Plötzlich herrschte eine ungewöhnliche Unruhe im Palazzo. Laute Stimmen. Domenicos dunkle, zornige, Sofias helle. Fremde Männer im Hof.

Sie schob die Müdigkeit von sich, setzte sich im Bett auf und zog an der Klingel. Anna kam herein, und trotz des schwachen Kerzenscheins sah Laura, dass sie blass war. „Was ist denn passiert? Haben wir Besuch?"

Anna sah sich um, als würde sie verfolgt werden. „Es sind die Schergen der Inquisition im Haus", flüsterte sie. „Sie sind gekommen, um den Herrn zu holen."

Laura schlug die Decke zurück und sprang aus dem Bett. Das Zimmer drehte sich vor ihren Augen, und sie musste sich am Bettpfosten festhalten. „Die Inquisitoren?! Aber weshalb denn?!" Noch während sie sprach, fiel ihr Domenicos Bemerkung ein, die er an jenem Tag vor der Markuskirche über seine Widersacher im Rat hatte fallen lassen. Hatte man ihn verleumdet? Hatte er sich tatsächlich Feinde gemacht, die ihn jetzt vor Gericht schleppen ließen?

Ihre Zofe zuckte hilflos mit den Schultern. „Ich weiß es nicht, aber Signorina Sofia war dabei, vielleicht ..."

In diesem Moment wurde die Tür aufgestoßen, Sofia stürzte herein und auf Laura zu.

„Laura! Es ist etwas Schreckliches passiert!" Sie krallte sich an sie. Laura stieß sie weg und griff nach ihrem Morgenmantel. Sie wollte an Sofia vorbei, aber die hing an ihr wie eine Klette.

„Geh mir aus dem Weg! Ich muss hinunter!"

„Es ist schon zu spät!" Dieses Mal waren die Tränen in Sofias Augen echt. „Er ist schon fort! Sie haben ihn abgeholt!"

„Aber weshalb denn nur?!" Laura fasste unsanft Sofias Arm.

„Es war eine anonyme Anzeige. Sie sagen, er hätte heimliche Kontakte zu ausländischen Diplomaten gehabt!"

Sekundenlang war Laura sprachlos.

„Das wollte ich doch nicht …", stammelte Sofia weiter. „Ich wollte doch nur …" Der Rest des Satzes ging in einem haltlosen Schluchzen verloren.

„Was hat das mit dir …" In diesem Moment stieg eine furchtbare Ahnung in Laura auf. „Was hast du damit zu tun? Was hast du getan?!" Die Briefe fielen ihr ein! Sofia hatte ja ihre Briefe gelesen! Und gewiss auch jenen Brief, in dem der geheimnisvolle Cavaliere d'Amore sie beschworen hatte, alles geheim zu halten, um diplomatische Verwicklungen zu verhindern.

„Du warst es!", fuhr sie auf Sofia los. „Du hast eine anonyme Anzeige hinterlegt!" Es war seit der Einsetzung der Inquisitoren fast an der Tagesordnung, dass von Denunzianten anonyme Anzeigen in den vielen, dafür vorgesehenen und in der ganzen Stadt verteilten Briefkästen hinterlegt wurden. Laura hatte zwar gehört, dass eine Anzeige alleine nicht genügte, um einen Mann zu beschuldigen, aber das kam darauf an, was dieses Frauenzimmer geschrieben hatte.

„Hast du den Verstand verloren?!"

Sofia starrte sie aus wässrigen Augen an. Eine schmale Tränenspur lief über ihre gepuderte Wange bis zum Kinn. „Aber ich wollte ihm doch nichts Böses …"

„Du hast die Briefe gelesen! Aber du wolltest nicht ihm etwas antun, sondern mir, nicht wahr?!" Sie schüttelte die etwas kleinere Frau wutentbrannt. „Weil du nur hierher gekommen bist, um Domenico für dich zu gewinnen, und dir seine Frau im Weg war! Du hättest dir doch denken können, dass es auf ihn zurückfällt, wenn du mich beschuldigst!" Sie gab Sofia einen Stoß, der sie auf das Bett zurücktaumeln ließ. „Anna! Ich muss sofort gehen! Du musst mich begleiten!"

Anna rang die Hände. „Aber der Herr hat doch gesagt, wir dürfen Euch nichts sagen, sondern sollen Euch schlafen lassen!"

Laura lachte spöttisch. Sie war hellwach, auch wenn ihre Knie immer noch ein wenig zittrig waren. Sie musste etwas unternehmen, und sie wusste auch schon was, selbst wenn ein ganz kleines niedriges Gefühl in ihrem Hinterkopf ihr sagte, dass Domenico jetzt nur bekam, was er verdient hatte. Ihre Zuneigung überwog jedoch, und nur wenige Minuten später saß sie neben Anna in der Gondel ihrer Schwiegermutter und ließ sich zu Ottavios Palazzo bringen. Im Arm hielt sie ein dickes Bündel.

Domenico stand in dem holzgetäfelten Raum vor den drei Inquisitoren, den drei ‚Schreckgespenstern', wie man sie im Volk ebenso respektlos wie furchtsam nannte, und musterte sie finster. Die Inquisitoren wurden für jeweils ein Jahr gewählt, und dieses Mal setzten sie sich aus guten Freunden seiner Familie zusammen. Der in eine scharlachrote Toga gehüllte Vorsitzende, der *capo*, war sogar der beste Freund seines verstorbenen Vaters gewesen. Sie alle trugen die in Locken bis über die Schultern fallende weiße Allongeperücke und wirkten alleine schon durch ihren erhabenen Anblick einschüchternd. Nicht jedoch für einem zornigen Ehemann, der seine Frau soeben bei einer vermeintlichen Untreue ertappt hatte und dann von der Polizei abgeführt worden war, bevor er ihren flüchtigen Liebhaber aufspüren und ihm den Hals umdrehen konnte.

„Eine einzige anonyme Anzeige?", fragte Domenico mit hochgezogenen Augenbrauen, nachdem man ihn mit den Vorwürfen gegen ihn konfrontiert hatte. „Das genügt, um die Mehrheit des Rates der Zehn zu einer Anklage gegen mich kommen zu lassen?" Diese Mehrheit war dazu erforderlich, und meist bedurfte es dazu auch mehrerer Anzeigen oder einer verlässlichen Information durch einen Spion, bevor der Rat weitere Schritte unternahm. Ihn hatte man jedoch offenbar wegen weitaus weniger hierher verschleppt.

„Keine Anklage, Domenico", erwiderte der *capo*. „Nur eine Befragung."

„Eine Befragung, zu der ich durch die Büttel gerufen werde wie ein gemeiner Verbrecher? Wie ein Staatsfeind?"

Er bemühte sich um Ruhe und atmete einige Male tief durch. Zuerst Ottavio, den er mit Laura vorgefunden hatte, und nun eine Anhörung. „Wenn ich richtig verstanden habe", sagte er endlich kalt, „dann wird mir vorgeworfen, heimliche Kontakte mit ausländischen Diplomaten gehabt zu haben?"

Der Freund seines Vaters hob die Hand. „Nicht Ihr, Domenico, sondern Eure Gattin."

„Meine Gattin?!"

Der andere nickte. „Es wurde anonym Anzeige erstattet, dass Eure Frau sich regelmäßig mit einem französischen Diplomaten getroffen habe. Eigentlich sollte sie gemeinsam mit Euch hier erscheinen."

„Sie fühlt sich nicht wohl", erwiderte Domenico scharf. „Aber selbst wenn, hätte ich es nicht geduldet, dass man sie hierher zitiert." Es war nicht das erste Mal, dass Domenico sich selbst hätte ohrfeigen können für diese Idee. Für beide Ideen. Für die erste – seine Frau anonym zu verführen, und für die zweite – sich für einen Franzosen auszugeben. Er hatte keine Ahnung, wie das herausgekommen war, aber offenbar hatte man sie belauscht. Vielleicht war es sogar der Diener in ihrem gemieteten Liebesnest gewesen, der sie belastet hatte. „Ich nehme an, Ihr hattet genügend Gründe für diese Anzeige und Vorladung. Wenn ich mich auch frage, wie es sein kann, dass der Rat der Zehn, dessen Mehrheit für meine Verhaftung stimmen musste, so schwerwiegende Anschuldigungen vorliegen hat!"

Der *capo* lehnte sich vor. „Domenico, ich sage es nochmals: Dies hier ist keine offizielle Anhörung. Es dient eher dazu, Euch Gelegenheit zu geben, zu den Anschuldigungen gegenüber Eurer Gattin Stellung zu nehmen. Die Anzeige wurde dem Rat nicht einmal vorgelegt."

Domenico richtete sich noch etwas gerader auf und blickte die drei Männer kalt an. „Nun, was immer meine Frau getan hat, es geschah nicht ohne mein Wissen und nur auf meinen ausdrücklichen Wunsch hin."

Die drei Inquisitoren tauschten Blicke.

„Aber", fuhr Domenico fort, „sie hat sich niemals mit einem ausländischen Diplomaten getroffen, sondern ...", er räusperte sich, es fiel ihm nicht leicht, seine eigenen Dummheit auch noch hinauszuposaunen, „mit ...""

Die Tür wurde aufgestoßen und einer der Sekretäre trat ein. „Verzeihung, Signore, aber hier ist Ottavio Ferrante, der Vetter des Beklagten, der eine Aussage machen will. Er sagt, er hätte von Donna Laura Beweise für die Unschuld von Domenico Ferrante und ihre eigene erhalten."

„Lasst ihn eintreten!"

„Signore! Ich glaube nicht, dass mein Vetter etwas zur Klärung dieser Angelegenheit beitragen könnte!"

„Wir wollen ihn dennoch anhören."

Domenico ballte die Fäuste. Als Ottavio eintrat, hätte er sich am liebsten auf ihn gestürzt. Wie konnte er es nur wagen, sich einzumischen?! Waren er und Laura tatsächlich so vertraut miteinander, dass sie sich ausgerechnet an ihn um Hilfe wandte?

Ottavio kam herein, Domenico dabei so weit wie möglich ausweichend, und trat vor die drei Inquisitoren. In der Hand hielt er ein Paket, das er nun auswickelte.

„Ihr bringt Beweise?"

„Ja, Signore, Beweise für die Unschuld von Donna Laura und damit auch", er sah schnell zu Domenico hinüber, der ihn blutdürstig fixierte, „für ihren Gatten." Er reichte dem *capo* ein Bündel Papiere und ein Buch.

Dieser nahm alles entgegen. „Briefe?"

Domenico war mit zwei Schritten dort und griff danach. „Das sind die Briefe meiner Frau! Wie kommst du dazu?!"

„Sie hat sie mir gegeben." Ottavio trat von ihm fort und hob abwehrend die Hände, als Domenicos Hand vorschoss und ihn an seiner Jacke wieder näher zog.

„Wie kommt Laura dazu, dir ihre Briefe zu geben?" Seine Stimme war jetzt sehr leise und gefährlich. Der Gedanke, dass Laura ausgerechnet zu Ottavio geeilt war, um dort Hilfe zu finden, drehte ihm die Eingeweide um und ließ das Gesicht seines Vetters in einem roten Nebel verschwimmen.

„Domenico, bitte mäßigt Euch!"

„Gleich, Signore." Er ließ keinen Blick von Ottavio. „Und jetzt antworte, bevor ich dir den Hals umdrehe, du ...." Er schluckte „verdammter Ehebrecher" hinunter. Was immer zwischen Ottavio und Laura vorgefallen war, würde zwischen ihnen beiden geklärt werden und war keine Sache für die Inquisitoren.

Ottavio war bleich, aber gefasst. „Sie war soeben bei mir und hat sie mir übergeben. Sie sagte, sie wären der Beweis für deine Unschuld." Er zappelte unter Domenicos Griff, konnte sich jedoch nicht freimachen. Obwohl er ebenso groß und nicht weniger kräftig war wie dieser, besaß er nicht die wütende Stärke eines eifersüchtigen Ehemanns.

„Ebenso wie das Tagebuch, das, wie Donna Laura dir durch mich sagen lässt, jeden Zweifel beseitigen sollte."

„Ein Tagebuch?" Domenico lockerte vor Verblüffung seinen Griff. Seine Frau hatte ein Tagebuch geführt! Er ließ Ottavio, der sich schnell in Sicherheit brachte, los und griff statt dessen hastig nach dem Buch, das auf dem Tisch vor den Inquisitoren lag, die bereits begonnen hatten, durch die Briefe zu blättern. Die Briefe waren alles andere als entlastend. In ihnen hatte er sich als ausländischer Diplomat, dessen Inkognito nicht gelüftet werden durfte, zu erkennen gegeben. Aber Laura hatte ein Tagebuch geführt! Er nahm es begierig in die Hand und blätterte es hastig durch. Hier musste sich vielleicht die Antwort auf die Frage finden, die ihn quälte. Was empfand sie für Ottavio, und was war wirklich zwischen ihnen gewesen?

„Domenico", die Stimme des Freundes seines Vaters klang ruhig, aber bestimmt, „es ist nicht an Euch, diese Beweise zu lesen."

„Es ist das Tagebuch meiner Frau und niemand wird es vor mir in die Hand bekommen!"

„Ihr erweckt den Eindruck, als wolltet Ihr Eure Frau schützen!"

„Dazu gibt es keinen Grund." Domenico ließ das Buch sinken. „Meine Frau hatte niemals Kontakte zu einem ausländischen Diplomaten. Diese Briefe stammten von mir."

Die drei Männer sahen ihn erstaunt an. „Von Euch?"

Er räusperte sich. „Gewiss. Es ... es war eine Art Spiel ..." Er räusperte sich nochmals. „Meine Gattin ist sehr ... romantisch und ..." Es war nicht gerade Domenicos Art zu stottern oder Sätze unvollendet zu lassen, aber diese Worte auszusprechen, fiel ihm schwer.

Einer der Inquisitoren vergaß seine Würde und lachte. „Ein verliebter Ehemann, der seine Frau unerkannt verführt! Das ist etwas ganz Neues hier in Venedig!"

Der *capo* winkte ab. „Ich ersuche um mehr Respekt vor diesem Tribunal. Und Ihr, Domenico, gebt mir jetzt dieses Buch. Wenn es Beweise enthält, so muss es von uns gelesen werden."

Domenico reichte ihm zähneknirschend Lauras Tagebuch hinüber und nahm schließlich auf die mehrmalige, höflich formulierte Aufforderung auf einer Bank am anderen Ende des Raumes Platz. Neben ihm, in angemessenem Abstand, saß Ottavio.

Die anderen blätterten im Tagebuch. Die ernsten Gesichter hellten sich auf und endlich, nach einer Ewigkeit, sah der Vorsitzende auf, auf seinem ehrwürdigen, faltigen Gesicht ein kaum verhehltes Grinsen.

„Darf ich dieses Tagebuch jetzt vielleicht sehen?" Domenicos Stimme klang heiser vor unterdrücktem Zorn. Was zum Teufel stand in diesem Buch, das sie zum Lachen brachte? War es, weil er als gehörnter Ehemann und Dummkopf da stand? Der Dummkopf hätte ihn weniger geschmerzt, mit dieser Bezeichnung hatte er sich in den vergangenen Tagen selbst oft genug geschmückt, aber Lauras Untreue bestätigt zu finden, wäre weitaus schlimmer.

„Sofort, Domenico, geduldet Euch noch ein wenig." Der alte Freund seines Vaters schüttelte den Kopf, als er die Seiten durchblätterte. „Was für eine Frau", murmelte er ein über das andere Mal. „Welch ein liebenswertes, rührendes Geschöpf ..."

„Signore ...!"

„Geduldet Euch, Domenico, geduldet Euch. Es steht Euch weder zu, die Inquisitoren zu drängen, noch einen Mann, der Euer Vater sein könnte."

Domenico verstummte, klopfte jedoch ungeduldig so lange mit den Fingern auf die Holzbank, bis die drei Männer wieder hochsahen. Der *capo* winkte ihn heran. „Ich denke, Domenico, mit diesen Dokumenten ist Eure Unschuld und die Eurer Frau mehr als bewiesen. Ihr könnt gehen und das Tagebuch mitnehmen." Sein Lächeln verwandelte sich abermals in ein Grinsen, als er sich ein wenig vorbeugte, um Domenico zuzuflüstern: „Ihr seid wahrhaftig der Sohn Eures Vaters, Domenico. Solche Streiche wären ihm ebenfalls eingefallen, so zurückhaltend er sich auch meist geben mochte. Und", er zuckte mit den Schultern, „in unserer Gesellschaft, wo es als bäuerisch und fast vulgär gilt, seiner eigenen Frau den Hof zu machen und sie zu verführen, bleiben uns Männern oft nur recht ungewöhnliche Auswege." Er zwinkerte ihm zu. „Lasst Eure liebe Gattin ganz besonders herzlich von mir grüßen. Vielleicht haben meine Frau und ich die Freude, sie und Euch demnächst als Gast bei uns begrüßen zu dürfen. Ich bin sicher, meine Isabella würde sich freuen, Laura näher kennenzulernen."

Domenico versuchte, eine Miene der Höflichkeit aufzusetzen. „Es wäre uns eine Ehre, Signore. Aber nun verzeiht ..."

„Signori", bat Ottavio, der ebenfalls näher gekommen war, mit einem misstrauischen Blick zu Domenico, „lasst mich bitte vor ihm gehen. Er mag dann in einigen Minuten nachkommen, aber ..."

Der *capo* hob verwundert die Hand. „Ich sehe keinen Grund dafür, Ottavio. Fürchtet Ihr Domenico etwa? Dazu gibt es keinen Anlass, eher für seine Dankbarkeit wegen der Freundlichkeit, die Ihr ihm erwiesen habt, indem Ihr diese Briefe und dieses Tagebuch brachtet, die seine Unschuld beweisen."

„Nur zu wahr, Signore", stimmte Domenico mit einem grimmigen Lächeln zu, während er das Paket mit Lauras Tagebuch und den Briefen entgegennahm und unter den Arm klemmte. „Ich kann es sogar kaum erwarten, meinem ehrenwerten Vetter meine Dankbarkeit zu bezeugen. Deshalb erlaubt, dass wir Euch jetzt verlassen. Ich möchte so schnell wie möglich zu meiner lieben Gattin, um ihr die frohe Botschaft zu übermitteln und ihre Sorge zu zerstreuen."

Er fasste Ottavio mit seiner freien Hand so fest am Arm, dass dieser sich ohne gröberes Handgemenge nicht losreißen konnte, machte eine höfliche Verbeugung Richtung der drei Inquisitoren und schleppte seinen sich windenden Vetter dann zur Tür hinaus, die von einem Diener geöffnet wurde.

„Domenico ...", Ottavio lächelte unsicher, „... wir sollten reden ... ich meine ..."

„Wir werden reden. Aber erst draußen. Und dann sehr gründlich." Er zerrte Ottavio hinter sich her, einen Gang entlang und dann die Scala dei Giganti hinab, bis sie in den Hof des von Fackeln beleuchteten Dogenpalastes gelangten. Sein Diener Enrico wartete dort auf ihn, und Domenico folgte ihm mit seinem Vetter quer über den Hof und hinaus durch einen der Nebeneingänge, der knapp bei der Lagune mündete. Zu seiner angenehmen Überraschung sah er dort seine Gondel warten. Er warf seinem Diener das Paket mit den Briefen zu und riss dann Ottavio herum, packte ihn mit beiden Händen an den Aufschlägen seiner Jacke und schüttelte ihn. „Du Verbrecher!"

Ottavio versuchte sich freizumachen. „Denk daran, was die Inquisitoren gesagt haben, Domenico! Ich habe die Beweise gebracht für ..."

„Du hast es gewagt, meine Frau mit deinen dreckigen Fingern zu berühren! Und vermutlich nicht nur das! Wenn du schon soviel wusstest, frage ich mich, wer wohl hinter dieser Verleumdung steckt! Wolltest du mich loshaben, um freie Bahn bei Laura zu haben?!"

„Domenico", Ottavio ächzte, als er Domenicos Hand an seiner Kehle fühlte, „denk doch nach – wäre ich dann gekommen?"

„Weshalb hat sich Laura um Hilfe an dich gewandt?! Weshalb hat sie ausgerechnet dich geschickt?!"

„Weil sie wusste, dass ich kommen würde. Ich war es ihr schuldig." Ottavio röchelte ein wenig. „Aber ich schwöre dir, ich hatte nichts mit der Anzeige zu tun! Ich hatte nicht die geringste Ahnung davon, bevor Laura vor meiner Tür stand."

„Wie oft hast du dich mit Laura getroffen? Los, sprich schon, wenn du nicht willst, dass ich dir hier auf der Stelle den Hals breche!"

„Es war das erste Mal ... Ich schwöre es ... Das erste Mal ..."

„Ach, ja? Und auf dem Ball bei den Pisanis? Was war da? Hast du sie da geküsst oder nicht?!"

„Aber doch nur ein harmloser Kuss ..."

Domenicos Blicke durchbohrten ihn. Nichts, was Laura oder Ottavio betraf, erschien ihm jetzt noch harmlos. „Und wie kommt es, dass du von unseren Treffen wusstest und den Ort kanntest?"

„Von Sofia. Sie hat es mir gesagt. Alles. Es war ihre Idee. Von ihr wusste ich, dass Laura manchmal ohne Begleitung das Haus verließ. Dass sie zu diesem Palazzo ging, das hat ihr Sofias Zofe verraten, die sie verfolgt hat. Und auch über ihr Muttermal ..."

„Ihr Muttermal?!"

Ottavio rang nach Luft, als sich Domenicos Griff verstärkte. „Ja, ihr Muttermal. Sofia hat mir den Tipp gegeben, um Laura davon zu überzeugen, dass ich ihr heimlicher Geliebter bin."

„Sie wusste also nicht, wer du bist, als ...", er presste diese Worte heraus, „... als ich euch fand – sie in deinen Armen ..."

„Nein. Nein, ich schwöre es. Und ich hätte es auch nicht getan, hätte ich nicht angenommen, dass sie dich betrügt, dass sie einen Geliebten hat. Ich wollte nur ebenfalls ..."

„Ebenfalls einige amüsante Stunden mit ihr verbringen?! Ich sollte dich nicht nur erwürgen, sondern dir vorher noch alle Glieder und den Hals brechen!" Domenicos Augen funkelten mordlustig. Dann, endlich, ließ er den Hals seines Vetters widerwillig los.

Ottavio schluckte einige Male heftig und räusperte sich. Auf seiner Kehle bildeten sich dunkle Flecken, Domenicos Fingerabdrücke. „Sie wusste es nicht. Und ich wusste nicht, dass du ihr heimlicher Geliebter bist. Ich wusste nichts von eurem Spiel, ich schwöre es", wiederholte er. „Sie hat es mir erst jetzt gesagt, als sie mir die Briefe gebracht hat. Sie sagte, ich hätte etwas wieder gutzumachen." Er massierte sich den geschundenen Hals und warf Domenico einen missgünstigen Blick zu. „Und deshalb bin ich gekommen. Lauras wegen ..."

Nach einigen Minuten, in denen er Ottavio noch eine Reihe von Fragen gestellt und die Antworten aus ihm herausgepresst hatte, ließ Domenico seinen Vetter endlich gehen. Jetzt war ihm vieles klar. Sofia steckte hinter allem. Sie musste es auch gewesen sein, die Laura angezeigt hatte. Sie hatte die Rivalin loswerden wollen. Er stieß den im Weg stehenden Ottavio zur Seite, als er zu seiner Gondel eilte und hineinsprang, sodass der Gondoliere Mühe hatte, das Boot am Kentern zu hindern.

Domenico hatte es zwar eilig nach Hause zu Laura zu kommen, aber zugleich wollte er auch dieses Tagebuch lesen. Er befahl Enrico die Laterne anzuzünden und zog dann die Vorhänge zu, um nicht gestört zu werden. Die Kerze in der Laterne gab nicht viel Licht, aber doch genügend, um die Buchstaben entziffern zu können.

Er blätterte es zuerst rasch durch, betrachtete die mit einer zierlichen Handschrift eng beschriebenen Seiten. Seine Frau führte tatsächlich ein Tagebuch! Er lächelte über diese Gewohnheit, die sie wohl mit sehr vielen ihrer Geschlechtsgenossinnen teilte. Er hatte keine Gewissensbisse, weil er es las. Schließlich hatte Laura es Ottavio gegeben, damit es ihre Unschuld beweisen sollte, und musste auch damit rechnen, dass die Inquisitoren es lasen. Also konnte sie auch nichts dagegen haben, wenn ihr Ehemann dasselbe tat.

Er überflog die ersten Seiten, die noch aus ihrer Zeit im Kloster stammten.

„... ach, ... könnte ich doch nur die Liebe erleben!", schrieb seine Frau in dieser rührend ungelenken Schrift, *„die wunderbare Romantik dieses Gefühls auskosten! Wie sehr beneide ich jede Frau, in deren Ohr süße Geheimnisse geflüstert werden, die Briefe glühender Leidenschaft von einem Verehrer erhält! Ich dagegen ... oh, ich unglückliches Geschöpf muss darben ..."*

„Kleine Närrin", murmelte er, aber es klang sehr liebevoll, als er neugierig weiterblätterte, dabei großzügig über orthografische Unvollkommenheiten hinwegsehend. Mitleid mit seiner Frau stieg ihn ihm auf, die sich zweifellos in der Abgeschiedenheit ihres bisherigen Lebens vollkommen unrealistische Träume von der Welt, dem Leben in Venedig und der Ehe gemacht hatte. Und dann war sie aus allen Träumen in seine Arme gefallen. Arme, die sie nicht fest und liebevoll genug gehalten hatten.

Endlich blieben seine Augen an einigen Sätzen hängen, die ihn unwillkürlich schlucken ließen. Da wurde er selbst beschrieben. Das erste Treffen im Gesprächszimmer. Er runzelte die Stirn. Das waren nicht die Worte, die er sich aufgrund ihres Benehmens erwartet hätte. Ganz im Gegenteil. Sie schrieb davon, welch großen Eindruck er auf sie gemacht hatte und schien in ihm den Inbegriff all ihrer Träume zu sehen. Er fuhr sich über die Stirn. Laura war damals, vor ihrer Hochzeit, in ihn verliebt gewesen! Das war ganz deutlich. Aber was konnte sie so verändert haben?

Er musste nicht lange blättern, um den Grund dafür herauszufinden. Der erklärende Eintrag stammte vom Vorabend ihrer Hochzeit. Sie beschrieb darin, dass Sofia sie über die Mätresse ihres zukünftigen Mannes aufgeklärt und Nicoletta als seine große und einzige Liebe dargestellt hatte. Zum ersten Mal begriff er, worauf die Zurückhaltung seiner Frau begründet war: Auf Eifersucht und dem Bewusstsein, weitaus weniger klug und reizvoll zu sein als seine Mätresse. Er schnaubte wütend. Damals schon hatte Sofia also versucht, seine Ehe zu stören und einen Keil zwischen ihn und Laura zu treiben. Es hatte ihr aber nur gelingen können, musste er vor sich selbst zugeben, weil er zu dumm und zu lieblos gewesen war, das Wesen seiner Frau zu ergründen und sich um sie zu bemühen. Hastig las er weiter. Die Tagebucheintragungen näherten sich dem ersten Stelldichein mit ihm. Oder besser: mit ihrem ‚Cavaliere'. Sie beschrieb auch tatsächlich das Treffen, die Rose, die er ihr übergeben hatte und dann kam ein Satz, der ihm das Blut in den Adern gefrieren ließ.

„*... und heute, auf dem Maskenball, werde ich ihn endlich sehen: Meinen geheimnisvollen Cavaliere d'Amore, der mich in seinem Brief hat wissen lassen, dass er dort sein und mich im Salon der Diana treffen wird. Ich muss wohl nicht lange darüber grübeln, wer mein geheimnisvoller und romantischer Verehrer ist. Kein anderer natürlich als Ottavio, der mir schon so lange den Hof macht!*"

Nein, das war doch nicht möglich! Sollte sie tatsächlich geglaubt haben, sich mit Ottavio zu treffen, anstatt mit einem Fremden? Verwirrt strich er sich über die Stirn.

„*Werde ich überhaupt hingehen? Werde ich den Mut besitzen? So wenig mein Mann mich auch liebt und anziehend findet, so ängstlich bin ich doch, einen Schritt zu tun, der — obwohl so üblich — mir nur Schande bringen wird.*"

Und doch hatte sie es getan ... Domenico zog die Augenbrauen zusammen und las ungeduldig weiter, versessen darauf zu erfahren, was in ihr vorgegangen war, und was sie wohl nach diesem ersten Treffen, eingetragen hatte. Hier war es. Er holte tief Luft und bemerkte dabei, dass die Hand, mit der er das Buch hielt, zitterte.

„*... heute ist mir etwas widerfahren, von dem ich niemals gedacht hätte, dass es möglich sei*",

schrieb sie. Die Schrift war fahrig, so, als hätte sie in großer Eile geschrieben, wie etwas, das man unbedingt festhalten will, die Buchstaben jedoch weitaus langsamer entstanden als die Gedanken, die sie führten.

„*Ich habe mich verliebt!!! Und zwar so sehr verliebt, wie ich es niemals für möglich gehalten hätte. Mehr als je zuvor!*"

Diese Worte trafen ihn wie ein Schock. Verliebt. Also doch verliebt in diesen verdammten Ottavio! Er bedauerte unendlich, seinem Vetter zuvor nicht doch den Hals umgedreht zu haben. Er hatte ihm die Liebe seiner Frau gestohlen.

Es kostete ihn Überwindung weiterzulesen und damit den Beweis für ihre Zuneigung zu Ottavio zu finden.

„*Wie habe ich mich doch in ihm getäuscht! Für einen kühlen Mann habe ich ihn gehalten, bar jeder Romantik ...*"

Kühl? Ottavio? Dieser lächerlich aufgeputzte und übertriebene Geck?!

„*... und nun hat er das Romantischste getan, das ich mir nur vorstellen kann! Wie war mir doch plötzlich anders, als ich in seinen Armen lag, so vertraut und doch fremd. Gleichgültig sind mir damals, nach der Heirat, seine Zärtlichkeiten erschienen, aber heute* *lag eine Leidenschaft darin, die mich jetzt noch erzittern lässt. Mein Cavaliere d'Amore ... Wie war ich zuerst erschrocken, als ich ihn erkannte, und wie glücklich bin ich jetzt! Er ist noch nicht heimgekommen, vermutlich hat er Freunde getroffen, mit denen er sich noch unterhält. Für mich war der Ball jedoch in dem Moment zu Ende, als er mich losgelassen und ohne mich den Raum verlassen hat. Ich kann es kaum erwarten, ihn wiederzusehen. Ist das nicht verrückt?! Sich abermals in seinen eigenen Mann zu verlieben?!!"*

Domenico starrte auf die Zeilen, las sie nochmals, dann noch ein drittes Mal. Was hatte sie geschrieben? ... *in seinen eigenen Mann zu verlieben? Abermals?* Wie war es denn möglich, dass sie ihn sofort erkannt hatte? Vom ersten Moment an! Mit zitternden Händen blätterte er um. Der nächste Eintrag stammte vom Tag darauf.

„Domenico hat kein Wort über das Vorkommnis verloren. Dabei musste ich immer lachen, wenn ich ihn ansah, konnte kaum ernst bleiben. Mein Cavaliere d'Amore, wann erhalte ich deinen nächsten Brief? Wann wirst du mich wieder in die Arme nehmen? Welch ein reizvolles Spiel ... "

Begierig las er weiter ...

„... es scheint tatsächlich ein Spiel zu sein, das er sich ersonnen hat. Ein Spiel, wie ich es mir anregender nicht denken könnte. Allein schon der Gedanke, dass ich ihn wiedersehen werde – nein, nicht sehen – er verbindet mir ja die Augen ... Aber allein schon der Gedanke an seine Lippen, seine Hände, seine Leidenschaft, lässt mich erglühen. Wie habe ich ihn nur so verkennen können. Was für einen Mann habe ich doch bekommen! Einen Liebhaber, um den jede Frau mich beneiden kann. Welch eine Idee, einen eigenen Palazzo zu mieten! Auch wenn ich befürchte, dass ich nicht die Einzige bin, die er dort trifft. "

Einige Seiten später:

„Manchmal werde ich das Gefühl nicht los, dass er es nicht ahnt. Denkt er etwa, ich wüsste nicht genau, wer sich hinter diesem geheimnisvollen Cavaliere verbirgt? Hält er mich für so einfältig? Für so dumm, meinen eigenen Gatten nicht zu erkennen?"

„Ich törichter Esel", flüsterte Domenico erbittert, als er weiterlas.

„Liegt es vielleicht daran, dass er mit mir spielt? Nur er mit mir, und dass es kein gemeinsames Spiel ist?", schrieb Laura später.

„Liegt es daran, dass ich ihm wohl als Geliebte aber nicht als Ehefrau gut genug bin? Ist es diese Nicoletta, die seinen Verstand in Besitz genommen hat, während er meinen Körper liebt? Oft glaube ich, das ist so ... Aber was soll ich tun? Ihn darauf ansprechen? Das Spiel, das mir so viel Lust bereitet, zerstören? Ein Spiel, das alles ist, was uns zu verbinden scheint? Was ist, wenn er sich dann von mir abwendet?"

„Nein", murmelte Domenico, „nicht nur ein törichter, sondern ein vollkommen verdammter und gottverlassener Esel bin ich gewesen."

„Es liegt zweifellos an mir. Ich bin ihm nicht klug genug. Zu ungebildet. Das hat er mir in dieser Weise zwar niemals gesagt, aber mich oft fühlen lassen. Dabei bemühe ich mich so, lese Bücher, die ich noch vor Kurzem nicht einmal aufgeblättert hätte, versuche sie zu

verstehen, nehme sogar Unterricht in all den Dingen, die der schönen und klugen Nicoletta so leicht fallen. Sie darf ihn mir nicht wieder wegnehmen, sie nicht und keine andere, das könnte ich nicht ertragen ..."

Domenico presste das Buch an sein Herz, als wäre es seine Liebste selbst. „Meine süße Laura. Und ich … ich elender Trottel war eifersüchtig." Dabei hatte sie ihn von Anfang an durchschaut gehabt. Ihm, ihrem Gatten, hatte sie sich hingegeben, ihm alleine, ohne den leisesten Gedanken an einen anderen. *Ich habe dich gar nicht verdient, meine Geliebte*, dachte er voller Schuldgefühle. Zart strich er mit dem Finger über die Zeilen. Ihre Schrift hatte sich verändert in diesen Monaten, stellte er plötzlich fest. Sie war erwachsener geworden, flüssiger. So wie sie selbst sich verändert hatte. Er atmete tief durch, las die restlichen Seiten. Jeden Gedanken wollte er von ihr wissen. Plötzlich stutzte er. Es war der letzte Eintrag. Die Buchstaben waren verschwommen, so, als wäre die Tinte mit anderer Flüssigkeit in Berührung gekommen. Kleine und größere Tropfen hatten die schwarze Farbe zerrinnen lassen. Zittrig war ihre Schrift, als hätte sie beim Schreiben geweint.

„Ich kann es nicht fassen. Weshalb hat er mir das angetan? Wie kann er immer noch eine Liebesbeziehung zu dieser Nicoletta unterhalten, wenn er mir ständig seine Liebe zeigt, sie mir durch seine Liebkosungen, wenn nicht durch Worte, beweist? Zuerst hatte ich gehofft, es wäre Ottavio, der ihr Haus betrat, aber es war kein Zweifel möglich. Trifft er sie immer noch? Eilt er von meinen Armen in ihre und umgekehrt? Genüge ich ihm nicht? Sieht er wirklich nur die Ehefrau in mir, die ihm seine Söhne schenken soll, und die er täuscht, um zum Ziel zu gelangen?"

Die Schrift wurde fast völlig unleserlich. Domenico musste das Buch noch näher zur Laterne halten, um sie entziffern zu können.

„Aber er soll nicht triumphieren. Er nicht und seine Nicoletta ebenfalls nicht. Er ist gestern Nacht zu mir gekommen. Aus den Armen dieser Frau wollte er mein Schlafzimmer aufsuchen. Wie schändlich und grausam von ihm. Wie dumm vor Freude hätte ich mich gefühlt, hätte ich nicht gewusst, was er zuvor getan, wen er besucht hatte. Aber so konnte ich ihm die einzig richtige Antwort geben ..."

Das war es also gewesen. Dieses geflüsterte „Ottavio, mein Liebster", klang zwar immer noch schmerzhaft in seinen Ohren, aber sie hatte es nicht ernst gemeint. Und sie hatte auch nicht gewusst, wer sie dieses Mal in ihr Liebesnest bestellt hatte. Ottavio hatte ihm geschworen, dass er ohne ihr Wissen gekommen war. Nun, um den würde er sich vermutlich später noch einmal intensiver kümmern, aber vorerst drängte sich alles in ihm danach, seine Frau endlich in die Arme zu schließen.

Marina streichelte zärtlich die Hand der niedergeschlagenen jungen Frau, die neben ihr in ihrem Boudoir saß. „Ich hätte es meinem Bruder wahrlich nicht zugetraut, dass er sich jemals so zum Narren machen könnte", sagte sie kopfschüttelnd, nachdem Laura ihr alles erzählt hatte. „Der Gedanke, dich heimlich zu verführen, hat schon etwas sehr Romantisches", gab sie dann nach kurzem Nachdenken zu, „aber dich dann mit Ottavio zu verdächtigen, ist reinste Eselei."

„Es musste ja so aussehen", fühlte Laura sich bemüßigt, ihren geschmähten Ehemann zu verteidigen. „Aber darum geht es mir ja auch nicht. Das Tagebuch wird meine Unschuld hinreichend aufklären. Und es wird auch den Inquisitoren genügen, um Domenico frei zu sprechen, das hat mir Ottavio versichert. Nein, es geht mir darum, dass ich es müde bin, gegen seine Zuneigung zu seiner Geliebten anzukämpfen." Sie senkte den Kopf. „Ich war wohl dumm, als ich annahm, ich könnte ihm genügen, und er würde mir eines Tages jene Liebe entgegenbringen, die er für Nicoletta Martinelli empfindet."

Marina starrte sie an. „Wie bitte? Liebe zu wem?"

„Nicoletta Martinelli", wiederholte Laura gequält. „Sofia hat mir am Tage vor unserer Hochzeit davon erzählt und dann ..."

„Und du glaubst diesem intriganten Ding überhaupt noch ein einziges Wort?!", regte sich Marina auf. „Nach allem, was sie getan hat?!"

„Aber damals ..."

„Unfug! Als Domenico dich geheiratet hat, war das Verhältnis zwischen ihm und Nicoletta Martinelli schon lange beendet. Und ich kann mir nicht denken, dass er die Absicht hatte, daran etwas zu ändern. Ganz Venedig hat sich darüber amüsiert, wie er sie mit einem anderen Liebhaber vorgefunden hat!" Sie schüttelte den Kopf. „Nein, Domenico ist nicht der Mann, der so etwas vergisst oder verzeiht. Und wenn er ihr Haus betreten hat, dann muss das andere Gründe gehabt haben. Aber bestimmt keine unsterbliche Leidenschaft!"

Laura hatte das Gefühl, als würde sich die Dunkelheit um sie herum lichten. „Du meinst ..."

„Ich meine, er hat sich in den letzten Wochen verändert", sagte Marina mit Bestimmtheit. „Und dass der Grund dafür hier neben mir sitzt und sich unnötige Sorgen macht." Sie schmunzelte. „Man muss meinen Bruder doch nur ansehen, um zu erkennen, was mit ihm los ist. Er denkt, es merkt niemand. Aber wenn er dich ansieht, hat er einen Blick, den ich noch nie zuvor bei ihm gesehen habe." Sie drückte die Hand ihrer Schwägerin. „Meine liebe Laura, ich kann dir nur eines sagen: Wenn du dich in deinen geheimniskrämerischen Cavaliere verliebt hast, so ist ihm dasselbe in gleicher Weise zugestoßen. Und mit einer Heftigkeit, die ich ihm – offen gesagt – zutiefst vergönne."

„Meinst du wirklich?!" Laura hatte Marinas Hand mit beiden Händen gepackt und drückte sie aufgeregt.

„Wenn nicht, warum sollte er mich dann um das kleine Porträt von dir bitten, das du mir vor einigen Monaten zum Geburtstag geschenkt hast?" Marina lächelte. „Er wollte es unbedingt haben und hat mir versprochen, für mich eine Kopie anfertigen zu lassen. Ich bin sicher, wenn du danach suchst, wirst du es in seinem Schlafzimmer finden."

„Glaubst du wirklich, dass ... dass er mich liebt? Dass ich es mir nicht eingebildet habe, sondern ich ihm etwas bedeute?! Aber er hat es nie gesagt, er hat ..."

Marina winkte verächtlich ab. „Wenn du auf eine Liebeserklärung von diesem verstockten Menschen wartest, musst du viel Zeit haben. Der würde es vermutlich nicht einmal zugeben, solch zarter Gefühle fähig zu sein, wenn er damit schon aus allen Kleidern platzt."

Laura lachte etwas zittrig. Die geradlinige und energische Marina würde wohl nicht so sprechen, wenn sie es nicht so meinte. Dann wurde sie wieder ernst. „Das hieße ja, dass ich bleiben könnte. Dass ich ihn nicht verlassen muss."

„Aber natürlich musst du ihn nicht verlassen! Welch eine Dummheit wäre das! Obwohl", Marina überlegte, „es würde ihm nicht schaden. Nein, nein", beeilte sie sich zu sagen, als sie Lauras entsetzten Gesichtsausdruck sah, „nicht wirklich verlassen, sondern nur ein bisschen erschrecken." Sie lehnte sich in die Polster zurück und lächelte boshaft. „Und mir fällt dazu sogar etwas sehr Gutes ein."

„Aber ..."

„Nein, nein, meine Liebe, überlass alles nur mir. Du wirst sehen, binnen weniger Tage hast du deine Liebeserklärung."

Als Domenico seinen Palazzo erreichte, wartete seine Mutter bereits auf ihn. „Domenico! Gut, dass du endlich heimkommst! Ich war voller Sorge!"

Er nahm seine Mutter in den Arm und drückte zärtlich einen Kuss auf ihre Wange. „Es ist alles in Ordnung, Mutter. Nur ein Missverständnis. Man wollte nur meine Aussage hören, mache dir keine Sorgen."

„Keine Sorgen?" Seine Mutter betupfte sich mit einem feinen Tüchlein die Augen. „Als ob es nicht schon Unglück genug gewesen wäre, dass die Polizei dich verschleppt wie einen gemeinen Verbrecher! Dann ..."

Er hörte nicht mehr zu. „Wo ist Sofia?" Dieses Biest hatte nach Ottavios Worten die anonyme Anzeige gemacht. Er würde nicht dulden, dass sie auch nur eine Minute länger hier blieb.

„Sofia? Die ist ebenfalls abgereist!"

„Abgereist?" Damit hatte sie zum ersten Mal Verstand bewiesen. Plötzlich fiel ihm etwas auf. „Ebenfalls?"

„Aber ja! Sieh nur, hier! Dieser Brief!" Seine Mutter drückte ihm ein zerknittertes Schreiben in die Hand. „Er ist von Laura! Sie will abreisen oder hat es bereits getan! Ach, welch ein Unglück!"

„Abreisen? Wohin?!"

Seine Mutter brach in Tränen aus, und Domenico riss ihr förmlich den Brief aus der Hand.

„Meine liebe Mutter, bitte gebt diesen Brief auch an Domenico weiter", schrieb sie. Die Schrift war kaum leserlich und nicht wiedererkennbar. Laura musste das in sehr großer Eile geschrieben haben. *„Ich will ihm nicht mehr unter die Augen treten, nach allem was gesehen ist. Es hat zu viele Missverständnisse zwischen uns gegeben, als dass ich noch einen Sinn darin sehen könnte, eine Ehe aufrecht zu halten, die sich nicht auf Liebe begründet. Es mag bei anderen vielleicht so üblich sein, aber für mich ist das nicht das Leben, das ich führen möchte. Vergebt mir bitte und behaltet mich in guter Erinnerung. Habt keine Sorge, ich werde mir nicht das Leben nehmen. Aber wenn ihr diesen Brief lest, so habe ich schon längst das Land verlassen und bin auf dem Weg in ein neues Leben, weit über dem großen Ozean, nach Amerika, wo mich niemand kennt. Lebt wohl und denkt nicht allzu schlecht von mir. Eure unglückliche Laura."*

Domenico starrte auf den Brief, die zittrige Schrift verschwamm vor seinen Augen. Das Land verlassen? Was sollte das heißen? Und *wo* wollte sie hin? Über den Ozean? Jetzt, im Winter, wo nicht einmal Schiffe ausfuhren? Welch ein Unsinn!

Und trotzdem. Er musste sofort zum Hafen und verhindern, dass sie sich selbst in Schwierigkeiten brachte. Vielleicht hatte sie den törichten Einfall, sich irgendwo in einer anderen Stadt zu verstecken und darauf zu warten, dass der Frühling kam und die regelmäßige Handelsschifffahrt wieder aufgenommen wurde. Er durfte jedenfalls keine Möglichkeit und Dummheit, zu der eine gekränkte Ehefrau imstande war, außer Acht lassen.

Er nickte seiner weinenden Mutter zu. „Ich muss jetzt weg, um Laura zu suchen. Falls sie wider Erwarten doch zurückkommen sollte, halte sie bitte fest." Er drehte sich nochmals um, bevor er in die Gondel sprang. „Notfalls auch mit Gewalt!"

Ein glückliches Ende

Laura saß in der Wanne, ließ ihre Finger durch das warme Wasser gleiten und genoss nach den aufregenden Tagen die wohlige Entspannung. Sie hatte es sich zur Gewohnheit gemacht, einmal die Woche zu baden, im warmen Wasser zu liegen, obwohl alle im Haus den Kopf darüber geschüttelt hatten. Und auch jetzt gönnte sie sich dieses außergewöhnliche Vergnügen. Sie war vor zwei Tagen auf Domenicos Landgut angekommen und hatte die Ruhe hier sehr bekömmlich gefunden. Langsam konnte sie die Leute verstehen, die das Land dem Treiben in der Stadt vorzogen und nicht nur während der Sommermonate, in denen sich die Patrizier, die sich diesen Luxus leisten konnten, von der Stadt auf ihre Landsitze zurückzogen. Es wäre durchaus ansprechend, wenn sie in Zukunft einige Wochen – vornehmlich zur Karnevalszeit – in Venedig verbrachten, aber für den Rest des Jahres war es hier schöner. Vor allem, weil sie Domenico hier sicherlich für sich alleine hatte.

Sie hatte zuerst nicht zustimmen wollen und Marina widersprochen, als diese ihr den Plan eröffnet hatte, aber dann hatte sie eingesehen, dass Marina wohl Recht hatte. Nach allem, was geschehen war, konnte eine kurze Trennung ihrer Liebe nur hilfreich sein. Beide konnten dann die Gelegenheit nutzen, über ihre Zuneigung und die vergangenen Tage nachzudenken. Sie hatten damit Zeit, zur Ruhe zu kommen, um danach gemeinsam einen Neubeginn zu machen. Sie hatte Domenico einen Brief geschrieben, ihm darin mitgeteilt, dass sie hier auf das Landgut reisen wolle, um nachzudenken, und dass sie überglücklich wäre, wenn er ihr, sobald er selbst dazu bereit wäre, nachkäme. Ihre Schwägerin hatte sich erboten, einen ihrer Diener mit dem Brief zu Domenicos Palazzo zu schicken. Wenn sie Recht behielt, worum Laura betete, dann würden höchstens einige Tage vergehen, bis Domenico hier ankam und sie liebevoll in die Arme schloss.

Sie streckte sich und läutete die kleine Glocke, die neben ihr auf einem Hocker stand, um Anna anzuzeigen, dass sie noch mehr warmes Wasser wollte. Anna kam nicht. Draußen war eine plötzliche Unruhe, dann wurde wieder alles still. Sie läutete abermals, und endlich ging die Tür auf.

Laura lag mit geschlossenen Augen in der Wanne. „Noch heißes Wasser, Anna. Es wird schon kühl. Was hat dich denn aufgehalten?"

„So einiges." Es war nicht Annas helle Stimme, die antwortete, sondern eine männliche, ein wenig heisere und grollende.

Laura fuhr so rasch hoch, dass das Wasser über den Rand der Wanne schwappte. Vor ihr stand Domenico. Er sah erschöpft aus, als hätte er die letzten Tage nicht geschlafen, war unrasiert, und seine Augen waren dunkler als sonst. Er hatte seinen schwarzen Dreispitz in der Hand und den Reisemantel umgeworfen, als hätte er sich nicht einmal die Zeit genommen, die Sachen abzulegen.

Er war gekommen! So wie Marina dies vorausgesagt hatte! Und noch viel eher, als sie gehofft hätte! Sie machte nicht einmal den Versuch, ihr glückliches Lächeln zu verbergen. Dieses Mal störte sie es nicht im Geringsten, nackt vor ihm in der Wanne zu sitzen. Im Gegenteil, es fühlte sich gut an, seinen Blick auf ihrer Haut zu spüren. Sie begann sogar zu prickeln, überall dort, wo er sie sehen konnte, und auch an jenen Stellen, die seinem unmittelbaren Blick verborgen waren.

Er sah sich um. „Hier ist also Amerika", stellte er trocken fest.

Laura blinzelte verwirrt. „Amerika?"

„Ich bin froh, dich so guter Dinge und unter so bequemen Umständen vorzufinden." Das war wieder jener sarkastische Tonfall, den sie früher gehasst hatte, in der Zwischenzeit jedoch schon längst gewöhnt war. „Ich habe mir sagen lassen, dass es auf Auswandererschiffen weitaus weniger luxuriös zugeht. Vor allem ...", er trat näher und ließ seine Finger prüfend durchs Wasser gleiten, doch diesmal schien er mit der Temperatur zufrieden sein, „... ist Süßwasser ein fast unbezahlbarer Luxus. Für diese Verschwendung hätten dich die Matrosen zweifellos ins Meer geworfen."

„Aber was redest du denn? Hast du denn nicht meinen Brief gelesen?!"

„Natürlich. Und ich habe den Unfug selbstverständlich keine Sekunde lang geglaubt. Im Winter fährt kein Schiff aus." Er musterte sie spöttisch, wobei sein Blick – während er von ihrem Gesicht hinunterwanderte über ihren Hals, ihre Brüste, ihren Bauch – intensiver wurde. „Wie bist du nur auf diese lächerliche Idee gekommen?"

„Ich verstehe nicht ..."

„Nein? Dann werde ich wohl nachhelfen müssen." Er warf seinen Hut fort, ließ den Mantel folgen, und Laura sah mit wachsender sinnlicher Unruhe zu, wie er auch seine Jacke auszog und das Hemd herunterriss. Dabei wandte er keinen Blick von ihr. Ebenso wenig wie sie von ihm. Seine kräftige Brust, einige Narben aus seiner stürmischen Jugendzeit, das dunkle Haar, das zum Bauch hin weniger wurde und sich dann weiter unten wieder verdichtete bis zu diesem faszinierenden Körperteil, den sie bisher nur ertastet, aber niemals gesehen hatte. Auch jetzt nicht, weil die Hose ihn verbarg, aber sie hoffte, dass es nicht mehr lange dauern würde, bis sie ihn erblickte und fühlte.

Sie lächelte erwartungsvoll. „Hast du vor, dieses warme Bad mit mir zu teilen?"

„Nein." Er trat hart an die Wanne heran, beugte sich nieder und hob sie heraus.

„Nicht", sagte sie leise, „ich bin nackt." Wie lange war das her, seit sie diese Worte das erste Mal zu ihm gesagt hatte! Wochen waren seitdem vergangen. Wochen, in denen sie in ihrem Ehemann tatsächlich den Mann ihrer Träume gefunden hatte.

„Nackt und nass." Er stellte sie auf den Boden, dann griff er nach einem der weichen Tücher. Seine Bewegungen waren sehr zärtlich, als er begann, sie abzureiben. Zuerst ihre Schultern, ihre Arme, ihren Rücken und dann ihre Brüste, für die er sich Zeit ließ, bis die Spitzen hart und erregt aufstanden, und Laura leise seufzte. Dann kam ihr Bauch an die Reihe. Es war durch den kleinen Ofen, den die Zofe angeheizt hatte, warm im Raum, aber nicht so warm, dass die Wassertropfen auf ihrer Haut sie nicht abgekühlt hätten. Überall dort jedoch, wo Domenicos Hände gewesen waren, war die Haut heiß und kribbelte. Sie sah mit unverhüllter Zuneigung zu ihm nieder, als er sich vor sie hinkniete und ihre Beine abtrocknete. Dann warf er das Tuch weg, wickelte sie in ein trockenes und hob sie wieder hoch. Sie schmiegte sich an ihn, als er sie ins Schlafzimmer trug. In seines.

Er legte sie aufs Bett, zog ihr ohne ein Wort das Handtuch weg und setzte sich zu ihren Füßen auf die Bettkante, um ihre Füße abzutrocknen. Es kitzelte, aber er hielt sie fest, machte ungerührt weiter und ließ nicht von ihr ab, bis sie sich vor Kichern wand. Es war auch warm hier drinnen. Der Kachelofen strömte wohlige Wärme aus. Sie hatte – in Erwartung seiner Ankunft – Anweisung gegeben einzuheizen, um die winterliche Feuchte und Kälte aus seinen Räumen zu vertreiben.

„Hör auf, Domenico! Hör auf, das ist ja nicht auszuhalten!"

„Das hättest du dir früher überlegen müssen", sagte er kühl. Er nahm ihren zweiten Fuß und sie wusste genau, dass er sie absichtlich so zart an den Fußsohlen berührte, weil er sie ärgern wollte.

„Hör auf!" Sie zog an ihrem Fuß.

„Gewiss nicht. Das ist erst der erste Teil der Strafe."

„Strafe? Wofür denn?" Er konnte doch nicht diese Angelegenheit mit Ottavio meinen? Ihr Tagebuch musste dieses Missverständnis doch hinreichend geklärt haben. „Hast du mein Tagebuch nicht gelesen?"

„Doch. Eben. Das ist unter anderem dafür, dass du es die ganze Zeit über gewusst und nie ein Wort gesagt hast."

„Das wundert dich?" Laura versuchte verzweifelt, ihren Fuß loszumachen. „Du bist selbst schuld, wenn du deine Frau für so dumm hältst! Lass mich los!!"

„Und dann für diesen unverschämten Brief." Seine Stimme klang mitleidslos.

„Brief?" Sie war schon atemlos vor Lachen, Keuchen und Kichern.

„Du weißt schon, was ich meine."

„Lass los! Hör auf!" Domenico ließ los. Sie sah ihm nach, als er in die Ecke des Raumes ging, wo eine Holzsäule stand, die etwa ihre Größe hatte und als Sockel für eine kostbare Vase diente. Er nahm die Vase herunter, stellte sie auf den Boden und kam dann zu ihr zurück. Einige Sekunden später saß sie mit bloßem Hintern auf der Säule wie eine lebendige Statue auf einem Podest. „Bin ich etwa eine Vase?", fragte sie empört. Sie griff nach ihm und schrie erschrocken auf, weil die Säule, die nur auf einem knapp fünfzig Zentimeter breiten Sockel stand, bedenklich schwankte.

„So etwas ähnliches. Bleib ruhig sitzen, sonst fällst du runter. Und ich bin heute bestimmt nicht in der Laune, dich aufzufangen."

„Willst du mich etwa für alle Zeiten hier oben sitzen lassen?!"

„Recht geschehen würde es dir", lautete die gleichmütige Antwort.

Er stand vor ihr, blickte hinauf, und sie streckte die Hand aus, fuhr über seine vom Bart rauen Wangen – es kratzte ein wenig. „Willst du nicht lieber ein Bad nehmen und den Diener rufen, damit er dich rasiert?"

„Nein." Er trat einen Schritt zurück und betrachtete sie gründlich. Unter seinem Blick, der lange auf ihren Brüsten verweilte und dann noch länger auf ihrer Scham, wurde Laura heiß. „Erst später, wenn du ganz trocken bist."

„Aber ich bin schon ..." Sie brach ab, weil ihr das Wort im Hals stecken blieb; denn er hatte einfach ihre Beine auseinandergebogen und sie fühlte ohne Vorwarnung seine Lippen zwischen ihren Schenkeln. Seine unrasierten Wangen kratzten auf der weichen Haut. „Das ist sehr ungehörig, was du da tust!"

„Sei still."

Sie zappelte auf der Säule, die bedenklich zu schwanken anfing. „Das geht nicht ... oh, Domenico, ich kann nicht still sitzen."

„Wie gesagt, ich werde dich nicht auffangen." Das klang völlig ungerührt. Er hielt sie auch tatsächlich nicht fest, sondern hatte nur seine Hände zwischen ihre Schenkel gelegt, um ihre Schamlippen ein wenig auseinanderzuziehen.

Laura wand sich, als seine Zunge sie berührte. Seine Bartstoppeln kratzten stärker. „Aber, Domenico ... so werde ich hier nie trocken." Sie lachte erregt und atemlos. „Das kratzt!" Sie wollte die Beine schließen, aber er stand dazwischen und alles, was sie tun konnte, war, sie um seine Schultern zu schlingen, um sich festzuhalten. Er befreite sich von ihrem Griff und zog ihre Beine noch weiter auseinander, bis sie mit vollkommen gespreizten Schenkeln dasaß. Sie tastete mit den Händen um sich, auf der Suche nach Halt, aber er hatte die Säule so platziert, dass sie mitten im Raum stand, und die nächste Wand oder die Kommode weit aus Lauras Reichweite waren. Die Kanten des Holzvierecks drückten schon unbequem in ihre Gesäßbacken.

Sie begann ihn zu beschimpfen, aber er machte weiter, als würde er sie nicht hören. Seine Zunge schien jeden empfindlichen Punkt zu berühren, wobei er sich bei jenen, die sie am meisten erregten, besonders lange aufhielt. Ihre Beine zuckten. Sie biss sich auf die Lippen und brauchte ihre ganze Beherrschung, um sich nicht auf der Säule zu winden. Sie glaubte zwar nicht, dass er sie tatsächlich fallen lassen würde, aber wenn er in dieser Stimmung war, konnte sie nicht sicher sein. Sie hatte sein Temperament und seine Launenhaftigkeit schon zur Genüge kennengelernt.

„Warum?" Sie brachte dieses Wort nur noch keuchend hervor. Ihr Leib brannte, ihre Klitoris war empfindlich, als bestünde sie aus rohem Fleisch, und er legte gerade dort seine Zunge so fest darauf, dass sie hätte schreien mögen.

„Strafe." Er murmelte das, halb zwischen ihren Beinen vergraben. Sein Atem strich über ihre Feuchtigkeit und erregte sie noch mehr.

„Wofür denn!!" Sie schrie diese Frage förmlich heraus. Vor allem deshalb, weil er jetzt seinen Daumen um ihre geschwollene Perle kreisen ließ, während sich seine Zunge tiefer in sie hineinbohrte. Sonst hätte sie dieses Spiel genossen, hätte sich auf dem Bett oder auf einem Sofa gewunden, gestöhnt, geseufzt, aber nun musste sie völlig still sitzen, während ihr grausamer Ehemann sie in den Wahnsinn trieb. Sie würde wirklich jeden Moment verrückt werden vor Lust.

„Der Brief." Seine Zunge leckte jetzt in langen Strichen von ganz unten bis ganz oben. Ihr Fleisch zuckte. Ein Zucken, das sich über ihren ganzen Körper fortsetzte.

„Welcher Brief?"

„Amerika."

Sie griff in sein Haar, grub ihre Finger fest hinein und zerrte ihn von sich weg. Die Säule schwankte bedenklich, aber sie konnte sich auf diese Weise ganz gut an ihm festhalten.

„Was ..."

„Dieser vermaledeite Brief, in dem du etwas über eine Reise über den Ozean geschrieben hast." Er sah sie grimmig an. Seine Wangen waren feucht, ebenso seine Lippen und sein Kinn. Er wischte sich mit dem Handrücken darüber. „Ich habe den Hafenmeister dazu gebracht, alle Schiffe im Hafen kontrollieren zu lassen", knurrte er. „Eines war tatsächlich schon halb auf dem Meer. Irgendein verrückter Kapitän, der eine Wette abgeschlossen hatte, obwohl kein vernünftiger Mensch um diese Jahreszeit das Meer besegeln würde. Ich habe ein Vermögen für Bestechungsgelder bezahlen müssen, bis mich jemand übergesetzt hatte, und ich es durchsuchen ließ. Ich habe jedes Hotel der Stadt abgesucht, habe nicht geschlafen und bin nicht aus den Kleidern gekommen, während *du* Bäder genommen hast. Ich habe Boten in die umliegenden Städte geschickt aus Angst, du könntest über Land reisen, dich in irgendeiner Hafenstadt verstecken und später abfahren. Ich war überall. In jeder Spelunke. Ich habe die Polizei durch die Stadt gejagt, mich mit den *signori di notte* angelegt, meine besten Freunde beleidigt. Und jetzt bin ich, weil Marina vermutete, du könntest vielleicht auf die Idee gekommen sein, hierher zu reisen, durchgeritten, um schneller hier zu sein. Und du fragst ‚wofür denn'?!"

Lauras Griff wurde schwächer. Marina also. Ihre Schwägerin hatte ihren Brief niemals an Domenico übergeben, sondern einen anderen geschrieben. Wie konnte sie nur! „Domenico, das war aber nicht ..."

Er löste ihre Finger von seinem Haar. „Ich bin noch lange nicht fertig mit dir."

Sie fuhr zusammen, als seine Lippen sich an ihrer Scham festsaugten, ihre Klitoris suchten und dort weitersaugten, bis Wellen der Lust durch ihren Körper gingen. Alles vibrierte, sie wollte schreien, sich winden, aber das ging ja nicht, sonst fiel sie tatsächlich runter. Also um Gnade bitten. Sie machte den Mund auf, aber da war es schon zu spät. Ihr Körper gehorchte ihr nicht mehr. Sie krümmte sich zusammen und dann warf sie den Kopf zurück und fiel ins Bodenlose ...

Als sie wieder aus dem bunten Wirbel aus Lust und Ekstase hervortauchte, lag sie in seinen Armen. Er trug sie zum Bett, legte sie energisch, aber sanft darauf.

„Du hast mich doch aufgefangen."

„Das war Zufall und nicht beabsichtigt."

Laura kicherte. Zufrieden – weil er hier war – legte sie die Arme um ihn und wollte ihn an sich ziehen. Er löste jedoch entschlossen ihre Hände und legte sie über ihren Kopf. „Du bleibst jetzt so liegen."

„Aber ..."

„Wenn ich noch ein einziges Mal das Wort ‚aber' aus deinem Mund höre, sitzt du wieder auf der Säule."

„Ja, aber ..."

Sein grimmiger Blick ließ sie verstummen. Er setzte sich neben sie und zerrte an seinen Stiefeln. Der erste flog in die Ecke, dann folgte der zweite. Lauras Atem ging wieder schneller, als sie sah, wie er sich entkleidete und seine Hose achtlos den Stiefeln nachwarf. Sie leckte sich über die Lippen, als endlich etwas in ihr Blickfeld kam, das sie schon so sehr ersehnt hatte. Sie versuchte, nicht zu direkt hinzusehen, um den Genuss des Anblicks hinauszuzögern, aber dann konnte sie kaum den Blick von dieser Verheißung abwenden. Und als Domenico sich ihr voll zuwandte, starrte sie unverhohlen darauf. Hart war er, stand steil aufgerichtet aus dem Nest aus krausem Haar. Ihr Blick wanderte an ihm entlang bis zur geschwollenen Spitze, von der sowohl ihre Hände als auch ihre Lippen wussten, wie sie sich anfühlte. Sie erinnerte sich gut an jenes erste Mal, wo sie ihn im Schutz der Dunkelheit in der Gondel berührt hatte. Sie streckte unwillkürlich die Hand aus, um die feuchte, dunkelrote Spitze zu berühren. Sie hatte sie oftmals ertastet, sie mit ihren Fingern erforscht, aber nun ...

„Ich will aber ...", sagte sie, als Domenico ihre Hand wegschob.

„Du hast im Moment nichts zu wollen. Erst, wenn ich mit dir fertig bin, und du dich bis dahin zufriedenstellend benimmst." Seine Stimme klang entschlossen, aber unter der Härte hörte Laura eine ganze Fülle von Gefühlen, die ihr galten und die sich in seinen Augen widerspiegelten: Zuneigung, Ärger, überstandene Besorgnis, Verlangen ... Liebe ...? Sie atmete zitternd ein und legte wieder die Arme über den Kopf. Eine gehorsame Geliebte hatte er einmal haben wollen. Nun, solange er sie liebte, würde sie ihm sogar eine gehorsame Ehefrau sein. Gehorsam zumindest in dieser höchst erregenden Beziehung.

Endlich kam er zu ihr. Sie spürte sein Glied, als er über sie glitt. Die Spitze strich feucht über ihren Schenkel, bevor er es sich zwischen ihren Beinen, die er mit seinem Knie und seiner Hand spreizte, bequem machte. Sie fühlte ihn in ihrer Scham, spürte, wie der geschwollene Kopf die Lippen teilte, sich gegen ihre Öffnung presste. Aber noch stieß er nicht zu, sondern blieb ruhig auf ihr liegen, studierte ihr Gesicht, jeden ihrer Züge, bis sein Blick an ihren Augen hängen blieb. Sie wollte ihn anlächeln, aber das, was sie in seinen Augen las, war zu ernst – und zu schön.

Domenico griff in ihr Haar und hielt sie fest. Das war kein einfacher Kuss. Er war hart und besitzergreifend, aber Laura hatte auch nichts anderes erwartet. Dafür kannte sie sowohl ihren Ehemann als auch ihren Cavaliere d'Amore, der sein süßes Säuseln gerade nur beim ersten Treffen hatte aufrecht halten können, schon viel zu gut. In diesem Kuss waren noch die letzten Reste seines Ärgers, die er damit abreagierte, seine Sorge um sie, und dann erst seine Zuneigung. Zuerst war sie empört gewesen, als ihr klar geworden war, dass Marina einfach ihren Brief gefälscht und irgendwelche haarsträubenden Dinge erfunden hatte, aber nun begann sie langsam die Klugheit ihrer Schwägerin zu begreifen. Er hatte sie tatsächlich gesucht, vor Sorge nicht geschlafen. Er musste sie lieben! Als er sie endlich wieder losließ, waren ihre Lippen geschwollen, und ihre Haut war von seinen Bartstoppeln zerkratzt.

Und dann stieß er zu. So stürmisch und heftig, dass Lauras ganzer Körper erschüttert wurde. Sie hatte sich getäuscht, als sie angenommen hatte, er hätte die Reste seines Ärgers weggeküsst – er stieß sie jetzt in sie hinein. Mit einer Feurigkeit, die die Hitze seines Körpers und sein heftiges Verlangen auf sie übertrug, sie brennen, sie sich winden ließ. So hatte er sie noch nie genommen. So vorbehaltlos, fast ein wenig rücksichtslos, begierig, ungestüm und ... überwältigend. „Lass dir nie wieder einfallen, mir davonzulaufen", presste er zwischen seinen Zähnen hervor.

Laura wand sich mit halb geschlossenen Augen unter seinen Stößen, die Lippen leicht geöffnet. „Nein ..." Es war mehr ein Seufzen.

„Und lass dir nie wieder einfallen, einen anderen Mann auch nur anzusehen. Kein Winken mehr. Keine *mouche* ... Keine *cicisbei* mehr ..."

Laura stieß ein gurgelndes Lachen aus. „Nein ... Nein ... Nein ..."

Ein harter Stoß, tief in sie hinein, noch einer. Er warf den Kopf mit einem Stöhnen zurück, stieß noch einmal heftig zu, dann sank er auf sie und blieb schwer atmend auf ihr liegen, ihr den Atem raubend und sie fest in die weiche Matratze pressend.

Laura wartete ab, aber als nichts weiter kam, schlang sie ihre Beine um ihn und versuchte, sich an ihm zu reiben. Er hatte sie bis an die Spitze ihrer

Leidenschaft getrieben, aber nicht darüber hinaus. Aber sie wollte ebenfalls diesen Höhepunkt erreichen und überwinden. Jene Gefühle erleben, in denen sie sich vor Lust auflöste, die Welt um sie herum versank und nur noch ihr Körper existierte und ... er, Domenico.

Er hob den Kopf und sah sie scharf an. Schweißperlen standen auf seiner Stirn. Sie atmete tief seinen Geruch ein, der stärker war als sonst. „Was soll das? Weshalb bleibst du nicht ruhig liegen?"

„Ich ..."

„Lass die Arme oben."

„Aber ..."

Er schüttelte den Kopf, und Laura sank zurück. Sie glühte. Sein Glied lag in ihr, nicht mehr so hart wie bei seinen fast schmerzhaft harten Stößen, aber immer noch erregend genug, um ihr Inneres vor ungestilltem Verlangen brennen zu lassen. „Domenico ..."

Seine Lippen senkten sich auf ihre, während seine Hand zwischen ihre beiden Körper glitt. Er blieb in ihr liegen, drehte sich jedoch ein wenig auf die Seite, um Zugang zu ihrer Scham zu finden. Sie fühlte seine Finger auf ihrem Bauch, ihrem Schenkel, spürte, wie seine Fingerspitzen durch ihr feuchtes Kraushaar glitten und dann endlich fündig wurden. Er rieb sie in langsamen, festen Kreisen, bis er sie endlich in jene Gefilde brachte, die sie so sehr ersehnt hatte. Aber dieses Mal war es anders als sonst. Besser, erregender, befriedigender. Denn dieses Mal erbebte, starb und erwachte sie in den Armen ihres Gatten und nicht in denen ihres Liebhabers, der sie vor allen anderen verleugnete. Und sie erwachte ohne Tuch, mit einem Blick in sein Gesicht und in seine Augen ... Laura schlang endlich die Arme um ihn und presste sich eng an ihn, kleine Tränen des Glücks sammelten sich in ihrem Augenwinkel und rollten an ihren Schläfen hinab. Domenico küsste sie unendlich zärtlich weg. Laura begann, mit den Fingern über seinen Rücken zu fahren, über seine Schulterblätter zu tasten und das Spiel seiner Muskeln unter der Haut zu erfühlen.

Jetzt erst gehörte er ganz ihr. Jetzt war er mehr als nur ihr Gatte, mit dem sie aus Vernunftsgründen verheiratet worden war. Und mehr als ein Liebhaber. Jetzt war er Ehemann und Geliebter zugleich. Sie küsste – in diesem überwältigenden Bewusstsein seines Besitzes – sein Gesicht, sein raues Kinn, seine Schlafen. Sie bemerkte, dass er lächelte und lächelte zurück. „Bist du jetzt fertig mit der Bestrafung?"

„Vorläufig ja. Aber nachdem ich gebadet habe und rasiert bin, sieht die Sache wieder ganz anders aus. Fühl dich nur nicht zu sicher."

Sie rieb ihre Wange an seiner Schulter. „So sicher wie mit dir habe ich mich überhaupt noch nie gefühlt." Die nackte Haut seines Körpers fühlte sich gut auf ihr an. Sehr vertraut.

„Eigentlich hätte ich dich übers Knie legen sollen", brummte er, während er sein Gesicht in ihr Haar drückte. Seine andere Hand strich über ihre Brüste, ihre Hüften, ihre Taille, griff dann unter sie, umfasste fest ihre Gesäßbacke und knetete sie. Laura schlang ihr Bein um ihn und streichelte mit der Fußsohle seinen Schenkel.

„Denk dir lieber andere Strafen als Prügel aus", gab sie mit einem glücklichen Seufzen zurück. „Diejenige vorhin war gar nicht schlecht."

Domenico musste grinsen. „Ich habe nicht von deiner letzten Unbotmäßigkeit gesprochen, du verworfenes Geschöpf, sondern von damals, als du dich nach unserer Heirat so widerspenstig aufgeführt hast."

„Ich war nicht widerspenstig!" Laura schob ihn etwas fort und sah ihn vorwurfsvoll an. „Ich war unglücklich. Ich war an einen Mann verheiratet worden, der mich eingehandelt hat wie ein Stück Ware! Der mich nicht liebte und mich sogar auslachte, als ich versucht habe, ihm meine Liebe zu gestehen! Der nicht die Spur eines Sinns für Romantik hatte! Der ..."

„... der eine Ehefrau hatte, die ihn nicht an sich heranlassen wollte", unterbrach er sie.

„Weil diese Ehefrau eifersüchtig war auf seine Geliebte", erwiderte Laura leise, „und meinte, nicht gut genug für ihn zu sein."

„Du hättest nicht einmal von ihr hören dürfen. Es war schon vorbei, als ich dich damals geheiratet habe."

„Sofia hat das allerdings anders dargestellt, als sie sich beeilte, mir über deine Geliebte die Augen zu öffnen." Ihr Lächeln fiel schief und traurig aus. „Aber sie ist es nicht alleine, auch die Gerüchte über deine Geliebten in Paris ..."

„Was auch immer war, es war in dem Moment vergessen, als ich dich auf dem Ball bei den Pisani wiedergesehen habe."

Laura schmolz bei diesen Worten dahin. Dann schluckte sie und eine tiefe Röte überzog ihre Wangen. Der Ball bei den Pisani. Ottavios Kuss.

Domenicos Gesichtsausdruck, soeben noch zärtlich, wurde sardonisch. „Ja, stimmt. Dieser Ball. Und diese Szene, die ich da mitansehen musste. Mit diesem Schurken, der ..."

Laura legte ihm einen Finger auf den Mund. „Es war nur Höflichkeit. Wirklich. Es hat mir nichts bedeutet. Er hätte mich sonst nicht gehen lassen, und ich hatte ja solche Angst vor einer Entdeckung!" Domenico zog eine Augenbraue hoch. Zu dieser Auffassung war er in der Zwischenzeit auch schon gelangt. Dann hauchte er einen Kuss auf ihren Finger, der Laura kichern ließ.

„Höflichkeit. Nun, über diese Art von Höflichkeit bei anderen Männern werden wir später sprechen – wenn ich ausgeschlafen habe. Jetzt bin ich zu müde, um darüber nachzudenken, welche Konsequenzen das für dich haben wird."

Seine Gattin, die nicht die geringste Furcht vor den Konsequenzen hatte, die Domenicos dunkle Stimme versprach, sah ihn zärtlich an. „Du hättest es mir sagen müssen", sagte sie leise. „Ein Wort hätte schon genügt. Ein einziges Wort von Zuneigung. Ich habe so sehr darauf gewartet."

Er zog sie enger an sich. „Ich wollte es, aber da war es schon zu spät, da waren wir schon mitten in den Missverständnissen und Intrigen der anderen verstrickt." Er lächelte leicht, als er seine Lippen an ihr Ohr legte. „Ich bin eben kein Mann, der dir dumme Dinge ins Ohr flüstert, die deinen romantischen Vorstellungen gefallen, ohne ernst zu sein", flüsterte er zärtlich. „Wenn ich einer Frau sage, dass ich sie liebe, dann ist das die Wahrheit. Eine Wahrheit, die sich nicht mehr ändern wird, solange ich lebe!"

Laura legte den Kopf zurück, um ihn ansehen zu können. Wie sehr hatte sie dieser Satz gekränkt. „Das ... das hast du dir gemerkt?"

„Ja, denn ich hatte die Absicht, ihn so bald wie möglich zu wiederholen. Allerdings nicht als dein Liebhaber, sondern als dein Gatte." Sein Blick wurde intensiver, dann griff er wieder in ihr Haar und hielt sie fest. „Und jetzt wird es Zeit, dass ich es tue: Ich liebe dich, Laura. Ich liebe dich, ich begehre dich, und ich möchte mit keiner anderen Frau leben als mit dir. Und das ist die Wahrheit, die sich nicht mehr ändern wird, solange ich lebe."

In Lauras Augen traten auf der Stelle Tränen.

„Nein, nicht schon wieder", brummte Domenico. Als er sie dieses Mal küsste, waren seine Lippen sanft und sehr zärtlich.

Ende

Nachwort

Auf die Idee, eine Geschichte zur Zeit des Rokoko zu erfinden, war ich ja schon lange gekommen, nämlich bei der Lektüre des Buches „Die Frau im 18. Jahrhundert" von Edmond und Jules de Goncourt. Sie beschreiben darin sehr eindrucksvoll das oberflächliche und aus meiner - und vielleicht auch Ihrer - Sicht nicht sehr glückliche Leben der adeligen Frauen Frankreichs.

Als ich begann, eine Geschichte zu überlegen, in der eine Frau aus dieser Zeit im Mittelpunkt steht, fielen mir Casanovas Memoiren in die Hand. Ich beschloss, Laura und Domenico nicht in Frankreich, sondern in Venedig leben, lieben und „leiden" zu lassen. Ein Hintergrund, der für Domenicos Maskerade noch weitaus besser geeignet ist. Und außerdem übt diese Stadt einen ganz besonderen Reiz auf mich aus. Wenn ich mich heute mit den Leuten durch die engen Gässchen dränge, dann fühle ich mich in der Zeit zurückversetzt. „Laura" war übrigens ein guter Vorwand für mich, wieder einmal eine Woche dort zu verbringen.

Ich habe einmal gelesen: Wäre nicht der Florentiner Dante und seine „Göttliche Komödie" gewesen, dann wäre vielleicht der venezianische Dialekt aufgrund der wirtschaftlichen und politischen Machtposition, die die Serenissima früher innehatte, über ganz Italien als Schriftsprache verbreitet worden. Ob das stimmt, kann ich natürlich nicht beurteilen, aber die Überlegung finde ich nicht uninteressant. In Lauras Liebesgeschichte habe ich allerdings nur wenige venezianische Ausdrücke eingebaut, obwohl wiederum der in anderen Ländern als *cavaliere servente* bekannte venezianische *cicisbeo* eine zentrale Rolle in meiner Geschichte spielt. Zum Ausdruck kommt der venezianische Dialekt auch noch in der Abkürzung der Anrede *signora* und *signore,* die in Venedig zu *siora* und *sior* wird. Goldoni – ein „Zeitgenosse" von Laura und Domenico - war hier für mich eine faszinierende Quelle, zumal er in seinen Theaterstücken auch viele hochinteressante und klingende venezianische Kraftausdrücke einbaut, die nicht einmal meine italienischen Freunde kannten.

Meine Geschichte spielt in den fünfziger Jahren des 18. Jahrhunderts. Zu einer Zeit, als die ehemals mächtige Republik zwar schon dem Niedergang geweiht ist, man den Abstieg bereits fühlt – Laura spricht es auch aus – die Vergnügungen und Ausschweifungen jedoch – oder vielleicht gerade deshalb - ihren Höhepunkt erreichen. Es hat mich beim Recherchieren und Schreiben oft traurig gemacht daran zu denken, dass es nicht einmal fünfzig Jahre waren, die Domenico und Laura von dem Zeitpunkt trennten, wo der mit seinem Heer heranrückende Napoleon dem Dogen und seinen Beratern ein Ultimatum stellte und der Große Rat die Kapitulation beschloss. Das war 1797 und das Ende einer tausendjährigen Republik.

Obwohl mir schon von dem Moment an, als ich das erste Kapitel von „Laura" begann, klar war, in welche romantischen, amüsanten und auch unerfreulichen Abenteuer ich meine beiden Helden geraten lassen wollte, brauchte ich fast zwei Jahre, bis meine Verlegerin und ich wirklich mit Lauras und Domenicos Schicksal zufrieden waren. Ich hoffe, es ist mir gelungen, die beiden so dazustellen, wie ich sie sehe, und ich hoffe, Sie mögen sie ebenso wie ich. Mir sind sie in diesen beiden Jahren richtig ans Herz gewachsen. Laura, weil sie so sehr nach Liebe sucht und sie endlich bei dem Mann findet, an dem von Beginn an ihr Herz hängt - und Domenico, weil ich darüber schmunzeln kann, wie arglos er in seine eigene schlaue Liebesfalle tappt.

Ich hoffe, die Lektüre hat Ihnen Spaß gemacht und Ihnen unterhaltsame Lesestunden bereitet!

Mona Vara
im Sommer 2006

Mona Vara schreibt seit Jahren erfolgreich erotische Liebesromane. Das Wichtigste beim Schreiben ist für sie, Figuren zum Leben zu erwecken, ihnen ganz spezifische Eigenschaften und Charaktere zu geben und ihre Gefühle und Erlebnisse auf eine Art auszudrücken, die sie nicht nur vor Mona Varas Augen, sondern auch vor denen ihrer Leser lebendig werden lässt. Und wenn dies auch noch zusätzlich mit einem Schmunzeln geschieht, so hat sie ihr Ziel erreicht.

Website: www.mona-vara.cc

Weitere Romane von Mona Vara:

Süße Verführung
Hexentöchter
Der Kuss des Vampirs/Im Harem des Prinzen (Doppelband)
Selina. Liebesnächte in Florenz